国家社会科学基金项目研究成果

THE HISTORY
OF RUSSIAN AND SOVIET
LITERARY CRITICISM
IN 20TH CENTURY

20世纪俄苏
文学批评理论史

张　杰等／著

北京大学出版社
PEKING UNIVERSITY PRESS

图书在版编目 (CIP) 数据

20 世纪俄苏文学批评理论史 / 张杰等著 .—北京：北京大学出版社，2017.4
ISBN 978-7-301-28117-8

Ⅰ. ① 2… Ⅱ. ①张… Ⅲ. ①俄罗斯文学—文学研究—20 世纪 Ⅳ. ① I512.06

中国版本图书馆 CIP 数据核字 (2017) 第 035193 号

书　　名	20世纪俄苏文学批评理论史 ERSHI SHIJI ESU WENXUE PIPING LILUNSHI
著作责任者	张　杰　等著
责任编辑	李　哲
标准书号	ISBN 978-7-301-28117-8
出版发行	北京大学出版社
地　　址	北京市海淀区成府路 205 号　100871
网　　址	http://www.pup.cn　　新浪微博：@ 北京大学出版社
电子信箱	pup_russian@ 163. com
电　　话	邮购部 62752015　发行部 62750672　编辑部 62759634
印 刷 者	北京中科印刷有限公司
经 销 者	新华书店
	720 毫米 ×1020 毫米　16 开本　28.5 印张　510 千字
	2017 年 4 月第 1 版　2017 年 4 月第 1 次印刷
定　　价	68.00 元

说　明

《20 世纪俄苏文学批评理论史》全书撰稿人具体分工情况如下（按参与撰稿内容的多少排序）：

张　杰（绪论、第一编、第二编第十二章、第三编概述、第一章、第三至八章、第十二章第七节、编末语、结语、后记）

汪介之（第二编概述、第一章至第十一章、编末语）

吴晓都（第三编第十一章、第十二章第一至第六节）

康　澄（第三编第九章）

田　星（第三编第二章）

管月娥（第三编第十章）

谢明琪（第三编第十三章）

附录“主要文论家及其论著中外文对照表”的具体内容由每位撰稿人提供各自负责的部分，由张杰统一整理和编排。

目 录

第二编 现实编

第三编 审美编

绪 论

任何一部历史既是客观的，又是主观的，历史是过去史实的客观记载，又是当代人主观认知的阐释，《20世纪俄苏文学批评理论史》也是如此。它主要是20世纪俄苏思想家、理论家历史探索的结晶，同时也是我们当今接受研究的文本。

《20世纪俄苏文学批评理论史》，时间跨度为19世纪末至20世纪末，内容包括对这一时期苏联版图上和流亡海外的各主要俄苏文学批评理论流派的产生、发展及其主要成就与特征进行深入的研究。本书的主要任务就是努力描绘俄苏文学批评理论的百年运行轨迹，并对各主要批评理论家们及其代表性成果予以客观的评述。

20世纪俄苏文学批评理论是纷繁复杂的，也许很难加以宏观的历史概括。为了保证史料的客观性和史论的研究性，正确处理文学史作与研究个性之间的关系，本书采取了“叙”与“论”相结合的办法，也就是尽可能让读者能够分辨清楚批评理论本身与本书研究者的观点。我们把研究的重点集中在探讨学界已经公认的思想家、批评家和文艺理论家，同时为了凸显每位理论家的批评特征，大致把文论家们分为了三类，即宗教文化批评、社会现实批评以及审美艺术批评，在整部书的绪论和每一编的开篇均有概述，以陈述本书作者的研究观点，历史的演变过程主要呈现在绪论和概述之中。为了保证每个文论家自身理论体系的完整性，我们采取了以每个文论家研究为核心的方法，也就是每个重要的理论家自成一章。

站在21世纪的门槛上回眸过去的百年，俄罗斯或原苏联经历了“十月革命”“苏联解体”等太多的动荡、风雨、磨难和变革。这百年既是思想界彷徨和困惑的百年、艰辛与痛苦的百年，也是探索和追求的百年、颠覆和创新的百年。在这整整一个世纪中，人们的世界观、价值观、审美观、生存方式与思维方式发生了史无前例的重大变化。难怪列夫·托尔斯泰在19世纪与20世纪之交就曾经说过，世纪的更迭并不只是百年的交替，而是一种人与人之间交际方式的变换。[①] 因此，从方法论的视角来审视这部文学批评理论的历史画卷，就成为本书的重要任务之一。在此基础上，除了学界较为熟悉的、与社会现实联系较为紧密的理论与方法以外，我们尽可能尝试运用宗教和审美批评理论的方法，剖析具体的文学作品，以期达到理论联系实际的目的，揭示文学批评理论对文学创作的指导作用。

翻阅过去一个世纪俄苏文学批评理论发展的历史画卷，我们崇敬俄苏思想家、理论家和批评家对真理的执着追求，他们甚至用生命去探索和捍卫真理，历史永远会铭记他们的丰功伟绩。我们感叹他们留下的极其丰富的思想和艺术宝藏，为世界的艺术殿堂增添了无与伦比的光彩。我们更为伟大的俄苏艺术王国感到骄傲，世界因此而更加多彩，历史因此会更加厚重。可以说，以别林斯基、车尔尼雪夫斯基和杜勃罗留波夫为代表的19世纪俄罗斯文学批评理论，彰显了现实主义批评特色，而20世纪俄苏文学批评理论则呈现出艺术理论瑰宝的斑斓色彩。

第一节　一个循环:多元与一元之间

漫步在20世纪俄苏文学批评理论的殿堂，读者也许不难发现，这一时期的俄苏文学批评理论发展经历了一个由“多元”到“一元”，再到“多元”的循环变化过程。在两个世纪之交，即19世纪与20世纪、20世纪与21世纪之交，在原苏联版图上，形形色色的文学批评理论琳琅满目，甚至很难数清楚到底出现过多少理论或思想流派。

19世纪末至20世纪初，即便是在苏维埃政权建立的1917年至整个20年代，俄苏文艺批评理论界出现了空前繁荣的景象，形形色色的文艺团体、批评理论流派纷纷涌现。这里既有从19世纪后半期延续至20世纪的各种宗教文化批评理论思潮，也有成立于十月革命前夕而终止于30年代初的俄国形式主义，即莫斯科语言小组和彼得堡诗歌语言研究会，更有随着苏维埃政权建立，为建设无产阶级文学而走向“极左”的庸俗社会学、无产阶级文化派等。在苏维埃政权的最初年代至整个20年代，苏共的文艺政策是相对宽松的，允许不同文艺团体和思潮的独立存在，即便在艰苦的国内战争时期，新政权也非常重视文化保护等工作。

其实，从1917年十月革命至1991年12月苏联解体，学界通常把这一时期

① 参见凯尔迪什:《20世纪初俄国现实主义》，莫斯科:苏联科学出版社，1975年，第12页。

苏联多民族文学称之为"苏联文学"，并非仅仅是因为苏维埃政权的建立，苏联国体的形成，而且更主要的缘由是在于文艺界自身的创作和理论探索。进入20世纪，契诃夫、列夫·托尔斯泰等经典作家相继去世，再加上十月革命等重大政治事件的发生，蒲宁等一批作家流亡国外，19世纪俄罗斯文学的繁荣发展出现了断裂。这时思想和创作界都展开了各种途径的激烈探索，在十月革命后的十多年里，除了高尔基等作家在继续创作以外，很少出现文学经典之作和公认的大作家，思想和批评理论界也十分混乱。因此"苏联文学"是在经历过艰难探索之后才出现的，对它无论是褒奖还是贬低，"苏联文学"确实是一种与19世纪俄罗斯文学不同的新型文学。

在19世纪末至20世纪初，也就是被学界称之为的白银时代，一大批俄罗斯宗教文化研究的理论家、哲学家、思想家展开了执着的探索，他们的主要理论有弗拉基米尔·谢尔盖耶维奇·索洛维约夫(1853—1900)的"完整知识体系"、瓦西里·瓦西里耶维奇·罗赞诺夫(1856—1919)的"性与宗教"的关系研究、谢尔盖·尼古拉耶维奇·特鲁别茨科伊(1862—1905)和叶甫盖尼·尼古拉耶维奇·特鲁别茨科伊(1863—1920)的"聚和性意识"与"生命的意义"学说、德米特里·谢尔盖耶维奇·梅列日科夫斯基(1865—1941)的"新宗教意识"、列夫·舍斯托夫(1866—1938)的"悲剧哲学"、维·伊凡诺夫的"现实主义的象征主义"、尼古拉·奥努夫里耶维奇·洛斯基(1870—1965)的"具体的理想现实主义"、谢尔盖·尼古拉耶维奇·布尔加科夫(1871—1944)的"三位一体"的文学批评、尼古拉·亚历山大诺维奇·别尔嘉耶夫(1874—1948)的"东正教人本主义"、谢苗·路德维果维奇·弗兰克(1877—1950)的"直觉主义的宗教人道主义"、巴维尔·亚力山德罗维奇·弗洛连斯基(1882—1937)的"宗教与艺术"关系的重释等。他们或在原苏联板块，或流亡在国外，都一直以各自的方式进行着思想探索，出版了大量的文集和学术著作。

在十月革命前夕，俄国形式主义的两个分支"莫斯科语言小组"和"彼得堡诗歌语言研究会"先后在莫斯科和圣彼得堡成立，前者的代表人物是莫斯科大学语言学教授雅各布森，后者的领袖人物是什克洛夫斯基。雅各布森主要从语言学的角度，在理论上阐释了"文学性"等问题，后来组建了布拉格语言小组和纽约语言小组，其影响主要在西方的语言学界；而什克洛夫斯基则主要从文学史研究的角度来探讨文艺学问题，提出了"陌生化"等理论，影响了20世纪整个欧美文学批评理论，后来也波及其他地区。

上述这些流派的批评理论由于意识形态的政治原因，在苏联时期长期被封存，在斯大林去世后的解冻时期，有所恢复，但是真正重新出现，则是在1991年底苏联解体前后。

在十月革命的最初岁月，最为活跃的当属未来派和无产阶级文化派。俄国未来派成立于 1911 年至 1913 年间，后又分成自我未来派、立体未来派、诗歌顶楼派、离心机派等，该派对文化遗产采取虚无主义态度，追求文艺形式的标新立异，甚至认为自己比布尔什维克党和苏维埃政府还要革命。他们主张语言的革新，把无意义语言视为是未来世界的语言。无产阶级文化协会原是一个群众组织，出现在十月革命前夕，其组织成员达到 40 万人，后在波格丹诺夫等人的控制下，否定文化遗产，把协会的主要任务确定为"制造无产阶级文化"。与这两个派别相反的是"路标转换派"，在克留契科夫等人的组织下，于 1921 年在布拉格出版了《路标文集》，号召知识分子抵制和消除共产主义，自 1922 年起在国内编辑出版刊物《俄罗斯》，后来改名为《新俄罗斯》《文学纪事》。

国内战争结束后，列宁和布尔什维克党为了挽救国家经济，实行了新经济政策，文艺界也变得异常的活跃。从 1921 年至 1925 年间，苏联先后创办了《出版与革命》和《红色处女地》(1921)、《青年近卫军》和《西伯利亚星火》(1922)、《在岗位上》和《列夫》(1923)、《星》和《新世界》(1925)等几十种大型文艺期刊。同时，大量文艺团体出现，主要有意象派、"锻冶场""谢拉皮翁兄弟""十月""列夫"、构成派、"山隘""拉普"等。除了"谢拉皮翁兄弟"，这些团体均表示拥护革命，标榜自己最革命，但相互间又争论不休。

意象派(1919 年—1927 年)是从未来派中分出来的、以叶赛宁等为代表的一个小派别，崇尚形象，主张艺术唯一的规律和方法就是用形象和节律来反映或表现生活。"锻冶场"(1920 年—1931 年)的文学观和立场主要还是基于无产阶级文化派，否定文化遗产，具有庸俗社会学倾向，创作上着迷于"宇宙主义"和"机器主义"，主要代表作家有革拉特科夫等。"谢拉皮翁兄弟"(1921 年—1926 年)是在 1919 年列宁格勒世界文学出版社组织的"翻译培训班"的基础上形成的，正式成立于 1921 年，当时的培训班老师有扎米亚金、古米廖夫等，学生有左琴科等，后来费定、吉洪诺夫等也加入了该团体。这是一个松散的文学团体，提倡为艺术而艺术，反对艺术的倾向性思想。"十月"(1922 年—1925 年)的主要阵地是《在岗位上》杂志，重要成员有别泽缅斯基等。他们以无产阶级文学的垄断者自居，彻底拒绝所谓的资产阶级文化遗产，把文学政治化，对同路人作家持否定态度。"列夫"(1923 年—1928 年，全名为"左翼艺术阵线")是未来派衰败后，从该组织分出的又一文学团体，以马雅可夫斯基为首。它一方面坚持形式主义的方法是研究艺术的钥匙，另一方面又提出了"生产艺术""事实文学"和"社会订货"等庸俗化的口号，走向了两个极端。构成派(1924 年—1930 年，全称为"构成主义者文学中心")主张表达手段上的经济原则、语言运用上的"定位语义学"原则以及运用数字原则等。其代表人物之一泽林斯基就表示，构成主义就是流淌在文化血管中的数学。“山隘”（1924 年—1932 年，全称为“全苏工农作家联合会”）的主要阵地是《红色处女地》杂志，该派别的精神领袖是沃隆斯基，它是作为岗位派和“拉普”的对立面而出现的。它坚持现实主义传统，尊重文化遗产，团结同路人作家，强调直觉和本能在艺术表现中的决定性作用，提出“真诚论”，但是对无产阶级作家则不信任，甚至否定了无产阶级艺术的可能性。

“拉普”（1922 年—1932 年，全称为“俄罗斯无产阶级作家联合会”）是苏联文学界 20 年代至 30 年代间最大的一个文学团体，其组织遍布整个苏联，人数超过一万。该组织的主要阵地有刊物《十月》《青年近卫军》《在岗位上》以及后来的《在文学岗位上》《文学报》和《拉普》等，也有人把这一组织称为岗位派。以 1926 年为界，前期主要领导人有罗多夫、列列维奇、阿维尔巴赫等，后期核心人物为阿维尔巴赫、法捷耶夫、李别进斯基、叶尔米洛夫、潘非洛夫等。在前期，“拉普”反对托洛茨基的取消主义文学主张，维护无产阶级文学的历史地位，甚至要像政治、经济领域里那样进行文艺领域的无产阶级夺权。1926 年 11 月“拉普”经过改组，但仍然推行宗派主义路线，打击同路人作家，把政治与文艺混为一谈，提出维护普列汉诺夫的正统等错误口号，创作上提倡“活人论”，把诗人杰米杨奉为样板，使得创作模式单一化，具有明显的庸俗社会学倾向。

此外，还有托洛茨基的取消主义文学理论，坚持无产阶级本身不具备自己的文化基础，因此根本不可能存在无产阶级文学。托洛茨基的这一主张也曾经得到沃隆斯基等人的赞同。与此同时，在苏联早期的文学理论发展中，以弗里契为代表的庸俗社会学也曾经产生过相当大的影响。弗里契的《艺术社会学》（1926 年）一书虽然在艺术与社会关系的论述方面，不乏有价值的观点，但是把社会意识形态、经济问题与艺术直接联系起来，忽视艺术自身的规律，显然是十分有害的。

可以说，20 世纪头 20 年直至 30 年代初，俄苏文艺学界的“多元化”探索是显而易见的。真正苏联文艺学界的“一元化”垄断是从 20 世纪 30 年代开始的，这主要是苏联意识形态思想统一的必然结果，但也不可否认，文学发展到一定阶段，创作和批评界均希望结束纷争的局面，不再内耗。

自第一次全苏作家代表大会（1934 年 8 月 17 日至 9 月 1 日）以后直至第二次全苏作家代表大会（1954 年 12 月 15 日至 26 日），苏联文坛主要是一种理论与方法一统天下，也就是社会主义现实主义占主导地位。根据《苏联作家协会章程》（1934 年）：“社会主义现实主义，作为苏联文学与苏联文学批评的基本方法，要求艺术家从现实的革命发展中真实地、历史地、具体地去描写现实，同时艺术描写的真实性和历史具体性必须与用社会主义精神从思想上改造和教育劳动人民的任务结合起来。”[1]尽管《章程》也强调：“社会主义现实主义保证艺术创作有特殊的可能性去表现创造的主动性，选择各种各样的形式、风格和体裁。”[2]但是由于当时“极左”思潮的干扰，理论探索和艺术创作方法的创新受到了极大的限制。虽然我们不能够简单地把社会主义现实主义视为是某一个人强加给苏联作家的，但政治对文学创作与批评的干预，是显而易见和不容否定的。因此，苏联时代的这一时期，基本上是理论和方法的“一元化”时期。

1953年3月5日斯大林去世，同年9月苏共中央全会关于“暴露缺陷”的精神，为文艺界恢复文学的批判功能，“写真实”和反对“无冲突论”，提供了思想上的保障。第二次全苏作家代表大会为了适应新的形势，对1934年第一次代表大会通过的《苏联作家协会章程》进行了修改，删掉了社会主义现实主义表述的后半部分，即“同时艺术描写的真实性和历史具体性必须与用社会主义精神从思想上改造和教育劳动人民的任务结合起来。”同时，大会也删去了“要求艺术家从现实的革命发展中真实地、历史地、具体地去描写现实”中的“历史地、具体地”两个副词，后来只是在1959年的第三次全苏作家代表大会上又恢复了这两个副词。

显然，1956年2月苏共二十大的反对个人崇拜以及文学艺术界随后开始的艺术审美本质的大讨论，均使得苏联的文学艺术界迎来了“解冻”的时代，艺术的意识形态本质论受到了挑战，“艺术的审美本质”作为一个术语进入了苏联文艺理论界。不过，这些变化依然还是处于社会主义现实主义理论总体框架中的探索，只是“一元化”下的改革，可谓是“带着镣铐跳舞”。1957年4月和1959年3月，苏联科学院高尔基世界文学研究所与苏联作家协会举办了两次影响深远的全国性学术研讨会：“世界文学中的现实主义问题”和“社会主义现实主义问题”。这两次会议的共同目的只有一个，就是如何将社会主义现实主义的创作实践和理论思维继续推向前进。

1961年10月苏共二十二大宣布，在苏联，敌对阶级已经被消灭，已经不再存在阶级斗争，并提出“一切为了人，为了人的幸福”。据此，人道主义成为了当时苏联文艺理论与创作思潮的中心问题。苏联作家协会与苏联科学院高尔基世界文学研究所在1962年，共同主办了“人道主义与现代文学”学术研讨会；在1964年12月又联合举办了“当代现实主义和现实主义问题”学术研讨会。此后，一般情况下，苏联文艺批评界在谈论西方现代派文学时，不太使用“颓废派”或“先锋派”的概念，而取而代之的是“现代派”。20世纪60年代上半期，已经

① 《苏联文学艺术问题》，北京：人民文学出版社，1959年，第25页。

② 同上。

销声匿迹的俄国形式主义等流派,开始以符号学派等形式,即莫斯科—塔尔图符号学派,重新出现。

可以说,从60年代初起,在苏联文艺界,"写真实""自我表现"等文学和美学问题的争论,形成了以特瓦尔多夫斯基主编的《新世界》杂志与柯切托夫主编的《十月》杂志为核心的对峙局面,在西方评论界看来,前者是"自由派",后者是"保守派"。在如何评价索尔仁尼琴的小说《伊凡·杰尼索维奇的一天》上,《新世界》与《十月》的评论迥然不同,前者高度赞赏,后者却严厉批判。1967年1月27日,《真理报》发表编辑部文章"当落后于时代的时候",对双方的问题都提出了尖锐的批评。1967年5月22日至27日第四次全苏作家代表大会在莫斯科举行,会议提出,苏联文学要通过艺术来认识当前现实,认识新社会建设的新阶段,号召苏联作家对资产阶级思想发起进攻。

1971年3月30日至4月9日苏共举行了二十四大,在会上勃列日涅夫就文艺方针,提出了"反对两个极端",即反对粉饰和反对抹黑。这无疑对于苏联文学创作和批评理论的发展均产生了重大的影响。同年6月29日至7月2日,第五次全苏作家代表大会召开,全面贯彻了苏共二十四大的精神。1976年6月21日至25日,第六次全苏作家代表大会在莫斯科举行,会议分了十个专题进行讨论,强调了科技革命、人道主义与文学的关系,甚至还涉及了文学与生态学的问题。显然,创作主题的多样化和丰富性已经成为这次会议讨论的主题。

在20世纪60至70年代,"社会主义现实主义"理论的突破,如何在这一理论框架内多元化,也一直是理论界探讨的中心话题之一。1966年6月,苏联《文学问题》杂志编辑部召开了"社会主义现实主义的迫切问题"座谈会。从此至70年代末,苏联的报刊和出版著作中,就出现了大量讨论这一问题的著述。有的提出,方法的统一性与风格的多样化;有的提出,与社会主义现实主义一样,还存在"社会主义浪漫主义";不少人也认为,方法的多样化会导致社会主义现实主义理论的贫困化。

1973年苏联《文学评论》在第9期和第10期上,连续刊登了三位通讯院士苏奇科夫、德·马尔科夫、洛米泽的三篇文章,既批评了创作方法多元化的观点,也反对把艺术真实狭隘化的理解。以德·马尔科夫为代表的学者们还提出,社会主义现实主义是"真实地描写生活的历史地开放的体系"。德·马尔科夫从1972年首次提出"开放体系",到1977年在苏联《文学问题》第一期上发表论文《真实地描写生活的历史地开放的体系》,可以说是经过认真思索,集体探讨的结果。这种观点对我国20世纪80年代苏联文学研究界和文艺学界影响较大。

20世纪60至70年代也是苏联文艺学界不断探索新方法的时代,文艺的综合研究(含控制论、信息论、系统论)、系统分析方法、类型研究、历史比较研究、历史功能、符号学研究等纷纷涌现,虽然有的方法并非是全新的,以前就存在,但是的确注入了大量新的内涵,如类型研究等。文艺的综合研究是当代苏联文艺学最早提出的方法之一,在1963年专门举办了相关的学术研讨会。该方法就是要在各个学科的交叉点上,从单学科的研究走向超学科的综合研究,要与现代科技发展中的控制论、信息论、系统论联系起来。系统分析方法就是把艺术活动视为一个有机的系统,无论是世界文学、民族文学还是文艺流派和文艺作品,都是相互联系的,尤其强调内容层次的主导作用。类型研究就是要在一般与特殊的内在联系中,揭示那些在根本素质上、结构上互相近似的文学现象。这一研究包括了作家的类型、风格、创作方法和体裁的类型研究。历史比较研究是对同一民族文学的同一时代或不同时代的各个作家的作品,以及同一作家不同时期的作品的比较研究。历史功能研究就是对于作者创作的作用研究,不仅研究作者所处时代的作用,也要考察未来时代的作用,等等。

第七次全苏作家代表大会于1981年6月30日至7月3日在莫斯科举行,作协第一书记Г.马尔科夫做了《为共产主义斗争的苏联文学和从苏共二十六大的决议看它的任务》的报告。大会分成八个创作委员会,就八个专题做报告和展开讨论,对近年来苏联文学发展进程进行总结,分析了各种文学体裁创作和文艺批评的成绩和问题,并指出今后的任务。

随着1985年戈尔巴乔夫上台,苏联的改革局势发生了急剧的变化,这自然也深刻地影响了苏联文艺学界。戈尔巴乔夫在第八次全苏作家代表大会召开前夕,专门会见部分作家,要求作家们用自己的创作为他推行的“改革”造舆论。此次代表大会于1986年6月24日至28日在莫斯科举行。作协第一书记Г.马尔科夫在会上做总结报告。他指出了近年来苏联文学的发展,各民族文学的繁荣以及文学创作中存在的问题,还特别提到苏联作家协会同中国作家协会在中断交往之后的再次联系。他强调反对那些有损于苏联艺术声誉的艺术废品,反对把背离阶级立场说成是“勇敢”,“摆脱束缚”,提出文艺批评本身应具有高度的专业水平和原则性,目的在于促进艺术和生活的联系。显然,这次会议仍然可以被视为是苏联意识形态发生重大变革之前的最后一次全苏作家代表大会。此后,苏联解体,文学创作和文学批评又呈现出多元化格局。

文学艺术界的变化往往是社会发展的方向标,苏联文艺学界的多元化转向自然先于苏联国体的解体。1989年5月11日至12日,俄罗斯科学院高尔基世界文学研究所和苏联作家协会在莫斯科联合主办了题为“苏联文学史:新观念”的学术研讨会。这次会议可以视为是苏联文学及其批评理论真正重新走向多元繁荣的标志。会上,世界文学研究所所长库兹涅佐夫强调,应该拓展苏联文学及其理论研究的范围，把侨民文学和“持不同政见者”的创作和批评理论都纳入进来。他提出，深入研究这些人类文明的精神财富已是刻不容缓的任务。[①]在这次会议上，与会者就文学批评标准、创作方法等理论问题和一批经典作家的再评价展开了热烈的讨论。许多学者认为，十月革命造成了人文科学传统发展的断裂，对列宁的文艺政策，特别是《党的组织与党的文学》（又译《党的组织与党的出版物》）一文进行了批判。这次会议实际上是社会主义现实主义理论体系被打破以后，从思想理论上对许多重大文学问题进行了重新阐释，从而深刻地影响了20世纪末俄罗斯文学批评理论的发展。1990年，俄罗斯的科学出版社将此次会议的论文整理成两卷本的《苏联文学史：新观念》出版。此次会议以后，俄罗斯文学批评理论的发展进入了一个崭新的历史时期。以前曾被封存或埋没的理论家，重新进入了理论界的视野。

1991年12月26日，苏联宣告解体，苏联作家协会也无法以原来的名称继续存在下去。作家组织内部的斗争、分裂和对峙进一步加剧。文学界各种力量斗争激烈，大致可以分裂为两大主要派别：以邦达列夫等为代表的传统派和以叶夫图申科等为核心的自由派。传统派主张弘扬文学的民族传统，抵制外来的消极影响，坚持传统的文学观念和价值观念，要历史地看待社会主义现实主义，它曾经起过积极作用，只是后来被教条化和绝对化了，在苏联时期仍存在着不少优秀的文学创作和严肃的文学理论与批评。自由派则推崇西方文化，追求西方的文学表现手法，对苏联时期的社会制度和社会主义现实主义持全盘否定态度，不承认社会主义现实主义是美学范畴和创作方法，认为它起源于卢那察尔斯基的实证美学，是斯大林主义的产物。当然，也有一些作家和理论家们属于中间派。在80年代末至90年代初，俄罗斯（包括原苏联）文学批评界主要关注的中心是“怎样对待苏联文学”，“如何建立新文学”的问题。1990年7月4日，《文学报》刊登了维克多·叶罗菲耶夫的题为《悼念苏联文学》的文章。文章彻底否定了苏联文学，把社会主义现实主义作为“官方文学”加以批判，提前在为苏联文学送终。随后，阿格耶夫等人又提出了让文学回归自身的主张，要求解除文学的社会任务和教育任务，强调作家创作的充分自由。[②]

“八一九事件”夺权后的自由派作家决定把作家协会改名为“作家协会联合体”，并于1992年1月10日至11日召开了联合体成立大会。会议决定由原苏联作协理事会“主席会议”履行领导职责，只有莫斯科、圣彼得堡、亚美尼亚等少

---

① 阿·库兹涅佐夫：《真理的探索》，载《苏联文学史：新观念》，第1册，第3—14页，莫斯科：科学出版社，1990年。

② 阿格耶夫：《关于危机的提纲》，《文学评论》，1991年第3期。

数几个组织参加，而俄罗斯联邦作协等并未加入。1992年6月2日至3日，第九次作家代表大会在莫斯科举行，487名代表参加了会议，俄罗斯联邦、哈萨克等25个自治共和国和地区的作协签署成立了“国际作家协会共同体”。但是这次会议并没有实现联合，却导致了联合体与共同体两大组织对立的局面，这种对立和分裂事实上也造成了作家组织间的内耗。

进入“后苏维埃”时期，由于共产主义政治信仰的动摇或毁灭，社会主义现实主义理论体系的崩溃，19世纪末至20世纪初的各种宗教文化思潮又重新回归，并且很快渗透到社会生活的各个方面。不少文学评论者已转向宗教，力图完全从宗教研究的角度来解释文学现象，甚至撰写文学史。宗教文化批评思潮在文学论坛上的声势越来越大。大量以宗教为题材的作品蜂拥而出，形成了一股强大的“回归宗教”的热潮。一大批白银时代的宗教哲学家和文艺理论家索洛维约夫、弗洛连斯基、舍斯托夫、梅列日科夫斯基、别尔加耶夫、谢·布尔加科夫等人的思想遗产被重新发掘出来。真理出版社和《哲学问题》杂志先后大量出版了这些理论家的文集。大型文学期刊《世界文学》也以极大的篇幅刊登了他们的作品以及有关评论。在声势浩大的“宗教复兴”的“回归”大潮中，不少理论家在宣扬宗教文化批评理论的同时，力图从理论上彻底否定传统的现实主义批评理论。

其实，早在苏联解体之前，以洛特曼、乌斯宾斯基为首的莫斯科—塔尔图符号学派的符号学理论、巴赫金的对话思想和批评方法、赫拉普欣科的诗学理论、利哈乔夫的理论建树以及原苏联板块之外的雅各布森的诗学批评、纳博科夫的文艺批评方法等，就已经不仅得到了原苏联境内文艺理论界的竭力推崇，而且受到了国际学术界的广泛关注，甚至对20世纪西方文艺批评理论的进程产生了积极的影响。

显然，俄苏文学批评理论的发展，在20世纪末至21世纪初又回归了“多元化”格局，整个20世纪的百年运行确实留下了一个由“多元”到“一元”再回到“多元”的“循环”轨迹。

第二节　两大板块：境内与境外交融

翻开20世纪俄苏文学批评理论发展的历史画卷，我们可以很清楚地看到，这一历史是由两个时期先后交替所构成的，即由俄罗斯时代（1917年以前）至苏联时代（1917年至1991年）再至俄罗斯时代（1992年以后）。然而，正是由于这种时代的交替和意识形态剧变等诸多原因，也导致了20世纪俄苏文学批评理论研究的错综复杂性，甚至很难分清哪些理论著述属于俄苏文学批评理论研究的范围，哪些是属于其他西方国家的。显然，仅仅凭借文论家的国籍和现实生活地来判断其成果的归属，是非常不客观的。任何一种理论的产生都是与该理论家所处的民族历史文化渊源息息相关的。因此，流亡国外的俄罗斯文艺理论家、批评家和思想家所形成的思想或理论，必然会受到俄罗斯民族文化的影响，也应该属于本书研究的范围。

为了进一步阐释的方便，我们认为，20 世纪俄苏文学批评理论是由两大板块交融所构成的，即“国内板块”（原苏联境内）和“国外板块”（侨民文论），只有这两大板块的合成，才能够展示出一幅完整的 20 世纪俄苏文学批评理论发展的全貌图。回眸历史，苏联文学批评和理论界关注的仅仅是“国内板块”，忽视或排斥“国外板块”，甚至把流亡国外的理论家和作家视为异己力量加以讨伐，这种把文学批评理论意识形态化的做法，无疑是极“左”思潮泛滥的结果。与其相反，西方的不少研究者则过分强调“国外板块”，对苏联时期的文学创作和理论，特别是社会主义现实主义理论，要不视而不见，要不嗤之以鼻，仅仅把“国外板块”视为 20 世纪俄罗斯文学批评理论的主体，这显然也是另一种形式的意识形态化，同样是很不客观的，非历史主义的研究态度，走向了另一个极端，其实苏联时期的 70 多年历史是无法抹去的，至少值得学界去研究和思考。

从 20 世纪俄苏文学批评理论的发展版图来看，“国内板块”主要是指在原苏联境内的以俄罗斯为代表的文学批评理论，它主要包括兴起于 19 世纪末至 20 世纪初的宗教文化批评理论及其相关的象征主义、未来主义；流行于 20 年代的庸俗社会学、“拉普”、无产阶级文化派以及与此相关的各种左翼文学团体的批评理论；成立于十月革命前的莫斯科语言小组、彼得堡诗歌语言研究会的形式主义理论；30 年代确立的社会主义现实主义，50 年代崛起的审美学派，60 年代以后蓬勃发展起来的莫斯科—塔尔图符号学派、巴赫金的对话理论，以及从 19 世纪末以来一直发展着的现实主义批评理论、历史诗学批评理论和一些马克思主义文艺批评家的学说等等。“国外板块”指的是在原苏联国土以外的俄罗斯文学与批评理论，它主要包括部分生活在西方的研究宗教文化与艺术的批评家和理论家们的著述、以雅各布森为代表的形式主义理论和布拉格学派的相关著述、侨民文学批评家以及一些流亡国外学者和作家的批评理论建树，如纳博科夫等。

这两大板块的形成可以说是社会和历史的变革使然，一次世界大战、1917 年的十月革命、持续三年的国内战争，由于相当一部分批评理论家和作家对战争的失望和革命的不理解，在苏维埃政权建立前后就纷纷涌向国外。他们虽然身处异国他乡，但却始终心系祖国，为俄罗斯的命运担忧，一直十分关注着国内文学创作及其理论的发展。在 20 世纪 20 至 30 年间，由于当时苏联国内极左文艺政策的灾难性影响，原来留在苏联境内的不少作家和理论家，受到了极其不公正的待遇和迫害，诸如古米廖夫、弗洛连斯基、曼德尔什塔姆等一部分作家和学者或被处死，或死于流放，文学理论政治化的倾向甚嚣尘上。文学理论研究和批评不仅谈不上自由、宽松和争鸣的起码学术气氛，甚至丧失了生存的权利。另一部分思想家如维·伊凡诺夫、雅各布森等人则伺机离开了苏联，先后定居西方国家，使得俄苏文学批评理论的"国外板块"不断扩展，再加上苏联政府和布尔什维克党对一些持不同政见的作家和理论家采取驱逐出境的办法，这样就最终导致了两大板块的分裂局面。

可以说，无论是"国内板块"，还是"国外板块"，俄苏文学的批评和理论家们的真知灼见，不仅使得整个 20 世纪俄苏文学批评理论丰富多彩，而且深刻影响着整个 20 世纪西方文艺批评理论的进程。如果没有俄国形式主义，就很难想象英美新批评派、法国结构主义和解构主义的产生；要是没有雅各布森等人组建的布拉格语言学派，当今语言学的发展就难以如此繁荣。巴赫金的对话思想经法国学者克里斯蒂娃在西方的推介，几乎成为后现代西方社会解构思潮的重要理论支撑。以洛特曼、乌斯宾斯基为首莫斯科—塔尔图符号学派成为整个国际符号学研究的重镇。甚至俄裔美籍作家纳博科夫的文学创作和批评理论在一定程度上丰富了美国文学及其理论的发展。

从 20 世纪俄苏文学批评理论的发展进程来看，"国内板块"和"国外板块"尽管政治和地缘等关系，相互隔离，但是又由于俄罗斯民族的血缘和文化关系，而相互交融。隔离主要是指，在 70 多年的漫长历史岁月中，这两大板块的批评家和理论家们身处各自社会的不同意识形态环境，以党派、信仰之争划界，彼此隔绝、甚至对峙并且难得有交流机会，有时还不得不被迫处于相互敌对的境地。交融主要是指，在俄苏文学批评理论的发展过程中，一方面，不少批评理论流派是由两大不同板块的理论家们共同组成的，比如宗教文化批评理论、形式主义和符号学理论等。从莫斯科到布拉格，再到巴黎，清楚地记载了俄国形式主义流向西方，形成布拉格学派、结构主义的发展轨迹，促使西方文论完成了由以研究创作为中心到以探讨文本形式研究为中心的重大转移。另一方面，相当一部分理论家虽然生活在两大不同的板块，但是彼此依然以各种或明或暗的方式，保持着一定的联系，关注着彼此的学术思想。

实际上，这两大板块中的许多理论家和批评理论流派本身就有着密不可分的"血缘"关系。他们中间很多人是从"国内板块"的批评理论流派中分出去的，他们流亡国外期间，把俄罗斯国内的文学理论批评推向世界，又在用西方的文学理论反过来丰富和发展着俄罗斯的文学理论与批评，哪怕是在"国外板块"对苏联时期文学批评理论的政治化进行批判，也是从另一个方面推进了俄苏文学批评理论的发展。

随着冷战的结束，苏联意识形态发生剧变，从 20 世纪 80 年代下半期起，不少俄罗斯的流亡作家和理论家又重新返回俄罗斯，并经常往返与俄罗斯与西方之间，这也在很大程度上，促进了两大板块的相互交融，甚至已经开始消除了这两大板块之间的界限，使之成为一个整体。

显然，20 世纪俄苏文学批评理论史的全景图是由“国内板块”和“国外板块”共同构成的，缺少其中的任何一个板块，都肯定是不完整、不科学的，这也是 20 世纪俄苏文学批评理论自身所独具的世界性特征。因此，我们可以说，20 世纪俄苏文学批评理论是跨越国界的、是全球性的，我们的研究也是没有国界的、是不受地域限制的。

不可否认，两大板块的分割和对峙，对 20 世纪俄苏文学批评理论的发展确实产生了相当大的负面影响，它使得正常的学术交流人为地中断了约 70 年，造成了文学理论界长期“冷战”的格局。不过，这也在客观上为俄苏作家和理论家流亡“国外”，直接参与西方文学创作和批评理论界的学术活动，创造了更多的机会，对俄罗斯文论与西方文论在 20 世纪的融为一体起到了毋庸置疑的积极作用。

如今，两大板块的隔绝和对峙已经成为历史，未来的俄罗斯文学批评理论的发展将不会再受板块之间的敌对影响。相反，这两大板块之间的交流将把 21 世纪的俄罗斯文学批评理论界与世界联系得更加紧密。可以非常有趣地发现，在 20 世纪俄苏文学批评理论史中，凡是仅仅滋生于一个版块，得不到另一板块认可的文学团体及其批评理论主张，往往会被历史淘汰。历史会遗忘那些过于意识形态化、仅仅为政治集团利益服务的那些文学主张和批评理论。越是为艺术本身而产生的批评理论，越是俄罗斯民族文化传统的批评理论，越是全人类共同拥有的艺术创作规律和创作方法，才能够为广大作家和理论家认可，成为世界艺术理论宝库的瑰宝。

历史淘汰了 20 世纪 20 年代以“拉普”等为首的一批“极左”的文艺团体及其批评思想，历史同样扬弃了社会主义现实主义中的极端政治化的内涵，保留了现实主义艺术的发展；历史也必将抛弃 20 世纪末苏联解体前后的那些纷争的文学团体及其过激言论，将会过滤掉蜂拥而至的西方文学批评理论中糟粕，汲取其有价值的精髓。无论是只代表苏联的政治集团利益而言，还是仅站在西方的文化、价值观的立场，都不可能成为 20 世纪俄苏文学批评理论的宝藏。历史只会铭记得到两大板块共同认可的批评理论，历史将永存经得住时间考验的宗教文化、现实主义、艺术审美等流派及其批评理论。

纵观 20 世纪整个西方文学批评理论史的发展，我们可以认为，缺少俄苏文学批评理论的西方文论，将是不完整、不丰富的，甚至是逊色的。

第三节　三股潮流：起伏与转向演变

在20世纪，也许经历了两次世界大战和各种形式的革命风暴，不少国家都饱经了战争杀戮、外来侵略、社会动荡和政权更迭等种种磨难，文学也随之在疾风骤雨中饱经沧桑。原苏联作为占世界陆地六分之一面积的大国就更是如此，不仅遭受了两次世界大战的腥风血雨，而且经受过一而再再而三的政权和意识形态环境更迭，国家由分走向联盟，又由统一走向解体，这一切都必然会深刻影响着文学批评理论的发展轨迹。

20世纪俄苏文学批评理论先后经历了三个世纪交汇，走过一百多年的风雨历程，在两大板块中滋生和不断繁衍，显然是极其纷繁复杂的。许多流派的创作方法和批评理论不仅自身是发展变化的，而且还常常与其他流派及理论相互交融。然而，如果从20世纪形形色色的俄苏文学批评理论流派的文艺立场和文学观来加以考察和区分，又不难分辨出，在文学批评理论的大潮中还是涌动着三股主要潮流：一是以探讨文学与宗教文化关系为基本目的的宗教文化批评潮流，本书主要在“宗教编”中加以论述，比如白银时代宗教文化批评理论流派的主要批评家；二是以社会现实批评为主要特征的各个流派，我们权且把它们归入本书的“现实编”，它主要是由马克思主义文学批评、现实主义（写实派）、庸俗社会学、无产阶级文化派、拉普、社会主义现实主义等流派所构成，也包括把反映社会现实作为文学的主要任务的一些理论家；三是强调艺术审美本质、重艺术形式及其功能研究的审美批评潮流，本书的“审美编”将重点阐述，属于这一潮流的主要有俄国形式主义、布拉格学派、审美学派、莫斯科—塔尔图符号学派和历史诗学等。

这三股潮流均出现在20世纪初，与19世纪的文学批评传统有着程度不同的渊源和继承关系。宗教文化批评与俄罗斯民族信奉的东正教传统息息相关，直接理论渊源是19世纪末索洛维约夫的宗教哲学观。社会现实批评直接或间接地源于马克思主义文学批评和别林斯基、车尔尼雪夫斯基、杜勃罗留波夫为代表的现实主义批评传统，其中也不乏一些批评团体是对这一传统的歪曲。审美批评则主要是19世纪唯美主义批评传统在20世纪俄苏板块的进一步延续和发展，这种发展不仅是对艺术审美本质的深入探讨，而且还融入了符号学和历史诗学等研究方法。这三股潮流相互碰撞后即掀起过惊涛骇浪，尤其是在两个世纪之交，但更多是此起彼伏，缓缓流淌。一些本来气势汹涌、声势浩大的文艺团体在历史的大浪淘沙中被淘汰，反而那些曾经被讨伐、批判，甚至被迫流亡国外或宣布退出的理论家及其派别却经受住了历史的考验。历史也许是检验任何一种文学批评理论最佳的试金石,历史是公正而无情的。

在这三股潮流中,最能够代表俄罗斯民族性格的文学批评理论思潮显然是宗教文化批评,这首先是由于俄罗斯民族的信仰所决定的,东正教已经深入到俄罗斯人的灵魂深处,深刻影响着俄罗斯人的思维方式。无论经历怎样的社会现实变革,东正教信仰都是俄罗斯人最终的归宿。20 世纪与 19 世纪和 21 世纪的两个世纪之交,在俄国均是宗教文化批评思潮最为繁荣的时期,也就是说,在 20 世纪的两端宗教文化批评理论处于“起”的时期,而在苏联时期由于官方意识形态的变化,它则处于“伏”的状态。与宗教文化批评理论相反的是社会现实批评思潮,它的大“起”阶段主要是苏联时期,特别是在社会主义现实主义“一统天下”的时期。因此,这一批评理论思潮是统治 20 世纪俄苏文学批评理论发展历史时间最长的,它的历史作用也是不容忽视的,不能够简单地加以否定。事实上,即便在意识形态发上巨变的今天,社会现实批评思潮也一直活跃在俄罗斯文坛,只是没有在苏联时期处于“独尊”的地位罢了。审美批评思潮产生于 10 月革命前夕,似乎一直与苏联时期的主流意识形态格格不入,长期处于“伏”的境地,甚至在 20 世纪 30 年代初转入“地下”或在此之前就移至“国外”。但是,该流派的重新崛起,即“起”,则相对早些。在 1953 年斯大林去世以后,伴随着文学解冻时代的到来,苏联文学界展开了一场影响深远的关于艺术审美本质的大讨论。此后,以塔尔图大学教授洛特曼、莫斯科大学教授乌斯宾斯基为代表的莫斯科—塔尔图符号学派继承俄国形式主义的传统,不仅屹立于苏联文坛,而且产生了极大的世界影响。与此同时,巴赫金等人的诗学理论引起了学界的普遍关注,甚至影响着整个世界。

显而易见,沿着 20 世纪俄苏文学批评理论运行的轨迹,我们不难发现,以“国内板块”为主体的俄苏文学批评理论思潮的发展,经历过重大的“三次”研究重心转向。第一次转向是发生在苏联建立前后,由宗教文化批评、艺术审美批评转向社会现实批评,即“社会现实转向”。这一次转向的完成以 1934 年社会主义现实主义地位的确立为标志。第二次转向则是发生在 20 世纪 50 年代的“审美批评转向”,从 1956 年的艺术审美本质的大讨论开始,几乎贯穿了整个 20 世纪的后半期。第三次转向则主要表现在苏联解体前后的文化批评转移以及宗教文化批评理论的复苏。显然,这种转向仅仅是指理论界关注焦点的转移,并非是说其他批评理论的消亡,几乎各种批评思潮都以不同的方式或明或暗地存在着、变化着、发展着。

可以说,变化和发展是各种文学批评思潮和理论生存的基础。特别是自 20 世纪后半期以来,俄苏文学批评理论界呈现出三大明显的发展趋向,即文学形式研究由语言符号向文化符号的转向、文艺本质认识由意识形态本质论向审美本质论的转向、社会历史批评由现实世界向宗教世界的转向。当然这仅仅是就主要趋向而言，并不排斥还存在着其他现象。

以文学审美形式研究为己任的莫斯科—塔尔图符号学派，继承的是俄国形式主义的语言学研究传统。俄国形式主义的代表人物什克洛夫斯基、雅各布森等运用索绪尔共时性语言学的研究模式，把文学研究也像语言学研究那样分成内部研究与外部研究，强调内部研究，提出了把日常生活语言转化成文学语言的"陌生化"理论，对以语言美学为基本内容的文学性问题等进行了深入的研究。甚至我们可以认为，西方结构主义主要是研究符号的符号学，而苏联的符号学则是研究语言的符号学。前者源于皮尔士的逻辑研究倾向，后者却源于索绪尔的语言学研究倾向。从20世纪60年代以后，在洛特曼和乌斯宾斯基等人的努力下，莫斯科—塔尔图符号学派的研究渐渐发生了转向。最初该学派的理论家们开始运用语言学方法分析非语言现象，后来又转变到研究作为某种内在的研究领域的文化符号，最终演变为文化符号学。他们的研究焦点从语言怎样表述的问题，转向符号反映的客体本身，即符号意义的文化实现，也就是由怎样表述转向了表述什么。这种转向在巴赫金、洛谢夫等理论家的研究中也是极其明显的。巴赫金在20世纪60年代发表的研究拉伯雷的专著，就是一本对文学创作进行历史文化研究的经典之作。洛谢夫关于古希腊罗马文化的博大精深的研究，深刻影响着整个俄苏文学批评理论界。巴赫金早在20世纪20年代就彻底批判了形式主义关于"自有价值的词"的学说，把词看作是一种多方面的意识形态的符号。洛谢夫把语言理论定义为关于人的学说、关于人的文化的学说。显然，从莫斯科—塔尔图符号学派以及部分其他理论家研究的发展轨迹来看，文学形式研究由语言研究向文化研究的转向是清晰可见的，直接促进了俄苏文化批评理论的"起"。

如果说批评理论研究的文化转向，主要反映在符号学派和历史诗学等研究的过程之中，那么对文艺本质的认识由意识形态本质论向审美本质论的转向，则跨出了审美形式研究的门槛，震动了20世纪50年代中后期至60年代的整个苏联文艺理论界。在苏维埃政权初创时期，为了巩固政权，苏联共产党特别强调文艺的社会功能，这是完全可以理解的，只是这一文艺政策延续得太久，且制约了文艺自身的发展。当时苏联文艺学界盛行着源于黑格尔和别林斯基的观点，即意识形态所认识的客观世界是同一的。无论科学还是艺术，他们的认识和表现对象都只能是客观的社会现实，只不过是认识和反映的方式迥异。这种文艺的意识形态本质论在苏联文艺学界曾经是根深蒂固的。尤其是到了第二次世界大战以后，日丹诺夫代表苏共中央主管文艺工作，这种极左倾向发展到了登峰造极的地步。1953 年以后，文艺界的"解冻"就给苏联文艺批评理论的发展带来了生机。理论界主要不再从艺术与其他学科的共同点出发来思考问题，而是努力彰显艺术自身的特殊性。布罗夫、尼古拉耶娃、斯托洛维奇等人先后出书和撰文，旗帜鲜明地提出"艺术的本质特征是审美"的观点，深刻批判了"意识形态本质论"，为后来对社会主义现实主义创作方法及其理论的重新认识、对艺术假定性的肯定、对现实主义与反现实主义公式的质疑，都产生了积极的影响。艺术本质的审美认识已为大多数理论家所接受，并且这种认识也在不断深化。因此，审美转向在经历了 20 世纪 30 年代初至 50 年代初的 20 多年的"伏"，终于又重新"崛起"，已经成为 20 世纪后半期俄苏文学批评理论发展趋向的一个明显特征。

社会历史批评由现实世界向宗教世界的转向，大约发生在 20 世纪 80 年代末至 90 年代。其实这种转向，在一定程度上只能够说是宗教文化批评理论的复苏。因为宗教文化批评理论的探索始于 19 世纪末至 20 世纪初的俄罗斯文学的"白银时代"，它早已存在于象征主义和宗教文化批评等流派的理论观点之中。在此后的半个世纪左右的岁月中，这些批评理论便遭到了彻底的批判，因而也就被迫转移到了"国外板块"，"国内板块"占主导地位的是社会历史批评。随着社会意识形态领域的巨变和苏联的解体，原有共产主义理想和信念的破灭，人们又开始努力摆脱社会现实世界的羁绊，回到了宗教的神秘世界。有的试图从宗教信仰中去探索真理，有的则似乎仅仅是想以此排除种种烦恼，追求彼岸世界的安逸。大量关于白银时代的象征主义和宗教文化批评的书籍再版，一些长期被封存的理论家又重新返回，尽管他们中已大部分去世了，但他们一直被批判的学术思想却以各种方式重返文坛。不少当代的俄罗斯文学批评家和理论家对文学的宗教研究表现出极大的热情，开始从宗教的角度重新审视俄罗斯文学的发展历程。从 20 世纪与 21 世纪之交的宗教文化批评转向来看，与白银时代的宗教文化探索已存在着极大的差异。一是探索的范围更广、研究的人数更多，所研究的问题涉及几乎 19 世纪所有著名的和 20 世纪部分有影响的作家，甚至出现了宗教文学史；二是研究视角更加多元，这里既有文学与宗教关系的理论研究，也有以宗教的视角来审视文学现象，更有不同的宗教观对文学创作影响的比较研究等。显然，社会现实批评的宗教转向是 20 世纪后期俄罗斯文学批评理论活动呈现出的一种发展趋向，而且这种趋向方兴未艾。

随着 20 世纪 50 年代中期以来，特别是到了 20 世纪 80 年代中后期以后，随着意识形态的放开，俄苏文艺学界与西方文学批评理论界接触的增多，西方现代主义思潮以及后来的后现代主义思潮的影响，苏联文学论坛和解体后的俄罗斯文学批评理论界均呈现出与之相对应的现代主义批评和后现代主义批评，形形色色的批评观点和理论是以各自不同的方式多元共存的，使得当代俄罗斯文学批评理论的格局更趋复杂化。多元化格局无疑已成为20世纪乃至当今21世纪上半期俄罗斯文学批评活动的一个重要特征。

第一编　宗教编[①]

① 本编主要参考了由本人撰写的《走向真理的探索——白银时代俄罗斯宗教文化批评理论》(北京大学出版社,2012 年)一书,在此基础上进行了修改,特别是在本编的所有章节中增加了用宗教文化批评理论方法分析文学文本的部分。

概　述

俄罗斯宗教文化批评理论的发展渊源于俄罗斯东正教神学，而俄罗斯东正教神学是由拜占庭神学和俄罗斯神学融合而成的，成为与天主教、新教并列的基督教的三大分支之一。以东正教思想为灵魂的俄罗斯宗教文化批评理论发端于19世纪末至20世纪初，是俄罗斯民族的思想家们对传播近千年的东正教文化的重要贡献，是人类文学和文化批评理论宝库中的瑰宝。

沿着东正教发展的轨迹，公元9世纪，东正教走出了希腊本土，开始传播到巴尔干半岛地区，直至公元988年，弗拉基米尔大公把东正教从拜占庭引入俄罗斯大地，从此东正教成为俄罗斯的国教，俄罗斯成了信奉东正教的民族。随着15世纪中叶拜占庭的灭亡，俄罗斯民族在逐渐摆脱对其的依靠同时，独立的俄罗斯民族意识开始崛起。1589年，俄罗斯教会第一任牧首约夫被选出，当第十位牧首阿德里安于1700年去世后，彼得大帝取消了牧首制，改由主教公会管理教会，从此教会受制于皇权。1917年，俄罗斯教会牧首制被恢复，可是在1925年牧首吉洪去世后，苏维埃政府再次取消了牧首制。直至第二次世界大战开始后，迫于战争的需要，牧首制再次被恢复。

可以说，俄罗斯民族是个天生具有信仰的民族，在东正教传入之前，俄罗斯还没有形成自己的文化，信奉东正教才使得俄罗斯民族逐渐形成了自己的民族精神和文化。在俄罗斯，是先国家后才有民族意识，而知识分子出现在民族的自我意识之后。按照别尔嘉耶夫的观点，俄罗斯知识分子与文学有着千丝万缕的联系，俄罗斯的第一个知识分子就是拉季谢夫(1749—1802)。尽管俄罗斯知识分子的先驱别林斯基(1811—1848)、赫尔岑(1812—1870)和巴枯宁(1814—1876)以及俄罗斯知识分子的杰出代表车尔尼雪夫斯基(1828—1876)、杜勃罗留波夫(1836—1861)和皮萨列夫(1840—1868)几乎都是无神论者，但是他们都是把教会视为沙皇统治的另一种形式，只是用自己的坚定的革命信仰代替了教会信奉的信仰，他们甚至像传教士那样，宣传革命思想，只不过这里的上帝是人民。因此他们的信仰也是具有宗教色彩的。其实，俄罗斯知识分子的反宗教传统里也渗透着明显的宗教性。俄罗斯灵魂是东正教铸造的，但是这种信仰是与非宗教的社会现实密切联系的。别尔嘉耶夫曾经说过，“俄罗斯灵魂的宗教力量拥有一种转向非宗教目的的作用，即指向社会”。[①]

也许俄罗斯文学的典型特征之一就是它的宗教性，19世纪俄罗斯文学的一大批代表作家的创作都蕴含着深刻的宗教思想。果戈理揭示了美学原则与道德原则之间的矛盾，表明宗教可以用“善”来拯救美学原则。陀思妥耶夫斯基的一生创作都似乎在用非理性化的方式证明上帝存在的信念，最能够体现他思想的是长篇小说《卡拉马佐夫兄弟》中的第二部第二卷第五章《宗教大法官》。列夫·托尔斯泰则把上帝理解为爱和至善，上帝就是永恒的、具有普遍性的完善，完善是人类追求的最终目标，等等。

在别尔嘉耶夫看来，阿列克西·斯捷潘诺维奇·霍米雅科夫（А. С. Хомяков 1804—1860）是“第一个真正用东正教方式进行神学思索的人”。[②] 他奠定了俄罗斯东正教的“世俗神学”传统，提出了“聚和性”的概念，即为了共同的信仰“聚”，但是可以“和而不同”，这就是俄罗斯民族信仰的根本。

显然，无论是文学还是哲学的探索，都为俄罗斯宗教文化批评理论的诞生奠定了基础，弗·谢·索洛维约夫的宗教哲学思想的形成就是俄罗斯哲学和神学成熟的标志，也是俄罗斯宗教文化批评理论的基石。

回眸20世纪及其前后的发展历程，我们不难看到，19世纪末至20世纪初，俄罗斯宗教文化运动的思潮迎来了俄罗斯精神文化复兴的白银时代。然而，时隔一个世纪，当历史的车轮行进到20世纪与21世纪之交，曾经沉没了半个多世纪的宗教意识和民族主义又开始在俄罗斯社会的意识形态领域里重新崛起，并且很快全面渗透到俄国社会生活的各个层面。许多理论家、思想家、作家、文学评论者纷纷转向宗教探索，力图从宗教研究的视角来重释和评论文学现象，甚至撰写俄罗斯文学史。宗教文化批评在俄罗斯文学论坛上的声势日益壮大，大量以宗教为题材的文学作品、思想论著蜂拥而出，形成了一股强大的“回归宗教热”。一大批俄罗斯宗教哲学家和文艺理论家弗·谢·索洛维约夫、瓦·瓦·罗赞诺夫、谢·尼·特鲁别茨科伊、叶·尼·特鲁别茨科伊、德·谢·梅列日科夫斯基、列夫·舍斯托夫、维·伊凡诺夫、尼·奥·洛斯基、谢·尼·布尔加科夫、尼·亚·别尔嘉耶夫、谢·路·弗兰克、巴·亚·弗洛连斯基等人的思想遗产被重新发掘出来。真理出版社和《哲学问题》杂志先后大量出版了这些理

① 别尔嘉耶夫:《俄罗斯共产主义的根源与意义》，莫斯科，1990年，俄文版，第9页。

② 别尔嘉耶夫:《俄罗斯理念》，载别尔嘉耶夫文集《俄罗斯理念·俄罗斯的命运》，莫斯科，1997年，俄文版，第137页。

论家的文集。大型文学期刊《世界文学》也以极大的篇幅刊登了他们的作品以及有关评论。

19 世纪末至 20 世纪初的俄罗斯宗教文化精神重新回归当代俄罗斯社会，并且成为了当今俄罗斯文学批评的重要理论支柱之一。持宗教文化批评方法的理论家们大都把宗教意识，即俄罗斯人所信奉的东正教意识，作为认识世界、分析文学创作活动的一种重要认知范式。他们在哲学思想上深受弗·谢·索洛维约夫和德·谢·梅列日科夫斯基等人的影响，大都把尘世的现实社会看作只是彼岸世界的一种反映或者象征，认为文学及其批评的功能在于帮助人们摆脱世俗的羁绊，去接近永恒的彼岸世界。也正是在这一点上，宗教文化批评与象征主义批评是一致的。所不同的是，宗教文化批评直接揭示文学艺术创作活动的宗教底蕴，强调文艺创作活动以宗教活动为目的。

苏联最重要的文艺评论杂志之一《文学问题》编辑部在 1991 年专门就“宗教与文学”问题展开了热烈的讨论。该刊主编德·乌尔诺夫回顾了宗教文化批评在当今重新崛起的具体过程。他把批评界在当代对宗教问题的关注，追溯到 20 世纪 60 至 70 年代米·布尔加科夫的《大师与玛格丽特》等一批禁书的陆续开禁。随后，由谢·阿维林采夫撰写的有关神学研究论文以及就艾特马托夫小说《断头台》展开的讨论，最终使得宗教问题引起了文艺批评界的广泛关注。此后，俄罗斯科学院高尔基世界文学研究所专门举行了关于共产主义信仰与基督教教义之间关系的学术研讨会。天主教作家格雷厄姆·格林也出席了此次会议。会议的结论是非常清楚的：“共产主义信仰与基督教教义并非相互对立”。德·乌尔诺夫指出，当今共产主义思想与宗教在俄国仿佛互换了位置，就像在十月革命前夕东正教教会及其信仰处于崩溃一样。①

从宗教文化批评的视角来重新审视俄罗斯经典作家的文学创作，揭示他们与基督教文化的关系，已成为当代俄罗斯文学批评的主要任务。1990 年，莫斯科书籍出版社为纪念普希金 200 周年诞辰，出版了专集《俄国哲学批评论普希金》。该书收集了白银时代大多数俄罗斯宗教批评家关于普希金创作的评述。1992 年，俄罗斯科学院高尔基世界文学研究所主办了题为“普希金与基督教文化”的专门研讨会。瓦·涅波姆尼亚希在开幕词中，把俄罗斯文化之所以形成讲新约戒律语言的文化，归功于普希金的创作，并指出，普希金创作的基础是基督教文化。②

普希金当之无愧是 19 世纪俄罗斯文学的开创者，20 世纪俄苏文学的奠基

---

① Вопросы литературы. No. 8，1991.

② Литературная газета. 1992，11 марта.

人无疑就是高尔基。1991年第2期的《文学问题》刊登了巴欣斯基的题为《人道主义的逻辑》的文章。文章援引了俄罗斯宗教哲学家德·谢·梅列日科夫斯基对高尔基人道主义思想内在矛盾性的分析。他指出，高尔基同时继承了外祖父身上那种"积极的"西方因素和外祖母身上的"顺从的"东方因素。前者主要是从理智上的继承，后者则是在心灵上的感应。高尔基的创作正是这两种因素相互作用的产物。德·谢·梅列日科夫斯基主张复兴俄罗斯的传统东正教文化和道德，以抵御西欧主义的侵蚀。还有的批评者，把高尔基的《母亲》中的母亲与儿子巴维尔之间的关系看成是圣母与圣子的关系。

在声势浩大的"宗教文艺复兴"的"回归"大潮中，从根本上重写俄罗斯文学史及其批评史的任务被提了出来。1995年，俄罗斯联邦高等教育委员会和国立彼得罗扎沃茨克大学联合出版了由叶萨乌洛夫撰写的《俄罗斯文学中的聚和性》一书。这本书后来成为不少高校的俄罗斯文学史的教学参考书。该书著者完全从宗教的角度研究了俄罗斯文学史的发展轨迹。他主要探讨了《伊戈尔远征记》与东正教的关系、普希金诗学中的宗教因素、果戈理笔下的圣徒形象、托尔斯泰的宗教思想等等。

当今，俄罗斯宗教文化批评的复兴，确实始于20世纪80年代末90年代初的俄罗斯文坛，并逐渐成为当代俄罗斯文学批评的重要理论支柱和方法之一。然而"宗教文化的回归"，在俄罗斯，并非只是要解决一些文艺创作和文艺批评范围内的具体问题，而更重要的是要坚持俄罗斯民族精神和民族文化传统，重新审视俄罗斯文化遗产，力图"重回"到斯拉夫主义、象征主义、宗教哲学中去，并寻找到理论依据，从而建立起能与当今西方文化影响相抗衡的理论思想体系。

在我国俄苏文学批评理论界，深入探讨20世纪俄罗斯宗教文化批评理论，将对我们的文学研究和创作产生积极的影响。俄罗斯宗教文化的批评家和理论家们在对真理的执着探索中、在对世界与人的关系的思考中、在研究艺术的时空构造中，采取了一些独特的认识方式和批评方法，这些无疑是极有价值的人类文明成果。也许正因为如此，20世纪俄罗斯宗教文化批评理论，乃至整个20世纪的俄罗斯文学创作与批评，才会具有这样的魅力，成为当代俄罗斯文学研究和批评关注的热点。

第一章

索洛维约夫：完整知识体系的构建

在19世纪末的俄罗斯，东正教人本主义也许最能够充分体现俄罗斯民族的精神、俄罗斯知识分子的追求。它在思想理论体系上追求一种从内到外的完整性、包容一切具体的总体性，追求终极关怀、终极价值，追求生命存在的意义及其精神的完美。弗拉基米尔·谢尔盖耶维奇·索洛维约夫的完整知识体系的构建及其宗教文化批评就是这种精神的最集中体现。应该承认，弗·谢·索洛维约夫首先是一位哲学家、思想家，只是他的哲学思想对象征主义等文学批评流派，乃至整个20世纪俄罗斯宗教文化批评理论产生了重大影响，甚至可以说是起到了基石的作用。

在18、19两个世纪中，俄罗斯思想家们主要是通过他们自己的文学艺术创作和一些专题文章，来反映自己的哲学思想和立场观点。尽管诸如拉季谢夫、赫尔岑、车尔尼雪夫斯基、皮萨列夫、列夫·托尔斯泰和陀思妥耶夫斯基等人的思想，都具有一定的自我内在联系性和外在的相关性，然而，他们本人均尚未有意识地把自己的思想完整化、系统化，更未建立起自己完整的哲学思想体系。因此，可以说，那个时期的俄罗斯并非哲学本身发展了，而只是哲学思想得到了发展。但是，到了19世纪后半期，俄罗斯出现了一位伟大的思想家——弗·谢·索洛维约夫，他不仅发表了一系列政论性文章和诗集，而且同时还撰写了许多哲学论文和神学文章。他创立了包括整个人类存在和认识的基本范畴的独特体系，他是一位19世纪末至20世纪初俄罗斯伟大的哲学家，20世纪俄罗斯宗教文化批评理论的奠基人。

第一节 走向上帝：大智而哲学修养更高的人

弗拉基米尔·谢尔盖耶维奇·索洛维约夫（Владимир Сергеевич Соловьев，1853—1900）于1853年1月16日出生在莫斯科的一个地位显赫的知识分子家庭。他的父亲谢尔盖·米哈伊洛维奇·索洛维约夫(1820—1879)是莫斯科大学著名的历史学教授,是多卷本《俄国历史》的编撰者,曾任莫斯科大学校长。他的祖父米哈伊尔·瓦西里耶维奇·索洛维约夫是莫斯科经贸学校的神甫和法律教师。这是一个具有浓厚宗教和学术氛围的家庭。祖父和父亲对弗·谢·索洛维约夫的成长影响极大,祖父的宗教信仰、父亲的宏观历史观,都在小索洛维约夫的心中打下了深刻的烙印。他在《关于反基督的故事》中描绘的约翰长老形象,其实就是他神甫祖父的影子。弗·谢·索洛维约夫从父亲身上既传承了对知识的酷爱,对科学的执着,而且还学会了父亲"自己的历史世界观,自己对人类发展进程的关注"①。所有这一切均对弗·谢·索洛维约夫日后的完整哲学思想的构建和宗教文化批评观,几乎起到了决定性的作用。

其实,弗·谢·索洛维约夫在13岁至14岁间也曾经发生过信仰危机。他在11岁时进入莫斯科第五中学,许多非宗教的科学书籍引发了他那颗好奇的少年心,他的思想随之产生了变化,甚至还把圣像扔到窗外。他14岁那年就不愿再去教堂,整天沉湎于无神论,感兴趣唯物主义,并喜欢上社会主义思想。他17岁时,以优异的成绩中学毕业并获得金质奖章。同年(1869),弗·谢·索洛维约夫被莫斯科大学历史—语文系录取,但当时由于唯物主义思想的影响,他很快就转入了物理—数学系学习。但最终因为他的兴趣并非在自然科学,就在大学三年级时通过考试,又转回历史—语文系,于1873年从莫斯科大学毕业。

可以说,莫斯科大学的学习时代是弗·谢·索洛维约夫精神发展的极为重要时期。虽然他性格孤僻,很少去听课,也几乎没有朋友,以至于他的同学回忆道:"索洛维约夫作为大学生是不存在的,在大学时期他也没有知心的朋友",②然而,博览群书,主要是斯宾诺莎、康德、叔本华等的哲学书籍,使得这位未来的哲学家思想越来越自由,逐渐走出了自己的信仰危机。"斯宾诺莎使得神再次返回索洛维约夫的世界观之中。""研究康德,尤其是研究叔本华,使得索洛维约夫发生了根本性的转变"。③ 后来,他还专门到莫斯科神学院旁听了一年课程。

走出信仰危机后的弗·谢·索洛维约夫,已经深刻认识到,知识与信仰决非对立,而是彼此共存的,科学与宗教是可以统一在一起的。康德的思想拓展了他的思维空间,而叔本华的理论让他感受到了栩栩如生的上帝。此后,费希特、谢林、黑格尔的著作,都成了弗·谢·索洛维约夫阅读和探讨的主要对象,

---

① Мочульский. Владимир Соловьев. *Жизнь и учение*. Париж: УМСА — Press. 1936. Т1. *Детство и отрочество*(1853—1869).

② Мочульский. Владимир Соловьев. *Жизнь и учение*. Париж: УМСА — Press. 1936. Т2. *Студенческие годы*. *Религиозное обращение*. (1869—1874).

③ Там же.

其中，谢林的同一哲学给予他影响极大。他终于从孔德的实证主义哲学论述中，看到了西方哲学的终结。他清楚地感受到，西方哲学把知识仅仅局限在现象世界，而难以揭示本质，从而扼杀了哲学研究本身。弗·谢·索洛维约夫曾经明确指出："一切大思想家无不是真正的虔诚的教徒。实证科学之父培根的话是众所周知的，他说：小智而哲学修养不高者远离上帝，大智而哲学修养更高的人又会走向上帝"。① 索洛维约夫最终提出了自己的关于世界精神的万物统一的思想。

1874 年 11 月 24 日，弗·谢·索洛维约夫的硕士论文《西方哲学的危机：反对实证主义者》通过答辩，同时他被莫斯科大学聘为哲学教研室副教授。第二年 6 月，他到伦敦大不列颠博物馆工作。在博物馆，他着迷于神秘主义和有关"索菲娅"的文献，对神秘主义哲学进行了深入的研究。1875 年 10 月 16 日，弗·谢·索洛维约夫仿佛感到索菲娅本人在召唤他，因此突然去了埃及。在他的梦里，女神索菲娅是一位永恒的女性形象。索菲娅的神秘而迷人的外貌不止一次地出现在他创作的诗歌之中。1876 年夏，弗·谢·索洛维约夫返回了莫斯科大学。1877 年初，他来到圣彼得堡，在人民教育部学术委员会工作，同时在大学和高级女子讲习班讲课。这段时间，他发表了一系列奠定其整个学说的重要著作：《完整知识的哲学原理》(1877)、《神人论讲义》(《神人类讲座》的讲稿)(1878)、《抽象原理批判》(1877—1880)。1880 年 4 月 6 日，他在圣彼得堡大学通过了自己的博士学位论文答辩。

19 世纪 80 年代，弗·谢·索洛维约夫主要致力于政论作品的写作。他撰写了一系列有关宗教和民族问题的作品，提出了"神权政治乌托邦"的社会理想。1880 年 3 月 28 日，弗·谢·索洛维约夫发表公开讲演，既谴责了组织谋杀亚历山大二世的民意派，又呼吁根据基督教教义而去宽恕他们。因此，他被视为是替谋杀者辩护，而被驱逐出圣彼得堡，随后也辞去公职。弗·谢·索洛维约夫在 19 世纪 80 年代撰写了一系列重要论著：《生命的精神基础》(1882—1884)、《大争论与基督教政治》(1883)、《神权政治的历史与未来》(1886)、《俄罗斯与宇宙教会》(1889)。

到了 19 世纪 90 年代，弗·谢·索洛维约夫又重新回归哲学创作，主要研究著述有《爱的意义》(1892—1894)、伦理学论文《善的证明——道德哲学》(1894—1897)、宗教哲学论文《上帝概念(维护斯宾诺莎哲学)》(1897)，关于认知理论问题的三篇文章，后被收入他的第一部文集《理论哲学》(1897—1899)。从 1891 年起，弗·谢·索洛维约夫就开始主持编撰《布罗克塔乌斯和叶弗龙大

① 徐风林：《索洛维约夫》，台北：台湾东大图书公司，1995 年，第 18 页。

百科词典》的哲学部分，他撰写了许多关于哲学和历史的词条(《印度哲学》《康德》《黑格尔》《孔德》等等)，以及根据不同的哲学概念而写成的词条(《现实》《大自然》《意志的解放》等等)。1889年和1890年，他出版了关于伦理学的文章《自然的美》和《艺术的共性思维》。

1898年至1899年间，弗·谢·索洛维约夫完成了自己最后的著述《关于战争、进步、和世界历史终结的三次对话》。此时，他已经彻底抛弃了神权政治的乌托邦思想，并预言了世界未来的悲惨前景。弗·谢·索洛维约夫对世界未来悲惨的揭示，与他预感自己将面临的死亡有关。1900年7月31日，弗·谢·索洛维约夫死于莫斯科郊外乌斯科耶的П. Н. 特鲁别茨科伊公爵的家里，这位公爵是他的朋友С. Н. 特鲁别茨科伊和Е. Н. 特鲁别茨科伊的兄弟。他被埋葬于莫斯科新处女公墓。

第二节　完整知识：神学、哲学、科学的融合

弗·谢·索洛维约夫的学说是宗教人道主义，其理论核心是完整知识(цельное знание)，也可以称为"自由神智学"。完整知识理论的基本观点主要反映在《完整知识的哲学原理》(又译《完整知识的哲学本原》)一书中。弗·谢·索洛维约夫认为，完整的知识体系应该由三个相互紧密联系的部分构成：神学(神秘主义的知识)、哲学(唯理论的知识)和科学(经验主义的知识)。他指出，"只有这样的综合，才能囊括知识的完整真理。舍此，则科学、哲学和神学只能是知识的个别部分或方面，即被割下来的知识器官，因此和真正的完整真理毫无共同之处"。①

显而易见，弗·谢·索洛维约夫的完整知识体系并非神学知识、哲学知识和科学知识的简单相加，而是一种有机的融合。他从方法论上批判了西方的哲学研究途径，揭示了西方哲学存在的危机，这一危机就是二元对立的问题。在古希腊时期，柏拉图就把理念世界与经验世界对立起来。弗·谢·索洛维约夫指出，"当思维着的人把自己的思维和一般信仰区分开来，并使之与作为外在事物的这种信仰对立起来时，也就开始有哲学了"。因此，"西方哲学以作为智力的个人思维与作为权威的全民信仰的分裂为起点"。②

可以说，西方哲学的基本立足点是二元论或曰两分法，即理念世界与经验

① 弗·谢·索洛维约夫：《完整知识的哲学本原》，载《西方哲学的危机》，李树柏译，杭州：浙江人民出版社，2000年，第195页。

② 弗·谢·索洛维约夫：《西方哲学的危机》，李树柏译，杭州：浙江人民出版社，2000年，第5页。

世界的两分法，前者其实又可分为理性与信仰，后者则更多是现实。这种理性与信仰或者理念与经验的二元论，均表明的是对立和分裂，而不是完整和统一，更不可能是融合。西方哲学界无论是承认这种对立，还是调和这对矛盾，其理论基础都离不开二元对立的思维方式。

到了 17 世纪，随着以法国哲学家笛卡儿为代表的认识论推进，西方哲学界发生了"认识论转向"，这种二元对立也随之转化为理性与自然的对立。无论是培根或者笛卡儿，都是把真理视为一种认识结果，即认识与对象的相一致，这里其实仍然是主体占主导的经验主义。此后，康德、费希特、黑格尔都曾努力以不同的方式解决这一问题，但还是依然无法摆脱这二元对立的思维模式。实证主义者们也还是只承认人所认识到的"现象"，而彻底否定外在物质的独立存在。叔本华等确实提出了独特的"意志"等非理性概念，但是他的"普遍意志"与"个人意志"之间依然存在着无法逾越的矛盾。

弗·谢·索洛维约夫认为，西方哲学囿于二元对立的思维模式，无法企及"完整知识"的"一切统一"的理想境界，因此必须把理性与信仰、理性与自然、理念与经验、知识与生命融合起来，把二元对立转化为二元或多元融合，建立起完整知识体系的宗教人道主义大厦。弗·谢·索洛维约夫还进一步指出，西方哲学的危机只是西方文明的整体危机在理论上的反映。他表明："人的真正本性呈现出三种基本存在形式：感觉、思维和能动的意志。"[①]因此，人类社会就存在着与此相关的三个领域：以情感为主体的创造领域、以思维为基础的知识领域、以意志为主导的社会实践领域。每一领域又均存在着从低到高的三个发展形态：在创造领域中先后是一般技艺、高雅艺术、体现绝对美的神秘；在知识领域中依次是实证科学、抽象哲学、神学理论，在社会实践领域分别是经济社会、政治社会（以国家为主导）、精神社会（以教会为主导）。

弗·谢·索洛维约夫还进一步明确："社会领域的经济社会主义，知识领域的实证主义，创造领域的功利主义的唯实主义，这些就是西方文明的最新成就。"[②]在他看来，这些成就实际上是低劣的，没有前途的。他强调："西方文明造就了生命的个别形式和外在材料，却没有赋予人类以生命本身的内在内容；它把单个的因素孤立起来，使它们达到只有个体才能达到的发展极限，却使它们失去了与活生生的精神的有机联系。"[③]弗·谢·索洛维约夫认为，西方文明已经发展到了尽头，必然以新的文明来替换它，而新的文明必须与神圣本原相联

① 弗·谢·索洛维约夫：《完整知识的哲学本原》，载《西方哲学的危机》，李树柏译，杭州：浙江人民出版社，2000 年，第 161 页。

② 同上，第 184 页。

③ 同上，第 187 页。

系。这才是人类生命的最高生存形式，也就是第三阶段，即创造领域的体现绝对美的神秘、知识领域的神学理论、社会实践领域的精神社会。体现绝对美的神秘与创造领域的其他两个阶段，即高雅艺术、一般技艺相融合，就构成了一个创造的有机统一体"完整创造"；神学理论与知识领域的其他两个阶段，即哲学和科学相结合，就形成了知识的融合体"完整知识"；代表精神社会的教会与社会实践领域的两个阶段，即政治社会和经济社会相整合，就组成了"完整社会"。贯穿这三个领域的灵魂显然就是宗教神学。这是一个以自由神智学（完整知识）为基础，以自由神权国家（精神社会）为社会形式，以神秘为最高艺术创造目标的人类完整机体的构成。

弗·谢·索洛维约夫指出，要探索真理，就必须以完整知识为基础，"认识真理吧，真理会使你们自由"。[①] 完整知识体系是由弗·谢·索洛维约夫开创的新型知识综合体系。这一综合体系融合了神学、哲学和实证科学三个不同的知识领域。从人类的认识途径来说，其实也就把经验主义、理性主义和神秘主义三种获取知识的途径融合了起来。这三者中，神学和神秘主义无疑是最重要的。弗·谢·索洛维约夫反复强调："神秘主义就其绝对性质讲，具有头等重要意义，因为它决定着哲学知识的最高本原和最终目的；经验主义就其物质性质讲，可充当外在基础；最后，理性主义因素即哲学因素本身，就其以形式为主的性质讲，表现为整个体系的中介或普遍联系。"[②]在希腊语中"哲学"一词的意义就是"对智慧的爱"，而在弗·谢·索洛维约夫看来，智慧"不仅仅是指整个知识，而且还指道德完善、内在精神的完整性"。[③] 弗·谢·索洛维约夫进一步表明，"真理本身、真正的完全真理必须和幸福、美、力量联系在一起，因为真正的哲学是与真正的创造力和道德活动紧密联系的，它们使人能够战胜原始自然并控制自然"。[④]

在弗·谢·索洛维约夫看来，形而上学是关于认识事物的本质，即真正的存在物的学说。但是，从他的观点来看，什么是事物的本质，什么是真正的存在物呢？存在与存在物之间又有怎样的关系呢？真正的存在就是我们可以直接掌握的现象。但是，就如同现象是不能没有表现物一样，存在也不能没有存在物。存在物本身"既不是存在又是存在"，但是"它是存在着的物或拥有存在属性的物"。因此，存在物就其本身而言或绝对原则就是存在的肯定力量，因为拥

① 弗·谢·索洛维约夫：《完整知识的哲学本原》，载《西方哲学的危机》，李树柏译，杭州：浙江人民出版社，2000年，第194页。

② 同上，第211页。

③ *Соловьев Вл. Сочинения.* В 2 т. Мысль. 1990. Т. 2. с. 179.

④ Там же, с. 199.

有物先于或高于被拥有物，那么，绝对原则就应该比所谓的超存在甚或是超力量、绝对存在物要更确切些。

绝对存在物、"绝对原则"或只是"绝对"不仅仅表达了"单一物存在于万物之中"，而且也表达了"万物存在于单一物之中"，也即万物统一体。上帝就是绝对存在物，就是"万物统一的主体"。然而，万物统一本身"要求非单一的、多元的，在个别中的万物存在；万物本身也就是在个别中的万物，有各自的特点，或说没有任何东西是在统一之外的"。[①] 因此，弗·谢·索洛维约夫指出了万物统一体即上帝与万物统一即世界之间的区别。

弗·谢·索洛维约夫在构建自己的完整知识体系之后，确定了万物统一的"绝对本原"就是上帝。他指出："充当一切真理之基础的伟大思想在于承认所有的一切本质都是唯一者，这个唯一的东西不是任何实有或存在，但它比一切存在更深奥、更崇高。所以，一般来讲所有存在都只是外表，它下面隐藏着作为绝对唯一者的真正存在物，这个唯一者构成我们自己内在的本质，所以超越一切存在和实有的我们，能直接感受到这个绝对实体。"[②]

在弗·谢·索洛维约夫的理论思想中，以"上帝"这一绝对本原为基础的万物统一，把神学、科学和哲学有机地联系在了一起，形成自己宗教人道主义的基础。

第三节 索菲娅形象：万物统一和神人合一

在弗·谢·索洛维约夫的整个哲学探索和创作生涯中，关于索菲娅的学说贯穿始终。在希腊语中，"索菲娅"(софия)一词就是智慧的意思，实际上，"爱智慧，也就是爱索菲娅"。不过，古希腊人称雅典娜为智慧女神，在古希腊后期，在《圣经》中，"索菲娅"的意思就是上帝的卓越智慧。索洛维约夫就曾写道："在圣经《所罗门智训》中，我们会看到这种索菲娅思想的发展。"[③]

在罗斯时期，东正教便继承了拜占庭敬重索菲娅的传统，在公元 11 世纪，建造了三个主要的大教堂——基辅、诺夫戈罗德和波罗茨克的索菲娅大教堂。在公元 15、16 世纪时期的索菲娅圣像身着沙皇的庆典礼服代表着天使的形象。索菲娅的形象与圣母的形象非常相似，被视为是完美的体现。

在弗·谢·索洛维约夫看来，基督是基督教意识中最为重要的内容，也是

---

① *Соловьев Вл. Сочинения.* В 2 т. Мысль. 1988. Т. 1. с. 710.

② 弗·谢·索洛维约夫：《完整知识的哲学本原》，载《西方哲学的危机》，李树柏译，杭州：浙江人民出版社，2000 年，第 242 页。

③ *Соловьев Вл. Сочинения.* В 2 т. Мысль. 1990. Т. 2. с. 109.

基督教迥异于其他宗教的关键所在。基督既是神的思想的体现，又具有非常实在的人形，由此而形成“神人合一”，索菲娅形象就是这种“神人合一”的具体体现。弗·谢·索洛维约夫关于索菲娅的形象既具有女神的灵魂，又有一位活生生女性的具体化形象。这一形象的原型可以说是弗·谢·索洛维约夫曾经热恋的已婚女子索菲娅·马尔蒂诺娃。这一点可以从他于1892年至1894年创作的《马尔蒂诺娃组诗》中清楚地见出。因此，索菲娅作为一位美丽的女性是来自弗·谢·索洛维约夫的现实生活的，是有限的，具体的。然而，作者又把天国与尘世、梦幻与现实融合在一起，把有限的尘世、现实与无限的天国和梦幻交融的如此美妙。这就使得索菲娅形象成为集“美丽女性”“圣洁天使”于一身的“神人合一”的具体化。万物统一（всеединство）的美学思想在索菲娅形象上表现得生动而又具体。

弗·谢·索洛维约夫非常着迷索菲娅，潜心钻研关于索菲娅的学说，并对以后俄国的宗教哲学思想和象征主义诗歌产生了很大影响。他的索菲娅是具体化的理想、神人的有机融合。在《阅读神的人化》中，弗·谢·索洛维约夫在人身上看到了两个要素：“把人和自然世界联系在一起的物质存在要素”，还有“把人和上帝联系在一起的理想的统一意识”。[①] 索菲娅正是这种人与神在肌体和灵魂上的完美体现。

弗·谢·索洛维约夫全部哲学的关键思想在于把整个人类当作索菲娅，也就是作为宇宙的最高智慧，他的这一思想即使在当代也具有一定的现实意义。因为当人类面对战争、自然灾害的时候，就能够认识到自身的统一性和价值。这也许就是俄罗斯民族独特的民族性格吧。在反对拿破仑入侵的卫国战争和第二次世界大战中，俄罗斯民族均表现出非凡的民族精神，并最终战胜了入侵者。在弗·谢·索洛维约夫的物质统一性原则中，人类作为神的人化，作为“伟大的生命不是空洞的形式，而是在基督教中为我们开创的，人体精神的和造神的生活中包罗万象的神人的丰富多彩”。[②]

弗·谢·索洛维约夫以索菲娅这一神人一体的形象，进一步完善了自己万物统一的思想，并以此表现出对精神和肉体相统一的肯定。著名文化学家A.Ф.洛谢夫认为，在弗·谢·索洛维约夫那里，“作为基本物质实体的物质统一共同学说”最大可能地缩小了精神和物质的差别。在这个意义上，唯心主义也就是唯物主义。俄国哲学家对这种唯物主义表现出了明显的好感，他们把这种唯物主义称作“宗教唯物主义”或“神圣唯物主义”，而“物质与它的精神因素和

① *Соловьев Вл. Сочинения.* В 2 т. Мысль. 1990. Т. 2. с. 140.

② Там же, с. 578.

神的因素”是分不开的。[1]

可以说，索菲娅形象是万物统一和神人合一思想的具体化表现。А. Ф. 洛谢夫进一步指出：“深入研究弗·索洛维约夫关于索菲娅的学说，我们应该承认，他的唯心主义已经如此近地走向现实主义和唯物主义，而且对于唯心主义是完全可能的”。[2]

弗·谢·索洛维约夫的索菲娅形象直接影响了19世纪末至20世纪初的俄罗斯象征主义诗歌创作。象征主义诗人勃洛克（А. Блок，1880—1921）的一系列创作中就始终贯穿着“永恒的、圣洁的女性形象”，例如《美妇人集》《滑稽草台戏》《陌生女郎》《命运之歌》《法依娜》《嘉尔曼》《十二个》等。在勃洛克那里，有时候“永恒的圣女”形象与“俄罗斯祖国”密切地联系在一起，这显然在一定程度上又超越了索菲娅形象。

象征主义诗人、小说家别雷（А. Белый，1880—1934）的创作也呈现出明显的索菲娅形象烙印。他的《戏剧交响曲》中的“童话”女性、诗集《碧空之金》中的代表“圣女”的色彩、《世界的灵魂》中犹如纯洁、金色般曙光的“微笑”、《致婴儿》中的“天国女性”等等。别雷曾经在自己的创作和文章中多次直接提及弗·谢·索洛维约夫和索菲娅形象。他甚至在长诗《第一次相遇》中，怀念起“索洛维约夫家的沙龙”，把自己初恋的对象也赋予了“圣女”的特征。在《生活的危机》一文中，别雷明确相信，女神索菲娅将重返苦难的大地。无论是在弗·谢·索洛维约夫那里，还是在别雷、勃洛克等象征主义作家那里，索菲娅形象实际上都是一种内在体验的外在表现，是内在上帝形象的外现。这也许是俄罗斯象征主义自身的特征吧。

第四节　伦理学观点：善与万物统一

弗·谢·索洛维约夫关于索菲娅的理论和万物统一哲学既说明了真善美的客观存在，同样，也说明了它们之间的统一性。“如果就道德方面来说（对于意志而言），物质统一就是善，如果就认识论方面来说（对于智慧而言），它就是绝对的真，那么，实际上，实现物质统一就在外在现实范畴中，它的实现或表现在感觉，物质存在方面就是绝对的美”。[3] 弗·谢·索洛维约夫在肯定真善美的统一时，与陀思妥耶夫斯基的思想是一致的。陀思妥耶夫斯基坚持自己的观

---

① Лосев А. Ф. *Вл. Соловьев*. Москва. Молодая Гвардия. 2000. с. 208—212.

② Там же, с. 224.

③ *Соловьев Вл. Сочинения*. В 2 т. Мысль. 1988. Т. 1. с. 745.

点,"任何时候他都不能把真与善、美相分离",而在"自己的艺术创作中,他任何时候都不会把美脱离善、真,而孤立地提出来"。[①]

弗·谢·索洛维约夫的伦理学或者道德哲学都是建立在善的理念或思想上。他的伦理学论著全集取名为《为善辩护》(1894—1897)绝不是偶然的。按哲学的观念"人的生死存亡问题明确了善的内在特性;它的涵义就是在于它为善的纯真性,全面性,和全能性服务"[②]然而,究竟什么是善?在回答伦理学的这个根本问题时,弗·谢·索洛维约夫坚持,"善本身并不取决任何东西,一切都是以它本身为条件的,并且能够透过一切东西实现"。[③]"善仅存在于每个独立的人的主观精神状态中"。[④]

因此,他反对用哲学中的形而上学和神学来解决道德哲学问题。弗·谢·索洛维约夫指出:"道德哲学不是完全依赖于正教。"因为"在存在多种宗教和信仰的情况下,它们之间的争论就必须以普遍的道德基础为前提。那么,显而易见,争论的各方面同样要以一般道德准则为基础,并不依赖于他们宗教的或是信仰的不同"。[⑤]

根据万物统一的思想,弗·谢·索洛维约夫认为,善的根源就在人自身的本性中,这是人与其他动物不同的根本标志之一。人能够感到羞耻,而其他动物则没有这种羞耻感。根据法国哲学家笛卡儿的"我思故我在"的观点,"我感到羞耻,因为我存在着,这不仅是肉体上的存在,还有精神上的,我为自己的动物性感到羞耻,因为我是作为人存在着"。[⑥]良知并不是别的,而是"在清晰而又概括的形式中的羞耻的变形"。[⑦]

在弗·谢·索洛维约夫那里,人的道德观除了有把人从动物世界分离出来的羞耻感,还有就是必须以怜悯为前提,它把人"与一切生物界联系起来","与有生命的物质团结起来",同样,也要以人对上帝的景仰为前提。[⑧]这种"景仰之感或对宗教的虔诚正表明了人类与高级本原的应有的联系",它构成了"个体—心灵的宗教根源"[⑨]。这样,宗教本原就包含在道德中,它的本原就是对父

① *Соловьев Вл. Сочинения.* В 2 т. Мысль. 1990. Т. 2. с. 305.
② *Соловьев Вл. Сочинения.* В 2 т. Мысль. 1988. Т. 1. с. 97.
③ Там же, с. 96.
④ Там же, с. 48—49.
⑤ Там же, с. 49.
⑥ Там же, с. 124.
⑦ Там же, с. 52.
⑧ Там же, с. 52—53.
⑨ Там же, с. 52.

母的爱，这种爱从对母亲、父亲，先辈的尊敬逐渐上升到“对世界唯一的圣父之爱”。①

显然，弗·谢·索洛维约夫没有把道德建立在宗教基础上，而是恰恰相反，让宗教本原产生于道德之中。在这一点上，弗·谢·索洛维约夫与德国哲学家康德的观点是一致的。康德同样也是把道德作为自主的，不依赖于宗教的范畴。他们都认为“道德确实有自身规律”。② 不过，他们的不同之处在于，康德认为道德准则存在的事实就成为了上帝存在和灵魂不灭的依据。但是，弗·谢·索洛维约夫在道德关系中，发现了宗教意识的本源，却找不到上帝本身存在的依据。

按照弗·谢·索洛维约夫的观点，“上帝和人都不是道德准则的制订者，而是道德现实的直接构造力量”。③ 善本来自上帝，它本身就是“现存的超人类的善”。④ 这种“现存的超人类的善”在人类的道德关系还远远不够完善的世界中是以什么作为基础呢？按照索洛维约夫的说法，“现存的超人类的善”这个事实正在被人类的道德进步所证明，即“人类的道德升华”，“在人类身上道德的衡量标准总是在提高”。⑤

在弗·谢·索洛维约夫的思想体系中，道德哲学占有特殊的地位，贯穿于他的万物统一的思想之中，贯穿于他以探求真理为前提的认识论中，也贯穿于他的索菲娅理论之中。弗·谢·索洛维约夫认为，没有善的万物统一是不可思议的，人类历史实际上就是从兽人类向神人类转变的历史。在弗·谢·索洛维约夫的理论中，道德观点构成了认知和评价的重要因素。他确定“法律就是道德的最低界限或一定的道德底线”。⑥

弗·谢·索洛维约夫更加强调人类个体的道德意义，这种人类个体的道德不仅仅是一种工具，一种为了别人幸福，为了某个群体的幸福，或者是一种所谓的普遍幸福的工具。弗·谢·索洛维约夫还给“真正的物质统一”下过定义：“我把不依赖于整体存在，或者不损害个体自身而有利于整体的个体称为真正的或积极的物质统一。虚假的、否定性的统一，会压抑或耗费掉其各个成分的个性，从而使自己显得空洞；而真正的统一则会保护和强化其成分的个性，使他

---

① *Соловьев Вл. Сочинения.* В 2 т. Мысль. 1990. Т. 2. с. 55.

② Там же, с. 244.

③ Там же, с. 244—245.

④ Там же, с. 245.

⑤ Там же, с. 61,245.

⑥ Там же, с. 448.

们实现存在的完整”。[①]

在《为善辩护》以及大量探讨民族问题的著作中，弗·谢·索洛维约夫在指责任何一种个人主义和利己主义时，同时也批判了“人民的利己主义”，即“虚伪的爱国主义”。[②] 弗·谢·索洛维约夫尊重“民族差别”，他确信“所有民族在伦理道德上是平等的”，人们应该“爱所有其他民族就像爱自己的民族一样”。[③]

第五节　美学观：真善美的物质统一性

弗·谢·索洛维约夫的伦理学思想是与他的美学思想密切相关的，因为，在他看来，真正的美与善是密不可分的，同样与真也是紧密相连的。当然，这并不意味着美、真与善之间可以画等号，美也不仅仅是万物统一思想的物质形象。

在《自然中的美》一文中，弗·谢·索洛维约夫指出：“在美中，就像三位一体思想时期的某一个阶段一样，必须把一般理念的本质和专门的审美形式区别开来。只有这最后一点能把美同善、真区分开来，那么，作为一般理念的本质他们有一个共同点：名副其实的存在或地道的万物统一、在普遍统一中个体的无拘无束”。[④]

在给诗人阿·费特的信中，弗·谢·索洛维约夫明确了美的定义，即美是“精神的物质”。[⑤] 美是“思想的化身”，他以金刚石为例来说明美。就化学成分来说，金刚石与普通的煤并无差别，但为什么她却很美呢？因为在她身上实现了物质和光的完美结合。[⑥]

弗·谢·索洛维约夫所理解的美是作为“思想的化身”，这种观点显然是唯心主义的，是沿袭从柏拉图到黑格尔的唯心主义哲学传统的。然而，弗·谢·索洛维约夫的哲学的特殊性在于他坚持物质和精神的统一，这极其明显地表现在他的美学思想中。

弗·谢·索洛维约夫在指出陀思妥耶夫斯基创作中的人道主义特征同时，强调他创作的自由性，这种自由性使他不同于任何片面的唯心主义和唯灵论，这种自由性是与人的“物质本性”紧密相连的。按弗·谢·索洛维约夫的话来说，“陀思妥耶夫斯基的人文主义是建立在真实的基督教的神秘、超人力的基础

① *Соловьев Вл. Сочинения.* В 2 т. Мысль. 1988. Т. 1. с. 552.

② Там же, с. 360.

③ Там же, с. 378—379.

④ *Соловьев Вл. Сочинения.* В 2 т. Мысль. 1990. Т. 2. с. 362.

⑤ Там же, с. 774.

⑥ Там же, с. 358.

之上”。[①] “陀思妥耶夫斯基总是带着最深的爱怜注视着自然，理解和爱着大地以及大地上的一切，他相信物质的纯洁、神圣和美。在这个唯物主义里没有任何虚伪和罪恶。”[②]因此，弗・谢・索洛维约夫把基督教的人文主义原则确立为真正的人文主义。他认为陀思妥耶夫斯基是真正的人文主义者。

弗・谢・索洛维约夫写道：“人文主义就是对人的信念。”人的凶恶、虚弱、歪曲不是信念的对象，而是生活中晦暗的事实。“相信人，就是承认在他身上有一种可以把他和上帝联系在一起的力量和自由。”[③]弗・谢・索洛维约夫曾经强调：“陀思妥耶夫斯基之所以相信人，相信人类，只是由于他相信神人，相信神的人化……”[④]弗・谢・索洛维约夫的人文主义还在于，对于他来说，神人和神的人化同时也是人神和人的神化，也就是人和人类的典范。在他的理解中基督教的人文主义与其他哲学阐释中的人文主义世界观，与对现代人类非常重要的一些人文主义世界观都是一致的。

同时，弗・谢・索洛维约夫也支持车尔尼雪夫斯基的唯物主义美学观，认为“美在自然中具有客观现实性”。[⑤] 不过，他反复强调，物质世界的美一定要与精神世界相伴，与善结合，因为“在物质世界中美是需要善来完善的，因为只有美才能让这个世界邪恶的黑暗变得明亮，才能够美化它”。[⑥] 美与善、真的统一是确立“美拯救世界”[⑦]的基础。

正因为如此，针对19世纪末一些艺术家和思想家大力推崇的无精神之美的美学观，弗・谢・索洛维约夫采取了极力否定的态度。他猛烈批判了“天才的，不幸的尼采”[⑧]及其追随者。尼采“承认生活的意义，但仅仅是审美的意义，只表达了强烈、庄严和美，却没有论及道德之善”。[⑨] 在文章《普希金诗歌创作中的诗学意义》(1899)中，索洛维约夫认为脱离善和真的美是美的伪造物，所谓“新的美”实际上是恶与谎言的隶属物。

如果世界上存在客观的美，其内部与善和真相结合，那么为什么还需要艺术，需要艺术创作呢？弗・谢・索洛维约夫力求在自己的博士论文《抽象原理批判》(1880)中回答这个问题。他认为，确实存在着绝对的幸福，绝对的真和绝

① *Соловьев Вл. Сочинения.* В 2 т. Мысль. 1990. Т. 2. с. 552.

② Там же, с. 314.

③ *Соловьев Вл. Сочинения.* В 2 т. Мысль. 1988. Т. 1. с. 314.

④ Там же, с. 314.

⑤ Там же, с. 555.

⑥ Там же, с. 392.

⑦ Там же, с. 306.

⑧ Там же, с. 87.

⑨ Там же, с. 48.

对的美，这也正是物质统一的三方面有机融合与表现。"这种物质统一在我们的现实生活中，在世界中还尚未被人和自然实现"，但是我们人类正在实现着这种物质统一，"对于人类来说，它是一个任务，而实现它是一种艺术"，要把"一切存在的东西引入到美的形式中"。[①]

弗·谢·索洛维约夫在《艺术的普遍意义》(1890)一文中确立了艺术的三个任务："1)对于那些无法用自然语言表达的生动思想的内在深层品质的直接客体化；2)创造和表现自然美的灵性；3)使美永远保持个性现象"。[②]"完美艺术的最终任务一定要体现绝对理想，这不仅是在想象空间中，实际上，应该体现一种崇高精神，并把它融化在我们的现实生活之中"。[③]

弗·谢·索洛维约夫的美学思想对白银时代俄罗斯宗教文化批评理论和艺术流派均产生了重大影响。

第六节　时空的象征：别雷小说《彼得堡》

弗·谢·索洛维约夫关于万物统一的哲学思想以及在此基础上形成的"真善美物质统一性"的美学思想，对19世纪末20世纪初的俄罗斯文艺创作和批评影响很大，尤其是对俄国象征主义美学和诗歌，他甚至被称为俄国象征主义的先驱。有的学者就明确写道："在生命创造领域，象征主义者最近的俄国前辈当然是弗·索洛维约夫。"[④]

显然，象征主义不同于一般文学创作中的象征，前者主要是一种整体的象征，后者只是文本创作中的局部象征；前者的创作体现出从有限到无限的创作意念，善于把超越人类社会的精神世界与人类社会的现实世界结合起来。19世纪末至20世纪初兴起的俄罗斯象征主义除了表现出西方象征主义创作的一般特征以外，也显露出自己民族的独特性。这就是因为"上帝在我心中"引发的"神人合一"，因为"物质统一"产生的索菲娅形象，因为善与万物以及真善美之间的物质关联而导致的万物统一性，等等。弗·谢·索洛维约夫对俄罗斯象征主义的影响是多方面的，这里既有神权政治乌托邦思想，也有悲观的末世论和启示录情绪，更有东西方文明相融合的伟大使命感等等。

俄罗斯著名象征主义作家别雷的长篇小说《彼得堡》是一部极为复杂，多层

---

① *Соловьев Вл. Сочинения.* В 2 т. Мысль. 1988. Т. 1. с. 745.

② Там же, с. 398.

③ Там же, с. 404.

④ 奥尔加·马蒂奇：《爱的象征主义意义：理论与实践》，载《西方视野中的白银时代》(上)，林精华主编，北京：东方出版社，2001年，第17页。

次与多级性相交融的象征主义小说。小说的主角是情节的发生地——俄罗斯帝国的首都彼得堡，这是历史上东方和西方文明的交汇地。作家就是把东西方文明的冲突浓缩到俄罗斯帝国首都中来，因此，从空间的角度来看，彼得堡就成为了世界进程和宇宙力量展示的一个“数学点”[①]。在时间上，小说故事的展开也仅仅浓缩在 1905 年 10 月的 9 天里。然而，就在这极为有限的时间内，却“放映着世界历史的过去和未来”。[②] 显而易见，别雷选择了有限的时空，则展示了时空的无限延伸。这里交织着西方的唯理主义、实证主义与东方的神秘主义、情感至上等的冲撞。小说中每一个人物，每一个事件都可以伸展出无限的象征意义。

长篇小说《彼得堡》中的参议员阿波罗·阿波罗诺维奇·阿勃列乌霍夫的形象塑造就是“基于几何和官僚主题的荒诞的结合”。[③] 阿波罗活动的中心是彼得堡的直线形涅瓦大街，它与许多条直线道路和警察站点相交汇，这既是象征着国家官僚体制发布各种政令的网状结构，又显现出这种理性主义权力的冷酷以及国家统治的无力。阿波罗已经不再是阿波罗神。小说另一位主人公是曾经的平民知识分子、革命者杜德金，他的空间象征物是“混乱的瓦西列夫斯基岛，黑色的楼梯、爬着潮虫和蟑螂的拉斯科尔尼科夫式的阁楼”。[④] 杜德金自认为是为社会，为国家而活着，但又被奸细利潘琴科控制着，这个“不可捉摸者”最终成为了国家和政党两股势力的牺牲品。参议员阿波罗的儿子尼古拉·阿勃列乌霍夫被批评界定型为“作为一颗鱼卵的人的讽刺形象”。[⑤] 这里的空间象征物就是他试图用来谋杀父亲参议员的定时炸弹——装沙丁鱼的罐头盒，这表明了尼古拉代表的那部分知识分子的优柔、复杂的多重性格。尼古拉既厌恶又怜悯父亲，既试图改变社会又行动无力，只能够成为“作为一颗鱼卵的人”。其实，在作家别雷看来，农民宗派主义者斯捷普卡的预言才是最为理想的，具有启示录的本领，他的空间象征物就是他要建造的一艘诺亚方舟，并以此反对一切独裁，游离于教会政权、国家政权之外。诺亚方舟的航向既不是完全驶向东方，也不是仅仅顺着西方的导航，应该是向着共同的祖先回归，驶向东方和西方文明精神共同的源头。

显然，别雷在代表作《彼得堡》中，运用非常有限的时空象征，努力揭示也许

---

① 俄罗斯科学院高尔基世界文学研究所：《俄罗斯白银时代文学史》(III)，谷雨、王亚民等译，兰州：敦煌文艺出版社，2001 年，第 175 页。

② 同上。

③ 同上。

④ 同上。

⑤ 同上，第 177 页。

可以超越时空的象征意义。作家通过对各种势力的冲突和交融象征的描述，极有蕴意地表明，彼得堡作为人类现实社会的一个缩影，其内在的矛盾冲突造成了对美好理想、传统、生态文明，特别是人类生存社会的一定破坏。真善美在物质和精神上的统一已经失衡，要找回平衡与和谐，只能够向人类的祖先回归，回归到文明融合的源头，才是出路。长篇小说《彼得堡》在有限的时空中，即9天中的一座城市——彼得堡，更广地，甚至无限地揭示了万物统一、物质统一和融合的重要意义。

虽然弗·谢·索洛维约夫在生命的最后时光，特别是在《关于战争、进步、和世界历史终结的三次对话》(1900)中，表现出对神权政治乌托邦的失望，对人道主义理想的放弃，甚至怀疑神人合一的思想，但是，总的说来，这些只是这位伟大思想家在感到自己生命垂危，即将告别世界时，表现出的一种悲观情绪，并不能够代表弗·谢·索洛维约夫本人的主要思想，更不是他为人类做出的主要贡献。其实，即便在弗·谢·索洛维约夫的晚期创作中，例如在他的宗教哲学论文《上帝概念(维护斯宾诺莎哲学)》(1897)，以及第一部弗·谢·索洛维约夫文集《理论哲学》(1897—1899)中，他也根本没有放弃过自己奋斗一生的基本学术思想。

显而易见，弗·谢·索洛维约夫建立起了完整知识的哲学理论体系，始终坚持着万物统一的基本思想，索菲娅形象便是物质统一，神人合一的具体化。他的伦理学依然是以善为核心的万物统一，他的美学和文艺批评观还是把真善美作为物质统一的轴心，他的文艺批评理论的基石是宗教人道主义。他的哲学和美学精神直接影响了俄国象征主义。正是因为弗·谢·索洛维约夫的学术贡献，使得白银时代的俄罗斯哲学、美学以及宗教文艺批评理论的民族特征更加显著。可以毫不夸张地说，没有弗·谢·索洛维约夫的学术影响，白银时代的俄罗斯宗教文化批评理论就不可能如此繁荣。

第　二　章

罗赞诺夫:性与宗教[①]

瓦西里·瓦西里耶维奇·罗赞诺夫是俄罗斯著名宗教思想家、活动家、白银时代俄罗斯最重要的宗教文化批评的理论家之一。他与弗·谢·索洛维约夫一样,也经历了从一个热衷于实证主义、社会主义思想的无神论者到转向宗教,走向基督教的宗教思想家。他不仅自己倾心于宗教探索,而且还是一个宗教活动的热心组织者,曾经参与创设了圣彼得堡宗教—哲学聚会(圣彼得堡宗教—哲学协会的前身),并积极参与其组织活动,尽管后来由于思想激进被取消会籍。

瓦·瓦·罗赞诺夫的精神生活纷繁复杂。他的思想既是基督教式的,但又不同于传统的基督教意识,而是对其的深刻批判和改造。他虽然醉心于东正教的神学思想,但是又抨击东正教会的保守性。他驰骋于上帝的宗教世界,却又不忘与现实生活的紧密联系,他甚至突破基督教的禁区,把性与宗教结合起来,一边是最圣洁的、崇高的上帝,一边却是最粗俗的、低级的性欲。也许正因为如此,瓦·瓦·罗赞诺夫才形成了自己独特的学术个性,在白银时代俄罗斯的宗教文化批评思潮中,确立了自己不可动摇的地位。

瓦·瓦·罗赞诺夫的学术探索是非常勤奋的,一生著作等身,甚至在生活极其艰难的情况下,也从不放弃写作,而且他的创作几乎都与宗教有关,其中相当一部分是直接论述宗教问题的。他的主要学术专著有《论理解:对作为完整知识的科学本质、界限和内在结构的研究》(1886)、《基督教在历史中的地位》(1890)、《关于陀思妥耶夫斯基的宗教大法官的传说》(1894)、《宗教与文化》(1899)、《自然与历史》(1900)、《在不清楚的和问题重重的世界里》(1901)、《俄

① 本章和本编第 4—6 章、第 10 章中的部分内容,直接或间接引用了张杰和汪介之教授合著的《20 世纪俄罗斯文学批评史》(译林出版社,2000 年)一书中由汪介之撰写的部分,引用时已征得汪介之教授本人的同意,故不再一一注明出处,特此说明。

罗斯教会》(1909)、《阴郁的面孔:基督教形而上学》(1911)、《月光下的人们:基督教形而上学》(1911)、《孤独》(又一译名《离群索居》,1912)、《在艺术家中间》(1914)、《落叶集》(两卷本,1913—1915)、《我们的时代的启示录》(1917)等。

第一节　思考与探索:生活化与文学化

瓦西里·瓦西里耶维奇·罗赞诺夫(Василий Васильевич Розанов 1856—1919)生于俄罗斯科斯特罗马省维特卢加城一个林务官家庭,幼年丧父,家境贫寒,在伏尔加河沿岸的科斯特罗马、西姆比尔斯克和下诺夫戈罗德度过青少年时代。在中学时代,瓦·瓦·罗赞诺夫热衷于科学实证主义、社会主义和无神论。1878年,他考入莫斯科大学历史—语文系学习,很快便放弃了中学时代的无神论思想。1882年,大学毕业后在布良斯克、叶列茨等地的外省中学任教。罗赞诺夫从自己的早期活动起,就注重对现实生活问题的探讨。1893年,经文学批评家、哲学家尼·尼·斯特拉霍夫(1828—1896)介绍,瓦·瓦·罗赞诺夫迁居圣彼得堡,在国家监察机关任职员。1899年,他辞职后,成为《新时代报》的经常撰稿人,还在几乎当时的所有报刊上发表文章,并开始广泛接触首都思想界、文化界人士。1901年,他与朋友们创立了圣彼得堡宗教哲学聚会,后来该聚会成为圣彼得堡宗教哲学协会。

20世纪头10年间,每周日,尼·亚·别尔嘉耶夫、梅列日科夫斯基夫妇、加吉列夫(1872—1929)、维·伊凡诺夫、索洛古勃、别雷、列米佐夫及艺术家、宗教界名流,都集中在瓦·瓦·罗赞诺夫家,探讨宗教哲学、文化和文学艺术方面的问题,后被称之为"罗赞诺夫家的星期天"。罗赞诺夫对哲学、宗教问题的思考,往往是从与文学艺术的联系中展开的。也就在这同一时期,瓦·瓦·罗赞诺夫开始接触《艺术世界》杂志,并在《新路》中开设专栏。《新路》停刊后,他又在由谢·尼·布尔加科夫和尼·亚·别尔嘉耶夫主持的《生活问题》杂志工作,并曾加入宗教哲学协会。由于对教会禁欲主义的抨击并就"贝利斯案件"发表的反犹文章,1914年初他被开除出宗教哲学协会。

1917年8月,瓦·瓦·罗赞诺夫一家在巴·亚·弗洛连斯基的帮助下,迁往莫斯科市郊著名的谢尔盖镇圣三一修道院,1919年2月5日,瓦·瓦·罗赞诺夫在未完成自己出版计划的情况下,带着深深的遗憾,在饥寒交迫中去世。

从1886年出版《论理解》一书到1918年完成《当代启示录》(1917—1918),瓦·瓦·罗赞诺夫发表过大量著作和难以计数的文章,其内容涉及哲学、宗教、文学、艺术、教育、社会政治和婚姻家庭等各个领域。去世之前,他曾将自己的著作整理为哲学、宗教、文学与艺术、社会与国家等9大系列共50卷的文集,准备计划出版，这里专门论述宗教问题的就有15卷，其中涉及多神教的3卷，犹太教的3卷，最多的是涉及基督教的9卷，只是一直由于种种原因可惜未能出版。也许是因为意识形态的缘故，也许还有其他因素，此后，他的名字不仅不为广大读者所熟悉，而且就是研究界也较少涉及，直至1989年，他的著作才在被尘封半个多世纪以后重新问世。

《孤独》《落叶》是使瓦·瓦·罗赞诺夫名声大噪的两部著作，它们的续篇是没来得及出版的《转瞬即逝》。就文学批评而言，瓦·瓦·罗赞诺夫的《关于陀思妥耶夫斯基的宗教大法官的传说》是最早引起学界普遍关注的一部专著。这部书与他的文学批评论集《文学随笔》及其艺术评论集《在艺术家中间》，再加上他从1892年至1918年发表的各种批评文章，构成了一本700多页的批评文集《创作与作家论》，直到1995年，在他去世76年之后，才在俄罗斯得以出版。

瓦·瓦·罗赞诺夫的文学与文化批评著述的特点是非常鲜明的。一方面，他特别注重接近现实生活本身，反对纯理论和逻辑地思维，尽量去"日常生活地"思考，包括把实际生活与神秘的宗教联系起来。另一方面，在他的著述中，他还尽可能从俄罗斯文学与哲学相融合的特点来论述问题。早在《论理解》一书中，瓦·瓦·罗赞诺夫作为一个哲学家在论述时，就曾经明确指出：在德国，哲学是作为一门独立的学科存在的；在俄罗斯，情况却迥然不同，俄罗斯文学在其自身体现了本民族哲学思想的发展。在他看来，斯拉夫派和西欧派、陀思妥耶夫斯基和列夫·托尔斯泰、列昂季耶娜和巴·亚·弗洛连斯基，都既是哲学家和思想家，又是艺术家和作家。他认为，陀思妥耶夫斯基和列夫·托尔斯泰创作中的最重要作品，"归根结底可以被视为是俄罗斯哲学起始的根本基础，在他们的作品中，俄罗斯哲学的框架，或许，连同它在许多世纪中的格局，都已经被描绘出来了。"①

显而易见，瓦·瓦·罗赞诺夫的思考是生活化的，其对哲学等问题的探索是文学化的。

第二节　生活化：性与宗教

瓦·瓦·罗赞诺夫的探索是非常有趣的，他的思想在同时代人中是很有特色的，他在神秘的宗教与现实生活的联系中，来突破基督教思想史上的禁区，将人类生活中的性问题引入了宗教研究的范围。他对生活及其意义的感悟完全渊源于生活本身，但又迥异于神秘主义的感知方式。他认为，生命的原动力和

① Розанов В. В. *Умственные течения в России за* 25 *лет*. // Новое время. 1900, 21 марта.

内驱力是性及其表现形式——爱情、家庭和生育，并将这一切视为是个人内在创造力的源泉，是人的不朽以及民族精神健全的根源。

宗教界和神学界，甚至有时在世俗的文学界，人类生活中的性问题往往是被回避的，而且自有基督教以后，禁欲主义一直是教徒们对待性的主要态度。在基督教中，性和性的区别问题已经不再重要，其实，这一点在其他宗教里也体现得非常明显。在我国的寺庙里菩萨往往也是没有明确的性别的。瓦·瓦·罗赞诺夫对基督教在性的问题上的虚伪态度进行了尖锐的批判，并且以为，这是基督教的问题所在，同时开始着手建立独特的性宗教。他坚持："只有把宗教与性融合在一起，才会诞生最大的幸福"。①

瓦·瓦·罗赞诺夫的观点是很有依据的，是来自现实生活的。一般来说，在基督教信徒中，男女要结为夫妻，婚礼是要在教堂里举行的，而且是由牧师来主持的。这实际上就把"神圣的"上帝与"本能的"性，把"最崇高的"与"最低俗的"融合了起来。不过，在瓦·瓦·罗赞诺夫看来，性在人的本性中，非但不是"最低俗的"，不是肮脏和恶行，而是一种人的生命的升华，是人的生命产生的起点。性不只是一种男人与女人之间的功能性行为，不只是一种器官的结合。性已经超越了人的生理范围，与人的灵魂相通，也许，这就是人的性与动物的交配之间的本质差异吧。每个人本身的性意识其实就是他的灵魂。

在不少的宗教和哲学学说中，精神和肉体，也就是崇高的上帝与凡人的性是被截然分开的，这种二元论总是极力鼓吹精神至上，而尽量贬低肉体。然而，瓦·瓦·罗赞诺夫则把这两者完全融合起来，其融合的基础就是"性"。这样一来，性就具有了形而上学的理论意义。在他那里，性是人与自然完美融合的产物，是人与自然之间的神秘纽带。"因此，人整个就是一个性变体，只是性的变形，是自己的，也是群体的；其实，也不可能有其他的情形，因为人整个就是由两半个组成的，一半是母亲的身体，一半是父亲的身体，这两半在他们的性器官和性行为中是分开的。这里任何其他的，非性的东西是没有的"。②

显而易见，瓦·瓦·罗赞诺夫对性的理解是宽泛的，不过，他与弗洛伊德不同，没有把性问题仅仅置于人的生理范围来探讨，而是为了探讨性的形而上学的理论意义。他也不像弗洛伊德那样，没有继续把性欲看成是人原始的破坏力量。他强调，性是人本身值得肯定的因素，是神圣的。"性与上帝的关系胜过理性与上帝的关系，甚至胜过良心与上帝的关系……"③

① В. В. Розанов. *Люди лунного света*. В. В. Розанов. В 2 т. Изд.《Правда》М. 1990. Т. 2. с. 54.

② Там же, с. 55.

③ В. В. Розанов. *Уединенное*. В. В. Розанов. В 2 т. Изд.《Правда》. М. 1990. Т. 2. с. 243.

瓦·瓦·罗赞诺夫就性的问题，把《圣经》中的《旧约》与《新约》做了对比。《旧约》中涉及性的问题要比《新约》多，比《新约》更加接近生活。因此，在他看来，《旧约》描绘的是太阳下的人间生活，而《新约》描写的是月光下的天堂生活。《旧约》中上帝让人类繁衍后代，《新约》则更多是救赎，否定性与婚姻。瓦·瓦·罗赞诺夫一针见血地指出，《旧约》是生命宗教，而《新约》是死亡宗教。

在对基督教、犹太教和多神教关于性问题的深入对比基础上，因为基督教回避性问题，甚至是禁欲主义，瓦·瓦·罗赞诺夫就选择了多神教，他明确指出："多神教——早晨，基督教——晚上"。[①] 在基督教中，性只是人的兽欲，而这种兽欲是并不符合神圣的原则的，甚至连基督也是非受精所生的。瓦·瓦·罗赞诺夫批判道："基督教就是这样来表述的，向世界揭示了非受精的内容，而犹太教和《旧约》揭示的是受精。在那里——一切都是精子，从精子开始，走向精子，精子自己为自己。在这里一切都回避精子，仿佛丧失了精子。'不再有男性和女性'，有的不过是'人'"。[②]

当然，瓦·瓦·罗赞诺夫批判基督教在性问题上的禁欲主义，其目的主要还是为了帮助基督教，使得基督教能够有所改变，哪怕部分地成为一种生殖崇拜的宗教，维护爱情、婚姻、家庭等。"在性里——力量，性就是力量。犹太人与这一力量融合了，但基督教则与它分离了。这就是犹太人将战胜基督徒的原因。这里，斗争是根本性的，而不是表面的……"[③]

在爱情与婚姻的关系上，瓦·瓦·罗赞诺夫也批判了基督教："然而，就是在基督教中，而不是在伊斯兰教中，也不是在犹太教中，两千年来一直被强调的是另一个法则：让爱情屈从于婚姻的法则。因此，在这里一切都被窒息了"。[④] 显然，瓦·瓦·罗赞诺夫坚持另外一种法则，就是婚姻应该服从于爱情，性爱是婚姻的基础。自然，性、婚姻、家庭三者的和谐统一是他追求的生活的理想境界。

瓦·瓦·罗赞诺夫认为，性是婚姻，乃至家庭的基础，性不是孤独的。由于他把家庭也看成是一种宗教，这样，性就把婚姻、家庭联系在一起，成为人的生活中最为神圣的东西。他的"家庭宗教"学说也是在此基础上产生的。这一学说关注以人自身为目的，以性为重要因素的日常生活，肯定日常生活才是人的个性得以"完整存在"的最佳环境，并内在地决定人民的力量及其文化本性。瓦·瓦·罗赞诺夫主张日常生活要相对于国家、社会和政治而"孤独"，宣称"私人生活高于一切"。所以，洛·吉皮乌斯说：在瓦·瓦·罗赞诺夫心中，有两个

---

① В. В. Розанов. *Опавшие листья*. В. В. Розанов. В 2 т. Изд.《Правда》, М. 1990. Т. 2. с. 315.

② Там же, с. 403.

③ Там же, с. 328—329.

④ Там же, с. 515.

概念非同寻常地存在于一个有机的统一体中，这就是上帝和性。

瓦·瓦·罗赞诺夫认为，任何宗教都应该建立在性、婚姻和家庭的基础之上，这是最为纯洁和神圣的净土，甚至比国家和教会还要圣洁。他在探讨性、婚姻和家庭问题时，特别注重与日常生活联系，反对家庭的破裂，坚持家庭的基督教化，努力从日常生活的琐事中发现重要的神学意义。

为了接近生活，瓦·瓦·罗赞诺夫甚至认为，基督教中的基督与生活的距离实在太远，基督与实际生活是相对立的。1907 年 11 月 21 日，他在宗教哲学协会的聚会上发表了题为《关于最甜蜜的耶稣和世界的苦果》的发言，认为，耶稣是最甜蜜的，他比世界上的任何东西都更加美好，就仿佛是太阳取代了星星。福音书中的基督形象比国家、权利、财产，甚至家庭都更加"甜蜜"，即便是当人们面对死亡，面对孤独的时候，只要有耶稣，也会"甜蜜地"去死或寡居。然而，瓦·瓦·罗赞诺夫批判性地指出，基督教把耶稣标榜为人类的理想，只是人类是否能够达到这一理想，它是否离现实生活太遥远了。天上的美会使人类对凡间的美失去兴趣，就如同尝过天上的甜蜜面包，就不会爱吃人间的一般面包。他批评道，在甜蜜的耶稣和苦涩的世界之间，前者遮蔽了后者，就像洪水一样，把人类的一切理想、成就都冲垮了。这样的耶稣只能够给世界以忧伤和苦难，福音书中的耶稣从来就不知道什么是微笑。福音书是天书，不是为人间写的。基督教关注的仅仅是彼世的天堂，而根本不是现实世界的人类生活。基督教对待性、婚姻和家庭的禁欲主义立场，也是源于对现实生活的脱离。

关于性与宗教的关系以及在此基础上产生的"家庭宗教"学说、对甜蜜的基督的批判，均是瓦·瓦·罗赞诺夫学术思想和宗教文化批评理论的重要组成部分。也许是因为性是人的自然属性，瓦·瓦·罗赞诺夫又特别关注性与宗教的联系，他的理论是建立在对自然崇拜的基础上的，凡是自然的就是完美的，自然的存在是无需改变的，人的性本身内部是没有恶的，因此他的宗教被视为是自然宗教。

第三节　文学化:思想与批评

在白银时代的俄罗斯宗教文化批评家中间，瓦·瓦·罗赞诺夫是独树一帜的，他的杰出贡献也为同时代的同行所公认。可以说，他对白银时代的人文社会科学产生了重要影响，是一个集大成者。然而，作为一个宗教文化批评的理论家，他的独特性并不在"神秘的玄学"，而恰恰在于接近生活，在文学创作和文学批评活动中，他更是如此。

不过，究竟怎样才能把宗教、哲学，甚至神学等问题的探讨与现实生活结合起来呢？瓦·瓦·罗赞诺夫是通过"文学化"的批评途径来实现的。因为，在他看来，从文学及其批评的视角来探讨哲学、宗教乃至神学等问题，更容易接近生活，从而实现自身的价值。

普希金是19世纪俄罗斯文学的“太阳”，也是瓦・瓦・罗赞诺夫首先关注的主要作家之一，他先后发表过20多篇评论文章，对这位天才诗人给予了高度评价。在瓦・瓦・罗赞诺夫看来，普希金的创作是把文学与哲学、创作与思想有机结合起来的典范。普希金用自己的诗篇把俄罗斯哲学和俄罗斯思想向前推进了不只是一大步，而是整整一个时代。在普希金那里，几乎没有诗人保持沉默、哲学家出面说话的场合，其实，诗人与思想家、文学与哲学已经融为一体了。

瓦・瓦・罗赞诺夫认为，普希金以自己的创作在思想上解决了西欧派与斯拉夫派之间的争辩，他不仅是一位民族诗人，而且永远是一位“现代的”哲人。普希金是“永恒的”“永远年轻的”，无论再过许多年，他也比托尔斯泰和陀思妥耶夫斯基都要更加年轻、“更加现代”。“如果普希金的生命再长久些，那么在我们的文学中也许就根本不会存在西欧派与斯拉夫派之间的争论，这一争论也不会采取那种激烈的方式，因为普希金在他的文学同辈人中间具有崇高的威望，而这种西方的欧洲和东方的罗斯之间的争论在普希金那里已经解决了。”[①]

瓦・瓦・罗赞诺夫以为，文学表现出的哲学思想应该是贴近生活，积极向上的，而不是消沉的，虚无主义的。他把普希金与果戈理做了对比，充分肯定了前者，批评了后者。在他的批评视野中，普希金是一位积极向上、充满活力、永远青春的大诗人，而果戈理则是消极的、缺乏活力、讽刺和虚无的作家。“普希金给我们以慰藉，而果戈理却给我们描绘了令人不快的情景，他自己也面对这情景哭泣、号啕”[②]；普希金热爱生活，热爱自然，热爱每一个个性，从未表现出对人的鄙视；果戈理却丑化生活，漫画社会，否定现存制度，丧失了生活真实的情感，表现出虚无主义的处世态度。“在果戈理之后，破坏成了既不可怕、也不可惜的事。”[③]瓦・瓦・罗赞诺夫对果戈理的现实讽刺和浪漫抒情也予以了尖刻的否定，甚至把浪漫抒情仅仅看作是对现实讽刺的一种亡羊补牢。瓦・瓦・罗赞诺夫虽然也在一定程度上肯定了果戈理对俄罗斯文坛的影响，但这种影响是一种心灵的忧郁、现实的痛苦、自我的批判以及对他人的贬斥。他甚至还把果戈理称之为是“俄罗斯文学的忧郁之父”[④]。

---

① Розанов В. В. *А. С. Пушкин*. //О писательстве и писателях. Москва：Изд. «Республика»，1995，с. 46—47.

② Розанов В. В. *Гоголь*. // О писательстве и писателях. Москва：Изд. «Республика»，1995，с. 121.

③ Там же，с. 122.

④ Розанов В. В. *Русь и Гоголь*. // О писательстве и писателях. Москва：Изд. «Республика»，1995，с. 353.

一般说来，瓦·瓦·罗赞诺夫对同时代作家评价不高，白银时代的文学创作中几乎没有任何一位作家或诗人是瓦·瓦·罗赞诺夫充分肯定的。当然，任何文学创作、哲学思想都要经过时间检验的。此外，这与瓦·瓦·罗赞诺夫本人认识是分不开的。他认为，“黄金时代”之后的俄罗斯文学先后表现出对整个生活的肢解与冷漠，再加上生活本身也显示出萎缩与平庸，就如同贺拉斯之后的罗马文学和塞万提斯之后的西班牙文学那样；他甚至感到，“我们有可能正处在一个文学大终结的时代”。

无论如何，在瓦·瓦·罗赞诺夫那里，生活化是判断文学创作优劣的标准，而文学化则是俄国知识分子表述自身思想的重要途径。他评价一切作家作品的标尺是陀思妥耶夫斯基的创作，这样就决定了他难以对同时代的俄罗斯作家做出较高的评价。列夫·托尔斯泰也是一位具有深刻思想，并能够使之文学化地描述出来的俄罗斯伟大作家。他创作中表现出的“勿以暴力抗恶”“自我完善”等思想甚至被学界冠以“托尔斯泰主义”的名称，他的地位可以被称为是文坛上的“沙皇”。然而，瓦·瓦·罗赞诺夫却认为，这位俄罗斯文坛的“沙皇”要比陀思妥耶夫斯基逊色得多。

瓦·瓦·罗赞诺夫确实承认，在创作艺术与技巧方面，列夫·托尔斯泰并不输给陀思妥耶夫斯基，他的极其深刻的心理分析和浮雕般的艺术描写，使得他的几部长篇小说均是一座座文学丰碑。但是，在瓦·瓦·罗赞诺夫看来，这位“沙皇”喜欢孤芳自赏，“缺少切肤之痛”，只是全能的设计师，一切均计划得如此精妙，而表现心灵的痛楚不够，“说教”太多。陀思妥耶夫斯基则是背着箭囊的沙漠的骑手，他把箭射向哪里，那里就流血，令人震撼；列夫·托尔斯泰是以其“说教”来规劝读者，陀思妥耶夫斯基却让读者的心灵感动。

不过，瓦·瓦·罗赞诺夫在用思想的文学化标准来评判作家创作的时候，同时也用生活化的尺子在度量作家的文学创作。从生活化的视阈来看，瓦·瓦·罗赞诺夫又充分肯定了列夫·托尔斯泰的创作。他赞扬列夫·托尔斯泰表现的是“劳动的罗斯”“俄罗斯的本性”。同样，瓦·瓦·罗赞诺夫也认定莱蒙托夫《当代英雄》中的人物形象具有某种“原型”的意义。

可以说，哲学思想的文学化和文学创作的生活化是瓦·瓦·罗赞诺夫评判19世纪至20世纪初俄罗斯文学的两个重要视角。与白银时代的其他宗教文化批评家不同，他的主要研究对象并非同时代作家，而是从普希金到列夫·托尔斯泰的19世纪俄罗斯文学。当然，他也写过关于安德列耶夫、高尔基、勃洛克、梅列日科夫斯基、阿尔志跋绥夫等人的评论文章；在外国作家中，他曾对歌德、卢梭、狄更斯、左拉、莫泊桑和梅特林克等人作过评说，考察过易卜生、王尔德的戏剧成就。

第四节 思想探索的文学化:“宗教大法官”的传说

在俄罗斯文学史中,瓦·瓦·罗赞诺夫最偏爱的作家可以说是陀思妥耶夫斯基。从他研究的早期著述《费·米·陀思妥耶夫斯基的宗教大法官的传说》,直至他晚年的成果《转瞬即逝》,陀思妥耶夫斯基的创作一直是关注的焦点之一。这里的主要原因也许就在于陀思妥耶夫斯基以自己伟大的文学创作揭示了深刻的哲学思想和宗教问题,也就是善于把思想探索转换成文学化的形式。

作为一位宗教文化批评家、思想家、哲学家,瓦·瓦·罗赞诺夫能够非常敏锐地发现陀思妥耶夫斯基创作中的宗教哲学思想,并且独具慧眼地揭示出这些思想是怎样通过文学创作表现出来的。

瓦·瓦·罗赞诺夫首先把目光投向陀思妥耶夫斯基的长篇小说《卡拉玛佐夫兄弟》,又特别关注该小说中的“宗教大法官”一节。在宗教大法官的形象中,交织着一对无法克服的内在矛盾:作家本人狂热的宗教信仰和某种“纠正基督的事业”的思想之间的激烈冲突。这种冲突主要反映在宗教和教会之间的关系,对于正教、天主教和新教的不同评价,人在精神自由和现实需求之间的选择,人的信仰需求与战争的根源以及征服人的神秘力量等等。陀思妥耶夫斯基正是通过这一形象,把困扰着自己的诸多宗教、哲学、社会和道德问题,以小说中的故事传说形式来文学地展示出来。

“宗教大法官”的传说是长篇小说《卡拉玛佐夫兄弟》中的老二伊凡对其弟老三阿辽沙讲述的一个很长的故事。16世纪西班牙塞维尔地方的宗教大法官把降临人世的基督逮捕了,并对基督发表了一通关于自由与面包、偶像崇拜与接受奴役、苦难与幸福的言论,随后又把他放走了。陀思妥耶夫斯基匠心独具地让这位反基督的宗教大法官恰恰以维护宗教的绝对权威的面貌出现,这就很容易把一系列思想上的矛盾和问题变成一种特殊的文学形式来体现,甚至还揭示出宗教大法官的某些思想与19世纪俄罗斯的虚无主义、激进主义思潮之间的联系,从而使得这一形象具有多重意义的内涵。

当然,文学描绘的哲学思想和心灵探索,是隐蔽的,内在的。瓦·瓦·罗赞诺夫指出:“陀思妥耶夫斯基的本质在于其无限的隐蔽性。……陀思妥耶夫斯基是一位最隐秘、最内在的作家,因此阅读他,仿佛并不是在阅读别人,而像是在倾听自己的灵魂,不过比通常的倾听更深入……”因此,就读者而言,“陀思妥耶夫斯基并不是‘他’,像列夫·托尔斯泰和其他所有作家那样;陀思妥耶夫斯基是'我',是罪过的、愚笨的、懦弱的、堕落的和正在崛起的'我'"。[①]

瓦·瓦·罗赞诺夫主要在强调:首先是陀思妥耶夫斯基的创作具有很深的隐秘性、内在性,读者应该深入进去才能够理解;其次是作家能够与读者进行心灵的对话,作品把生活写得真实,并且并不有意在作品与读者之间制造阅读阻塞;第三是"自我"的"堕落"与"上升"紧密相连。在瓦·瓦·罗赞诺夫看来,陀思妥耶夫斯基在思想探索的文学化方面是非常独特的,他用文学创作展示了自己独特的人生哲学。

陀思妥耶夫斯基作品描写的多是犯罪、堕落、丑恶、恐惧、压抑、混乱、阴暗等。实际上,这是在用创作揭示每个人、每个民族乃至全人类精神发展的第二阶段,即"犯罪和堕落的"阶段,陀思妥耶夫斯基描绘了该阶段的恐怖情景,同时又表现了透过黑暗王国的一线光明。在瓦·瓦·罗赞诺夫那里,精神发展的另外两个阶段,即第一阶段和第三阶段,分别是原始的明晰阶段和新生阶段。

陀思妥耶夫斯基的文学创作深刻地揭示了不少哲学的辩证思想:堕落与复兴、生与死等互相依存、互为前提的关系。《卡拉玛佐夫兄弟》一书的卷首引用了《约翰福音》中的一段话:"我实实在在地告诉你们:若一粒麦子落在地里上,不死,仍旧是一粒;若是死了,就会结出许多籽粒来"。

瓦·瓦·罗赞诺夫明确指出,陀思妥耶夫斯基以这部长篇小说揭示了一个深刻的哲学思想:生与死是不可分离的,只有死的必然,才使得生变得可能。他把陀思妥耶夫斯基称为"辩证法的天才,在他那里几乎所有正题都转化为反题。"[②]而且,陀思妥耶夫斯基是通过自己的文学创作来表现这种哲学思辨方式的。他创作中蕴涵着的深刻矛盾性、二律背反的辩证性、纷繁的复杂性与瓦·瓦·罗赞诺夫的思想是一致的。

站在 20 世纪的门槛上,瓦·瓦·罗赞诺夫曾经预言,世界文学迎来的新世纪将是"陀思妥耶夫斯基的世纪"。这位作家的文学创作遗产是"表层略有些被毁损的思想、形象、猜想和期盼的矿场,但俄罗斯社会却还不得不依赖它,或者至少,一切真正的俄罗斯灵魂都将先后向那里回归"。"就欧洲而言,陀思妥耶夫斯基是一场尽管已经完全准备好了,但还并没有开始的革命。当他的思想变得相当明晰了、甚或仅仅是为人所共知的时候,欧洲伟大的思想革命就即将开始了。"[③]

---

① Розанов В. В. *Чем нам дорог Достоевский* ? // О писательстве и писателях. Москва: Изд. «Республика», 1995, с. 533, 535—536.

② Цит. по: Николюкин А. *Живописец русской души*. // Розанов В. В. Среди художников. Москва: Изд, «Республика», 1994, с. 12.

③ Там же.

第 三 章

特鲁别茨科伊兄弟:聚和性意识与生命的意义

特鲁别茨科伊兄弟是白银时代俄罗斯非常有影响的哲学家、宗教文化批评的理论家。弗·谢·索洛维约夫的宗教哲学思想对兄弟俩都产生过重要的影响,尽管他们也不一定完全赞同他的理论,甚至对有些观点和思想也予以激烈的抨击,但无论是正面的,还是反面的,这种影响是很明显的。在学术探索中,兄弟俩都没有把哲学、宗教的理论研究与实际生活相割裂,而是把两者结合起来。他们一方面在象牙塔中进行着自己的纯理论研究,另一方面又积极从事社会政治、教育等活动。他们留下的学术遗产已经成为白银时代俄罗斯宗教哲学理论宝库中极有价值的一部分。

谢尔盖·尼古拉耶维奇·特鲁别茨科伊是叶甫盖尼·尼古拉耶维奇·特鲁别茨科伊的哥哥,年长一岁。他的学术思想主要渊源有两个:斯拉夫派哲学和德国古典哲学及神秘主义。他积极投身于学术研究和教育事业中去,曾被选举为莫斯科大学的校长。他理论的探索主要有两个中心问题:一是理性与信仰的关系问题,具体地说,就是希腊理性主义与旧约启示之间的关系;二是“聚和性意识”问题,也就是研究人类意识的普遍性问题。他反对哲学研究抽象的存在,强调只能够研究具体的存在,因此他也把自己的研究称为“具体的唯心主义”。

叶甫盖尼·尼古拉耶维奇·特鲁别茨科伊是弟弟,他集多重身份于一身:他曾是著名的律师、积极的社会政治活动家、有才能的政论家、哲学家等。在哲学上,他曾追求延续弗·谢·索洛维约夫的宗教哲学传统,并与他保持了多年的友谊,后来在学术思想上俩人发生分歧。叶·尼·特鲁别茨科伊一方面努力追求把弗·谢·索洛维约夫的理论世俗化,使之从极端的神秘主义中解脱出来,另一方面又反对在弗·谢·索洛维约夫哲学中的泛神论倾向,因为这与东正教正统是不相一致的。叶·尼·特鲁别茨科伊在批判康德哲学的基础上,提出,哲学研究要从认识主体转向认识“客体的、也就是超越个人的、全宇宙的绝对意识”。这样一来，生命的意义成为他哲学研究关注的重点。由此他形成了永恒真理、统一学说、绝对意识等观点。

叶·尼·特鲁别茨科伊的学术思想在很大程度上类似于他哥哥谢·尼·特鲁别茨科伊的宗教意识学说。他甚至有时称超个人意识为聚和性意识。但是如果哥哥谢尔盖说的是关于人类的聚和性意识的话，那么对弟弟叶甫盖尼而言，“聚和性就是基督本身在宗教集体生活中的现身”，他严格区分了“真正的基督的聚和性与大自然、人类的聚和性”。[①]

第一节　转向宗教:两兄弟的学术之旅

谢尔盖·尼古拉耶维奇·特鲁别茨科伊(Сергей Николаевич Трубецкий 1862—1905)和叶甫盖尼·尼古拉耶维奇·特鲁别茨科伊(Евгений Николаевич Трубецкий 1863—1920)出生在莫斯科郊区阿赫泰卡的一个公爵家庭，他们的父亲曾是卢加卡省的副省长。兄弟俩青少年时代的经历也差不多，而且都是在中学学习期间发生了宗教信仰的危机，着迷于英国实证主义、别林斯基、杜勃留波夫、皮萨列夫等人的哲学，并形成了无神论思想。不过，也就是在中学学习的后期，在哲学史的学习过程中，他们又从实证主义的桎梏中解脱了出来，开始重新感兴趣宗教问题，开始了宗教探索的学术之旅。

哥哥谢尔盖通过阅读了陀思妥耶夫斯基、阿·斯·霍米雅科夫和弗·谢·索洛维约夫的书籍后，开始发生深刻的基督教世界观转向。弟弟叶甫盖尼在精神发展史上也曾经历了与其哥哥相类似的阶段，除了三位大师作品以外，贝多芬的《第九交响曲》也让他获得了更多的神秘主义的经验，获得了关于上帝存在的启示，重新转向了宗教信仰。弟弟叶甫盖尼是一个极具审美天赋的人。用他儿子的话说:“在叶甫盖尼身上蕴藏着天才的艺术秉性。”[②]他能准确地把握自然界和艺术中的美及其所有形式和表现。因此他的哲学性质是“在宗教哲学中渗透着美学”。这不仅体现在他运用最优雅的文体写作的政论和哲学作品，同样在他的那些专门研究俄罗斯圣像绘画的著作中也得到了体现，例如《颜色中的理性:古代俄罗斯圣像绘画中关于生命的意义问题》(1916)、《古代俄罗斯圣像绘画中的两个世界》(1916)、《圣像中的罗斯》(1918)等。

特鲁别茨科伊兄弟于1881年同时考取莫斯科大学法律系。哥哥谢尔盖后来转到了历史—哲学系，在大学期间，他阅读了大量的德国唯心主义哲学家们

① Трубецкой. Е. Н. *Избранное*. М. ,1994. с. 250.

② Трубецкой. С. Е. *Минувшее*. М. ,1991. с. 45.

的著作，钻研斯拉夫哲学和古希腊哲学等。弟弟叶甫盖尼则一直在法律系学习。

1885年，兄弟俩同时毕业，哥哥谢尔盖留在哲学教研室任教，弟弟叶甫盖尼成为了雅罗斯拉夫法律贵族学校的教师。不久，哥哥谢尔盖赴德国深造，开始研究古希腊哲学与宗教，1890年他的长篇论著《古希腊的形而上学》通过了硕士论文答辩，1900年他以论文《逻各斯学说及其历史》，获得了博士学位。此后，他被聘为莫斯科大学客座教授，由于积极主张大学自治，1905年9月2日被推选为莫斯科大学校长。然而，就在当选校长的当月底，哥哥谢尔盖就不幸中风去世。

弟弟叶甫盖尼一直对哲学有着浓厚的兴趣，特别是1887年在与弗·谢·索洛维约夫结识了之后。1892年，他以那篇专门研究圣奥古斯丁哲学的论文，获得了硕士学位。1897年，他撰写了关于公元5—7世纪西方基督教的宗教社会理想研究的论文，并通过了论文答辩，获得了哲学博士学位。此后，他在基辅的圣弗拉基米尔大学担任教授，而自从1905年哥哥去世后，他则担当起了莫斯科大学哲学教研室的领导工作。

弟弟叶甫盖尼还从事了大量的社会活动，在学术界，他曾是莫斯科大学心理学协会和以弗·谢·索洛维约夫命名的宗教哲学团体的组织和领导者之一，是宗教哲学和文学刊物《道路》的创始人之一。在政治领域，他是立宪民主党创建人之一，是《莫斯科周刊》的创办人之一。他在1916—1917年间，成为了国务委员会委员，1917—1918年积极投身于教会活动；而在国内战争期间则参加过白卫军运动。1920年1月他因斑疹伤寒在新罗西斯克去世。

除了他们的硕士、博士学位论文以外，谢尔盖·尼古拉耶维奇·特鲁别茨科伊主要的著述还有《论人类意识的本质》(1889—1891)、《唯心主义的基础》(1896)等。叶甫盖尼·尼古拉耶维奇·特鲁别茨科伊的主要论著有《尼采哲学批评纲要》(1904)、《法哲学的历史》(1907)、《柏拉图的社会乌托邦》(1908)、《法学百科全书》(1909—1919年间出版过5次)以及上述的专门研究俄罗斯圣像绘画的著作等，其中最重要的有三部：两卷本的专著《弗·谢·索洛维约夫的世界观》(1913)、《认识的形而上学前提——论对康德和康德主义的克服》(1917年)和《生命的意义》(1918)。

第二节 谢·尼·特鲁别茨科伊:聚和性意识

聚和性(соборность)是俄罗斯斯拉夫派领袖阿·斯·霍米雅科夫提出的一个神学概念，其目的是为了说明东正教会的本质，以表明东正教会与天主教会、新教会之间的根本不同。该词的词根是"聚会"的意思,"'聚'是指靠着信仰为了一个焦点而结合的意思,'和'是'和而不同'的'和',这就是'聚和性'的含义"。[①] 这里一共由两个关键字:"聚"与"和"。"聚"是在统一的信仰下,也就是对上帝的信仰,众多信徒自觉自愿地走到一起,而这种聚集不是来自外部的压力,这里突出的是东正教会的精神性。"和"就是显示东正教会的有机性,每一个个性的自由和独立性,而不是简单地服从统一。聚和性反映了俄罗斯民族东正教信仰的实质,即由内向外的和谐的精神有机体。

谢·尼·特鲁别茨科伊在《论人类意识的本质》中,不仅完全接受了阿·斯·霍米雅科夫的聚和性概念,而且把它应用到认识论领域中来,进一步提出了聚和性意识。他首先把意识的主体分为两种:个性意识与集体意识,然而无论是前者还是后者都不可能代表意识的真正本质。因为个性和集体都只是部分,只不过集体是较大的部分,不可能代表整体,所以不具有普遍性,而意识的根本特征却是它的普遍性。显然,他强调了个性意识、集体意识与普遍意识的"三位一体"。

谢·尼·特鲁别茨科伊把具有普遍性的意识称为聚和性意识。他指出:"意识既不可能是无个性的,也不可能是单独的、个性化的,因为意识要比个性宽广得多,它是聚和性的。真善美可以客观地被认识,能够渐渐地被实现,就是因为人类的这种活生生的聚和性意识。"[②]谢·尼·特鲁别茨科伊特别强调意识的整体性、普世性,因此把自己关于聚和性意识的理论称为是"形而上学的社会主义"。[③] 他批判了西方哲学在认识论上的个人主义,进一步阐明认识的非个人行为,个人的认识永远都是受到限制的,个人只有超越自身才能认识到真理。个人之所以能够认识,其根源就在于认识的聚和性,也就是聚和性意识。意识的社会性、共通性是聚和性意识的基础。这也是该理论被称为"形而上学的社会主义"的主要原因吧。

谢·尼·特鲁别茨科伊的聚和性意识也并非是抽象和空洞的理论,他本人反复强调:"如果我们不想拒绝现实的假说,不想拒绝各种现象的现实基础,那么我们就要走向形而上学的社会主义理论。"[④]显然,这里的现实假说就是指理想,而现实的基础就是社会。因此,聚和性意识是社会主义的,不是个人的,只有在整个人类社会中,才谈得上聚和性意识。理想的人类是聚和性意识的主体。在这个理想的人类社会中,每个个体都内在地拥有聚和性意识,这一意识

① 张百春:《当代东正教神学思想——俄罗斯东正教神学》,上海:三联书店,2000年,第55页。

② Трубецкой. С. Н. *Избранное*. М. ,1994. с. 44.

③ Там же, с. 577.

④ Там же, с. 700.

的主要特征就是爱，爱是连接理想社会个人之间的纽带。在谢·尼·特鲁别茨科伊的那里，这个聚和性意识的主体就是教会，是理想人类社会意义上的教会。正是这样，谢·尼·特鲁别茨科伊又从认识论回到了宗教。

真理存在于教会之中，存在于人与人的爱的联系之中。聚和性意识成为了真理、博爱和理想人类的认识载体，同时这一切又让聚和性意识存在起来。

第三节　叶·尼·特鲁别茨科伊：生命的意义

叶·尼·特鲁别茨科伊的代表作《生命的意义》(Смысл жизни)是"作者总的世界观的表达"。[①] 该书写于第一次世界大战和俄国革命期间，当时的俄罗斯被战火变成一片废墟，不仅是物质上的破坏，而且包括大量知识分子的外流，精神文化受到摧残等等。因此，战争和革命对于叶·尼·特鲁别茨科伊来说，展示的是"世界的荒诞性"。[②] 叶·尼·特鲁别茨科伊在该书中，给自己提出了一个问题："当周围的世界充分展示了自身的荒诞性和无神化时，还仍然在确定意义的存在和上帝的存在，难道不是疯了吗？"[③]

然而，正是只有看到了荒诞，把握了意义的非理性化一面，"才能够对统治周围世界的荒诞性感受更深，才会更加清楚和更好地认识无因果关系的意义，而正是这一意义提供了解决世界悲剧的方案"。[④] 叶·尼·特鲁别茨科伊的这部哲学著作的基础在于，在超越现实的宗教领域中来肯定生命的价值和意义。

叶·尼·特鲁别茨科伊在《生命的意义》一书中，是完全站在东正教的立场上来系统阐发自己的学术观点的。他表明，自己是用了毕生的精力来探索生命的价值和意义的。他的探索本身就已经证明他的观点：生命是有意义和价值的，否则就不需要去无谓地探索，世界本身就会是无意义的，而无意义的世界根本就不值得人生活在其中。

然而，在叶·尼·特鲁别茨科伊看来，生命的意义又不是直露的，是被遮掩的，只有经过努力的探索，才能够发掘出来。当然，这种发掘必须是可能的。如果用一句话来概括生命的意义，那么，叶·尼·特鲁别茨科伊以为，"生命的意义就在于寻找真理。真理是一切统一的思想和一切统一的意识"。[⑤]

显然，在这里，叶·尼·特鲁别茨科伊把意义(生命的)与意识(真理的)有

---

① Столович. Л. Н. *История русской философии*. М. Изд.《Республика》. 2005. с. 204.

② Там же.

③ Трубецкой. Е. Н. *Избранное*. М. ,1994. с. 258.

④ Там же, с. 7.

⑤ 张百春：《当代东正教神学思想——俄罗斯东正教神学》，上海：三联书店，2000年，第103页。

机地融合在了一起。实际上，意义的探索本身就是一个不断意识和更新意识的过程，而且要探寻真理，在有限的意识范围内，无疑又是不够的，肯定要进入绝对意识的领域。这也就是说，仅仅依靠人自身是根本不可能认识生命意义的，宗教也正是因为如此才产生出来的，其目的就是为了引导人去探询认识的途径。这样，生命意义的寻找就进入了宗教的范围。“一切宗教都是以这种或那种方式提出这一任务：探寻永恒的生命——这是它们共同的主题。然而，在宗教中只有基督教才取得了成功，达到了目的。”①

基督教意识是真正沟通永恒生命与短暂生命的桥梁。叶·尼·特鲁别茨科伊指出，基督教是神人的宗教，神和人的本质是不可分和不混合的，基督是完美的上帝，也是完美的人。神人的基督战胜过威胁生命意义的死亡，为生命意义的解决提供了希望。

上帝是超越时间的，是永恒的，而时间应该是世界的，是有限的。这样一来，上帝与世界的矛盾呈现为永恒与时间的矛盾。在基督教意识中，时间之所以有意义是因为永恒，没有永恒，时间也就是虚无了。永恒决定着时间，时间对于人来说又是生命，也就是说，只有在永恒中才能认识时间，只有在永恒中才能感知生命的意义。人生的意义就在于寻找上帝与上帝结合，上帝是一切的统一，是绝对的。

《生命的意义》的第二章主要阐释的是神正论。神正论的核心问题是关于恶的问题。上帝既然是一切的统一，那么上帝之中是否也包含着恶？如果包含着恶，那么上帝就不是完美的。这里的问题其实还是上帝与世界的关系问题。在基督教中，上帝与被造物之间的关系是爱，上帝爱一切的被造物，但是被造物有选择对上帝是否爱的自由。如果被造物不去爱上帝，也就是要反抗上帝，那就是恶了。恶主要源于被造物的自由，当然源于的是反抗上帝的自由，而不是所有的自由。“上帝不承担世界上恶的责任，因为他所创造的世界被赐予了选择善与恶的自由。”被造物的自由就是为“自己可以决定信仰或反抗上帝，换句话说，可以选择生与死的可能性”。②

上帝希望作为被造物的人能够成为自己的朋友，因此也希望给人以自由。如果人没有自由，不反抗上帝，就不能够给上帝提供新的东西，就无法与上帝结合，人生也就毫无价值。基督教确立了上帝与被造物人之间的双向互动关系，上帝爱世间的每一个人，而世间的被造物人有选择的自由，即选择是否爱上帝。人生的意义和价值，在叶·尼·特鲁别茨科伊的视野中，就在于选择上帝，选择

① Трубецкой. Е. Н. *Смысл жизнь*. Избранное. М. ,1994. с. 259.

② Трубецкой. Е. Н. *Избранное*. М. ,1994. с. 124.

爱上帝，与上帝结合。

这里又产生了一个矛盾，个别的被造物以及整体的被造物是否完全符合上帝造物的构想？如果符合，被造物就失去自由，要是不符合，上帝就不是全能的，上帝的计划就会被打乱。为了解决这个问题，叶·尼·特鲁别茨科伊从弗·谢·索洛维约夫那里，借鉴了索菲娅的形象。他既不同意把索菲娅看成世界的灵魂，也不赞同把她当作某一客观事物，更不愿意象谢·尼·布尔加科夫那样，把索菲娅视为上帝与被造物的中介。叶·尼·特鲁别茨科伊认为，索菲娅"是上帝关于被造物的思想（或理念）的世界，是被造物的永恒原型的世界"。"索菲娅是上帝关于世界的计划，是上帝关于被造物的构思、理念世界。作为上帝的理念世界的索菲娅是完善的，不变的。在索菲娅的世界里没有任何变化和不完善，这里一切都是完满的。索菲娅是永恒的现实。被造的世界与索菲娅是完全不同的……""上帝关于个别存在物的理念，以及上帝关于整个世界的理念（索菲娅）对于经验世界而言只是潜在的可能性，这个可能性不可能在经验世界里被彻底地实现，而只能部分地在世界进化过程中被实现。"①

这里，叶·尼·特鲁别茨科伊的观点是显而易见的，索菲娅是上帝创造的世界的构想，是理念的世界。从时间上看，索菲娅在现实世界是不存在的，但从超时间来看，索菲娅是永恒存在着的。

在叶·尼·特鲁别茨科伊的理解中，生命本身不仅是世界上的暂时存在，而且是与上帝共存的，是与上帝结合的永恒生命，人生的目的和意义就在于此。虽然生命在宗教中具有"肯定价值、普遍价值和绝对价值，每个人必须的价值"②等意义，这些构成了生命的意义，但是，叶·尼·特鲁别茨科伊并没有忽视相对价值、世界秩序的价值和世界社会、国家、经济及所有一切世俗文化的价值。世界秩序的价值标准是他对人类存在的最终的、最高目标的态度。"因为相对价值作为实现爱的手段，他们具有最高尚的东西，或者他们成为世界上无条件的和永恒的现象的手段。"世界不应该受魔鬼统治，必须依靠国家来与恶做斗争，防止将世界置于一个"从深渊中出来的野兽"所统治。③

叶·尼·特鲁别茨科伊对生命意义的探寻是很有价值的，为我们从基督教的视角去理解文学作品描绘的世界，重新认识文学创作的个性与共性的关系等，都具有十分重要的意义。

---

① 张百春：《当代东正教神学思想——俄罗斯东正教神学》，上海：三联书店，2000年，第108—109页。

② Трубецкой. Е. Н. *Избранное*. М. ，1994. с. 11.

③ Там же, с. 296，124.

第四节　陀思妥耶夫斯基创作中的“聚和性”意识

凡是阅读过陀思妥耶夫斯基小说的读者往往会深深感到小说中呈现的“对话”和“复调”以及到处弥漫的宗教意识，然而，批评界却很少探讨“对话”“复调”与宗教意识之间的关系。以往最为常用的方法也就是从作家的创作心理和世界观的矛盾中去探索根源，在社会现实生活和人自身的复杂心态中去寻找阐释。当代俄罗斯著名研究陀思妥耶夫斯基创作的学者格奥尔吉·米哈伊洛维奇·费里德连杰尔就是从这一视角去探讨陀思妥耶夫斯基创作艺术的。他在《陀思妥耶夫斯基的现实主义》一书的第八章中专门研究了“陀思妥耶夫斯基的现实主义的历史特点及其矛盾”。① 2005年出版的由俄罗斯科学院俄罗斯文学研究所主编的《陀思妥耶夫斯基：资料与研究》(第17卷)也是从世界文化的大背景中去揭示陀思妥耶夫斯基的世界观矛盾和创作之间关系的一些迫切问题。② 陀思妥耶夫斯基本人则声称自己是对现实社会中人的心灵的开掘：“人们称我为心理学家：不对，我只是最高意义上的现实主义，即刻画人的心灵深处的全部奥秘。”③甚至有学者还指出：“陀氏心理分析的主要贡献之一是写出了资本主义造成的心理畸形变态——二重人格。这是一种病态，反映了资本主义社会中人性的扭曲。”④复调结构的提出者巴赫金则干脆回避了这个问题，他明确指出：“我们在分析中将撇开陀思妥耶夫斯基所表现的思想的内容方面，此处我们看重的是它们在作品中的艺术功能。”⑤

显然，仅仅从作家的世界观矛盾，甚至作家的精神分裂以及社会现实的心灵探索，去研讨陀思妥耶夫斯基小说创作的复调结构的成因是相当不够的，回避这一问题又是根本回避不了的。谢·尼·特鲁别茨科伊关于“聚和性”意识的理论为我们探讨陀思妥耶夫斯基的小说创作艺术提供了新的视角，本节将从俄罗斯民族信奉的东正教以及陀思妥耶夫斯基本人的宗教意识和文艺创作方法入手，发掘其小说结构艺术形成的深层缘由，即东正教的“聚和性”意识。

---

①　格·米·费里德连杰尔：《陀思妥耶夫斯基的现实主义》，陆人豪译，合肥：安徽文艺出版社，1994年，第365—398页。

②　俄罗斯科学院俄罗斯文学研究所：《陀思妥耶夫斯基：资料与研究》，第17卷，圣彼得堡：科学出版社，2005年。

③　波格丹诺夫 B. A. 编选：《陀思妥耶夫斯基论艺术》，冯增义、徐振亚译，桂林：漓江出版社，1988年，第390页。

④　同上，第13页。

⑤　巴赫金：《陀思妥耶夫斯基诗学问题》，莫斯科：苏维埃俄罗斯出版社，1979年，第89页。

一、“聚和性”：和而不同

翻开陀思妥耶夫斯基的小说，读者感受最深的也许是扑面而来的是众多人物形象的相互对峙的思想和生活感受。在长篇小说《罪与罚》中，穷大学生拉斯柯尔尼科夫与妓女索菲娅的不同处世态度就构成了小说的框架，前者不顾犯罪也要以暴力手段来抗恶，通过杀死放高利贷的老太婆，用得到的钱来拯救自己和受苦受难的穷人。后者则坚持要用以一颗善良的心去对待一切，无论如何都不能够采取暴力的手段，犯了罪就要接受惩罚，用受苦受难来净化自己的灵魂，忏悔自己的罪过，从而达到自我完善。在陀思妥耶夫斯基创作的最后一部长篇小说《卡拉马佐夫兄弟》中，卡拉马佐夫一家父子之间、兄弟之间，四分五裂，他们思想感情上互相对立，甚至达到相互仇视的境地，以至于弑父。这里既有病态而又恶毒的灵魂，也有理想而又善良的心灵；既有无神论者，也有上帝的忠实信徒；等等。

在陀思妥耶夫斯基的小说中，这种众多声音的聚集不仅反映在同一个空间上的不同思想的碰撞，而且也体现在小说结构中风格迥异的双重层面的有机融合。小说《白痴》的艺术结构在陀思妥耶夫斯基的小说创作中极具代表性。小说由两个篇幅大小不均衡的部分组成，每一部分都是以梅思金公爵回彼得堡开场。作家在小说的情节安排上，采取了独特的双重层次结构，把生活的平凡性与崇高的悲剧性有机地结合起来。《白痴》的主人公梅思金、罗果静、娜司泰谢·费里帕夫娜、阿格拉娅、伊鲍里特都似乎活动在两个迥然不同的层面，一是烦琐的、平淡的日常生活，与其他人毫无区别，二是深刻的、悲剧性的剧烈冲突的情感世界。小说中几乎所有最重要的插曲都蕴涵着这两方面的交织。费里德连杰尔就指出“陀思妥耶夫斯基坚持不懈地与那种把现实主义看作单纯描写日常现象的观念做斗争”。[①] 因此，小说《白痴》给人以“现实”和“浪漫”的双重印象，作家发掘了“光明”与“黑暗”、“烦琐”与“崇高”、“喜剧”与“悲剧”之间的复杂结合。

这些迥然不同的性格和双重层次究竟是如何被“聚集”在一起“和平相处”的呢？不同话语构成的复调或曰多声部结构以及双重层次构造，是否依存于某种民族文化传统或渊源于俄罗斯民族的宗教意识呢？爱沙尼亚塔尔图大学教授、著名社会派美学家列·纳·斯托罗维奇在《美善真》一书中，就明确指出，在俄罗斯民族文化传统中，文学艺术作为人的一种审美关系，实际上是一种价值关系，审美关系的客体本身具有价值性，不从价值论的角度来考察，是不可能真

---

① 《陀思妥耶夫斯基论艺术》，冯增义、徐振亚译，桂林：漓江出版社，1988年，第262页。

正认识审美关系的。由此，他把艺术创作表现对象“真善美”之间的关系，改为“美善真”，以表明这种审美的价值关系。艺术美的基础是伦理和宗教的“善”，而最根本的就是宗教世界中存在的“真”。[①] 因为现实社会中的“真理”都是相对的，只有宗教世界中的博爱才是绝对的真理。列·纳·斯托罗维奇还在《俄罗斯哲学史》的《哲学作为一门追寻智慧的学问——论俄罗斯哲学的特征》一章中，强调指出了，西方哲学与俄罗斯哲学的不同特征，前者主要探讨的是知识理论、认识论，后者则更主要关注的是艺术审美问题以及宗教、伦理和社会政治等问题。

显然，俄罗斯民族信奉的东正教对俄罗斯文学创作的思想和艺术均产生了极其深刻的影响。俄罗斯斯拉夫派领袖阿·斯·霍米雅科夫归纳的东正教会的本质“聚和性”就是要把不同的声音聚集在一起，达到“和而不同”的效果。陀思妥耶夫斯基是一位虔诚的东正教信徒，他的创作艺术不可能不受到俄罗斯东正教文化传统的影响，也正是这种东正教的“聚和性”精神才为陀思妥耶夫斯基小说的独特艺术构造提供了思想上的深层基础。

二、“聚和性”意识：三位一体

然而，这种俄罗斯民族的东正教精神应该说深刻地影响着俄罗斯社会的方方面面，那么“聚和性”对俄罗斯文学创作，尤其是陀思妥耶夫斯基的小说艺术，又是如何产生着独特的作用的呢？

只要阅读过陀思妥耶夫斯基小说的读者，就不难发现，作家在自己的小说创作中，几乎并不是在客观地描述社会生活场景和刻画人物性格，而是在揭示人物的意识，描绘人物对社会的认识，让人物直接抒发自己对社会的不满和对人生的看法。在不断的人物意识表现中，陀思妥耶夫斯基把人物个性的刻画、社会现实生活图景的描绘以及俄罗斯民族乃至整个人类的命运结合起来。

陀思妥耶夫斯基早在其成名作《穷人》中，就让年老的小公务员杰弗什金与几乎沦落为妓女的年轻姑娘勃罗谢洛娃，通过书信来直抒自己对现实的抱怨以及自己的软弱。无论是《死屋手记》中杀妻犯人梁奇科夫的叫嚣：“我就是沙皇，我就是上帝”，还是《地下室手记》主人公的狂吠：“让世界毁灭去吧，我还是要喝自己的茶”，都明显地表现出此类人物的心灵扭曲、变态和卑劣。《罪与罚》中的穷大学生拉斯柯尔尼科夫与妓女索菲娅关于如何对待“恶”的争辩，《卡拉马佐夫兄弟》中的父与子们直接袒露的人生态度，《白痴》主人公梅思金主张的基督式的“普遍的爱”等等均是对不同人物的社会意识的深刻发掘。这些个性鲜明

---

① 列·纳·斯托罗维奇：《美善真》，莫斯科：共和国出版社，1994年。

的，甚至相互对峙的心灵汇集在一起又反映了俄罗斯社会意识的某些侧面，激发读者对人的命运和人类社会生存等普遍问题的思考。

显而易见，陀思妥耶夫斯基是一位描绘和刻画人物意识的艺术大师。东正教"聚和性"的作用在这里也并非是把各种人物和现象简单地聚集起来，而是一种"意识"的"聚和"，这里就涉及"聚和性"意识的问题。谢·尼·特鲁别茨科伊认为，"聚和性"意识虽然是一种普遍意识，但同时又是个性意识、集体意识与普遍意识的"三位一体"。他着重强调了意识的整体性、普世性。陀思妥耶夫斯基小说创作刻画的典型并不仅仅是"个性"(个人意识)与"共性"(俄罗斯民族集体意识)的统一，而且还具有全人类的普遍意识。

陀思妥耶夫斯基小说创作不管塑造什么样的人物个性或意识，正面的、反面的或者多重的，都是以"爱"为纽带"聚和"的，要不是被"爱"同情的小人物，要不是丧失"爱"的可憎的变态性格，要不是维护基督博爱的信徒，要不是用暴力去抗争的社会底层人物，等等。各种迥然不同的性格和风格在陀思妥耶夫斯基的"爱"的教会中，由"聚和性"意识"三位一体"地联系在一起。

三、创作的"不信仰"："和"的根本

"聚和性"意识对陀思妥耶夫斯基小说创作艺术的作用是极其深远的，东正教的影响也几乎伴随着这位伟大作家的一生。作为一个社会的人，作家一直有意识地在现实生活中努力遵循着基督伟大的博爱精神。然而，在自己的小说创作中，陀思妥耶夫斯基又几乎是丧失信仰的，他的世界观与创作方法之间是存在着差异的。他作为一个伟大的艺术家，必须按照生活的规律来写。生活的复杂性和残酷性必然导致他在小说创作中对上帝的"不信仰"。

非常有趣的是，真正导致"聚和性"意识对作家创作艺术风格形成的一个重要因素，又恰恰是陀思妥耶夫斯基本人创作中的信仰危机，甚至可以说信仰的丧失或曰无信仰。著名俄罗斯形式主义批评家什克洛夫斯基在《陀思妥耶夫斯基》一文中，明确写道："陀思妥耶夫斯基的不信仰曾比他的信仰更为强烈。""这位《宗教大法官》的作者便是宗教大法官王国的破坏者。"[1]也许正是因为作家的"不信仰"，为"聚和"反而创造了条件。

长篇小说《罪与罚》中的拉斯柯尔尼科夫就不断地在否定基督的教诲，为了"善"而否定"善"，即便在被流放服苦役的路上还在反问索菲娅："你说的上帝究竟在哪？"长篇巨著《卡拉马佐夫兄弟》中基督教的理想代表人物阿辽沙，更是显

---

① 什克洛夫斯基：《陀思妥耶夫斯基》，载《陀思妥耶夫斯基的上帝》，北京：社会科学文献出版社，1994年，第26，27页。

得如此苍白无力，甚至不如德米特里、伊凡和老卡拉马佐夫强壮。佐西马神父尸体的腐烂也让阿辽沙心中的上帝形象发生了动摇。

当然，陀思妥耶夫斯基也不赞赏拉斯柯尔尼科夫的“斧子”、《群魔》中庄稼汉扛着的“斧子”以及《卡拉马佐夫兄弟》中偶尔出现的“斧子”形象。因为19世纪俄国革命民主主义者车尔尼雪夫斯基曾经对赫尔岑说过，要号召罗斯拿起“斧子”。这里“斧子”象征革命的武器，不赞赏“斧子”自然就是不认同用暴力革命的手段来战胜罪恶。

陀思妥耶夫斯基笔下的人物思想在“忍耐”与“反抗”、“善”与“恶”之间来回摇摆，其实并非仅仅是作家世界观的矛盾性所致，而更主要是作家本人创作中信仰的丧失，陀思妥耶夫斯基的创作根本就没有希望在这两条路中选择一条。俄罗斯社会发展的出路究竟在哪里，他的作品并不想去探索，只是把各种可能性描绘出来，这样恰恰能够把各种不同的意识统一在“聚和性”意识的基础上。

什克洛夫斯基在论述陀思妥耶夫斯基创作中的宗教信仰时，曾经写道：“在信仰者看来，基督与真理不是互相对立的，而他却把基督与真理对立起来。这意味着他不是基督徒。”[①]可以说，在真理与基督之间，陀思妥耶夫斯基选择了真理。他曾经在长篇小说《少年》序言草稿的左侧页边上留下了这样的一句附笔：“将更加公正的未来一代人会相信这一点：真理在我一边。我相信这一点。”[②]在现实世界中，真理是相对的，任何选择都会是片面的，都会导致对真理的遮蔽。

存在于宗教之中的真理表达了人与人的博爱，成为了人类唯一的绝对真理。“聚和性”意识便是这一真理的，即博爱的，认识载体。然而，这种真理在现实化的过程中，又很难具体化，也就是难以被现实社会的人们共同接受。坚持用“暴力”抗“恶”的拉斯柯尔尼科夫们，立足点是为了爱善良的人们，而不得不采取极端的手段。相反，要“忍耐”“勿以暴力抗恶”的索菲娅和阿辽沙们更是依据了基督教的“博爱”思想，甚至“爱自己的敌人”。因此，陀思妥耶夫斯基艺术创作的真理自然就是把各种意识表现出来，自己不加抉择，留给读者去思考。敞开真理恰恰是对真理的最好展示。

而且，在陀思妥耶夫斯基那里，艺术创作是描绘和展示真理的唯一途径。作家在临终前的一封信中曾经明确写道：“疗救之途、逃避之途只有一条，那就

---

① 什克洛夫斯基：《陀思妥耶夫斯基》，载《陀思妥耶夫斯基的上帝》，北京：社会科学文献出版社，1994年，第27页。

② 同上，第26页。

是艺术，就是创造性的工作。”[①]在小说结构的创作中，陀思妥耶夫斯基采用“对比”和“象征”的手法，把小说情节场景环环相比较，处处暗含着相互对话的象征意味，但是并不表露出自己的倾向性观点。他的小说只服从艺术结构的统一性，而不是思想观点的一致性，这种艺术结构揭示的又恰恰是不同意识的对话性和矛盾性。如果把陀思妥耶夫斯基的某一部小说看作是一个“能指”，那么它可以对应多个“所指”（意义），要是把陀思妥耶夫斯基的整个小说创作视为一个“能指链”，陀氏小说创作的“所指”（意义）就是多个“所指链”了。也许正因为如此，陀思妥耶夫斯基的小说创作才成为我们永远也发掘不完的艺术宝库。

陀思妥耶夫斯基艺术世界中的信仰危机和对人物意识的关注，使得东正教的“聚和性”意识成为其小说创作艺术的基础。既然作家创作是各种迥然不同意识的“聚和”，我们的文学批评任务是否也应该关注发掘陀思妥耶夫斯基创作的可阐释空间呢？也就是我们的每一种评价都只是对陀思妥耶夫斯基创作的一种阐释，而不可能是终结性的定论。

① 中国社会科学院外国文学研究所《世界文论》编辑委员会：《陀思妥耶夫斯基的上帝》，北京：社会科学文献出版社，1994年，第159页。

第 四 章

梅列日科夫斯基:新宗教意识

德米特里·谢尔盖耶维奇·梅列日科夫斯基是白银时代俄罗斯文艺复兴运动中开一代精神风貌的伟大作家,通常被视为是俄国现代主义文学的先驱,他的论著《论现代俄罗斯文学衰落的原因与若干新流派》(1893)被评论界认定是俄国现代主义文学的宣言,这里非常明确地提出了俄国象征主义的创作主张。德·谢·梅列日科夫斯基是一位多才多艺的大艺术家,他不仅是一位思想家、评论家、理论家、哲学家,而且又是诗人、剧作家、小说家、翻译家。然而,无论在哪一种文学体裁表现的思想内容中,无论在哪一部思想代表理论著作中,贯穿其中的最主要精神就是宗教文化精神。他是白银时代新宗教文化运动的主要思想家之一,是圣彼得堡宗教哲学协会的核心人物。

德·谢·梅列日科夫斯基并非受教会束缚的神学思想家,而是具有自由知识人思想的独特的基督教思想家。也许是因为他是一位文才飞扬的大作家,在他的神学著作和政论文章中,文气十足。可以说,德·谢·梅列日科夫斯基的理论著述是文学化的,而文学创作则是思想化的,而这两者都统一于宗教化。

19 世纪末至 20 世纪初,在俄罗斯,象征主义运动已经不仅仅是一场文学运动,而且更是一场精神价值取向明确的宗教文化更新的思想运动。俄国象征主义并非只是文学思想禁区的突破,还是社会思想领域的开拓。因此,在白银时代的俄罗斯,象征主义运动与宗教文化的革新运动是交织在一起的。德·谢·梅列日科夫斯基的创作正好体现了这种交织,学界也常常把他象征主义宗教思想家。

德·谢·梅列日科夫斯基的宗教思想,即新宗教意识,是相对于传统的东正教正统教会和民粹派的社会革命宗教,而提出来的。他公开打出“寻找上帝”的旗帜,努力从丧失灵魂的实证主义困境走出,迈向神性的理想论。在文学创作中,德·谢·梅列日科夫斯基抨击了社会小说和市民小说,让诗歌和散文去叩响永恒的精神之门。

在德·谢·梅列日科夫斯基的认知视阈中，在世界上，只有一种文化是真实的，那就是“寻找上帝”的文化，在文学中，只有一种诗歌是真实的，就是象征主义的诗。这样一来，德·谢·梅列日科夫斯基的象征主义宗教思想，即新宗教意识，就是以象征主义的诗篇来揭示生活的真谛，以“寻找上帝”来复兴俄罗斯的精神文化。德·谢·梅列日科夫斯的新宗教意识批评就是建立在此基础之上的。

第一节 诗歌与理论批评:俄国现代主义文学的先驱

德米特里·谢尔盖耶维奇·梅列日科夫斯基（Дмитри Сергеевич Мережковский 1865—1941）于1865年8月2日出生在圣彼得堡市，1884年中学毕业后，考入圣彼得堡大学历史—语文系学习。或许是受到圣彼得堡这座城市本身的科学实证主义氛围的影响，因为这座城市的建立就是为了引进西方的科学技术，打通出海口，年轻的德·谢·梅列日科夫斯基开始迷恋实证主义哲学，他深入钻研了孔德的实证主义、达尔文的进化论思想以及斯宾塞等人的著作，后来这些思想一直深深地影响着他的文学创作。他还曾经结识了民粹主义者米哈依洛夫斯基，受到了民粹派思想的影响，并把米哈依洛夫斯当作自己的老师。

19世纪80年代中期，德·谢·梅列日科夫斯基首先是以诗歌创作登上文坛的，在诗歌创作的探索中，他受到了俄罗斯浓郁宗教氛围的影响，渐渐产生了浓厚的宗教哲学探索的兴趣和热情，走出了科学实证主义的局限，转向了宗教，形成了象征主义诗歌创作独特风格。他于1892年出版了诗集《象征》，是俄罗斯文学中最早使用“象征”这一字眼的诗人。同时期，他还写有一系列历史小说、历史剧和宗教—哲学随笔。在理论批评方面，1893年他发表了著名的《论现代俄罗斯文学衰落的原因与若干新流派》一书，该书是德·谢·梅列日科夫斯基在他本人1892年间所做的文学讲演的基础上整理而成的。该书是第一次把以象征主义为先导的俄国现代主义，作为一种艺术思潮在理论上予以确认，它也与明斯基（1855—1937）的《在良知的照耀下；关于生命的思想和幻想》（1890）和沃龙斯基（1861—1926）的《俄罗斯的批评家们》（1896）一起，成为俄国象征主义的宣言书。

在这篇宣言书中，德·谢·梅列日科夫斯基认为，俄罗斯文学由于过分接近现实社会生活，到19世纪90年代已处于严重危机的边缘。在他那里，为社会和现实服务是文学发展的一条死路，从19世纪60年代起车尔尼雪夫斯基等人所提倡的“艺术唯物主义”导致了艺术审美欣赏能力的普遍衰退，而这恰恰是文学“衰落的原因”。

德·谢·梅列日科夫斯基坚决彻底地否定19世纪现实主义文学对社会现实问题的普遍关注，声称这仅仅是“一些老朽的人们关于人民经济利益的老朽的谈话。”[①]他把唯物主义视为实证主义，把现实主义看成自然主义予以批判。他明确指出，永恒的宗教神秘情感才是真正艺术的基础，而这一基础却由于实证主义的过分发达而被遗忘，只有在进入90年代后才产生出一些传统基础复兴方的征兆。德·谢·梅列日科夫斯基号召创立“未来将在俄罗斯取代功利主义的、庸俗的现实主义的理想主义的新艺术。”[②]他指出：未来俄罗斯新兴艺术的三个基本要素就是：“神秘的内容、象征的手法和艺术感染力的扩张。”[③]

德·谢·梅列日科夫斯基努力探索象征主义艺术与欧洲及俄罗斯经典文学之间的渊源关系，力图表明在传统的艺术遗产中早已孕育着象征主义的萌芽，象征主义转向是必然的。他揭示，“象征主义贯穿着古希腊艺术的全部创作”，在歌德、福楼拜和易卜生等几乎所有杰出作家的作品中都存在着象征，“在现实主义的细节下面隐藏着艺术的象征”。[④] 在屠格涅夫的创作中，明显地存在着艺术上的印象主义，在冈察洛夫的作品中，到处可见哲理性的象征语言，在列夫·托尔斯泰和陀思妥耶夫斯基的艺术中，蕴涵着深刻思想和神秘的内容，这一切均是“新的理想主义艺术的因素”。他还在莱蒙托夫和果戈理的创作中同样发现了神秘的宗教内涵和象征手法。

德·谢·梅列日科夫斯基的主要著述还有：第一个三部曲《基督与敌基督》(1895—1904)、《列夫·托尔斯泰与陀思妥耶夫斯基。生活与创作》(1901—1902)、《俄国革命的先知：纪念陀思妥耶夫斯基》(1906)、《未来的卑鄙小人》(1906)、《果戈理与魔鬼》(1906)、《不是和平，而是纷争：基督教的未来批判》(1908)、《在寂静的深渊里》(1908)、《米·尤·莱蒙托夫。超人诗人》(1909)、《病态的俄罗斯》(1910)、《别林斯基遗训：俄罗斯知识分子的宗教性和社会性》(1915)、《俄罗斯诗歌的两种奥秘。涅克拉索夫与丘特切夫》(1915)、《敌基督的王国》(1921)、《诸神的诞生：克里特岛上的图坦卡蒙》(1925)等。1911年—1913年，在莫斯科，《德·谢·梅列日科夫斯基文集》(17卷本)出版，1914年他

---

① Мережковский Д. С. *О причинах упадка и новых течениях современной русской литературы*. Санкт-Петербург, 1893, с. 62.

② Там же, с. 46.

③ Соколов А. Г. *История русской литературы 19 века и начала 20 века*. Москва: Изд. « Высшая школа », 1988, с. 131.

④ Кузнецов Ф. Ф. *Русская литература XX века* (в двух томах). Москва: Изд. « Просвещение », 1993, Т. 1, с. 71—72.

的 24 卷本文集出版，1908—1918 年他的第二个三部曲《野兽的王国》出版，1925—1932 年他的第三个三部曲(《三的秘密：埃及与巴比伦》《西方的秘密：大西洲岛和欧洲》《鲜为人知的耶稣》)出版。

1901 年，根据德·谢·梅列日科夫斯基及其妻子吉皮乌斯的倡议，在几个朋友的帮助下，在圣彼得堡组办了宗教—哲学聚会。该会本来的目的是试图把知识分子与教会联合起来，共同创建俄罗斯的宗教意识。聚会尽管取得了一些研究上的成果，但是目的并未达到，因为俄罗斯知识分子与教会之间的裂痕实在是太深了。1903 年聚会被取消。1905 年—1912 年，德·谢·梅列日科夫斯基主要居住在巴黎，后来曾在波兰等地居住。1933 年他曾被提名诺贝尔文学奖的候选人，后未得到。1936—1937 年，他住在意大利，二战中，他曾多次与墨索里尼会见，并与他合作。1941 年 12 月 9 日，德·谢·梅列日科夫斯基在巴黎去世。

第二节　新宗教意识

德·谢·梅列日科夫斯基的新宗教意识(новое религиозное сознние)是他在宗教哲学文化理论的探索过程中，逐步形成的一种宗教文化意识。他认为，上帝的启示并非仅仅存在于传统的基督教中，而且还存在于多神教之中。他的新宗教意识的基本观点是：在宗教世界中存在着两种真理，一种是基督教(关于天的真理)，另一种是多神教(关于地的真理)，完美的宗教真理应该是这两种真理的融合，也就是多神教与基督教的融合，而且这种融合已经非常和谐地体现在基督耶稣身上了。

在德·谢·梅列日科夫斯基看来，灵与肉的冲突其实就是这两种真理矛盾冲突的直接反映。第一种真理的反映就是为追求精神而自我牺牲，渴望与神的融合；第二种真理的反映则是追求个性的自我确立、自我崇拜。社会和历史演进的理想结果，也就是这两种追求的和谐和统一。德·谢·梅列日科夫斯基的“新宗教意识”，也可以被称之为独立于《旧约》和《新约》的“第三约言”理论。新宗教意识对德·谢·梅列日科夫斯基的文学批评理论及方法有着重要的影响。

新宗教意识直接决定了德·谢·梅列日科夫斯基对《列夫·托尔斯泰与陀思妥耶夫斯基。生活与创作》一书，在内容和结构上的安排。该书是德·谢·梅列日科夫斯基在文学批评方面的一部代表作，其基本构架和内容是建立在两位伟大的俄罗斯作家彼此对峙的基础之上的：在灵与肉的方面，列夫·托尔斯泰侧重两者的对立，陀思妥耶夫斯基则是更加关注两者之间的统一。显然，列夫·托尔斯泰表现的是两种真理的对抗，即基督教真理与多神教真理的对峙，而陀思妥耶夫斯基则揭示的是这两种真理的融合，即基督教真理与多神教真理的融合。德·谢·梅列日科夫斯基当然更看重陀思妥耶夫斯基的创作。

在列夫·托尔斯泰创作中，生与死是永恒对立的，是不可能统一的；然而在陀思妥耶夫斯基的创作中，生与死则是永恒统一的，是不可能截然对峙的。在列夫·托尔斯泰笔下，肉体重于灵魂，物质重于精神；在陀思妥耶夫斯基的笔下，灵魂则肯定重于肉体，精神一定重于物质。在人物的心理描写方面，列夫·托尔斯泰一般是从外部到内在，从肉体到灵魂，从行为到心灵，从客观描述到主观思索；陀思妥耶夫斯基描写人物则常常是恰恰相反，从内在到外部，从灵魂到肉体，从心灵到行为，从主观思索到客观描述。

德·谢·梅列日科夫斯基指出：列夫·托尔斯泰和陀思妥耶夫斯基都具有敏锐的洞察力，当基督再次降世，他身后的神明世界也随之降临时，两位作家都感觉到了。只是列夫·托尔斯泰感识的是“肉体的秘密”，而陀思妥耶夫斯基才触及到“灵魂的秘密”。当然，在未来的神明世界中，肉体与灵魂也是统一的，肉体也会成为圣洁的、“精神的存在”。不过，在德·谢·梅列日科夫斯基看来，与列夫·托尔斯泰相比，陀思妥耶夫斯基显然高明一些，因为灵魂肯定比肉体重要。德·谢·梅列日科夫斯基甚至强调，人类认知世界的最后阶段是感知生活的宗教的奥秘，这无疑与陀思妥耶夫斯基的思想是一致的。

在文集《未来的卑鄙小人》(1906)中，德·谢·梅列日科夫斯基当提及自己创建新宗教意识的动机时，曾经强调，除了创建的理论意义以外，还有很重要的社会实践意义，当时自己主要是为了俄罗斯的社会现实。他明确指出，俄罗斯社会如果再不进行精神上的改革的话，其未来就完全可能被“卑鄙小人”掌控。其实，历史上的基督教，无论是西方的天主教、新教，还是俄罗斯的东正教，都已经不能够满足俄罗斯知识分子的需求，不能够解除他们心中的疑虑。“当代欧洲的宗教不是基督教，而是小市民意识”。[①] 在欧洲的现实生活中，账簿取代了《圣经》，形形色色的商埠替代了祭坛，而俄罗斯正在步欧洲的后尘，正在欧洲化。德·谢·梅列日科夫斯基断言，要避免欧洲化，要摆脱“卑鄙小人”，就必须创建新宗教意识。这一意识能够把俄罗斯的知识分子、教会和普通人联系起来，一起抵御“卑鄙化”和“庸俗化”，寻求社会的精神出路。

德·谢·梅列日科夫斯基“以拯救世界为宗旨”出发，强调了“新宗教意识”实质的社会性，并认为，新基督教意识与旧基督教意识的本质不同就在于此。“无论是缺乏社会性的宗教，还是缺少宗教的社会，均无法拯救俄罗斯，只有宗

① Мережковский Д. С. *Грядущий хам*. // Мережковский Д. С. Больная Россия. Ленинград, 1991, с. 29—30.

教的社会性才能拯救俄罗斯”。[1] 传统的基督教是一种宗教个人主义，只强调拯救个人，信仰仅仅是个人自己的事情，因为上帝的国是在每个人的内心深处的，不在人与人的此在世界中。德·谢·梅列日科夫斯基提出的宗教的社会性直接批判了传统的宗教个人主义，他把个性与个体进行了区分，在传统的基督教中，个性的存在被忽视了，存在着的只是个体与社会的对峙。他竭力从个性与社会性相融合的角度，来创建新宗教意识。

德·谢·梅列日科夫斯基以为，在传统的基督教中，个性的教义是非常完善的，但是社会性的学说则很不完善。宗教的社会性与教会有关，教会的社会性与国家的社会性是相互抵触的。国家的社会性是压抑个性的，国家往往把教会当作个体，而不是个性。在天主教的社会里，国家服从教会，国家成了基督教的国家；在东正教的社会里，则是教会服从国家，成为了国家的东正教。在新教的世界里，个人主义占主导，有多少个信徒，就有多少个教会。

德·谢·梅列日科夫斯基指出，新宗教意识理论的主要任务有三点：一是争取个性与社会性既对立又统一，而且统一是根本；二是树立末世论的自我意识，即此世是有终点的，不该在时间中无限制地延长，世界是有末日的，应该追求彼世的无限；三是实现教会的普世性，无论是教会还是其他社会组织，都应该解放个性，真正做到个性与共性的统一。[2]

在德·谢·梅列日科夫斯基看来，传统的基督教并没有实现个性的真正解放，个性依然受到压抑，其主要原因就在于，个性的概念常常被个体所替代，因此个性与社会性之间的矛盾也就成了个体与社会的矛盾。我们通常把“天国在我们的心中”理解为是“天国在每一个体的人的心中”，其实，应该是“天国在每个彻底被解放了的个性之中”。在这里，德·谢·梅列日科夫斯基实际上已经把“个体”主要视为是一个生物体，而“个性”则主要是一个精神与生物体的融合。

应该说，德·谢·梅列日科夫斯基的新宗教意识反对把“肉体”与“精神”绝对分离，主张把多神教注重的“肉体”与传统基督教强调的“精神”结合起来。在传统的基督教中，基督的复活是精神的复活，而并非肉体的复活。要成为基督徒，就必须放弃人世间的生活享乐，放弃大地，仅仅去爱天。德·谢·梅列日科夫斯基批判和修正了这一观点，认为，天上（精神）的幸福应该与地上（肉体）的幸福融合在一起，反对为了前者而放弃后者。新宗教意识的原则就是“天”（精

---

① Мережковский Д. С. *Грядущий хам*. // Мережковский Д. С. Больная Россия. Ленинград, 1991, с. 44.

② 转引自张百春：《当代东正教神学思想》，上海：三联书店，2000年，第135页。

神)和"地"(肉体)都要爱,缺一不可。当然,在德·谢·梅列日科夫斯基的理论中,肉体的概念是宽泛的,包括人世间的一切,即性、婚姻、家庭、尘世、享乐等所有物质生活。

从方法论上来说,德·谢·梅列日科夫斯基处于一种深刻的矛盾之中,一方面,他的理论中充满着二元对立的概念,例如精神与肉体、基督与敌基督、天上与地下、基督教与多神教、神人与人神,甚至还有圣父与圣子等等;另一方面,他又要打破二元对立的束缚,他的新宗教意识就是要用"三"来取代"二",因此他特别喜爱创作"三部曲"。为了走出这一矛盾的境地,德·谢·梅列日科夫斯基就需要一个"第三者",这个第三者就是一个能够把二元融合为一体的综合。

基督教的三位一体一般是强调圣父、圣母、圣子的三位一体。德·谢·梅列日科夫斯基的新宗教意识的核心内容就是把圣母与圣灵结合起来,并赋予它以综合的作用,即把圣父与圣子综合在一起。他在《未来的卑鄙小人》中,指出,在圣父的王国里,《旧约》表明的是真理作为上帝的权力,在圣子的王国里,《新约》爱作为存在的真理,在第三王国里,即圣灵(圣母)的王国,在未来"约"之中,"自由的爱"才是真理的启示。① 显然,这第三者(圣灵—圣母)是前两者的综合。

德·谢·梅列日科夫斯基还把新宗教意识的"三位一体"与人类的历史结合起来,揭示了"三"的秘密。在他看来,人类发展的三个阶段,即昨天、今天与明天,分别对应为大西洲岛上的人类、现在的人类和未来的人类。第一个阶段的人类是经历过大洪水洗礼的,第二个阶段的人类是由基督宝血洗礼过的,第三个阶段的人类将用圣灵,用火来洗礼。这三个世界也分别是圣父、圣子和圣灵(圣母)的世界。"信来自圣父,爱来自圣子,望来自圣灵。在永恒之中它们三个是一,但在时间之中,圣父的第一约是信,圣子的第二约是爱,圣灵的第三约是望"。② 德·谢·梅列日科夫斯基的"第三约"(圣灵王国)是没有任何国家权力的,是充满自由和希望的。

德·谢·梅列日科夫斯基的新宗教意识引起了学界的密切关注和批评,尼·亚·别尔嘉耶夫就批评他的宗教既不是历史的基督教,也不是基督的宗教。也许正是因为如此,他的理论才独树一帜。

第三节　象征主义批评

德·谢·梅列日科夫斯基的宗教思想是始终与他的象征主义创作与批评

---

① Мережковский Д. С. *Грядущий хам*. // Мережковский Д. С. Больная Россия. Ленинград, 1991, с. 27.

② Мережковский Д. С. *Реформаторы: Люрер, Кальвин, Паскаль*. Томск: 1999, с. 21.

紧密地联系在一起的。他既是俄罗斯象征主义创作的开拓者，更是一位伟大的象征主义思想家和批评家。无论是在他的创作艺术中，还是在他的批评理论探索中，新宗教意识一直是他象征主义的灵魂。

尼·亚·别尔嘉耶夫曾经指出："象征是两个世界之间的联系，是另一个世界在这个世界上的标记。象征主义作家相信有另一个世界。"①虽然这位弗·谢·索洛维约夫思想的继承人曾反对德·谢·梅列日科夫斯基的象征主义，但是在他及弗·谢·索洛维约夫的思想中，也存在着象征主义的思想，因为基督教本身就是一种主张两个世界并关注它们之间联系的宗教。

在被公认为是俄国象征主义宣言的《论现代俄罗斯文学衰落的原因与若干新流派》一书中，德·谢·梅列日科夫斯基明确写道："从丧失灵魂的实证主义走向神性的理想主义，在宗教和哲学领域中，与不可知者和解的时代降临了……社会小说和市民小说已经令人厌烦，应该到诗歌和散文中去探索创作的途径，诗歌和散文打开了通往永恒的门扉。只存在着一种真实的文化，这就是寻求上帝的文化，只存在着一种真实的诗，这就是象征主义的诗。"②显而易见，在德·谢·梅列日科夫斯基那里，象征主义的宗教思想的基础是"寻求上帝的文化"，而创作形式则是"象征主义的诗"。

在俄罗斯，文学批评运动一直是与社会思想的解放运动紧密地联系在一起的，俄国象征主义也不例外。它与法国象征主义不同，已经越过了文学的藩篱，成为一种具有明确新宗教意识的思想文化运动。以德·谢·梅列日科夫斯基为代表的俄国象征主义，坚决反对别林斯基、车尔尼雪夫斯基、杜勃罗留波夫等为首的19世纪现实主义批评传统，为不再在现实世界去寻找社会和个性解放的出路，而是面向未来的世界，"第三约"的世界。在德·谢·梅列日科夫斯基看来，此在世界与彼岸世界之间存在着某种必然的联系，这种联系是通过象征来反映的，象征就是一种符号，一种表征意指关系的动态符号，它把天地、生死、内外、虚实、理想与现实等联系了起来。

德·谢·梅列日科夫斯基摒弃现实主义艺术和民粹派创作，批判以环境、社会为重点的写实主义文学，竭力提倡创作理想的诗，哪怕是写小说，也要用抒情诗的方式去写。他虽然赞赏俄国短篇小说家、剧作家契诃夫的创作，尤其是他简洁，但是也批评在契诃夫的社会小说创作中缺乏艺术的抒情之真。然而，究竟什么才能够称之为是理想的诗呢？

---

① 尼·亚·别尔嘉耶夫：《俄罗斯思想》，雷永生等译，北京：生活·读书·新知三联书店，1995年，第224页。

② Мережковский Д. С. *О причинах упадка и новых течениях современной русской литературы*. Санкт-Петербург：1893，с. 8.

德·谢·梅列日科夫斯基多次强调,理想的诗应该具有人无法把握的灵性,具有一种永恒的自然力量。这似乎是在强调一种纯艺术的诗歌创作,其实,他强调的灵性就是新宗教意识,永恒的自然力量就是一种宗教力量。因此,俄国象征主义作家别雷就曾一针见血地指出,德·谢·梅列日科夫斯基主张的是"具有(灵性宗教)思想意识的诗",这只不过是用一种思想观念替代了民粹主义的思想观念,来支配文学。当然,别雷也肯定了这种替代实际上改变了俄国文学精神取向和文化趋向。①

因此,德·谢·梅列日科夫斯基的象征主义创作与批评的核心就是新宗教意识。可以说,德·谢·梅列日科夫斯基是以陀思妥耶夫斯基的宗教思想为依据,来发展自己的象征主义宗教思想的。他看到了陀思妥耶夫斯基思想中的反基督的一面,不过,他以为这是走向"未来的基督"的唯一途径。实际上,陀思妥耶夫斯基的宗教既不是东正教,也不是传统的基督教,而是"圣灵的宗教"("第三约")。

德·谢·梅列日科夫斯基的宗教思想就是第三圣国(圣灵之国)即将降临的思想。他指出:"圣父开始拯救世界,圣子继续拯救世界,圣灵将完成拯救世界。"②圣灵要降临此世,必然会遇到此世的敌基督的反抗,因此,圣灵进入人的灵魂的过程就是圣灵与魔鬼的斗争过程。在圣灵的帮助下,人可以回到基督,而在魔鬼那里,人就会走向反基督。也许就是因为探索人回归基督的历程,德·谢·梅列日科夫斯基的主要著作多数是小说体的人物传记,例如耶稣、陀思妥耶夫斯基、果戈理、列夫·托尔斯泰、路德、奥古斯丁、加尔文、达·芬奇、圣方济各、朱利安、阿利克西等。这些著作均是象征主义艺术表现的圣灵降临与人的个体之间关系的小说体神学论著。圣灵降临并深入人心的问题,其实就是"基督与此世"的关系问题,这是德·谢·梅列日科夫斯基关注的中心问题之一。他曾经在专门组织过该问题的宗教哲学研讨会,具体探讨了精神与肉体、基督教与社会、福音与异教、教会与艺术等问题。他本人还专门探讨了果戈理的创作,由此引发基督教与艺术、文学艺术与东正教等关系问题,从而进一步表明,福音是一个象征的世界,表征在此世,意义却在彼世。

第四节 《未知者耶稣》的象征意义与批评启示

德·谢·梅列日科夫斯基象征主义批评表现出明显的宗教神秘性和不可

---

① 参见 Christa Ebert, *Symbolismus in Russland*,(《俄国象征主义者》),Berlin,1988,第46—47页,转引自基督教文化学刊,1999年,第1辑,第90页。

② 德·谢·梅列日科夫斯基:《路德与加尔文》,杨德友译,上海:学林出版社,1998年,第57页。

知性等特征。德·谢·梅列日科夫斯基在自己的最大一部三部曲传记体小说《耶稣》中，就把第一卷的书名定为《未知者耶稣》。这部三部曲是象征主义的耶稣传记研究，回答了“耶稣在吗？曾在？现在？还是将在？”“耶稣是神话？历史？还是幻觉和躯壳呢？”德·谢·梅列日科夫斯基在这部作品中表明，世人之所以把耶稣当作神话，最主要就在于耶稣是一个神化的个体，象征着另一个彼岸世界中的圣灵，耶稣是一个永恒的超越现实世界的象征。

在德·谢·梅列日科夫斯基看来，象征还有一个重要的特征就是无论如何都不能够完全被认知的。基督教自从产生以来，人们就一直在探讨，人类是否可以认知耶稣？无数双眼睛认知了两千多年，仍然无法真正认知他。如果把耶稣形象视为是一个身上贴满马赛克的塑像，那么历史上各个民族对基督的认识，对基督教文化的阐释，都不过是这位耶稣形象身上的一块马赛克碎片。当复活的耶稣与自己的门徒重新在一起的时候，有两位门徒并不认识他，这就是说，耶稣与世人同在，但是世人却无法认识他，因为认识耶稣不能够仅仅凭借自己的眼睛，而要用心灵去感受。德·谢·梅列日科夫斯基指出，认识象征也不能够用眼睛，而要用心灵。

显而易见，德·谢·梅列日科夫斯基创作的《未知者耶稣》，给予我们的文学批评提供了十分重要的启示。作家似乎在告诉我们，任何经典的文学作品或文学典型就如同“耶稣”形象，读者是无法真正完全认知的，只能够进行部分阐释，只能够从各自的视角阐释形象上的“马赛克碎片”，而且要用心灵去感受。文学经典的意义就仿佛是“上帝”，每一种解读都只是对这个“上帝”意义的丰富，但永远不可能穷尽。文学经典或文学典型是一座桥梁，一个象征物，连接着彼岸世界与现实世界，它存在于“上帝”意义与读者解读之间。

以普希金的诗体小说《叶甫盖尼·奥涅金》的阐释为例，主人公奥涅金就是存在于文本意义（上帝）与读者解读之间的一个连接物，或曰象征物。读者往往会随着意识形态环境等话语语境和自身心态等的变化，对文本意义的阐释就会产生出较大的差异。比如，在苏联时期，由于受意识形态环境的影响，批评界对此部诗体小说的阐释，大多从文学与社会关系的角度来分析的，小说主要是塑造了奥涅金这个19世纪俄罗斯社会的“多余人”形象，反映了19世纪上半期俄罗斯社会生活的方方面面。而如今，解体后的俄罗斯，学术界已经不再提及奥涅金是普希金创作年代的“多余人”了，主要从人的主观心理与外部世界的关系出发，更多揭示的不是小说对社会生活的反映，而是小说的抒情性和批判性特征。

其实，奥涅金的玩世不恭，对社会的批判态度等，是以后各个社会都可能出现的，所谓“多余人”的情绪是各个社会都会存在的。读者在阅读该部文学作品时，把这种情绪与自己所处现实环境融合在一起，就可以具体化地感受到文本的现实意义。因此，可以断言，随着时代和话语语境的演变，读者或批评界还可以通过对奥涅金这个象征物的阐释，对该文学典型的意义（“上帝”的意义），进行无穷多的意义发掘。可以说，任何一部文学经典或任何一个文学典型都是连接文本意义和读者解读的现实时空存在，读者对该时空存在中被描绘的世界的解读是“超文本现实”的动态解读。

当然，德·谢·梅列日科夫斯基的象征主义批评是以其新宗教意识为基础的，努力在此在世界与彼岸世界之间建立联系，揭示这种联系的象征符号，尽管这种象征意义是神秘的，不可阐释穷尽的，但是，人们还是应该用心灵去感知，通过耶稣的躯体去感觉基督的存在。

学界一般认为，陀思妥耶夫斯基是俄罗斯白银时代宗教文化复兴运动的真正鼻祖。首先指出这一点的是弗·谢·索洛维约夫和德·谢·梅列日科夫斯基，虽然他们总的哲学倾向都是属于自由哲学的范畴，但是他们各自对陀思妥耶夫斯基宗教意识的感知和阐释方式是迥然不同的。弗·谢·索洛维约夫的阐释主要是以思辨理想主义的方式来展开的，而德·谢·梅列日科夫斯基却更接近瓦·瓦·罗赞诺夫，重视个性的躯体和爱欲，他的象征主义是爱欲神秘主义的。如果说弗·谢·索洛维约夫更主要是哲学家式的宗教文化批评的理论家，那么德·谢·梅列日科夫斯基则更主要的是文学家式的象征主义大家。

第五章

舍斯托夫:悲剧哲学

在白银时代的俄罗斯宗教文化批评理论思潮中,列夫·舍斯托夫是一位非常独特的文艺批评的理论家、存在主义哲学家,他的一生为反对西方崇尚理性的哲学和美学思想传统而发出"旷野的呼告",呼唤以基督教、《圣经》思想为基础的另一种与理性相对抗的非理性存在。列夫·舍斯托夫坚持世界的本质是非理性的,试图探索理性无法回答的人的死亡、苦难、恐惧、绝望等悲剧性问题。他本人在纪念德国现象学哲学家胡塞尔时,明确表示:"……我在没有人认为尽一切力量可能有胜利希望的地方开始进行斗争。"①

别尔嘉耶夫曾经说过:列夫·舍斯托夫是他"一生之中所遇到的最出色、最优秀的人物之一"。作为"20世纪初最有独创性、最杰出的思想家之一",列夫·舍斯托夫"思想的独立性令人折服;他从来不属于任何一个流派,不受时代精神的影响。他置身于俄罗斯思想的基本轨道之外"。② 的确,列夫·舍斯托夫与白银时代俄罗斯的任何一个思想或文学流派都没有密切的联系。他既批判梅列日柯夫斯基的"新宗教意识",也不去附和别尔嘉耶夫、弗兰克等人宗教人本主义思想。这也许是由于他长期生活在国外,更是源于他思想的独立性。他创造了自己独特的"悲剧哲学",在思想界独树一帜,这种"悲剧哲学"深深根植于他的宗教人道主义思想的土壤。他曾参加由谢·布尔加科夫和别尔嘉耶夫主持的宗教—哲学协会的活动,参与《生活问题》杂志的工作,但学界始终把他称为在精神领域中漫游的"孤独的朝圣者"。

10月革命前,列夫·舍斯托夫的主要著作有:《莎士比亚及其批评者勃兰兑斯》(1898)、《托尔斯泰伯爵和弗·尼采学说中的善。哲学与说教》(1900),

---

① 列夫·舍斯托夫:《纪念伟大的哲学家爱德曼·胡塞尔》,《哲学译丛》,1963年第10期,第62页。

② Бердяев Н. А. *Русская идея. Основные проблемы русской мысли XIX века и начала XX века.*// Русская идея. Москва: Изд. «Искусства»,1994,Т. 2,с. 269.

《悲剧的哲学——陀思妥耶夫斯基与尼采》(1903),《毫无根据的颂扬》(1905),《开端与终结》(1908)。1920年出国后,他又先后撰写了《在约伯的天平上(灵魂中漫游)》(1929)、《旷野的呼告——克尔凯郭尔与存在主义》(1935)和《雅典与耶路撒冷——宗教哲学论》(1938)等著作。列夫·舍斯托夫把自己的毕生精力都倾注在哲学与文学相结合的"悲剧哲学"的探索之路上。

第一节 思想的执着者

列夫·舍斯托夫(Лев Шестов,1866—1938),原名为列夫·伊萨科维奇·施瓦茨曼(Лев Исаакович Шварцман),1866年2月23日出生于基辅一个从事织造业的犹太商人家庭。他的父亲虽然是俄罗斯西南地区很有名的"施瓦茨曼公司"的老板,但是却有着很好的文化修养,重视对孩子的教育,特别是传统思想的教育。他不仅能够自由阅读古犹太文的书籍,而且对犹太古典文献有一定的研究,甚至教孩子学习犹太文。尽管后来的列夫·舍斯托夫几乎忘掉犹太文,但父亲的影响肯定是较大的。

列夫·舍斯托夫先在基辅当地读书,中学时又转入莫斯科中学,1884年毕业后进入莫斯科大学数理系学习,后来转入法律系。他由于与学监布雷茨戈洛夫发生激烈冲突,离开莫斯科大学,转入基辅大学,于1889年毕业。

列夫·舍斯托夫在大学期间主要热心于政治经济问题,甚至选修了许多此类课程,他特别关心俄国工人运动,在基辅大学完成了学士学位论文《论工人阶级在俄国的地位》。不过,该论文未通过审查。大学毕业的初期,他在父亲的企业中任职,继续研究财经问题。不久,由于强烈的哲学和文学兴趣,他于1895年先后在《艺术与生活》杂志和《基辅言论报》上发表了自己最早的两篇哲学和文学研究论文《论弗·谢·索洛维约夫》和《乔治·勃兰兑斯论哈姆雷特》。

1896年,列夫·舍斯托夫利用出国治病的机会,先后考察了维也纳、柏林、慕尼黑、巴黎、罗马等地,并且阅读了康德、尼采、莎士比亚、勃兰兑斯等的大量著作。对于列夫·舍斯托夫来说,康德给予了他反面批判的力量,而莎士比亚则赋予了他内在冲动的精神动力。文艺复兴时代这位伟大的英国剧作家在其代表作中借主人公哈姆雷特之口所说的一句话:"这是一个颠倒混乱的时代",在列夫·舍斯托夫看来,不仅包含着对现存秩序的否定,同时表现出对传统哲学的怀疑。他对传统西方哲学和文学思想的颠覆也由此开始。这时的他已经全身心地投入到文学和哲学的探索之中。此间,他撰写了自己最早的两本论著《莎士比亚及其批评者勃兰兑斯》(1898)和《托尔斯泰伯爵和弗·尼采学说中的善》(1899)。

1898年,列夫·舍斯托夫回国以后,就开始写作《悲剧的哲学——陀思妥耶夫斯基与尼采》一书,此书于1903年在圣彼得堡出版。紧接着,1905年,他又出版了《毫无根据的颂扬》。从此,列夫·舍斯托夫引起了学界的普遍关注,在《教育》《新时代》《生活问题》等杂志上巴扎洛夫、洛扎诺夫、列密佐夫、别尔嘉耶夫等纷纷发表评论。别尔嘉耶夫曾评论道:"我认为,列夫·舍斯托夫对各种实证主义、各种常识性观念进行了尖锐而又深刻的批判,并取得了很大的成就,虽然这种批判是在唯心主义的伪装下展开的"。[①] C.布尔加科夫也曾经明确指出过列夫·舍斯托夫早期创作与其晚期创作的一致性:在列夫·舍斯托夫的众多学术论著和五花八门的论题中,"不难发现一定的一致性,甚至是老一套。列夫·舍斯托夫是思想的执着者,他没有思想的演变。他的思想特征在其早期作品中就已经明确了"。[②]

列夫·舍斯托夫虽然并不热心于政治,但是却参与了如《生活问题》等不少刊物的工作。1895—1914年间,他大都居住于瑞士。第一次世界大战爆发后,他返回俄罗斯。1917年10月革命爆发时,他在莫斯科,不久便于1918年举家迁往基辅,在大学里讲授古希腊哲学。1920年,列夫·舍斯托夫再度出国,此后一直侨居于巴黎。

列夫·舍斯托夫来到巴黎以后,在西方学界的知名度迅速提升。1922年,他在巴黎大学斯拉夫学研究院俄罗斯历史语言系任教,也就在这一年,他的论文《克服自明性——纪念陀思妥耶夫斯基百年诞辰》在法文杂志发表。1923年初,他的论著《死亡的启示——论列夫·托尔斯泰的晚期著作》出版了法译本,这一年,他在索邦大学讲授"陀思妥耶夫斯基与帕斯卡尔的哲学思想"。1926年,他的《钥匙的统治》《凡人皆有一死——论埃德蒙特·胡塞尔的认识论》等著作也先后出版了法译本。

列夫·舍斯托夫是一位善于把友谊与学术问题区分开来的学者,尽管在学术观点上他与现象学大师胡塞尔有着严重的分歧,甚至他还非常尖锐地批评过胡塞尔,但是他依然称赞胡塞尔是伟大的哲学家,与胡塞尔是亲密的朋友。胡塞尔本人就说过"没有一个人像他那样尖锐地攻击过我,正因为这样,我们反而成了亲密的朋友了"。[③] 此外,列夫·舍斯托夫还与马克斯·舍勒、海德格尔有过密切的交往。

---

① Герман Ловцкий. *Лев Шестов по моим воспоминаниям*. Библиотека《Вехи》.

② С. Н. Булгаков. *Некоторые черты религиозного мировозрегия Л. И. Шестова*. Сочинения в двух т. Моска. 1993. Т. 1. с. 552.

③ 列夫·舍斯托夫:《纪念伟大的哲学家埃德蒙特·胡塞尔》,谭湘风译,载方珊主编《舍斯托夫文集》第5卷(思辨与启示)附录,上海:上海人民出版社,2005年,第350页。

因此，列夫·舍斯托夫生命中最后10年出版的学术著作《在约伯的天平上（灵魂中漫游）》(1929)、《旷野的呼告——克尔凯郭尔与存在主义》(1935)和《雅典与耶路撒冷——宗教哲学论》(1938)均是他思想的代表作。

1938年11月20日，列夫·舍斯托夫病逝于巴黎，12月4日追悼会在犹太教堂举行，12月18日列夫·舍斯托夫的纪念大会在宗教哲学学院举行。

第二节　存在主义哲学的先驱

一般说来，狭义的存在主义主要是指以法国哲学家、美学家萨特为代表的哲学和美学思想，主要包含了三个核心思想：(1)存在先于本质。人首先是存在，然后才按照自己的思想造就自身。人的本质并不是天生的，不像物的本质是事先被人规定好了的，人的本质是自己规定的。(2)人是绝对自由的。人的本质既然是由他自己造成的，所以人是绝对自由的，他可以通过自由选择来创造自身。(3)他人是地狱。人是绝对自由的，但他人和社会总是限制人的这种绝对自由，因此，人与人之间是彼此冲突的。人面对的是虚无，是一个荒谬的世界。[①] 上述这些思想在列夫·舍斯托夫的"悲剧哲学"中都已显露出来，也正因为如此，他才被学界称为是存在主义哲学的先驱。

列夫·舍斯托夫是一个毕生同传统哲学的理性、自明和绝对真理作抗争的人。他看到，从苏格拉底开始，传统西方哲学始终以追求知识为目的，创造了理念、逻各斯、必然性等概念，建起了一个庞大的以理性为基石、以逻辑推理为基本方法、以认识永恒真理为目的的哲学体系。这一体系不仅几乎提出了后来西方学界所涉及的所有问题，而且明确指出，应该在理性的自明中去探寻永恒的真理。任何一部西方思想史，不过是历代思想家们从各自的视角，运用思辨的方式，论证理性原则、永恒法则和必然性的历史。苏格拉底为了追求真理而选择了死亡，柏拉图把哲学家称为理想国的君主。哲学变成了形而上学的学问，而形而上学是"一门回避危险的生命体验的伟大艺术"[②]，它向与人类现实生活不相干的法则顶礼膜拜，却对人类社会最重要的问题、人类的苦难本身漠不关心。在对传统哲学产生怀疑和失望的情况下，列夫·舍斯托夫开始了自己独特的思想探索。

也许正如列夫·舍斯托夫本人反对传统的理性主义那样，他自己也从未设

① 蒋孔阳、朱立元主编：《西方美学通史》，第6卷《二十世纪美学(上)》，朱立元、张德兴著，上海：上海文艺出版社，1999年，第481—482页。

② *Шестов Лев Апофеоз беспочвенности*. // Жорж Нива и т. д. История русской литературы: XX века: Серебряный век. Москва: Издательская группа «Прогресс»—«Литера», 1995, c. 228.

想过要建立一个完整的理论体系。因此,一般说来,学界参照列夫·舍斯托夫本人的提法,大都把他的哲学分为两个部分:悲剧哲学和圣经哲学。前者涉及的是人的悲剧性困境以及人与传统哲学、科学和伦理道德的抗争;圣经哲学则是指明了一条拯救人类的道路,即信仰之路。

显然,悲剧哲学是存在主义思想的雏形,它认为,理性、必然规律和普遍真理都只能够让人类听从于命运的安排,服从所谓的自然或社会规律,而不是以人为本的,不是从人类现实生活的苦难出发的,更不是让人为了个体自身的自由而去努力。可以说,理性等是捆绑人的自由翅膀的枷锁。

列夫·舍斯托夫的悲剧哲学渗透着俄罗斯民族关爱生命价值的传统,不仅重视人类的幸福,而且更加关注人类的苦难。它自始至终都要求人们面对真实的人生,不要自我欺骗,从美丽的谎言中走出来。因此,"真"是悲剧哲学的人道主义精神的实质。这种人道主义反对任何空洞和抽象的人道主义"大道理",要求把对人的关怀落到一个"实"字。这种人文关怀不仅要针对普通人,而且更要指向受苦受难的人群,应该"爱"生活在底层的人、地下室人乃至死囚。

列夫·舍斯托夫的悲剧哲学遵循着一个不变的原则:"认识之树就是生活之树。"[①]这就是说,人类并非通过理性认识真理的,而是通过生活本身来实现对真理的认识的,而且主要是对生活悲剧的认识。只有充分认识到生活的悲剧实质,人们才能够摆脱它,走向自由王国。

列夫·舍斯托夫对人的悲剧的考察,并不是仅仅局限于美学范围内的,而是涉及人的个体生存的悖论,从挖掘个体生存的根基开始。他把人作为一个生物体与一个精神体的交织来考察人的悲剧性存在。人是自然界的一种生物,因此人与自然界的其他生物一样,都面临死亡。人与其他动物不同的是,人本身也是具有上帝形象的生命,是一个精神体,是能够认识到无限的有限者,因此,人在自然界中的命运是悲剧性的。只有能够意识到无限,只有渴望永生,这时死亡才会变得是悲剧性的,要是人只是一种自然界的毫无认知能力的有限存在物,那么人之死就没有任何悲剧意义了。可以说,自我的死亡意识是人不同于其他动物的关键,同时又是人的存在的悲剧性根源。用别尔嘉耶夫的话说,这是一种不可克服的"内在悲剧",而一切"外在悲剧",如贫穷、灾难等是可以被克服的。

不过,列夫·舍斯托夫的悲剧哲学不仅要承认人生活在悲剧性的现实世界中,这种悲剧性的现实一定会剥夺人的自由,而且它要呼唤人们不要顺从这种悲剧性的命运,要抗争,要寻找出路。列夫·舍斯托夫赞同克尔凯郭尔的说法

① 引自古罗马诗人奥维德的长诗《变形记》V II. 20—21.

“自由就是可能性”。[①] 自由也只有在多种可能性之中才能够得以实现。

在列夫·舍斯托夫看来，人要摆脱生活的悲剧，走上自由之路，肯定不能够再在通过理性意识，通过传统的哲学，因为理性意识恰恰是导致精神的人与生物的人相互冲突的根源。因此，人类只有另辟蹊径，探索新的途径。这样，列夫·舍斯托夫就转向了与古希腊理性传统相对的另一传统——圣经(《新旧约全书》)。他的圣经哲学也由此产生。

第三节　圣经哲学:走向信仰之路

可以说，悲剧哲学无情地揭示了人类生活的悲剧性本质，而圣经哲学则为人类指出了摆脱悲剧命运的道路:信仰。显然，走向信仰之路就是圣经哲学的核心。

列夫·舍斯托夫强调:“信仰，并且只有信仰，才能摆脱人的罪孽。信仰，并且只有信仰，才能使人从必然性的真理的支配之下解脱出来，而必然性真理掌握了人的知识是在他尝了禁树之果以后。只有信仰才能赋予人以勇敢无畏的力量，去正视死亡和疯狂，而不是优柔寡断地向它们顶礼膜拜”。[②] 当然，列夫·舍斯托夫所说的信仰是“符合圣经的信仰”。[③] 信仰为人类开辟了真正的精神家园，也只有在上帝的家园里，人类才能真正惩恶扬善，找到通往真正自由的道路。信仰给人以希望、意志和力量，帮助人类面对现实的苦难。信仰为人类提供了一种与理性思维迥异的、顿悟式、直观型的“呼告”，以回应上帝的启示。信仰可以帮助人类摆脱现代文明的异化，追求人生的终极价值。因此，信仰上帝也是另一种形式的人道主义，即宗教人道主义。

确实，在中世纪，宗教信仰迫使理性与科学低头，因而才出现了文艺复兴的理性崛起和人性的解放。不过，当理性和科学堵住了人类通往信仰之路时，新的为信仰而斗争的哲学——圣经哲学又出现了，它在争取新的自由。这也许就是人类的认识规律吧，有人把它称之为否定之否定的循环上升，有人把它叫做钟摆式前进。

圣经的神话内容、叙事方式和审美取向都与传统的理性化哲学形成了鲜明的对照。上帝是一切神话和奇迹的创造者，信仰上帝是无需任何理性证明的。这便促使列夫·舍斯托夫能够从圣经中获取精神力量，摆脱理性和真理的枷

① 列夫·舍斯托夫:《旷野呼告》，方珊、李勤译，北京:华夏出版社，1999年，第185页。

② 同上，第15页。

③ 同上，第20页。

锁,追求无限的自由和信仰,追求非理性化的真理启示。传统的思辨哲学把上帝的存在视为是荒谬的,不可能的,而存在哲学则恰恰相反,开始了荒谬之旅的探索。

列夫·舍斯托夫是一个哲学家,但是一个宗教哲学家,他的哲学是以信仰为基石,以拯救人类为宗旨的。可以说,这种宗教哲学并非以神为本,而是以人为本的,只不过这种以人为本并不放弃神。他坚持,理性根本无力回答人类生与死的问题,无法排解人类社会的苦难、堕落、恐惧和绝望。世界的本质不是理性的,而是非理性的,信仰是人心灵深处的需求。如果丧失信仰,人就会走向死亡。在列夫·舍斯托夫那里,个体的存在状况显然比理性的规律和法则更重要。

列夫·舍斯托夫在自己晚期的代表作《雅典与耶路撒冷》中,明确指出:"宗教哲学不是寻求永恒的存在,不是寻求存在的不变的结构和秩序,不是反思(Besinnung),也不是认识善恶之别(这种认识向受苦受难的人类许诺虚假骗人的安宁)。宗教哲学是在无比紧张的状态中诞生的,它通过对知识的拒斥,通过信仰,克服了人在无拘无束的造物主意志面前的虚假恐惧(这种恐惧是诱惑者给我们始祖造成的,并传达到了我们大家)。换言之,宗教哲学是伟大的和最后的斗争,目的是争取原初的自由和包含在这种自由的神的'至善'。"①

列夫·舍斯托夫坚持哲学探讨的对象不应该仅仅是主客体之间的认识关系,而应该是主体争取自由的过程。他努力改变传统哲学的研究视角,开辟一种以人的生命体验为基点的新视角,建立与宗教哲学为特征的"悲剧哲学"。在这一哲学中,人的存在状况是关注的焦点,也就是说,人是研究的中心,信仰是出发点,依据是上帝的存在,目的是为了拯救人类。因此,列夫·舍斯托夫的宗教哲学或曰悲剧哲学是人本主义的,列夫·舍斯托夫是存在主义的先驱。

很有意思的是,德国现象学哲学家胡塞尔是存在主义大师萨特的老师,他的现象学思想也被看作是存在主义的基础。然而,列夫·舍斯托夫作为存在主义的先驱则与胡塞尔的观点迥然不同,甚至对胡塞尔进行了非常尖锐的批评。胡塞尔坚持"哲学是一种反思",而列夫·舍斯托夫却认为"哲学是一种伟大的、终极的斗争"。他们从不同的视角为存在主义探索开辟了道路,胡塞尔是从认识论的角度,而列夫·舍斯托夫是从信仰的,真可谓是殊途同归。

列夫·舍斯托夫还反对斯宾诺莎关于自由是必然性认识的说法,甚至指出,如果顺从必然性是自由的话,那么就等于宣布了自由的死亡。因为人如果成为了必然性的奴隶,还有什么自由可言呢?人一旦失去自由,就陷入了悲剧

① 列夫·舍斯托夫:《雅典与耶路撒冷》,徐凤林译,杭州:浙江人民出版社,2000年,第22页。

的生活境地。列夫·舍斯托夫就是要反对传统哲学对人的命运的冷漠，探索一种以关心人的命运和拯救人的心灵为宗旨的新型哲学——圣经哲学。

可以说，列夫·舍斯托夫的悲剧哲学和圣经哲学探索都是首先开始于文学批评的，因此他的悲剧哲学和圣经哲学始终与文艺批评是密切相关的。

第四节　悲剧哲学批评

列夫·舍斯托夫在《悲剧的哲学》一书中指出：尼采和陀思妥耶夫斯基都已感觉到，悲剧是人类生活的必然结局。他的哲学和美学探索就是从这里起步，走向存在主义的。他写道："只有当事实说明唯心主义承受不住现实的压力的时候，只有当人的命运的意志和实际生活面对面发生冲突，突然恐惧地看到一切美妙的先验论都是虚伪的时候，只有在这个时候，人们才会第一次产生极大的怀疑。这一怀疑一下子就摧毁了旧的虚幻的看来是很牢固的墙。苏格拉底、柏拉图以及一切过去的天使和那些使得人的无辜的心灵免于怀疑主义和悲观主义侵蚀的圣人，他们的善、人性和思想都消失得无影无踪，人面对自己最可怕的敌人第一次在生活中感到可怕的孤独。因此人无论如何不能保持一颗纯洁和火热的心。这就开始了悲剧的哲学(философия трагедии)。"①

列夫·舍斯托夫深受莎士比亚、陀思妥耶夫斯基、尼采和克尔凯郭尔的影响，走上了独特的"悲剧哲学"的探索之路。在哲学和文学两大领域中，列夫·舍斯托夫既无意于构筑一个庞大严谨的哲学理论体系，也不热衷于从美学层面、艺术层面揭示作家创作的思想意义和艺术价值，而往往是从哲学、宗教和文化的视角审视创作文本，从具体作家的创作中找寻出其哲学、宗教和文化观点予以评论。因此，列夫·舍斯托夫的批评理论就带有明显的哲学—文化随笔和宗教—文化述评的特征。

悲剧的哲学就是要揭示人在现实中与一切痛苦与灾难搏斗的悲剧性结局。这种悲剧性的根源在于人对自由的追求与这种追求的不可能实现之间的矛盾。陀思妥耶夫斯基的创作是列夫·舍斯托夫的悲剧哲学批评的重点研究对象。《悲剧的哲学》是列夫·舍斯托夫对陀思妥耶夫斯基和尼采进行比较考察的一部专著。

在列夫·舍斯托夫那里，陀思妥耶夫斯基的作品主要展示了作家本人的信念从诞生、发展到蜕化的整个悲剧性历史。从《地下室手记》到纪念普希金的演

① 列夫·舍斯托夫：《悲剧的哲学——陀思妥耶夫斯基与尼采》，第79页，张杰译，桂林：漓江出版社，1992年。

说，作家在别林斯基思想的影响下，力图通过“小人物”的悲惨命运，来唤醒人们善良的感情，显示出对人道理想的信念。《地下室手记》则表现出作家原有理想的崩溃，是作家与自己的信念公开决裂的标志。那些曾使作家感动的理想、“美”和“崇高”只能引起他厌恶。

列夫·舍斯托夫明确强调，陀思妥耶夫斯基非常痛苦地发现，理性、规律、道德法则以及“美”“崇高”这些人类追崇的概念，都不可能解决现实社会生活的主要问题，那些长期始终被自己奉为伟大真理的东西现在变成了谎言。陀思妥耶夫斯基在自己的后期创作中，不再满足于用博爱来抚慰自己的心灵，不再期盼用未来虚无的幸福憧憬来遮掩现实的苦难，不再信仰爱的伟大。这位伟大的作家无情地揭露了现实生活的丑陋，显露出“他人是地狱”的思想雏形。同时，列夫·舍斯托夫又指出，陀思妥耶夫斯基并非在与他人辩争，他在扼杀的并非他人的理想和“美”，而只是他本人的生活理想；他的心灵开始变成一片荒漠，痛苦、徘徊、迷茫驱赶了这片荒漠上的任何生机。显然，陀思妥耶夫斯本人是一个悲剧性的人物，他的文学创作也带有明显的悲剧性哲学探索的痕迹。

列夫·舍斯托夫又在西方的哲学家、思想家中发现了一位陀思妥耶夫斯基的难兄难弟，这就是尼采。尼采也经历过一个思想的“炼狱”阶段，即从追随康德和瓦格纳、沉湎于幻想到与自己的导师、青春的理想进行彻底而痛苦的决裂的悲剧化过程。尼采的“上帝死了”“重估一切价值”，其实就是陀思妥耶夫斯基“信念蜕化”的翻版。在列夫·舍斯托夫看来，尼采开始重新批判地审视人类的理想，他把理想主义仅仅看成是人的理性思想的一种表现。他极其深刻地发掘出人的心灵深处还潜藏着非理性化内驱力，尊重人的个体生命的生存价值，而并不再只去追寻形而上学的“伟大”“崇高”和“美”等等，尼采开始开辟为科学和道德所遗忘的新途径。

列夫·舍斯托夫以其特有的敏感性，发现并揭示了，尼采创作所表现出的，与陀思妥耶夫斯基作品不同的深刻性和独特性。陀思妥耶夫斯基在表现“地下室人”“死囚”等悲剧性人物的苦难时，能够正视现实的苦难，描绘了对苦难无所畏惧的精神，不再为受难者哭泣。在陀思妥耶夫斯基的笔下，人们能够接受任何现实的可怕，甚至恐怖。尼采则干脆并不把苦难视为单纯的不幸，不排斥生活中的种种艰难，反而表明一切神秘和未来恰恰隐藏在生活的可怕之中，埋藏在现实的苦难之中。这样，在列夫·舍斯托夫看来，陀思妥耶夫斯基和尼采的创作构成了一个共同的悲剧哲学基础：人类的悲剧和不幸恰恰存在于实证主义和唯心主义之中，存在于对规律、真理的科学探索之中；然而，正是在生活的苦难、可怕和灾难之中预示着未来的希望。

列夫·舍斯托夫非常清晰地指出：“陀思妥耶夫斯基的辩证法，无论是《地下室手记》还是他的其他作品中表现出来的辩证法，都可以自由地同公认的欧洲哲学随便哪一位哲学家的辩证法相媲美，可是就思想勇气而言，我敢说，人类有许多有名的人未必能比得上他。”[①]陀思妥耶夫斯基的辩证法思想最明显地反映在作家如何对待生与死的问题上。

列夫·舍斯托夫具体表明，当陀思妥耶夫斯基被野蛮地剥夺公民权时，当他站在断头台上等待死亡时，当他在服苦役和流放时，尽管在他的面前充满了死亡的恐惧、痛苦的折磨，但是生的希望依然存在。对于他来说，现实的一切并不是生活的全部，监狱上方的一小块天空远没有大墙之外的天空辽阔，在断头台之外有着自由的、鲜活的生命。在陀思妥耶夫斯基看来，死就是生。当他亲身体验了死亡的等待，当他结束了苦役和流放生涯，陀思妥耶夫斯基作为一个自由的人享有“整片天空”时，他开始逐渐认识到，自由的生活反而变得越来越像苦役般的生活。他不仅仍然受到蔑视，而且思想被束缚。他仿佛依然过着被囚禁服苦役的生活，活在几乎令人窒息的氛围中。因此这种“死囚般”的生，对于陀思妥耶夫斯基来说，其实就是死亡。用列夫·舍斯托夫的话来说，陀思妥耶夫斯基在“天然眼睛”的第一视力之外，还能够用第二视力，看出普通人看不见的东西。

因此，列夫·舍斯托夫以为，陀思妥耶夫斯基比思辨哲学大家康德具有更加敏锐而深邃的洞察力。康德是在用普通人的视力来考察和分析世界，他的《纯粹理性批判》实际上不是在批判人类的理性，而是在为理性进行辩护，他努力说明形而上学的理性逻辑结构与实证主义的科学逻辑结构是完全一致的。康德反复强调，任何人的意识都不可能摆脱自然规律和理性法则的约束。陀思妥耶夫斯基的“第二视力”使得他能够深刻地意识到，超然于人的经验世界的规律、法则和永恒原则是不存在的，他对理性的权威地位提出了挑战。列夫·舍斯托夫强调，陀思妥耶夫斯基的创作意义就在于开始摧毁思辨哲学的堡垒，探索建立悲剧哲学的王国。

列夫·舍斯托夫指出：“《死屋手记》和《地下室手记》是陀思妥耶夫斯基后来全部作品的滋养源。他的长篇小说《罪与罚》《白痴》《群魔》《少年》和《卡拉玛佐夫兄弟》，都是对早期作品《手记》的广泛注释。”[②]它们都是“《约伯记》主题的翻版”。[③] 列夫·舍斯托夫把陀思妥耶夫斯基和尼采称为孪生兄弟，又将他称为是存在主义哲学家“克尔凯郭尔第二”，因为他和克尔凯郭尔一样，都在努力

---

① 列·舍斯托夫：《在约伯的天平上》，董友等译，北京：生活·读书·新知三联书店，1992年，第45页。

② 同上，第61页。

③ 列·舍斯托夫：《开端与终结》，方珊译，昆明：云南人民出版社，1998年，第132页。

把圣经的启示与思辨真理相对立,也均在"把战胜作为欧洲思想发展集大成者的黑格尔哲学体现的思想体系,看成是自己的使命",[1]他们一起背离了黑格尔而走向了特殊的思想家——约伯。

列夫·舍斯托夫发现,在《地下室手记》中,陀思妥耶夫斯基宣扬了与思辨哲学相反的放荡不羁精神,表明了理性的无能。陀思妥耶夫斯基以此让人们回归于圣经关于原罪和亚当、夏娃堕落的故事。亚当和夏娃受到诱惑,相信认知可以使人与上帝平等,显示出人和上帝的本质统一。这种所谓人获取的"知识"毁坏和扭曲了人的意识,决定了人的尘世苦难和永恒的悲剧命运。因此,人的罪孽并不在存在之中,不在创世主创造的事物之中,就在我们的"知识"之中。

其实,只有基督教,只有对上帝的信仰,才能洗清人类身上的原罪,打通一条通往本原和希望的道路。陀思妥耶夫斯基以文学作品,克尔凯郭尔以哲学论述共同表达了这同一思想。但是,他们的声音只是面对旷野发出的呼告,很少被人们理会。尽管陀思妥耶夫斯基晚期思想的某些变化,让列夫·舍斯托夫多少有点感到遗憾,但是,他还是从根本上对这位作家的创作予以了充分的肯定。

列夫·舍斯托夫还把陀思妥耶夫斯基与列夫·托尔斯泰联系起来,在比较这两位伟大作家创作的不同特征。列夫·托尔斯泰努力描绘形象的完美,追求永恒的"美"与"崇高",不断探索生活幸福的可能性。但是这些在陀思妥耶夫斯基看来,"却是可耻的、丑陋的和讨厌的虚伪"。[2] 不过,有趣的是,晚年的陀思妥耶夫斯基由信仰转向了理性,而列夫·托尔斯泰则在后期开始了对理性的质疑。其实,这两位伟大作家的创作转向表明了一种探索倾向,也就是伟大的作家往往在创作探索中不断地自我批判,自我否定,自我批判意识已经成为他们创作的内驱力之一。也许这也是一种思想探索的悲剧吧。

列夫·舍斯托夫指出:列夫·托尔斯泰创作转向的标志是他1884年撰写、死后出版的一篇未完成小说《疯人笔记》。我们仅仅从这篇小说的名称就不难看出列夫·托尔斯泰晚期创作的主要倾向。小说是以第一人称叙述的,其中有这样一句自白:"他们以为我头脑健全,但我知道,我是疯子。"这也许为我们理解列夫·托尔斯泰的内心转变提供了有力的依据。此后,在列夫·托尔斯泰的创作中,主人公往往都在不同程度上表现出一定的疯癫。小说《舞会之后》让主人公在舞会与酷刑之间的极大反差而深受刺激,感受到现实本身就是一场疯狂而痛苦的噩梦。《谢尔盖神父》的主人公则陷入了外在评价与自我意识的痛苦折磨之中,深感理性的欺骗性。《伊凡·伊里奇之死》的主人公甚至在临死前否

① 列·舍斯托夫:《开端与终结》,方珊译,昆明:云南人民出版社,1998年,第125页。

② 列夫·舍斯托夫:《悲剧的哲学——陀思妥耶夫斯基与尼采》,第76页。

定了自己一生的信仰，把自己曾经信奉的东西视为是虚伪的。《主人与雇工》的主人布列胡诺夫干脆决定与自己的一切往事切断了联系。其实，列夫·托尔斯泰的许多晚年行为，包括离家出走，都很难从理性的角度去理解，以至于悲剧的发生。

在列夫·舍斯托夫看来，所有这些主人公行为的“疯狂”主要表现在，“从前认为是真实的、真正存在的东西，现在看来是虚幻的东西；从前以为是虚幻的东西，现在则以为是唯一真实的东西”。[①] 列夫·舍斯托夫根据列夫·托尔斯泰的剧本《光在黑暗中发亮》中人物的对话，揭示了作家在努力摧毁理性权威的倾向。也正因为如此，列夫·舍斯托夫把列夫·托尔斯泰的晚年创作称赞为哲学探索和创作的榜样。

列夫·舍斯托夫从俄罗斯文学史的发展过程来考察，认定果戈理是陀思妥耶夫斯基的先驱。在果戈理的创作中，从早期描绘乌克兰风情的浪漫主义作品，到喜剧《钦差大臣》和长篇小说《死魂灵》，均不难发现共同的创作倾向。有的创作可以被视为是“地下室囚犯”，甚至“死囚”的“手记”续集。在长篇小说《死魂灵》中，列夫·舍斯托夫不仅揭示了俄罗斯的愚昧、落后和悲哀，而且还深刻发掘了俄罗斯的“死魂灵”，甚至把整个世界描绘成一个中了魔的王国，几乎所有人物都是失去自我意识的精神病患者，他们机械地服从任何指令，顺从现实的生活。因此，在列夫·舍斯托夫看来，《死魂灵》的作者果戈理并不是现实社会的揭露者，而是自己和人类悲剧命运的占卜者。

在果戈理的创作中，无论是《狂人日记》表现的“疯狂”，还是《维》《可怕的复仇》和《旧式地主》等作品中展现的非理性的感受、恐怖和可怕的死亡，无论是他笔下的巫师、女妖和魔鬼，还是极端神秘的恐惧和诱惑，都体现了理性的无力，现实的无序。只有死亡和精神失常的“疯狂”才能把人们从现实社会的魔幻中唤醒。列夫·舍斯托夫明确指出，果戈理的“真正的《狂人日记》是《死魂灵》和《与友人书简选》”，“《书简选》不过是对《死魂灵》的注释和补充”。[②] 无疑，果戈理的创作也反映出非理性化的悲剧特征。

第五节 契诃夫创作的悲剧式解读

列夫·舍斯托夫对契诃夫创作的评价，可以用“悲剧式解读”来加以概括。舍斯托夫指出：“契诃夫是绝望的歌唱家。契诃夫在自己差不多二十五年的文

---

① 列夫·舍斯托夫：《在约伯的天平上》，第107页。

② 同上。

学生涯当中百折不挠、乏味单调地仅仅做了一件事:那就是不惜用任何方式去扼杀人类的希望。”[①]从这样的“悲剧”视角出发,契诃夫仿佛超然于现实社会之上,窥视着人类社会的发展,只要一旦出现任何希望,契诃夫就会立刻让它泯灭。契诃夫创作的这种悲剧性特征主要反映在19世纪80年代出版的小说《没有意思的故事》和剧本《伊凡诺夫》中。列夫·舍斯托夫认为,这两部作品几乎每一个词都在发出悲哀的呼号,这种呼号实际上是契诃夫在从艺术上向传统哲学理论体系的一种挑战,是对形而上学和实证主义的否定。对于作为医生出生的契诃夫来说,创作出这样的作品,不能不是一种严重的自我挑战。这里显然受到了列夫·托尔斯泰《伊凡·伊里奇之死》等晚期作品的直接影响。

在契诃夫的这两部作品中,主人公似乎都陷入了悲惨绝望的境地,他们没有任何理想,看不到未来的出路,无所事事,是一些根本没有任何希望的悲剧性人物。列夫·舍斯托夫甚至语出惊人,断定,由于契诃夫本人从来都坚持独立和自由,厌恶服从,而理想的前提却是服从,因此,契诃夫从未有过“理想”。契诃夫的这种创作倾向曾经遭受到评论界的非议。他的创作仿佛也有些变化,例如《第六病室》中的主人公拉京医生似乎也在渴望斗争和反抗了,他的死亡也好像是思想胜利的象征;《决斗》中的拉耶夫斯基最终也改邪归正,决定重新做人了。然而,列夫·舍斯托夫却深刻地指出,《第六病室》的故事从未离开过“怀疑”的主旋律,而《决斗》更是对伦理道德的嘲弄。剧本《万尼亚舅舅》则干脆提醒人们,决不能够向外人坦诚,应当始终保持沉默,因为任何动作或反抗的结果都是徒劳的,适得其反的,还会导致死亡与绝望。因此,任何努力和抗争均无法摆脱荒诞、疯狂的悲剧性命运。

列夫·舍斯托夫明确指出,剧本《海鸥》是契诃夫真实生活态度的最集中体现。在契诃夫笔下,主人公特里果林终日忙忙碌碌,写个不停,但是他根本就不清楚为什么而写,却又无法停下来。这种创作显然是荒诞的、悲剧性的。契诃夫其实揭示的正是人类生活中普遍存在的怪异特征,即不知道“为什么做”,“怎样做”。一句话,生活是无目的的,大家都昏昏欲睡,随波逐流,一旦理性地行动起来,便就会四处碰壁。这也许就是人生的悲剧之所在吧。

在列夫·舍斯托夫看来,契诃夫是在用自己的创作给人们以启示。也就是,人类只有用自身的磨难、绝望、诅咒,甚至死亡来抗争理性、必然性和规律性。只有当人身陷悲剧的深渊,充满恐惧,陷入绝境,才能感觉到那个用理性无法证明的上帝,向他发出旷野的呼告,重新找回对上帝的信仰。这既是列夫·舍斯托夫对契诃夫创作的宗教—文化意义的阐释,也是他对陀思妥耶夫斯基、

① 列夫·舍斯托夫:《开端与终结》,第8页。

果戈理、列夫·托尔斯泰等俄罗斯伟大作家创作的内在价值的肯定，更是列夫·舍斯托夫本人作为思想家，从自己特有的宗教—文化批评视角，进行文学批评的必然结果。

虽然列夫·舍斯托夫的悲剧哲学批评存在这明显的神秘性、虚幻性、非理性和一定的非科学性，以至于我们很难说清楚，更加难以予以实证，但是它毕竟为我们开辟了一条新的批评途径，一条向传统哲学和思维模式挑战的路径，一条把宗教与人道主义结合起来的批评之路。我们不能够简单地从唯物还是唯心的角度加以批判，更不能够机械地全盘否定，而应该充分理解和发掘其批评内在的合理性和学术价值。

在白银时代的俄罗斯宗教文化批评家中，列夫·舍斯托夫是一位始终把自己的哲学、神学和文学探索紧密地结合在一起的伟大批评家。他在19世纪末至20世纪初的俄罗斯文学批评史，乃至世界文学的批评上，留下了自己的浓浓一笔。他的非理性化批评倾向和许多经典的文本分析，为后人提供了极有启发性的思考，他成为存在主义等思潮当之无愧的先导者。

第六章

维·伊凡诺夫:现实主义的象征主义

长期以来,无论从文学创作,还是从批评方法来看,现实主义与象征主义往往被视为是迥然不同的两种方法,前者以作品反映的现实生活为依据,后者则更主要以主观的心灵感应及其表征为核心。然而,白银时代俄罗斯宗教文化批评理论家、诗人维亚切斯拉夫·伊凡诺维奇·伊凡诺夫(Вячеслав Иванович Иванов, 1866—1949)则把它们有机地结合在了一起,创立了一种独特的批评方法——"现实主义的象征主义"(реалистический символизм)。该方法源于对文学创作的深入探讨,尤其是对陀思妥耶夫斯基创作的宗教底蕴发掘。他在"陀思妥耶夫斯基与长篇小说——悲剧"(1914)、"俄罗斯的面貌与面具:陀思妥耶夫斯基思想体系研究"(1917)等论文和专著《陀思妥耶夫斯基:悲剧—神话—神秘论》(1932)中,深入分析了《卡拉玛佐夫兄弟》《群魔》和《罪与罚》等作品,充分论述了陀思妥耶夫斯基长篇小说的形式原则和"世界观原则",归纳了它们作为悲剧小说的基本特征,力求梳理这些作品中人物与人物之间以及人物与作者之间的思想联系,具体阐释了这些作品所蕴含的神话因素和宗教神秘论因素,表明陀思妥耶夫斯基对人类文明的重要贡献。

维·伊·伊凡诺夫由于长期居住于国外,曾经到欧洲、亚洲和非洲的许多国家,通晓多种语言,知识渊博、视野广阔。他对西方文明、特别是古代西方文明的研究非常深入,甚至他的同时代人都很少能够企及。他在宗教文化、批评理论与文学创作方面均做出了卓越的贡献,因此他不仅在象征主义理论和创作领域,而且在整个白银时代俄罗斯宗教文化批评理论中,均占据着非常显著的地位。

维·伊·伊凡诺夫无论在诗歌创作领域,还是在宗教文化批评理论方面,都取得了辉煌的成就。他的主要诗集有《引航的星斗》(1903)、《通体清澈》(1904)、《愤怒的彩虹》(又称《燃烧的心》)(1911)、《温馨的秘密》(1913)、《黄昏的光》(1962)等;主要的学术论著除了上面提及的有关陀思妥耶夫斯基创作研究的论著以外，还有《古希腊的拜受难神教》(1904)、《尼采与狄奥尼索斯》(1904)、《雅典娜之矛》(1904)、《狄奥尼索斯宗教》(1905)、《个人主义的危机》(1905)、《向着群星》(1909)、《弗·索洛维约夫的宗教事业》(1911)、《列夫·托尔斯泰与文化》(1911)、《垄沟与阡陌》(1916)、《祖国的与世界的》(1917)、《两地书简》(1921)、《狄奥尼索斯与原初的狄奥尼索斯崇拜》(1923)等。

第一节　基督教文化的审美感悟者

维亚切斯拉夫·伊凡诺维奇·伊凡诺夫于 1866 年 2 月 16 日出生在莫斯科，他的父亲是一个土地测量员，在儿子五岁时就去世了。他的母亲是一位天资聪慧的女人，极具音乐和语言天赋，她经常教导儿子从审美和伦理的层面去感悟基督教文化，甚至把创作和朗诵诗歌也视为是一种审美的宗教活动。可以说，维·伊·伊凡诺夫在毕生的艺术创作和学术探索中，确实把艺术的审美与宗教的伦理有机地融合起来，成为了地道的基督教文化的审美感悟者。

虽然维·伊·伊凡诺夫自孩提时代起就接受了宗教精神的熏陶，但是他在青年时代则曾经受到无神论和社会革命思想的影响。他试图从历史问题的研究中，探索改造现实社会的途径，也正是带着这种思想，他于 1884 年考入莫斯科大学历史—语文系学习。两年后转往德国柏林大学学习，师从著名历史学家蒙森[①]等学习古罗马历史。在柏林期间，他的世界观逐渐发生变化，研究兴趣也从社会政治转移到宗教文化上来，他甚至认为，“一切伟大的艺术成就都是以宗教为基础的，并且肩负着驱恶扬善的使命”。[②] 显然，在维·伊·伊凡诺夫那里，弘扬宗教的“驱恶扬善”，已经成为艺术创作的使命，也是自己为之奋斗的最终目标。

1891 年课程结束后，维·伊·伊凡诺夫着手准备研究古代罗马国家包税制问题的学位论文，至 1895 年完成。他的论文得到蒙森导师的好评，但他却因不愿参加答辩前的预考而放弃了博士学位。这也许是他的内在矛盾所导致的，他一方面酷爱诗歌创作，另一方面又要置身学术活动，这两者之间的相互冲突使得他的论文一直推迟到 1911 年才得以发表。不过，他的生命留给后人的也正是这两条轨迹，他所崇拜的德国作家尼采就是集诗人与学者于一身的。学术

① 蒙森(Theodor Mommsen，1817—1903)，德国历史学家。

② 转引自俄罗斯科学院高尔基世界文学研究所编：《俄罗斯白银时代文学史》III，谷羽等译，兰州：敦煌文艺出版社，2006 年，第 195 页。

探索与艺术创作的交叉融合，使得维·伊·伊凡诺夫能够更好地去审美感悟宗教的精髓，反过来又会更增添了艺术审美创作的思想内涵。

在德国，在法国，在欧洲的其他国家的图书馆，维·伊·伊凡诺夫如饥似渴地阅读了歌德、诺瓦利斯、叔本华、尼采、瓦格纳等人的论著，也认真研究过霍米亚科夫、弗·索洛维约夫的思想。最终，他的兴趣集中到古希腊文化研究上来了。

1893年夏，维·伊·伊凡诺夫在罗马遇到了他生活中的"上帝"——他日后的妻子莉吉娅·德米特里耶夫娜·季维耶娃—阿尼巴尔。后来，维·伊·伊凡诺夫在1917年撰写自传时描述了这种独特的心灵感受。

1903年，维·伊·伊凡诺夫在巴黎的俄国社会科学高等学校讲授希腊宗教史等课程，沉湎于狄奥尼索斯的理论，讲述"酒神崇拜"的历史，探索民间狂欢活动、宗教与悲剧艺术之间的关系，讲座得到了热烈的反响。他的讲稿《狄奥尼索斯宗教，起源与影响》于1905年在《生活问题》上发表。

1904年春，维·伊·伊凡诺夫开始与俄国象征派诗人交往，而且越来越受到他们的影响，决定回国投身象征主义的运动。1905年7月，维·伊·伊凡诺夫与夫人迁居彼得堡塔夫里大街25号楼的顶层，后来被称为"塔楼"。从1905年秋起，"塔楼"成为20世纪初期俄罗斯文化界最引人注目的沙龙。白银时代俄罗斯文化界的几乎所有重要代表人物都曾出现在这一"塔楼"里。1907年随着"塔楼"女主人季维耶娃—阿尼巴尔的去世，聚会渐少，维·伊·伊凡诺夫也不太热心各种交际活动了，而进入了自我封闭的时期。

1912年，维·伊·伊凡诺夫再度出国，次年第二次结婚，婚后全家迁居于莫斯科。十月革命后，他曾担任教育人民委员会戏剧与文学部的组织领导工作，在各类文学讲习班授课。1920年，在第二任妻子去世后，维·伊·伊凡诺夫迁往北高加索，后又应巴库大学之邀前去担任古典语文教师，1921年在那里完成了已拖延26年的论文答辩。这一题为《狄奥尼索斯与原初的狄奥尼索斯崇拜》的论著于1923年在巴库正式出版。

1924年8月28日，维·伊·伊凡诺夫一家离开祖国经柏林，来到意大利。1926年3月4日，他在圣维亚切斯拉夫日皈依了天主教，追随索洛维约夫的学说，信奉教会统一、世界大同的思想。1926年至1934年间，他在巴维亚大学任教授，讲授俄罗斯文化和俄国教会史。1936年以后定居于罗马，在天主教会的东方学院讲授俄国文化和俄语。他对朋友称，罗马是他最后的归宿。在罗马期间，他把不同时期零散发表而尚未收入诗集的作品进行了整理，定名为《黄昏的光》，此书一直到他去世后的1962年才正式出版，这是一部宗教思想闪烁的艺术审美之作。

1949年6月16日维·伊·伊凡诺夫在罗马去世。在他逝世之后，其思想和艺术遗产开始受到国际学术界的广泛重视。

第二节　现实的象征化：酒神崇拜

以下两节将以陀思妥耶夫斯基的长篇小说《卡拉玛佐夫兄弟》为具体实例，通过细致的文本分析，努力阐明维·伊·伊凡诺夫的现实主义的象征主义批评的独特性，从而发掘该批评方法在文学文本分析中的特殊功用，同时也进一步开掘文学经典名著《卡拉玛佐夫兄弟》的可阐释空间，揭示其深刻内涵的复杂性，为我们的文学批评提供有价值的借鉴。

翻开长篇小说《卡拉玛佐夫兄弟》，一幕幕19世纪俄罗斯社会的生动图景展现在读者的眼前。以往的文学批评界在论及这部文学经典名著时，常常依据的批评理念是把文学看作为一种现实生活的反映。因此，评论界通常认为："作家在小说中描写了卡拉玛佐夫家族成员之间的复杂关系以及他们给周围的人带来的痛苦。这是农奴制改革后俄国社会的一个缩影，反映出了社会生活的不合理和人们之间的畸形关系。"①

然而，陀思妥耶夫斯基曾强调："我对现实和现实主义的理解与我们的现实主义作家和批评家完全不同。我的理想主义比他们的现实主义更为现实。"②在维·伊·伊凡诺夫看来，现实生活是由人们在现实社会中不同层次的活动所构成的，陀思妥耶夫斯基创作中反映的现实从表层上来看，无疑是19世纪后半期俄罗斯社会人与人之间的畸形关系，但从深层次上来发掘，应该是人们长期以来的宗教文化活动在现今社会生活中的积淀。这种积淀是渊源于"狄奥尼索斯（酒神）崇拜"与民间的狂欢活动。他坚持，狄奥尼索斯崇拜活动"始终贯穿于所有真正的宗教生活"，③甚至该活动先于人类语言的出现。维·伊·伊凡诺夫的现实主义的象征主义就是从宗教文化出发，把社会现实看作为是一种宗教文化活动在当今的象征化反映。在陀思妥耶夫斯基的长篇小说《卡拉玛佐夫兄弟》中，这种现实的象征化就是酒神崇拜的现实反映。

维·伊·伊凡诺夫的批评方法显然深受尼采《悲剧的诞生》等论著思想的影响，但是在对酒神形象本身的认识上却迥异于这位德国学者。在尼采那里，狄奥尼索斯首先不是一种宗教和道德范畴内的现象，而是在此之外的一种心理

---

① 曹靖华主编：《俄苏文学史》第1卷，郑州：河南教育出版社，1992年，第505页。

② 波格丹诺夫 B. A. 编选：《陀思妥耶夫斯基论艺术》，冯增义、徐振亚译，桂林：漓江出版社，1988年，第327页。

③ В. Иванов, *Родное и вселенское*, Москва, Изд. 《Республика》, 1994, с. 14.

现象和美学现象。可是，维·伊·伊凡诺夫则把它视为是一种宗教范畴内的独特心理现象。酒神的癫狂状态其实是一种主体的泛化状态，主体与其他的“我”均不是客体，而成为另一群主体。酒神崇拜是一种精神宣泄，一种神圣的癫狂，也可以说是一种内在的认知方式。这种“精神普世运动”反映出文化的原始印迹，表明“超越个性”的个体群的经验的整体生成。众人在酒醉迷狂的情绪中彼此相遇，共同感知了上帝的存在。

在长篇小说《卡拉玛佐夫兄弟》中，我们不难发现，几乎所有的主人公都处于“醉酒”的癫狂状态。陀思妥耶夫斯基是以主人公们对上帝的态度来区分和塑造人物形象的。父亲费多尔·巴甫洛维奇·卡拉玛佐夫是一个心中没有上帝的恶棍，因此他是一个丑恶畸形的灵魂。长子德米特里·卡拉玛佐夫是集“圣母玛丽亚的理想”与“所多玛城的理想”于一身的人物，虽然他追求肉欲、生性粗暴残忍，但是他自己说道：“尽管我下贱卑劣……然而上帝啊，我到底是你的儿子。”陀思妥耶夫斯基最终让德米特里在自我净化和自我完善中忏悔自己的罪过。次子伊凡·卡拉玛佐夫是个无神论者，他的叛逆否定了上帝的存在，他为斯麦尔佳科夫弑父提供了思想依据，是思想上的凶手。伊凡的两个弟弟阿辽沙和斯麦尔佳科夫是两个性格迥然不同的人物，前者是陀思妥耶夫斯基笔下宗教理想人物的化身，后者则恰恰相反，是一个为了私利而背叛信仰的杀人恶魔。这一个个作为主体的人物精神宣泄、神圣的癫狂，从正反两个方面形成了一种“超越个性”的宗教文化氛围，创造了一种感知上帝的独特方式，反映了带有原始文化印记的“精神普世运动”。

在维·伊·伊凡诺夫那里，酒神崇拜应该是一种积极向上的活动，充满着欲望和自由。这显示出人对上帝的态度、人的创造欲或曰创造冲动。狄奥尼索斯崇拜表征为“创造自由”的宗教隐喻，因此值得颂扬和赞美。这种自由既有环境的自由、氛围的宽松，各个主体间的绝对平等，同时也包含着每一主体精神的彻底放松，本性的真实袒露。在陀思妥耶夫斯基的笔下，无论是恶魔还是圣徒，无论是有神论者还是无神论者，均是积极的行动者，各自渴望着不同的自由，争取着平等的权利。这里既有儿子与父亲为女人的争斗，也有亲生儿子与私生子之间为权益的争斗，每个人的“为所欲为”其实都是对各自自由的追求。陀思妥耶夫斯基并没有把理想人物阿辽沙描绘得强大有力，相反展现出他的苍白无力，而父亲费多尔·卡拉玛佐夫和次子伊凡等也表现出性格强有力的一面。这便营造了酒神崇拜的“平等”“宽松”“自由”的话语语境。

在《卡拉玛佐夫兄弟》里，读者透过表层社会现实生活，能够感触到深层次的宗教文化象征，即狄奥尼索斯崇拜。这并非是一种神秘色彩浓重的宗教仪式，也不仅仅是表现为一场“精神普世运动”和创造自由的情感释放，而且更是一种独特的人们认知方式。读者可以从酒神崇拜的艺术表现过程中感受到，当时人们在接受“上帝的教诲”时是如何感知“真理”或“真理”的各个侧面的。在维·伊·伊凡诺夫的现实主义的象征主义批评中，酒神形象实际上就是一种象征，而不是一个简单的概念。它象征着一种思维的形式，一种综合了各种错综复杂矛盾因素的精神文化。

长篇小说《卡拉玛佐夫兄弟》表面上展示的是在19世纪农奴制改革后的俄罗斯社会中各种灵魂畸形表现的现实生活图景，其实从深层次上发掘的是这一时期各种俄罗斯灵魂感知“上帝”的一幅宗教信仰图景，而这种图景体现了一种酒神崇拜的象征。

第三节　象征的现实化:合唱原则

维·伊·伊凡诺夫强调，艺术家的任何创作都不应是“天堂”与“尘世”的分离，象征主义艺术也不例外。他把象征视为是以“尘世的、现实的”方式体现宗教思想的最佳途径。他在人类的文化史上寻找着自己的支持者，例如柏拉图、弗·索洛维约夫等以及俄国象征派诗人。维·伊·伊凡诺夫作为俄国象征主义最重要的理论家，对现实主义的象征主义的理论阐释是非常独特的。他不再像以勃留索夫为代表的俄国“老一代”象征派诗人那样，往往过于追求唯美主义，酷爱把心理体验投射到他们所否定的客观现实上，创造一种最为别出心裁的幻象世界。在他的《当代象征主义的两大本原》(1908)、《象征主义的遗训》(1910)和《关于象征主义的沉思》(1912)等论著中，就鲜明地表现出俄国“年轻一代”象征派理论的“现实化”特征。

维·伊·伊凡诺夫所遵循的是歌德关于“象征”的认识，即象征的客观认识性。他从“现象”触及“本体”，把“事物”化为“神话”，从对象的实实在在的现实性触及它的内在隐蔽的现实性，从而揭示“存在的秘密”的现实意义。“现实主义的象征主义”的艺术激情在于:“运用象征认识每一现实，审视它们与最高的现实，也即现实之中更现实的现实之间的相互关系。”[①]在维·伊·伊凡诺夫看来，象征的现实化是由“合唱原则”来加以实现的。“合唱原则”就是要求作者放弃自我浪漫主义的独白，应当适当地牺牲“自我”。为了“别人”，为了“聚和性”，作者就要把自我主体彻底融合在集体的“巨大的主体”之中。“聚和性”意味着一种爱，意味着“自我主体”在作为绝对现实性的“你”或“别人主体”之中的本性

① Жорж Нива, Илья Серман и т. д., *История русской литературы: XX век. Серебряный век*, Москва, Изд.《Прогресс》, 1995, с. 165.

恢复。“聚和性是一种独特的结合，即结合于其中的所有个性都可以充分敞开，取得自我唯一的、不可重复的、别具一格的本质规定，取得自我完整俱在的创作自由的定位，这种自由使每一个性都成为一种说出来的、崭新的、对于所有人均需要的话语。”①

如果细致分析长篇小说《卡拉玛佐夫兄弟》的艺术结构，我们不难发现，这种“合唱原则”是作家结构该部小说的主要艺术手段。小说的主要部分均是由一个个人物群体的“合唱”而组成的，尽管每个场合参与的人物众多，但是时间大都短暂和紧凑。在小说作为引子的第一卷后，第二卷就展示了一个很有意思的集体“合唱”场景——佐西马长老修道室中的“不适当聚会”。这里集中了小说几乎全部的主要人物，读者可以在这个“合唱”中看到不同心灵交织的“乐章”，折射出社会现实的图景。第三卷则让读者更贴近每一个人物，在同一空间上感知他们对生活的看法及其相互间的复杂关系。在第四章里，作者继续分解了前面展开的各条情节线索，增添了不少插曲，使得费多尔·卡拉玛佐夫与他的儿子们之间的冲突日益加剧。第五卷和第六卷在小说整体结构中占有非常特殊的位置。作者把两个相互对立的人物伊凡与佐西马放置在了一起，构成了两种不同的世界观、道德观、宗教观的相互碰撞，形成了复调的“合唱”。第七卷通过阿辽沙与格鲁申卡的对话，更是把现实主义的场景与宗教的、民间口头创作的象征融合了起来。第八章、第九章描绘了米佳和格鲁申卡在与他人的关系中，内心发生的激烈冲突与重大转折，直接由人物道德观念的重要变化反思了一些社会现实问题。第十卷一般被视为是作者有意识让读者放松的章节，为更好地阅读最后两卷做准备。小说第十一又是由一系列零星的插曲组成，读者随着阿辽沙一起对格鲁申卡等人走访，表现了主人公们在老卡拉玛佐夫被杀到米佳被审判前的复杂心态的“合唱”乐谱。最后一卷更是借助审判这一场景，由复述检察官和律师的演说，与当时的司法制度形成了相互对立的话语语境。

显然，从维·伊·伊凡诺夫的现实主义的象征主义出发，在陀思妥耶夫斯基的创作中，象征的现实化是通过主人公的场景对话以及人物在他人意识中的活动等“合唱原则”来实现的。相对于“独白”的作品来说，“合唱原则”构成的艺术作品才具有不断的可阐释性，艺术作品的现实性才能够不停地延伸，才具有可持续性。维·伊·伊凡诺夫对陀思妥耶夫斯基创作中的象征艺术（狄奥尼索斯崇拜）、“合唱原则”等探讨，后来对巴赫金的对话理论和思想形成起到了一定的积极作用。

---

① В. Иванов, Легион и соборность,(1916) , Родное и вселенское, Москва, Изд.《Республика》, 1994, с. 100.

第四节 象征与现实之间:文本现实性的逆向延伸

维·伊·伊凡诺夫的现实主义的象征主义批评的理论基石是古希腊文化与宗教的探究,这也是他用以考察一切人类文化与文学现象的出发点和主要参照。在探讨陀思妥耶夫斯基的创作时,维·伊·伊凡诺夫不仅深入揭示了文本的现实性和象征性,而且还用实证的方法从源头上考察了酒神崇拜和希腊民间的狂欢活动。他甚至更正了考古学的传统观点,指出,酒神崇拜不是起源于居住在巴尔干半岛东部的色雷斯人,而是起源于希腊某些荒僻地区和岛屿的土著居民。

当然,作为象征主义的大师,维·伊·伊凡诺夫明确写道,"一切伟大的艺术成就都是以宗教为基础的,并且肩负着驱恶扬善的使命"。[①] 他认为,古希腊艺术与酒神崇拜等都体现了一般艺术与文化活动的本来真实涵义,"现实主义的象征主义"就是要让整个现代艺术都应复归其本真意义,复归到其宗教根基上去。因此,他的研究没有局限于文献辨析和一般考据上,而是采用"移情原则",联系宗教心理与文化哲学背景进行考察,通过宗教的神秘体验来完成的,从而更为深入地阐明陀思妥耶夫斯基创作中涉及的一些重要问题。

在维·伊·伊凡诺夫看来,艺术的真实是"现实"与"象征"、"客观"与"主观"、"情感"与"宗教"的融合。也正因为如此,经典的文学文本才具有无限大的可阐释空间,读者才会有"说不尽陀思妥耶夫斯基","说不尽的《卡拉马佐夫兄弟》"。可以说,陀思妥耶夫斯基的《卡拉马佐夫兄弟》确实为维·伊·伊凡诺夫提供了一个极佳的批评文本。陀思妥耶夫斯基本人就反复强调:"我对现实(艺术中的)有自己独特的看法,而且被大多数人称之为几乎是荒诞的和特殊的事物,对于我来说,有时构成了现实的本质。事物的平凡性和对它的陈腐看法,依我看来,还不能算现实主义"。[②]

可以说,任何一部经典文学文本的现实性都具有两重性:小说反映当时社会生活的现实性和今天读者阐释作品的现实性。前者的现实性是非常有限的,仅限于小说反映的当时社会现实,对于《卡拉马佐夫兄弟》来说,就是19世纪农奴制改革后的俄罗斯社会现实。相反,读者阐释作品的现实性则是相对无限的,会随着时间的不断变化而逆向延伸。具体说来,不同时代的读者或者同一

---

① Дешарт, О. "*Послесловие.*" Иванов, В. И. *Собрание сочинений Вяч. Иванова.* Т. 1. Брюссель: *Жизнь с Богом*, 1971, с. 15.

② 波格丹诺夫 B. A. 编选:《陀思妥耶夫斯基论艺术》,第328—329页。

时代的读者，由于自身话语语境的迥异，对文学文本的现实性认识是不一样的，是不断发展变化着的，而且越是经典的文学文本，其现实性的逆向发展变化就越大。

从历时的角度来看，原苏联文学批评界对陀思妥耶夫斯基创作中的现实性评价，可以以 1956 年为分界线，划分为前后两个阶段。在前一阶段，除陀思妥耶夫斯基的几部早期作品以外，其创作中的现实性基本上是遭到否定的，其中包括《卡拉马佐夫兄弟》，而被肯定的是他的艺术表现成就。高尔基就曾称陀思妥耶夫斯基是"恶毒的天才"。[①] 所谓"恶毒"是就陀思妥耶夫斯基后期创作的现实性而言的，所谓"天才"是指作家的艺术天才。因此那时很少有人把陀思妥耶夫斯基看成是现实主义的大作家，而常常把他视为颓废主义作家。后一阶段是从陀思妥耶夫斯基逝世 75 周年开始。当时，苏联文艺学界又重新展开了一场关于陀思妥耶夫斯基创作问题的大讨论，各主要报刊几乎都发表了纪念文章。大家又都异口同声地把陀思妥耶夫斯基尊为现实主义艺术大师，可以与托尔斯泰并驾齐驱。有人甚至把作家创作内容的复杂的矛盾性也看作是现实的真实反映，真理报就指出，在陀思妥耶夫斯基的创作中渗透着俄罗斯现实主义的传统的人道主义思想。[②]

很显然，无论是前一阶段，还是最后一阶段，陀思妥耶夫斯基的创作文本都是一样，但评论却发生了很大的变化，陀思妥耶夫斯基由一个颓废主义作家变成了现实主义的艺术大师。这种对陀思妥耶夫斯基创作的现实性认识，难道不是我们对作品的新理解而追加上去的吗？难道不是一种逆向发展吗？随着时间的推移，人们也许还会不断发现陀思妥耶夫斯基创作中的新现实性。

从共时的角度来比较，在评价陀思妥耶夫斯基创作时，注重其创作与现实主义联系的批评者，往往把他本来纷繁复杂的艺术创作归入现实主义艺术的行列，称他是批判现实主义的艺术大师。侧重强调陀思妥耶夫斯基与现代主义艺术关系的批评者，又坚持把他的创作纳入现代主义艺术的创作模式，以现代主义的批评眼光来阐释陀思妥耶夫斯基创作，并把他当作现代主义艺术的开拓者。批评者们都试图从复杂的创作现象中理出一条由因果关系串联起来的纵向线索，并以此来阐明自己的结论。前者竭力阐释陀思妥耶夫斯基的创新是现实主义艺术的发展；后者则要证明陀思妥耶夫斯的创作之所以是一种创新，就在于它摆脱了现实主义的羁绊转向了现代主义艺术。

---

① 《高尔基论文学》(续集)，北京：人民文学出版社，1979 年，第 178 页。

② Институт Русской Литературы АН СССР, *Творчество Ф. М. Достоевского*. М.: Издательство Академии наук СССР, 1959, с. 157.

在对陀思妥耶夫斯基创作，尤其是长篇小说《卡拉马佐夫兄弟》的研究中，我们能够非常清楚地看到批评界对这种现实性认识的逆向延伸。陀思妥耶夫斯基死后，其创作文本不可能再有任何改动，但是研究者的评价却在不断地变化着，与此同时，陀氏创作中的现实性还在永动地延伸着。也许只要存在着文学批评，只要陀思妥耶夫斯基创作还有认识价值，这种延伸就不可能停止。

这里便出现了一种非常值得思考的现象，在陀思妥耶夫斯基的长篇小说《卡拉马佐夫兄弟》中，酒神崇拜的象征是相对稳定不变的深层宗教文化涵义，而"合唱原则"构成的现实则是极不稳定的表层社会现实生活。前者具有一定的超越性，无论后人怎样重新认识，都极少变化，而后者则由于局限于现实情感、认识水平和意识形态环境等因素，被后人不断重新阐释。因此，在"象征"与"现实"交织的艺术创作中，文本的现实性在逆向延伸着，而人类文明长期积淀而成的宗教文化象征却很难撼动。

第七章

洛斯基:具体的理想现实主义

尼古拉·奥努夫里耶维奇·洛斯基是20世纪上半期俄罗斯各种哲学流派的理论家中最重要的思想家之一,是白银时代俄罗斯宗教文化批评家中真正意义上的哲学家。这不仅仅只是因为他撰写过专门的《俄罗斯哲学史》,也不在于他曾经获得过哲学博士学位,科班出身,并且在几所大学里担任哲学教授,而更主要的是由尼·奥·洛斯基思想和理论本身的系统化、深刻性所决定的。他一生都在建立和完善自己的形而上学的哲学体系。津科夫斯基在自己的两卷本《俄罗斯哲学史》中这样写道:"从准确的哲学一词的语意上来说,他几乎是唯一的能够构建体系的俄罗斯哲学家"。①

然而,尼·奥·洛斯基的哲学体系并非是抽象的思辨哲学,他的形而上学的哲学体系是与神学思想密切相关的。可以说,尼·奥·洛斯基的思维方式是形而上学的,而学术归属则是神学的。因此,学界也把他的哲学称之为是宗教哲学,把他视为是将纯哲学与神学研究有机联系起来的宗教哲学家。

从学术渊源上来看,津科夫斯基的《俄罗斯哲学史》把尼·奥·洛斯基归入了莱布尼茨主义,而尼·奥·洛斯基本人则把自己归为直觉主义。无论如何,应该说,他的哲学体系是莱布尼茨主义和直觉主义兼而有之,但是他更直接地受到的是弗·谢·索洛维约夫的万物统一学说的影响。当然,弗·谢·索洛维约夫本人也赞同莱布尼茨的单子论,从他的《神人类讲座》的第四、第五讲中,就可以见出。在白银时代的俄罗斯众多的宗教文化批评家中,尼·奥·洛斯基与谢·路·弗兰克在哲学思想和理论上最为接近,都是信奉基督教的宗教哲学家。

如果用一个概念来概括尼·奥·洛斯基的宗教哲学思想和文化批评理论,爱沙尼亚大学教授、著名俄罗斯美学家列·纳·斯托洛维奇在2005年出版的

---

① Зеньковский в. в. *История русской философии*: В 2 т. Л. 1990. Т. 2. Ч1. с. 205.

《俄罗斯哲学史》中，选用了“具体的理想现实主义”。[①] 也许从这里，我们就不难发现尼·奥·洛斯基的学术个性。

列·纳·斯托洛维奇还明确指出，尼·奥·洛斯基在存在论、认识论、价值论以及美学、伦理学等方面，为俄罗斯哲学奠定了基础。他撰写的大量学术著作都引起了俄罗斯乃至其他国家哲学家的积极回应。他的《俄罗斯哲学史》一书先后于1951年和20世纪90年代两次出版英文版，在俄罗斯国内曾三次再版。这本《俄罗斯哲学史》不仅能够让读者很好地了解俄罗斯哲学发展的历程，而且也非常清晰地展示了他自己的哲学体系以及对俄罗斯历代思想家的态度。[②]

第一节　走向哲学之路

尼古拉·奥努夫里耶维奇·洛斯基（Николай Онуфриевич Лосский，1870—1965）于1870年11月24日出生在拉脱维亚的克拉斯拉瓦（当时的维捷布斯克省的克列斯拉夫卡村）的一个宗教氛围浓重的家庭。他的父亲是一个东正教徒，而母亲则是一个天主教徒。家里兄弟姐妹一共有十五人，他排行第八。他的父辈是从波兰移居到白俄罗斯的，家族里有波兰血统，但是他们一家人都把自己视为是地道的俄罗斯人，有着浓厚的俄罗斯民族意识。1881年，尼·奥·洛斯基进入维捷布斯克古典中学读书，他开始阅读皮萨列夫、杜勃洛留波夫、米哈依洛夫斯基等的著作，迷恋于社会主义学说和无神论。1887年，他因为宣传这些激进的思想而被学校开除。他失去了在俄罗斯国内继续读书的机会，便偷渡来到瑞士的苏黎世，经过许多周折，才进入瑞士的伯尔尼大学哲学系学习。在这里，他听了普列汉诺夫等人的讲座，研究了有关社会主义的文献资料。他在自己的回忆录里，清楚地记载了自己在国外的经历，包括曾经在阿尔及利亚的法国驻外军团服役以及自己经济窘迫的状况。

1889年，尼·奥·洛斯基返回维捷布斯克，为了能够继续上学，这位年轻人来到了彼得堡，一开始学习会计学，后来在亲戚的帮助下，完成了中学的学习。1891年，尼·奥·洛斯基进入彼得堡大学的物理数学系学习，在学习过程中，他首先是“坚信机械唯物主义的正确”。[③] 他以为，可以通过自然科学的探讨，寻觅到真理的存在。

---

① Столович. Л. Н. *История русской философии*. Москва. Изд. « Республика ». 2005. с. 258.

② Там же.

③ Лосский, Н. О. *Воспоминания. Жизнь и философский путь*. СПб. , 1994. с. 46.

随后，在老师帕·弗·列斯加夫特和阿·阿·科兹洛夫的影响下，他的世界观和知识结构渐渐发生了重大转型，尤其是与后者的频繁接触。阿·阿·科兹洛夫（1831—1901）及其儿子阿·阿·谢尔盖（1870/1871—1945）均是俄罗斯有影响的哲学家，是莱布尼茨单子论的拥护者。在与他们相处的日子里，他成为了一个泛心论的拥护者。1894 年，尼·奥·洛斯基全身心地投入到哲学研究之中，转入了历史哲学系学习，并且听了阿·伊·符维建斯基（1856—1925）讲授的有关康德哲学的课程。

在尼·奥·洛斯基一生中，最值得一提的是，1896 年，他在阿·阿·科兹洛夫家中，认识了俄罗斯著名宗教哲学家弗·谢·索洛维约夫并且应他的约请翻译了康德的著作《纯粹理性批判》（1907 年第 1 版）。这次结识使得尼·奥·洛斯基的哲学探索开始了宗教文化转向。尼·奥·洛斯基这样写道："最后一次我见到他是在 1900 年。那时我已经走上了自己的直觉主义道路。索洛维约夫很有兴趣地听我谈论认识论问题，而我当时已经沉浸在逻辑学和认识论之中，根本没有想到，过 20 年我会探索建立形而上学的体系，这一体系在所有的俄罗斯哲学家中间是与索洛维约夫最接近的。"①

大学毕业以后，他通过了硕士课程的考试，于 1901 年秋去了法国的斯特拉斯堡，继续自己的学业，师从新康德主义者文德尔班。1902 年春，尼·奥·洛斯基在德国莱比锡心理学研究所跟随心理学家冯特学习。1902 年下半年起，尼·奥·洛斯基被聘为彼得堡大学的编外副教授，负责讲授哲学和心理学课程。1903 年夏，他到了格丁根，在心理学家戈·埃·缪勒的指导下学习，他的第一个儿子、后来俄罗斯著名的东正教神学家弗拉基米尔在这里出生。也就在这一年，他回到彼得堡后，通过了题为《从唯意志论的角度看心理学的主要学说》的硕士学位论文答辩，获得了硕士学位。1906 年，他撰写了博士学位论文《直觉主义论》，1907 年获得博士学位。1916 年，尼·奥·洛斯基正式成为彼得堡大学的教授。

此后，尼·奥·洛斯基的学术论著引起国际学术界的普遍关注，并被翻译成英文、德文在欧洲国家出版。由于意识形态的问题，他于 1922 年被捕，并很快被驱逐出境。1922 年至 1944 年间，尼·奥·洛斯基主要在捷克斯洛伐克的布拉格、布诺尔、布拉迪斯拉发等地的大学里讲课和从事学术研究工作。这段流放时期也是他一生中出版学术著作最多的时期。

1945 年，尼·奥·洛斯基去了法国巴黎，1946 年移居美国，从 1947 年直至 1950 年退休，他一直在纽约的圣弗拉基米尔神学院任哲学教授。退休后，他依

---

① Лосский, Н. О. *Воспоминания. Жизнь и философский путь*. СПб., 1994. с. 106.

然热衷于哲学研究，后来又移居法国巴黎，于1965年1月24日去世。

尼·奥·洛斯基一生撰写了约30部学术著作以及数百篇学术论文，其中主要的专著有《从唯意志论的角度看心理学的主要学说》(1903)、《直觉主义论》(1906)、《柏格森的直觉主义哲学》(1914)、《世界是有机的整体》(1917)、《意志自由》(1925)、《存在与价值：上帝与上帝国是价值的基础》(1931)、《世界观的类型：形而上学导论》(1931)、《感性的、理智的和神秘的直觉》(1938)、《绝对善的条件：伦理学基础》(1938)、《上帝与世界的恶：神正论基础》(1941)、《陀思妥耶夫斯基及其基督教世界观》(1953)、《俄罗斯哲学史》(1954)、《哲学通俗引论》(1957)、《俄罗斯人民的性格》(1957)、《回忆录：生平与哲学之路》(1968)、《世界是美的实现：美学基础》(1998)等。

第二节 具体的理想现实主义

从尼·奥·洛斯基的主要学术著作中，我们不难看到，他主要是一位宗教哲学家。他毕生都在致力于建立自己宗教哲学的形而上学体系，他的宗教思想是建立在形而上学基础之上的，而他的形而上学体系又是为了表述自己的宗教神学思想。列·纳·斯托洛维奇之所以把尼·奥·洛斯基的宗教哲学体系的特性归结为“具体的理想现实主义”(конкретний идеал-реализм)，主要是与他的哲学研究的出发点分不开的。这个出发点就是他形而上学思想体系中的一个核心概念“实体活动者”。要了解尼·奥·洛斯基的思想，就必须从这个概念开始。

其实，实体的概念自古以来就一直是形而上学体系的理论核心概念之一。近代以来，哲学界努力对这一概念进行修正，莱布尼茨就试图用单子论对传统的实体论进行改造。19世纪末，以弗·谢·索洛维约夫为代表的一批宗教哲学家接受了莱布尼茨的单子论，在俄罗斯哲学史上出现了一批莱布尼茨主义者。尼·奥·洛斯基在接受莱布尼茨的单子论时，还对其进行了改造，同时还发展了他的神学思想。

具体说来，在探索哲学的基本问题“本原”时，尼·奥·洛斯基利用莱布尼茨的单子论，对传统的实体概念进行了修正，努力使得实体概念突破静止的状态，成为动态的。他运用的概念就是“实体活动者”，并且认为，它是世界的本原和基础。

尼·奥·洛斯基认为，在世界这个有机的整体中，不同的存在形式是有高低之分的，其中最低级的存在形式是现实存在，因为它是受到时间和空间的限制的，是时间中的变化事件。它本身并不具有统一的特征和基础，是随着时间和空间的改变而显示出不同的状况。在现实存在之上,还存在着一种较高的存在,就是理想存在,这种存在是不受时间和空间的限制,没有时空的特征。"现实存在只有在理想存在的基础之上,才能够显示出系统的特征"。[①] 现实存在无疑是以理想存在为基础的,而理想存在又存在着两种形式:抽象的与具体的。前者的理想存在的主要特征是抽象性和普遍性,比如数学和物理的公式、计量关系等。后者的理想存在,也就是尼·奥·洛斯基强调的"具体的理想存在",不仅没有抽象性或普遍性特征,而且具有具体性和特殊性。

应该说,理想存在无论是抽象的,还是具体的,都是超越时间和空间的存在,然而,抽象的理想存在,在尼·奥·洛斯基看来,是缺乏活力和内驱力的,是消极和被动的存在,无法成为现实的基础,是没有实体性特征的。具体的理想存在主要呈现出的则是个体性特征,摆脱了哲学研究存在的抽象性,也只有具体的理想存在才能够成为现实的基础。尼·奥·洛斯基把这种"具体的理想存在"称之为"实体活动者",只有这个"实体活动者"才是传统形而上学意义上的实体概念。具体的理想存在或曰实体活动者是能够以创造的形式来表现自己的,甚至可以在一定的时空中以物质的形式来表现。

尼·奥·洛斯基强调,实体活动者实际上就是个性,他发展到可以认识绝对价值,尤其是道德价值,就成为现实的个性,而未来将出现的则是潜在的个性。因此,尼·奥·洛斯基又把关于"具体的理想存在"或"实体活动者"理论称为人格主义,也就是关于个性的理论。与莱布尼茨的单子不同,他的实体活动者之间是互动的,必须交往的。不过,尼·奥·洛斯基把不同的实体活动者群分为了不同的等级,低级只能与低级的在一起服从较高级的,较高级与较高级的在一起,服从更高级的,这就形成了一个实体活动者的系列,所以,这一理论也被尼·奥·洛斯基本人称为等级人格主义。

那么实体活动者的产生自然是来自上帝的创作。无论是现实存在,还是理想存在,都受制于一种元逻辑的存在,这种存在就是上帝,它超越时空,超越任何规律,决定着一切。

从尼·奥·洛斯基的理论中,我们不难看出,世界是由一个个具体的理想存在或曰实体活动者构成的,他们之间的等级序列形成了世界的秩序和系统,这一切又是由元逻辑存在决定的。这就是尼·奥·洛斯基关于世界存在、关于上帝存在的学说,也就是他的"具体的理想现实主义"。

尼·奥·洛斯基强调,他的理想现实主义不是抽象的,而是具体的。他指出,"我把理想现实主义称之为是抽象的,这里只有抽象的理想因素、思想,而具

---

① Лосский, Н. О. *История русской философии*. Москва. 1991. с. 323.

体的理想现实主义承认，在它们之上还有具体的理想因素”。他进一步明确，具体的理想现实主义是一个形而上学的体系，“该体系属于理想（精神）存在的领域，其中不仅仅存在着抽象的思想、规则、规律等等，而且还有具体的理想因素，即实体是活生生的存在物，精神具有存在的无限意义，不是由抽象思想获得的”。①

第三节　上帝存在的直觉主义证明

如果说尼·奥·洛斯基的形而上学的理论体系是具体的理想现实主义的，那么他的宗教思想的基础就是直觉主义的。尼·奥·洛斯基曾经多次把自己的学说称为是直觉主义（интуитивизм），他的博士学位论文也是论证直觉主义的。他是从直觉主义的角度来把握上帝的存在，阐发自己的宗教思想的。

实际上，在哲学中，直觉主义属于认识论的范畴，而认识论主要是探讨认识的主体与客体之间的关系。根据康德的观点，人的认识活动的整个过程都不可能超越主体的界限，因为客体是“自在之物”，是不可能被完全认识的。唯物主义者则把认识过程视为是人脑对物质存在活动的客观反映。对于唯物主义者来说，外部世界是认识的动因，它是作为客观世界的主观形象出现在人的意识中。尼·奥·洛斯基则以为，在认识的主体与客体之间并不存在着必然的联系，而存在的仅仅是“认识的一致性”，由于这种“一致性”，“外部客体由于自身的完整性和内容的无限可能性，与认识个性达到一致”。② 这种客体的丰富性已经通过潜意识，与人的自我联系起来。世界上的万事万物都存在着内在的一致性和内在联系，当然也包括认识的主体与认识及其客体之间。尼·奥·洛斯基的这一观点已经在1898年就曾明确表达过。③

直觉主义是与理性主义相悖的，它并非要通过理性分析和逻辑推理及演绎来把握认识客体的不变本质，而是对客体进行非理性化的直观感悟，从而得出的认识并非唯一的、绝对的，甚至有时是很难通过语言文本来论证。尼·奥·洛斯基对主客体之间关系的认识，显然是直觉主义的，他也是用这样的认识范式来探讨上帝存在的问题的。

尼·奥·洛斯基认为，上帝是并非任何实际的有限存在物，上帝就是虚无，是超越世界的绝对原则。然而，他并不反对证明上帝的存在，只是提出，要证明

---

① Лосский，Н. О. *Избранное*. Москва. 1991. с. 476.

② Лосский，Н. О. *История русской философии*. Москва. 1991. с. 322.

③ Лосский，Н. О. *Воспоминания. Жизнь и философский путь*. СПб.，1994. с. 110.

上帝，就不能够采用理性主义的方式，而只能够用直觉主义的方式去把握。因为上帝的存在也是一种理想存在，是超越现实的时空的。上帝是“无法借用世界存在领域中的任何概念来表述和规定的，因为它不是理性，不是个性，甚至不是一个存在物，由于它高于这一切规定；与世界存在相比较，上帝就是虚无，就是说，它不是任何有限的存在物”。[①] 上帝是可以在神秘的直觉中被认知的，因为尼·奥·洛斯基把上帝视为是元逻辑的存在。

如果要感知上帝的存在，就必须具备一定的宗教经验和神秘的直觉。只要拥有了这两点，上帝就会直接显现在人们的面前，而且是活生生的显现，这也是信徒与普通人的区别。当然，尼·奥·洛斯基反对用理性主义的方式去证明上帝的存在，但是他也并非完全排斥理性思维，有时也会应用反证的方法来丰富直觉主义对上帝存在的证明。

为了证明上帝的存在，尼·奥·洛斯基把神学分为两种，即肯定神学与否定神学。前者是通过说明上帝是什么，来论证上帝的存在，而后者则说明上帝不是什么，来感知上帝的存在。比如，就上帝自身而言，上帝不是什么，上帝就是虚无；而就上帝与世界的关系而言，上帝不是世界，上帝就是绝对；再就上帝与现实社会的恶而言，上帝不是什么，上帝就是绝对的善，等等。他虽然并不完全反对肯定神学，但是更加主张用否定神学的方式去把握上帝的存在。他坚持，上帝是不可能由肯定的规定来说明的，上帝并非任何有限的事物，而是超越世界、超越时空的绝对。

尼·奥·洛斯基认为，一般看来，否定无疑是消极、被动的，必然导致论证的贫乏和空无。“其实，这种否定应被看成是对于上升进入一个更高层次的要求，这是一个超越个性的，并非无个性的层次，这是一个超越理性的，而并非理性的层次，等等”。[②]

尼·奥·洛斯基之所以采取直觉主义的方式来证明上帝的存在，其主要原因在于他的一个基本观点：人的世界与上帝之间不存在着必然的联系，因此也没有必要用理性主义去证明。在他看来，上帝是虚无，上帝是绝对，同时，上帝也是自在的。人如何看待上帝，上帝就如何存在。他的这一观点是与尼·亚·别尔嘉耶夫等人不相同的。

尼·奥·洛斯基强调：“上帝创造世界，无需提供任何的确定质料，他既不从外部拿来这种质料，也未从自身取出这种质料。因为他所创造的世界，无论在形式还是在内容，均是崭新的，迥异于自身的，而且这一世界是从前任何地方

---

① Лосский, Н. О. *Чувственная, интеллектуальная и мистическая интуиция*. Москва. 1995. с. 260.

② Лосский, Н. О. *Мир как органическое целое*//Лосский, Н. О. Избранное. Москва. 1991. с. 386.

都没有过的。因此，上帝是在虚无之中创造世界的，从这个意义上来说，上帝创造世界是无需任何东西的，无论是他以外的，还是他自身的。”[①]显然，在上帝与世界之间存在着一条无法逾越的鸿沟，上帝与世界是并列的，他们在本质上没有任何的同一性。

实际上，尼·奥·洛斯基彻底否定了有关上帝按照自己的理念创造世界的说法，可以说，他是更加坚定的上帝的信徒，因为他以为，世界中的任何理念都无法与上帝相提并论。世界上的任何规律都不是上帝本身固有的。

然而，上帝创造世界究竟创造了什么？在尼·奥·洛斯基看来，上帝在创造世界之前，先创造了无数个实体活动者，这些实体活动者产生在世界出现的时间与空间之前，因此具有超时空性。虽然上帝与世界之间没有共同点，上帝没有按照自身来创造世界，但是，尼·奥·洛斯基认为，上帝按照自己的样子，创造了作为实体活动者之一的人，当然，“上帝按照自己的形象造人的目的是要人去自由地创造”。[②]

因此，人对上帝的把握和世界的认知，也应该是自由的，不受任何约束的，创造性的。这也就是尼·奥·洛斯基用直觉主义把握上帝存在的目的之所在。

第四节　现实与理想：《樱桃园》的直觉阐释

尼·奥·洛斯基是一位哲学家式的文学批评家和理论家，他基于自己的宗教哲学观提出的“具体的理想现实主义”，为我们的文学批评，尤其是经典文本的解读，开辟了一条新的认知途径。本节以俄罗斯著名作家契诃夫于 20 世纪初创作的最后一部经典剧作《樱桃园》为例，努力揭示“具体的理想现实主义”在文本阅读和批评方法上的实际价值。

《樱桃园》剧情展示的是一个破落的贵族地主家庭不得不将祖传的樱桃园拍卖出去。在相当长的一段时间里，评论界一般认为，这部剧“形象地反映了贵族地主阶级必然灭亡并为新兴资产阶级所替代的历史发展趋向……”[③]剧中的两个贵族地主的代表朗涅夫斯卡娅及其兄长戛耶夫由于自身的无能和寄生虫生活，虽然前者为人坦诚、单纯，后者也还善良，但是只能够非常无奈地将樱桃园卖给了新兴资产者、实干家陆伯兴。契诃夫把未来的希望，寄托在以家庭教师特罗菲莫夫和 17 岁的安妮雅为代表的年轻一代知识分子身上，他们是勇敢

---

① Лосский, Н. О. *Бог и мировое зло*. М., 1994. с. 321—322.

② Там же, с. 333.

③ 曹靖华：《俄苏文学史》（第一卷），郑州：河南教育出版社，1992 年，第 600 页。

地告别旧时代，憧憬幸福美好未来的一代人。

然而，如果我们以尼·奥·洛斯基的“具体的理想现实主义”批评方法来分析，任何文学文本都只是一个“实体活动者”，而“实体活动者”就是具体的理想存在，这种存在交织着现实存在与理想存在，从而形成“个性”。因此，上述对《樱桃园》的阐释仅仅是从现实存在层面展开的，也就是揭示了文本的现实意义，而尚未对《樱桃园》内涵的理想存在，即超越具体社会现实的层面，进行深入发掘。那么究竟什么是《樱桃园》的理想存在呢？为什么不同时代的读者都会对《樱桃园》感兴趣呢？这显然并非是读者们都感兴趣了解19世纪末至20世纪初俄罗斯社会具体现实的变化，而是恰恰是超越了这一现实的具体性，感触到深层的情感化的理想存在。这就是作品内涵的、任何时代都存在的古老文明与当代文明的情感冲突，就如同北京要建造高楼大厦，而要拆除四合院，南京要拓宽马路，而要拆除城墙，人们在情感上的矛盾和冲突。

显然，《樱桃园》的现实存在与理想存在的交织与融合，构成了剧本的“实体活动者”，造就了自身的独特性（个性）。具体的现实存在避免了理想存在的抽象性，而理想存在又赋予了文学作品深刻的思想性和普适性。不过，在尼·奥·洛斯基那里，任何现实存在或者理想存在，都是由上帝所决定的，这个上帝就是超越一切的一种元逻辑。这种元逻辑在《樱桃园》中，就是事物的两面性和矛盾性规律，对旧的不舍，又对现实的不满，对变化的无奈，又对新的憧憬等等。

尼·奥·洛斯基是用直觉主义来把握上帝的存在的，上帝不是一个有限的具体存在物，而是可以在神秘的直觉感知中被认知的，也就是说读者可以从自己的直觉感知中获得对《樱桃园》意义的把握。随着读者所处语境和心境的变化，《樱桃园》的元逻辑（上帝）就会呈现出斑斓的色彩。任何理性的分析和文本意义的简单归纳，都只会是对《樱桃园》的片面理解，而每一种直觉感知都是对文本意义的一种丰富，这也许就可以解释为什么《樱桃园》是说不尽的经典吧。

依据尼·奥·洛斯基的具体的理想现实主义，文学创作应该比日常生活文本更加能够反映生活的真谛，因为文学的认知是永无止境的，直觉主义的阐释是不断发展变化的，是没有终极意义的。

第　八　章

布尔加科夫:“三位一体”

谢尔盖·尼古拉耶维奇·布尔加科夫(Сергей Николаевич Булгаков 1871—1944)是俄罗斯白银时代著名的哲学家、宗教文化批评家、经济学家、神学家、社会活动家、政论家。

一般说来,谢·尼·布尔加科夫确实继承和发扬了索洛维约夫的哲学思想,但这却是在这位思想家世界观经历了复杂的转变过程之后才得以实现的。他经历了一个艰难而又漫长的探索历程:从孩提时代的宗教信仰(谢·尼·布尔加科夫生于牧师家庭,就读于宗教学校),到青年时期的信仰丧失,之后又信仰马克思主义,最终又转向索洛维约夫学派的哲学唯心主义,并于1918年成为一名牧师,跟索洛维约夫一样研究起了神学。不过,谢·尼·布尔加科夫的批评活动在索洛维约夫的基础上,又前进了一大步,形成了自己独特的“三位一体”的批评。

学术界通常在探讨谢·尼·布尔加科夫的学术思想发展时,都把它分为这样几个阶段:第一阶段从1896至1902年,为马克思主义阶段;第二阶段从1902至1925年,为宗教哲学阶段;第三阶段从1925至1944年,为狭义的神学阶段。布尔加科夫的主要代表作被收入了1993年由俄罗斯《哲学问题》杂志社出版的《布尔加科夫文集》(2卷本),其中第一卷包括了他的博士论文《经济哲学》(1912)和另一部专著《哲学的悲剧》(1927年德文第一版,收入《文集》时用的是俄文版),第二卷主要收集了他的一些重要论文:《作为哲学典型的伊凡·卡拉玛佐夫》(1902)、《赫尔岑的精神悲剧》(1902)、《进步理论的基本问题》(1902)、《作为思想家的契诃夫》(1904)、《费尔巴哈的人神说的宗教》(1905)、《荆冠。纪念陀思妥耶夫斯基》(1906)、《作为宗教典型的卡尔·马克思》(1906)、《俄罗斯的悲剧》(1914)等。未被收入的重要论著还有:《从马克思主义到唯心主义》(论文集,1903)、《永不熄灭之光》(专著,1917)、《静思录》(1918)等。

第一节　思想的形成与三个发展阶段

谢尔盖·尼古拉耶维奇·布尔加科夫于1871年6月出生在奥尔洛夫省的一个名叫利夫内的古老小城中。他的祖先几代人均是神甫。父亲是一位墓地教堂的堂长。在他的童年记忆中，几乎都是教堂留下的印象。1881至1884年，他在利夫内的神学学校里读书，历史、文化、艺术这些概念全是经过神学进入他的世界的。1885至1888年，谢·尼·布尔加科夫到奥尔洛夫神学学校继续学习，1889年，他违背父母的意愿，他进入叶列茨中学8年级学习。1890年他考入莫斯科大学，开始接受经济学教育，那时起就开始为《俄罗斯思想》写书评。1894年，谢·尼·布尔加科夫毕业于莫斯科大学。

毕业后，谢·尼·布尔加科夫留在政治经济学与统计学教研室工作两年。后来，他应邀在莫斯科心理协会及其会刊《哲学与心理学问题》工作，1898至1900年前往柏林、巴黎和伦敦，并结识了德国社会民主党的领袖们和普列汉诺夫。回到莫斯科之后，谢·尼·布尔加科夫的硕士论文《资本主义与农业》(1900)通过了答辩，他于1901年作为综合中等技术学校的教授和大学的编外副教授前往基辅。

尽管布尔加科夫很早就表现出对文学、艺术和哲学的极大兴趣，但他一开始却着迷于马克思的学说。他所撰写的第一批论文和第一本著作《论资本主义生产的市场》(1897)，被学术界视为是对马克思主义理论的贡献。

从1896年至1902年间，也就是谢·尼·布尔加科夫学术思想发展的第一个阶段，即马克思主义阶段，他从所谓的"合法马克思主义"立场出发，写了许多关于政治经济学方面的著作，他与斯特鲁夫、别尔嘉耶夫、弗兰克、土冈—巴尔诺夫等一样，都赞同卡尔·马克思的经济学观点，并在一些公开发行的刊物上发表文章。他的经济学著作《关于资本主义条件下的市场》(1897)和《资本主义与农业》(1900)引起了俄国和德国社会学者们的普遍关注。但是，尽管如此，应该说，这时的谢·尼·布尔加科夫也并不是正统的马克思主义者。他认为，在农业经济中生产集中原则是不会起作用的，而在哲学中他喜欢康德胜于马克思。

然而，在世纪之交，由于三方面的原因，谢·尼·布尔加科夫逐渐转向宗教哲学，这便开始了他学术探索的第二阶段，即宗教哲学阶段。首先，在1899至1900年间，他在探讨农业问题时，不同意马克思和考茨基对小农经济的看法，坚持小农经济的生命力，并由此逐渐表现出在一些问题上与马克思主义立场的分歧，终于分道扬镳。第二，他受到康德唯心主义认识论的影响，开始批评马克思主义的方法和哲学基础，接受俄罗斯著名哲学家索洛维约夫的学术思想。第三，对于谢·尼·布尔加科夫具有非常重要意义的是，在1902年底，他在基辅，结识了列夫·舍斯托夫和别尔嘉耶夫。在他们的影响下，谢·尼·布尔加科夫的思想加速由关注现实社会的经济政治问题，逐渐转向了宗教哲学问题。

20世纪初，谢·尼·布尔加科夫在宗教文学、德国唯心主义哲学，特别是弗·谢·索洛维约夫唯心主义哲学的影响下，最终从马克思主义者转为唯心主义者。1902年他参与编写《唯心主义的问题》，1903年出版了文集，从文集的名称《从马克思主义到唯心主义》就可以反映出他的世界观的转变。谢·尼·布尔加科夫还是一系列宗教哲学刊物的作者，其中包括文集《里程碑》。两卷本《双城》中有他关于宗教、文化及哲学的作品。

谢·尼·布尔加科夫对文学理论和批评贡献最大的时期是他的学术活动的第二时期，即宗教哲学时期。谢·尼·布尔加科夫没有从外部来考察哲学与宗教的外部联系，而是着眼于哲学的内部，通过宗教的视角来探讨美学、文艺理论的问题。

应该说明的是，在谢·尼·布尔加科夫那里，虽然这时思想上的宗教哲学转向是明显的，但是他本人还是在参与一定的政治和社会活动。谢·尼·布尔加科夫于1904年10月和别尔嘉耶夫一起编辑《新路》杂志，1905年当该杂志被关闭后，又编过《生活问题》杂志，1906年春曾与人合编宗教协会的报纸《人民》，但仅办到第7期，该报就被封了。由于信仰和志趣一致，他还与弗罗连斯基一直保持着密切的联系。1906年秋，谢·尼·布尔加科夫返回莫斯科，积极地投入到莫斯科宗教哲学协会和《俄罗斯思想》杂志的工作中去，并被选举为第二届国家杜马议员。

在放弃了马克思主义之后，谢·尼·布尔加科夫也没停止过研究经济学问题。1901年—1906年间，他担任着基辅工学院政治经济学教研室教授，弗拉基米尔大学的编外副教授。只是这时的谢·尼·布尔加科夫不再单纯地探讨政治经济学问题，而是已经把政治经济学研究和宗教研究有机地融合了起来，他的专著、政治经济学博士论文《经济哲学》便是最好的例证。谢·尼·布尔加科夫的独创之处就在于，能够将经济学及人们的经济活动与他所信仰的宗教唯心主义结合起来。

1907年3月12日，谢·尼·布尔加科夫号召停止革命和政府的恐怖活动。此后，他便拒绝任何政治社会活动，反对革命，彻底转向宗教哲学、文学和文化研究。1914至1918年的战争曾激起过他的民族的宗教爱国激情。1919年他回到克里木的家中，1922年12月17日他由于意识形态等方面的原因，被苏维埃政府驱逐出了俄罗斯。

此后,谢·尼·布尔加科夫主要居住在法国巴黎。从1925年起,他任巴黎东正教神学院教长和神学教授,担负起了巴黎东正教神学院的领导工作。也就从这时起,他已经完全转入了神学探索,进入了他学术思想探索的第三阶段,即狭义的神学阶段。他的许多在移民期间的著作都是研究神学方面,在这些著作中这位伟大的思想家继续研究自己关于索菲娅的学说。在他的晚期思想中,索洛维约夫的影响是非常明显的。

1939年,谢·尼·布尔加科夫因喉癌手术后丧失说话能力,1944年12月在巴黎逝世。对于谢·尼·布尔加科夫的一生来说,有两个词是最重要的,这就是"教堂和祖国"。

第二节 宗教唯物主义与索菲娅学说

在宗教文化哲学的探索中,谢·尼·布尔加科夫延续着索洛维约夫的基督教人文主义路线,他始终认为,整个世界是专门为人类而创造的,并且世界之所以存在的坚实基础包含着人的自由和人类的威严。

谢·尼·布尔加科夫在自己的学术论文《索洛维约夫哲学的本质》中,早就把索洛维约夫的观点归结为宗教唯物主义。他这样写道:"这种宗教唯物主义究竟是什么呢?它把两个互不相关的概念联系在了一起,这难道不存在着明显的矛盾吗?相反,他追求它们的统一。宗教唯物主义与唯物主义都承认物质实体和自然界形而上学的现实性。他认为,人不是披着物质外表的精神,而是精神与肉体相互联系的统一体,人的形而上学的命运与自然界是分不开的。"[①]这就是谢·尼·布尔加科夫本人继承的索洛维约夫的哲学立场。

在谢·尼·布尔加科夫看来,"经济就是人类与大自然力量的斗争,其目的就是保护和拓展生命,征服自然和把自然人化,将自然变成潜在的人化的机体"。[②] 他认为,每一个人都是一只"世界灵魂的眼睛",[③]是属于"上帝的索菲娅"的。"一个个性都只是一些复制品或备份,他们的思想是永远存在于上帝的索菲娅之中的,是一种再造出来的思想翻版"。[④] 宗教唯物主义就是要把"上帝的索菲娅"宗教思想与人的物质体或曰肉体融合起来,真正达到宗教与物质的统一。

因此,根据谢·尼·布尔加科夫的观点,人类的经济、文化、艺术等活动,也

---

① Булгаков С. Н. *Соч.* :В 2т. М. ,1993. Т. 1. с. 20.

② Там же, с. 85.

③ Там же, с. 143.

④ Там же, с. 149.

就是人类的一切创造活动，都是索菲娅式的。人类可以在经济等活动中辨认出自己，这样一来，经济等活动就被看作为是一种创造性的心理活动，是一种心理学现象，或者更确切地说，经济现象也是人类的精神生活现象。这就是谢·尼·布尔加科夫的经济哲学与马克思经济唯物主义的对立之所在。

谢·尼·布尔加科夫还进一步发展了索洛维约夫关于的索菲娅学说。按照他的观点，"索菲娅作为一种现实、一种历史的客观规律、一种发展规律，正主宰着历史"。同时，索菲娅本身也表现为"世俗的索菲娅"和作为"世俗索菲娅的母亲"——"天国的索菲娅"。[①] 这里宗教（"天国的索菲娅"）显然与现实或曰物质（"世俗的索菲娅"）有机地结合在了一起，谢·尼·布尔加科夫对索洛维约夫的宗教唯物主义的继承和发展是非常明显的。

此后，谢·尼·布尔加科夫在索洛维约夫和弗洛连斯基的基础上，又深入具体地阐释了自己对索菲娅的理解，独特地论证了索菲娅学说是一种关于上帝先验智慧的学说。谢·尼·布尔加科夫在论著《永不熄灭之光》中详尽地叙述了自己对索菲娅的理解。这部论著创作于 1911 年至 1916 年间，出版于 1917 年。书名《永不熄灭之光》取自阿·霍米亚科夫（А. Хомяков）的诗歌《夜曲》，副标题为"直观与思辨"。从这里，我们就可以清楚地看到谢·尼·布尔加科夫对索菲娅的释义。在《永不熄灭之光》中，谢·尼·布尔加科夫认为，索菲娅作为上帝的先验智慧，存在于上帝与世界之间，是连接上帝与人之间、天国与凡间的纽带。"索菲娅位于上帝与世界之间，处于存在与超存在之间，既不是某一事物，也不是另一事物，或者一下子是这两种事物。"[②]他在《索菲娅学说的中心问题》一文中明确写道："索菲娅学说的中心问题是关于上帝与世界的关系问题，或本质上就是上帝与人的问题。"[③]

长期以来，索菲娅与三位一体的圣像（圣父、圣子、圣灵的三位一体）的关系问题是一个严肃而且极有争议的问题。谢·尼·布尔加科夫指出："索菲娅具有个性和形象，有主体和面孔，或用神学术语说，具有位格。"[④]他甚至称她为第四种位格，尽管后来又补充说明，索菲娅并没有把圣像的"三位一体变为四位一体"。[⑤]

1918 年，谢·尼·布尔加科夫在接受牧师教职之后，依然遭到国内外的俄东正教会的各种指责，其中也包括对他的索菲娅学说的批评。一些东正教神学

---

① Булгаков С. Н. *Соч.* : В 2т. М. , 1993. Т. 1. с. 171.

② Булгаков С. Н. *Свет Невечерний. Созерцания и умозрения*. М. 1994. с. 188.

③ Булгаков С. Н. *Центральная проблема софиологии* //Булгаков С. Н. Тихие думы. с. 269.

④ Там же, с. 186.

⑤ Там же, с. 187.

家，如 B. H. 洛斯基、Г. В. 弗罗洛夫斯基等，就旗帜鲜明地反对谢·尼·布尔加科夫的索菲娅学说。当然，同时也有一些著名的哲学家以“神学思想自由”的名义，在支持着谢·尼·布尔加科夫的索菲娅学说。俄国索菲娅学家 H. O. 洛斯基就认为，谢·尼·布尔加科夫的索菲娅学说“是对神学信条个人的理解”，他“从来没有赋予它以必须的教义”。①

谢·尼·布尔加科夫对索菲娅的意义阐释是多元的。索菲娅作为上帝的先验智慧是上帝对世界看法的隐喻，她是“爱的化身”，是“永恒的女性”，是“美”。正是因为美的存在，索菲娅才能够在现实世界中显现出来。因此，谢·尼·布尔加科夫的理论视野中，索菲娅是一个位于在上帝与人之间的中介角色。正是由于索菲娅的存在，自然界以及生活于其中的一切生命体才会是美好的。任何反索菲娅的行为则会导致社会的苦难、人性的丑恶、命运的悲剧状况等等。

第三节 “三位一体”的文学批评

谢·尼·布尔加科夫的哲学美学基础是对 19 世纪末至 20 世纪初的俄国宗教哲学家、宗教文化批评家索洛维约夫(1853—1900)哲学和美学观点的批判继承和发展。索洛维约夫依据古希腊哲学家柏拉图的“两个世界”的学说，认为，现实世界或此岸世界与“理念”世界或彼岸世界是共存的，前一个世界只是后一个世界的一种反映，一种被歪曲的类似物。他呼吁人们摆脱尘世的羁绊，走向那永恒的彼岸世界。索洛维约夫的这一思想深刻影响着白银时代的俄罗斯宗教文化批评家们，在他们中间，无论是支持者，还是反对者，都离不开该思想的基点，谢·尼·布尔加科夫自然也不例外。

在早期的文艺批评活动中，谢·尼·布尔加科夫把重新构造一个与“理念世界”相一致的、永恒的精神世界看成艺术创作的首要任务。后来，他在艺术探索的过程中，逐渐认识到，艺术家所追求的精神世界与现实的被扭曲的世界之间、人的本能需求与崇高的精神追求之间是存在着深刻矛盾的。如果说，在索洛维约夫那里，哲学研究和艺术创作的目的是探讨和构建“精神”与“现实”这二位一体的世界，那么，在谢·尼·布尔加科夫的著作中，这种二位一体已转化为三位一体。

在《哲学的悲剧》一书中，谢·尼·布尔加科夫借鉴了基督教的基本信条之一的“三位一体”(триада)的概念，强调哲学研究的“三位一体”。当然，他赋予

① Лосский Н. О. *История русской философии*. М. 1991. с. 296.

了"三位一体"以新的内涵，而不再是纯粹的"圣父、圣子和圣灵"的"三位一体"，而是物质(客体)、精神(主体)和存在，这"三个各具特定位份的概念，完全同具一个本体"。他指出，语言中的形象主要包含在"句子"之中，句子或判断不只是一种表达思想的形式，而且是一种多功能的表现艺术。"人就是活生生的判断或句子。"①句子的一般形式是"我是什么"。这里，"我"是主语，表示主体，"什么"是谓语或在哲学中称宾辞，表示客体，"是"是连系动词，表示存在。谢·尼·布尔加科夫指出，主体、客体和存在是"三位一体"的，不可分割的。以往哲学研究偏重于某一方面，都是不全面的，所以也不可能得出正确的结论。哲学要走出悲剧的困境，就必须把主体、客体和存在联系成一个整体来看。

应该说，19世纪末至20世纪初，东正教的神学家和哲学家们大都把艺术形象看成是精神与个性的同一。谢·尼·布尔加科夫也曾写道："人把自己的独立身份，或者把存在于自身上的个性理解成某种完全绝对的，永恒的东西……"②然而，他不只是停留在精神与个性同一的认识上，而是认为，精神只有通过存在才能与个性同一，并且努力揭示这"三位一体"内部的矛盾性。在谢·尼·布尔加科夫的眼中，艺术形象是一个由存在联系着的主客体共生整体。这个"三位一体"的共生整体越复杂、越充满矛盾，其艺术性就越强。

正是基于这样的美学立场出发，谢·尼·布尔加科夫对文学艺术现象进行了别具一格的分析。他主要从宗教哲学的角度，先后研究过赫尔岑、普希金、陀思妥耶夫斯基、托尔斯泰、契诃夫、安德烈·别雷等俄罗斯作家的创作，其中特别感兴趣的是陀思妥耶夫斯基的创作，因为这里充满着复杂和激烈的精神与现实的矛盾，交织着善与恶、理智与非理智、美与丑的斗争，这里既有伦理的丧失，也有良心的谴责，既有非理性的疯狂，也有理智的判断，既有刻骨的仇恨，也有动人的怜悯，等等。

第四节 《卡拉玛佐夫兄弟》中的伊凡形象

谢·尼·布尔加科夫把陀思妥耶夫斯基的长篇小说《卡拉玛佐夫兄弟》中的伊凡·卡拉玛佐夫形象作为一个哲学典型，进行了极为独特的分析。他认为，陀思妥耶夫斯基为了更好地揭示艺术形象的矛盾性、复杂性，往往采用构造戏剧的艺术方法，把人物放置在戏剧表演的环境中，通过人物自身的独白和人物间的对话来展示，在具体的话语语境中来实现主、客体相融合的具体存在。

---

① Булгаков С. Н. *Соч.* : В 2т. М. , 1993. Т. 1. с. 416.

② Булгаков С. Н. *Свет Невечерний. Созерцания и умозрения*. М. 1994. с. 218.

从谢·尼·布尔加科夫的研究中,我们可以见出,他虽然在艺术分析中运用了宗教中的“三位一体”的概念,采用了宗教批评的方法,但是却摆脱了一般宗教哲学理论的束缚,他不再把艺术个性或艺术现象看成是“精神”的传声筒,而是一个复杂的矛盾体。伊凡·卡拉玛佐夫崇尚理智,研究自然科学,善于独立思考,同情人类的苦难,坚持人道主义立场,但是无情的现实又让他的内心充满痛苦,任何道德原则在他的眼中都是不堪一击的。他虽然向往基督的理想,但是却无法摆脱宗教大法官的思想,也就是只有用“恺撒的剑”,即暴力,才能够维持人类生活的稳定。伊凡作为一个无神论者,奉行着“为所欲为”的处事原则,对麦尔佳科夫弑父听之任之,实际上为其提供了思想依据,同时伊凡自己也经受不住“良心”的自我折磨,自感是弑父的凶手,甚至精神失常。伊凡就这样摇摆于恶与善之间,游移于麦尔佳科夫与弟弟阿辽沙之间。

显然,从作家陀思妥耶夫斯基本人的创作意图来说,阿辽沙是一个愿为人类受苦受难的理想化人物,而伊凡则是一个悲剧式的极端个人主义者,然而作者并没有将这种“主体”意识直接在“客体”形象身上表现出来,而是让人物形象存在于复杂的戏剧冲突语境之中,在不同话语的作用之下“在”起来。读者如果仔细阅读作品,不难发现,与作家本人的愿望相悖,阿辽沙形象是苍白无力的,相对于阿辽沙,伊凡在一定程度上是有力量的。伊凡·卡拉玛佐夫性格是极其复杂的、矛盾的,有时还是分裂的、神经质的,他几乎纠缠于善与恶、理想与现实、忍耐与暴力之间。不同的读者在阅读过程中,伊凡形象“在”起来的具体呈现可能是不一样的,读者可以从伊凡·卡拉玛佐夫形象中读出许多层意义,而不是简单的、归一的意义,更难对该形象下固定的判断。

在对伊凡·卡拉玛佐夫形象的具体分析中,我们不难见出,谢·尼·布尔加科夫的三位一体的文学批评是动态的,批评的意义是多元的。当然,这种第三维的“在”应该包括读者的接受语境,只有文本语境的多元和复杂,才能够给读者的解读语境,提供更广阔的空间,给读者以更多的自由。显然,谢·尼·布尔加科夫的三位一体的文学批评更能够把握文学经典作品,更能够揭示文学典型的丰富内涵。

谢·尼·布尔加科夫的文学批评活动也还存在着不少可以商榷之处,例如对艺术创作与宗教之间关系的探讨还不够全面,在某些方面还存在着以哲学分析来代替艺术分析的倾向,等等。然而,谢·尼·布尔加科夫对美学和文学批评的贡献是较大的,它不仅丰富了白银时代的俄罗斯文学理论与批评,而且在国际哲学和文学理论界产生了一定的影响。谢·尼·布尔加科夫的著述已成为 20 世纪俄罗斯文学批评理论的一个重要组成部分,值得文学批评理论界借鉴。

第九章

别尔嘉耶夫：东正教人本主义

在白银时代俄罗斯宗教文化批评家中，尼·亚·别尔嘉耶夫虽然并非像索洛维约夫那样是思想领袖式人物，但是他确实是著作最多，影响最大的俄罗斯哲学家，在西方学术界占有重要的一席之地。俄罗斯《文学报》甚至把他誉为"20世纪俄罗斯的黑格尔"，"现当代最伟大的哲学家和预言家之一"。[①] 可以毫不夸张地说，尼·亚·别尔嘉耶夫的名字是与白银时代俄罗斯的文艺复兴和整个思想文化运动，紧密地联系在一起的。他既是这一时期文化和思想创造活动的主要代表人物之一，也是白银时代俄罗斯精神文化发展历程的主要记载者。他的哲理丰富、内涵深刻、富有诗意的文本描述，无疑是20世纪俄罗斯文学批评理论中极有价值的篇章。

尼·亚·别尔嘉耶夫可以说是一个百科全书式的人物，他的著述涉及哲学、宗教、文学、史学、政治、人类学和伦理学等各个领域。他的思想是纷繁复杂的，他本人就曾反复重申自己的思想中存在着众多的矛盾和悖论。从他的思想发展历程来看，马克思主义，从雅各·波墨（基督教神秘主义者）到康德和尼采的德国唯心主义哲学，俄罗斯本土根深蒂固的东正教文化传统，是决定他的精神文化结构的三大思想源泉。然而，关于人的问题是尼·亚·别尔嘉耶夫宗教哲学研究和文化批评的起点，也是其学术思想的核心。他的毕生探索均是围绕着人的本质、人的自由解放、人的信仰等问题展开的。

在长达半个世纪的学术生涯中，尼·亚·别尔嘉耶夫并没有像黑格尔那样在纯理论思辨的领域中探询，没有回避时代提出的各种重要问题，而是凭借自己丰厚的知识底蕴和独特的天赋，就这些问题进行了深刻的、极有说服力的阐释。他的著述已经成为白银时代俄罗斯精神文化思潮中一朵最为独特的浪花。他的睿智、素养、文化知识结构和思想高度，使得他的宗教文化批评理论高屋建

---

① Р. Галицева. *Н. Бердяев*. Литературная газета. 1989. 8. 2.

瓴，给人以启迪。

第一节　生平与思想探索

尼古拉·亚历山大诺维奇·别尔嘉耶夫（Николай Александрович Бердяев 1874—1948）于1874年3月6日生于基辅一个古老的贵族家庭，母亲为法国血统。他的祖父是一位战功赫赫的高层军官，曾经于1814年率领军队，在库利茅斯克战役中，反败为胜，打败过拿破仑的部队，获得了乔治十字勋章和普鲁士铁十字勋章。他的父亲虽然也曾是近卫重骑兵团的军官，参加过土耳其战争，但是服役时期较短，退役后成为地方贵族，尽管他缺乏功名心，但却是一个文化修养极高、饱读诗书的人。这种贵族家庭的生活氛围深深影响了尼·亚·别尔嘉耶夫，使得他终生都有一股特有的贵族气质。同时，他从孩提时代起，就经常出国，很小就受到西方文化的影响。他自己就曾经回忆："我的家庭虽然原籍是莫斯科，但它属于西南地区的贵族阶层，受到西方很多影响（这种影响在基辅一直很强）。"[①]这一影响不仅使得他的贵族气质中表现出明显的西方文化素养，而且在很大程度上帮助他走出了俄罗斯狭隘的思想领地，能够积极地吸收西方文化的养分。

少年别尔嘉耶夫由于家族的原因，进入贵族子弟的军官学校学习。这对于别人来说，也许是一种殊荣，一种特权，但是对于一生追求自由，具有创造性思维的少年别尔嘉耶夫，却无疑是一种束缚。他很不习惯军校的生活，那种无条件的服从、严格的规范性、僵化的思想、千篇一律的生活，都使得他不适应，几乎要使他窒息。这种不适应才让家里人同意他离开军校，去基辅圣弗拉基米尔大学（基辅大学）读书。由于独特的生活环境，少年别尔嘉耶夫便形成了两种相互交织的性格特征：孤傲清高的贵族气质和追求自由、关爱普通人的反叛性格。

1894年，尼·亚·别尔嘉耶夫进入基辅大学自然科学系，一年后转入法律系学习，他却始终对文学和哲学有着浓厚的兴趣。在大学期间，他开始走出贵族圈子，接触更广阔的社会。他大量地阅读各种书籍，尤其是历史书，希望能够从历史的角度来理解现实社会、政治等问题。他逐渐认识到，国家、政权、专制制度都是在扼杀人的精神自由，摧残人的主体性，它们从根本上说，是与人的本性格格不入的。此时，大学生的别尔嘉耶夫思想中的革命性渐渐形成了一定的基础。他自己曾经回忆道："当我走出孤独状态并进入社会的、革命的世界时，我的生活有了内容。我的本性中是何种根据战胜了我，使我走上了这条道路

---

① 尼·亚·别尔嘉耶夫：《自我认识》，雷永生译，桂林：广西师范大学出版社，2001年，第10页。

呢？是我的革命性。这种革命性在那惨无人道的时代在不断增强。我的革命性是复杂的现象，它大概带有俄国大多数知识分子所没有的那种性质。它首先是精神革命性，是精神的起义，我所说的革命就是自由，就是反对奴役，反对世界之荒谬的意思。"①争取自由成为他革命的主旋律。

因此，大学生的别尔嘉耶夫开始接触马克思主义学说和俄国社会民主党人，他对马克思主义尽管有自己保留的意见，但是评价很高，深受影响，还参加了社会民主党的活动。他认为："当旧的革命派遭到失败的时候，马克思主义揭示了革命胜利的可能性。"②大学生的别尔嘉耶夫是一个不崇尚权威的人，他同时也与其他团体和个人交往，其中交往甚密的是大学的哲学教授切尔帕诺夫和哲学家列夫·舍斯托夫。前者对唯物主义批判的课程，后者关于陀思妥耶夫斯基与尼采的论著均引起了这位年青的大学生的浓厚兴趣和极大的关注。尼·亚·别尔嘉耶夫还不仅是理论和思想上的执着探索者，而且还积极投身于革命的具体实践活动中去。

大学生的别尔嘉耶夫因参加学生和社会革命运动而两度被捕。第一次是参加了1897年的基辅大学生的示威游行，他被捕并被罚做过几天苦役。第二次是参与了1898年的俄国第一次大规模的社会民主运动，他不仅被捕并被学校除名，还被审判并于1900年3月至次年底，他被流放到沃洛格达。

从被捕到流放期间，尼·亚·别尔嘉耶夫不再只是大量阅读，而且开始整理自己的思想，并撰写成文章或著作发表。1899年，他的第一篇论文《朗格和批判哲学及其对社会主义的态度》在考茨基主编的杂志《新时代》上刊登。这篇论文既在一定程度上反映了俄国马克思主义者的观点，但又同时表现出与马克思主义的格格不入。不久，他的第一本著作《社会哲学中的主观主义和个人主义》正式出版。普列汉诺夫就这本书，曾认为，尼·亚·别尔嘉耶夫已不再是一个马克思主义者，而波格丹诺夫则干脆指出，这本书标志着尼·亚·别尔嘉耶夫在"从马克思主义走向唯心主义"。

在流放期间，他的《为唯心主义而斗争》(1901)一文的发表，标志着他成为一个马克思主义的"合法"批评者(列宁语)。论文《从哲学唯心主义观点看伦理学问题》则表现出尼·亚·别尔嘉耶夫在思想上向康德和尼采哲学的靠拢，成为一个彻底的唯心主义者。

1903年，尼·亚·别尔嘉耶夫从流放地回到基辅。流放并没有摧毁他的革命意志，他加入了俄罗斯第一个争取自由和解放的政治团体，即"解放协会"。

---

① 尼·亚·别尔嘉耶夫：《自我认识》，雷永生译，桂林：广西师范大学出版社，2001年，第101页。

② 同上，第109页。

1904年秋,他迁居彼得堡,与谢·尼·布尔加科夫一起先后成为《新路》和《生活问题》杂志的主持者,与思想文化界人士建立了广泛而又密切的联系。这两本杂志的出版者均是德·谢·梅列日科夫斯基,与他的频繁接触,使得尼·亚·别尔嘉耶夫的宗教意识进一步增强。1908年,他又迁至莫斯科,并参加了为纪念弗·谢·索洛维约夫而成立的宗教—哲学协会。

在莫斯科,与俄罗斯各界宗教人士的频繁来往,尼·亚·别尔嘉耶夫的理论创作进入了一个高峰期。《自由哲学》(1911)、《创造的意义》(1916)和《俄罗斯命运》(1918)等论著的问世,作为著名文集《路标》(1909)之首篇《哲学的真理与知识分子的真理》等文章的发表,使尼·亚·别尔嘉耶夫成为思想界引人注目的中心人物之一。1918年冬,尼·亚·别尔嘉耶夫组建"自由精神文化学院",举办哲学史和宗教哲学讲座,主持陀思妥耶夫斯基研究讲习班,后来这些讲稿编辑成《陀思妥耶夫斯基的世界观》一书于1923年出版。

自1920年起,尼·亚·别尔嘉耶夫担任莫斯科大学教授。由于他本人坚持自己的宗教哲学立场,与共产主义意识形态的公开分歧,1922年9月与其他160名作家或教授被当局驱逐出境。1922年9月—1924年,尼·亚·别尔嘉耶夫在德国柏林居住了近两年,在那里建立宗教—哲学科学院。《新的中世纪》是他在德国期间完成的重要论著。1924年,尼·亚·别尔嘉耶夫迁往巴黎市郊的克拉玛尔,同时宗教—哲学科学院也转移到了巴黎。

法国巴黎是当时欧洲哲学研究和文化交流的中心,他在巴黎创办了宗教哲学杂志《路》(1925—1940),与现象学哲学家埃·胡塞尔、马·舍勒,存在主义哲学家马·海德格尔、卡·雅斯贝尔斯、格·马塞尔,作家罗曼·罗兰、纪德和马尔罗等都有较多的交往。尼·亚·别尔嘉耶夫则被视为基督教存在主义的代表,引起学术界的重视。

第二次世界大战期间,尼·亚·别尔嘉耶夫表现出极高的爱国主义热情,导致与某些侨民作家的关系尖锐化。可以说,在国外期间,他的学术研究创作进入了高峰期,先后有《文艺复兴的终结与人道主义的危机》(1923)、《不平等哲学》(1923)、《新的中世纪。关于俄罗斯与欧洲命运的沉思》(1924)、《20世纪初俄罗斯的精神复兴与杂志〈路〉》(1935)、《俄国共产主义的起源与意义》(1937)、《俄罗斯思想。19世纪与20世纪初俄罗斯思想的基本问题》(1946)等论著问世。二次大战后,尼·亚·别尔嘉耶夫曾打算回国,但终因感到,自己作为一个真正自由的哲学家很难,而且也没有必要回去。

1947年春,英国剑桥大学授予尼·亚·别尔嘉耶夫名誉神学博士学位。1948年3月23日,尼·亚·别尔嘉耶夫在克拉玛尔寓所的书桌旁去世,他一直工作到他生命的最后一息。作为他一生思想总结的著作《自我认识。哲学自传试作》，是在他逝世后于1949年出版的。

第二节　马克思主义、唯心主义、俄罗斯宗教文化之间

尼·亚·别尔嘉耶夫的学术和思想探索是非常值得关注的，这种探索的魅力并非在于他思想发展的变化，也就是经历了从马克思主义到唯心主义哲学，再到基督教人本学的转变，而是恰恰在于他每次转向和变化并不彻底，最终给人一种思想自由探索者的感觉。在尼·亚·别尔嘉耶夫那里，只要合理的，他就留存，兼容并蓄已经成为他的思想特征。总之，他是一个在马克思主义、唯心主义、基督教人本学之间自由往来的探索者，尽管每个时期会有一个主旋律，但是永远不会只有一种声音，如果非要说存在的话，那就是为了人的自由。当然，他的学术探索归宿无疑是宗教的。

尼·亚·别尔嘉耶夫起步于马克思主义研究，早在大学时代他就接触了马克思主义，对马克思本人评价一向甚高。马克思主义的影响，促使他在思考一系列社会和现实问题时常常十分具体和实际。他认为，马克思主义可以促进俄罗斯精神文化的自由和解放。

然而，尼·亚·别尔嘉耶夫本人最热衷的不是政治革命，而是精神革命。他曾经明确写道："我实质上是微不足道的政治革命者，在我们的政治革命中我是很不积极的，我甚至用精神上的革命起义来反对这种政治革命，有时，我觉得这些政治革命是精神上的反动，我在这种革命中发现了对自由的厌恶，对个人价值的否定。"①

后来，在康德、尼采等唯心主义哲学的影响下，尼·亚·别尔嘉耶夫接受了唯心主义哲学，但却并没有完全放弃马克思主义，而是注意把两者结合了起来。他并不否认俄国10月革命的历史必然性和正义性，可是他本人却未能从思想上真正接受这场革命，其主要原因，如他自己所说："不在它（革命）的社会方面，而在它的精神方面"。虽然他被当局驱逐而流亡国外，但他始终没有在政治上站到社会主义祖国的对立面。20世纪30年代末他明确表示："我一直凝视着社会主义这项真理，也可以说我早在青年时代便相信社会主义。由于沉思和信仰，社会主义伴随我生命的全部里程。"②

他甚至批评一些俄国侨民作家和文化精英，认为他们与自由和精神创造相悖，指出他们在一定程度上比共产主义革命更远离真理。他曾经承认，在自己

① 尼·亚·别尔嘉耶夫：《自我认识》，第101—102页。

② 尼·别尔嘉耶夫：《人的奴役与自由》，徐黎明译，贵阳：贵州人民出版社，1994年，第11页。

身上有着“马克思主义的酵母”，直到晚年依然说“我的全部生活都保留着对于马克思主义的特殊情感”，不过，他又从来不认为自己是正统的马克思主义者，学界也不把他当作马克思主义者。

在西方哲学中，对尼·亚·别尔嘉耶夫影响最大的是德国唯心论哲学，其中，康德、叔本华和尼采的哲学思想几乎伴随着他的一生。但是，他一方面汲取着康德的二元论思想，即对自由的界定及对自由与自然的区分、关于现象界与真实界的划分等，一方面又指出，康德把真实界称为“物自体”的观点是失败的。他赞同叔本华关于意志与表象的划分，关于意志在自然界中客体化并建构出一个不真实的世界的观点，还受过叔本华、尼采的非理性主义的影响，但是他又驳斥叔本华的非人格主义。他的接受往往是与批判联系在一起的。

当代西方哲学界一般认为，尼·亚·别尔嘉耶夫与列夫·舍斯托夫、谢·布尔加科夫一样，都是存在主义哲学家，他们与两次世界大战之间的德国存在哲学和二战以后的法国存在哲学都有或多或少的联系。尼·亚·别尔嘉耶夫自己也承认他的哲学思想的存在主义性质，并且认为，在所有真正的哲学家那里，都会有一些存在主义思想的成分。在他的学术思想中，与存在主义的相关之处主要反映在他对人的个体存在、人的命运与自由的关切以及为此做出的努力。

虽然西方哲学思想深刻地影响着尼·亚·别尔嘉耶夫，比如德国神秘主义者雅各·波墨(1575—1624)的基督教的“三位一体”思想，尼采的价值重估等思想和对理性主义、道德主义的否定，挪威作家易卜生的个性对群体的“精神反叛”思想等等，但是他本人仍然立足于俄罗斯本身的思想文化遗产。他曾经承认，他同时接受了斯拉夫主义者和西欧主义者的双重影响，既有恰达耶夫、霍米亚科夫的影响，也有赫尔岑和别林斯基、甚至巴枯宁和车尔尼雪夫斯基的影响，最终还有弗·谢·索洛维约夫和费奥多罗夫、列夫·托尔斯泰和陀思妥耶夫斯基的影响。

也许是俄罗斯历史文化独特性的缘故，19 世纪俄罗斯宗教文化思想的代表人物是小说家陀思妥耶夫斯基和列夫·托尔斯泰，而不是哲学家、理论家。尼·亚·别尔嘉耶夫深受他们的影响，而且他们在相当大的程度上决定着尼·亚·别尔嘉耶夫的精神生活取向。陀思妥耶夫斯基对个体人格和人的命运的关注，尤其是他的长篇小说《卡拉玛佐夫兄弟》中的宗教大法官的传说，令尼·亚·别尔嘉耶夫感触深刻。他在接受该传说中的基督时，又反对把基督教的一切都归属于那位宗教大法官的精神。显然，尼·亚·别尔嘉耶夫思想的矛盾性与复杂性多少受到了陀思妥耶夫斯基的基督和宗教大法官彼此对立的思想的影响。尼·亚·别尔嘉耶夫尽管不是托尔斯泰主义者，但是这位伟大作家对历史和社会虚伪的揭露，对现实不公正的抨击，都在他的内心深处留下了无法磨灭的印迹。

不过，在尼·亚·别尔嘉耶夫的思想中，对人性的历史和伦理学的宗教考察是站主导位置的。他自己承认："我所写的一切都属于历史哲学和伦理学范畴，我尤其是一个历史哲学家和道德学家，或许，在弗·巴德尔[①]、切什科夫斯基[②]、或弗·索洛维约夫的基督教神智学意义上，我还是个神智学者。……对于我来说，基督教是大写的精神的宗教。把我的宗教哲学称为末日论的宗教更为确切。"[③]

其实，尼·亚·别尔嘉耶夫探索的复杂性和矛盾性还来源于他所关注的对象"人"自身的复杂性和矛盾性，来源于世界本身发展变化的问题性。他既接受着各种传统思想的影响，又从不顺应任何社会传统，他既与不少理论和学派保持着密切联系，又不属于任何一个学派，他往往游离于现存的宗教哲学营垒和社会政治营垒之外。面对着20世纪的各种思想大潮，他既感到共鸣，又保持着一份内心深处的疏离感。这也许就是尼·亚·别尔嘉耶夫孤独命运的基本旋律吧。

第三节　走出悲剧的人本学哲学

尼·亚·别尔嘉耶夫的思想虽然是很难把握的，是游离于各种思想之间的，但是，也许是这些思想都离不开探讨"人的问题"，因此"人本学"哲学就被他称为是自己的哲学。他的人本学哲学主要探究的是个体生存的基础，也就是要探索人究竟怎样走出悲剧的途径。

尼·亚·别尔嘉耶夫与列夫·舍斯托夫一样，认为，人的存在肯定是悲剧性的。然而，他又进一步明确指出，这种悲剧并不在于人的生命的短暂，人的死亡命运，也不在于"外在的悲剧"，即贫穷、苦难、艰辛与不公正等，而是在于"内在的悲剧"。这种"内在的悲剧"就是，人是一个能够意识到宇宙无限的有限的生命体。他明确指出："全部生活悲剧来自有限的东西与无限的东西、暂时的东西与永恒的东西的冲突，来自作为精神性生物的人和作为在自然界中生活的自然生物的人之间的抵触。"[④]人虽然与自然界中其他生命体一样均面临死亡，但

① 弗朗茨·克萨维尔·封·巴德尔(1765—1841)，德国宗教哲学家。

② 阿·切什科夫斯基(1814—1894)，波兰哲学家。

③ Бердяев Н. А. *Русская идея. Основные проблемы русской мысли XIX века и начала XX века.* // Русская идея. Москва: Изд. «Искусства», 1994, Т. 2, с. 275.

④ 尼·亚·别尔嘉耶夫：《精神王国与恺撒王国》，杭州：浙江人民出版社，2000年，第112页。

是，其他生命体仅仅是自然界中没有思想的有限存在物，并且它们根本不具备渴望永生的自觉意识。然而，人就完全不同了，人的悲剧性就来自于人的自我意识，自我意识是人的伟大和独特之处，但却也是人的痛苦与悲剧的根源。

帕斯卡尔在谈到人的时候，曾经指出，人"是一根能思想的苇草，是自然界最脆弱的东西；一口气、一滴水就足以致他的死命了，然而纵使宇宙毁灭了他，人却仍然比要致他死命的东西高贵得多；因为他知道自己要死，以及宇宙对他具有的优势，而宇宙对此却是一无所知"。[①] 人不仅是一个自然生命体，而且更是一个个性，一个具有上帝形象的精神生命体。人的自我意识不仅使人意识到自我的存在，而且使人清醒地意识到死亡的必然。人究竟应该怎样克服人生的有限，克服死亡悲剧的恐怖呢？这是长期困扰科学的一个似乎无法解决的问题，也成为了哲学和神学探索的永恒主题。如果人类不依靠宗教信仰的力量，也许很难走出悲剧性的困境。

在尼·亚·别尔嘉耶夫看来，人要走出悲剧性境地，首先要克服孤独，克服个体的孤独感，因为绝对的孤独就是死亡。人的一切活动都是在努力克服孤独，人渴望在与他人、与上帝的交往中，被认可，被肯定，从而存在起来。尼·亚·别尔嘉耶夫明确写道："孤独问题是一个基本的哲学问题，'我'的问题、个性问题、社会问题、交往问题、认识问题等等，都与之相关。说得极端一些，孤独问题也就是死亡问题。经历死亡就是经历绝对孤独，经历与众人分裂。死亡就是与整个存在领域决裂，就是终止一切联系和交往，就是绝对地与世隔绝。"[②]

尼·亚·别尔嘉耶夫以为，人从一生下来就开始在克服孤独。他不同意笛卡尔关于"我思故我在"的说法，而且认为，应该是"我在故我思"，即我存在，故我思考。显然，"我在"先于我思考，"在"无疑是第一性的。没有"在"，哪来的"思"？然而，只要人存在着，就是要思考的。如果当人意识到自己存在时，就一定是以他人的存在为前提的。因此，人的意识是具有社会性的。尼·亚·别尔嘉耶夫指出："我之所以能存在，就因为它能超越自我。如果'我'自我封闭而没有出路，那么它将不再存在。这就是'我'的主要秘密。……'我'之所以有其存在，是因为它能超越自我，能在其内部存在中走向他人他物，走向'你'，走向另一个人，走向上帝。"[③]

尼·亚·别尔嘉耶夫还从"性"关系来探讨孤独的根源。人对于"性"的渴望就是为了消除孤独感，完整的人、幸福的人应该是双性同体的。人往往首先

---

① 帕斯卡尔：《思想录》，北京：商务印书馆，1987年，第157—158页。

② 尼·亚·别尔嘉耶夫：《精神王国与恺撒王国》，第188页。

③ 同上，第179页。

要克服自己的性孤独，打破性隔绝，得到性完整。不过，两性的交融也未必就一定能够克服内在的孤独，因为肉体的融合只能够减轻身体的孤独需求，如果没有对身体孤独的精神超越，也许双性交融后的孤独反而会更加强烈。走出孤独境地的途径很多，例如爱情、友谊、亲情、信仰和艺术等等。然而，这一切途径都是基于社会交往认识的，社会交往认识是从自我走向他人，战胜孤独，超越自我的唯一路径。

当然，尼・亚・别尔嘉耶夫并不是把所有的交往都看作是摆脱孤独的路径，他指出："交往认识有两个层面：其一是社会、社会化、客体化。其二是交往、内部存在、与任何的'你'之间的友谊。只有在认识的第二层面才能真正通过认识克服孤独。"[①]尼・亚・别尔嘉耶夫所说的第二层面实际上就是精神交往。走出孤独的根本途径就是进入精神交往，只有在精神交往的世界中，才能实现个性的完美充盈。

以尼・亚・别尔嘉耶夫为代表的俄罗斯宗教文化批评家们几乎都认为，人的存在的本质是精神性的。尼・亚・别尔嘉耶夫指出："人怎么能够超越于卑劣的世界之上，怎么能够从常人的王国中走出来。为此，在人之内应当有一种使人超越于现实世界之上的最高本质。"[②]他进一步说明："自由、意义、创造的积极性、完整性、爱、价值、对最高神圣世界的转向以及它的结合——都是精神的标志。"[③]内在的精神高于外在的实在，精神是人的存在本质。"人身上的一切优秀品质已经表明，在人的道路上有着比人更高的东西。那个高于人的东西，也即体现神性的东西，不是站在人之上统治人的外在力量，而是在人之内使之完全成为人的东西，是人的最高的自由。"[④]

显然，在尼・亚・别尔嘉耶夫看来，精神的特征就是自由。自由是人的精神存在的本质，是一种不断超越自我的力量。"自由，首先是自由，——这是基督教哲学的灵魂，这为其他任何抽象和唯理论哲学所不能领悟。"[⑤]他常常把自己的哲学称之为"自由哲学"。这里，他所说的自由主要是指创造性力量。人肩负着提升自然，使自然人化、自由化、精神化的使命，这一切都只有通过精神创造才能够完成。"创造"是尼・亚・别尔嘉耶夫宗教文化批评理论中的一个重要概念。这里的"创造"不再只是指上帝创造人，而是指人的创造，人具有与上帝同等重要的地位。"人具有神的形象或者类似物，也即把神的成分包含在自

① 尼・亚・别尔嘉耶夫：《精神王国与恺撒王国》，第 196 页。
② 同上，第 8 页。
③ 同上，第 21 页。
④ 同上，第 14 页。
⑤ Н. А. Бердяев. *Смысл творчества*. Москва. 1989. с. 22.

身之中。这种神的成分是神的他在。”[①]

尼·亚·别尔嘉耶夫曾经反复说明,“人、自由和创造”是他的哲学的基本主题。他把人确定为存在的中心,他把人的个性及其实现作为自己哲学的探索目标。他指出:“猜破人的奥秘也就意味着猜破存在的奥秘。”[②]“人本学,或者确切地说,人本学意识不仅先于本体论和宇宙论,而且先于认识论,先于任何哲学、任何认识。”[③]他的人本学是精神层面上的,是努力通过精神追求来走出人的悲剧性境地。

尼·亚·别尔嘉耶夫反对仅仅从生物学的角度来阐释人的存在,因为如果把人只看作是生物的存在,至少在生物学的视阈中人不是在进步,而是在退步。他也不同意仅仅把人视为是理性的存在,因为“有充分的根据说,人是非理性的存在物,是悖论的,原则上是悲剧性的存在物”。[④] 人可以是由意识与无意识共同构成的病态存在物或曰病态生物体。他认为,弗洛伊德“赋予性欲以核心的无所不包的意义,从而建立了一个荒谬的泛性论的形而上学。然而,他的基本思想是天才的,他的研究方法也是富有成效的”。[⑤]

在尼·亚·别尔嘉耶夫那里,最根本的应该是,人是神性与魔性的结合,是这个意义上的神性存在。他一针见血地指出,人“即神又兽,即高贵又卑劣,即自由又奴役,即向上超升又堕落沉沦,即弘扬至爱和牺牲又彰显万般的残忍和无尽的自我中心主义”。[⑥] 总而言之,人性来自两个源头:高贵的神性和罪恶的魔性。

正因为如此,在尼·亚·别尔嘉耶夫看来,人要走出悲剧,就必须借助于神性的力量,借助于信仰的力量,这样,人不仅可以在追求无限的精神生活中,克服人的孤独和生命的有限,勇敢地面对残酷的现实,而且还可以实现个性的自由和理想的创造,从而真正解放人自身。

第四节 东正教人本主义

显而易见,这种“走出悲剧的人本学哲学”无疑是从宗教的视阈中展开的,

---

① Н. А. Бердяев. *Смысл творчества*. Москва. 1989. с. 14.

② Бердяев Н. А. *Смысл творчества*. //Творчество, культура и художенственная философия. Москва: Изд. «Искусства», 1994, Т. 1. с. 77.

③ 尼·亚·别尔嘉耶夫:《自我认识》,第 318 页。

④ 尼·亚·别尔嘉耶夫:《论人的使命》,张百春译,上海:学林出版社,2000 年,第 67 页。

⑤ 同上,第 95 页。

⑥ 尼·亚·别尔嘉耶夫:《人的奴役与自由》,第 3 页。

特别是在基督教精神的影响下进行的，所以尼·亚·别尔嘉耶夫的哲学思想探索也可以看成是一种基督教人本主义的探索，由于俄罗斯民族信奉的主要是东正教，所以学术界也有不少人把他的学术探索称之为东正教人本学，或者说是东正教人本主义(православный антропологизм)。

俄罗斯民族的地理位置、民族传统和文化内涵等都是极其特殊的，这也就决定了俄罗斯人的精神世界的构造。俄罗斯民族固有的本性是极端主义和救世主义。东正教的否定主义和神秘主义正好与之相适合。

东正教是于公元10世纪末开始在俄罗斯传播的，可以毫不夸张地说，东正教信仰是俄罗斯民族精神和文化传统的源泉。东正教之所以能够在俄罗斯的土壤上生根，主要是因为东正教与俄罗斯民族内在的宗教虔诚性是一致的。因此，在一定意义上来说，俄罗斯的灵魂是东正教塑造的。

真理在俄罗斯的理念中与西欧传统的思想是迥然不同的，有着自己的独特性。在俄罗斯思想界，真理的探索不是在寻求规律、普遍性、客观原则、终极价值等，而且真理也不可能凭借人的理性思维来获取。在俄罗斯精神中，真理是与上帝一致的，“整体性的真理是上帝”，[①]即真理是一种神性体验，因此寻找真理就是寻找上帝。

在俄罗斯宗教思想界，真理不再是“不以人的意志为转移的客观规律”，而是恰恰相反，真理是主观的。基于这种认识，探询真理、或者感知上帝的存在是不可能通过理性思维和语言描述等方法达到的，而只能通过神秘及其内心的体验接近与感受。因此在俄罗斯理念中，信仰是至高无上的，信仰是最根本的，也是生命存在中最深层的内核。

俄罗斯宗教哲学和文化批评理论的独到之处就在于它们是自由的理性思考与内心的东正教体验的有机融合，是理性与信仰的统一，是体现了人道主义精神的东正教人本主义哲学和文化批评理论。

东正教人本主义的根本宗旨就是努力使得东正教贴近俄罗斯人的生活，把上帝内在化为人身上的神性，使得东正教具有人文关怀的特征，从而为人的存在确立精神的维度。

在尼·亚·别尔嘉耶夫看来，基督教并非是与人文精神相悖的，因此他并不把这两者对立起来，他反对欧洲文艺复兴时期，用人文主义来批判反人道主义的宗教的做法。他肯定无神论的人文主义对于维护人的尊严、提高人的地位、提升人的价值的合理性。但是，他也指出，无神论的人文主义因为同时也抛弃了超验的层面，反而会使得人本身受到现实物质世界的束缚，从而在自我封

① 尼·亚·别尔嘉耶夫:《精神王国与恺撒王国》,第7页。

闭中把自己奉为偶像和超人,自我崇拜,走向反人道主义。他认为,尼采现象是欧洲人道主义发展的必然结果。他明确写道:"人脱离开神和一切受造物等级,就被高尚的精神力量所诱惑。傲慢就是高尚精神的诱惑,这高尚精神要把自己放到神的位置上去。"①

以尼·亚·别尔嘉耶夫等为代表的东正教人本主义宣扬"上帝与我们同在",人只有在上帝身上才能寻觅到真正属于自己的本质,人通往上帝之路是一条全面实现自我之路,是追求自由解放之路。只不过,上帝应该内在于人,而不是外在于人,如果上帝外在于人就会成为人的统治者,奴役者。尼·亚·别尔嘉耶夫的东正教人本主义的出发点和核心就是关注人、关注个体的自由与命运

在尼·亚·别尔嘉耶夫那里,人的问题就是个性问题。人既具有人类的共同特征,又以独特的性格显示出迥异、不可重制、不可替换等特性。然而,由于自然和社会以及文明的需求,人的个性又难以张扬,承受着种种的重负,陷入"他人地狱"的绝境。因此,个性的唯一出路就是进行抗争,争取自由,实现自身的解放。

尼·亚·别尔嘉耶夫认为:自由是独立个性生存的首要条件,个性的奥秘就是实现自由的奥秘。不过,他所说的自由并非叔本华和尼采的权力和生存的自由意志,也迥然不同于西方以自我为中心的个人主义。这种自由是一种人的整体生存的精神自由,是创造精神的驱动力。这种自由是一种神圣的使命感,是实现上帝关于人的想象,以创造性发掘自己的内在潜能,因此也就是人的真正价值之所在。尼·亚·别尔嘉耶夫把自由的问题视同为创造的问题,认为"自由是一种正面的创造能力","创造的奥秘即自由的奥秘"②。

在尼·亚·别尔嘉耶夫看来,人的创造并不是人要实现权利和生存的需求,而是要实现上帝对人的期盼,也就是人以创造性行为回报上帝的创造。人的创造性能力是上帝赋予的,只不过在人的创造行为中包含了自由的因素,这并非是由上帝决定的。创造是人对上帝的回应,是上帝创造世界的继续。因为创造世界是上帝与人的共同事业,人的创造性行为既是对客观世界的突破,又是对自我的超越、是实现自由和展示个性的方式。根据尼·亚·别尔嘉耶夫的学说,只有在东正教意识中,才能揭开人这个"司芬克斯"之谜。

---

① 尼·亚·别尔嘉耶夫:《恶与赎》,载刘小枫主编《20世纪西方宗教哲学文选》,上卷,上海:三联书店,1991年,第322页。

② Бердяев Н. А.. *Смысл творчества*. //Творчество, культура и художенственная философия. Москва: Изд. « Искусства », 1994, Т. 1. с. 150, 152.

第五节　精神解放:摆脱客体化世界的羁绊

“客体化世界”是尼·亚·别尔嘉耶夫文化批评理论中的一个重要概念。这是一个由自然、现实社会构成的世界,在该世界中,普遍性大于特殊性、自然性高于精神性、道德性胜于自由性、进化性优于创造性的世界。他借用德国哲学家海德格尔的术语,有时也称它为“常人”的世界、“社会日常性世界”“有限事物的世界”等。

尼·亚·别尔嘉耶夫从东正教的立场出发,把客体化世界视为是人类活动的产物。这一世界是人创造的,但是,反过来,它又奴役人类。他与现代西方人本主义学者们一样,都从人的存在状况出发,直视人在客体化世界中的艰难处境,极其深刻地发掘出人的孤独、恐惧、苦闷、彷徨的生存状况。然而,尼·亚·别尔嘉耶夫却探索出了人从客体化世界中解放出来的途径,即在对神性的探求中实现人的精神解放。因为在客体化世界中,人已经根本无力证明自己的自由本质,只有在与上帝联系的精神家园中,人的心灵才可能有依靠。

尼·亚·别尔嘉耶夫坚持上帝在人自身的观点,由此阐释了客体化世界中主人与仆人的奴役意识。他指出:“如果主人的意识是以自己的意识来对待他者,那么仆人的意识就是服从他者的存在。自由人的意识则是以自己的存在意识来对待每一个人,但是可以自由地从自己走向他者走向所有的人。”[①]在客体化世界中,无论主人还是仆人都受到奴役意识的制约,前者要制约别人,后者受别人制约。尼·亚·别尔嘉耶夫认为,人应该摆脱奴役意识,以自由者身份摆脱客体化世界的奴役。

由于上帝存在于每个自由个性之中,在尼·亚·别尔嘉耶夫看来,个性在精神世界中应该比社会和国家占有更加重要的位置,但是在客体化世界中精神价值的次序是被颠倒的。客观化世界是一个个性受到压抑、扭曲和变形的全面异化的世界,是一个把个性价值边缘化的世界。

尼·亚·别尔嘉耶夫还指出,客体化世界是一个符号和象征的世界。他所说的“象征”是就人的原始实在和本源性存在的象征,这种象征只是一个符号、一个标记,遮蔽了人的真实世界,远离了人的精神世界。它将根植在人的精神世界中的原始实在,即人的个性、自由和创造力量,完全束缚住了,例如,道德象征表现出来的是一种虚伪,仅仅表现出对人的同情和怜悯,而不是切实地去实现人的个性和自由。其实,家庭成员之间许多真正的情感被遮蔽,表现出来的

---

① Н. А. Бердяев. *О рабстве и свободе*. Москва. с. 66.

大多数是虚假的情感。因此，在某种意义上说，性生活也蜕变成了纯粹的生理事实和社会事实，已很少存在着爱情的因素。他说道："基督的遗训不是被实现，而是被象征化。基督教的爱和仁慈表达在程式化的符号之中，而不是表达在实在之中。"①

尼·亚·别尔嘉耶夫认为，客体化世界的一切都是象征的，国家是象征的，不同等级的官员是象征的，领袖是象征的，甚至大到法律、制度是象征的，小到制服、勋章处罚也是象征的，总之，客体化世界只是精神世界的象征化、符号化，而不可能真正显现个性的精神。他从社会性、资产阶级性和平面性三个方面，揭示了客体化世界的总体特征"社会日常性"。在社会性中，个性的精神需求必须服从于国家、民族、家庭等社会组织。"良心自由外在地被社会日常性所破坏和强迫，社会日常性总是贪婪的和专制的。"②在这种情况下，个人的思维被社会化了，往往很少去问"为什么?"，更多的是"服从"。因此根本谈不上思维的自由和创造性。他强调："不应该让大众统治人的个性，不允许数量统治质量，不允许物质价值相对于精神价值占优势。"③

尼·亚·别尔嘉耶夫极其尖锐地指出，资产阶级的本质性象征就是遮蔽了个性的秘密。"资本主义是一个绝对冰冷的世界，其中看不到奴役者和主宰的面孔，其中的奴役是资本主义世界抽象的幻觉所造成的奴役。人与人之间的任何精神上的联系在这里都中断了，社会被彻底地机械化了，仿佛是被解放了的个性在这个可怕的和异己的世界里成了被遗弃的，再也得不到关心，无援无助。在资产阶级—资本主义世界里人是可怕的孤独。"④他认为，资本主义社会比以往任何社会都更加会奴役个性的发展。在尼·亚·别尔嘉耶夫那里，资产阶级性并非就社会意义而言，而更主要是从精神意义来说的。它作为一个精神范畴，主要表现为人的灵魂与精神的被奴役状况。它以一种外在的物质性对人的内在性进行麻痹和侵蚀。

可以说，平面性是客体化世界的又一个明显特征。它是指人们在客体化世界中，不去追求超越现实社会，对现实表现出更多的认同，而缺乏批判精神。因此，这种平面性导致个性丧失创造、争取自由和个性解放的内驱力。资本主义社会异化的社会关系和现实状况恰恰是以日常生活的异化为基础的，日常生活直接使得人性异化、扭曲。他还说明，平面性就是丧失生活的高度，也就是丢失了人的存在的神性思维。只有从神性的纬度，人才能摆脱客体化世界造成的人

① 尼·亚·别尔嘉耶夫：《精神与实在》，张百春译，北京：中国城市出版社，2002年，第66页。

② 尼·亚·别尔嘉耶夫：《论人的使命》，第299页。

③ 同上，第294—295页。

④ 同上。

的孤独。

尼·亚·别尔嘉耶夫是从"我"(个性)、社会和孤独三者的联系来考察的。他所强调的"我"(个性)不是自我中心主义,它不可能自我存在,而需要以他人为前提。他指出:"倘若在'我'的存在内部没有另一个的存在,没有'你'的存在,那么'我'也就不再存在了"。[①] 在客体化世界中,"我"(个性)的孤独感并不是来自"我"(个性)自身的独处或与世隔绝,而是"我"(个性)在面对他人,面对客体化世界时感到的孤独。最痛苦的孤独就是"我"(个性)在社会中,在他人中的孤独。

尼·亚·别尔嘉耶夫指出,人的精神性死亡就是源于客体化世界对个性的奴役,在于恺撒王国对于精神王国的替代。恺撒王国的胜利主要原因是科学技术的力量彻底改变了整个人类的生活。应该承认,精神世界与客体化世界的对峙与抗争是白银时代俄罗斯宗教文化批评理论探讨的主要问题之一。尼·亚·别尔嘉耶夫等人坚持,精神是人的生命之光,神性是人与上帝之间的桥梁,它们是生命冲动、创造激情和个性自由的源泉。可以说,是精神赋予了客体化世界意义,必然性、规律性则扼杀了人的自由和精神性。

任何物质的客体化自由,均被尼·亚·别尔嘉耶夫称之为"外在自由",而"内在自由"就是人身上的神性因素,是人对自我的超越,对爱、美、善以及人性的创造。

第六节 地理位置与民族精神之间的同一

在19世纪末至20世纪初,尼·亚·别尔嘉耶夫面临历史剧变即精神发生重大转向的时期,深感自己不可能与世隔绝,他努力使得哲学和宗教接近生活,他一直密切关注俄罗斯民族的命运和俄国知识分子的命运。他的宗教哲学思想和文化批评理论始终与俄罗斯民族精神、民族性格特征及其与民族历史、民族命运紧紧地联系在一起。

"地理位置与俄罗斯民族精神之间的关系"是尼·亚·别尔嘉耶夫的宗教文化批评理论关注的重要问题之一。在提及俄罗斯民族精神性格的独特性时,他认为,俄罗斯是"一个特殊的国家,和世界上任何一个国家都不相同",它在地球上处于东西方之间,在精神文化上也兼具东西方的特点;这种特殊性使俄罗斯不可能把自己定格为东方国家并与西方对立,反之亦然;俄罗斯应当成为"东

① 尼·亚·别尔嘉耶夫:《精神王国与恺撒王国》,第178页。

西方两个世界的连接器,而不是分离器。"[①]他还非常独特地从"内到外"地把民族精神与地理环境有机地联系在一起。

尼·亚·别尔嘉耶夫非常精彩地论述到:"俄罗斯国土的地理学是与俄罗斯精神的地理学相一致的。一个民族的土地结构、地理永远只是该民族精神结构的象征性表现,只是精神的地理。外在的一切永远只是内在的东西的表现,只是灵魂的象征。俄罗斯土地的平展、一望无际、无限辽远,它的未经开发的天然性,只是它的未最后定型的民族天然本性易于被支配的表现。所有这一切不过是俄罗斯人的天性的象征"。[②]

在他看来,也许正是介于东西方之间的独特的地理位置,俄罗斯精神文化的内在矛盾性更加明显。"在俄罗斯人的性格中,女性因素和男性因素"之间的相互关系是难以解开的谜。比如,在处理国家事务中,一方面,俄罗斯人的女性特征,消极和驯服的特征显现得十分清晰,"总是在等待着新郎、丈夫、主宰者";俄罗斯人"不是为自己争得自由,而是让别人把自由交还给自己,那是一种与积极性相隔离的自由"。另一方面,俄罗斯又是"世界上最帝国化和最官僚化的国家:在俄罗斯一切都能转化为政治工具"。[③] 此外,无政府主义和消极无为的特征,虚无主义和宿命论思想也在俄罗斯灵魂中共存。

无疑,宗教意识是俄罗斯人精神文化结构的一个重要组成部分。在尼·亚·别尔嘉耶夫的批评理论中,俄罗斯的独特的地理位置也决定着该民族的宗教意识,构成了俄罗斯人宗教观念的双重性及其对民族灵魂的双重影响。他指出:"俄罗斯人的灵魂是由东正教会铸成的,它具有纯粹的宗教结构。直到当代,直到俄国虚无主义者和共产主义者,还保留着这种宗教结构。但是在俄罗斯人的灵魂中,又保持着一个强有力的自然因素,那是与俄罗斯地域的广阔性和一望无垠的俄罗斯平原相联系的。在俄罗斯人的'天性'中,自发的力量要比西方人、特别是比造成拉丁文化的人们更为强大。自然的多神教因素也进入俄罗斯基督教。在俄罗斯人的典型中,总是有两种因素彼此对立——原始的、自然的多神教,同广阔的俄罗斯土地相联系的自发性,和来自拜占庭的东正教禁欲主义,对彼岸世界的向往。自然的狄奥尼索斯精神和基督教禁欲主义,同样都是俄罗斯人所特有的。"[④]

也许是因为地大物博,俄罗斯民族自认为肩负着拯救人类的特殊使命,是

① Бердяев Н. А. *Душа России*. Москва, 1915. с. 3, 32.

② Бердяев Н. А. *Миросозерцание Достоевского*. //Творчество, культура и художенственная философия. Т. 2, с. 106.

③ Бердяев Н. А. *Судьба России*. Москва, 1990, с. 12—14.

④ Бердяев Н. А. *Истоки и смысл русского коммунизма*. Москва: Изд. « Наука », 1990, с. 8.

上帝的信徒，是具有神性的民族。俄罗斯人把莫斯科称为继罗马帝国、拜占庭王国灭亡之后出现的“第三罗马”，是当代世界精神生活的中心。这种意识使救世思想和忧患意识渗透到整个俄罗斯民族的精神结构中，贯穿于整个俄罗斯思想发展的历程。

第七节　救世的宗教文化批评

可以说，俄罗斯文学是俄罗斯精神的最伟大的纪念碑，不过，在尼·亚·别尔嘉耶夫看来，它并非是一种用文艺来恢复人的地位的文学。在普希金之后，俄罗斯文学走上了另一条宗教之路，也就是救世之路。“从果戈理开始的俄国文学成为一种训诫的文学。它探索真理，并教示实现真理。俄罗斯文学不是产生于个人和人民的痛苦和多灾多难的命运，而是产生于对拯救全人类的探索。这就意味着，俄国文学的基本主题是宗教的。”[①]尼·亚·别尔嘉耶夫就是从救世的宗教文化批评的视角，对俄罗斯文学创作进行了独特的精神把握。

怎样生活才有意义，如何从罪恶与苦难中拯救人，人民和人类的生存问题等在俄罗斯文学创作中始终占据着主导地位。尼·亚·别尔嘉耶夫非常敏锐地把握到了俄罗斯文学与俄罗斯民族精神的脉动。

尼·亚·别尔嘉耶夫认为，在俄罗斯文学史中，这种救世的宗教文学创作主要始于果戈理。他曾反复强调：果戈理的伟大贡献不仅在于文学创作，而且更在于俄罗斯宗教文化和社会的探索。正是果戈理这位伟大的作家和思想家，才把俄罗斯文学与宗教精神紧密联系到了一起。其实，果戈理的创作生涯展示了一个心灵折磨、艰难的宗教苦难历程。他临终前，在神秘主义的氛围中烧毁了《死魂灵》的第二部。尼·亚·别尔嘉耶夫指出，果戈理的创作悲剧主要是因为无法表现神人合一的创作形象，也就是描绘不出人的“神性”，而描绘的仅仅是人的“魔性”。果戈理既相信宗教，又恐惧宗教，既相信拯救，又害怕报应。因此，他在自己的创作中极力鼓吹道德的自我完善，提出神权政治乌托邦。在尼·亚·别尔嘉耶夫看来，陀思妥耶夫斯基的创作则深刻地揭示了俄罗斯民族身上的“神性”，这一民族肩负着对于世界的神圣使命。关于陀思妥耶夫斯基是如何揭示这种“神性”，本章的最后一节将结合陀思妥耶夫斯基的创作进行具体的分析。

在评价列夫·舍斯托夫的思想时，尼·亚·别尔嘉耶夫认为，他创作的主旋律是宗教，是上帝对人的拯救，是通过神性摆脱现实的羁绊。这一主题与个

---

① Бердяев Н. А. *Истоки и смысл русского коммунизма*. Москва: Изд. « Наука », 1990, с. 63.

别的、独特的、唯一的个人的命运有关;为了每个个性的自由,他与共同的、普遍的、人人都应遵守的法则和道德做斗争。“舍斯托夫首先痛恨、最为痛恨的是一切体系,一切一元论,一切由理性施加于活生生的、具体的、个人的现实的暴力。”[①]贯穿于舍斯托夫大量著述中的基本思想线索,经由尼·亚·别尔嘉耶夫的描述,便变得清晰起来。

不过,尼·亚·别尔嘉耶夫并不囿于揭示个别宗教理论家的思想倾向,而是力图在总体上描绘出那个时代精神文化运动的宏观图景。在白银时代诸多流派的作家和诗人中,尼·亚·别尔嘉耶夫情有独钟的似乎只是象征派,但也并非所有的象征主义者都进入了他的评价视野。他几乎从未对巴尔蒙特、勃留索夫、索洛古勃等象征主义名流作过评论,他关注的只是梅列日科夫斯基夫妇、维·伊凡诺夫、别雷与勃洛克。显而易见,正是与20世纪初宗教哲学思想有深刻联系的作家和诗人们,引起了他的关注。他对“年轻一代”象征主义者评价甚高。在他看来,勃洛克、别雷和维·伊凡诺夫不仅是20世纪初俄罗斯诗歌繁荣的体现者,而且以其富含宗教哲理意蕴的诗歌创作提供了对于俄罗斯意识、俄罗斯思想潮流史具有重要价值的东西。象征主义的创作中始终充溢着“神性”及其对世人的救赎。

尼·亚·别尔嘉耶夫说:“俄罗斯在世纪初曾出现过真正的文化复兴。只有生活在这个时代的人们才能了解:我们曾体验过怎样的一种创作高涨,怎样一种精神潮流曾充满俄罗斯的心灵”;“许多才干赋予了世纪初的俄罗斯人。那是个罕见的、才华横溢的、闪光的时代。有许都未曾实现的希望”。还有:“我们曾置身于一个非凡的、具有创造天赋的时代”;“那是一个极为有趣而又紧张的时代,它为最有文化的一部分知识分子打开了新世界,为精神文化创造解放了灵魂。”[②]

实际上,尼·亚·别尔嘉耶夫的宗教文化批评就是要用一种神学的精神来拯救灾难深重的俄罗斯民族,用宗教文化的复兴来开拓俄罗斯新的时代,也正是从这个意义上说,他的批评可以称之为是一种救世的宗教文化批评。

第八节 民族“神性”:陀思妥耶夫斯基的创作

尼·亚·别尔嘉耶夫在《陀思妥耶夫斯基的世界观》《斯塔夫罗金》(1914)、

---

① Бердяев Н. А. *Трагедия и обыденность*. //Творчество, культура и художенственная философия. Т. 2. с. 221.

② Бердяев Н. А. *Русская идея. Основные проблемы русской мысли XIX века и начала XX века*. // Русская идея. Москва: Изд. «Искусства», 1994, Т. 2, с. 254, 256, 258, 278.

《陀思妥耶夫斯基创作中对人的发现》(1918)等专著和论文中,都提及了陀思妥耶夫斯基的创作表现了俄罗斯民族的“神性”。他甚至指出,俄罗斯人的哲学就直接反映在陀思妥耶夫斯基的创作中。他的“人神论”思想、神权政治乌托邦、无政府主义、东正教社会主义、精神崇拜意识、末日论、悲剧性观念等,都生动地体现了俄罗斯民族深厚的宗教文化传统以及俄罗斯人的精神和价值取向。

尼·亚·别尔嘉耶夫强调,陀思妥耶夫斯基发现了俄罗斯人的独特精神建构并以自己的创作反映了俄罗斯民族的宗教精神。他甚至说:“我们是陀思妥耶夫斯基的精神之子”,“陀思妥耶夫斯基的思想是须臾不可离的精神食粮。”① 尼·亚·别尔嘉耶夫认为,陀思妥耶夫斯基的天才还是最明显地表现为对俄罗斯灵魂的揭示,对俄罗斯宗教的救世精神的展现。当然,这种救世精神也表现出明显的民族排他性。别尔嘉耶夫指出,陀思妥耶夫斯基和列夫·托尔斯泰是俄罗斯民族中很少有的思想家、人类学家,是完全可以与西方的哲学家尼采与克尔凯郭尔媲美的。

在《陀思妥耶夫斯基的世界观》一书中,尼·亚·别尔嘉耶夫明确表示,陀思妥耶夫斯基创作的基本主题是人和人的命运,由此又派生出自由与束缚、善与恶、罪与罚、爱与恨等问题。尽管这些创作题材是世界各国作家经常涉及的,但是陀思妥耶夫斯基在涉及这些问题时,却采取了俄罗斯的方式,使得创作内容渗透着俄罗斯的精神。

陀思妥耶夫斯基在他的小说创作中揭示了人的两重性格,深入发掘了人的意识与无意识、磨难与自由的关系,还触及“恶的自由和强制性的善”的两重性(《宗教大法官》等),触及个人与世界和谐的冲突问题。这些在现代西方哲学和文学中均是后来才触及的问题。而且,陀思妥耶夫斯基在反映这种两重性时,还表现了强烈的弥赛亚意识和民族主义倾向(《卡拉玛佐夫兄弟》《作家日记》等)。

在论及关于爱情主题的创作中,尼·亚·别尔嘉耶夫指出,爱情本身在俄罗斯与西欧的存在方式与内涵就很不一致,陀思妥耶夫斯基对爱情的处理也很具有俄罗斯的特色。“爱情在陀思妥耶夫斯基的创作中占有很大的位置,但不是独立的位置。爱情不是一种自我价值,没有自己的形象,它仅仅是人的悲剧道路的展示,仅仅是对人的自由的考验。”②在提及原因时,尼·亚·别尔嘉耶夫认为,在陀思妥耶夫斯基那里,男性是女性的上帝,女性是没有独立地位的,

---

① Бердяев Н. А. *Миросозерцание Достоевского*. //Творчество, культура и художественная философия. Т. 2, с. 144.

② Там же, с. 74.

女性因素只是男性精神悲剧的内在话题，女人的悲剧只是男人的内在悲剧的显现，女性的幸福在于男性的拯救。陀思妥耶夫斯基是把基督教作为一种爱的宗教来看待的，这种爱首先是爱上帝，由上帝来拯救人的灵魂，克服人的苦难，给人以幸福。

在陀思妥耶夫斯基的处女作《穷人》(1845)中，一个老公务员、小人物杰弗什金就是一个几乎沦落为妓女的年轻姑娘陀勃罗谢洛娃的"上帝"，前者的安于天命的人生哲学也成为了后者忍耐、顺从的精神支撑。在长篇小说《罪与罚》中，主人公大学生拉斯柯尔尼科夫看起来受到了妓女索尼娅的影响，接受了她的劝说，最终承认了自己杀人的罪过，接受了惩罚。但是在整部小说中，索尼娅依然是依从于拉斯柯尔尼科夫的，为了他，她愿意跟随他去流放服苦役，为了拯救他的灵魂，她甘愿付出自己的一切。实际上，索尼娅是为了拉斯柯尔尼科夫的存在而存在，没有自己的独立地位。索尼娅表现出的爱是陀思妥耶夫斯基创作中一贯的主题，即爱上帝，让上帝来拯救人的灵魂，克服苦难。显而易见，陀思妥耶夫斯基创作是以俄罗斯的方式在呈现爱情。

在尼·亚·别尔嘉耶夫看来，陀思妥耶夫斯基创作对俄罗斯民族"神性"的揭示及其宗教哲学思想，对白银时代俄罗斯宗教文化批评家们产生了重要的影响。他认为，弗·索洛维约夫无疑是属于陀思妥耶夫斯基时代的，在思想上与陀氏一脉相承，索洛维约夫对19世纪末20世纪初俄罗斯思想文化的深刻影响，也都呈现出陀思妥耶夫斯基创作影响的明显痕迹。

第　十　章

弗兰克:直觉主义的宗教人道主义

在白银时代的俄罗斯宗教文化批评的理论家中,谢苗·路德维果维奇·弗兰克是与尼·亚·别尔嘉耶夫关系较为密切的,尽管晚年在一些学术问题上存在着不同的看法,但是,可以说,他们是志同道合的战友。他本人就曾经称尼·亚·别尔嘉耶夫是自己在探索真理和追求自由道路上的最主要的学术伙伴,当这位学术伴侣去世以后,谢·路·弗兰克就说自己是精神上的孤独者。

在10月革命之前,谢·路·弗兰克与尼·亚·别尔嘉耶夫一起为了俄罗斯民族文化的复兴,为了真理的探索、个性的自由和人的精神解放,而努力奋斗。在苏维埃政权建立之后,由于意识形态的缘故,他们又一起受到种种迫害,被驱逐出境,经历了苦难的历程。然而,即便在异国他乡,他们仍然一起继续从事宗教哲学和文化批评活动。

谢·路·弗兰克与尼·亚·别尔嘉耶夫在学术探索上具有不少共同的特征,例如宗教人道主义的批评倾向等,不过,这也并不妨碍他们自己独特的学术个性。把宗教人道主义与直觉主义相结合,就是谢·路·弗兰克的宗教文化批评的主要个性和特征。也正因为如此,著名《俄国哲学史》的作者、俄罗斯宗教哲学史家瓦·瓦·津科夫斯基(1881—1962)甚至把他称为"所有的俄国哲学家中最伟大的"。[①]

谢·路·弗兰克一生学术成果丰硕,可以说是著作等身,其中影响较大的主要学术代表作有,《马克思的价值及其意义》(1900)、《尼采和"爱远人的伦理学"》(载文集《唯心主义问题》,1902)、《虚无主义的伦理学》(载文集《路标。论俄国知识分子》,1909)、《知识的对象》(1915)、《人的灵魂。哲学心理学导论》(1917)、《俄国革命思想问题》(1923)、《活知识》(1923)、《偶像的毁灭》(1924)、《生命的意义》(1926)、《马克思原理》(1926)、《社会的精神基础——社会哲学导

---

① Буббайер. *С. Л. Франк. Жизинь и творчество русского философа*. 1877—1950. М. 2001. с. 7.

论》(1930)、《不可知物——宗教哲学的本体论导论》(1939)、《实在与人》(1947)、《黑暗中的光明——基督教伦理学和社会学》(1949)、《上帝和我们在一起》(1964)等。

第一节 思想的两次转向

谢苗·路德维果维奇·弗兰克(Семен Людвигович Франк 1877—1950)于1877年1月16日,生在莫斯科的一个犹太人家庭。他的祖父是一位庄园主的管家,父亲毕业于莫斯科大学医学专业,是一位医生,因在俄土战争期间的突出表现,被授予非世袭贵族称号,儿子谢·路·弗兰克也获得"荣誉公民"的称号。

小弗兰克的母亲是一位修养极好的女人,应该说,他的天赋主要是来自母亲。母亲的祖先虽然是德国人,但她曾在莫斯科第一女子中学读书,接受的是典型的俄罗斯贵族教育。少年弗兰克是一个爱读书的孩子,无论是家里的丰富藏书,还是学校里的图书馆,都是他汲取知识的源泉。1886年春,他进入拉扎列夫东方语言学校学习,1892年春又进入该地区的中学读书。因为学习成绩优异,他被学校授予金质奖章。

少年弗兰克是一个勤思考、善于钻研的小伙子。面对当时俄罗斯社会落后和人民生活艰难的现状,他努力探询一条摆脱黑暗、饥饿和愚昧的途径。他开始参加大学生组织的马克思主义小组的活动,第一次读起了马克思的《资本论》,受到马克思主义的影响。虽然他同时也参与了其父辈一代组织的民粹派小组,但是他还是认为,自己可以从马克思主义那里找到出路。他后来回忆道:"马克思主义以其科学形式的面貌,即所谓'科学的'社会主义,令我信服。马克思主义以为,人类的社会生活是可以在其规律性中被认识的,就如同自然科学探究自然那样。这一思想深深地吸引了我。"①

可以说,谢·路·弗兰克的探索起步于马克思主义,但是,作为一个善于独立思考的青年,他还是与之保持着一定的距离。"尽管我把马克思主义本身的革命和伦理观点,视为是正确的和必然的,接受了,然而我的思想对它仍放心不下。"②也许是因为他的内心深处除了物质和外在世界以外,还有一个精神和内在世界。正是带着这样混杂的思想,谢·路·弗兰克开始了自己新的生活。

1894年6月,谢·路·弗兰克进入莫斯科大学法律系学习。这一时期,他开始时热衷于社会民主主义小组活动,直到1896年以后才真正回到课堂认真

① Буббайер. *С. Л. Франк. Жизинь и творчество русского философа*. 1877—1950. М. 2001. с. 24.

② Там же.

读书。也大约就在1896年,谢·路·弗兰克的思想受到了《关于俄罗斯经济发展问题的批判性札记》(1894)作者司徒卢威的深刻影响,以该书的一句格言“承认自己的落后并进入资本主义的学校”为座右铭,他成为了“合法的马克思主义”者。当时被称之为“合法的马克思主义”者的还有谢·尼·布尔加科夫、尼·亚·别尔嘉耶夫等。该学者群主要从理论的角度,而不是从政治的角度来看待马克思主义。1898年初,谢·路·弗兰克因参加激进大学生的活动,被作为学生的思想领袖而遭逮捕,并被驱逐出莫斯科两年。

谢·路·弗兰克被驱逐期间,一直住在德国,一方面在柏林、慕尼黑等城市学习,另一方面撰写《马克思的价值论及其意义》一书。该书的一个重要观点就是,劳动固然重要,但是并不是商品交换中确定价值的唯一因素。1901年冬至1902年,谢·路·弗兰克应邀参与了编辑文集《唯心主义问题》。在此期间,他深受尼采哲学的影响,渐渐在尼采以个性的道德权利为目的道德哲学基础上,开始实现了自己的第一次思想转向,即由“合法马克思主义”者向唯心主义的转向。他曾经回忆到:“我变成了一个‘唯心主义者’(并非康德主义的,而是唯心主义—形而上学的)。”①

1908年春,谢·路·弗兰克与塔·谢·芭拉切娃结婚,这不仅标志着他生活上的独立,而且是思想上的独立。同年10月,他参与了文集《路标。论俄国知识分子》的编辑工作,并撰写了题为《虚无主义伦理学——评俄国知识分子的道德世界观》,文集于1909年出版。学术界一般认为,该书是谢·路·弗兰克思想转变的一个标志,从重视物质利益的唯物主义转向了对精神文化的关注,进一步彻底完成了自己思想的第一次转型。

由于文集《路标。论俄国知识分子》反对暴力革命,表示出对革命结果的担忧和恐惧,遭到了以列宁为代表的革命党人的坚决反对,列宁甚至把该书称为“自由派变节行为的百科全书”。②

1909年,谢·路·弗兰克的思想又开始发生第二次转向,即宗教转向。也就在这一年,他的论著中出现了一个新的名词“宗教人道主义”,该词替代了原来的“人道主义的个人主义”。这表明他所倡导的人道主义的内涵有了新的变化。紧接着,1910年的列夫·托尔斯泰的逝世又从灵魂深处推动了谢·路·弗兰克思想的宗教化。1912年,他正式接受洗礼加入了基督教。同年5月起,他开始在圣彼得堡大学任编外副教授,并在《俄罗斯思想》杂志工作。

1913年至1914年,为了撰写《知识的对象》一书,他在德国住了两年。该

---

① Буббайер. *С. Л. Франк. Жизинь и творчество русского философа*. 1877—1950. М. 2001. с. 44.

② 《苏联大百科辞典》,北京:中国大百科全书出版社,1986年,第829页。

书于1915年出版，书中第一次明确提出“直觉知识即生命知识”的观点，显露出弗·谢·索洛维约夫完整知识哲学思想的继承与发展。1917年，他的又一部专著《人的灵魂——哲学心理学导论》出版，进一步推进了自己的宗教人道主义思想。1920年，应尼·亚·别尔嘉耶夫的邀请，谢·路·弗兰克来到莫斯科，参与了“自由的精神文化研究院”的工作，1922年春，他任该院哲学与人文社会科学系主任，但是只有半年，该系就被迫关闭。1922年9月，谢·路·弗兰克与尼·亚·别尔嘉耶夫等160名资产阶级知识分子被驱逐出祖国。

最初，他们来到德国柏林，成立了宗教哲学科学院，该院在1924年尼·亚·别尔嘉耶夫去巴黎以前一直是俄国侨民知识分子的中心。谢·路·弗兰克并没跟随尼·亚·别尔嘉耶夫离开，一直在该院讲课，后又在柏林大学授课。1923年，他在柏林出版了文集《俄国革命思想问题》，同年谢·路·弗兰克还参与了创建柏林的俄罗斯大学的工作，后来该校全部前往了布拉格，1932年，他任该校校长。他一边讲课，一边继续宣传自己的宗教人道主义思想。

纳粹上台后，他于1937年来到法国，尽管生活艰难，他还是出版了不少学术专著，体现着他宗教转型之后的思想。二次世界大战结束后，谢·路·弗兰克继续留在国外，于1945年迁往英国伦敦。在学术生涯的最后几年，他完成了一生中最重要的代表作《实在与人》(1947)，这是对他宗教哲学思想的总结之作，是一本宗教人本主义专著。

1950年12月10日，谢·路·弗兰克走完了他真理探索的最后历程，离开了他酷爱的宗教哲学事业。

第二节 虚无主义伦理学

可以说，虚无主义伦理学(этика нигилизма)是谢·路·弗兰克学术探索的青年时期提出的一个概念，主要是指对当时俄罗斯知识界相当一部分人的价值取向和精神追求的探究，这些知识分子由于过分追求人民的物质需求和经济解放，导致了精神文化的虚无，使得宗教价值、理论价值和审美价值总是牺牲于道德价值，即为他人的经济解放服务的伦理观，虚无主义伦理学就是对这一俄罗斯知识分子群的道德观进行批判。

当时，在1905年俄国革命失败以后，整个俄罗斯知识界都在探询原因，除了反动派的镇压以外，还进行了深刻的自我反省。在谢·路·弗兰克看来，在俄罗斯的任何革命和运动中，知识分子的力量都是至关重要的，是俄罗斯社会的精神支柱。革命的失败似乎仅仅是一个政治问题，但是背后却隐藏着深层的文化精神问题，这涉及知识界的哲学、道德、信仰等一系列问题。

在《虚无主义伦理学——评俄国知识分子的道德世界观》一文中，谢·路·弗兰克认为，在俄罗斯知识分子那里，占统治地位的精神是一种虚无主义和功利主义的道德价值，虚无主义表现为宗教、理论和审美等价值的丧失。功利主义表现为物质利益的追求，这一切就必然导致精神价值的虚无。因此，1905年俄国革命对于许多知识分子来说，目的只有一个就是满足人们的物质需求，而更高的精神文化的要求则被抛弃。在谢·路·弗兰克看来，这显然是1905年革命失败的重要原因。[①]

谢·路·弗兰克进一步明确指出："虚无主义的道德主义是俄国知识分子精神面貌的最基本最深刻的特点：从对客观价值的否定生发出对他人(人民)主观利益的神圣化，由此就应当承认人的最高的和唯一的任务就是为人民服务，而同样由此产生对阻碍或仅仅是不促进这一任务之实现的一切事物的禁欲主义的憎恨。生命没有任何客观的内在的意义；生命中的唯一幸福是物质充裕和主观需要的满足；因此人应当做的只是把自己的全部力量献给大多数人的命运之改善，拒绝这一点的一切人与事都是恶，都应当无情地消灭——这就是俄国知识分子的一切行为和评价所遵循的古怪的推理链条，它在逻辑上缺乏根据，在心理上却是紧紧衔接的。"[②]因此，在他看来，俄国的此类知识分子把虚无主义的功利主义视为最崇高的道德准则。就必然成为文化虚无主义者。

谢·路·弗兰克认为，文化精神价值并不是为了其他价值而存在的，而是为了自身存在的。文化精神的创造意味着人的精神世界的完善和理想价值的现实化。任何极端的功利主义都会破坏这种文化精神的本质。在1905年俄国革命中，从民粹派到马克思主义等，几乎都留下了虚无主义和功利主义的足迹。他们甚至用破坏、暴力、恐怖等手段来达到自己的功利主义目的。因此，他们在革命中完全可能背离自己的初衷。

谢·路·弗兰克非常尖锐地指出："知识分子爱的只是财富的公平，而不是财富本身；与其如此，毋宁说他们甚至憎恨和害怕财富。在他们的灵魂中对穷人的爱变成对贫穷的爱。他们希望供养一切穷人，但其最深的潜意识的形而上学本能却反对在世上普及真正的富裕。"[③]谢·路·弗兰克的这段话是发人深省的，本来经济上的解放与精神上的解放，物质的需求与文化的需求是不相矛盾的。然而，在革命中，我们往往自觉或不自觉地把两者对立起来，有时还会走向极端。在1905年和1917年的俄国革命是这样，在我们中国革命中，难道这

---

① 参见谢·路·弗兰克:《虚无主义的伦理学》，徐凤林译，载《俄国知识人与精神偶像》，上海：学林出版社，1999年。

② 同上，第54页。

③ 同上，第68页。

种现象还少吗？“越穷越革命”的思想难道不是虚无主义道德观的最鲜明体现吗？

因此，谢·路·弗兰克的虚无主义伦理学不仅具有深刻的现实意义，而且还会产生深远的历史影响。

第三节 黑暗之光：善恶与拯救之间

谢·路·弗兰克在批判了虚无主义的道德观之后，进一步深入探讨了人道主义的核心问题：善与恶，其研究的最直接成果就是他的学术专著《黑暗之光——基督教伦理学和社会学》。在他那里，人与神是合一的，一方面，人是自然界的一种生物体，具有自然的本能属性，主要来自肉体本性的恶冲动；另一方面，人又具有神的存在基础，是“神”的子民，是一个精神存在物，具有自己的尊严和理性属性。人的自由、平等和博爱的思想正是渊源于人的神存在基础。正因为人具有这两种属性，即自然性和人神性，人身上才交织着两种本能或曰两个世界：恶与善。人既不可能表现出纯粹的自然的恶，也不可能表现出纯粹的理性的善，而是恶与善这两个世界的交融。

显然，人类因此才需要分辨恶与善，才需要惩恶扬善。然而，究竟怎样才能够实现这一目标呢？照亮黑暗之光亮究竟是什么呢？谢·路·弗兰克的宗教人道主义无疑是基督教的，他自然会到基督教中去探询出路。他极其明确地指出，与人的这种双重性相对应的是基督教的两面性。“这就是，取决于基督教信念本质的人的精神存在的内在构成和取决于俗世的道德积极性的人的行为。”①

谢·路·弗兰克强调，从基督教的人的精神存在来看，人的内在精神存在的完美，即至善，应该是闪烁着“神性之光”的灵魂升华。这是“黑暗之光”，是自由的升华过程，没有任何强迫，没有任何勉强和恐惧，因此，人的灵魂得到真正的自由拯救，这里信仰，即对神的信仰，起着至关重要的作用。基督来到人间，不是为了用道德和戒律来审判或惩罚人，而是为了拯救人的灵魂。在谢·路·弗兰克的伦理学思想中，人的灵魂本来是善的，但是这种善的灵魂在俗世的污染下沦落为恶，而且成为一切恶之根源，因为万恶皆出自人的灵魂。由于人的灵魂之根又在天国，只凭借俗世的力量是根本无法拯救人自身的，这就必须依靠神的力量。神的事业就是要拯救人的灵魂，完善人的精神构造，这种完善是一种自觉自愿的行为。

---

① С. Л. Франк. *Свет во тьме. Опыт христианской этики и социальной философии*. Париж. 1949. с. 208.

从俗世的人的道德行为来看,谢·路·弗兰克认为,这里充分体现了基督教的博爱精神。一般说来,基督徒不仅要自我完善,而且还要关爱他人,帮助他人摆脱世界之恶。这也就是一个基督徒在俗世应该具备的道德积极性。当然,这种关爱不只是精神上的,而且也是物质上的,因为要是人都无法生存,不具有一定的生活必需品,那么无论如何也谈不上走向神的世界。

谢·路·弗兰克更进一步地说明,我爱他人,因为他与我一样都是上帝的子民,他的生物体中也包含着神性。我爱他人,这既体现了上帝爱人(从我的人神性出发),也反映出人爱上帝(从他的人神性出发)。这是双向的爱,是互动的爱,这种爱是可以征服人的心灵,征服世界的。谢·路·弗兰克充分肯定了俄罗斯大作家列夫·托尔斯泰的思想:“勿以暴力抗恶”和“自我完善”。“任何暴力(甚至从肉体上消灭罪恶者)都根本不可能实际上根除任何一个恶原子。恶及其本质只能够用善来根除,由神赐予的爱的力量来根除,就仿佛只能凭借光明才能驱赶走黑暗。”[①]

不过,谢·路·弗兰克又与列夫·托尔斯泰不一样,他并不主张在任何情况下都不采用“恶”的手段来对付“恶”。虽然他清楚用“恶”是不可能根除“恶”的,更不会产生“善”,但是在“善”不能制止“恶”的时候,当“善”的感化无能为力的时候,有时采用“恶”的手段,至少可以制止“恶”,阻止“恶”的蔓延。这也是一种道德手段,虽然也有一定程度上的犯罪感,但是出发点是“爱”,是为了他人和自我避免“恶”。他强调:“要是没有其他办法的时候,就必须采取一切必要的手段来制止恶,直至犯下可怕的杀人罪”。[②]

他早在《虚无主义伦理学》和《偶像的毁灭》中,就阐述了自己的观点,把“拯救”人和世界分为两类,一是根本性的彻底“拯救”,由上帝来完成,即“神”的事业;二是不彻底的部分性“拯救”,由人来实现,即人的事业。照亮黑暗之神圣的光亮自然是“神”的事业。

任何一个基督徒都应该具有道德积极性,爱上帝,爱他人,爱自我,爱整个世界。虽然世界上到处都是罪孽,到处都是丑恶,但是世界也是上帝的创造物,在它的深处也隐藏着神性。谢·路·弗兰克借助于《圣经》,尤其是福音书中的话,来表明“世界是上帝创造的”。上帝即便看到他的子民身上的某些丑恶和罪孽,但是依然爱着自己的创造物,依然能够看到他们身上珍贵的生命之魂。因此,上帝要拯救人类,而不是惩罚人类。世界的本原是神圣的,需要神圣之光去

---

① С. Л. Франк. *Свет во тьме. Опыт христианской этики и социальной философии*. Париж. 1949. с. 221.

② Там же, с. 221.

照亮。

第四节　直觉主义的宗教人道主义

在谢·路·弗兰克那里，照亮黑暗的神圣之光就是“博爱”，就是“拯救”人和世界。这种思想与白银时代的俄罗斯宗教人道主义思想是一脉相承的，也是明显反映出他的直觉主义的宗教人道主义(религиозный гуманизм)思想。

一般说来，宗教似乎是与人道主义相悖的，人性的自由和欲望的满足是肯定要受到宗教禁欲主义的约束的。然而，白银时代的俄罗斯宗教文化批评理论家们却采取一分为二的方法，首先把人道主义区分为世俗人道主义与宗教人道主义，然后强调后者与前者的不同，肯定后者，批判前者，以此来阐释自己的理论主张。他们认为，只有世俗人道主义才是与宗教水火不相容的，而宗教人道主义则体现出人性与宗教、自由与精神最完美的结合。这种结合的纽带就是宗教与人性中共同具有的“爱”，这种“爱”也是生命意义之所在。

《生命的意义》(1926)一书是谢·路·弗兰克表现自己人道主义思想的一部重要学术著作。该书的任务就如同书名表述的那样，就是探索“生命的意义”。他指出，许多知识分子以为只要改善人民的物质和政治生活条件，就可以给人民带来幸福生活，同时也能够实现自己的生命价值或意义。这种思潮的特点和基础就是“确信：有一种伟大的共同事业，它能够拯救世界，参加这一事业能赋予个人以生命的意义”。[①] 许多俄国知识分子充满激情，憧憬理想地投身于现实斗争，甚至暴力革命中去，支配他们行动的就是这种道德力量。这一道德力量被谢·路·弗兰克称为建立在无神论基础上的世俗人道主义。世俗人道主义相信人的万能，把人神化，绝对化，相信人可以拯救世界。

在谢·路·弗兰克看来，人类的历史其实就是理想不断破灭的历史。知识分子带领广大民众往往推翻了一个旧社会，以为可以造福于人民，实现自己的价值，但常常取而代之的并非是他们理想的社会，而是一个更加专制、独裁的社会。任何世俗的事业都不可避免局限性，是动态发展的，是不可能使得生命本身产生意义的。谢·路·弗兰克强调：生命的意义应该是某种永恒的本质，“生命的意义无论如何都应当是人所赖以支撑的东西，应当是人的存在唯一不变的、绝对可靠的基础”。[②]

---

① 谢·路·弗兰克：《生命的意义》，徐风林译，载《俄国知识人与精神偶像》，上海：学林出版社，1999年，第164页。

② 同上，第169页。

要获取这一基础，人就要去追求那种“通过弃绝私利、忏悔和信仰而获得内在的再生的‘事业’”。[①] 谢·路·弗兰克进一步说明：“耶稣再次提醒了两条永恒的诫命：爱上帝和爱邻人如同自己：‘你这样行，就必得永生。’对上帝的尽心、尽性、尽力、尽意的爱和由此而产生的对他人的爱——这就是拯救生命的唯一的‘事业’。”“唯一的、人所需要的、拯救生命的事业，是弃绝私利和信仰。”[②]

这里便出现了一个问题，一般说来，在学界看来，上帝是神学研究的对象，而并非哲学等以理性思维为主导的知识探究的对象。谢·路·弗兰克则认为，在哲学与神学之间，理性与非理性之间并不存在不可逾越的鸿沟。他从认识论的角度，说明了人的认识能力不能够仅仅局限于理性，而且还有非理性的直觉。这也是谢·路·弗兰克的宗教人道主义被称之为直觉主义的缘故吧，也是他的宗教人道主义思想个性化的表现。

直觉实际上是人的生命对存在的直接感悟，是一种不同于理性的非理性认识。他从索洛维约夫的“万物统一”思想出发，以为，直觉才能够让人认识到自身只不过是“万物统一”的整体的一个部分，才能让人具备一种超越自我的独特认识，或曰超越感。谢·路·弗兰克又进一步采用一分为二的方法，将人的存在领域区分为实际领域与理想领域，前者是世俗的，现实的低级领域，后者则是神秘的，感悟的高级领域。人之所以区分与其他动物，就是因为人具有理想的存在领域，人需要从这一领域中获取精神超越性，它具体表现为对自身缺陷的感知和对理想境界的追求，而这种精神超越性的基础只有一个，就是“神”。“人的存在的这种根本的基础、超验的中心和最高的等级，就是神”。[③]

然而，“神”在哪里？谢·路·弗兰克自然从东正教出发，不再从外部去寻找，而是把“神”限定在人自身，也就是从人的内在世界，即个性中去感知神的实在性。他明确强调：“唯一的，但完全适用的‘神的存在的证明’是人的个性本身的存在，这种存在，必须从人的个性的深度和重要性上来认识，即从人的个性作为超越自身的本质的意义上来认识。”[④]

谢·路·弗兰克以为，人对自身缺陷的感知主要有两个方面：一是外在世界给予人的孤独感、冷漠感、痛苦感；二是内在世界为摆脱外在的一切而导致的盲目性和无根据性。要克服来自这两方面的悲剧性因素，就需要绝对高级的力

① 谢·路·弗兰克：《生命的意义》，徐风林译，载《俄国知识人与精神偶像》，上海：学林出版社，1999年，第171页。

② 同上，第172页。

③ 谢·路·弗兰克：《实在与人》，李昭时译，杭州：浙江人民出版社，2000年，第143页。

④ 同上，第134页。

量,即拯救我们的力量,这就是“神”。[①]

这种对神的向往就表现为对最崇高的真正幸福的追求,当然,这种幸福并不抛弃个人自身的幸福。谢·路·弗兰克明确指出:“只有那种既是自足的,超越一切我个人利益的,同时又是为了我自己的幸福,才可以认为是绝对无可争议的幸福。这种幸福同时既是客观意义上的,又是主观意义上的,也是我们所追求的最高价值,是能够充实和丰富我自身的价值。”[②]

显然,在谢·路·弗兰克那里,人所追求的幸福不仅仅是他人的,也是自我的。他反对把个人幸福与他人幸福对立起来,不赞同为了革命事业,牺牲自我的做法。因为人追求最高的真正的幸福也就是为了使自己的生命有价值,所以这种追求也同样是自己个人最大的幸福。“永恒的幸福的安宁,是自己意识到,体验到的完全的自我满足”。[③]

谢·路·弗兰克并不满足于对幸福抽象的解释,而是把它具体化为“爱”。“爱不是冷漠的、空虚的、利己主义的享乐渴望,但爱也不是奴隶式的献身,为他人而毁灭自己。爱是对我们自私的个人生命的克服,正是这种克服赋予我们真正生命的幸福完满,因而使我们生命有意义。”[④]弗兰克还进一步说明,最大的幸福不只是客观的真实,也不仅是主观感受的真实,而且更重要的是它自己本身就是真理,是知识之光。[⑤]

因此,人就可以使得自身生命的意义在真善美的联系之间有机地体现出来。最高理想和最大幸福的实现必须是,“上帝”与“个性”之间达到“你”中有“我”,“我”中有“你”。谢·路·弗兰克进一步强调:“使人成为人的东西——人的人性因素,就是他的神人性。”[⑥]谢·路·弗兰克的直觉主义的宗教人道主义在白银时代的俄罗斯宗教文化批评理论中独树一帜。

第五节　庸俗人道主义批判

“庸俗人道主义”(вульгарный гуманизм)是相对于宗教人道主义而提出来的,主要是指文艺复兴时期的人道主义,这种人道主义不仅反对中世纪的基督

① 谢·路·弗兰克:《实在与人》,李昭时译,杭州:浙江人民出版社,2000年,第128—129页。

② 谢·路·弗兰克:《生命的意义》,徐凤林译,载《俄国知识人与精神偶像》,上海:学林出版社,1999年,第176—177页。

③ 同上,第178页。

④ 同上,第179页。

⑤ 同上,第182页。

⑥ 谢·路·弗兰克:《实在与人》,第143页。

教的神权，而且也反对宗教本身，是一种反宗教的人道主义。这种无神论的人道主义在打倒神权的同时，又把人极端地神化了。"它把上帝想象为是一个专制的暴君，一个独裁者，以便打倒神权，推翻神权政治，用人权，即人类政治取而代之。"[1]

然而，这种人道主义似乎是人权战胜了神权，但是其内在存在着不可克服的尖锐矛盾。一方面，把人神化，人是统治世界和改造世界的主宰者；另一方面，人又是从低级的生物体进化而来的，是大自然的产物。在"庸俗人道主义"那里，人是一个被大自然所左右的世界统治者，因此，满足人的自然需求就成为第一位的。这样一来，第一方面把人作为道德和善的唯一化身，会导致个人崇拜，权威至上，放弃普通人的平等、自由等权利；第二方面把人的自然需求放在首要位置，会产生自然崇拜，物欲横流，走向唯物质主义、自然主义，把人降低到动物的水平，弱肉强食，道德沦丧。

在谢·路·弗兰克看来，人的自然属性是产生人性的"恶"（兽性）的本原，但是"庸俗人道主义"却把这种"恶"神圣化，为"恶"辩护，把"恶"说成"善"，实际上是贬低了神圣的"善"，打击了人心灵深处的"善"本原，排斥了上帝和人的爱，就必然导致社会上"恶"的横行霸道。因此，这种"庸俗人道主义"又走向了人道主义的对立面，反而成了反人道主义。

谢·路·弗兰克等人在批判"庸俗人道主义"的时候，往往从尼采的哲学思想中去寻求思想武器。"尼采的一句话'人是可以被战胜的'是确定庸俗人道主义等走向瓦解的格言，是这一人道主义的死亡审判书。"[2]在尼采的思想中，应该用"超人"来战胜现实的人，战胜人的理性、物质欲望等等，以此来拯救世界，拯救人类。谢·路·弗兰克还列举了大量事实，来阐明这种"庸俗人道主义"是20世纪初人类面临大劫难的直接原因，它也导致了20世纪初的欧洲和俄罗斯出现的专制和极权，导致了法西斯主义。

谢·路·弗兰克极力宣扬宗教人道主义，也就是把直觉主义认识观与东正教人道主义相融合的宗教人道主义。真正意义上的人道主义是必然与上帝同在的，只有这样，在黑暗的现实社会中，才会出现光明，而黑暗之光，一定是神圣之光。"人只有与上帝融合在一起，才能揭示自己真正的本质"。"上帝是人的灵魂故土，上帝本来就具有人性，就如同人也具有隐藏的神性"。[3]

谢·路·弗兰克回顾了自古希腊罗马直至20世纪初欧洲人道主义思想的

---

① С. Л. Франк. *С нами Бог*. Париж. 1964. с. 190.

② С. Л. Франк. *Свет во тьме. Опыт христианской этики и социальной философии*. Париж. 1949. с. 365.

③ С. Л. Франк. *С нами Бог*. Париж. 1964. с. 197.

发展历程，就形形色色的人道主义思想进行了深入的评价，揭示了它们各自的正反两个方面的价值。他通过人道主义走向反人道主义的历程，非常独特地向人类发出了警示：如果人类离开了上帝，就可能背离自己行为的初衷，走向反面。事实也是如此，人类发展科学，科学反过来控制人类，人类强调人道，人道又反过来限制人性，人类反对专制，但也会被新的专制所替代。只有与上帝同在，才能用"博爱"去拯救人自身，拯救整个世界。在谢·路·弗兰克看来，这才是通往真理的光明之路。

第六节　直觉与宗教：《复活》的意义

谢·路·弗兰克的直觉主义的宗教人道主义，对于我们理解宗教色彩浓重的文学作品，也许不失为一种值得尝试的批评路径，至少为文学批评提供了一种新的视角。列夫·托尔斯泰的长篇小说《复活》一直是文学批评界关注的重要经典作品之一，也是宗教色彩极其浓重的一部文学作品，这一点从这部小说的名字本身就可以见出。以往，在我国，文学批评主要是运用社会历史的批评方法，从文学创作与社会生活之间的关系出发，来分析作品。我国学界普遍认为，该部长篇小说通过对两个对立阶级主人公贵族青年聂赫留朵夫与妓女玛丝洛娃的对比描绘，以及他们各自精神"复活"的经历，生动地揭示了 19 世纪 90 年代整个俄罗斯社会充满的罪恶，从而达到对社会现实的有力批判，把批判现实主义艺术推向了新的高峰。

然而，如果从直觉主义的宗教人道主义视角来看，人的存在处于实际与理想两个区域，而社会历史的批评往往立足于实际区域，即现实生活，其实文学批评应该指向人物活动的理想区域，即精神领域，这种精神的基础就是"神"（上帝）。弗兰克并没有将"神"虚拟化或者抽象化，而是把"神"限定在人的自身，可以由人的直觉去具体感知。他认为，最高的理想境界就是"神"与"人"的融合，"神人性"是人之所以成为人的关键因素，也是文学经典应该加以表现的。从长篇小说《复活》的理想区域来透视聂赫留朵夫与玛丝洛娃的精神复活历程，列夫·托尔斯泰确实是将这两位主人公的"个性"（独特的生活经历）与"神性"（宗教精神）有机地融合在一起，形成了"你"中有"我"，"我"中有"你"的"神人性"。读者只要不囿于批判现实的羁绊，走出已有的固定批评定式，就不难发现这一点。

在长篇小说《复活》中，聂赫留朵夫与玛丝洛娃身上的"神性"，即道德的自我完善，不是虚幻的，纯理性的，而是读者可以直觉把握的生动艺术形象，"神性"是与他们独特的"个性"发展过程密切相关的，甚至是水乳交融的。聂赫留朵夫的精神复活显然是受到玛丝洛娃的不幸遭遇而引发的，自从在法庭上突然遇见玛丝洛娃之后，聂赫留朵夫的心灵深处更多遭受的是良心的自我谴责，开始了漫长而曲折的精神复活过程。在列夫·托尔斯泰的笔下，聂赫留朵夫身上的"精神的人"与"动物的人"在进行着激烈的斗争，自身的灵魂在接受着"上帝"精神的"清扫"，不断地由内而外地改变自我，从精神上完善自我。玛丝洛娃的心灵复苏则更多受到她在监狱中外在环境的影响，从聂赫留朵夫三次探监时玛丝洛娃表情的变化，就不难看出。从第一次探监时玛丝洛娃的媚笑和要钱，到第二次她内心迸发出仇恨和怒吼，再到第三次她的文静与腼腆，聂赫留朵夫在日记中写下了玛丝洛娃心灵的渐变与复活。

显然，聂赫留朵夫与玛丝洛娃从精神道德的单纯至精神道德的"沦丧"，又从精神道德的"沦丧"重新走向精神道德的"复活"，作家的创作重心都主要是指向主人公内在的精神世界活动，并非有意识地要批判社会现实，至少列夫·托尔斯泰是反对暴力革命的，提倡"勿以暴力抗恶的自我完善"。因为在这位作家看来，革命也许可以推翻一个专制制度，但是却没有从根本上解决问题，或许会取而代之一个更加专制的统治，只有精神道德上的自我完善，才是最为合适的"救世良方"。虽然列夫·托尔斯泰的观点对于19世纪末俄罗斯现实社会的变革是不合适，托尔斯泰主义存在着其自身的问题，精神道德的自我完善在当时的社会也很难实现。不过，一部文学经典是超越作家所处时代的，它不仅是为19世纪末那个时代的读者，更是为后来读者而创作的。从整个人类社会发展的历史来看，至少列夫·托尔斯泰所表现的"精神复活"和"道德的自我完善"，是非常值得我们去深入思考的。

可以说，《复活》中两位主人公的殊途同归，都是作家通过栩栩如生的艺术形象，力图表明，俄罗斯民族通往幸福生活的唯一途径就"神性"与"个性"的交融。这位伟大的作家创作长篇小说《复活》的目的，就是要告诫人们走一条精神自我完善的道路，从而达到社会的和谐。

第 十一 章

弗洛连斯基:宗教与艺术

从宗教走向科学,往往被看作是人类探索真理的必由之路。反之,由科学走向宗教,一般绝不可能被视作是真理的探索。然而,俄罗斯"白银时代"的著名思想家、哲学家、文学理论与批评家巴维尔·亚力山德罗维奇·弗洛连斯基则恰恰走过了一条从科学到宗教的真理探索历程。他继承了19世纪末20世纪初俄罗斯著名哲学家、宗教文化研究者弗·谢·索洛维约夫的批评传统,用形而上学的哲学研究方法,在探讨真理和世界本源的基础上,把哲学、宗教、艺术、文学等问题综合起来考察,力图揭示出真理的本质,探索出一条独特的宗教文化批评途径。他的主要代表作有:《真理的柱石与确立——东正教神正论的体验(十二封信)》(1914)、《在思想的分水岭旁》(1918—1922)等。巴·亚·弗洛连斯基的探索对我们重新认识宗教与艺术的关系等问题,提供了极有价值的启示。

应该说,巴·亚·弗洛连斯基是一位俄罗斯文学研究界既"熟悉"又"陌生"的伟大理论家,说"熟悉",因为西方文艺理论界早在80年代就已经把巴·亚·弗洛连斯基奉为俄罗斯宗教文化批评的主要代表理论家之一,由法国于1987年出版,后由俄罗斯《进步》出版社于1995年翻译发行的7卷集《俄罗斯文学史》中的第四卷《20世纪俄罗斯文学:白银时代》中,巴·亚·弗洛连斯基被列在第一位,1990年俄罗斯《真理》出版社出版了由《哲学问题》杂志、苏联科学院哲学研究所、苏联哲学学会联合选编的两卷(3册)的《巴·亚·弗洛连斯基文集》。然而,说"陌生",因为不少书籍中对巴·亚·弗洛连斯基的记载出现了错误,如上述《20世纪俄罗斯文学:白银时代》一书就把巴·亚·弗洛连斯基的死期推迟了5年,我国俄罗斯文学研究界对巴·亚·弗洛连斯基的探讨就更少,几乎可以说是"空白"。实事求是地说,不了解巴·亚·弗洛连斯基,就很难真正了解"白银时代"的俄罗斯文学批评理论,缺少了巴·亚·弗洛连斯基的白银时代俄罗斯宗教文化批评理论,将是不完整的。

第一节　真理的探索者与殉葬者

巴维尔·亚力山德罗维奇·弗洛连斯基(Павел Александрович Флоренский 1882—1937)生于1882年1月9日(旧历),出生在阿塞拜疆西部的叶夫拉赫小镇旁。其父是一位铁路工程师。童年的巴·亚·弗洛连斯基常常随父迁居,父亲是他的第一位老师。后来他上了梯弗里斯(第比利斯的旧称)中学。高加索一带的自然风光对巴·亚·弗洛连斯基的个性和世界观的形成影响很大,激起了他对探索大自然奥秘和真理探索的浓厚兴趣,为了探寻世界的本质,他开始迷恋自然科学的研究。

巴·亚·弗洛连斯基出于对自然科学的酷爱,中学毕业后,考入莫斯科大学数学物理系。因为在他看来,世界的本质是物理的,世界就是客观存在的物理世界,通过数学和物理学的研究,更能够把握世界的本质。在大学期间,巴·亚·弗洛连斯基的兴趣不断扩展,视野不断拓宽,哲学、宗教、艺术等问题逐渐吸引了他。他开始意识到,仅仅凭借自然科学的知识,在现象世界很难把握真理。同时,他还结交了安德烈·别雷等一批年轻的象征主义学者,并在当时的象征主义者主持的杂志《新路》和《天平》上发表了他的第一批文章。他努力把某些数学研究方法和概念运用于解决一般哲学问题,最终他的兴趣完全集中到了宗教哲学上来,他以为只有在宗教的世界中才能探索到真理,因为绝对真理也许只存在于宗教的世界之中。

1904年大学毕业后,巴·亚·弗洛连斯基放弃了从事数学工作的机会,致力于宗教研究,成为专职的神职人员。他进入莫斯科神学院学习,开始构思和撰写他的第一部著作《真理的柱石与确立——东正教神正论的体验(12封信)》。1908年,他毕业后成为神学院的一位哲学教师,1911年接受了神甫职位,1912年被任命为神学院主办的《神学通报》的编辑。1914年,巴·亚·弗洛连斯基的第一部学术著作出版,使得他成名,标志着他的宗教哲学思想的形成。在这部书中,他把宗教的(主要是东正教的)基本精神看成是真理的柱石和基础,显然,这位真理的执着探索者在东正教中寻得了真理。

1918年由于政治上的原因,莫斯科神学院被关闭。1921年巴·亚·弗洛连斯基在其中担任神甫的教堂关门。从1918年至1922年间,巴·亚·弗洛连斯基不得不放弃神职,但是对宗教的迷恋依旧,并且又撰写了一部思想巨著《在思想的分水岭旁》,书中论及科学、语言、艺术理论及其他。他还写了《文化哲学概述》(1918)、《圣像壁》(1922)等一系列关于宗教哲学方面的论著。从1921年起,他在电机工业管理总局任职,1924年还出版了一本关于电解质的专著。与此同时，从1921年至1924年间，他还在最高国立艺术技术研究院任教授，在艺术遗产保护委员会任学术秘书。

应该说，在20世纪20年代中期以前，巴·亚·弗洛连斯基尽管受到种种限制，但基本上还能够从事自己所喜爱的宗教文化研究工作。可是到了20世纪20年代中期以后，他的研究就不得不限于一些科学技术工作，宗教探索被迫成为一种“业余爱好”。终于在1928年夏，因为意识形态的缘故，他被流放到下诺夫戈罗德，后来由于朋友的鼎力相助，才于当年返回莫斯科生活。

在20世纪30年代，当时的苏联理论界出现了许多批判巴·亚·弗洛连斯基的文章。他于1933年2月26日被捕，同年7月26日被判刑10年。第一年的服刑生活他是在远东度过的。1934年夏，他的妻子被允许前往探视。然后，巴·亚·弗洛连斯基被押往索洛韦茨基集中营，1937年12月8日被执行枪决。这位伟大的思想家、真理的探索者最终成为了真理的殉葬者。

也许，今天的人们很难想象，一位伟大的思想家就这样被政治夺去了生命。原因就是因为他意识到了常人意识不到的东西，他执着地探索真理的存在。虽然弗洛连斯基为了坚持真理，献出了自己的生命，但是历史会永远铭记这位伟大的探索者。虽然他再也回不来了，永远地离开了他眷念的俄罗斯大地，永远离开了他热爱的事业，但是他的执着探索的精神，将激励后人对真理的求索。

第二节　思想探索的三个阶段

巴·亚·弗洛连斯基对真理的探索是执着而又不断变化的。他之所以走上研究宗教哲学的道路，也是与此密切相关的。他早期以为，世界是物理的世界，人类的理性思维是人自身区别于其他动物的本质特征，因此，物理和数理可以把握世界和人的本质。人类可以通过对自然科学的研究，在逻辑推理的理性范围内，能够解决真理存在的问题，这样，他便开始潜心研究数学和物理学，试图揭开大自然的奥秘，来回答一直萦绕着他的问题。这就是巴·亚·弗洛连斯基探索真理的最初阶段，即第一个阶段，也就是逻辑斯提阶段，又称逻辑主义阶段。

在这一阶段，他反复探讨真理和真实的标准，认真分析这些概念，并把它们严格限制在理性哲学和形式三段论法的范围内来进行探讨。在一段时间的探索之后，巴·亚·弗洛连斯基开始认识到，也许对自然科学的研究，用探讨“什么是什么”的方法，根本不可能解决真理存在的问题。人类的认知水平在不断变化，因此研究者根本就不可能用某种固定不变的定义，来把握研究对象，这种探讨是不会有任何结果的。因为在理性哲学和形式三段论法的范围内不可能有真理存在，任何探索都是徒劳的。

此后，巴·亚·弗洛连斯基转向了宗教哲学问题的探讨，进入了他探索的第二个阶段：盖然论[①]阶段。在这一阶段，巴·亚·弗洛连斯基力图不再探讨真理是否存在的问题，而去描述在一定条件下真理的一些不可缺少的特征。他的论述形式大致为："如果真理存在的话，那么它必然会怎样。"结论是非常丰富的。真理是"一种直觉的争辩"，是"实际存在的无边性"，是"对立的共生"，是"圣父、圣子、圣灵的三位一体"等等[②]。在这里，我们不难看出，巴·亚·弗洛连斯基由理性走向非理性，由确定性走向相对性、不确定性的思想发展轨迹。

然而，巴·亚·弗洛连斯基作为一位由研究自然科学出生的哲学家，在探索真理的艰难过程中又逐渐清楚地意识到，对真理的描述，由条件式转向陈述式是最终必然要走的一步。巴·亚·弗洛连斯基确信，"真理的思想"曾经存在过，现在仍然现实地存在着，只不过我们不可能在纯理性的范围内获得。若要获得"真理的思想"就必须"走出概念的范围，进入活生生的经验的范围。"[③]当然，巴·亚·弗洛连斯基在这里谈的主要是宗教经验的范围。他认为，宗教活动的条件和前提"就是克制、努力，毫不利己……自我约束……信仰"。[④] 他明确写道："禁欲的时代来临了。"[⑤]

在巴·亚·弗洛连斯基看来，宗教活动的精神实质可以用一个字来表示，那就是"爱"，人与人之间的"爱"，人与万物之间的"爱"，也就是宗教中所强调的对人和对一切的"博爱"。人性正是在这种"爱"的活动中才得以实现的。巴·亚·弗洛连斯基终于在他自己探索真理的第三阶段，才深刻地认识到，只有通过"爱"，"这种精神活动，才能够感触到真理的柱石"。[⑥] 对于他来说，其他通往真理的道路是根本不存在的。

《真理的柱石与确立——东正教神正论的体验(12封信)》，这部巴·亚·弗洛连斯基用独特的旅途日记形式撰写的长篇论著，真实地反映了作者思想意识和个性经过复杂斗争的转变，记载了作者本人投入东正教怀抱的整个精神历程。全书始于宗教精神的探索，结束于宗教精神的信仰。显然，把巴·亚·弗洛连斯基引入宗教(东正教)信仰的，正是以"爱"为本的宗教精神。巴·亚·弗

① 盖然论是罗马天主教的一种原则：凡对某一事件存在数种可能主张时，允许教徒任意选择一种主张。

② Флоренский П. А. *Столп и утверждение истины*. //П. А. Флоренский. Москва: Изд. «Правда», 1990, Т. 1(1), с. 48, 49, 51.

③ Там же, с. 63.

④ Там же.

⑤ Там же, с. 72.

⑥ Там же, с. 395.

洛连斯基在文艺理论与批评方面的研究也是与宗教密切相关的。他力图解决宗教与艺术在空间和时间方面的内在矛盾性,对艺术表现的时空构造从理论上进行了重新阐释。

第三节 宗教与艺术关系的重新阐释

宗教与艺术是人类的两种不同的文化现象,也是两种不同的社会意识。它们几乎同时产生,以原始神话这一把握世界的混合形式紧密地联系在一起。因此两者之间相互依存,关系密切,然而它们又存在着难以解决的内在矛盾。这种矛盾性的一个很重要的方面就表现在对人、社会、现实和历史的时空表现上。艺术的主要目的在于用情感形式揭示出人的生活的丰富性,让人回到现实世界。艺术表现在空间和时间上主要是通过立体和平面的描绘,向人展示熟悉的活生生的社会和自然世界。因此实体感和物质性是艺术,特别是雕塑和绘画艺术的重要特点。无论是一尊古希腊罗马神的雕塑,还是一幅东正教的圣像,除了这个形象自身的虚幻观念或神秘感之外,还具有这些形象的材料的重量。

然而,宗教(这里主要指基督教神学)从产生之日起,就主要是着力于对神性因素进行虚幻的、纯精神的理解和表现。艺术时空表现的现实性和物质感与宗教的虚幻的处世态度必然是相对立的。东西方的早期基督教神学家们就感觉到了这一点。他们激烈地反对艺术,视其为异教古文化这一异端邪说的遗产。

巴·亚·弗洛连斯基深入研究了人类的艺术发展史,认为中世纪的艺术是人类艺术文化的最高成就。因为这一艺术最大限度地减弱了艺术表现,如绘画、雕塑等的一些形体—实物的现实成分,而其他时代的艺术,在巴·亚·弗洛连斯基看来则是肤浅的。他写道:这些时代的艺术反映的生活"离开了自己深刻的源泉,在希腊世俗小人的浅薄的资产阶级氛围里涓涓流淌,散发着轻微的享乐主义的气息……"①

巴·亚·弗洛连斯基认为,基督教中世纪的正统艺术十分重视民间艺术传统。对于民间艺术思维来说,人类社会和实物世界的实际时空存在并不具有本质意义,因为艺术透视不同于现实的直观视觉,艺术视觉与决定艺术生活的各种原则的文化和意识形态有联系。中世纪的基督教艺术采取了与一般的直观透视艺术不同的方法,如反向透视等。它利用造型图形的假定性,造型图形的非立体原则的万能性,来强化或减弱空间结构的某些成分,根据需要确定造型

① Флоренский П. А. *Обратная перспектива*. // Труды по знаковым системы. Тарту, 1967, с. 387.

人物尺寸的大小(重要人物画得大些,次要人物画得小些;重要人物位于图画的中心位置,次要人物则处于次要地位等等)。

康德在《纯粹理性批判》中把空间和时间看成是感性的先验形式。他指出:“空间只是外部感觉所有现象的唯一方式。故空间是感性的主观条件,唯在此条件下,外部直观对我们才是唯一可能的。”“时间乃是一切直观根基之中的必然表象。”[①]巴·亚·弗洛连斯基的思想与康德的理论有相似之处。他认为,实物世界存在的时空感在艺术透视中应该是被主观化了的,是以假定性的形式,以艺术象征的形式再现出来的。他指出,用“反向透视”等艺术思维的方式来描绘客观世界的空间和时间,是完全符合人的视觉知觉的心理生理的。

其实,人的纯贞和自然非常鲜明地反映在人的童年时代。当人处在儿童时代,就更喜欢用非直线透视的极其假定的象征形象去艺术地观察世界,而不是用直线透视和自然主义目视性的方式。巴·亚·弗洛连斯基写道:“如果使用心理生理学的数据,那就必须承认,艺术家们不但没有理由,而且也不会用透视的刻板公式去描绘世界,如果忠实知觉是他们的一个任务的话。”[②]巴·亚·弗洛连斯基关于时空艺术的论述,主要收集在《巴·亚·弗洛连斯基文集》的第 2 卷《在思想的分水岭旁》。

显然,巴·亚·弗洛连斯基宣扬的是以“爱”为核心的宗教思想,强调的是艺术表现的假定性。他重视主观感受和直觉,努力摆脱以客观描写为主的写实主义艺术倾向。所有这一切,在当时苏联的极左时期都是不能允许的。因此,巴·亚·弗洛连斯基受到来自各方面的严厉批判,甚至被判刑,直至被枪决。

然而,在巴·亚·弗洛连斯基死后,他的思想和艺术成就却得到了世界范围内的普遍承认。由法国 1987 年出版,经俄罗斯进步出版社翻译再版的七卷本《俄罗斯文学史》中的《20 世纪俄罗斯文学:白银时代》卷,把弗洛连斯基称为 20 世纪初俄罗斯最重要的宗教哲学思想家,列专节加以介绍,并排在该章的第一位。[③] 1990 年,俄罗斯真理出版社出版了由《哲学问题》杂志、苏联科学院哲学研究所、苏联哲学学会联合选编的两卷集(3 册)《巴·亚·弗洛连斯基文集》。文学理论与批评界一般把巴·亚·弗洛连斯基看成是 20 世纪俄罗斯宗教文化批评流派的最主要,也是较早的理论家之一。

---

① 康德,《纯粹理性批判》,载《康德文集》(6 卷集),第 3 卷,第 129 页,莫斯科,1964 年。

② Флоренский П. А. *Обратная перспектива*. // Труды по знаковым системы. Тарту, 1967, с. 400.

③ Жорж Нива и т. д. *История русской литературы*: *XX века*: *Серебряный век*. Москва: Издательская группа «Прогресс»—«Литера», 1995.

第四节 《大师与玛格丽特》的反向透视

俄苏著名作家布尔加科夫(1891—1940)创作的小说《大师与玛格丽特》(1929—1940)可以说是文学史上的一部奇书,由于当时苏联意识形态的缘故,苏联文学批评界主要从文学创作反映现实生活这一传统批评的视角,将该小说认定为是对苏联现实生活的讽刺和诋毁,从而这部经典之作被长期打入"冷宫",直至在作家逝世20年后,到了20世纪60年代后,才得以出版。然而,文学批评的维度应该是多元的,如果从巴·亚·弗洛连斯基的"反向透视"的视角来分析,以"表现"和"创造"的审美原则为依据,读者又不难发现,该小说创作的超现实性和独特的时空性。

在巴·亚·弗洛连斯基看来,客观现实存在的时空感在艺术的反向透视中,应该是被主观化了的,是以假定性的形式,以艺术象征的形式创造出来的。这种"反向透视"的艺术创造方式是从人的认知角度来主观化地创造客观世界的时空的,该艺术其实在中世纪的艺术创作中取得了最为丰硕的成果。布尔加科夫创作的小说《大师与玛格丽特》也正是从这一视角来感知和超越现实的。小说是以怪诞的形式来感知和反映20世纪20年代的苏联社会现实的,全书的中心人物是虚幻的魔王沃兰德。作者借用魔王沃兰德及其同伙的种种魔法,嘲弄和讽刺了莫斯科的小市民和一些虚伪的所谓"文化人"。小说还以基督教神话故事的形式,似乎荒谬地叙述了,一位大师在魔王沃兰德魔力的帮助下,被爱人玛格丽特从精神病院解救出来,经过麻雀山上空飞离莫斯科。

苏联文学批评家弗·拉克申指出:"缺乏内在的自由就缺乏艺术的魅力,就布尔加科夫而言,创作活动就是力量的自由挥洒,奇思妙想……"①布尔加科夫运用自己丰富的想象力,将虚拟的假定性表现形式赋予现实生活,既讽刺了人类社会普遍存在的某些陋习和丑相,也表达了基督教爱的精神,这种爱的精神才是永恒不变的真理。因此,读者不能够仅仅把小说《大师与玛格丽特》看成是针对20世纪20年代苏联社会现实生活的讽刺,其实,布尔加科夫的创作作为文学经典,是超越自己时代的,是一种生活的感知和情感表现。

任何一部文学名著的艺术魅力就在于,不同时代的读者都可以从文本中读出自己的意义,文学批评可以随着时间和空间的语境变化,不断从反向发展或曰逆向发展的角度,拓展文本理解和阐释的空间。也许如果说文学经典表现着什么永恒不变的意义或曰真理,那么在巴·亚·弗洛连斯基那里,就是基督教

① 弗·拉克申:《布尔加科夫现象》,《星火》丛书,1987年第35期,第7页。

所宣扬的“博爱”精神，也就是人与人之间的“爱”。布尔加科夫的小说《大师与玛格丽特》无论是讽刺现实还是虚幻情感，都是在追求一种超然现实之上的、基督教的爱。

编末语

回眸白银时代俄罗斯宗教文化批评家们的思想发展轨迹，我们不难发现，他们的精神探索大都经历了由研究自然科学、哲学、经济学、法学等实在科学向宗教、神学的转向，也就是由科学的真理探索转向了精神的神学追求。在他们看来，以“爱”为本的宗教精神才是真理存在的本质。

在当今的俄罗斯社会，也就是在被称之为“后苏维埃”的时期，宗教文化运动也如同在白银时代一样，蓬勃兴起，几乎席卷了整个社会的各个角落。上至学界下至民间，东正教信仰几乎成为了大多数人的精神支柱，也就是说，宗教转向已经成为了俄罗斯社会的全民行为，几乎在俄罗斯的任何一个地方都可以看到东正教教堂。

当然，宗教探索可以说一直贯穿于人类社会活动的整个过程。然而，为什么宗教文化的热潮总是会出现在俄罗斯的世纪之交呢？为什么每当社会发生重大变革，人们的价值观念发生急剧转型的时候，宗教总会成为人们追逐的目标呢？为什么无论社会怎样变化，而“老面孔”的宗教却能够唤起不同时代人们的那种同样的热情、执着，甚至狂热呢？

19 世纪末至 20 世纪初，俄罗斯宗教文化运动的浪潮迎来了俄罗斯精神文化复兴的白银时代，而时隔近一个世纪，在 20 世纪与 21 世纪之交，由于原有政治信仰的动摇或毁灭，曾经沉没了半个多世纪的宗教意识和民族主义又开始在意识形态领域里重新崛起，并且很快全面渗透到社会生活的各个层面。不少思想家、作家、文学评论者已转向宗教，力图完全从宗教研究的角度来解释文学现象，甚至撰写文学史。宗教文化批评在文学论坛上的声势越来越大。大量以宗教为题材的作品纷涌而出，形成了一股强大的“回归宗教”的热潮。一大批白银时代的宗教哲学家和文艺理论家弗·谢·索洛维约夫、瓦·瓦·罗赞诺夫、谢·尼·特鲁别茨科伊、叶·尼·特鲁别茨科伊、德·谢·梅列日科夫斯基、列夫·舍斯托夫、维·伊凡诺夫、尼·奥·洛斯基、谢·尼·布尔加科夫、尼·亚·别尔嘉耶夫、谢·路·弗兰克、巴·亚·弗洛连斯基等人的思想遗产被重新发掘出来。真理出版社和《哲学问题》杂志先后大量出版了这些理论家的文集。大型文学期刊《世界文学》也以极大的篇幅刊登了他们的作品以及有关评论。

白银时代俄罗斯宗教文化精神开始回归俄罗斯当今社会，并且成为了当代俄罗斯文学批评的重要理论支柱之一。持宗教文化批评方法的理论家们大都把宗教意识，即俄罗斯人所信奉的东正教意识，作为认识世界、分析文学创作活动的一种重要认知范式。他们在哲学思想上受到弗·谢·索洛维约夫和德·谢·梅列日科夫斯基等人的影响，大都把尘世的现实社会看作只是彼岸世界的一种反映或者象征，认为文学及其批评的功能在于帮助人们摆脱世俗的羁绊，去接近永恒的彼岸世界。

宗教文化批评的重新崛起确实始于20世纪80年代末90年代初的当代俄罗斯文坛，并逐渐成为当代俄罗斯文学批评的重要理论支柱之一。然而“宗教文化的复兴”却并非只是要解决一些文艺创作和文艺批评范围内的问题，而更重要的是要坚持俄罗斯民族精神和民族文化传统，重新审视俄罗斯文化遗产，力图“回归”到斯拉夫主义、象征主义、宗教哲学中去，并寻找到理论依据，以建立起能与西方文化影响相抗衡的理论体系。

第二编　现实编

概　述

现实主义文学批评是俄罗斯文学批评传统中最为强大、成就最为突出的流派，在19世纪曾拥有别林斯基、车尔尼雪夫斯基和杜勃罗留波夫等著名批评家。到19世纪末至20世纪初的白银时代，在多种理论与批评流派纷然并呈的格局中，现实主义批评仍旧保持着它的强劲势头和活力。其中，高尔基、安德列耶夫和魏列萨耶夫等现实主义作家在白银时代就曾推出值得注意的理论批评著作，高尔基在十月革命后继续发表了一系列具有针对性的批评文章，和沃隆斯基、扎米亚京等人一起，抵制极左思潮对文学的侵害，为捍卫俄罗斯文学的现实主义传统付出了真诚的努力。

19世纪80年代，马克思主义学说开始传入俄罗斯。它不仅唤起了俄罗斯民族现代意识的觉醒，引发了一场影响人类历史进程和20世纪人类命运的革命，还直接驱动了19世纪末至20世纪初俄罗斯的精神文化复兴。在自己的青年时代一度接受过马克思主义的别尔嘉耶夫，后来曾正确地指出：19世纪90年代俄国的马克思主义，文学—美学观念的变化，德国哲学及19世纪俄国宗教哲学，是20世纪初俄罗斯文艺复兴的三大源泉[①]。马克思主义不仅有力地影响了当时俄国思想文化的全局，而且深入到文学理论批评领域，直接参与了那一整个时代的文学生活进程。俄国早期马克思主义批评家普列汉诺夫、卢那察尔斯基、沃罗夫斯基等人，力图运用历史唯物主义学说研究美学和文艺问题，考察以往和当代文学生活中的重大现象，从而丰富了马克思主义文艺学理论，促进了马克思主义文学批评的发展。列宁、托洛茨基、布哈林等俄国革命的领导人，也紧密联系社会政治斗争的实践，以马克思主义理论检视和评说同时代文学中出现的各种现象与问题。他们在十月革命前后留下的文学理论著作和评论文章，构成俄国马克思主义批评的主要成果，并对20世纪俄罗斯文学理论与批

---

① Бердяев Н. А. *Философия творчества, культуры, искусства. В 2-х томах*, Т. 2. Москва: Изд. «Искусство», 1994, с. 304—309.

评、特别是现实主义理论批评产生了积极的影响。

20世纪20年代的苏联文学理论与批评中，曾一度流行过“庸俗社会学”的倾向。文学理论与批评领域中的庸俗社会学思潮，是与同一时期苏联哲学(以B. M. 舒里亚齐科夫为代表)、史学(以H. A. 罗日科夫为代表)领域中把马克思主义庸俗化的观点一脉相承的，均为人文社会科学研究中极左思潮的理论表现。“庸俗社会学”理论的出现，为“无产阶级文化派”和“拉普”思潮的兴起提供了思想武器。就其实质而言，“无产阶级文化派”和“拉普”的文学理论与批评观点，同样具有庸俗社会学的内核。这两大文学团体都曾起过实践、推广和传布庸俗社会学的不良作用。庸俗社会学、“无产阶级文化派”和“拉普”思潮在20年代的流行，实际上是对现实主义理论批评传统的背离，也为30、40年代苏联极“左”文学思潮的泛滥做了理论准备。

1930年代出现的“社会主义现实主义”虽然也曾有着自己独特的历史作用，但显然受到苏联文学中极左思潮的影响。这种极左思潮在1920年代庸俗社会学、“无产阶级文化派”“拉普”批评家们的文学理论见解和批评实践中，就有明显的体现。在1930年代个人崇拜盛行、极左政治路线占据统治地位的社会条件下，极左文学思潮得天独厚，上升为具有系统性、政策性的文艺指导思想，这自然也深刻地反映在“社会主义现实主义创作方法”之中。战后至1950年代初，极左文学思潮更由于“日丹诺夫主义”的推行而变本加厉，泛滥成灾。到苏联文学的“解冻”时期，才开始出现对“社会主义现实主义”的怀疑。后来虽有人提出“社会主义现实主义的开放体系”，试图对其进行维护，但终究未能挽回它最终退出文学生活的命运。但也就是从1950年代初，现实主义文学理论与批评开始回归到文学生活中来，使这一优良传统在新的历史时期内发扬光大，并获得了新的成就与进展。

第 一 章

高尔基:现实主义理论与批评建树

马克西姆·高尔基(Максим Горький 1868—1936)是 20 世纪俄罗斯现实主义文学的伟大代表。他出生于下诺夫戈罗德一个木工家庭,原名阿列克谢·马克西莫维奇·彼什科夫,只上到小学三年级,后主要靠自学获得丰富的知识。1892 年开始发表作品,逐渐成为 20 世纪最有影响的俄罗斯作家之一。他在自己的文学生涯中发表的理论批评著作、文章和见解,也是 20 世纪俄罗斯文学批评遗产的重要组成部分。

第一节 文学目的论

关于文学活动的文化目的,是高尔基长期思考的一个根本问题。早在青年时代,他就为这样一些问题而苦恼:“文学是什么?它的目的是什么?它能否独立存在?”1893 年,即已开始文学创作的第二年,高尔基就在小说《一个诗人的故事》中,以一个诗人与三位诗神论争的形式,试图回答久已萦绕于心的关于文学的目的和任务问题。作家借诗人之口指出:文学艺术应当为人们指出获得幸福的真正途径,一方面能使人们对现实的黑暗充满憎恶,洗涤人们心灵上的污垢,另一方面又能像警钟一样响亮,推动人们前进。1895 年,高尔基在小说《读者》中明确提出:“文学的目的,是帮助人了解自己本身,提高他的自信心”;“一般地说,文学的任务——是使人变得高尚。”[①]进入 20 世纪,高尔基再次重申:“文学艺术的一般任务是什么呢?就是把人身上最好的、优美的、诚实的也即高贵的东西,用色彩、词句、声音、形式表现出来。……比如说,我的任务就是激起

---

① 高尔基:《读者》,李辉凡译,载《高尔基文集》第 2 卷,北京:人民文学出版社,1981 年,第 290、291 页。

人对自己的自豪感。”[①]后来，高尔基又多次强调，他的文学工作的基本意义，归结到一点，就是唤起人们对生活的积极态度。从创作实践看，高尔基在其创作的不同时期，曾先后有不同的题材选择和主题侧重，但总起来看，他始终都抱有一个鲜明的文化目的：提高人的自信心和道德文化水准，催动俄罗斯民族摆脱历史的和精神的重负，走向现代。可以说，他的创作正是他为实现自己所理解的文学的目的和任务而付出的实际努力。

高尔基评价具体文学现象的视角，与他对文学目的的看法密切相关。作为批评家，他所特别关注的有两个方面，一是作品的“灵魂与呼声”，二是作品及一般艺术活动的社会效果。关于前者，是高尔基在探讨契诃夫作品的意义时提出的一种见解。19世纪末至20世纪初，契诃夫的短篇小说受到不少批评家的青睐。高尔基在接触这些评论文章后认为，批评家们一般注目于契诃夫作品的艺术形式与技巧，在“欣赏”方面做了大量的工作，却没有注意作品及作家的“灵魂的呼声”。在高尔基看来，正是这种“灵魂与呼声”是作家创作的价值所在，也是批评家应首先关注的东西。高尔基在这里其实是提倡了一种批评尺度，这一尺度是他本人在批评实践中所一贯遵循的。除此之外，高尔基在评价作家作品和文学现象时尤为关注的社会效应，因为他始终不忘文学的目的。这也就解释了：第一，为什么他一方面肯定托尔斯泰和陀思妥耶夫斯基是两位最伟大的天才，足以同莎士比亚、但丁、歌德等伟大人物并列，另一方面又指出他们关于忍耐和勿抗恶的说教“对于自己黑暗、不幸的祖国有过不好的影响”；第二，为什么他曾两次撰文激烈反对把陀思妥耶夫斯基的小说《群魔》搬上戏剧舞台，却又大力主张出版《陀思妥耶夫斯基全集》。高尔基承认陀思妥耶夫斯基在揭示俄罗斯民族性格特征、表现俄罗斯灵魂方面的艺术成就，但又认为阅读他的作品和看到他笔下的形象出现在舞台上，会产生两种完全不同的效果。高尔基的那些有时看起来是彼此矛盾的观点，其实都源于他对文学社会效果的极度重视，源于他关于文学之目的的一贯见解。

第二节 文学史观

高尔基的文学史观，既在他的文学史著述中得到了系统的阐发，也体现于他对一系列作家作品的具体评价中。

《俄国文学史》(1909)和《个人的毁灭》(1909)是高尔基在白银时代完成的

① Горький М. *Собрание сочинений в 30 томах*, Т. 28. Москва: Государственное издательство художественной литературы, 1954, с. 125.

两部最重要的论著。它们在论述内容上各有侧重，却又互相补充，共同反映了高尔基的基本文学思想，特别是他对本民族文学的基本估价。《俄国文学史》以清晰的思路缕述自18世纪后半期叶卡捷琳娜时代至19世纪末的俄国文学，对从茹科夫斯基到托尔斯泰等一系列大作家均设专章着重予以分析与评价，提出了一系列富有创见的观点。如在谈到俄国文学中知识分子形象的描写时，高尔基曾经写道："俄国文学大部分是俄国知识分子的思想体系；在这里，在俄国文学里，知识分子追求较好生活地位的历史，他们对人民态度的历史，乃至他们的心灵、他们的内心生活的全部历史，是特别详尽、深刻而且忠实地被描画出来。"[①]高尔基在这里既精辟地概括了俄罗斯文学的一个重要特点，又提供了一种看取文学史的角度：俄罗斯文学史是可以作为知识分子精神历程、心灵历程的形象描述来看待的；作为心灵的创造物的作品，往往是创造者心灵运动的形象记录。作家本人在精神上同他们笔下的主人公往往有着一种天然的血统联系。不少描写知识分子的作品都带有自传性，打上了包括作家本人在内的一代知识者的生活、命运和精神的印迹，彼此连缀，构成一整部俄国知识分子心路历程的形象化历史。以知识分子的"思想体系"、知识分子的命运、知识分子与人民的关系作为文学史的主线，这无疑是高尔基的一种创举。另外，《俄国文学史》中关于俄罗斯文学作为"问题文学"之特点的概括，关于浪漫主义不是一种世界观和文学创作理论，而是"一种情绪"的论述，关于"多余的人"并不多余，而是"留给我们以绝好的遗产"的见解，关于车尔尼雪夫斯基《怎么办？》中的拉赫美托夫"是用所谓'良心'的那种俄罗斯污垢相当拙劣地塑成的生灵"，"良心又加上天真和基督教的禁欲主义"的观点，等等，都显示出高尔基批评眼光的敏锐和深刻。

《个人的毁灭》是高尔基在撰写《俄国文学史》前后完成的一篇长文，作者在修改过程中曾经给它加上《现代生活与文学概要》的副题，表明了文章的论说侧重。该文依据丰富的世界文学史料，首先论证了在精神创造领域如在物质创造领域一样，集体的智慧与力量具有重大意义，强调艺术是人民的事业，并且为人民而存在。随后，作者又沿着欧洲文学发展史的顺序，描述了文学所显示的个人的精神不断贫困化的过程，从而揭示出现代西方的精神文化危机。当然，高尔基的考察重点是俄罗斯文学。他认为，较之历史悠久的西方文学，年轻的俄国文学是一种惊人的现象，西方任何一国文学都没有像俄国文学这样有力而迅速地诞生，这样在不到百年的时间就出现了如此灿若群星的伟大名字，出现了如此之多殉道的作家，在如此难以名状的艰苦环境中创作出那么多举世公认的

① 高尔基：《俄国文学史》，缪灵珠译，上海：上海译文出版社，1979年，第108—109页。

伟大作品。在论及俄国文学的特点时，高尔基说：这种文学“包含着我们的全部哲学，它铭刻着意气风发的伟大精神”，它“能够自由地反映整个俄国民主派的心曲、感情和思想”；在俄国，每一作家都是独树一帜的，可是却有一种倔强的志向把他们团结起来，那就是对民族命运和前途的关切，对自己凄凉的国土和辛劳困乏的人民的热爱。高尔基高度评价19世纪俄国文学的巨大成就，却对现代俄国文学、特别是它对妇女和农民的态度作出了严厉的批判。高尔基的批判涉及安德列耶夫、阿尔志跋绥夫、索洛古勃、库普林的某些作品，但这一切只是他在论述现代俄国文学所显示的个人精神贫困时所作的一种引申，并不意味着他对现代文学的整体否定。上文提及的他对俄国文学和俄国作家特点的概括，显然没有把现代文学和现代作家统统排除在外。

对于同时代作家，高尔基远没有采取简单排斥的态度。如他称布宁为“现代俄罗斯最杰出的语言艺术家”。1910年，布宁的中篇小说《乡村》发表之后，高尔基随即在致作者的信中指出：在《乡村》之前，“谁也没有如此深刻、如此历史地描写（俄国）农村……这部作品所告诉我们的，恰恰是历史地考虑整个国家的必要性”。[①]关于安德列耶夫，高尔基自第一次读到他的作品《巴尔加莫特和加拉西卡》，就感到作者身上“有一股强劲有力、才华横溢的气息”；直到安德列耶夫去世后，高尔基仍然认为他对俄罗斯人民抱有“痛苦的同情心”，“具有罕见的独创性和罕见的才能”，“在自己对于真理的探索中具有足够的男子汉气质”，并称为自己“在文学界的唯一朋友”[②]。

如果说，布宁、安德列耶夫都是“知识”出版社同人，那么高尔基对于一些非现实主义作家的评价，更能说明他对同时代作家的态度。例如，高尔基称象征派代表人物巴尔蒙特为“大诗人”，肯定他的诗集《我们将像太阳一样》是“一部的确精彩的诗集”；认为别雷是具有非常细腻精致的文化教养的人，是写特殊题材的作家，有自己独特的精神世界。高尔基曾批评过兼具现实主义、象征主义和自然主义风格的作家列米佐夫的小说《池塘》，但又称赞他的创作“曾起过非常重要的作用，丰富了俄语的词汇，使我们的语言变得更加灵活和生动”。[③] 在给另一象征派重要作家索洛古勃的信中，高尔基写道：“对于您所宣扬的思想，我是持否定态度的，可是对于作为诗人的您，我却抱有某种尊重感；我认为您的

---

① Переписка М. Горького с И. Буниным. Трубе Л. Л. и Шубин А. Ф. *Горьковские чтения* 1958—1959. Москва: Издательство Академии наук СССР, 1961, с. 52.

② 高尔基：《列昂尼德·安德列耶夫》，载汪介之主编《白银时代名人剪影》，北京：中国文联出版公司，1998年，第84,102页。

③ Анисимов И. И. (гл. ред.) *Литературное наследство*, Т. 70. *Горький и советские писатели. Неизданная переписка*. Москва: Изд. АН СССР, 1963, с. 182.

作品《炽热的圆圈》是形式方面的典范，并且常常把它作为在这方面极有教益的书向初学写作者推荐。”[①]凡此种种，都表明高尔基在评价作家作品时所持的公正态度。

熟悉俄罗斯文学的人一般都知道，高尔基曾激烈批评过具有自然主义倾向的作家阿尔志跋绥夫的长篇小说《沙宁》。但也许很少有人知道，1908 年，当沙皇当局欲以写淫书罪审判《沙宁》的作者，受理此案的律师奥·格鲁森贝格致信高尔基，问他该不该为被告辩护时，高尔基却认为“不成问题”。他在给这位律师的回信中写道：“在我看来，问题不在于某人写了一部颂扬人的动物本能的作品，而在于那些统治我们的蠢人，认为自己有权审判一个发表了意见的人，压制他的思想自由，惩罚他。”高尔基在信中还谈到了社会环境、心理氛围对作家的影响，认为储存到作家心灵这个经验贮存器中的一系列印象并不是以作家的意志为转移的，因此他说：“很可能，阿尔志跋绥夫之厌恶沙宁并不亚于我。也许，沙宁的形象刻画得不成功，但是我们能够断定，沙宁是杜撰出来的吗？”高尔基最后断言：“对于阿尔志跋绥夫的指控，正如一切所谓‘文学案件’一样，都是卑鄙无耻的。”[②]显然，高尔基对《沙宁》的批评态度并没有妨碍他冷静地认识这部小说作为一种文学现象出现的合理性，更没有使他赞同对作者阿尔跋绥夫进行审判。高尔基作为文学批评家的胸怀，于此可见一斑。

1908 年前后，高尔基的创作在思想指向上出现了一个重大转折，即从社会批判转入民族文化心态批判。他的“奥库罗夫三部曲”、自传体三部曲、《罗斯记游》等系列作品，都显示出探索民族文化心理特征、批判国民劣根性的鲜明意向。他的这一探索一直延续到十月革命以后。在 1915 年发表的《两种灵魂》一文中，高尔基集中论述了东方民族与西方民族在文化心理和精神特点上的根本区别，谈到俄罗斯因接受东西方共同影响而形成的民族性格的复杂性，从而在理论上说明了认识并批判本民族精神文化落后面的必要。高尔基在写这篇文章前后，还陆续发表过《来自远方》(1912)、《致读者的信》(1916)、《论傻瓜及其他》(1917)等文章，表述了相近的思想见解。作家指出：东方是悲观主义的永恒怀抱，因而也就是神秘主义、无政府主义、无所作为和无个性的永恒怀抱；西方及其文化则体现出“生命的赋予”、乐观主义、积极精神以及对劳动和个性的崇

---

① Горький М. *Собрание сочинений в 30 томах*, *Т.* 29. Москва: Государственное издательство художественной литературы, 1955, с. 289.

② Щербина В. Р. (гл. ред.) *Литературное наследство*. *Т.* 95. *Горький и русскаяжурналистика начала XX века*. *Неизданная переписка*. Москва: Изд. « Наука », 1988, с. 1000—1001.

拜。“欧洲人是自己的思想的领袖和主人，东方人则是其幻想的奴隶和仆役。”[①]由于在俄罗斯人的灵魂中，东西方两种精神并存且彼此冲突，便造成俄罗斯人性格的双重性和不稳定性，使得他们特别倾向于在情绪、心理和精神方面走向极端并摇摆不定——从“软塌塌的”幻想到凶狠残酷。高尔基进一步指出：俄罗斯人身上有两种灵魂，一种来自蒙古游牧民族，那是幻想家、神秘主义者、懒汉和宿命论者的灵魂；另一种是斯拉夫人的灵魂，它能够突然间闪耀出某种光彩，但不能持久，且在关键时刻自行熄灭。基于对俄罗斯人灵魂独特性的认识，高尔基认为：“历史命令式地要求正直而理智的俄罗斯人对这种独特的东西加以全面研究和无畏批判的时刻已经来临。我们必须同我们心理上的亚细亚积淀做斗争，我们必须医治悲观主义。”[②]他还一再强调“唤醒和培养俄罗斯人的生活意志”、强化俄罗斯人的生活“激情”和个性精神的必要性。这既是高尔基对自己在创作中致力于民族文化心态批判的缘由所作的阐释，也是对同时代作家发出的一种召唤。由于复杂的历史原因，高尔基的这一召唤很久以后才获得了悠远的呼应。

第三节　重视文学传统与语言艺术

十月革命胜利初年，高尔基曾排除重重干扰，致力于保护对文化、科学和文学事业有贡献的知识分子，千方百计地推动文化与文学的发展。但是，当时的复杂情况使他的几乎所有努力都失败了。他不得不于1921年10月再次离开俄罗斯。在国外，他依然关注着国内的文学社会生活，与国内作家保持着密切的联系。1928年5月，他曾回国小住，10月又返回意大利。此后每年他都大致在同一时间回国，几个月后再到国外（仅1930年未回国），直至1933年5月最终回国定居。在这期间，他曾就文学与一般文化发展问题发表过许多重要的意见，同逐渐泛滥起来的极左文学思潮进行过坚决的斗争，竭力保护受迫害的知识分子。然而，日益盛行的个人崇拜却为高尔基设置了重重障碍，他终于力不从心，于1936年谢世而去。他在生命最后20年间所发表的大量文学理论与批评的意见，是他为俄罗斯文学健康、正常地发展而斗争的生动记录，并成为20世纪前半期俄罗斯文学批评中一份不可忽视的遗产。

高度重视古典文化和文学传统，强调向古典作家学习，是高尔基文学观的

---

① Горький М. «Две души». // *Статьи* 1905—1916 *гг.* Петроград: Издательство «Парус», 1918, с. 174.

② Там же, с. 186.

一个重要方面。他在多篇文章中充分肯定和热烈赞扬但丁、塞万提斯、莎士比亚、歌德、卢梭、斯丹达尔、巴尔扎克等欧洲文学史上的伟大作家，更把从普希金到契诃夫的19世纪俄罗斯文学视为本国文学进一步发展必不可少的资源。作为在19世纪现实主义文学的直接养育下成长起来的作家，高尔基多次谈到这一文学的意义与价值。他写道：现实主义是“19世纪一个主要的、而且是最壮阔、最有益的文学流派，后来又传到了20世纪。这个流派的特征是它那锋利的唯理主义和批判精神”；“这一派欧洲文学家的著作对于我们有着双重的、无可争辩的价值：第一，在技巧上是典范的文学作品；第二，是说明资产阶级的发展和瓦解过程的文献，是这个阶级的叛逆者所创造的然而又批判地阐明它的生活、传统和行为的文献”。[①] 高尔基阐明了19世纪欧洲现实主义文学的思想意义、认识价值和艺术成就，并满怀热忱地一次又一次号召人们，特别是青年一代阅读、珍视19世纪文学。

在高尔基心目中，普希金在全部俄罗斯古典文学中占有特殊的地位。他称普希金是“全知全能”“无与伦比”的，是“俄国文学之始祖”，“一切开端的开端”。他认为，普希金在自己短促的一生中，为俄国艺术领域里继他而起的一切事物，奠定了坚固的基础；假如没有普希金，那么在很长的时间里就不可能有果戈理、列夫·托尔斯泰、屠格涅夫、陀思妥耶夫斯基——俄罗斯文学中所有这些伟大人物，都把普希金尊为自己精神上的导师。高尔基多次强调普希金的出现对于俄罗斯民族，对于确立俄罗斯文学在整个欧洲文学史上的地位的巨大意义。

“文学的第一个要素是语言。”这是高尔基的一句名言。在谈到文学创作的时候，他总是强调提高语言水平的重要性。他反复劝告初学写作者、文学青年多多阅读优秀的语言大师普希金、契诃夫、普里什文、布宁、列斯科夫的作品，认为他们都是俄罗斯语言最杰出的能手。高尔基指出，列夫·托尔斯泰艺术创作的最伟大优点之一，就是形象刻画的优美，惊人的浮雕般的描写，他塑造的形象仿佛站在读者面前，使读者想用手去触摸；契诃夫的语言特点是简练、准确、柔和，值得人们永远学习；列斯科夫“拥有惊人的口语词汇，对于真正的、特别有力的俄语有透彻的了解”；布宁则是一位优秀的文体家，他的语言具有“严格的准确性”，其作品仿佛是用笔画出来的一幅幅素描。高尔基在他的论文、书信和报告中，凡是谈到文学语言，总要谈到以上几位作家。这反映了他对于语言问题的高度重视，表明他评价作家的重要标尺之一是语言水平的高低。

然而，高尔基对于19世纪俄罗斯文学并不是全盘肯定、一味夸赞的，正如他看待全部欧洲古典文学那样。他在对19世纪俄罗斯文学作出总体上的肯定

① 高尔基：《论文学》，孟昌等译，北京：人民文学出版社，1978年，第111、335—336页。

性评价的同时，又在特定层面、特定问题上对前辈作家的某些努力表示怀疑。例如，高尔基注意到，19世纪俄罗斯作家曾经恳切而优美地描写过那种好心肠的、爱深思的农民，那种真理和正义的孜孜不倦的探索者，对农民的温顺善良和超常的忍耐力做过由衷的赞美。高尔基说："在我的青年时代，我曾努力在俄国农村中寻找这样的人，但就是没有找到。"他认为，俄国农民（作为俄国国民的主体）是被作家们理想化了，但正是以这些农民为主体的俄罗斯民族，却迟迟未能进入世界文明发展的先进行列，"竟然能够在童话般富饶的土地上以惊人的贫困生活着"①。因此在高尔基看来，把恕仇忘怨、逆来顺受、忍耐宽容等特点作为俄国农民的优点加以歌颂，把俄国农民理想化，恰恰是19世纪俄罗斯文学的一大不足。也正因为如此，高尔基才把契诃夫看成"一位伟大而独特的天才，在文学史上和社会风尚方面划时代的作家之一"②。契诃夫与以往的作家的不同之处就在于，他不再把俄国农民理想化，不再把他们的精神心理弱点当作优点来赞美。契诃夫的两部小说《在峡谷里》和《农民》，以对俄国农村的愚昧、落后和野蛮的逼真勾画著称，表明作家对于过去的文学把农村和农民理想化采取了断然否定的态度。高尔基敏锐地发现了这一点。他在1922年写的随笔《论俄国农民》中指出：契诃夫的这两部作品是19世纪末俄罗斯文学对待农村和农民的态度"已经断然开始变化"的表征，"是以新的目光看待农民的先声"③，具有文学发展史上的转折意义。

高尔基还看到，契诃夫所开创的传统在20世纪俄罗斯文学中得到了继承。新一代现实主义作家们以清醒的目光注意到俄国农村和农民的"令人痛苦的真实"，用冷峻的笔调揭示了民族文化心理方面的愚弱特征，显示出现实主义文学在题材上的新拓展和主题上的新开掘。高尔基写道：

> 在20世纪初期，出现了现代俄罗斯最优秀的语言艺术家伊万·布宁的小说。
>
> 他的《夜话》和另一部就其语言的精美和严峻的真实性而言都是卓越的中篇小说《乡村》，确立了对俄国农民的新的、批判的态度。
>
> 国内有人说布宁作为一个贵族，他对农民的态度是有偏见的，甚至是敌视的。这种说法自然是不正确的。布宁是一位卓越的艺术家，并且仅此而已。在当代文学中，还有关于农村惊心动魄的黑暗的更为严厉、更为悲

---

① Горький М. *О русском крестьянстве*. Берлин：Издательство И. П. Ладыжникова. 1922. с. 23，24.

② Горький М. *Собрание сочинений в 30 томах*，*Т.* 28，Москва：Государственное издательство художественной литературы. 1954，с. 71.

③ Горький М. *О русском крестьянстве*. Берлин：Издательство И. П. Ладыжникова. 1922. с. 24.

伤的证据，这就是奥廖尔省的有才气的农民伊万·沃尔诺夫写的中篇小说《青年》，莫斯科省的农民谢苗·波德亚切夫的短篇作品，以及西伯利亚的青年农民作家弗谢沃洛德·伊万诺夫的笔调极为鲜明而有力的短篇小说。

大概不能怀疑这些作家对他们与之亲同骨肉的人们，对他们并未与之断绝关系的人们，会抱着偏见和敌视态度。他们比其他任何人都更熟知和理解农民的生活，农村的痛苦和粗野的欢娱，它的理智上的盲目无知和感情上的残忍。[①]

在这里，高尔基经由对契诃夫、布宁等作家的评述，阐明了19世纪末、20世纪初俄罗斯现实主义文学的一个重要变化，强调民族文化心理研究的重要性，他本人也正是在这一研究中推动了现实主义的发展。高尔基关于布宁的评价，本身也是对庸俗社会学批评的一种抵制。

第四节 抵制极左文学思潮

高尔基后期的整个文学批评活动，其实都是同抵制"无产阶级文化派"、庸俗社会学派和"拉普"的极左文学观相联系的。当年，"无产阶级文化派"的活动家们甚为仇视高尔基在团结文化界各种力量方面所作的努力，认定他已成为"资产阶级知识分子的组织者"。他们指责高尔基对古典文化遗产进行有害的宣传，反对他提出的向文学先辈学习的号召，否定他在文化和文学方面开展的抢救、保护和复兴工作。高尔基反驳了"无产阶级文化派"的褊狭观点。他在《日记片断》(1924)里的一篇特写中引证了一位工人的话："说文化是资产阶级的、对我们有害的，这种说法很愚蠢。文化是我们的，是我们理所当然的事业和遗产。"高尔基认为，这位工人"清楚地了解文化的意义"，反映了工人群众对精神文化领域的无政府主义思潮的抵抗。[②] 作家在这里以产业工人自身的言论揭露了那些自诩为"无产阶级文化的代表"们的荒谬。高尔基还坚决反对"无产阶级文化派"的行会习气，批评了那种认为只有无产阶级才能创造新文化的偏见。1920年，他在一次报告中说："建立新文化是全民的事。在这一方面不应当有狭隘的行会观点。文化是个完整的事物。如果无产阶级文化派建立无产阶级文化，那么农民怎么办？它将依附于无产阶级文化？或是还保持自己原先的老样子？……这是不可想象的。"高尔基还说："以为只有无产者才是精神力

① Горький М. *О русском крестьянстве*. Берлин: Издательство И. П. Ладыжникова. 1922. с. 25—26.

② Горький М. *Собрание сочинений в 30 томах*, Т. 15, Москва: Государственное издательство художественной литературы. 1951, с. 288—289

量的创造者，只有它才是世上的精华，这种自认为是救世主的想法是十分有害的，就像一切救世主降临说一样。”[①]可见，高尔基对“无产阶级文化派”的庸俗观点的批判是尖锐而深刻的。

1921年秋，高尔基出国后的情况表明，“无产阶级文化派”继续对他抱敌视态度，这种态度随后又为“拉普”所继承。后者的文学观不过是极左文学思潮的又一表现。高尔基自1928年起每年回到国内住上几个月时起，就注意到了“拉普”的一些口号和主张的荒谬性，并由此注意到当时国内批评界的一些不良现象。1929年，作家皮里尼亚克因在国外发表小说《红木》而受到“拉普”的猛烈批判。高尔基随即发表《论精力的耗费》一文指出：“皮里尼亚克由于自己的失误受到了过于严厉的惩处，这种惩处实际上勾销了他在苏联文学领域的全部功绩。”高尔基还由此说开去，提醒人们检讨对待作家们的态度“是否够慎重”，对他们的工作和才能“是否充分重视”，对待他们的错误和过失“是否过分严厉”[②]。此文发表之后，立即招来“无产阶级文化派”“拉普”的猛烈围攻，他们说这篇“保护皮里尼亚克的文章……往无产阶级国家的敌人手上递上了又一件武器”[③]。高尔基又以《还是那些话》(1929)一文作答。作家写道：

> 除了对皮利尼亚克，一些“志同道合”的人们还在其他文学家头上当众试验自己拳头的力量，并力图向领导证实，只有他们才知道应该如何捍卫工人阶级思想的纯洁性和青年人的圣洁。例如叶甫盖尼·扎米亚京，这个由工人阶级的意志和理智的力量所创造的现实的可怕敌人，1922年——7年以前——他的书《我们》就出版了英文译本，1928年，这本书的片断又从英文或捷克文译为俄文，刊发在社会革命党人的《俄罗斯意志》杂志上……我是如此了解扎米亚京、布尔加科夫以及所有那些正在被咒骂和曾经被咒骂过的人们，在我看来，他们并没有竭力去妨碍历史完成它的事业，美好而伟大的事业；对于从事这种伟大而必要的事业的忠诚活动家，他们也并没有盲目而本能的敌意。[④]

但是，高尔基的这一篇有见地、有胆识的反批评文章，在当时却未能面世。

---

① К. Федин. *Горький среди нас*. Москва: Государственное издательство художественной литературы. 1943, с. 26,28.

② 高尔基:《论精力的耗费》，见《高尔基政论杂文集》，孟昌选译，北京:生活·读书·新知三联书店，1982年，第399—400页。

③ Баранов В. И. *Огонь и пепел костра*. *М. Горький: творческие искания и судьба*. Горький: Волго-Вятское книжное издательство, 1990, с. 346.

④ Бялик Б. А. (отв. ред.) *М. Горький и его эпоха: Исследования и материалы*. *Вып*. 1. Москва: Изд. «Наука», 1989, с. 9.

在对于布尔加科夫等作家及其作品的评价上，高尔基也是与“拉普”针锋相对的。布尔加科夫的小说《不祥的蛋》遭到“拉普”批判，高尔基却肯定该作，认为它“写得很机灵和巧妙”。在给罗曼·罗兰的一封信中，他还将布尔加科夫的小说创作归入“一批将载入文学史的作品”之列。1928年，当布尔加科夫的剧本《逃亡》被由“拉普”把持的剧目审查委员会说成是“一曲白卫军运动的挽歌”并遭到禁演时，高尔基却在莫斯科艺术剧院关于该剧的一次讨论会上说：“《逃亡》是一部出色的作品，我请你们相信，它必将取得不可思议的成功。”[①]在另一作家普拉东诺夫因小说《切文古尔》不能发表而受到来自“拉普”的压力时，高尔基劝他相信“一切都会过去，唯有真理永存”。“拉普”从极左的文学观和宗派主义立场出发，曾对叶赛宁、帕斯捷尔纳克、普里什文、左琴科等作家进行批判。高尔基却称叶赛宁为“有独特天才的地道的俄罗斯诗人”，盛赞他的那些“奔放、明丽而动人心弦的诗篇”；说帕斯捷尔纳克是“真正的诗人”“有社会意义的诗人”；把普里什文称为善于使用“纯洁、干净的俄罗斯语言”的“完美的大师”，说他“知道怎样根据人身上好的品质来衡量人，评价人”；肯定左琴科“具有讽刺作家的天赋”，认为他的幽默具有“社会教育价值”。高尔基的这些言论，其意义已远远超出了对具体作家的评价。对于势头甚猛的“拉普”极左思潮来说，这是一种坚决的抵制；对于一大批遭到不公正对待的作家来说，这无异于一种强心剂。从中还可见出高尔基对于一种批评观、一种评价尺度的提倡。

在30年代苏联文艺指导思想急剧极左化的时代条件下，高尔基在文学理论批评方面的努力，集中表现为反对降低文学质量。虽然“拉普”等代表极左文学思潮的组织在1932年之后已不复存在，但极左文学思潮不但没有得到有效的遏制，反而以新的表现形式出现。将“阶级斗争”观念引入文化和文学领域，把文化工作和文学工作政治化，这一套极左的做法甚为流行。主张文学应该为政策服务，基本忽视文学的审美本质，成为一种较普遍的现象。针对这些现象，高尔基多次呼吁提高文学质量，纯洁艺术语言。1933年，潘菲洛夫的小说《磨刀石农庄》因为“体现了斯大林讲话的内容”而受到《文学报》的热烈赞扬。同年，革拉特科夫的小说《动力》也受到高度评价，《真理报》的一篇社论甚至说它是“党的工作者的指南”，并指责那些不欣赏这两部作品的人们。高尔基却对这两部小说持另一种看法，认为它们的作者使用了拙劣的、矫揉造作的语言。他在《论散文》(1933)一文中说：“我反对用虚构的文字垃圾来损害我们的语言，我捍卫精确的形象。”他认为在《动力》和《磨刀石农庄》这两部作品中，糟蹋语言的

---

① Лосев В. « Вещие сны... » // Булгаков М. С. *Из лучших произведений*. Москва: ИЗОФАКС, 1993, с. 40.

现象十分严重，这是明显有害的。他问道：文学青年们在这样的作品里“看到玩弄文字游戏、文理不通和大吹大擂的玩意儿，看到这些拼命要表现‘独特风格’而结果显然是枉费心机的现象，看到粗枝大叶和不能容忍的粗制滥造的情况，他们能学到什么呢？”[①]在《致绥拉菲莫维奇的一封公开信》(1934)中，高尔基还写道：“我坚决反对这样一种说法，说青年可以向潘菲洛夫这个不大懂得文学语言，而且总是不加深思就草率写作的文学家学到点什么。请您明白，这里所讲的不是一个潘菲洛夫，而是一种明显的降低文学质量的企图，因为替玩弄文字游戏的手法辩解，就是替废品辩解。”高尔基强调：“必须为肃清文学中的文字垃圾而进行无情的斗争……必须同降低文学质量的一切做法作无情的斗争。”[②]就在高尔基发表这些见解之前不久，苏联报纸上刚刚登出斯大林在接见乌克兰作家时亲自夸奖《磨刀石农庄》、肯定它“符合党的方针政策”的消息。从这一事实中，不难看出作为批评家的高尔基的胆识。

在第一次全苏作家代表大会召开前夕，高尔基直接把他对极左文学思潮、对“拉普”的批评意见，提到斯大林面前。在致斯大林的一封信中他指名批评了法捷耶夫、革拉特科夫、绥拉菲莫维奇、潘菲洛夫、李别进斯基等前“拉普”作家和批评家，认为他们是“一些思想上精神上衰退的人”，有着“农民式的滑头”，把文学当作“向上爬的一块跳板”，并且正在组织小集团，想指挥作家协会。高尔基写道：“依我之见，它(指这个小集团——引注)没有权利在实际上和必然在思想上领导文学，这是因为这个集团的知识力量薄弱，还由于它在对待过去和现在的文学方面显得文化素质不高。”高尔基还直言不讳地指出：之所以出现小集团和派别，是因为存在着袒护现象，“在某些负有责任的同志身边有一批文学家，‘一些大官们’特别袒护这些文学家，并且特别不负责任地吹捧他们”。[③] 高尔基的这些言论可谓切中要害。他看到了问题的症结所在，但却未能有效地阻止一大批前“拉普”作家进入作家协会理事会。这也就意味着“拉普”宣扬的一套极左文学主张并未真正被否定和排斥，他们还是要领导文学界。在第一次作家代表大会通过作协章程，确立“社会主义现实主义”作为苏联文学的“基本创作方法”之后，前“拉普”作家纷纷撰文表示坚决拥护，并对其进行阐释，一如当初他们宣扬“辩证唯物主义创作方法”那样。但高尔基却对“社会主义现实主义”持怀疑态度(详见本书第九章)。这一切都具有某种必然性。

1936年在苏联文艺界开展的对形式主义的批判，涉及文学、音乐、戏剧和

① 高尔基：《论文学(续集)》，冰夷等译，北京：人民文学出版社，1979年，第401、404—405页。

② 同上，第445—446、448页。

③ Горький М. « *Два письма Сталину* ». // Литературная газета, 10 марта 1993, № 10.

美术等各艺术门类，仿佛是对所有“异端美学”思想的一次总清算。这种清算是全面推行极左文艺指导思想所必须的。高尔基对这场批判运动所作出的反应，一是为受批判的作家、艺术家们辩解，二是撰文对这场批判本身提出怀疑。1936 年 1 月，当《真理报》发表题为《纷乱代替音乐》的编辑部文章，对肖斯塔科维奇的歌剧《姆岑斯克县的麦克白夫人》发动批判时，高尔基曾直接写信给斯大林，旗帜鲜明地就此事提出自己的看法，为年轻的肖斯塔科维奇辩护。高尔基认为，肖斯塔科维奇具有无可争辩的才华，但是，“《真理报》上的文章就像一块砖头落到头上一样，使他受到了打击，小伙子完全被压下去了”。高尔基接着写道：“自然，我说关于砖头，不是指批评，而是批评的调子。何况批评本身证据不确凿。什么是‘纷乱’？‘纷乱’表现在哪里？批评在这里应当对肖斯塔科维奇的音乐技巧做出评价，而《真理报》文章所提供的东西，总是对中伤肖斯塔科维奇的那些庸庸碌碌、敷衍塞责的人加以宽容……《真理报》对他的态度不能算是‘爱护的’，他作为当代苏联所有音乐家中最具有天赋的一位，完全应该得到的恰恰是爱护的态度。”[①]高尔基还就苏联人民委员会和联共(布)中央关于关闭莫斯科第二模范艺术剧院的决议(1936 年 2 月)提出自己的意见，认为该剧院负责人别尔先涅夫将作为一个“无辜的受难者”而被戴上帽子。高尔基为在批判形式主义运动中受到冲击的作家、艺术家进行辩护的言论，也是他抵制极左文学思潮的一种表现。

1936 年 4 月，高尔基还发表了一篇文章：《论形式主义》。作家写道：“关于形式主义的争论，我当然是欢迎的。从作家代表大会以来，已经过去 19 个月，早就应该有所争论了。不过我觉得，关于形式主义的争论结束得太快了。既然这个争论不是发生在作家协会，而是从外面提出的，这就有一个疑问：难道仅仅谈论几句就把这件事结束了吗？”[②]从这段话中，不难品味出高尔基对批判形式主义运动“发生”和“提出”的背景所发出的怀疑。高尔基还对当时的文坛现象表示深深的忧虑。他写道：

> 从作家代表大会闭幕后的 19 个月中，作家协会 3000 名会员创作的“产品”是非常之少的……一读到莫斯科三月谈话的速记记录，就会令人忧心忡忡地看出，苏联文学工作者对自己事业的知识是多么贫乏，对文学的“流派”、风尚、癖好和其他巧妙手法的历史知道得多么不够……我国作家在历史和文化方面以及技巧方面的知识不足，在我国目前这种条件下对于他们就变得十分可怕了。有许多作品，几年前还受到赞扬，今天新的读者

---

① Горький М. « *Два письма Сталину* ». // Литературная газета, 10 марта 1993, № 10.

② 高尔基：《论文学(续集)》，第 527 页。

却不去读它们了。这有图书馆的报告为证……

……我国作者一方面过于喜欢信口开河地表露自己的意图，另一方面又常常发表十分可耻的荒谬言论，这完全可能在西方作家的眼中损害我国文学的声誉，那些西方作家都是些具有相当丰富的历史知识和熟练的技巧的人。[①]

高尔基没有隐瞒自己对于第一次作家代表大会以后苏联文学界状况的批评态度。他谈到当时苏联作家知识贫乏、修养较差、素质偏低的现象，指出前不久还受到赞扬的一些作品很快就失去了读者的事实，认为这一切将从总体上影响苏联文学的声誉。他是在关于形式主义的文章中说这些话的，似乎有些"文不对题"，其实恰恰表明他清楚地看到了这些文坛现象与批判形式主义运动之间的某种内在联系：两者都源于极左文学思潮的法令化、政策化。《论形式主义》是高尔基生前发表的最后一篇文学论文。它的发表，显示出作家对极左文学思潮和文学政策的坚决抵制。文中关于当时苏联文学的尖锐的批评性文字，是高尔基留下的关于30年代苏联文学的一份至今仍令人深思的备忘录。

① 高尔基：《论文学(续集)》，第529—530页。

第 二 章

普列汉诺夫:俄国最早的马克思主义文艺学家

格奥尔基·瓦连京诺维奇·普列汉诺夫(Георгий Валентинович Плеханов1856—1918)是俄国第一个马克思主义者。他生于坦波夫省,1873 年毕业于沃罗涅日军事学校,1874—1876 年就读于彼得堡矿业学院,1875 年开始革命活动,1880 年流亡西欧。1883 年,他于日内瓦建立俄国第一个马克思主义组织"劳动解放社",同年开始著述活动,成为第一个把马克思主义学说引入俄罗斯的人。他的著作,涉及哲学、宗教、伦理学、社会思想史、美学、文学理论与批评等广阔的领域,在俄罗斯影响深远,曾经"培养了一整代俄国马克思主义者"(列宁语)。1917 年二月革命后他回到俄罗斯,1918 年病逝。

在俄罗斯,普列汉诺夫是第一个以马克思主义学说研究美学和文艺理论的思想家,又是第一个将马克思主义理论运用于文学批评实践的批评家。他在这两个方面的努力,为俄国马克思主义文艺学的发展奠定了基础。

第一节 唯物主义美学观

在美学和文艺理论基本问题的研究方面,普列汉诺夫曾写有《没有地址的信》(1899—1900)、《从社会学观点看 18 世纪法国戏剧文学和法国绘画》(1905)、《无产阶级运动和资产阶级艺术》(1905)、《艺术与社会生活》(1912—1913)等重要论著。普列汉诺夫认为,美学理论的任务是揭示艺术发展的规律,而艺术作为社会现象,其产生与发展不能不受社会发展规律的制约,因为要探明艺术发展规律,就必须搞清艺术与社会生活的联系。他在哲学上始终坚持历史唯物主义,认为它是能揭示社会发展规律的唯一正确的历史观,因此必须坚持以唯物史观为指导来研究美学与艺术问题。从这一理论支点出发,普列汉诺夫围绕"艺术与社会生活的关系"这一基本问题,展开了对艺术本质及其历史发展规律的探讨。

普列汉诺夫首先力求证明，马克思主义的“存在决定意识”这一基本原理也适用于艺术。艺术是社会意识形态之一。它同别的意识形态一样，也是人们社会生活的精神产物，也是由社会经济生活决定的。他依据大量的事实材料，说明以往关于艺术起源问题的诸多说法（摹仿说、游戏说、宗教魔法说等），虽都在一定程度上涉及艺术产生的某些条件和原因，但均未从根本上揭示艺术的起源。在此基础上，他明确提出“艺术起源于劳动”的观点，并且进行了周详的论证。他指出：劳动先于艺术，原始人最初从事艺术活动的冲动、能力和审美意识都产生于劳动，原始艺术的内容和性质也是由劳动决定的。他并不否认性爱、原始宗教和战争等对艺术的产生所起到的作用，但又认为所有这些因素都是由物质生产劳动决定的。

艺术起源于劳动，经济生活决定并影响艺术，但艺术同经济基础发生关系只是间接的，往往要通过一些“中间环节”——这是普列汉诺夫所反复强调的又一基本观点。他曾提出著名的社会结构“五个环节”说，即：生产力状况——经济关系——社会政治制度——社会心理——各种思想体系。他指出，即便在原始社会，生产劳动也不是直接决定艺术的，而是常常经由宗教、巫术、神话等“中间环节”。在文明社会，艺术对生产方式的直接依赖性消失了，艺术和社会经济的关系变得更为复杂、曲折和模糊，这时，经济生活往往通过政治、心理、道德和哲学等“中间环节”的因素来影响艺术。在这些“中间环节”中，普列汉诺夫特别注意的是社会心理。他认为艺术与社会心理有着广泛而密切的联系，研究艺术必须研究社会心理。这一观点决定了他在评价具体作家作品时的着眼点和考察侧重。

艺术和审美趣味的社会制约性，是普列汉诺夫甚为关注的一个问题。他曾以法国艺术史为例，说明在阶级社会中审美趣味的交嬗替变，明显地受到阶级斗争的制约。如在戏剧领域，中世纪舞台上占据重要地位的是闹剧，这种戏剧表现的是人民的愿望、观点和“人民对上层等级的不满”。但是从路易十三时代开始，闹剧为古典主义悲剧所取代，后者“表现着上层等级的观点、趣味和愿望”[①]，适合于当时封建君主制的礼仪和宫廷生活风尚。随着资产阶级的成长和贵族阶级的衰微，古典主义悲剧又让位于“流泪喜剧”——它是“18世纪法国资产阶级的肖像”。然而，由于这种肖像既没有唤起为反对旧制度所必需的英雄主义，也没有提供公民美德的范例，人们不得不把目光转向古代英雄，于是古典主义悲剧的新变种便占据了舞台中心；不过，这是“在文学的旧皮囊中装进了

① 普列汉诺夫：《从社会学观点看18世纪法国戏剧文学和法国绘画》，载《普列汉诺夫美学论文集》，第1卷，曹葆华译，北京：人民出版社，1983年，第469页。

全新的革命内容”。当法国资产阶级彻底战胜了旧制度的卫护者，那些古代英雄对于他们来说已没有任何意义的时候，资产阶级戏剧就最终在法国舞台上确立了自己的位置。在绘画领域，情形也极为相似。从夏尔·勒布伦的宏伟和广阔，布谢的“典雅的肉感”，格勒泽的旨在“以道德来修正旧制度”的风俗画，到大卫的革命画，再到大卫派自身的衰落，这些画派的前后更迭，同样为路易十四时代及其后法国社会阶级力量对比的变化、社会制度和社会风尚的变革所决定。普列汉诺夫由此论证了艺术与社会生活、与阶级斗争的紧密联系。他从一个角度揭示了艺术发展的动力和外因，有助于人们深入认识艺术发展的规律。但他认为一切伟大时代的艺术都是“政治艺术”，却不免有些绝对化。

对于艺术的特征和社会作用、艺术的内容与形式的关系、作家的世界观与创作的关系、艺术中的真实性与倾向性、各艺术流派之间相互交替的关系等艺术的基本问题，普列汉诺夫也一一作了论述，且常有独到的见解。例如，他确认艺术“用生动的形象来表现思想”的特点，但他又指出，“并不是任何一种思想都可以作为艺术作品的基础”①，更强调“艺术的主要对象是人”。这显然是继承黑格尔、别林斯基的观点而又有补充和发挥。又如，对于“为艺术而艺术”的主张，普列汉诺夫并未简单否定，而是指出这一理论是在艺术家们与其周围的社会环境之间存在着无法解决的不协调的地方产生的。他举例说，普希金在亚历山大一世时代并不赞成为艺术而艺术，但当后来尼古拉一世想把普希金变为现存制度的歌颂者时，诗人不能接受，就宁愿变成为艺术而艺术理论的拥护者，逃遁到艺术的“象牙塔”中去。这种超脱其实是一种反抗。不过普列汉诺夫又认为，在一般情况下，鼓吹为艺术而艺术是对社会利益漠不关心，而且也不可能真正实现。普列汉诺夫的观点，比那种对为艺术而艺术的主张一概加以否定的做法，显然要高明得多。另外，他关于作家不能把自己的思想（哪怕是非常先进、非常高尚的思想）赤裸裸地输入作品的见解，关于文学的衰落往往开始于对形式的重视超过对内容的重视的观点，都是颇有见地的。

第二节　兼及思想与艺术的批评观

普列汉诺夫的文学批评观和他的整个美学观、唯物史观是完全一致的。在谈及文学批评的任务和批评家自身的修养时，他曾写道：

> 分析艺术作品，就是了解它的观念和评价它的形式。批评家应当既评

① 普列汉诺夫：《艺术与社会生活》，载《普列汉诺夫美学论文集》，第2卷，曹葆华译，北京：人民出版社，1983年，第851页。

> 判内容，也评判形式；他应当既是美学家，又是思想家；……只有极为发达的思想能力同极为发达的审美感觉结合在一起的人，才可以作艺术作品的优秀批评家。①

普列汉诺夫在这里强调的是，评价一部作品，既要注意思想内容，也要顾及艺术形式，这两个方面构成文学批评的基本任务；这一任务同时决定了批评家必须是兼具思想家和美学家双重品格的人。这一观点令人想起别林斯基的以下见解："不涉及美学的历史的批评，以及反之，不涉及历史的美学的批评，都将是片面的，因而也是错误的。"②实际上，普列汉诺夫正是在论述别林斯基和车尔尼雪夫斯基的美学观时提出自己的上述论点的。在谈到19世纪另一著名批评家杜勃罗留波夫的"现实的批评"时，普列汉诺夫认为其特征有两点："第一，它不是发指示，而是进行研究"；"第二，现实的批评不把自己本人的思想强加在作者身上。"③在这里，普列汉诺夫同样是在肯定前人的批评建树时倡导一种批评观，强调批评应当具有科学性、客观性。这些见解无疑都经受住了历史的检验，即便在今天看来也依然是正确的。

不过，普列汉诺夫关于文学批评的见解，并不都是完美无缺的。例如，他把对作品的评价分为两个阶段，第一阶段是分析作品的内容，第二阶段是发现作品的艺术价值，这种区分显得有些机械，在批评实践中还很容易导致对作品的内容和形式进行人为的割裂。又如，他认为分析作品的内容，就是"把某一作品的思想从艺术的语言翻译成社会学的语言，从而找出那可以称之为某一文学现象的社会学的等价物的东西，"④这等于把艺术作品完全视为社会学内容的图解，带有明显的庸俗社会学色彩。另外，他断言"政论式的批评"，也就是"真正科学的批评""真正哲学式的批评"，这也有些绝对化了，而且过于强调了文学批评的政论意义。

作为批评家，普列汉诺夫所涉及的对象颇多，但大致显示出两条线索，其一为欧洲文学与文化，自古代文化史到20世纪初欧洲文艺学家；其二为俄国文学，主要是普希金以后到19—20世纪之交白银时代的文学。在第一条线索上，他论及以荷马、古希腊三大悲剧家，中经文艺复兴时代的达·芬奇、莎士比亚，一直到19世纪末、20世纪初的尼采、易卜生和法朗士等，其着眼点不在于评价

---

① 普列汉诺夫：《尼·加·车尔尼雪夫斯基的美学理论》，载《普列汉诺夫美学论文集》，第1卷，第259—260页。着重标记为原文所有，下同。

② 别林斯基：《别林斯基选集》，第3卷，满涛译，上海：上海译文出版社，1980年，第595页。

③ 普列汉诺夫：《杜勃罗留波夫和奥斯特洛夫斯基》，载《普列汉诺夫美学论文集》，第2卷，第787页。

④ 普列汉诺夫：《论文集〈二十年间〉第三版序言》，载《鲁迅译文集》，第6卷，北京：人民文学出版社，1958年，第591—592页。

具体作家作品，而在于以丰富的文学与文化史实为依据，揭示艺术的发展规律，阐述美学和文学理论的一系列根本问题。在第二条线索上，他对赫尔岑、别林斯基、车尔尼雪夫斯基、杜勃罗留波夫、皮萨列夫和沃伦斯基、格尔申宗等理论家和批评家的评价，则以梳理俄国文学批评的发展、树立正确的批评观与科学的批评方法为目标，这方面的主要论著有《别林斯基与合理的现实》(1897)、《别林斯基的文学观》(1897)、《车尔尼雪夫斯基的美学理论》(1897)、《尼·加·车尔尼雪夫斯基的文学观》(1909)、《阿·里·沃伦斯基》(1897)和《杜勃罗留波夫与奥斯特洛夫斯基》(1911)等。在俄国作家评论方面，普列汉诺夫对普希金、莱蒙托夫、果戈理、屠格涅夫、涅克拉索夫及白银时代一些象征主义作家均有过评价，但写有专论的主要是民粹派作家、列夫·托尔斯泰和高尔基等。

第三节 文学批评成就

普列汉诺夫的美学观和文学批评观，在他关于俄罗斯文学的评论中得到了鲜明的体现。和自己的思维热点及社会关注侧重相联系，他评论的最多的是俄国民粹派文学以及列夫·托尔斯泰和高尔基的作品。他的文学批评的出色之处和某些不足，也在这些评论中显示出来。

普列汉诺夫本人的唯物史观是在同俄国民粹派的社会学说作斗争的基础上建立起来的，这就使得他关于民粹派作家的评论格外引人注目。《格·乌斯宾斯基》(1888)是他评价民粹派文学的第一篇文章。普列汉诺夫指出：由于民粹派的主体是平民知识分子，所以在民粹派文学中，便很容易看出平民知识分子的一切优点和缺点；由于平民知识分子在19世纪俄国社会发展进程中的历史地位，民粹派文学便顺理成章地表现了农奴制改革后三十年间那“曾经是俄罗斯最先进阶层的社会阶层的观点和愿望。”[①]普列汉诺夫认为，民粹派文学是一种忠实于俄罗斯文学优秀传统的现实主义文学，它充满着感情，浸透着思想，而这一切都是由平民知识分子的精神优点所决定的，并成为民粹派文学的主要历史功绩。但民粹派文学的不足也是明显的，这主要表现在：在民粹派作家身上，社会兴趣超过了文学兴趣；他们往往更多是政论家，而较少是艺术家；在他们的作品中，议论与艺术描写往往一起进行，且可以强烈地感到一种对艺术加工的草率态度。普列汉诺夫指出：这种不足同样是平民知识分子特点的表现，他们对“美”格格不入，没有典雅、流畅和辉煌的语言。更为严重的是，民粹派小说家的作品的艺术优点也成了错误的社会学说的牺牲品。由于俄国平民知识

① 普列汉诺夫：《格·乌斯宾斯基》，载《普列汉诺夫美学论文集》，第1卷，第9页。

分子缺乏哲学修养，由于他们只是“根据偶然读到的杂志文章以及某些译文”来了解西欧的各种社会理论，对这些理论了解得非常浮浅零碎，因此不可能创立独立的社会学说，这也就决定了民粹派文学不可能从社会学角度找到多少“正确的答案”，决定了其作品的主要价值在于艺术描写部分，而不在于社会学的议论或“解释”部分。

普列汉诺夫正是从这个角度来看待格·乌斯宾斯基的创作道路的三个阶段的。普列汉诺夫认为，当作家是作为一个善于观察生活的艺术家来描写他所看到的生活，而并不借助于什么理论来解释它时，他写出了自己最优秀的作品；但当他试图用某种理论来解释农民的生活和思想时，他的作品便成了民粹主义谬误学说的牺牲品，他以自己政论式的议论把自己小说的描绘给读者所造成的印象冲淡了。

民粹派的另一作家尼·纳乌莫夫，在普列汉诺夫看来，是更多地显示出民粹派文学之弱点的小说家之一。他发现，在纳乌莫夫的作品中，“真正的艺术的成分完全服从于政论的成分”①，甚或是完全缺乏艺术成分的，作家往往为了一定的政论目的而有意地牺牲了自己的艺术才能。由于纳乌莫夫作品中的政论因素所赖以为据的是民粹派的社会学观点，这种观点本身的错谬就更加损害了其作品的艺术性。例如，在他的作品中只有两种主人公：剥削者和被剥削者，他们彼此之间截然对立，无任何联系，更不能互相转化。人物设置上这种机械性的根源在于，纳乌莫夫及其所属的民粹派看不到富农的出现是农民所经历的一定经济发展阶段的必然结果。在这里，普列汉诺夫从纳乌莫夫作品艺术上的不足揭示了民粹派社会学观点的缺陷。

但是，同样是民粹派作家的卡罗宁，却被普列汉诺夫看成是另一种范例。普列汉诺夫在《斯·卡罗宁》(1890)一文中指出：卡罗宁没有像纳乌莫夫和格·乌斯宾斯基后期的那种习惯，即让政论家去帮助小说家，因此他尽管没有巨大的才能，但他的那些描写人民生活的特写和短篇小说，却反映了俄国社会进程中最重要的东西，他发现了深刻而高尚的主题，于是作家便拥有了在现代俄罗斯小说界占据一席十分可敬的地位所需要的一切东西。

关于列夫·托尔斯泰，普列汉诺夫曾写过一组评价文章，均集中于自1905年革命失败到作家去世这段时间，主要有《预兆性的错误》(1907)、《托尔斯泰和大自然》(1908)、《概念的混乱》(1910)、《“如此而已”(一个评论家的札记)》(1910)、《卡尔·马克思和列夫·托尔斯泰》(1911)和《再论托尔斯泰》(1911)等。普列汉诺夫高度评价托尔斯泰描写大自然和揭示人物心理的技巧，认为他

① 普列汉诺夫：《尼·纳乌莫夫》，载《普列汉诺夫美学论文集》，第1卷，第127页。

具有巨大的艺术才能，但也主要是“从艺术上”肯定托尔斯泰。对于作为思想家的托尔斯泰，普列汉诺夫始终评价很低。他认为，托尔斯泰是“天才的艺术家和极端低能的思想家”，是“俄国贵族阶级的荷马”，充当了俄国文学中“描绘上等阶层生活的艺术家”。他并不认为托尔斯泰晚年的转变是从贵族世界观到宗法制农民世界观的转变，而仅仅是一种道德上的转变，强调托尔斯泰在转变之后“继续关心的仍然是剥削者”，站在人民的压迫者一边。他断言，在托尔斯泰后三十年间所写的全部作品中，大部分属于同无产阶级意识形态完全不容的意识形态领域，只有《天国在我们心中》《我的生活是怎样的？》和《我不能沉默》等少数作品中有“好的”“可以赞同的”、感动读者的东西，即其中关于总督折磨农民、关于统治者的娱乐与剥削人民的关系、关于处决农民的描写。普列汉诺夫针对托尔斯泰的上述作品写道：“他鼓吹勿以暴力抗恶，可是像我刚才指出的那些篇章却在读者心中激起以革命力量反对反动的暴力的神圣愿望。他主张只限于以批判作武器，可是他这些出色的篇章无疑地证明了以武器作最激烈的批判是正确的。这一点就是——而且也只有这一点才是——列·托尔斯泰伯爵说教中珍贵的东西。”[①]普列汉诺夫在这里仅仅从阶级对抗和社会革命的角度检视托尔斯泰作品的意义与价值，在思想方法上已接近庸俗社会学，他所得出的偏狭结论恐怕也很少有人真正接受。

普列汉诺夫对高尔基创作的评价是很富有特色的。他认为，高尔基的剧本《敌人》是很为出色的作品，因为它符合“艺术家必须同时又是心理学家”这样一个严格的要求，社会学家们，对现代工人运动心理感兴趣的人们，都可以从高尔基的这部剧本中学到很多东西。普列汉诺夫同时指出：高尔基的这部剧本也反映了俄国早期工人运动所沾染的“浪漫主义的乐观主义”，这一运动所遵循的最“热情的”和“英雄主义的”策略手段是站不住脚的，恩格斯早就将它们称为“革命的炼金术”了[②]。这些评价既表明普列汉诺夫对艺术作品与社会心理之关系的特别关注，又显示出他对俄国革命的看法。

《再论宗教》(1909)是普列汉诺夫评价高尔基作品的一篇重要文章。此文涉及他对高尔基的两部在当时就很有争议的作品《母亲》和《忏悔》的看法。关于《母亲》，普列汉诺夫认为，作者“在小说中扮演社会主义传播者的角色”，这对于作者来说是完全不合适的。因为在他看来，高尔基并未搞清楚马克思的观点，而且，任何一部文艺作品，如果其中的政论因素把真实生动的形象排挤到次要地位的话，就势必会变成带偏见的作品。这种评价同沃罗夫斯基、卢那察尔

---

① 普列汉诺夫：《卡尔·马克思和列夫·托尔斯泰》，载《普列汉诺夫美学论文集》，第2卷，第754页。

② 普列汉诺夫：《谈谈工人运动的心理》，载《普列汉诺夫美学论文集》，第2卷，第605页。

斯基的观点有些类似，说明《母亲》确实存在人所共见的缺点。关于高尔基另一部小说《忏悔》，普列汉诺夫将它看成1905年革命失败后俄国知识界普遍致力于宗教探寻的现象之一，认为高尔基本人在哲学上的某些错误认识决定了他有可能接受波格丹诺夫等人的造神论思想的影响。但是，普列汉诺夫并没有忽略《忏悔》在艺术上的某些成功。他指出："这部作品中有一些极为美妙的篇页，系根据人与自然相统一的诗意感受写成。在这些篇页中铿锵有力地响彻着歌德的旋律。"[①]这也是符合高尔基作品实际的中肯评价。

在普列汉诺夫所能读到的高尔基作品中，他给予最高评价的是长篇小说《马特维·科热米亚金的一生》。他在1911年12月致高尔基的一封信中写道：

> 当年普希金在读了果戈理寄给他的《死魂灵》初稿后，曾大声感叹道："上帝，俄罗斯是多么令人忧郁！"每一个严肃的读者在深思《科热米亚金》之后，也一定会自言自语地说："俄罗斯真是令人忧郁！"而且这种忧郁印象，深切而动人心弦的忧郁印象，在读完作品之后还久久不能消逝。……在这部作品中，我们碰到的始终是奥斯特罗夫斯基所描绘过的那种阴暗的环境，那种"黑暗王国"。杜勃罗留波夫曾认为，这个黑暗王国的末日已经来临，但是在他去世之后这个王国又存在了半个世纪，并且目前还继续存在着，就像一个沉重的秤砣吊在俄国人民的腿上。然而历史没有让这个王国安宁，它把思想的微生物悄悄地输入其中，这些微生物便在这个王国内部引起发酵和分解。《科热米亚金》正是描写了这种发酵过程，而且是由大手笔描写的。谁想了解这个过程，谁就应当阅读《科热米亚金》，正如希望了解复辟时代和路易·菲力浦时代的法国社会心理的人，就应当阅读巴尔扎克的某些作品一样。[②]

普列汉诺夫可以说是敏锐地抓住了《马特维·科热米亚金的一生》这部作品的特色，也准确地发现了它的价值所在。小说所具有的《死魂灵》般的艺术风格与悲剧效果，是普列汉诺夫充分肯定它的原因之一，但批评家更为着重的显然是作品对俄国人心理特点和特定时期社会心理过程的成功描写。这与他评价高尔基剧本《敌人》的着眼点是一致的。

作为俄国最早的马克思主义美学家、文艺理论家和批评家，普列汉诺夫的功绩是不可磨灭的。诚然，正如一切开拓者那样，他在理论阐述和具体批评实

---

① Плеханов Г. В. *Избранные философские произведения в 5 т.*, *Т.* 3. Москва: Госполитиздат, 1957, с. 390.

② Плеханов Г. В. *Литература и эстетика в 2 т.*, *Т.* 2. Москва: Государственное издательство художественной литературы, 1958, с. 516—517.

践中,也难免有这样那样的偏颇与失误,但这些不足只是说明了建立完备的马克思主义美学和文艺学体系本身的艰难。即便到了这种完备的科学体系最终建立起来的时候,人们也不会忘记他作为“用马克思主义的锄锹,掘通了文艺领域的第一个”[①]的卓越贡献。

① 鲁迅:《鲁迅全集》,第10卷,北京:人民文学出版社,1981年,第313页。

第三章

沃罗夫斯基:政论的批评

在俄国马克思主义批评家中,人们往往将普列汉诺夫、沃罗夫斯基和卢那察尔斯基三人并称,正如人们习惯于将19世纪俄国三大批评家别林斯基、车尔尼雪夫斯基和杜勃罗留波夫并称那样。从文学批评活动的实践看,沃罗夫斯基同普列汉诺夫一样,在十月革命前即已进入自己理论批评著述的高峰期,而卢那察尔斯基的主要建树则是在革命以后。

瓦茨拉夫·瓦茨拉沃维奇·沃罗夫斯基(Вацлав Вацлавович Воровский 1871—1923)是一位政论家、文学批评家、党务活动家和国务活动家。他生于莫斯科一个波兰血统的工程师家庭,1890年进入莫斯科大学学习,后转至莫斯科高等技术学校。1897年因宣传革命而被捕,1899年被流放到维亚特卡省的奥尔洛夫城。他的第一篇政论文章《致编辑部的信》(1901)显示出反对"合法马克思主义"的倾向。1902年流放结束后出国,在俄国社会民主工党第二次代表大会(1903)后成为布尔什维克,先后在《火星报》《无产者报》《新生活报》等党的报刊编辑部工作,并于1906年翻译出版马克思恩格斯的《共产党宣言》。在斯托雷平反动时期,他在敖德萨领导南俄党的工作和文学工作,1912年又遭逮捕。从1915年起居于国外,1917年二月革命后主持设在斯德哥尔摩的俄国社会民主工党(布)中央驻国外机关的工作,十月革命后任俄联邦驻意大利大使,曾为热那亚和洛桑两次国际会议苏联代表团首席秘书。1923年在洛桑被匪徒杀害。沃罗夫斯基是一位知识渊博的职业革命家,一生写过大量的政治、经济方面的论文、随笔和短评,文学批评在他的全部著述中约占四分之一的分量,也是他的全部社会活动的重要组成部分。他的文学批评活动自1899年开始[①],延续

---

① 保存至今的沃罗夫斯基的信件表明,他曾于1899年写过一篇关于高尔基的评论,但此文未保留下来。参见:Николаев П. А. (глав. ред.) *Русские писатели*. 1800—1917: *Биографический словарь*. Москва: Изд. «Советская энциклопедия». Т. 1. 1989, с. 485.

到1920年，但主要集中于1907—1912年间，也即他在敖德萨先后主持《敖德萨评论报》《敖德萨新闻报》及《黑海港口消息报》等报刊期间。

第一节 阶级性·倾向性·艺术性

在纯理论的领域内遨游，似乎不是沃罗夫斯基的兴趣所在。他几乎没有留下专门阐述某一美学观点或文艺思想的理论篇章，但是在他的大量批评文章中，仍然可以捕捉到他对于文学艺术的一些基本问题的见解。例如，作家的个性与社会普遍性、阶级性关系问题，便是他不止一次谈及的。他认为，任何一位有才能的作家的创作必然会反映出他的个性，但是，“即便是一个在个性方面最有特色的作家，其创作也是充满着社会因素的”；诗人“总是反映一定集团的情绪”，“作者的观点、概念、成见、评价，总之世界观，都是他从其中出生并且和他一起过着精神生活的那个环境的直接产物”。[①] 在他看来，无论屠格涅夫、契诃夫，还是布宁、安德列耶夫，其思想均不能超出本阶级的思想范围。他甚至说过：正如一种有色玻璃只能透出某一种颜色的光线一样，一个作家的心理只能放过与它适应的概念和形象。显然，沃罗夫斯基在看待作家的时候，首先注意的是作家的阶级性所属关系，并肯定他们在艺术作品中所表达的思想、情绪和愿望，都同一定阶级、一定社会集团的整个思想意识有着密不可分的联系。这是他的基本着眼点。虽然沃罗夫斯基也承认作家能够反映别的阶级的生活，别的阶级人物的特点，但他又强调所有这些反映只是从作家所属的那个阶级和集团的视角进行的。沃罗夫斯基的文学批评之所以主要是一种“政论式的批评”，正是由他对于作家与阶级之关系的理解所决定的。

更值得注意的是沃罗夫斯基关于文学倾向性的见解。他认为，任何作家都在他的作品中表现出一定的倾向性。“一个作家只要心里对社会问题有一丁点儿的兴趣，他就有了倾向性。”[②]像屠格涅夫、陀思妥耶夫斯基和托尔斯泰等对社会问题极有兴趣的作家，其作品无疑都有鲜明的倾向性。也有些作家对社会政治问题不感兴趣，而保持着一种纯艺术家的姿态，其实他们同样具有倾向性。沃罗夫斯基以库普林为例对此作了说明，指出作家对生活素材进行选择和对其作艺术加工的方式，已在无意中赋予这些材料以一定的色彩和评价；而作家对于一切利害关系、一切任务的平淡、“稳健”态度，本身也就是一种倾向性。

在谈及库普林的倾向性是在“无意”中显示出来的时候，沃罗夫斯基事实上

---

① 沃罗夫斯基：《论文学》，程代熙、陈燊等译，北京：人民文学出版社，1981年，第316—317页。

② 沃罗夫斯基：《论文学》，第174页。

是强调了倾向性的自然流露。他认为，一个作家如果醉心于自己所服膺的倾向，急于宣扬自己所制造的新思想，那么在其笔下就会出现一些不成熟的、生硬的形象，一些由于思想上的匆忙草率而产生的不自然的、非艺术的东西。他肯定道："只要作品确实是深厚的艺术情感的产物，只要它是创造出来，而不是制造出来的，那么这倾向就会像一种隐秘的、非物质的力量那样起着作用。"[①]沃罗夫斯基的这些论述，令人想起恩格斯关于"倾向应当从场面和情节中自然而然地流露出来"，"作者的见解愈隐蔽，对艺术作品来说就愈好"[②]的观点。同恩格斯相接近，沃罗夫斯基在确认艺术作品都具有倾向性时，并未忘记艺术的审美特性。

作为一个既忠实于自己所信奉的思想、又深知艺术特性的批评家，沃罗夫斯基正确地看到了艺术家常常会碰到的一种矛盾，即做一位诗人和做一位战士、追求艺术和保持公民感、看重艺术成就和表现倾向性之间的矛盾。他曾引用诗人涅克拉索夫的诗句："斗争妨碍我成为诗人，诗歌妨碍我成为战士"[③]，来说明同时既是诗人又是战士往往是不可能的。他指出，任何一个国家的文学都不像俄国文学那样，有那么多的"有倾向"的作家；他们创作的那些有倾向的作品，虽然起过巨大的教育作用，但从艺术方面看却是毫不足取的。他甚至感到，有许多从事"有倾向的创作"的人，在艺术方面都是不大有才华的。沃罗夫斯基清楚地看到：高尔基无疑是一位诗人，一位非常真诚的真正的艺术家，他笔下的那些优美的文字，表明诗歌是怎样吸引着他；但是当高尔基给自己规定了"向人们指出生活中光明和善良的东西"的课题，就表明他已经从诗歌转向斗争。由于高尔基不可能毫不在乎地拿艺术来吞没公民感，所以他仿佛听从了涅克拉索夫在另一诗中的奉劝："你可以不做诗人，但必须做一个公民。"[④]沃罗夫斯基一方面以此来解释高尔基创作中为什么会出现某些在他看来是倾向性鲜明、艺术性不高的作品，另一方面又说明有意为之（与"自然流露"相反）的倾向性往往损害艺术性。关于这个问题，他还说过这样一段话：

> 这就说明为什么即使是那些创造无产阶级诗篇的最真诚最善意的尝试，结果都会搞得毫无艺术性可言，这是因为在这些诗篇中，隐藏在艺术作品的形式下的，实际上只是纯粹理性的综合和分析而已。[⑤]

---

① 沃罗夫斯基：《论文学》，第175页。

② 马克思、恩格斯：《论艺术》，第1卷，程代熙编，北京：中国社会科学出版社，1982年，第5、7—8页。

③ 涅克拉索夫：《致济娜》，载《涅克拉索夫诗选》，魏荒弩译，上海：上海译文出版社，1980年，第327页。

④ 涅克拉索夫：《诗人与公民》，载《涅克拉索夫诗选》，魏荒弩译，上海：上海译文出版社，1980年，第104页。

⑤ 沃罗夫斯基：《论文学》，第345页。

如果说,沃罗夫斯基的上述观点已为后来文学中出现的"为政治服务""主题先行"等导致文学衰退的口号和事实证实了其正确性,那么他关于一定阶级的审美意识总是落后于政治意识、艺术总是落后于思想体系的提法,则是值得商榷的。沃罗夫斯基认为,在每一阶级的生活中都存在着一定的阶段次序,首先形成的是基本经济关系,随之而来的是概念,然后出现政治意识,再产生学术思想体系,最后才出现艺术方面的思想家。他特别强调审美意识总是远远落后于政治意识。他写道:"人类创造的这个领域,其实质是对生活作出诗意的反映,因此它对现实的反映往往最不准确,反映得也最不及时。具有一定阶级特征的艺术创作,只有在这个阶级本身已经显著地成长起来,并意识到自己的独立性的时候,才会产生出来。"①在这里,沃罗夫斯基关于一定阶级的概念、政治意识、思想体系、艺术等依次出现的"阶段次序"的划分,具有明显的机械性,未能揭示出经济基础与意识形态之间的辩证关系与相互作用。他关于审美意识总是出现于一个阶级精神生活的最后阶段的结论,也不符合文化史上的事实。众所周知,获得成功的最早的资产阶级革命是 17 世纪 40 年代在英国发生的,但早在 14 世纪,资产阶级的思想文化运动——文艺复兴运动就在意大利开始兴起了,而且这场席卷全欧的运动是以文学艺术为先导的。沃罗夫斯基的本意竟是试图发现 20 世纪初俄国无产阶级艺术尚未取得重大成就的原因,并揭示人类精神生活发展的某些规律性,然而他显然没有能够提供令人信服的结论。

关于文学批评的任务和批评所依据的尺度,沃罗夫斯基大致是认同别林斯基的观点。但他只是强调批评的任务是把艺术作品放到人类艺术创作已有成果的宝库中检视它的地位和价值,而没有像别林斯基那样,还特别指出批评的任务应当包括"确定"作家的创作特点,发现作家的创作个性。关于批评的尺度,沃罗夫斯基认为需要运用两种尺度,其一是看作品"是否符合艺术性的要求",也即总的说来它是否是"一部真正的艺术作品";其二是否提供了某种新的、更高级的、"可用来丰富文学宝库的"东西②。这种看法与别林斯基关于既要关注作品的社会历史内容,又要把确定作品的"美学优点的程度"作为批评的"第一要素"的观点是较为接近的;同时,沃罗夫斯基的观点又显示出与普列汉诺夫把对于作品的评价分为"两个阶段"的提法有着明显的不同。

虽然沃罗夫斯基从理论上认识到文学批评应当依据两种程度,但在批评实践中,他从审美角度评价作家作品显然是不够的。他最为关注的始终是作品的思想倾向,它的社会历史内容。他的批评主要是一种政论的批评。在《纪念"激

① 沃罗夫斯基:《论文学》,第 271 页。

② 同上,第 55 页。

烈的维萨里昂”》(1908)、《维·格·别林斯基》(1911)等论文中,沃罗夫斯基在别林斯基和贵族知识分子的杰出代表之间明确划出了一条界线,强调他作为俄国第一个平民知识分子的地位与价值,并断言“在内心中他实在是贯串60至80年代俄国社会生活的那次无产阶级知识分子运动的前驱”。[①] 在《尼·亚·杜勃罗留波夫》(1912)一文中,沃罗夫斯基对杜勃罗留波夫的思想发展脉络与思想特点作了认真探讨,肯定他不可能是俄国民粹派的“始祖和精神导师”,而是“更为接近于现代的马克思主义”。对于杜勃罗留波夫的“社会性的批评”,沃罗夫斯基也给予肯定性评价。这些评价无疑都是一种政论的批评。另外,沃罗夫斯基在《社会活动家伊·谢·屠格涅夫》(1908)中所描绘的,是在社会活动、思想斗争格局中的屠格涅夫;《多余的人》(1905)所考察的,是契诃夫的一系列描写俄国知识分子形象的剧本所表现的这个阶层的“理想、世界观及其特有的情绪”;《在伟人墓旁》(1910)一文所探讨的,是刚刚逝世的伟大作家列夫·托尔斯泰的内在思想矛盾,接近于列宁对这位作家的评价。在对所有这些作家的评价中,沃罗夫斯基似乎都没有作出任何一种审美评价。

第二节　关注“当前的现实”

“政论的批评”往往接近“现实的批评”。沃罗夫斯基文学批评文章的主要对象是当时的作家作品,因为他最为关注的是“当前的现实”。在《现代小说史略》(1910)中,他曾对高尔基、库普林和安德列耶夫的小说创作进行了较为全面的评述。在《文学素描》(1911)中,他又对布宁的小说《乡村》作了深入分析,对高尔基作了再考察。他还写有《论现代主义者的“资产阶级性”》(1908)、《战后之夜》(1908)、《巴扎罗夫和沙宁——两种虚无主义》(1909)等一组评论俄国非现实主义文学的文章。

关于库普林,沃罗夫斯基认为他在思想倾向方面大部分承继了契诃夫,“对空虚的生活的恐惧”成为库普林的(也是契诃夫的)基本材料和创作出发点;库普林虽然保持“纯艺术家”的姿态,其实还是有倾向性的,这既体现在他对当代“腐败而丑恶”的生活场景的描绘中,又显示于他对个人英雄主义的赞美中,这种赞美,在需要群众性的英雄主义的时代,意味着作家远远脱离了时代,成为“文学中的旧式地主”。

关于布宁,沃罗夫斯基认为,人们对他的创作的意义和作用往往有不同的看法,但没有人会否认这是一位才华卓越的艺术家;但尽管如此,尽管布宁有着

---

① 沃罗夫斯基:《论文学》,第373页。

对于俄国农村的深刻了解，他在他的颇为出众的小说《乡村》中所描绘的，仅仅是一幅不完全的、片面的农村生活景象，这是因为“布宁是属于衰退没落的‘地主老爷’知识分子这一类型的，在评价农村生活上，他自然会采取某些偏颇的（尽管也许是不自觉的）标准。”[①]这一评价与高尔基对于《乡村》的肯定性意见有着明显的区别。

安德列耶夫似乎是沃罗夫斯基较为重视的一位作家，他曾写过三篇关于这位作家的专论，论及安德列耶夫在1910年以前发表的主要作品。沃罗夫斯基认为，作为一个艺术家，安德列耶夫的心理和观点，他的阴暗的悲观主义，他因对未来没有信心而歌颂死亡和黑暗，所有这一切都是典型的俄国知识分子的特征。沃罗夫斯基指出，安德列耶夫从以前几代俄国知识分子艺术家身上继承了两种矛盾的倾向：以痛苦的心情关怀社会问题，用绝望的悲观主义评价它们。在沃罗夫斯基看来，“对于政论家的批评家，安德列耶夫提供了一个极好的观察对象”。[②] 他本人对安德列耶夫的评论无疑也主要是“政论式的批评”。但是与他对布宁、库普林的评论不同，他还对安德列耶夫的创作风格和艺术手法的阶段性变化作了概括和描述，并断言作家本人的政论家素质把他的作品的历久不衰的艺术价值降低了。在这里，沃罗夫斯基无疑显示出他对艺术的眷恋。

但是总起来看，沃罗夫斯基更为注意的是安德列耶夫的思想情绪与俄国知识分子思想发展的联系。在《战后之夜》一文中，他进一步指出安德列耶夫是俄国没落知识分子动摇情绪的典型代表，是农奴制改革后走上日益堕落之路的知识分子的那种悲观、厌世、恐惧感的艺术表现者。他甚至认为安德列耶夫和索罗古勃一样，都是文学界的“兵匪”，他们所干的事就是“搜光那些倒下的同伴的口袋”，也即在1905年革命之后用“兵匪”的态度对待失败的革命者。沃罗夫斯基主要是根据安德列耶夫的短篇《黑暗》和索罗古勃的长篇《鬼魂的魔力》来论证其“兵匪勾当”的。他还声言，“我们将仅仅涉及这两部作品的政论方面或生活真实，而不涉及它们的美学方面或艺术真实”[③]，又一次表明自己所从事的是“政论的批评”。

对于俄国现代主义文学，沃罗夫斯基是持否定态度的。他看到，现代主义作家大都出身于小资产阶级，并且是仇视不劳而获和掠夺成性的资产阶级的。但是他又认为，他们的心愿并不是要摧毁资产阶级世界，而是要把这个世界争取过来，给自己在其中安排一个舒服的角落，因为他们这类小资产阶级知识分

① 沃罗夫斯基：《论文学》，第367页。

② 同上，第313页。

③ 同上，第145页。

子本身就是资产阶级制度的产物，并且将和这个制度一起灭亡。沃罗夫斯基由此而论证了现代主义者的“资产阶级性”，说明俄国现代主义文学与1905年革命失败后政治危机、政治反动的现实有着密切联系。在《巴扎罗夫和沙宁》一文中，沃罗夫斯基指出，作家阿尔志跋绥夫就是这个时期最鲜明、最有代表性的人物之一，他通过他笔下的沙宁这一形象把这个时期知识分子反动情绪的本质表现了出来。沃罗夫斯基对沙宁和巴扎罗夫作了比较考察，认为沙宁是在知识分子经过半个世纪的活动而陷入失望的时期、在他们逃避社会服务而转入个人生活的时期出现的。他强调指出：沙宁的特征的总和，是对平民知识分子半个世纪的传统的背叛，沙宁们的出现标志着平民知识分子迈出了走向资产阶级的新一步。从这种评论中不难看出，沃罗夫斯基确认每一种文学都是一定时代一定阶级整体思想情绪的表现，每一作家都是表现他所属的那个阶级的思想情绪的，他又是通过自己笔下的主要形象来表现这种思想情绪的。在阶级的思想情绪——阶级的文学——个别作家——具体形象这一批评程式中，可以发现沃罗夫斯基似乎早已淡忘了他曾经论述过的文学批评的任务和批评所应依据的两种尺度了。

对于高尔基及其作品的评价，在沃罗夫斯基的文学批评中占有重要位置。除了在《现代小说史略》和《文学素描》中关于高尔基的专论之外，他还写有《论马·高尔基》(1902)和《两个母亲》(1911)等评论高尔基的文章。沃罗夫斯基的观点，对于后来苏联的高尔基研究曾发生过重大影响。沃罗夫斯基曾对高尔基早期的流浪汉小说作出了正确的评价，认为作家通过他笔下的众多流浪汉形象，发现“在生活实践的粗糙的外壳底下，往往隐藏着珍珠那样的道德品质”；作家还拿这些品质作为一个标准，去衡量社会上的不同阶层。他还看到了高尔基的早期思想与创作同易卜生、尼采的某些相近之处，论证了高尔基早期作品的浪漫主义特色所由形成的社会心理根源，指出“对真理的探求”是高尔基文学活动的中心，断言高尔基是“一个彻头彻尾的人道主义者”，“人道的特征”是其心灵的主要特征。凡此种种，都显示出作为批评家的沃罗夫斯基的敏锐洞察力。

在对高尔基的创作进行总体考察时，沃罗夫斯基认为在流浪汉作品的创作中，高尔基攀上了他以后的作品再也没有达到过的艺术高峰，尽管他的后期作品更具有社会学意义。批评家多次指出，从纯艺术的观点来看，高尔基早期的短篇小说成就最高，而他的大部头小说都写得不成功，《三人》《福玛·高尔杰耶夫》和《母亲》都显得冗长、呆滞，艺术性在其中明显地成了政论的牺牲品。沃罗夫斯基承认《母亲》最鲜明地反映出高尔基思想和创作中的一个转折，但又指出这部小说在艺术结构上有着很大的缺陷，小说发展中的心理动力是一个母亲对儿子的爱，母亲这一形象只是“在想象中可能有的”，但却不是典型的。批评家肯定:由于高尔基的“理想化的片面性”,这部小说是一个很好的宣传材料,但宣传价值还不是一部文艺作品的凭证。沃罗夫斯基在评论《母亲》时,没有仅仅作“政论式的批评”,而是注意到了美学上的审视,这在他来说是难能可贵的。而且,如果只是将《母亲》等长篇小说与作家的早期短篇小说相比较,那么确认这些短篇的艺术成就更高,也是符合事实的。因为沃罗夫斯基发表上述意见的1910至1911年间,高尔基的创作道路还远远没有走完,批评家在当时只能得出这样的结论。假如沃罗夫斯基把后来高尔基陆续完成的自传体三部曲、“奥库罗夫三部曲”、《罗斯记游》《1922至1924年短篇小说集》等作品一并予以考察,他大概就要修正自己的结论了。但是,沃罗夫斯基关于高尔基早期浪漫主义流浪汉作品构成作家创作的艺术高峰这一在特定条件下得出的结论,却被后来的某些评论者无条件地接受下来了。

沃罗夫斯基关于高尔基创作道路的划分,也对后来的高尔基研究有直接影响。批评家曾把高尔基的文学活动分为“流浪汉小说时期”“鞭挞知识分子的时期”和描写工人阶级的时期。这种以描写对象来划分作家创作的做法,不仅过于机械,也不符合高尔基的创作实际。但沃罗夫斯基的不足,只是在于没有注意到高尔基创作的不同时期在描写对象(主人公)方面的交叉现象,他并没有认为作家在“描写工人阶级”上永远停止了自己的发展。然而后来的一些高尔基评论者却把沃罗夫斯基在1910年对高尔基创作道路的划分,作为对高尔基全部创作活动的划分,似乎高尔基从写作《母亲》开始到1936年去世止,一直是在“描写工人阶级”。当然,产生这种误解的根源并不在沃罗夫斯基身上。

沃罗夫斯基是一位深知艺术规律的批评家,他关于文学批评应当依据两种尺度的提法,就是一个明证。他对高尔基创作的不同时期所呈现出的不同艺术风格特色的勾画,对安德列耶夫作品的艺术特色的变化发展所作的描述,都表明他并不排斥“美学的批评”。但是,正如他所谈过的像涅克拉索夫、高尔基等人不得不在诗人与战士、追求艺术与保持公民感之间做出选择那样,作为批评家,以自己的政治信念与社会激情出发,他本人也不得不在“艺术的批评”与“政论的批评”之间作出选择,不得不为了后者而舍弃前者。这是在特定的时代条件下俄国早期马克思主义批评家们所不得不作出的一种抉择。

第四章

卢那察尔斯基:社会学批评与美学批评

阿纳托里·瓦西里耶维奇·卢那察尔斯基(Анатоний Васильевич Луначарский 1875—1933)是俄国马克思主义批评的又一代表人物。他生于乌克兰波尔塔瓦一个有激进情绪的官员之家,自15岁起就开始学习马克思主义,1895年加入俄国社会民主工党。由基辅中学毕业后,即进入瑞士苏黎世大学学习哲学和自然科学,1897年回俄国,次年因"进行反政府宣传"而被捕。1904年流放期满后,逐渐成为著名的布尔什维克活动家,参与编辑《前进报》《无产者报》等报刊,并因革命活动而经常奔走于俄国与西欧各国之间。第一次俄国革命失败后,他被迫流亡国外,直至1917年二月革命后回国。十月革命后他即担任人民委员会所属十二个部门之一的教育人民委员会部的负责人,主持文化教育工作直至1929年。1933年,他在出任苏联驻西班牙首任大使途中不幸病逝。在从事社会革命的过程中,他始终同时进行文学批评活动,留下了许多精彩的篇章。

第一节　在艺术与政治之间

艺术与政治的关系问题,是卢那察尔斯基文学理论与批评观中的一个重要问题。他对这个问题的认识与阐发,经历了一个变化过程。

《俄国的浮士德》(1902)一文是卢那察尔斯基文学批评活动的开始。在这篇文章中,卢那察尔斯基揭示了陀思妥耶夫斯基的小说《卡拉玛佐夫兄弟》中的伊万·卡拉玛佐夫否定社会进步的"颓废主义者"的本质,显示出他作为批评家的关注侧重。《艺术家总论与艺术家专论》(1903)、《实证美学概述》(1904)[①]等论著,是卢那察尔斯基在十月革命前的美学思想的集中体现。其中后一部著作

---

① 该书1923年出版时更名为《实证美学基础》。

吸收了阿芬那留斯的经验批判主义和车尔尼雪夫斯基的人本主义哲学—美学观点，强调人是“衡量一切事物的尺度”，认为人的生活特征和机体能力对于人的艺术活动和审美感情有着重要的制约作用，美学评价的对象是以生物学为基础的心理事实，因此美学是“生物学最重要的分支之一”。但作者同时又主张艺术应当唤起光明的感情，巩固对于生活的信心。

在《马克思主义与美学：关于艺术的对话》(1905)中，卢那察尔斯基进一步强调艺术应教会人们热爱生活，并断言正在成长中的无产阶级已经意识到艺术的价值。他的《社会民主主义艺术创作的任务》(1907)一文，继列宁之后明确宣布党性原则是社会民主工党艺术创作的基本原则，论证了无产阶级艺术产生的历史必然性，阐明了这一新型艺术的基本特征，并提出了“无产阶级现实主义”的口号。

十月革命前卢那察尔斯基评价得较多的作家是高尔基和安德列耶夫。在评论高尔基的《避暑客》和《野蛮人》等剧本时，卢那察尔斯基着重分析了俄国知识分子分化的悲剧，也探讨了作家高尔基与他笔下的知识分子形象之间的复杂精神联系，同时指出这些剧本在艺术上的某种不足。当高尔基的《母亲》受到一些人的攻击时，卢那察尔斯基撰文为这部作品辩护，肯定其思想意义，但他又认为：“就艺术意义而论，《忏悔》比《母亲》要高得多。”卢那察尔斯基确认安德列耶夫的艺术才华，肯定他具有“丰富而鲜明的联想”，但又指出他的悲观主义和神秘主义损害了他的作品。卢那察尔斯基既重社会—历史的批评，又重美学分析的特点，已在上述评论中显示出来。

卢那察尔斯基的文学批评活动虽然早在20世纪初即已开始，但只是到了十月革命之后，他才真正进入了作为批评家的成熟的、有贡献的时期。在主管文化、教育和文学艺术工作的余暇，他在文学理论与批评领域用功颇多。他凭依自己百科全书般的知识，尤其是对欧洲文学史和俄罗斯文学史的熟知，以及对20年代苏联文坛状况的透彻了解，发表了一系列理论与批评著述，力图对革命后俄罗斯文学的纷繁现象作出马克思主义的评述，引导文学的健康发展。卢那察尔斯基留下的那些常常显示出真知灼见的精彩篇章，对于我们的文学理论与批评至今仍然具有某种指导或启示意义；他在批评实践中有时所表现出的某些矛盾。亦应由我们根据特定时代条件加以理解。

在十月革命胜利、布尔什维克党成为执政党的新的历史条件下，怎样正确认识文学艺术与政治的关系，怎样正确处理党对文艺工作的领导问题，直接摆到了马克思主义批评家们面前。1920年，卢那察尔斯基即发表《革命与艺术》一文，对这些问题作出了自己的回答。他期望“革命给艺术以巨大的影响”，认为革命"应当使艺术回到它的真正使命——强有力地、引人入胜地表现伟大的思想和伟大的感情上来"。[①] 他认为在先进的、高尚的思想与高度的艺术性之间有着一种必然联系，指出19世纪的优秀俄罗斯作家的成功创作正是体现这种联系的例证，他们的杰出作品的高度艺术价值，是同他们的社会批判激情和先进的美学思想紧密相关联的；同样，在现代的文学生活中，时代的先进思想也培育着艺术家的健全心理、艺术嗅觉和敏锐性，帮助他们提高认识生活本质并运用独特的艺术手段表现这种本质的能力。基于这样的认识，卢那察尔斯基肯定，必须坚持党和国家对文学艺术工作的领导。

然而，卢那察尔斯基又断然反对以所谓"纯粹政治"的态度和方式来"领导"文学艺术，强调尊重文艺的特殊规律。在1924年5月俄共(布)中央关于文艺政策问题的讨论会上，卢那察尔斯基批评了"拉普"的前身"岗位派"的代表人物之一瓦尔金提出的"必须从纯政治的角度来看待文艺问题"的主张，并对艺术与政治的关系、应当如何对待具有不同倾向的作家作品等问题，进行了精辟的阐述。他认为，首先必须区分艺术与政治这两个不同的领域。"当政治家不了解某个领域的特殊方面而第一次接触这个领域的时候，可能会做出过分一般化的判断，或者甚至会提出有害的意图。"在指导文艺工作时，当然必须认识艺术领域的特殊性。"不考虑艺术的特殊规律，就不可能提出有关文艺政策问题。如果不是那样，我们就会由于这种笨拙的政治尝试终于把一切文艺埋进坟墓。"[②] 在此基础上，卢那察尔斯基又提出区别对待艺术家和政治家问题。他告诫人们，"不要忘记艺术家是特殊类型的人。我们决不能要求艺术家的多数同时又成为政治家"。艺术家是用和政治理论不同的方法组织他的材料的，显然"不能把狭隘的党的目标、纲领的目标强加给他的艺术作品"。[③] 卢那察尔斯基指出：马克思是很理解这一点的，所以他能够非常细致而友好地对待像歌德、海涅这样的艺术家。

卢那察尔斯基进而谈到怎样正确对待文艺作品的问题。他说："如果某一部艺术作品不具备艺术价值，即使它有政治性也是全无意义的。"这样的"具有某种政治意义"的内容只要用政论的形式来表达就可以了。他还说，当我们面对一位伟大作家写的"一部在政治上和我们有距离的"天才小说时，如果它"完全是反革命的东西"，那我们"将不得不十分遗憾地、挥泪扼杀这样一部小说"；

---

① Луначарский А. В. *Собрание сочинений в 8 т.*, *Т. 7.* Москва: Государственное издательство художественной литературы, 1967, с. 295.

② 《关于俄共(布)的文艺政策问题・卢那察尔斯基的发言》，载张秋华等编选：《"拉普"资料汇编(上)》，北京：中国社会科学出版社，1981年，第162页。

③ 同上。

但如果它只是有几份不大好的倾向，那么当然应当允许这样的小说存在。他针对当时某些文艺批评家的心态指出：由于一部艺术作品和我们稍有距离，或者仅仅由于它具有和我们的倾向不一致的特点，就马上认为它是有害的，这种“恐怖心理”是没有必要的。他明确提出反对用行政手段来“领导”文学艺术，反对以行政处理的方法来取代文学批评，认为“可以通过健康的批评方法来指出哪些作品是和我们的政治倾向不一致的，而决没有必要采取禁止、压制的办法。”①他还曾在另外的场合发表过同样的意见：“在艺术中，如同在科学中一样，采取行政手段是无法搞成十月革命的……无论是科学，还是艺术的发展，都应当依靠创造的行动，而不是行政手段。”②卢那察尔斯基可以说是第一个旗帜鲜明地反对以“行政手段”干涉文学艺术的马克思主义批评家，这主要来源于他对艺术规律的了解和尊重。

第二节 关于“反映论”的阐释

卢那察尔斯基的长篇论著《列宁与文艺学》(1932)是他系统考察列宁文艺思想的主要成果。他认为，“反映论”在列宁对待历史过程和文学现象的态度中占有重要地位；同时他又提醒人们注意：列宁的反映论从来不是意味着同历史脱节，它从来不是用同一把钥匙去开启一切历史局势的抽象公式。卢那察尔斯基写道：“反映论所注意的，与其说是作家隶属的家系，不如说是他对社会变动的反映，与其说是作家主观上的依附性和他同某个社会环境的联系，不如说是他对于这种或那种历史局势的客观代表性。”③这一段议论显然具有针对性。从20年代开始，苏联文学界就流行着庸俗社会学派、“无产阶级文化派”和“拉普”的种种极左思潮，一些人机械而庸俗地认定“艺术生产从属于物质生产的规律”，艺术作品是“用艺术形象的语言来翻译社会经济生活”，作家首先是“阶级的等价物”和“阶级心理的代表者”。根据这种理论，他们得出了果戈理、陀思妥耶夫斯基、高尔基分别是“小贵族”“城市小资产阶级”“小市民”的艺术代表的荒谬结论。20年代末，庸俗社会学理论受到批判，但是极左文学思潮并未得到有效的遏制，而是以变化了的形式继续顽强地表现出来。卢那察尔斯基针对这些现象，正确地阐释了列宁的反映论的内涵，说明庸俗社会学等极左思潮同列宁

---

① 《关于俄共(布)的文艺政策问题·卢那察尔斯基的发言》，载张秋华等编选：《“拉普”资料汇编(上)》，北京：中国社会科学出版社，1981年，第163页。

② Луначарский А. В. *Собрание сочинений в 8 т.*, *Т*. 2. Москва: Государственное издательство художественной литературы, 1964, с. 227.

③ 卢那察尔斯基：《论文学》，蒋路译，北京：人民文学出版社，1978年，第6页。

的文艺观毫无共同之处，同时还以列宁对阿维尔琴柯、列夫·托尔斯泰的评价为例，说明列宁是怎样运用反映论来评价具体作家作品的。列宁之所以称阿维尔琴柯的《插到革命背上的十二把刀子》为“一本有才气的书”，之所以认为托尔斯泰是“他显然不了解、显然避开的革命”的一面镜子，正是从他们对社会变动的反映、对于某种历史局势的客观代表性来看问题的。

然而这一切，却是 30 年代初“拉普”的理论家、批评家们所视而不见的。针对他们的某些极左观点和做法，卢那察尔斯基写道：

> 我们现在常常看到，青年文艺学家们在分析过去或现代某个未能超越本阶级的全部偏见、思想观点上未能达到纯正无瑕的境界的伟大先进艺术家时，总是带着一股特别的劲头，极力强调和夸张这些缺点，仿佛很少欣庆这个人物给我们的助益，而多半是害怕他成为我们的竞争者似的。对遗产抱这种“左”的态度，其害处正像右倾机会主义者讳言诸如此类“盟友”的缺点和粗疏一样。①

这一段写于 1932 年的文字，响彻着对于那个时代盛行的极左文艺思潮激烈批判的音调，并且至今还未丧失其意义。

在考察列宁对于一系列具体作家的评价时，卢那察尔斯基特别重视列宁论列夫·托尔斯泰的一系列文章。他认为，列宁的评论不仅提供了对于一位伟大作家的具体评价意见，而且更具有一种方法论方面的意义。卢那察尔斯基指出，在《列·尼·托尔斯泰和他的时代》一文中，列宁启示我们首先要确定某一文学现象的“活生生的社会年代，也就是确定作为被研究对象的历史基础的、各社会现象之间的联系”；其次，还必须抓住这些错综复杂的事件的基本环节，“发现这基本环节究竟如何反映在所研究的作品的主要思想特点中，从而当然也反映在作品的形式中”。当然，这并不是列宁评价作家作品的唯一方法。在《列·尼·托尔斯泰和他的时代》一文中，他又提示了另一种方法，即：一开始就对托尔斯泰创作本身的构成作了天才的分析，揭示出其创作的基本性质和基本矛盾，然后由此出发，去考察产生这一结果的社会条件。如果说，列宁在以上两篇文章中所提供的是两种不同的具体方法，那么在《列·尼·托尔斯泰和他的时代》一文中，列宁的一段话则具有思想方法上的、观念上的意义。列宁的这段话是：托尔斯泰在《安娜·卡列尼娜》等作品中描写了 1861 年农奴制改革后的俄国，“由于托尔斯泰的天才描述，一个被农奴主压迫的国家的革命准备时期，竟

① 卢那察尔斯基：《论文学》，蒋路译，北京：人民文学出版社，1978 年，第 16 页。

成为全人类艺术发展中向前跨进的一步了”。[①] 卢那察尔斯基认为，在这里，列宁指出了“全人类艺术发展中向前跨进的一步”是由两个基本因素所造成的结果：第一个因素也即基本因素，是“强烈要求得到艺术表现的重大素材”，而“凡是准备一次深刻的革命的地方，都存在着这一类具有全人类价值的伟大的社会素材”；第二个因素是“天才描述”，即素材的高度艺术性外形，而革命时代，特别是“革命准备时期”，又往往最能提供众多的艺术天才。列宁显然是在肯定：一切伟大艺术家的优秀作品所表现的丰富内容和他的艺术才能，都是前进发展的时代本身的产物。卢那察尔斯基强调：列宁的论点“在方法论上具有很大的价值”。

第三节　社会学批评与美学批评的融合

卢那察尔斯基本人关于俄罗斯作家的系列评论，可以说是运用列宁的方法考察文学现象的一种典范。大都写于 20 年代末、30 年代初的这一组评论文章，分别论及格利鲍耶陀夫、普希金、涅克拉索夫、车尔尼雪夫斯基、陀思妥耶夫斯基、柯罗连科、托尔斯泰、契诃夫等 19 世纪经典作家，在总体上大致构成了一部 19 世纪俄国文学史。

在对这些经典作家的评论中，卢那察尔斯基紧紧抓住每一位作家或诗人同自己时代的联系这个根本问题，精辟地分析了他们各自所处的时代的各不相同的历史特点，紧密结合每一创作主体的个性气质、才能禀赋、思想特征和艺术追求，对他们的创作以及他们自身的存在与活动的意义和价值、成就和局限，一一作出甚为精当的概括和透彻的阐述。他从不孤立地评价某一作家作品，而总是把文学现象与文学创造者连同历史变动、精神生活潮流、特定时代的社会心理特点、特定阶层人们的意向与情绪一起加以考察，因此他不仅能常常发人之所未见，而且往往准确地指明了一个个作家和诗人在文学史、文化史或思想史中的地位。他关于格利鲍耶陀夫的《聪明误》不是一部喜剧、而是一部悲剧的论断，关于诗人普希金成长和成熟的社会—文化氛围的描述，关于陀思妥耶夫斯基的所有小说“都是一道倾泻他的亲身感受的火热的河流”和“他的灵魂奥秘的连续自白”的见解，关于作为“俄国知识界的代表”、具有“异常高贵的性格”的柯罗连科在十月革命后思想变化之根源的分析，关于“假如契诃夫活到我们今天，他采取的政治立场很可能近似柯罗连科的立场”的推测，关于契诃夫的“三种主

---

① 列宁：《论文学与艺术》，中国社会科学院文学研究所文艺理论研究室编，北京：人民文学出版社，1983 年，第 210 页。

要艺术手法"的概括,都是相当有见地的,显示出他深邃的洞察力和杰出的批评才能,表明他不仅坚持贯彻列宁的批评原则,更把社会批评与美学批评结合起来,使文学批评真正成为"文学的"批评。

对于现代俄罗斯作家,卢那察尔斯基直接加以评论的不多,只有高尔基、马雅可夫斯基等少数几位。关于马雅可夫斯基,批评家无论是对于他的特长还是对于他的弱点,均有甚为准确的发现与评说。卢那察尔斯基认为这位诗人无疑是拥护革命的,但他却不能给革命下一个确切的定义,只知道这是一个打破现状、创造未来的过程,"这一过程进行得愈迅速、愈激烈、愈严酷,巨人马雅可夫斯基也愈痛快"。诗人的激烈情绪和反叛性格,他对诗歌艺术的革新和某种程度上的"粗鲁",他对文化遗产的态度,都同他对革命的理解有着密切的联系。卢那察尔斯基驳斥了一些人对马雅可夫斯基的嘲笑,但是并没有掩饰诗人的不足。批评家指出:从马雅可夫斯基的某些诗作中可以看出,他写得似乎不大具体,似乎害怕具体的东西,似乎在寻找包罗很广的有力的象征,这是由于诗人同那些东西本来接近得不够的缘故;此外,诗人还把在他自己身上"残留的小市民因素"带进他所描写的对象之中。卢那察尔斯基还十分敏锐地发现:这位诗人的心灵不仅热烈,而且也脆弱和容易受伤;"如果马雅可夫斯基没有这份深厚的同情心,没有这股怯生生的人道精神,那么,他那些纪念碑式的作品也许就不会使人感到温暖了"。① 批评家还由此而提及马克思关于"诗人需要亲切的抚爱"之说,强调马雅可夫斯基同样需要"亲切的抚爱",有时最需要的是一句知心话,哪怕是一句最简单的知心话。卢那察尔斯基在这里涉及了马雅可夫斯基悲剧性自杀的某些原因。

高尔基同样是卢那察尔斯基关注的对象。他写过《艺术家高尔基》(1931)、《高尔基创作40周年纪念》(1932)、《作家和政治家》(1931)、《萨姆金》(1932)等评论高尔基及其创作的论文。这些论文所讨论的问题主要有三个方面:1.关于高尔基的思想倾向;2.作家高尔基的基本特点;3.关于高尔基的作品《母亲》和《克里姆·萨姆金的一生》的评价。卢那察尔斯基维护列宁关于高尔基是"无产阶级作家"的判定,驳斥了庸俗社会学者们关于高尔基是"小市民作家""流氓无产阶级"代表之类的说法。批评家提到了高尔基对"造神论"的阐扬,也提到了他的《不合时宜的思想——关于革命与文化的札记》和《论俄国农民》等著作,但是未能联系高尔基的整个思想发展、联系他革命前后对一系列重大问题的看法来论证作家的思想特点,因而给人的印象是概括性评判多于具体的分析与论述,造成一定程度的空泛感。读了卢那察尔斯基这一方面的有关评论文字,人

① 卢那察尔斯基:《论文学》,第405页。

们能够看清的似乎仅仅是高尔基的“政治归属”问题，而对于作家的思想特点、思想演变过程等，依然不甚明了。

在论及作为艺术家的高尔基及其作品所赖以产生的时代之特征、作家创作活动的基本动因、他的艺术方法与艺术技巧、他的作品的结构特点、他对“人”以及对历史进步和科学技术的态度、他笔下的大自然、他的基本风格特点等问题时，卢那察尔斯基始终是将列夫·托尔斯泰作为主要参照，把这两位大作家对比起来进行考察的。这种角度与方法，无疑是由高尔基的早期创作和托尔斯泰的晚期创作彼此交叠这一文学史实所决定的。在比照当中，高尔基的创作特色清晰地显现出来。卢那察尔斯基写道：“如果说马克思曾经认为，有一种标准可以表明什么样的社会制度较为优越，就是看它能在多大程度上促进人身上蕴藏的全部潜能的发挥，那么，高尔基是可以将这句话作为他的全部创作的卷首题词的。”[①]批评家还说：高尔基“对形式上的任务——选取某一生活片断，以此制成一篇杰作，也即对它进行修饰润色，使之成为一件艺术品——不感兴趣。他要用关于现有的生活、可能有和应该有的生活的信息，震动自己的听众和读者，——用对于呻吟、哀号、抱怨和恶梦中的生活的再现，对于蜕化和失败、追求美好事物和胜利中的生活的再现震动他们”。[②] 所有这些评论都甚为精当，符合高尔基的创作实际。但是，卢那察尔斯基所注视的，主要是高尔基的早期创作；对于在《母亲》之后的大量作品，几乎无有论及。这不能说不是一种缺憾。

当然，卢那察尔斯基对高尔基晚期最重要的作品《克里姆·萨姆金的一生》，还是以长篇论文《萨姆金》做了详细评论，认为这部长篇巨著是以所谓“集中法”写成的，也就是让各种事件汇集在特定的中心人物周围这样一种方式；小说的体裁样式与结构，都类似于德国的“教育小说”，如歌德的《威廉·迈斯特》和凯勒的《绿衣亨利》，所不同的是它的主人未必获得作者的好感。通过一个作者并无好感的人物之眼光来描写一个时代，这是一个困难的任务。卢那察尔斯基着重考察了高尔基是如何顺利地完成这一任务的，并且详尽地说明了为什么主人公萨姆金会成为一个有趣的事件见证人。《萨姆金》这篇长文虽然长达几十页，但是批评家却认为自己只是作了某种局部性的贡献。他坚信，将来一定会有人对高尔基的这部杰作进行全面而认真的研究，并肯定了它“对于整个可以预见的将来的恒久的意义”。在 30 年代苏联文学批评界一些人仅仅突出强调高尔基的《母亲》等少数作品的意义，而对他的晚期杰作《克里姆·萨姆金的

① Луначарский А. В. *Статьи о Горьком*. Москва：Государственное издательство художественной литературы，1957，с. 19.

② Там же，с. 20.

一生》颇有微词的背景下，卢那察尔斯基的评价无疑是极有价值的。

1929年，卢那察尔斯基被解除自十月革命后一直担任的教育人民委员一职时，正是极左思潮开始泛滥、个人崇拜开始盛行之际。他个人的命运沉浮同社会政治生活的变化紧密相关。他早就注意到了这些错误思潮的有害性并为之忧虑。还是在1924年，他就说过："我担心我们在文学上重新走上'左派病'邪路的危险……我们的一切急躁表现都会使艺术家和学者感到害怕而离开我们。我们必须清楚地理解这一点。"[①]1930年，在评论普希金的一篇长文中，批评家又写道："每逢一个人歌颂掌握大权的人物，歌颂那能够决定这些颂词作者的命运的人物时，他的话总是非常接近献媚的。"[②]卢那察尔斯基看到了普希金时代的"献媚"现象在苏联文学中的复现，不过他已经不能同诸如此类的现象作有效的斗争了。1933年他去世时，极左思潮已逐渐被政策化、法令化，他早就担心的事情发生了。从文学理论批评史的发展演变进程来看，他的去世似乎有着某种象征意义。

① 《"拉普"资料汇编(上)》，第162页。

② 卢那察尔斯基：《论文学》，第126页。

第五章

列宁:文艺思想与批评实践

弗拉基米尔·伊里奇·列宁(Владимир Ильич Ленин 1870—1924)的名字首先是作为一个伟大革命家而载入史册的,但他始终关注意识形态、文化发展和文学艺术问题。在领导俄国革命的长期实践中,他同时就文学与文化的一系列根本问题发表了许多甚为深刻的见解,对一系列重要的文学现象作出了精辟的评论,并将这一切视为整个革命事业不可或缺的组成部分。在他的大量理论著述中,包含着丰富的文艺思想。这些思想对于马克思主义文学批评的实践,都具有原则性的指导意义。

第一节 “两种文化”论与文学的党性原则

十月革命前,列宁在他的著作中已经论及文艺理论的基本问题——艺术与现实的关系问题。他根据历史唯物主义原理确认:社会意识的各种形式,包括文学艺术,都是客观世界的反映。列宁指出:“物存在于我们之外。我们的知觉和表象是物的映象。实践检验这些映象,区别它们的真伪。”[①]他肯定了现实生活是文学艺术的唯一源泉,又强调生活实践是检验艺术作品真伪的主要标尺。但列宁又认为人的意识对客观现实的反映不是被动的、消极的、机械的,而是能动的、积极的、活跃的,它在反映客观世界的同时,也积极地作用于客观世界,甚至创造客观世界。反映和创造是认识客观世界的不可分割的两个组成部分;对于认识而言,人的想象力、幻想和创造性的预见等,都是必不可少的。列宁曾指出:没有瞻望未来的能力,缺乏有助于构想出更完整的现实图景的想象力,不仅诗人的创作,甚至微积分的发现也是不可能的;“幻想是极其可贵的品质”[②]。

---

① 列宁:《列宁选集》,第2卷,北京:人民出版社,1972年,第107页。

② 转引自《列宁文艺思想论集》,董立武、张耳编选,北京:中国社会科学出版社,1986年,第152页。

也就是说，艺术反映客观现世的过程中，必然有着人的主观想象、幻想、感情和愿望等因素的参与。显然，列宁关于艺术与现实的关系之见解——“反映论”，是贯穿着辨证精神的反映论。

关于“两种文化”的学说，是列宁针对如何正确地看待人类文化和艺术遗产的问题而提出来的。他认为：“每一种民族文化中，都有两种民族文化。有普里什凯维奇、古契柯夫和司徒卢威之流的大俄罗斯文化，但是也有以车尔尼雪夫斯基和普列汉诺夫为代表的大俄罗斯文化。”[①]列宁还指出，所谓两种文化，实质上是统治者的文化（也即“占统治地位的文化”）和劳动群众、被剥削群众的文化这两种不同的文化成分。它们虽然同属于一个民族，却处于彼此对抗的地位，因此每一种民族文化都不是一个统一的、同一的文化整体。正是从这个意义上，列宁不赞成“民族文化”的提法，而主张以“国际文化”的口号把各民族文化中的民主成分结合起来，并与统治阶级的文化相对抗。在这里，列宁是运用阶级分析的观点来看待民族文化问题的。他的“两种文化”学说，深刻地揭示了在有阶级存在的社会内民族文化的内在差异和内在矛盾。

这是作为革命家、政治家的列宁看待文化遗产问题时所必然得出的一种结论。他关于文学的党性原则的论述，与他的两种文化学说是彼此联系的。在《党的组织与党的出版物》(1905)一文中，列宁确立了“党的出版物的原则”。他指出：对于有社会主义觉悟的无产阶级而言，写作事业不仅不能是个人或集团的赚钱工具，而且根本不能是与无产阶级总的事业无关的个人事业。“写作事业应当成为无产阶级总的事业的一部分，成为由全体工人阶级的整个觉悟的先锋队所开动的一部巨大的社会民主主义机器的‘齿轮和螺丝钉’。写作事业应当成为社会民主党有组织的、有计划的、统一的党的工作的一个组成部分。”[②]列宁在这里提出的是俄国社会民主党的出版物的原则，是对“社会主义无产阶级”的写作事业的要求。他还同时提出了写作者应参加党组织，提出了党对于党的报纸、出版物、发行所、书店、图书馆和各种书报营业所的要求，即认为它们都应当成为党的机构，向党报告工作。列宁作为社会民主党的领导人，对本党的出版物和写作事业等提出这些原则要求，应当说是由社会民主党的纲领和目标所决定的。他当然不可能赞同党的写作事业也可以为饱食终日的贵夫人和胖得发愁的上等人服务。值得注意的是，列宁在这里所说的，并不是一切出版物的原则，并不是对一切写作事业的要求，可是后来的某些宣传家们却把列宁

① 列宁：《关于民族问题的批评意见》，载《论文学与艺术》，中国社会科学院文学研究所文艺理论研究室编，北京：人民文学出版社，1983年，第87页。

② 列宁：《党的组织与党的出版物》，载《论文学与艺术》，第68页。

的意见扩大为对整个文学的指导原则，显然是曲解了列宁的本意。

即便是在谈论作为党的全部事业之一部分的写作事业，列宁也肯定了它的特殊性，强调“在这个事业中，绝对必须保证有个人创造性和个人爱好的广阔天地，有思想和幻想、形式和内容的广阔天地”，强调党的事业中写作事业这一部分不能同党的事业的其他部分刻板地等同起来[①]。列宁对写作事业—文学事业的规律性有着明确的认识。他还指出：在阶级社会中，不可能有绝对自由的文学艺术，它必然要对这一或那一阶级有所依赖，非阶级的文学艺术只有在无阶级社会中才有可能存在。列宁的这一思想，是对马克思恩格斯关于文学的倾向性观点的发挥，同样显示出他看待文学现象的阶级分析眼光。

第二节　文学批评的三原则

列宁的文学批评，除了把上述思想作为基本的理论原则之外，还提出了一系列具体的方法论原则，其中最主要的，可以分别称之为历史的原则、辩证的原则和比较的原则。所谓历史的原则，也即历史主义的态度。列宁说：“卓绝地坚持哲学史中的严格的历史性，反对把我们所能了解的而古人事实上还没有的一种思想的‘发展’硬挂到他们名下。”[②]这就是说，评价作家艺术家首先要尊重历史的真实，既不能无根据地拔高前人的思想，也不能以今天的思想标准来衡量前人。列宁还认为：判断历史的功绩，不是根据历史活动家有没有提供现代所要求的东西，而是根据他们比他们的前辈提供了哪些新东西。这一主张可称为比较原则，它同样显示出一种历史主义精神。历史活动家的功绩，思想家、文学艺术家的价值，只有在同人类已有思想文化成果的比较之中，才能得到合理的评价；贡献的大小只能是相对而言。这是列宁所提倡的重要批评原则之一，也是他本人在批评实践中所一贯坚持的。列宁还主张把辩证法的原则贯穿于批评活动，强调从事物的全部总和、从其发展联系中把握文学现象，注意分析文学现象的内在矛盾及其运动变化，坚持具体地分析具体现象。列宁在十月革命前对一系列重要作家及其他文学现象的评价，已为在文学批评中贯彻历史的原则，比较的原则和辩证的原则，提供了杰出的范例。

列夫·托尔斯泰是列宁最为关注的俄罗斯作家，他曾写过六篇关于托尔斯泰的专论。无论是从世界革命运动史，还是从世界文学批评史的角度看，这都是一种绝无仅有的现象。这六篇文章中，《列夫·托尔斯泰是俄国革命的镜子》

---

① 列宁：《论文学与艺术》，第68—69页。

② 列宁：《列宁全集》，第38卷，北京：人民出版社，1963年，第272页。

(1908)写于作家80周年诞辰之际,《列夫·托尔斯泰》(1910)、《列夫·托尔斯泰和现代工人运动》(1910)、《托尔斯泰和无产阶级斗争》(1910)、《"保留"的英雄们》(1910)、《列夫·托尔斯泰和他的时代》(1911)等论文则是陆续写于托尔斯泰刚刚去世之际。这正是关于纪念和评价托尔斯泰的文章在俄罗斯报刊上大量出现的时候。各派评论家们纷纷发表自己的见解,有的把托尔斯泰称为"伟大的寻神者""公众的良心"或"生活的导师",有的对他进行歪曲或指责。其中有些人攀附这个极有声望的名字,是为了给自己增加资本。列宁认为,人们很少注意从俄国革命的性质和动力的角度来分析托尔斯泰的作品,因此难能对他作出正确的评价。列宁本人恰恰是从这个角度看待托尔斯泰的。

列宁认为,托尔斯泰的主要活动,是在俄国历史的两个转折点——1861年农奴制改革和1905年革命——之间的那个时代进行的,这个时代正是俄罗斯的"革命准备时期"。任何一位真正伟大的艺术家,都一定会在自己的作品中至少反映出革命的某些本质方面,托尔斯泰自然也是如此。列宁指出:托尔斯泰是作为俄国千百万农民在革命快要到来时的思想情绪的表达者出现的,他的学说和作品集中表现了第一次俄国革命作为"农民资产阶级革命"的历史特点以及革命的力量与弱点,反映了这一时期"乡村的和农民的俄罗斯"广大人民群众观点的急遽转变,提出了许多有关现代政治和社会制度的基本特点的问题。列宁承认托尔斯泰的作品、观点和学说中的显著矛盾,但又指出这些矛盾不仅是他个人的思想矛盾,而且是一些极其复杂的矛盾条件、社会影响和历史传统的反映,是宗法制农民在俄国革命的历史活动中所处的各种矛盾状况的反映,所以列宁得出了托尔斯泰是"俄国革命的镜子"的著名结论。列宁一方面肯定托尔斯泰的作品拥有巨大的艺术力量,在世界文学中占有第一流的位置,另一方面又揭示了托尔斯泰主义作为"东方制度、亚洲制度的思想体系"的空想色彩和危害性,但是列宁告诫人们,不要认为托尔斯泰的意义仅仅是艺术上的,不应该说他的学说里没有可以为启发先进阶级提供宝贵材料的批判成分,而要看到在他的遗产里有着"没有成为过去而是属于未来的东西",并且接受和研究这份遗产。从列宁对于托尔斯泰的评论中,不难看出他的"反映论"观点和阶级分析眼光,也不难看出他所提倡的历史的、比较的和辨证的方法论原则。

同样的观点与原则也显示于列宁的《纪念赫尔岑》(1912)等文章中。如果说,列宁把托尔斯泰看成自农奴制改革后到1905年革命前这一时代俄国农民思想情绪的表达者,那么,赫尔岑则被列宁视为从十二月党人运动到农奴制改革前那一时代俄国贵族革命家的代表,一位同样"在俄国革命的准备上起了伟大作用的作家”[1]。列宁深入地分析了赫尔岑在民主主义和自由主义之间摇摆不定的思想矛盾，但又肯定民主主义在他身上毕竟还是占了上风。列宁在这篇文章以及《俄国工人报刊的历史》(1914)中关于俄国解放运动三个历史阶段的划分，对后来的19世纪俄国文学研究的基本思路产生了直接的影响。

列宁的文学批评通常是宏观把握，高度概括，但这并不意味着他忽视细节。例如，托尔斯泰的名作《安娜·卡列尼娜》中某主人公的一段话，就曾引起列宁的充分重视。作品在描写列文的内心活动时，写到列文曾这样想：“现在在我们这里，一切都翻了一个身，一切都刚刚开始安排。”列宁认为，对于1861至1905年这个时期，很难想象得出比这更恰当的说明了，托尔斯泰借列文之口，非常清楚地说明了这个半个世纪中俄国历史变动的特点。小说中这句为一般读者所不太注意的话，经列宁的阐发，成了理解作品意义的一把钥匙。

或许也有人认为，既然列宁首先是革命家，他惯常是从社会历史、阶级斗争的角度来评价作家作品的，那么他的批评文字可能给人以单调、枯燥之感，其实并非如此。请看列宁的《欧仁·鲍狄埃》(1913)中的一段文字：

> 一个有觉悟的工人，不管他来到哪个国家，不管命运把他抛到哪里，不管他怎样感到自己是异邦人，言语不通，举目无亲，远离祖国，——他都可以凭《国际歌》的熟悉的曲调，给自己找到同志和朋友。[2]

这段文字不仅形象地说明了《国际歌》的意义，它本身也是精美的辞章，早已成为传诵不衰的名句。在列宁论托尔斯泰的系列论文中，在他评价赫尔岑的文章中，也同样可以发现一些可以诵读的精彩文字。

第三节　反对历史虚无主义

十月革命胜利后苏联文化与文学发展所直接面临的一个根本问题，就是如何正确对待古典文化遗产，如何确立科学的文化与文学发展思路。在这个问题上，列宁从一开始就鲜明地提出把继承、发扬传统和创新精神结合起来的思想，强调社会主义新文化与以往人类文化传统的继承关系。

列宁写道：“应当明确地认识到，只有确切地了解人类全部发展过程所创造的文化，只有对这种文化加以改造，才能建设无产阶级的文化，没有这样的认识，我们就不能完成这样的任务……无产阶级文化应当是人类在资本主义社

---

① 列宁：《纪念赫尔岑》，载《论文学与艺术》，第125页。

② 列宁：《欧仁·鲍狄埃》，载《论文学与艺术》，第334页。

会、地主社会和官僚社会压迫下创造出来的全部知识合乎规律的发展。"[1]列宁多次以马克思为例，说明重视和研究人类文化遗产的极端重要性。列宁指出，马克思的伟大理论贡献，他对人类社会发展规律的揭示，离不开他对"以往的科学所提供的全部知识"的充分领会，离不开"人类在资本主义制度下所获得的那些知识的坚固基础"；凡是人类社会所创造、人类思想所建树的一切，他都用批判的态度审视过、重新探讨过，因此才得出了前人与同时代人所不能得出的科学结论。当"无产阶级文化派"的代表们说什么要"在空地上"建立一种新文化时，列宁针锋相对地指出："不是臆造新的无产阶级文化，而是根据马克思主义世界观和无产阶级在其专政时代的生活与斗争条件的观点，发扬现有文化的优秀典范、传统和成果。"[2]列宁批驳了"无产阶级文化派"对待古典文化遗产的历史虚无主义态度，强调继承发扬文化传统的重要性，同时又主张用创新精神丰富这些文化传统，根据现代条件和要求创造性地发展这些传统。列宁的这些思想，对于社会主义新文化总体战略的制定，对于防止和克服对待文化与文学遗产方面的极左思潮，都具有十分重要的指导意义。

列宁的上述思想，是在领导文化建设的实践中形成的。当时的"无产阶级文化派"褊狭地认为，无产阶级在文化和文学领域，也能像在街垒战斗和军事前线一样，具有可以立即取得辉煌胜利的强大威力。针对这种观点，列宁指出，"在文化问题上，急躁冒进是最有害的"；他还主张"对任何冒进和吹捧等采取有益的怀疑态度"[3]。"无产阶级文化派"的领导人还提出所谓"平等"理论，即认为自身是与党平等的，党领导政治斗争，工会领导经济建设，文化工作则由"无产阶级文化协会"来领导。列宁严厉批评了这种荒谬的观点，并指示教育人民委员部搞清楚"无产阶级文化协会"的法律地位、领导核心、实际作用和工作结果。1922年9月27日，"无产阶级文化派"的重要成员瓦·普列特尼奥夫在《真理报》上发表长篇文章《在思想战线上》，阐述这一派别的观点。列宁读了该文后，就在那张报纸上写下了许多批注。从保存下来的这张报纸上，从列宁写下的批注"一派胡言""十足的杜撰""紊乱不清""哈哈！""哼！"以及他提出的一个个问题、他所划的一个个问号中，不难看出他对"无产阶级文化派"所持的批判、讽刺、怀疑和否定态度。列宁当天就把他加了批注的那张《真理报》寄给该报主编布哈林，并且写道："真不明白，为什么要把普列特尼奥夫用各种炫耀博学的时髦字眼来虚张声势的小品文这类昏庸话登了出来……难道《真理报》编辑部不

① 列宁：《青年团的任务》，载《论文学与艺术》，第106页。

② 转引自白嗣宏编选：《无产阶级文化派资料选编》，北京：中国社会科学出版社，1983年，第129页。

③ 转引自鲍·索·梅拉赫：《列宁和俄国文学问题》，臧仲伦等译，北京：中国社会科学出版社，1982年，第441页。

打算向读者指出他的错误吗？要知道，这是伪造历史唯物主义！玩弄历史唯物主义！”[①]根据列宁的指示，在《真理报》上曾连续发表几篇文章，对“无产阶级文化派”进行了尖锐的批判。

在20年代初的苏联文坛，未来派曾把自己的作品标榜为“共产主义艺术”的样板，并要求苏维埃政府承认它是“国家的艺术”、唯一革命的艺术，大有领导整个苏联文艺界的气势。其实，未来派的大部分作品(包括马雅可夫斯基的部分作品)，都带有浮夸、过激、狂放，把艺术等同于政治宣传的色彩。列宁对未来派持批评的态度。他在与蔡特金等人的谈话中说：“我不能把表现派、未来派、立体派和其他各派的作品，当作艺术天才的最高表现。”针对未来派、“无产阶级文化派”否定传统、标新立异的倾向，列宁指出：“即使美是‘旧’的，我们也必须保留它，拿它作为一个榜样，一个起点。为什么只要因为它‘旧’，就要抛弃真正的美，拒绝承认它，不把它当作进一步发展的出发点呢？为什么只因为那是‘新’的，就要把新的东西当作供人信奉的神一样来崇拜呢？那是荒谬的，绝对是荒谬的。”[②]1921年，当马雅可夫斯基的长诗《一亿五千万》写成，卢那察尔斯基同意发行5000册时，列宁当即对这部带有夸大和怪诞色彩的诗作提出激烈批评，并认为卢那察尔斯基支持未来派应该受到责备。列宁在这里所表达的绝不是一种个人的好恶，他的意见也绝不是出于对马雅可夫斯基个人的一种否定(他曾对诗人的讽刺诗《开会迷》作过高度评价)，他所批评的是未来派、“无产阶级文化派”所代表的那种否定传统、唯我独“革”、矫揉造作的思潮和风格。

对待高尔基及其文学活动的态度，充分显示出列宁的文学批评观。十月革命后，列宁从未公开发表过任何评论高尔基的文章，虽然两人的思想分歧，从1917年5月初高尔基在《新生活报》上发表《不合时宜的思想——关于革命与文化的札记》时就已经开始了。列宁在革命胜利后到逝世前，对高尔基的批评意见，大多见于各种信函或内部文件。作为革命家、政治家，列宁评判高尔基及其他一切作家的首要标准，只能是政治标准。他也深知高尔基是艺术家，与他自己看问题的角度不一样，得出的结论也往往不同。因此，他往往在政治上批评高尔基的同时，又对高尔基表示一种理解和宽容。列宁在1917年3月的一封信中曾经写道：

> 笔者有一次在喀普里岛同高尔基会晤时，曾经警告过他，并且责备过他在政治上所犯的错误。高尔基用他无比和蔼的微笑和坦率的声明挡回了这种责难，他说：“我知道，我是一个不好的马克思主义者。并且所有我

---

① 列宁：《给布哈林的便条》，载《论文学与艺术》，第123页。

② 蔡特金：《列宁印象记》，载《论文学与艺术》，第434页。

们这些艺术家，都是负不了多大责任的。”要反驳这种话是不容易的。

……

但是，高尔基为什么要搞政治呢？[①]

列宁正是由于懂得高尔基不是政治家，不是“搞政治”的，才从来没有一定要用政治家的标准来要求高尔基。这一点并不是所有的政治家、文学评论家都能做到的。

列宁的不同凡响之处，还体现于他对一些在政治上有明显敌对情绪的作家作品的评价中。十月革命后侨居国外的俄罗斯作家阿维尔钦柯，1921年在巴黎曾发表了一部题为《插到革命背上的十二把刀子》的短篇小说集。书中的12篇短篇小说无疑都表现了对革命的仇恨。列宁却称这是“一本有才气的书”。在列宁看来，书中的大部分作品是作者“用来描写他所非常熟悉的亲身体验过、思考过和感受过的事情”，这部分作品就“写得非常好”；而当作者写他所不熟悉的题材时，则“写得非常糟”，“艺术性就很差”。在这里列宁强调了作家对生活的熟悉程度直接决定作品的真实性和艺术价值。此外，列宁还看到了创作主体的情感力度在创作中的重要作用。他写道：“烈火般的仇恨，有时（而且多半）使阿维尔钦柯的小说精彩到惊人的程度。有些作品简直是妙透了，例如，描写经历过和经历着内战的儿童的心理的《被践踏的幼苗》，就是这样。”列宁认为，阿维尔钦柯这本小说集的主要价值就在于，作者“以惊人的才华刻画了旧俄罗斯的代表人物——生活优裕、饱食终日的地主和工厂主的感受和情绪”。[②]

对于像《插到革命背上的十二把刀子》这样的作品，最简单、也是最常见的方法，是批判一通了事，或者是不介绍、不评论，甚至提也不提，把这类作品连同其作者的名字从文学史上永远抹去。列宁却以一种思想家的无畏精神，不回避文学生活进程中出现的各种纷繁现象，对表现出明显敌对倾向和情绪的作品作出了精辟的分析，既肯定了作品的认识价值和客观意义，又指出其艺术上的得失。这一切并不妨碍列宁对小说作者政治立场的揭露，反而使这种揭露更为有力。列宁的这篇评论，如同他评论托尔斯泰的文章一样，成为马克思主义批评的杰出范例之一。

---

① 列宁：《远方来信》，载《论文学与艺术》，第305—306页。

② 列宁：《一本有才气的书》，载《论文学与艺术》，第365页。

第 六 章

托洛茨基:《文学与革命》

列夫·达维道维奇·托洛茨基(Лев Давидович Троцкий 1879—1940)是俄国革命史和苏共党史上的一个复杂而有争议的人物。对这个人物作出科学的历史评价,属于另一领域的研究课题。这里所要涉及的仅仅是他的文艺思想。托洛茨基的文艺思想主要反映在他的《文学与革命》(1923)一书中。这本书收集了托洛茨基的几乎全部文学批评文章(仅未收入写于1905年革命前、作者自称为"像是习作"的那些文章)。全书分为两部,第一部《当代文学》中的各篇文章,写于1922—1923年间,论述十月革命后数年间的俄罗斯—苏联文学;第二部《前夜》中所收的文章,均写于1907年—1914年间,论及当时俄罗斯和西方文学、文化和社会的多方面问题。此书于1924年再版时,还增加了作者同年5月9日在俄共中央文学讨论会上的长篇讲话(即《论文学和俄共的政策》),作为第一部的一章。托洛茨基自己认为,书中各个部分之间的联系"来自作者的马克思主义观点的统一性"。

第一节 文学分类论

无论从论述的内容看,还是从对当时及后来文学理论与批评的实际影响看,《文学与革命》一书最重要的内容大都集中于第一部。这一部分评述了十月革命后俄国文学中的主要派别、主要倾向及其代表作家,并对作家本人所理解的党的艺术政策作了阐发。托洛茨基对当时的文学思潮、流派和作家作品的看法,基于这样一个基本观点,即十月革命所推翻的既然是一种旧的社会制度,那么,这一制度的崩溃也就成了"十月革命前的文学的崩溃";十月革命"也顺带标出了知识分子无可挽回的失败"。[①] 与十月革命的关系,对十月革命的态度,是

---

① 列·托洛茨基:《文学与革命》,刘文飞等译,北京:外国文学出版社,1992年,第3、6页。

托洛茨基评价一切文学现象的根本标尺和准绳。由此出发，他将当时的俄罗斯文学划分为：

1. “非十月革命文学”，包括“流亡文学”（侨居到国外的作家们的创作）和“国内流亡者”（包括索洛古勃、罗赞诺夫、库兹明、扎米亚京、别雷等）的文学；

2. “同路人”文学，包括“农夫化”文学、意象主义、“谢拉皮翁兄弟”“路标转换派”“新古典派”（阿赫玛托娃等）以及皮里尼亚克、莎吉娘等作家；

3. 未来主义；

4. 形式主义；

5. “无产阶级文化派”的文学，等等。

托洛茨基认为，做出这样的划分，是十月革命“重新筛选和安置文学”的结果。

托洛茨基承认“流亡文学”是“旧文学最重要的一部分”，但又指出这一部分文学将不再受人重视，因而它也就将不再存在，“流亡者连一个值得注意的名字、一本值得一读的书也提不出来”。他还认为，“国内流亡者”的文学虽然要比流亡文学重要得多，但也是苍白无力，同样失去了创造精神；其代表者之一罗赞诺夫“是一个明摆着的败类、懦夫、寄食者、马屁精”，而另一代表别雷则是一个“脱离生活轴心的个人主义者”，“他的笔名本身就表明了他与革命的对立”，①他“已是一个死人”。不难看出，包括“流亡文学”与“国内流亡者”文学在内的“非十月革命文学”，是托洛茨基所断然否定的。

《文学与革命》中第一次提出了“同路人”文学的概念。托洛茨基认为，“同路人”的文学创作“是一种新的苏维埃民粹主义”，是“一种过渡的艺术”，即一种处于革命文学和“非十月革命文学”之间的文学。他对“同路人”作家的评价，一般是以政治判定为主。如他说农民诗人克留耶夫是“一个经过资产阶级教育仍保持其农民灵魂的农夫”，其“个性是在一个独立的、饱食的、富裕的个人主义的、喜好自由的农夫的艺术中得到反映的”；“叶赛宁在自己身上反映出了农村青年在革命前和革命时的精神状态，这些人因乡村生活方式被动摇而走向淘气和放纵”，“他身上仍然散发着中世纪的气息”；皮里尼亚克在小说《荒年》中，是用书中各种各样是革命同路人的人物的目光来看待生活的。托洛茨基断言，“谢拉皮翁兄弟”有一种内在要求，就是“想摆脱革命，保障其创造自由不受革命的社会要求的干扰”；阿赫玛托娃等“新古典派”可称之为“革命的保守主义”；另一女作家莎吉娘对待革命的态度之根源，“是那最不革命的、亚细亚式消极的、

---

① 别雷本名鲍里斯·尼古拉耶维奇·布加耶夫（Борис Николаевич Бугаев），笔名安德烈·别雷（Андрей Белый）。“别雷”（белый）在俄语中意为“白色的”。

基督教式不抵抗的世界观”,“就其本质而言,莎吉娘是反革命的”。[①] 托洛茨基关于“同路人”文学之概念的率先提出,他对这一批作家所作的具体评价,对后来的苏联文学批评、苏联文学史的写法,都直接产生了影响。

当然,托洛茨基对作家的评价并非都限于简单的政治划分和判定。有时他能够较为准确地看出作家和诗人们的复杂性,在一定程度上把握到他们创作的特质,例如他对勃洛克和马雅可夫斯基等人的评述。托洛茨基认为,勃洛克关于自己一生中内心都充满着混乱的说法是正确的,同时指出这种混乱有神秘主义的和革命的两种倾向。诗人“受时代感染并将时代翻译为他的内心语言”,但是对于他来说,“革命的精神就是升腾起来的基督的精神”。托洛茨基肯定,《十二个》是“我们时代最重要的一部作品”,但它“毕竟不是一部革命的长诗”,而是“接受革命的个人主义艺术的天鹅之歌”;不过,这部长诗将流传下去,勃洛克也因此而“在未来的俄罗斯艺术创作史上占有一个特殊的地位”。[②] 这些评价,远比“无产阶级文化派”专横粗暴的结论更符合实际。关于皮里尼亚克,托洛茨基认为他受到勃洛克的影响:勃洛克把革命当作一种自发势力,皮里尼亚克则认为革命像是一场暴风雪。托洛茨基指出:作为一个现实主义者,皮里尼亚克在他的作品中描写了革命,但那只是偏僻地区的、城镇中的、外围的革命,正如高尔基在《奥古洛夫镇》中描写的革命;他在小说《荒年》等作品中写到了“阵痛”,但并未表现出从这种阵痛中诞生了什么,而这位同路人作家发起议论来,则让人感到革命的路不是向前而是朝后的。托洛茨基还发现了皮里尼亚克对别雷的“艺术依赖”,并且指出:皮里尼亚克是有天赋的,但困难也很多,应该祝他成功。托洛茨基对勃洛克和皮里尼亚克的评价,均没有采取简单武断的态度,而是具体分析,也颇有见地。所以 1926 年,当勃洛克的《十二个》中译本出版时,鲁迅曾把托洛茨基《文学与革命》中论勃洛克的一章翻译过来,附于《十二个》译本之前发表,同时还写了一篇后记,指出:“在中国人的心中,大概还认为托洛茨基是一个喑呜叱咤的革命家和武人,但看他这篇,便知道他也是一个深解文艺的批评者。”[③]在同年发表的另一篇文章中,鲁迅再次提到托洛茨基对皮里尼亚克(旧译毕力涅克)和勃洛克的评价。鲁迅写道:“他们自然是苏联的诗人,但若用了纯马克思的眼光来批评,当然也还是很有可议的处所。不过我觉得托洛茨基(Trotsky)的文艺批评,倒还不至于如此森严。”[④]

托洛茨基对于马雅可夫斯基的评价,也是较为中肯的。他认为,马雅可夫

---

① 列・托洛茨基:《文学与革命》,第 45、52、54、55、98 页。

② 同上,第 101、103、104 页。

③ 鲁迅:《鲁迅全集》,第 7 卷,北京:人民文学出版社,1981 年,第 301 页。

④ 同上,第 343 页。

斯基是一位天才，这位诗人较之任何一位其他俄国诗人，接受革命都更为自然一些，因为这一接受是其整个发展过程的结果。但托洛茨基同时又尖锐地指出了马雅可夫斯基诗歌艺术上的一些弱点，认为在诗人的整个创作中，各组成部分间并没有不可缺少的协调，也没有平衡，在需要分寸感和自我批评能力的地方，他总是最弱的；他过于经常地在应当说话的地方喊叫，而在应当喊叫的地方却喊叫得不够劲。托洛茨基说：马雅可夫斯基的长诗《一亿五千万》中，未来主义的弱点和败笔非常之多，以至于吞没了整体，不合理的、艺术上随心所欲的东西也太多，诗歌形象则简单而粗俗，人们在这些形象中看到的是"文学放浪派的胡闹"；在马雅可夫斯基的讽刺作品中，缺乏对事物及其关系实质的深刻洞察，他的讽刺是仓促的和表面的。在托洛茨基看来，《穿裤子的云》是马雅可夫斯基最重要的、极富张力的作品，而《战争与世界》《宗教滑稽剧》和《一亿五千万》则要差得多，像《穿裤子的云》中的那种本性流露和真诚，那种发自内心的呼号，那种"如活泉般喷涌的创作上的率真"，已不能再得，正是因为在后面这些诗作中，诗人已经脱离了自己个性的轨道。但托洛茨基愿意将《宗教滑稽剧》《一亿五千万》等诗作看成"通往创作顶峰之途上转弯时不可避免的、暂时的下坡路"。[①] 应当说，托洛茨基的这些评述基本上是符合马雅可夫斯基的创作实际的。

尽管托洛茨基对马雅可夫斯基、皮里尼亚克、叶赛宁及"谢拉皮翁兄弟"作家的评价，带有一些明显的批评性意见，但是他并没有从根本上否定他们文学活动的意义和价值，甚至认为他们的作品高于"无产阶级文化派"的作家。托洛茨基写道："我们深知同路人政治上的局限性、不稳定性和不可靠性。但是，如果我们抛弃皮里尼亚克和他的《荒年》，抛弃弗谢沃洛德・伊万诺夫、吉洪诺夫和波隆斯卡娅等谢拉皮翁兄弟，抛弃马雅可夫斯基和叶赛宁，——那么，除了标榜为无产阶级文学的那几张未兑现的票据外，还能剩下什么呢?"[②]托洛茨基的方法是：不回避、不隐瞒在文学生活中出现过的作家作品，而是在全面介绍的基础上对其一一做出自己的评价。这种方法，比那种只谈论一部分作家、压根儿不提另一部分作家的做法，显然要高明得多。

第二节　"无产阶级文化"论

关于创造"无产阶级文化"的问题，托洛茨基有自己独特的见解。托洛茨基认为，一个新的阶级并不是去从头创造整个文化，而是占有过去的文化，对它进

① 列・托洛茨基：《文学与革命》，第 143 页。

② 同上，第 203 页。

行精选、翻改和分类，在此基础上才进一步建设，无产阶级也是如此。但是，无产阶级文化与以往各阶级的文化（例如资产阶级文化）又有着根本的不同。资产阶级文化在资产阶级形式上取得政权之前就已存在；资产阶级夺取政权，是为了使其统治永久化。但资产阶级社会中的无产阶级，则是一个受压迫的、贫穷的阶级，因此它不能创造出自己的文化；无产阶级夺取政权，并不是要使无产阶级制度永久化，它在经济上、政治上逐渐消除那些使自己成为一个阶级而继续存在的条件的同时，也将为一种超阶级的、真正全人类的文化奠定基础。无产阶级夺取政权以后建设的新文化越是发达，它的阶级性质就越少。因此，托洛茨基得出结论：无产阶级文化不仅现在没有，而且将来也不会有。

托洛茨基还强调，不必为此而惋惜，因为无产阶级夺取政权正是为了永远结束阶级的文化，并为人类的文化铺平道路。这正是无产阶级与以往各统治阶级的不同之处。托洛茨基指出："那些根据与资产阶级文化的类比和对照而产生的关于无产阶级文化模糊论调，是从毫无批判地将无产阶级的历史使命和资产阶级的历史使命等量齐观的做法之中汲取营养的。"①

《文学与革命》在论述一些具体文学现象的时候，常常是既有精辟的见解，也有可以商榷甚至极为武断之处。作者在提出某些理论观点时，也往往是瑕瑜互见。如其中关于不能将无产阶级艺术与资产阶级艺术对立的看法，关于"一些落后的、但具有一定精神文化水平的国家往往能在自己的意识形态中更鲜明、更有力地反映先进国家的成就"的观点，关于俄国未来主义文学特点的概括，关于俄国象征主义的实质及其在将来艺术中的作用的见解，关于要充分重视抒情诗的作用、关于"应当把文学当作文学去对待"的主张，等等，应当说都是颇有见地的。然而，当托洛茨基说什么"形式主义的艺术理论大概是这些年来在苏维埃的土壤上与马克思主义相对立的唯一理论"，当他断言"这一时代的艺术将整个地带有革命的标志"，当他把高尔基笔下的流浪汉说成"恰恰是崛起的小市民个人主义的象征"时，又令人感到某种偏激和片面。但是，《文学与革命》作为苏联早期最重要的文艺论著之一，毕竟产生过影响。对于研究马克思主义文艺理论和批评的发展演变，对于总结苏联文学理论和批评的经验教训，它也是一份不可忽视的历史文献。

① 列·托洛茨基：《文学与革命》，第173页。

第 七 章

布哈林:文化—文学批评观

尼古拉·伊万诺维奇·布哈林(Николай Иванович Бухарин 1888—1938)曾被列宁称为布尔什维克党“最宝贵的和最大的理论家”。他的理论著述,涉及经济、政治、文化和文学艺术等领域。自 20 世纪 20 年代初期至 1936 年,他曾就新文化建设、党的文艺政策、苏联文学的发展等问题发表过一系列文章、报告和演讲,写过关于高尔基、叶赛宁、勃留索夫、马雅可夫斯基、爱伦堡等同时代俄罗斯作家和歌德、海涅、罗曼·罗兰等西方作家的论文。这些文艺理论与批评论述,既集中体现了布哈林本人的文艺观,又是苏联早期马克思主义文学理论批评的组成部分。

第一节 论“无产阶级文化”与形式主义

十月革命胜利初年,“无产阶级文化派”这一人数众多的团体提出了要建立“独立的”无产阶级文化的主张,一时影响甚广,因此对于建立无产阶级文化的可能性与前景等问题,布哈林也同苏共党内其他理论家一样,不能不做出自己的回答。布哈林的思路和见解是颇具个性的。他认为,夺取了政权的无产阶级,其“文化原则”要高于资产阶级的“文化原则”,但它的文化水准却大大低于后者。这是因为,资产阶级在封建社会内部成长起来时,在文化上已远远高于封建社会。布哈林举例说:“还在法国大革命之前,资产阶级就有了一部资产阶级唯物主义的百科全书,当时就由新阶级的代表者们从不同方面总结、制定并精确地表述了全部新文化。这是这个新阶级的一部完整的、巨大的文化法典。”[①]布哈林指出,无产阶级的情况却有所不同。在资本主义社会内,无产阶

---

① Бухарин Н. « Пролетарская революция и культура ». //*Революция и культура. Статьи и выступления* 1923—1936 *годов*. Москва: Фонд имени Н. И. Бухарина, 1993, с. 45.

级在文化方面要比它将要推翻的那个阶级弱小许多倍。无产阶级夺取政权后，文化上的落后状况并未得到改变，因此，它不可避免地要利用在社会上与它敌对、但在文化上却高于它的其他社会力量，包括资产阶级的力量。无产阶级还远未成熟到在文化上独掌领导权的程度。因此，布哈林提出，在文化方面，应当在保证无产阶级领导作用的条件下实行各阶级的合作。他还主张，在文学生活中，必须“集中注意力进行反对共产党人自大狂的斗争”，①尽可能多地成立各种文学小组和团体，为竞赛开辟最广阔的天地。

布哈林一方面认为无产阶级在取得政权初期，尚不可能独立地建立无产阶级文化，另一方面又认为，建立无产阶级文化不仅是完全可能的，而且有其历史必然性。在这一点上，他与托洛茨基的观点是截然不同的。他认为，托洛茨基关于不会有“无产阶级文化”的观点是错误的，原因在于托洛茨基忽略了“无产阶级专政时代”的长期性，忽略了在各个不同国家中无产阶级专政的不平衡性。由于这种长期性和不平衡性，无产阶级在一个很长的历史时期内将作为统治阶级存在，而“以统治阶级的形象和面貌为标准建立起来的文学，将不可避免地具有其独特的特征”，②这也就是无产阶级文学或文化。布哈林还指出：在文化方面，无产阶级还有其独有的特点，这些特点并不全都具备共产主义性质，但是它们将不可避免地被固定和记录下来；共产主义尚未实现之前的那一历史时期，将给整个文明打上烙印，包括文学在内。布哈林就他与托洛茨基的分歧得出结论说：“托洛茨基同志认为，无产阶级文化的消亡比形成快，而我认为正相反，无产阶级文化的形成比它的消亡过程更快。”③

根据上述观点，布哈林强调：“我们不能对创造无产阶级文化问题置之不理。我们必须采取一切手段去支持现有的无产阶级文化萌芽。”④但是，布哈林并不赞成“无产阶级文化派”和“拉普”的全部主张和做法。这些派别和团体热衷于在所有作家中暴露某些人在文艺观上不是纯粹无产阶级的，并用“有组织地制造出来的大棍棒”来痛打这些作家。布哈林认为这是完全错误的，“是一件蠢事”。他强调指出：“无论如何，我们都应当爱护无产阶级文学的萌芽，但是我们不应诽谤农民作家，不应诽谤苏维埃知识分子作家。”⑤他还提醒无产阶级作

---

① Бухарин Н. « Пролетарат и вопросы художественной политики ». //*Революция и культура. Статьи и выступления* 1923—1936 *годов*. Москва: Фонд имени Н. И. Бухарина, 1993, с. 77.

② Там же, с. 68.

③ Там же, с. 69.

④ Бухарин Н. « Выступление на свещании о политике партии в художественной литературе ». //*Революция и культура. Статьи и выступления* 1923—1936 *годов*. Москва: Фонд имени Н. И. Бухарина, 1993, с. 64.

⑤ Там же, с. 64.

家注意，不要像他们正在做的那样，仅仅拟定各种提纲，而应当去写文学作品。他多次说过，文化问题不是战斗问题，不能靠机械的强制方法去解决，而要靠自由竞争的方法去解决。这些见解，事实上是对“无产阶级文化派”及“拉普”某些主张的批评与抵制。

20世纪20年代中期，苏联文学生活中曾出现过一场批判形式主义运动。布哈林当时曾写过《论艺术中的形式主义方法》(1925)一文。他认为，形式主义方法和社会学方法是认识艺术和艺术分析的两种对立的原则。形式主义者(如鲍·米·艾亨鲍姆)主张，艺术科学应当建立自己独立的专门的原则。对于一般艺术而言，最重要的是形式原则；对于文学而言，最重要的是语文学的形式原则。“文学科学的本质恰恰正是形式”，它所应当研究的主要是“文学形式的演化”。在形式主义者看来，社会学方法过于强调了各种社会现象、各门社会科学之间的联系，却忽略了它们的特殊性。布哈林指出，形式主义者的这些观点自有其某种合理性，但又存在着根本的缺陷。他以法律、宗教等学科为例，说明它们只有在与其他学科、其他社会现象的紧密联系中，才能建立各自的术语系统，才能真正建立起科学研究体系，如法学就不可能离开道德学说、伦理科学和国家形式等范畴去建立独立的术语系统并开展单一的研究；宗教学说也同样如此。

布哈林认为，过于强调艺术的独立性、专门性，忽视它与其他学科、与社会的联系，是形式主义者的一大局限。针对形式主义者对艺术的内容与社会功能的否定，布哈林还写道：“没有任何内容的形式上的艺术，以及没有一定的社会功用的纯艺术，都是不存在的。”[①]他认为形式主义理论是“行会学者”的理论，而不是真正的学者的理论；形式主义者只盯住自己的“行会”，而不能往他们的“行会”范围之外看一看。但是，布哈林并没有完全否定形式主义理论，他主张在坚持马克思主义方法的前提下，可以承认形式主义原则所发挥的“辅助性的、次要的作用”，即它对作品的形式、结构、语言等的高度重视。

第二节 论苏联文学

对于当时苏联文学，布哈林也做出了一系列值得注意的评价。其中，在作家评价方面，布哈林评论得最多的是高尔基。他在《我们期望从高尔基那里得到什么？》(1928)、《“新人”》(1932)、《理性的歌手》(1936)、《高尔基》(1936)等文

---

① Бухарин Н. « О формальном методе в искусстве ». //*Революция и культура. Статьи и выступления* 1923—1936 *годов*. Москва: Фонд имени Н. И. Бухарина, 1993, с. 97.

章中，称高尔基为“理性的歌手”、理性的崇拜者和提倡者，伟大的文化捍卫者和文化战士。布哈林指出，高尔基从他的文学活动一开始，就是作为一个对科学、知识和人的理性抱着乐观态度的人而发言的，在他身上有着某种“启蒙主义者—纯理性主义者”的因素。他对劳动和对理性同样崇拜。布哈林认为，作为作家，高尔基首先是一位卓越的观察家，他有一双经验丰富的眼睛，熟知俄罗斯社会各阶层的生活，他的最大特点和才能是善于从一切粗糙野蛮的现象中发现隐藏着的“珍珠”。布哈林强调高尔基及其作品同俄罗斯历史、时代与民族的联系，认为“他曾为我们这个复杂时代的所有问题而痛苦，他以自己的伟大心灵体验了历史的全部紧张状态”，在他的作品中，可以读出整个俄罗斯国家的历史，而高尔基的去世则意味着“俄罗斯文学的太阳熄灭了”[①]。布哈林对高尔基的这些评价，突出了作家对理论和文化的崇拜，突出了作家同民众与历史的联系，符合高尔基的思想与创作实际，也反映了布哈林本人的追求与希望。

布哈林论及高尔基时，往往谈到自己对时代、对当时文学的某些看法，显示出自己的眼力与胆识。1928 年，高尔基诞辰 60 周年之际，布哈林曾在一篇文章中写道：“我们历史的英雄，首先是群众。然而在我们的文学中，有谁好好地写到群众呢？很少有。就像在绘画中人们竭尽全力突出‘领袖’（‘圣像研究’——虽然是很差的——在我们这里各个方面都‘非常好地’繁衍起来）那样，在文学中人们也认为‘英雄’比‘群氓’更好。”[②]布哈林还指出：我们没有优秀的文学批评家，却有很多夸夸其谈的、好争斗的人。这些议论，不仅表明布哈林对当时文坛某些现象的不满，而且显示出他对 20 年代末正在开始抬头的个人崇拜的警觉。布哈林还曾谈到列宁对高尔基的态度，说列宁从来不像对待政治家那样对高尔基提出严格的政治要求；谈到高尔基去世的前一年（1935）他唯一的儿子突然去世时，布哈林写道：“他那痛苦的心灵就好像被戳了一刀。但是他咬紧牙关，虽然泪水在他的眼睛里打转。他像一只受伤的老虎辗转反侧，但他用一把钥匙锁住了自己的痛苦——深刻的、巨大的痛苦。”[③]这些文字，有助于人们更真切地了解高尔基晚年的处境，令人沉思良久，回味再三。

关于叶赛宁，布哈林曾写过《恶劣的印象》（1927）一文，那是在这位年轻的诗人去世后不久。布哈林承认叶赛宁是一位天才，可是他却不能接受诗人的创

① Бухарин Н. « Певец разума ». //*Революция и культура. Статьи и выступления* 1923—1936 *годов*. Москва: Фонд имени Н. И. Бухарина, 1993, с. 310, 312.

② Бухарин Н. « Чего хотим мы от Горького ». //*Революция и культура. Статьи и выступления* 1923—1936 *годов*. Москва: Фонд имени Н. И. Бухарина, 1993, с. 142.

③ Бухарин Н. « Горький (Последнее “прости”) ». //*Революция и культура. Статьи и выступления* 1923—1936 *годов*. Москва: Фонд имени Н. И. Бухарина, 1993, с. 313—314.

作中他称之为“叶赛宁习气”的那种东西，这就是叶赛宁作为“最后一位乡村诗人”所描绘的“逝去的罗斯”的形象，诗人对俄罗斯农民的日常生活、风俗、习惯、信仰、宗教情感和处世态度的歌唱，对俄罗斯农民的忧伤及自己的忧虑、伤感、怀旧和迷惘的艺术表现。布哈林写道：叶赛宁的诗歌就其本质而言，是那些一半已变成“剽悍者—商人”的庄稼汉的诗歌，“叶赛宁在思想上代表了俄罗斯农村的最具否定性的特征，也即所谓‘民族性格’”[①]。他认为“叶赛宁习气”是一种有害的社会力量，但又看到它在苏维埃青年中广泛地“传染”开来。布哈林精辟地分析了这种现象出现的根源，这就是：社会所提供的“意识形态营养”惊人地单一，人们的精神需求的多样性被遗忘了，写出来的作品千篇一律，思想家、艺术家们没有真正触及当代青年的心弦，但是叶赛宁却触及了，“虽然是通过在实质上有害的形式”。因此，布哈林呼吁：“更多地关注具有各种独特心理的活生生的人！更多地关注具有全部丰富多彩性、多样性和奇异的复杂性的生活！”[②]布哈林对叶赛宁诗歌的特点与“实质”的评判，有一种以政治立场为主要标尺的偏向，今天已未必能为人们广泛认同；但他关于应当充分注意人们多样性的精神需求、文学作品应当真正触及当代人心弦的观点，却显示出他对文化与文艺的本质和作用的深刻认识，至今仍未失去其意义。

1934年苏联第一次作家代表大会召开时，布哈林尽管在政治上早已一落千丈，仍然得以在大会上露面并做了题为《诗歌、诗学和苏联诗歌创作的任务》的长篇报告。这是高尔基不屈不挠努力的结果，具有抵制极左思潮泛滥的战略意义。布哈林的报告分为五大部分，分别论及诗学理论、诗歌艺术技巧、革命前“转折”时代的诗歌、当代诗歌创作、苏联诗坛现状与诗歌创作的任务等问题。布哈林首先联系俄国汉学家瓦·米·阿列克谢耶夫(1881—1951)对于中国诗学名著——司空图的《诗品》的译介和研究[③]，联系巴尔蒙特、别雷、古米廖夫等俄罗斯诗人的诗歌理论著述与诗歌创作，联系俄国文学批评史上心理学派的代表人物亚·阿·波捷勃尼亚(1835—1891)关于诗歌艺术语言之特点的论述，强调掌握诗歌理论、诗歌艺术技巧和一般文学—文化遗产的重要性。他不否认象征派诗论具有唯心主义、神秘主义的特征，但又指出“他们在本质上是强调诗歌思维和诗歌语言的特殊性，强调诗歌这种‘巫术’和‘魔法’的‘秘密’，只是把一

---

① Бухарин Н. «Злые заметки». //*Революция и культура. Статьи и выступления* 1923—1936 *годов*. Москва: Фонд имени Н. И. Бухарина, 1993, с. 106.

② Там же, с. 109—110.

③ 瓦·米·阿列克谢耶夫的《一部论诗人的中国长诗。司空图(837—908)的诗篇。翻译与研究(附中文原文)》1916年于彼得堡出版。布哈林的引证均根据该书。

种神秘的覆盖物罩在自己的读者头上,因此锁住了理性认识的门户"[①]。布哈林呼吁人们重视俄国象征主义的诗歌成就。在对俄国形式主义的评述中,布哈林既指出了这一理论批评流派的局限,又肯定了它重视诗歌技巧,重视诗歌的语言、节奏和韵律等"形式因素"的合理性与可借鉴性。

在对"转折"时代和革命后诗人的评价中,布哈林始终坚持历史的批评与美学批评相统一的原则。他不因一些诗人对时代潮流的顺应而简单地肯定其诗作的意义,也不因另一些诗人思想的某些"不合时宜"性而一概否定其诗歌的成就与价值。他对勃洛克、叶赛宁、勃留索夫的诗歌创作,都作出了较为中肯的评价。他还指出:杰米扬·别德内依仅仅"抓住新的主题,而其余的一切几乎全是陈旧的"[②],这就使得他的诗歌明显地落后、过时,对于诗人来说也有一种"明显的危险性"。在布哈林对马雅可夫斯基的宣传性诗歌的评价中,同样不难看出一种批评的态度。布哈林称帕斯捷尔纳克为"我们时代的最卓越的诗歌大师之一"[③],认为他的那些看起来是最远离当前现实的、独创性的诗歌,具有不可忽视的意义。布哈林还反复强调提高文学创作的质量问题。他的这些见解,与高尔基在第一次作家代表大会上的报告和几次发言互为补充,显示出对日丹诺夫主义的一种反拨与抵制。

在谈及当时苏联诗坛状况的时候,布哈林丝毫也不乐观。他说:"我们在新的诗歌文明的世界历史进程中还刚刚迈出第一步";我们的诗歌库藏中所具有的成果同丰富的生活内容相比,还显得苍白与贫乏;对于我们的诗人而言,历史这部奇妙之书还是秘而不宣的;我们的独特历史、近些年来的历史,都没有在其全部多样性中,在无数折磨人的问题的活生生的辩证运动中被理解和把握;我们的诗人还没有充分领会各个时代、各个民族老一代大师的优秀遗产,"残酷的、不文明的外省风习还在我们这里占统治地位,我们的诗歌创作还没有达到理解我们时代的全部意义的高度"[④]。可以说,这是布哈林对当时苏联诗坛和整个文坛状况的清醒估计,其中还涵纳着他的一种深深的忧虑。也许他已经在一定程度上看到了这种文学现状与30年代社会政治生活中极左思潮之间的必然联系。遗憾的是,无论是布哈林还是其他任何人都无法阻止这种思潮的泛滥,甚至他个人也终于未能幸免灭顶之灾。这一文化史事实中有许多东西值得我们进一步思考。

---

① Бухарин Н. « Поэзия, поэтика и задача поэтического творчество в СССР ». //*Революция и культура. Статьи и выступления* 1923—1936 *годов*. Москва: Фонд имени Н. И. Бухарина, 1993, с. 222.

② Там же, с. 241.

③ Там же, с. 252.

④ Там же, с. 258.

第 八 章

弗里契:庸俗社会学批评

"庸俗社会学"(вульгарный социологизм)是一种"起源于片面解释马克思主义关于意识形态的阶级制约性原理,从而导致历史—文学进程简单化、庸俗化的观点体系"[①]。这一观点体系的基本特点是:把文学创作和经济基础、作家的阶级属性之间的关系庸俗化,把文学看成社会学的"形象化的插图"。在苏联文学理论批评领域,庸俗社会学的主要代表人物是弗里契和彼列维尔泽夫。他们的共同特点之一,是以马克思主义文艺理论家的身份自居。在他们的理论与批评著作中,也的确充满着马克思主义词句。这也就使他们的观点带有很大的欺骗性。这种特点,往往为一些假马克思主义的理论批评体系所共有。

弗拉基米尔·马克西莫维奇·弗里契(Владимир Максимович Фриче 1870—1929)在十月革命前即已有一些文学理论与批评著作出版,革命后先后担任《文学与马克思主义》《报刊与革命》等刊物的主编,并连续推出《普列汉诺夫与科学美学》(1922)、《艺术史纲》(1923)、《弗洛伊德主义与艺术》(1925)和《艺术社会学》(1926)等论著,一时间似乎成了马克思主义文艺学的权威人物。他的庸俗社会学观点主要体现于《艺术社会学》一书中。

弗里契曾就艺术与经济的关系提出过一个著名的公式:经济——阶级——阶级心理——艺术。这个公式初看上去似乎与普列汉诺夫在《论一元论历史观之发展》中所说的"五个环节"公式相近,但所缺少(或曰抛弃)的恰恰是"阶级心理"与"艺术"之间的一个重要环节:意识形态。这就把普列汉诺夫那个本来已不尽完美的公式进一步引向了荒谬。这个公式其实是反映了弗里契对艺术与社会经济之间关系的基本看法。弗里契写道:"艺术作品的生产和物质财富的生产服从于同样的规律。在社会发展的各个阶段占统治地位的经济体系必然

---

① Сурков А. А. (глав. ред.) *Краткая литературная энциклопедия*, Т. 1, Москва: Издательство « Советская энциклопедия », 1962, с. 1062.

决定艺术家的生产劳动，正如决定他的社会地位一样。”[①]在他看来，艺术的任务不过是“用艺术形象的语言来翻译社会经济生活”，艺术的发展不过是“经济进化的一种标志”。他把艺术生产与物质生产完全等同起来，并断言艺术的兴衰绝对地受经济状况的左右：“艺术的繁荣长期地取决于国家的经济繁荣，随着经济的衰退，艺术创作也随之衰落。”[②]这一观点不仅直接同马克思关于精神生产与物质生产的不平衡规律相对立，而且也根本不符合俄国文学史和欧洲文学史所提供的活生生的事实。

按照自己的庸俗观点考察文学艺术史，弗里契必然会得出一系列虚无主义结论。在他看来，过去时代的所有伟大作家和艺术家的创作活动，都是同统治阶级的私利联系在一起的，如但丁、拉斐尔和米开朗琪罗等人是为巩固宗教政权服务的，莎士比亚的全部剧本都贯穿着君主制精神，因为他们无一例外都是“阶级心理的代表者”，而且过去任何伟大的艺术家都不可能达到理解并表现全民族利益和客观历史规律的高度。于是弗里契认为，马克思主义文艺史家的根本任务，就在于揭示隐藏于所有文学现象背后的统治阶级的私利。弗里契进而断言：世界文学史上的各文学流派、各种文学风格的交替演变，不过是各阶级、各集团之间为各自的利益而斗争的特殊形式，不过是各种经济形式彼此取代的审美表现。这样，一整部文艺史就变成毫无内容与形式特色的经济史或阶级斗争史的附庸了。

弗里契还从他的庸俗社会学观点出发，对当时的苏联文学创作提出种种庸俗的要求，如规定“社会主义生产题材应当成为基本的题材”，而主人公则应当“由阶级来替代”，等等。一句话，文艺应该而且只能写生产，写经济，写阶级。遗憾的是，这些明显荒谬的观点在当时竟然真的对苏联文艺创作产生了明显的影响。

与弗里契齐名的瓦列里扬·费多罗维奇·彼列维尔泽夫（1882—1968）是庸俗社会学批评的另一代表人物。20 年代，他曾积极参与《报刊与革命》《文学与马克思主义》等杂志的编撰工作，并与卢那察尔斯基、弗里契等一起编写《文学百科全书》（1929—1930）。自 1921 年起，他担任莫斯科大学教授，培养了别斯帕洛夫、格·波斯彼洛夫、福赫特等一批文艺学研究者，后来主编过一本由这些学生共同参与的文集《文艺学》（1928）。他还写过分别论及普希金、果戈理、冈察洛夫、陀思妥耶夫斯基等 19 世纪俄罗斯作家的专著多部。

上述著作表明，彼列维尔泽夫认为，文艺是阶级意识和阶级心理的直接表

---

① Фриче В. М. *Социалогия искусства*. Москва：Государственное издательство，1926，с. 37.

② Там же，с. 54.

现，文艺创作就是通过艺术形象反映艺术家本人所属的那个阶级的社会性，一切艺术家都仅仅是本阶级或集团的代表者，他们似乎统统都无法理解任何其他阶级人物的内心生活。在分析具体作家作品时，彼列维尔泽夫始终坚持以为阶级斗争所决定的形象体系及其性质来解释一切：情节、冲突、人物、场景乃至艺术语言。在彼列维尔泽夫看来，果戈理不过是自然经济崩溃时代小贵族的代表，陀思妥耶夫斯基只是城市小资产阶级的喉舌，而高尔基则是小市民艺术家。彼列维尔泽夫虽然也注意到了艺术的形象性特点，注意到了文学作为一种"形象体系"的某些特殊性，但由于他坚持把形象看成"艺术家所具有的那种社会性的异相存在"，结果他仍然走不出用实证主义的"阶级等同物"的描述来偷换、替代美学评价的框架。在彼列维尔泽夫那里，正如在弗里契那里一样，文艺的审美内容与审美特点被取消了，"阶级存在"的象征被提到首位。如果我们注意到20年代苏联文学创作中的某些突出现象，就可以看出其实它们是与庸俗社会学批评互相呼应的。

1930年代中期，苏联文艺界曾开展过对于庸俗社会学的批判。但是，在这一批判中却出现了令人奇怪的现象：庸俗社会学的信奉者、"拉普"的理论家们以一种"反庸俗社会学"的姿态出现，却根本不触动"拉普"自身所一贯宣扬并坚持的一整套庸俗社会学观点（如"赶超资产阶级文学的经典作家"，"无产阶级诗歌杰米扬化"，要求文学创作直接为当前的政治任务服务，等等）；一些批判者并不是从理论上批驳彼列维尔泽夫的庸俗社会学观点的荒谬之处，而是把他的见解作为一种"孟什维克的观念"来进行声讨，也就是把问题"从学术批判的范围最终转到政治的范围"[①]。与此同时，真正认真地清算庸俗社会学、致力于这一批判的期刊《文学批评家》却遭到厄运。原"拉普"批评家叶尔米洛夫等人连续抛出批判文章，指责这份杂志在反庸俗社会学的幌子下宣扬"敌对观点"，企图"毁灭艺术"[②]，导致该杂志被勒令停刊。就这样，"批判庸俗社会学"的口号虽然大喊过一阵子，彼列维尔泽夫等人也确实自1930年代起就不再被重用，但是庸俗社会学不但没有被批倒，反而在很多方面有了进一步发展。极左文艺思潮的这一理论基础，长时期内没有从根本上被触动。

---

① Голубков М. М. *Утраченные альтернативы*. Москва: Изд. «Наследие», 1992, с. 40.

② Ермилов В. «О вредных "Литертурного критика"». //*Литертурная газета*. 1939, 10 сентября.

第 九 章

波格丹诺夫与“无产阶级文化派”

“无产阶级文化派”思潮，指的是“无产阶级文化协会”这一文化团体的某些领导人所鼓吹的错误理论，以及他们在文学与文化活动中所显示出来的错误倾向。无产阶级文化协会（Пролеткульт，1917—1932）是一个规模很大的群众性文化团体，其主要成员多为一些来自劳动阶层、有过革命经历的诗人和作家，曾拥有《无产阶级文化》等多种刊物和若干出版社，其活动一直延续到30年代初期。如果说，这个组织的出现与初期活动，还在一定程度上反映了工人群众对文化知识的渴望和参与文化事业的热情，那么，它的主要理论家和领导人波格丹诺夫等所宣扬的“无产阶级文化”理论，则带有明显的庸俗社会学特点与极左倾向。这种荒谬理论不仅对无产阶级文化派诗人和作家们的创作直接产生了有害的影响，而且在文化、文学和艺术的一系列根本问题上制造了危害极大的混乱。可以说，“无产阶级文化派”思潮是20世纪俄罗斯文学中极左思潮的滥觞。

“无产阶级文化派”思潮是以波格丹诺夫的“无产阶级文化”理论为指导思想的。亚历山大·亚历山德罗维奇·波格丹诺夫（Алексадр Александрович Богданов1873—1928）本姓马林诺夫斯基，是一位社会活动家、哲学家、经济学家兼作家。1899年毕业于哈尔科夫大学医学系，90年代曾参加民粹派革命活动，1896年加入俄国社会民主工党，曾多次被选为俄共（布）中央委员，担任过《新生活报》《前进报》等布尔什维克报纸的编辑，后因派别活动，于1909年被开除出布尔什维克党。在这以后，波格丹诺夫曾陆续发表过一系列文章，大肆鼓吹建立所谓“无产阶级哲学”“无产阶级科学”“无产阶级文化”，受到列宁的严厉批判。他的主要理论著作是《普遍组织科学》（1913—1922）一书。这部著作中所阐述的“组织理论”、“组织科学”，成为他后来竭力宣扬的“无产阶级文化”理论的基础。十月革命后，他加入无产阶级文化协会，陆续发表《科学和工人阶级》（1918）、《论艺术遗产》（1918）和《工人阶级发展中的无产阶级文化因素》

(1920)等文章，集中论述他的“无产阶级文化理论”，力求使之系统化。于是，波格丹诺夫成为无产阶级文化协会的主要理论家，“无产阶级文化派”思潮的代表人物之一。

波格丹诺夫的“普遍组织科学”，是他的“无产阶级文化”理论的根本依据。他认为，人类的所有活动都是组织活动，世界上的一切过程都是组织过程。任何真理，都不是客观存在的反映，而是“社会经验的组织”；全部观念形态，不过是全部社会实践的组织形态，科学、文化和艺术，不过是“组织科学”的一些不同门类。从上述观点出发，波格丹诺夫断言：艺术不过是“通过生动的形象”而组织起来的“社会经验”[①]；艺术与科学的根本区别在于，它不是抽象的概念，而是用活生生的形象来组织经验的。在他看来，任何艺术都是“阶级生活的组织形式”，都是“组织阶级力量的最强大的武器”。由于无产阶级的“经验”、生活和力量，同资产阶级及历史上的一切阶级的“经验”、生活和力量都不相同，所以过去的艺术不能组织和教育无产阶级，无产阶级不能继承封建的、宗教的、专制主义的和资产阶级的艺术，而只能去创造自己的艺术，自己的文化和科学。

波格丹诺夫力图把自己的一套理论付诸十月革命后苏联文化与文学的实践。在1918年2月召开的莫斯科无产阶级文化协会代表大会上，波格丹诺夫在报告中公开鼓吹“普遍组织科学”，要求无产阶级立即建立自己特殊的“科学”，肯定这种科学将促进“无产阶级文化”的诞生。他的理论迅速得到了“无产阶级文化派”的赞同。同年9月，在无产阶级文化教育组织第一次全俄会议上，“根据波格丹诺夫的建议”做出了一个题为《无产阶级与艺术》的决议。这个决议的基本思想和表述语言，均直接来自波格丹诺夫[②]。

以波格丹诺夫为主要理论家和创始人的“无产阶级文化派”思潮，既反映在无产阶级文化协会的纲领及各种文件中，也体现于它的其他领导人和理论家的文章和讲话中。后者的代表人物有瓦·费·普列特尼奥夫(1886—1942)、帕·卡·别萨里科(1887—1920)、费·伊·卡里宁(1882—1920)、瓦·波梁斯基(本名帕·伊·列别杰夫，1882—1948)、普·米·凯尔仁采夫(1881—1940)等。他们所宣扬的“无产阶级文化派”思潮的一个重要内容，就是强调文化自治，把无产阶级文化协会提高到与工人政党并驾齐驱的地位。1918年12月通过的《无产阶级文化协会组织纲领》中称：“无产阶级文化协会是无产阶级文化——创作的阶级组织，正如工人政党是无产阶级的政治组织，工会是无产阶级的经济组

① 郑异凡编译：《苏联“无产阶级文化派”论争资料》，北京：人民出版社，1980年，第89页。

② 参见白嗣宏编选：《无产阶级文化派资料选编》，北京：中国社会科学出版社，1983年，第1页。

织一样。”[①]这一观点直接来源于波格丹诺夫。他曾说过：无产阶级走向社会主义有三条独立的道路，即经济的、政治的和文化的道路。在“无产阶级文化派”的领导人和理论家看来，工会、工人政党和无产阶级文化协会，似乎正是彼此独立地领导无产阶级经由三条不同道路而走向社会主义的组织。因而无产阶级文化协会主席瓦·波梁斯基就曾这样断言：“无产阶级文化只有在无产阶级充分发挥独立性，不受任何政府颁布的法令影响的条件下，才能发展。”[②]波格丹诺夫的“三条道路说”带有明显的机械性和空想性，人为地切割历史运动各个领域之间的斩不断的联系，但倒颇能迷惑具有“左派”幼稚病的某些人。在波格丹诺夫的荒谬理论的指导下，“无产阶级文化派”怀着一种把复杂的事情简单化的愿望而提出的“文化自治”论，显示出狂妄的无政府主义色彩。“无产阶级文化派”对苏维埃政府的领导权采取排拒的态度，因为这一政权同时也容纳农民等其他民众，“无产阶级文化派”认为这是不“纯粹”的。这种见解和态度，都暴露出显而易见的极左倾向。

由于波格丹诺夫断言每一阶级都有不同的“经验”、不同的“组织形式”，否认文化发展的继承性，“无产阶级文化派”对文化遗产也采取了完全否定的虚无主义态度。这一派的理论家和领导人主张“彻底根除资产阶级世界的遗产”，强调“无产阶级的精神成长首先立足于从精神上与过去的决裂”。别萨里科曾经写道：“如果有人担心无产阶级作家不去努力填补新旧艺术之间的空白，那么我们要说——这样更好，因为并不需要继承关系。”[③]在另一篇文章中，别萨里科还嘲笑和反对高尔基关于要向文学先辈学习技巧的号召：“让工人作家受缚于资产阶级作家并向他们学习，那是不合适的。”“工人作家应当做的不是学习，而是创作，也就是说表现自己，表现自己的独创性和自己的阶级本质……”[④]在1921年“无产阶级文化派”的一份总结报告中，甚至有过这样的表述：“吸收资产阶级文化是一种不堪救药的倒退。”[⑤]在这样的思想支配下，“烧掉拉斐尔，捣毁博物馆，踏碎艺术之花”[⑥]就成为“无产阶级文化派”的必然口号。这种否定一切的主张带有明显的反文化性质。极左文学思潮的破坏性，于此可见一斑。

在“无产阶级文化派”看来，每一阶级的文化都是严格独立、封闭于本阶级

---

① 此纲领载于《未来》杂志，1919年第1期。

② 瓦·波梁斯基，《站到“无产阶级文化协会”的旗帜下》，载白嗣宏编选：《无产阶级文化派资料选编》，第105页。

③ 别萨里科：《谈对无产阶级文化的理解问题》，转引自白嗣宏编选：《无产阶级文化派资料选编》，第253页。

④ 别萨里科：《论形式与内容》，转引自白嗣宏编选：《无产阶级文化派资料选编》，第256、257页。

⑤ 转引自白嗣宏编选：《无产阶级文化派资料选编》，第392页。

⑥ 弗·基里洛夫：《我们》，转引自白嗣宏编选：《无产阶级文化派资料选编》，第257页。

内部的，都不可能为其他阶级所理解和利用。因此，他们认为自己的任务就是创造一种独立的、特殊的“纯无产阶级文化”。这是“无产阶级文化派”思潮的一个重要表现。这一观点直接来源于波格丹诺夫的保证无产阶级“文化独立性”的主张和“独立自主的无产阶级文化”的思想。按照他们的理解，这种“纯无产阶级文化”是与以往的全部人类文化无有任何联系的、排除了任何异己的“阶级混杂物”的文化。要创造这样的文化，只能在一个封闭的环境里，人为地与生活隔绝，经由实验室的途径，从零开始独立地进行制作。无产阶级文化协会副主席、“无产阶级文化派”的理论家之一卡里宁就明确地宣称过：“无产阶级文化协会是个实验室，无产阶级应当在这个实验室里创造新文化。”①

对于这种“纯无产阶级文化”由谁来创造的问题，“无产阶级文化派”的理论家们也充分显示了他们的庸俗社会学眼光。无产阶级文化协会第二任主席普列特尼奥夫在他的《在思想战线上》一文中写道：“创造新的无产阶级的阶级文化，就是无产阶级文化协会的基本目的……只有靠无产阶级自己的力量，才能解决建设无产阶级文化的任务。”②在他看来，无产阶级的阶级意识“对于农民、资产者和知识分子，即那些根据资本主义竞争原则培养出来的医生、法学家、工程师都是格格不入的”，因此所有这些社会力量都不可能参加新文化的创造；“纯无产阶级文化”创造的问题，只有“靠无产阶级出身的科学家、艺术家、工程师等等才能够加以解决。”③基于这种思想，“无产阶级文化派”对知识分子采取公然敌视的态度，对农民则抱着藐视的态度。别萨里科就曾说过，农民诗人的全部诗歌及其形象，同无产阶级都是格格不入的。庸俗社会学批评的代表人物之一、“无产阶级文化派”成员弗里契在一本谈论无产阶级的诗歌的小册子中，曾明确规定哪些人才可以称为“无产阶级诗人”，其标准只有一个：无产阶级出身。他的论说与普列特尼奥夫的观点有着异曲同工之处。这一文学史实本身也清楚地证明了“无产阶级文化派”思潮与庸俗社会学批评之间的血肉联系。

① 转引自吴元迈：《苏联文学思潮》，杭州：浙江文艺出版社，1985年，第15页。

② 瓦·普列特尼奥夫：《在思想战线上》，载白嗣宏编选：《无产阶级文化派资料选编》，第68、70页。

③ 同上书，第71、74页。

第十章

“岗位派”—“拉普”的文艺观

同“无产阶级文化派”思潮一样，“拉普”的文艺观也深受庸俗社会学的影响。在其活动的前后两个时期，“拉普”的文学理论与批评在关注热点、论述侧重和系统性方面，都有着某些不同，但又显示出共同的实质性特点，即明显的极左倾向及其与庸俗社会学理论批评的内在联系。“拉普”的某些重要理论观点和思路，后来也为“社会主义现实主义”所吸纳，成为后者的来源与基础之一。

第一节 “阶级文学”论

“拉普”(РАПП)是“俄罗斯无产阶级作家联合会”(Российская ассоциации пролетарских писателей)的简称。它的前身是成立于1922年的十月文学小组，以及以“十月”为核心组建于1923年的“莫普”(МАПП)，其全称为“莫斯科无产阶级作家联合会”(Московская ассоциация пролетарских писателей)。1925年初，又以“莫普”为中心，成立了“瓦普”(ВАПП)，其全称是“全苏无产阶级作家联合会”(Всесоюзная ассоциация пролетарских писателей)，同时还建立了作为“瓦普”领导核心的“拉普”。一般把以十月小组为开端的上述几个文学团体，统称为“拉普”(广义上的)。它们自1922年至1925年的文学活动，构成“拉普”活动的第一时期。由于这段时间内“拉普”的主要文学批评与理论刊物是《在岗位上》(На посту)，所以这个时期的“拉普”又被称为“岗位派”。

“拉普”活动的第二时期是1926年至1932年。1926年，“瓦普”改组，成立新的理事会。到1928年，又取消“瓦普”，同时以“拉普”为核心，联合各加盟共和国无产阶级作家组织，组建“全苏无产阶级作家联合会联盟”(Всесоюзное соединение ассоциация пролетарских писателей)，简称“伏阿普”(ВОАПП)。此时，“莫普”依然存在，而且“莫普”“拉普”和“伏阿普”这三级文学组织的核心也是同一批人，即阿维尔巴赫(1903—1939)、叶尔米洛夫(1904—1965)、法捷耶夫

(1901—1956)、李别进斯基(1898—1959)和潘菲洛夫(1896—1960)等人,所以人们习惯上仍以"拉普"统称这三级文学组织。"拉普"活动第二时期的主要文学批评与理论刊物是《在文学岗位上》(На литературном посту)。创刊于1929年的《文学报》也为"拉普"所把持,从一开始就成为它的机关报,直至1932年"拉普"解散。

前期"拉普"——"岗位派"文学观的一个基本点,是把文学与生活、文学与革命的关系庸俗化,把文学的阶级性简单化、片面化。他们断言文学是"特定的阶级意识形态的产物","无产阶级文学是同资产阶级文学相对立的",认定自己的首要任务就是建立作为"无产阶级文化"之一部分的无产阶级文学;在他们看来,后者是这样一种文学,"它把工人阶级和广大劳动群众的心理和意识组织起来",并进而"摧毁资产阶级文学的最后一个立足点"①。这种观点,其实是波格丹诺夫从他的"组织理论"出发所阐述的文学观的翻版。它表明,"岗位派"的理论家们并不懂得文学反映现实生活的特殊规律性,看不到文学与生活的多重联系,不理解作家、作家思想与创作的"阶级性"的复杂内涵,当然也不会明白列宁把列夫·托尔斯泰称为"俄国革命的镜子"这样一类事实。从"岗位派"一再宣扬的"文学永远是阶级的文学"的论断中,更不难看出庸俗社会学批评的代表人物们的基本理论,是他们始终奉为经典的。

从上述基本论点出发,"岗位派"合乎逻辑地走向了对古典文学遗产和当代非无产阶级作家的双向否定。一方面,他们像"无产阶级文化派"一样,对文化遗产和文学遗产采取了虚无主义的态度。"岗位派"的代表人物之一伊·瓦尔金(1890—1941)曾经写道:"以往时代的文学都渗透了剥削阶级的精神。它反映了王公、贵族、富人——一句话,'成千上万上层人物'的习惯和感情,思想和感受。"②这样的文学"岗位派"不仅不能接受,而且要坚决反对它的精神熏染,抵制它的腐蚀。他们甚至认为,无产阶级文学的基本因素,就是对过去文学的否定与克服。另一方面,"岗位派"把当时文坛上的一大批非无产阶级作家视为"同路人"作家,对他们及他们的创作采取排斥和否定的态度。1923年"莫普"代表会议上通过的一份文件中公然宣称:"'同路人'的小资产阶级本性也使他们不总是可靠的","'同路人'文学作为一种辅助力量可以利用,但同时要经常揭露他们的小资产阶级面目"③。1925年"瓦普"成立时所做出的一份决议中也断言:同路人作家的多数乃是"歪曲革命、诽谤革命"的作家,"同路人文学在根

① 《无产阶级作家团体"十月"的思想纲领及艺术纲领》,载张秋华等编选:《"拉普"资料汇编》(上),北京:中国社会科学出版社,1981年,第3页。

② 伊·瓦尔金:《政治常识与文学的任务》,载《"拉普"资料汇编》(上),第15页。

③ 《关于对资产阶级文学和对中间派的关系》,载《"拉普"资料汇编》(上),第7页。

本上是反对无产阶级革命的文学”[①]。

由于这一指导思想,《在岗位上》曾连篇累牍地发表文章,对“同路人”作家大加挞伐,从高尔基、阿·托尔斯泰、马雅可夫斯基到爱伦堡、普里什文、沃隆斯基等一批著名作家、诗人和批评家均未能幸免。

在如何创造无产阶级文学,创造什么样的文学等问题上,“岗位派”似乎也有自己的思路。他们对这种文学的基本要求是:写出场面广阔的作品,写出具有宏伟题材的纪念碑式的巨作,这些作品主要地应取材于无产阶级生活。李别进斯基为了指导无产阶级作家履行自己的职责,甚至为他们规定了一个主题范围,主要包括三类主题:一是描写工人阶级参与社会主义经济发展,二是反映工人阶级的国内外政治活动,三是表现旧生活方式的瓦解和新生活方式的出现[②]。“岗位派”的理论家们以为通过这样的主题要求和题材设定,就可以使作家们创制出“纯粹的”无产阶级文学作品来。殊不知这些框定恰恰是限制了作家与生活的广泛联系,束缚了作家的艺术视线与构思自由,必然导致文学创作的单调、公式化乃至创作源泉的枯竭。

第二节 “活人论”与“辩证唯物主义创作方法”

1926年以后,“拉普”在其活动的第二个时期,文学观并未发生根本的变化。他们也参与了对庸俗社会学的批判,但在一系列根本问题上自己却更深地陷入了庸俗社会学。其表现之一就是把文学视为政治宣传的工具,认为围绕特定时期的政治任务规范文学创作,就是保证文学创作具有“先进内容”的可靠方法。

1931年6月,斯大林发表《新情况——经济建设的新任务》的讲话之后不久,“拉普”就作出了一个题为《斯大林同志的讲话和“拉普”的任务》的决议,认定“斯大林同志讲话中提出的全部问题也是有关在无产阶级文学中为列宁主义创作方法而斗争的问题”,“斯大林讲话的每一部分都是艺术作品有价值的主题”[③]。同年,斯大林还发表过一封批评“歪曲党史”事件的信,“拉普”又紧随其后作出“决议”,发表文章,发誓要同一切“腐败的自由主义”坚决斗争,并宣布他们的全部作品都充满了为“实现斯大林同志著名信件中的指示”[④]而战斗的精神。法捷耶夫曾在他的一篇文章中写道:美学标准是“特定阶级的艺术家揭示

---

① 《第一次全苏无产阶级作家会议决议》,载《“拉普”资料汇编》(上),第175页。

② 李别进斯基:《等待着自己的作者的主题》,载《“拉普”资料汇编》(上),第328—329页。

③ 参见《“拉普”资料汇编》(上),第398页。

④ 同上,第399页。

特定的具体历史现实的主要方面所达到的程度。"[①]这一结论可视为"拉普"关于文学与政治之关系的基本理解。在法捷耶夫和"拉普"其他理论家那里，美学标准似乎与政治标准没有什么区别。

"拉普"的另一重要理论观点是大力主张描写所谓"和谐的人""活人"。叶尔米洛夫是"和谐的人"理论的创造者。按照他的见解，所谓"和谐的人"就是能够在"心理与观念""本能与自觉""意识与下意识"之间保持平衡的人。这种人经过自觉的努力，他们所获得的观念会渗透到他们的下意识中，并与下意识和本能融为一体。一个人达到这一发展阶段时，便可通过无条件的反应随时随地表达自己的思想观念。叶尔米洛夫断言，这种"和谐的人"注定要成为无产阶级文学的理想英雄人物。他还指出，法捷耶夫小说《毁灭》、谢·谢苗诺夫小说《娜塔丽亚·塔尔波娃》中的主人公都是这类"和谐的人"[②]。

叶尔米洛夫在分析作家列昂诺夫的小说《贼》时，还提出所谓"活人论"。他说："在文学中，活人问题是一个关键问题"，表现复杂的"活人"乃是当代文学的中心任务，而列昂诺夫的概念"世界是人"是接近于当代的主导世界观唯物主义一元论的[③]。"拉普"的其他要人力图为"活人论"寻找理论根据。阿维尔巴赫说："个人的心理分析是文学了解社会心理的最好途径。"[④]法捷耶夫则肯定：在文学中表现"活人"，就意味着"在最终分析中表现社会运动与发展的整个历史过程"；他还赋予描写"活人"以至高无上的意义，认为这种描写直接关系到"在文学中运用唯物主义方法的问题"，甚至关系到"无产阶级领导权的问题"[⑤]。

所谓"活人论"（теория"живого человека"）有着显而易见的庸俗社会学特征，其根本出发点是把每一个具体的人统统看成特定阶级、特定社会阶层的代表或符号，荒谬地认为分析每一个人心理都可以正确地了解社会心理，甚至描写每一"活人"都可以表现社会历史运动。这就完全忽略了个人与社会的复杂的、多重的联系，忽略了个人心理的独特性与多样性。至于"和谐的人"理论认为思想观念、理性认识在特定阶段能同下意识和本能融为一体，并且能够不自觉地表现出来，从表面上看似乎受到现代心理学、现代主义文学的影响，带有某种"新潮"特点，其实仍然有着极"左"的内核，即要求人们把自己在意识领域、理性方面和观念层次接受的东西，"融化"到下意识和本能中去，达到全部深层心

---

① 法捷耶夫：《关于一次有世界历史意义的争论》，转引自《"拉普"资料汇编》（上），第400页。

② 参见《"拉普"资料汇编》（上），第368页。

③ 同上，第369页。

④ 阿维尔巴赫，《论无产阶级文学的任务》，转引自中国社会科学院外国文学研究所苏联文学研究室编《苏联文学史论文集》，北京：外语教学与研究出版社，1982年，第44页。

⑤ 法捷耶夫：《无产阶级文学的大道》，转引自《"拉普"资料汇编》（上），第370页。

理结构的革命性变革。这不仅是反历史唯物主义的，也是反科学的。

作为“拉普”文学观的重要组成部分之一的，是所谓文学创作的“辩证唯物主义方法”（диалектико-материалистический творческий метод）。这一提法的第一次正式出现，是在1928年第一次全苏无产阶级作家代表大会所做出的题为《文化革命与当代文学》的决议中。决议中称：“只有受辩证唯物主义方法指导的无产阶级作家能够创造一个具有特殊风格的无产阶级文学流派。”[①]在此之前，“拉普”领导人已有过一些近似的说法，如阿维尔巴赫在1927年发表的一篇文章中曾经写道：“唯物主义与唯心主义，这不只是一定的处世态度和世界观，……也是作家的不同方法。”[②]法捷耶夫在1928年的一次讲话中也有过“辩证唯物主义学派”的提法。上述决议公布之后，“辩证唯物主义方法”则一度获得了“创作纲领”的性质。

把“辩证唯物主义方法”作为文学创作的基本方法，其理论上的根本错谬之处在于把艺术方法与哲学方法完全混同起来了。在“拉普”理论家看来，既然哲学领域存在着唯心主义和唯物主义两个根本对立的流派，那么在文学领域也必然相应地存在着现实主义——唯物主义者，浪漫主义及其他非现实主义作家——唯心主义者；正如在哲学方面“最彻底的”唯物主义是辩证唯物主义一样，无产阶级文学的创作方法也必然是“辩证唯物主义的方法”。这一方法是“拉普”肯定的唯一的创作方法，而其他创作方法、文学思潮与流派都在他们的否定之列。如阿维尔巴赫说：俄国象征主义是唯心主义在文学中的表现之一，“它崇拜一种启示的、神秘主义的、宗教性的理想艺术”[③]。叶尔米洛夫则认为文学中的浪漫主义与科学中的经院哲学、形而上学的思想相对应，它是“抽象的，肤浅的，先验的，矫揉造作的，非辩证的”，它忽略了“遗传、社会、道德伦理和心理对人的个性的错综复杂的影响”[④]。法捷耶夫的那篇有名的文章《打倒席勒！》更集中地反映了“拉普”在文学创作方法问题上的错误观点。“拉普”的理论家们断言，浪漫主义由于那种肤浅的、非现实主义的虚幻性，在无产阶级文学中是没有前途的。

如果把“拉普”的上述荒谬理论仅仅视为一种源于把文学与哲学混为一谈的常识性错误，那也许是有些把问题简单化了。“拉普”在理论上的全部努力，可以归结为一个基本目标：建立一个所有无产阶级作家都必须遵循的创作方

---

① 转引自《“拉普”资料汇编》（上），第376页。

② 阿维尔巴赫：《无产阶级文学的创作道路》，转引自刘宁、程正民：《俄苏文学批评史》，北京：北京师范大学出版社，1992年，第398页。

③ 转引自《“拉普”资料汇编》（上），第371页。

④ 同上，第371页。

法，制定一个统领全部无产阶级文学的艺术总纲，而其他所有的创作方法、思潮流派都要打倒。这与他们在组织上实行关门主义、宗派主义，竭力排除所有非无产阶级出身的作家（包括高尔基、马雅可夫斯基和肖洛霍夫），其实是同一问题的两个方面，同一本质的两种表现。“拉普”致力于追求的是文学一统化。法捷耶夫 1930 年 5 月在列宁格勒无产阶级作家会议上所提出的几点要求，就十分清楚地表明了这一总体意图。法捷耶夫提出：无产阶级艺术家必须是辩证唯物主义者；“我们需要一种艺术，它将保证最大限度地认识运动与发展中的客观现实，以便按照无产阶级的利益来改造它”；所有的体裁都必须“处于辩证唯物主义唯一的风格范围之内”①。这些要求的内容与语气，都明显地带有官方命令的特点。

1932 年，“拉普”被迫解散，它的文学观似乎也没有市场了。但这或许只是一种表面现象。30 年代的文学事实告诉人们，不仅“拉普”的文学理想以一种奇特的形式获得了实现，而且庸俗社会学理论与批评也一直时隐时现，阻遏着文学的创新与进展。

① 法捷耶夫：《拥护辩证唯物主义艺术家》，转引自《“拉普”资料汇编》(上)，第 382 页。

第 十 一 章

社会主义现实主义

“社会主义现实主义”形成于20世纪30年代，在相当长的历史阶段成为垄断苏联文学的基本创作方法，明显受到极左思潮的影响。这种极左思潮来自20世纪20年代庸俗社会学、“无产阶级文化派”“拉普”批评家们的文学理论见解和批评实践。在20世纪30年代个人崇拜盛行、极左政治路线占据统治地位的社会条件下，极左文学思潮得天独厚，上升为具有系统性、政策性的文艺指导思想，直接导致了“社会主义现实主义创作方法”的形成。战后至20世纪50年代初，极左文学思潮更由于“日丹诺夫主义”的推行而变本加厉，泛滥成灾。到苏联文学的“解冻”时期，“社会主义现实主义”的定义开始受到质疑并被修改。后来尽管理论界有人提出“社会主义现实主义的开放体系”，努力对这一方法进行修改，但它最终还是退出了20世纪俄苏文学发展的历史。

第一节 “社会主义现实主义”定义的出现

“社会主义现实主义”(социалистический реализм)的概念和定义的出现，是苏联文学乃至全部20世纪俄罗斯文学中的一件大事，它对此后一个长时间内的文学观念、文学理论与批评、文学创作都产生了深刻的影响。客观地、实事求是地考察“社会主义现实主义”产生的背景和过程，对它的理论内涵和实质做出科学的评价，乃是20世纪俄罗斯文学理论与批评研究中的一个不可绕开的课题。

“社会主义现实主义”提法的出现，与1932年4月23日联共(布)中央《关于改组文学艺术团体》的决议直接相关。决议颁布之后，大有领导整个文学界之势的作家组织“拉普”不复存在，它所提出的、要求所有无产阶级作家一律作为艺术纲领去遵循的“辩证唯物主义创作方法”也随之被否决。根据联共(布)中央决议关于建立“统一的苏联作家协会”的指示精神，迅速组成了以原《消息报》主编伊·米·格隆斯基为主席的苏联作家协会组织委员会，负责作协的筹建工作。这个组织委员会在为作家协会的成立而开展活动的同时，还有一个更为重要的任务，即制定一个“统一的思想原则——创作方法”。《真理报》首先传达出关于已把确立苏联文学的基本创作方法列入议事议程的消息。该报在就联共(布)中央决议而发表的社论《提高到新任务的水平》中指出：在新的任务面前，“‘拉普’的组织机构和具有庸俗论性质的主要创作口号都是无能为力的。为了使所有一切站在社会主义立场上的语言艺术家团结起来，必须有一个共同的创作纲领”[①]。于是，关于“共同的创作纲领”——创作方法的探讨，关于这种“创作方法”的具体表述形式，一时间就成为苏联文学界所普遍关心的问题。

事情的进展似乎比人们所预料的要快得多，1932 年 5 月 20 日，也即联共(布)中央决议发布不到一个月，苏联作协组委会主席格隆斯基就在莫斯科文学小组积极分子会议上宣布：“关于方法问题不应当抽象地提出，不应这样对待这件事，即作家必须首先通过辩证唯物主义课程的学习，然后才写作。我们对作家提出的基本要求是写真实，正确地反映我们的现实，它本身就是辩证的。因此，社会主义现实主义方法是苏联文学的基本方法。”[②]这一讲话 5 月 23 日便以《保证文学团体创作活动的所有条件》为题，公开发表在苏联《文学报》上。不难看出，新方法的提出是联共(布)中央决议的直接结果。所以，后来的苏联文学研究者梅特欣科曾正确地指出：“联共(布)中央 1932 年 4 月 23 日决议是社会主义现实主义成为主要的创作方法、成为主要的方向的道路上的重要里程碑。”[③]

由于格隆斯基第一次公开宣布“社会主义现实主义”是苏联文学的基本创作方法，又身为作家协会组织委员会主席，所以他似乎成了这一提法的首倡者。要了解格隆斯基是否真的是“社会主义现实主义”概念的最早提出者，不能忽略当时的一些重要史实。须知，在 1932 年 4 月联共(布)中央决议公布后不几天，“拉普”领导人就向中央递交了一份声明，表明他们对决议持反对态度。为了认真研究“拉普”的这份声明并作出必要的决定，联共(布)中央曾成立了一个以斯大林为首、由格隆斯基等参加的五人小组。这个小组将代表中央召见“拉普”领导人，详细讨论关于中央决议、关于建立苏联作家协会及关于苏联文学的创作

① 巴斯凯维奇：《1932—1934 年关于社会主义现实主义问题的讨论》，见中国科学院文学研究所苏联文学组编《苏联作家论社会主义现实主义》，北京：人民文学出版社，1960 年，第 158 页。

② Гронский И. И Овчаренко А. « Переписка И. Гронского и А. Овчаренко ». //*Вопросы литературы*, 1989, № 2, с. 150.

③ [苏]阿·梅特钦科：《继往开来——论苏联文学发展中的若干问题》，石田、白堤译，北京：中国社会科学出版社，1983 年，第 228 页。

方法等重要问题。在五人小组与“拉普”领导人会谈前夕(时在4月底或5月初),斯大林曾单独与格隆斯基商谈,询问他关于创作方法问题有何建议。格隆斯基表示坚决反对接受“拉普”提出的“辩证唯物主义创作方法”,强调不能把马克思主义哲学机械地搬到艺术领域,同时建议把苏联文学的创作方法称为“无产阶级的社会主义现实主义,或更确切地称为共产主义现实主义。”斯大林紧接着就对格隆斯基说出了一番对于后来整个苏联文学的发展至关重要的话:“您已找到了解决问题的正确途径,但对它的表述不十分准确。如果我们把苏联文学艺术的创作方法称为社会主义现实主义,那么您以为如何?这个定义的优点首先是简洁(总共只有两个词),其次是明确,第三是指出了文学发展的继承性(在资产阶级民主主义社会运动阶段产生的批判现实主义文学过渡、发展为无产阶级的社会主义运动阶段的社会主义现实主义文学)。”[①]格隆斯基当即表示无条件地赞同斯大林的意见。因此,问题很清楚,最先把苏联文学的基本创作方法定名为“社会主义现实主义”的,不是别人,而是斯大林本人。

在斯大林、格隆斯基都参加的五人专门小组与“拉普”领导人的会谈中,后者曾提出两条建议,一是建议在统一的苏联作家协会内部建立一个独立的无产阶级作家分会,二是建议把“辩证唯物主义创作方法”作为苏联文学的基本创作方法。这两条建议遭到五人小组的坚决反驳,“拉普”领导人终于放弃了自己的主张,并表示接受把“社会主义现实主义”作为统一的创作方法。显然,1932年5月20日格隆斯基第一次公开宣布苏联文学的基本创作方法为“社会主义现实主义”,是在“拉普”领导人刚刚接受这一提法之后不久。格隆斯基不过是传达了仅仅几天之前斯大林提出的意见。对于这一点,“拉普”领导人之一叶尔米洛夫后来说得很坦率:“社会主义现实主义风格是来源于斯大林的理论。”[②]而格隆斯基之所以要迅速地把“社会主义现实主义”的提法公布出来,则很明显地具有制造舆论、避免再有关于创作方法的其他提法出现的意图。

对于确立“社会主义现实主义”为苏联文学的基本创作方法来说,1932年10月26日斯大林在莫斯科小尼基塔街高尔基寓所召集的那次文学座谈会(这一年4月27日至10月28日高尔基在苏联国内)具有十分重要的意义。斯大林及联共(布)中央政治局委员4人出席了这次会议。参加座谈的有苏联作家、诗人和批评家45人。在回答一位诗人提出的问题时,斯大林谈到:“艺术家应该真实地描写生活。而如果他将真实地描写我们的生活,那么他就不可能不注

---

① Гронский И. И Овчаренко А. « Переписка И. Гронского и А. Овчаренко ». //*Вопросы литературы*, 1989, № 2, с. 147,148.

② [苏]叶尔米洛夫:《艺术风格和生活风格》(1933),转引自薛君智:《美国学者论社会主义现实主义的起源》,载《苏联文学》,1980年第2期。

意到，不可能不反映生活中引导它走向社会主义的东西。这就将是社会主义现实主义。"[①]这番话是斯大林公开表明自己提倡"社会主义现实主义"的标志。如果说，4月底或5月初联共(布)中央五人专门小组与"拉普"领导人会谈前夕斯大林对格隆斯基所说的话，具有为创作方法定名的意义，那么，10月间在高尔基寓所的谈话，则是要通过一大批著名作家向整个文学界传达出他个人的意见。斯大林本人对"社会主义现实主义"的肯定，显然比5月20日格隆斯基的宣布更具权威性。至此，"社会主义现实主义"提法已获得不可动摇的地位。

斯大林讲话后的第三天，苏联作家协会组织委员会召开第一次全体会议，由委员会秘书吉尔波丁(1898—1979)做论证"社会主义现实主义"的报告。对于与会者而言，是否赞成"社会主义现实主义"这一提法的问题已不可能存在，他们在会议发言中所做的事情，只是讨论这一创作方法的基本特点。而在此后近两年时间内文学界关于创作方法问题的广泛讨论中，虽然有300多篇文章出现，但人们的话题也仅仅限于"社会主义现实主义"的特征、这一创作方法应如何看待和处理文学的一系列内外关系的范围内。至1934年5月，组织委员会第三次全体会议在总结这场讨论时，已经在《苏联作家协会章程草案》的理论部分，对"社会主义现实主义"作了"完整的表述"。三个月之后，即1934年8月17日至9月1日在莫斯科召开的第一次苏联作家代表大会，不过是对其履行程序上的通过手续而已。大会通过的《苏联作家协会章程》中明确规定：

> 社会主义现实主义，作为苏联文学与文学批评的基本方法，要求艺术家从现实的革命发展中真实地、历史具体地去描写现实；同时，艺术描写的真实性和历史具体性必须与用社会主义精神从思想上改造和教育劳动人民的任务结合起来。社会主义现实主义保证艺术创作有特殊的可能性去发挥创造的主动性，去选择各种各样的形式、风格和体裁。[②]

从1932年4月联共(布)中央决议发表到1934年9月初第一次苏联作家代表大会结束，这两年多的文学生活进程显示出，苏联文学完成了组织调整和理论规范两大任务。前一项任务是通过解散"拉普"以及其他各种文学团体、组建统一的苏联作家协会而得到完成的，后一目标则是经由否定"拉普"的"辩证唯物主义创作方法"，确立"社会主义现实主义"而最后实现的。这一调整与取代的过程，曾经被一些理论家和文学史家们解释为一种正确的文艺指导思想对于"拉普"的极左文艺思想的一种胜利。这种看法至少是过于表面化了。因为

---

① Зелинский К. « Одна встреча у М. Горького ». // *Вопросы литературы*, 1991, № 5, с. 167.

② 《苏联文学艺术问题》，曹葆华等译，北京：人民文学出版社，1953年，第13页。

无论从组织上看还是从理论上看，调整前后的继承关系都是十分明显的。“拉普”的主要领导人阿维尔巴赫、叶尔米洛夫、法捷耶夫、基尔尚、阿菲诺根诺夫等人，都先后进入了苏联作家协会组织委员会。直至1932年3月，《真理报》还在肯定“拉普”的“理论路线”基本正确，是“从列宁主义出发”的[①]；而此时叶尔米洛夫等人都还在起劲地宣传“辩证唯物主义创作方法”。同年9月，同一个叶尔米洛夫已经在那里发表长文，阐发“社会主义现实主义”的基本原则了。如果我们把作协章程中关于“社会主义现实主义”的定义与1930年间法捷耶夫就遵循“辩证唯物主义创作方法”向作家们提出的若干要求对照起来看，还可以发现二者在内容和表述形式上有不少相近之处。“社会主义现实主义”否定与取代“辩证唯物主义创作方法”，并不是否定与取代后者的极左内核，而是否定与取代它明显庸俗而拙劣的表述形式。

长期以来，作家高尔基被称为“社会主义现实主义的奠基人”。这种说法几乎已经成了文学史和文学批评史上的一种定见。最初把高尔基与“社会主义现实主义”联系在一起的是吉尔波丁。他在1932年10月29日召开的苏联作家协会组织委员会第一次全体会议上所作的题为《在组织委员会中》的报告[②]里，把一系列作品列为“社会主义现实主义”的佳作，其中包括高尔基在26年前写的一部长篇小说《母亲》，同时被列入的其他作品则全是别的作家在十月革命后写的作品。另外，1932年10月26日晚由斯大林等领导人和一批作家出席的座谈会，是在高尔基寓所中举行的；在1934年第一次苏联作家代表大会上，高尔基做了一个长篇报告，还多次发表讲话，并当选为第一任苏联作家协会主席。这一切似乎从不同角度造成了高尔基是“社会主义现实主义”奠基人的印象。其实，所有这些现象都不能说明高尔基对“社会主义现实主义”的奠基作用与肯定态度。

上文已经提到，“社会主义现实主义”这个概念是斯大林在1932年4至5月间第一次提出的。在同年10月26日晚的作家座谈会上，再一次明确肯定“社会主义现实主义”的仍然是斯大林。这次座谈会虽然在高尔基寓所举行，但在整个晚上他始终没有使用过“社会主义现实主义”的概念，也一直没有谈过苏联作家应当运用什么样的创作方法的问题。在1934年第一次苏联作家代表大会上，以文学主管身份解释“社会主义现实主义”定义的，是日丹诺夫而不是高尔基。当日丹诺夫在大会上对作家们提出种种政治要求，要他们“增强自己的思想武器”，写出“与时代共鸣的作品”时，高尔基丝毫没有附和他的任何意见。

---

① 参见《“拉普”资料汇编》(上)，第395页。

② 参见薛君智：《美国学者论社会主义现实主义的起源》，载《苏联文学》，1980年第2期。

相反，对于同日丹诺夫的报告形成鲜明对照的布哈林的题为《诗歌、诗学和苏联诗歌创作的任务》的发言，高尔基却表示赞同。布哈林号召作家们注意吸收古典文化和文学遗产，掌握艺术技巧，高度重视文学创作的质量问题，不要忽视俄国象征主义诗歌的成就。布哈林的发言，显示出对日丹诺夫主义的一种反拨，对极左文艺指导思想的一种抵制。高尔基本人在大会的报告和讲话中，也强调要重视文学的美学特性，呼吁"提高散文和诗歌创作的质量"，号召"把主题、语言的纯洁和响亮加以更新和深刻化"。这一切同样与日丹诺夫强调"以政治为指针"形成明显反差。高尔基还补充了布哈林对于马雅可夫斯基的批评性意见，以普罗柯菲耶夫的诗作为例，说明了马雅可夫斯基所固有的、有害的"夸大主义"（"对夸张手法的嗜好"）所造成的不良影响。更为值得注意的是，高尔基是这次大会的主持人，"社会主义现实主义"也是在这次大会上被正式确立为苏联文学的"基本方法"的，但他在大会开幕词、讲话、报告、闭幕词以及大会结束后随即召开的作协理事会第一次全体会议上的讲话中，却仅仅两次提到"社会主义现实主义"，而完全没有就这个概念、定义及这种创作方法的特点展开论述。这种情况绝非偶然。假如他果真是"社会主义现实主义"的创始人、奠基人，假如他果真自开始创作《母亲》的1906年甚至更早就开始探索、创立这一新方法，那么在28年以后，当这一方法终于被全苏作家代表大会确立为整个苏联文学的"基本方法"时，他本人却对此避而不谈，便是不可思议的事情了。

还应注意的是，1935年2月，也即第一次作家代表大会刚刚开过半年。高尔基就在致作家协会理事会书记亚·谢·谢尔巴科夫（1901—1945）的一封信中写道："关于社会主义现实主义，过去和现在都写过不少东西，但是还没有一致的和明确的意见，这说明了这样一个可悲的事实：在作家代表大会上，批评没有显示自身的存在。"在同一封信中，高尔基还写道："我怀疑，在社会主义现实主义——作为一种方法——以完全必要的明确性显示自己之前，我们已经有权来谈论的'胜利'，并且是'辉煌的'胜利。"[①]从这些言论中，不难品味出高尔基对于"社会主义现实主义"作为一种创作方法的真正态度。

在高尔基去世以后，他的小说《母亲》（1906—1907）被说成是"社会主义现实主义"的奠基作。关于他在创作方法上的探索，通常是这样描述的：高尔基起步于浪漫主义，但不久即侧重于现实主义方法，后来又因为发现传统的现实主义（或"旧现实主义""一般现实主义"等）已经过时，于是便开始考虑在对现实主义和浪漫主义进行质的改造的基础上，把二者结合成为一种新的方法，《母亲》

① Горький М. *Собрание сочинений в 30 томах*, Т. 30, Москва: Государственное издательство художественной литературы, 1956, с. 381, 383.

的出现正是这种新方法形成的标志。然而，如果我们读过高尔基在《母亲》之后完成的大量作品，就必然会发现，这些作品没有一部符合1934年“社会主义现实主义”的定义及日丹诺夫对它的解释。也就是说，它们既没有“从现实的革命发展中”来描写现实，也没有以工人阶级“为社会主义的斗争来作为自己作品选题的基础”，甚至没有一部作品是以“工人阶级”作为中心主人公的，更没有以这些作品“与时代共鸣”。这些情况与高尔基是“社会主义现实主义”创始人、奠基人的说法之间存在着明显矛盾。显然不能够说：高尔基通过《母亲》创立了“社会主义现实主义”，但紧接着，他本人又放弃了这一方法，重新倒退到“一般的”现实主义，并且广泛吸收了其他创作方法的艺术经验。

作为一种创作方法，“社会主义现实主义”理应具有自己的美学特征。文学史上的每一创作方法，都是以其不可重复的美学特征区别于其他创作方法的。自1932年“社会主义现实主义”这一提法出现以后，不少理论家们对这一创作方法的美学特点作过论述。他们认为，写真实、浪漫主义精神、批判性、展示前景和预示未来等是新创作方法的基本特点。显而易见，真实地描写现实、浪漫精神和批判性，早已存在于现实主义与浪漫主义文学中，不为“社会主义现实主义”所独有。即便是对未来和前景的预见，也同样不是以往的文学所缺乏的。19世纪法国杰出的现实主义作家巴尔扎克就是一例。马克思认为，“巴尔扎克不仅是当代的社会生活的历史家，而且是一个创造者，他预先创造了许多在路易—菲力浦王朝时还不过处于萌芽状态、而直到拿破仑第三时代即巴尔扎克死了以后才发展成熟的典型人物。”①19世纪初期英国优秀的浪漫主义诗人雪莱，也因其在一系列诗作中对理想的讴歌、对人类未来的预测而被恩格斯称为“天才的预言家”。因此，高瞻远瞩、预见未来，也并不是为“社会主义现实主义”所独有的美学特征。

“社会主义现实主义”当然不是没有特征的，只是没有独特的美学特征。它的特征，就是日丹诺夫在第一次苏联作家代表大会的演说中所作的那些概括。从日丹诺夫的讲话中可以看出，“社会主义现实主义”区别于其他创作方法的最重要的特点，也就是它对文学与作家的一些政治要求。无外乎有的研究者认为“社会主义现实主义”主要是一种思想原则，“社会主义现实主义”作家们的共同之处在于他们的“思想立场的接近”。

“社会主义现实主义”定义出现之后对文学生活所造成的不良影响，已为1934至50年代初期苏联文学的实际进程所证实。在这一时期中，由于“个人崇拜”的形成与蔓延，由于文艺指导思想的急剧左倾化，由于庸俗社会学没有受

① 马克思、恩格斯：《论艺术》，第4卷，程代熙编，北京：中国社会科学出版社，1985年，第371—372页。

到彻底批判和肃清，由于肃反扩大化的严重错误，苏联文学事实上进入了它的低谷期。作为“基本方法”的“社会主义现实主义”从一开始事实上就变成了“唯一方法”；“保证艺术创作有特殊的可能性去发挥创造的主动性，去选择各种各样的形式、风格和体裁”，事实上从未实行过。阿赫玛托娃、帕斯捷尔纳克、曼德尔什塔姆、布尔加科夫、普拉东诺夫、皮里尼亚克、左琴科等一大批杰出的作家和诗人，由于思想与创作不符合“社会主义现实主义”的要求，或者遭到批判，或者被禁止发表作品，或者被迫辍笔、收敛锋芒乃至改行，或者遭到囚禁、流放和镇压。以扣帽子、打棍子、政治宣判为特点的讨伐性批判在文学批评领域横行，直接导致了伪现实主义和伪浪漫主义的流行，回避矛盾、粉饰现实，为个人崇拜和极左政策唱赞歌的作品，公式化、概念化、图解政治的作品充斥于文坛。极左文艺政策的全面推行造成了1934年以后20年间文学的大面积滑坡，苏联文学的前进发展遇到了严重的障碍，而“社会主义现实主义”定义则在这一整个过程中从理论上起到了带强制性的误导作用。这一历史的经验教训无疑是值得汲取的。

第二节　日丹诺夫主义

最能够说明“社会主义现实主义”的精神实质的，莫过于联共(布)中央书记日丹诺夫在第一次苏联作家代表大会上所作的演讲。安德烈·亚历山德罗维奇·日丹诺夫(Андрей Александрович Жданов 1898—1948)并不是任何一种意义上的文艺理论家或文学批评家，也不是一般所谓“文艺工作者”、文学活动家，但是，他在20世纪30、40年代苏联文学生活中的作用，他参与当时苏联文艺政策的制定和推行的方式和程度，他给苏联文学的发展所造成的影响，却使得后来的文学批评史难以回避地要提到他有关文艺的种种言论。

从日丹诺夫的个人履历来看，他于1924至1934年间担任联共(布)下诺夫戈罗德州委员会书记，1934年12月基洛夫被杀后调任列宁格勒州委书记，也似乎和文学没什么联系。可是，就在这两地任党委书记之间，1934年8月，日丹诺夫却能代表联共(布)中央委员会和苏联人民委员会在第一次苏联作家代表大会上做报告。从这份报告或讲演的内容来看，日丹诺夫显然是苏联文学的最热烈的歌颂者、“资产阶级文学”的最激烈的批判者和“社会主义现实主义”的最权威的阐释者。在他看来，苏联文学是“最有思想、最先进和最革命的文学”；“除去苏联文学之外，没有而且从来也未曾有一种文学”，或者“没有而且也不能有一种文学”，甚至“全世界没有一个国家的文学”能够像苏联文学一样，为反对一切剥削制度而斗争，以工人农民“为社会主义的斗争来作为自己作品选题的基础”,保卫各民族劳动者和妇女的平等权利,“彻底粉碎各种蒙昧主义、各种神秘主义以及各种僧侣主义和恶魔主义”。与如此革命的苏联文学相对立的资产阶级文学,则“无论题材和才能,无论作者和主人公,都是普遍地在堕落着”。日丹诺夫认为:“沉湎于神秘主义和僧侣主义,迷醉于色情文学和春宫画片——这就是资产阶级文化颓废和腐朽的特征。资产阶级文学,把自己的笔出卖给了资本家的资产阶级文学,它的‘著名人物’现在是盗贼、侦探、娼妓和流氓了。”[①]

在对两种文学作了这样的区分之后,日丹诺夫对“社会主义现实主义”的定义进行了逐字逐句的解释,阐述了“社会主义现实主义”的基本理论与基本要求。他强调文学的政治倾向性和文学为政治服务的宗旨,号召作家们记住斯大林的话,首先,“要知道生活”,但“不是简单地描写‘客观的现实’,而是要从其革命发展中描写现实”。其次,“艺术描写的真实性和历史具体性,必须和那以社会主义精神从思想上改造和教育劳动人民的任务结合起来”。他指出,以“社会主义现实主义”为基本创作方法的苏联文学,“应当善于表现出我们的英雄,应当善于展望到我们的明天”。日丹诺夫还强调,“社会主义现实主义”要求作家以“为社会主义的斗争来作为自己作品选题的基础”,“使作家的创作能适应于社会主义所已经达到的胜利”[②]。日丹诺夫的讲演,事实上是把斯大林 1932 年 4 月底、5 月初和 10 月间关于“社会主义现实主义”两次谈话的内容具体化了。正因为如此,后来人们才将“社会主义现实主义”称为“日丹诺夫主义”或“日丹诺夫模式”。

第二次世界大战结束后,日丹诺夫作为当时主管意识形态的联共(布)中央书记,已成为极左文艺指导思想的主要推行者之一。标志着战争结束后苏联文艺政策变化的第一个文件——以联共(布)中央名义发出的《关于〈星〉和〈列宁格勒〉两杂志》(1946)的决议,就是由日丹诺夫亲自起草的。由此开始陆续发布的联共(布)中央关于文学艺术的一系列决议,如《关于剧场上演节目及其改进办法》(1946),《关于影片〈灿烂的生活〉》(1946),《关于穆拉杰里的歌剧〈伟大的友谊〉》(1948),均是在日丹诺夫的主持下制定的。围绕上述决议及其所涉及的问题,日丹诺夫还做过一系列讲话,如《关于〈星〉与〈列宁格勒〉两杂志的报告》(1946),《在联共(布)中央召开的苏联音乐工作者会议上的发言》(1948),《在联共(布)中央召开的苏联音乐工作者会议上的开幕词》(1948),等等。1947 年,日丹诺夫在关于亚历山大洛夫所著《西欧哲学史》一书的讨论会上也作了长篇

① 日丹诺夫:《在第一次苏联作家代表大会上的讲演》,载《苏联文学艺术问题》,曹葆华等译,北京:人民文学出版社,1953 年,第 23—24 页。

② 日丹诺夫:《在第一次苏联作家代表大会上的讲演》,载《苏联文学艺术问题》,第 26—29 页。

发言。这些报告和发言表明:日丹诺夫尽管既不是文学家、艺术家,也不是哲学家,却可以自由地穿行于各个领域,指手画脚地这也批评,那也指责。1946年9月4日《苏联作家协会理事会主席团的决议》,联共(布)中央1948年9月11日《关于〈鳄鱼〉杂志》、1949年1月11日《关于〈旗〉杂志》的决议等,同样是日丹诺夫主义的产物。

从这些决议和报告所涉及的具体文学现象和问题可以看出,日丹诺夫主义显然是要杜绝一切稍有"异端"表现的文学,把文学创作与批评完全纳入绝对符合个人崇拜和极左政治所要求的轨道。如《星》和《列宁格勒》本是当时苏联有影响的两家大型综合性文学刊物,其所在地列宁格勒(圣彼得堡)在俄罗斯历史上向来是以受到西方文化影响较大的城市著称的,这两家杂志也体现了这种气息。1946年第5—6期《星》杂志刊出了作家左琴科的讽刺小说《猴子奇遇记》。同时,该刊还与《列宁格勒》一样,发表了诗人阿赫玛托娃的一些诗作。左琴科的小说针对苏联社会中的一些丑陋现象发出嘲讽,阿赫玛托娃的诗则表明她独自沉浸在对祖国、历史和个人命运的思考里,两者都不符合"社会主义现实主义"原则。于是,联共(布)中央决议谴责两杂志刊登"在思想上背道而驰的作品",批评列宁格勒市委,让左琴科和阿赫玛托娃等人"在杂志中占据领导地位",指责以吉洪诺夫为首的苏联作家协会理事会"纵容了与苏联文学背道而驰的倾向和风习渗入两杂志"。决议责令《列宁格勒》杂志"立即停刊",改组《星》杂志编辑部,并下令"停止刊登左琴科、阿赫玛托娃以及他们这一类人的作品"。

联共(布)中央决议颁布后不久,日丹诺夫即在列宁格勒党的积极分子和作家会议上作了长篇报告。他要求一切文学活动都必须"以政治为指针",强调当时的苏联文学是"世界上最先进的文学";把西方现代文学艺术视为洪水猛兽,称其中"充满着恶棍、歌女、对一切冒险家与骗子的通奸和奇遇的赞颂";完全否定现代俄罗斯文学中的所有非现实主义流派,把这些流派的一些主要作家称为"政治和艺术上反动的蒙昧主义与叛变行为的代表者"。日丹诺夫骂左琴科是"市侩和下流家伙""流氓""文学的渣滓""与苏联文学背道而驰的无聊文人",有着"下流和卑劣的灵魂",说他的小说《猴子奇遇记》等是"一些野兽式地仇恨苏维埃制度的有毒作品",没有比写这篇小说"更厉害的在道德和政治上的堕落"了。日丹诺夫对阿赫玛托娃的辱骂更为恶毒,说"她的诗歌是奔跑在闺房和礼拜堂之间的发狂的贵妇人的诗歌",她"并不完全是尼姑,并不完全是荡妇,说得确切些,而是混合着淫秽和祷告的荡妇和尼姑"①。日丹诺夫还猛烈抨击了"反

① [苏]日丹诺夫:《关于〈星〉与〈列宁格勒〉两杂志的报告》,载《苏联文学艺术问题》,第39—41、46—47页。

动的文学派别”——象征派、阿克梅派、“谢拉皮翁兄弟”以及各种“颓废派”思潮、团体和流派，然后明确要求作家们要“以苏维埃制度所赖以生存的东西为指针，即以政治为指针”来进行创作。在这份报告中，日丹诺夫不仅开了主管文化、意识形态工作的官员大骂作家、艺术家的先河，而且树立了从政治的高度来评判作家作品和各种文学现象的典范。在联共(布)中央决议和日丹诺夫的报告之后，苏联作家协会理事会主席团也随之作出决议，决定解除吉洪诺夫的苏联作家协会理事会主席的职务，改组作协理事会，开除左琴科和阿赫玛托娃的苏联作家协会会籍。这一举措的出台和实施，也提供了以行政手段直接干预文学团体的范例。

1948 年，在联共(布)中央发布《关于穆拉杰里的歌剧〈伟大的友谊〉》的决议之前，日丹诺夫又在联共(布)中央召开的苏联音乐工作者会议上致开幕词并作了长篇发言。他的发言指责穆拉杰里的歌剧有“违反历史事实的严重错误”，是“现实历史的伪造，历史真理的破坏”。他点名批判了肖斯塔科维奇、普罗科菲耶夫、米亚斯科夫斯基、哈恰图良等“音乐中形式主义倾向的主要领导人物”，断言这一倾向所表现的是“在虚伪的革新旗帜之下摈弃古典遗产、摈弃音乐的人民性、摈弃为人民服务而去满足一小撮第一流的唯美主义者的极端个人主义的情绪”①。日丹诺夫把这一次在苏联音乐创作领域的批判运动和 1936 年的批判形式主义运动联系起来。如果说那次批判具有横扫一切“异端美学”的目的，那么这次批判就是要在尊重古典传统的旗号下否定全部现代主义艺术。

日丹诺夫主义的强制推行，在战后个人崇拜迅速达到顶峰的时代条件下，造成了俄罗斯本土文学更严重的滑坡。作家和批评家们不再敢于进行文艺理论和创作实践上的任何探索，他们在理论上只能去转述、宣传中央决议精神和日丹诺夫讲话的观点，在创作上只能按照日丹诺夫主义的要求去写一些顺应时势的作品。在批判、开除、逮捕、流放、镇压的威胁面前，人们或委曲求全，或保持沉默，或检讨认错，文坛出现了万马齐喑的困难局面。日丹诺夫主义的另一直接效用，是催生了一批伪浪漫主义和伪现实主义作品。这两类作品都是粉饰现实，掩盖社会矛盾，其区别仅仅在于：前者为一种虚假的乐观主义所笼罩，作品中充满着胜利和喜庆的场面，人物完美无缺、非凡高尚，环境一片光明、无限美好，语言运用上显示出对文件用语和报刊宣传词汇的直接照搬；后者依照“无冲突论”公式“安排”现实，组织情节，设置人物，以冗长、沉闷的叙述代替对生活真实的描写，结构布局上总是在“克服困难”之后出现大团圆结局。一批为个人

① [苏]日丹诺夫：《在联共(布)中央召开的苏联音乐工作者会议上的发言》，载《苏联文学艺术问题》，第 98、110 页。

崇拜唱颂歌的小说和剧本，则兼有这两类作品的特点，受到官方的大力肯定和赞扬，一度走红文坛。当然，所有这些作品都毫无艺术生命力，早已被读者抛弃和彻底遗忘。战后七、八年时间，就这样成为整个 20 世纪俄罗斯文学史中的一段最荒凉的岁月。

第三节　“社会主义现实主义的开放体系”

从“社会主义现实主义”的出台到日丹诺夫主义的推行，苏联文坛的状况，清楚地显示出极左文学政策对文学的破坏性影响。时至 50 年代初，情况开始发生变化。1954 年 12 月，在第二次全苏作家代表大会上，作家西蒙诺夫率先提出要对作协章程中的“社会主义现实主义”条文进行修改。大会不仅接受了西蒙诺夫的意见，在新的章程中删去了原条文中的后半句，即“艺术描写的真实性和历史具体性必须与用社会主义精神从思想上改造和教育劳动人民的任务结合起来”，而且删去了“历史具体地”这一修饰语。这一事实本身的象征性意义远远超过了“修改”的理论意义：它是 20 年来苏联文学界对“社会主义现实主义”的怀疑情绪的第一次公开表现，标志着这一“创作方法”权威性的动摇。

不过，后来的文学史事实显示出，在有关创作方法问题上，苏联文学理论批评领域一直存在着两种不同的思维走向：一是要坚持维护“社会主义现实主义”作为文学创作与文学批评的“基本方法”的地位，二是要突破“社会主义现实主义”的束缚，追求创作方法的多元化。1959 年的第三次全苏作家代表大会，曾对《苏联作家协会章程》再次做出修改，恢复了第二次作家代表大会决定删去的“社会主义现实主义”条文中的“历史具体地”这一修饰语，为的是强调“社会主义现实主义”和一般“现实主义”的区别，为了说明仅仅“真实地描写现实”还不是“社会主义现实主义”。在 1967 年召开的第四次作家代表大会上，捍卫“社会主义现实主义”原则的呼声显得更高。如格·马尔科夫在大会的报告中提出，要“巩固和进一步深化社会主义现实主义的思想美学原则”；批评家列·诺维欣科则在报告中指责“近十年来有人企图暗中‘修正’社会主义现实主义的原则，抹煞其实际内容和鲜明的思想上审美上的规定性”[①]，等等。到 1971 年召开第五次作家代表大会时，则对作协章程中的“社会主义现实主义”条文再一次进行修改，强调它是苏联文学创作和文学批评的“久经考验的”方法，并增加了“以党性和人民性为原则”的内容。这几次作家代表大会对条文的讨论与修改，均显

① 转引自中国社会科学院外国文学研究所苏联文学室编：《苏联文学纪事（1953—1976）》，北京：生活·读书·新知三联书店，1979 年，第 250 页。

示出“社会主义现实主义”的原则决不放弃，决不动摇的意向。

与上述思维走向相对立的，是一种主张创作多元化的思潮。这种思潮首先表现在为“现实主义”正名上。50 年代中期以后，文学界重新确认陀思妥耶夫斯基等人为经典作家，出版布宁、布尔加科夫等被批判过的作家作品；认为“批判现实主义”在 20 世纪不仅没有过时，而且拥有一大批卓有成就的作家，无论是在欧美各国还是在俄罗斯，它都获得了重大进展，依然是 20 世纪文学中的一支重要流脉。这种强调“传统的”现实主义的意义和价值的观点，显然是对“社会主义现实主义”独尊地位的一种挑战。

当一些理论家、批评家还在努力从各个方面为“传统的”现实主义正名的时候，另一些学者已开始对长期流行的“现实主义与反现实主义”的公式提出质疑。这种公式坚持把全部文学史、艺术史看成现实主义和反现实主义“两个基本流派”的斗争史，并认为一切非现实主义的文学艺术都具有“反人民”的性质。这就从根本上否定了文学史上出现过的古典主义、浪漫主义、自然主义、唯美主义、象征主义等各种非现实主义潮流。1956 年 5 月，批评家亚可夫·埃尔斯贝格在《文学报》上发表《现实主义与所谓反现实主义》一文，指出“现实主义与反现实主义”公式具有“庸俗性质和反科学性质”。此文得到理论批评界的广泛认同。这一现象的出现清楚地表明：人们已不满足于仅仅为“现实主义”正名，而且要为文学艺术中的各种思潮和流派正名，承认它们在文学中都有其合法地位。这个问题的提出，当然主要不是出于文学史研究方面的考虑，也即不限于承认在以往的文学发展中已出现过的各种文学思潮，而主要是着眼于承认 20 世纪的各种现代主义思潮和流派。因为自 50 年代中期以后，苏联文学界对西方现代主义文学的翻译、介绍和研究逐渐加强，一些作家开始程度不同地借鉴现代主义的艺术经验，读书界对现代主义文学的兴趣也开始增长。于是，如何从理论上正确看待现代主义的问题，也就合乎逻辑地提了出来。到 1964 年 12 月苏联作家协会和苏联科学院世界文学研究所联合举办“当代现实主义和现代主义问题”学术讨论会时，对西方现代主义文学的研究已走向深入。理论批评界从那时起不再用“颓废主义”“颓废派”的概念来称呼“现代主义”“现代派”。

无论是为“传统的”现实主义正名，还是为现代主义正名，都表明理论批评界开始希望给文学领域中的各种思潮和创作方法以合法地位。在维护“社会主义现实主义”独尊地位的人们看来，这一切均有动摇这个“基本方法”“久经考验的方法”的权威性的嫌疑。挑战同时来自文学史研究和文学创作领域。例如，叶赛宁、普里什文、马雅可夫斯基、帕乌斯托夫斯基、巴别尔等作家属于“社会主义现实主义”的范畴吗？阿赫玛托娃、普拉东诺夫、布尔加科夫、左琴科等也是“社会主义现实主义”作家吗？如果回答是肯定的，显然过于牵强；如果回答是否定的，那么“社会主义现实主义”究竟是不是“基本方法”，就令人怀疑了。在创作方面，自爱伦堡的《解冻》开始，陆续出现了一批显然不符合“社会主义现实主义”要求的作品，如杜金采夫的《不是单靠面包》、格拉宁的《个人意见》、雅申的《杠杆》、帕斯捷尔纳克的《日瓦戈医生》、索尔仁尼琴的《伊万·杰尼索维奇的一天》、特瓦尔多夫斯基的《焦尔金在游地府》、叶甫图申科的《斯大林的继承者们》、尼林的《冷酷》和《试用期》等。这些作品大都具有反思历史、维护个性自由与独立的意向，其中有不少作品暴露个人崇拜时期的社会阴暗面，揭示当代现实中的矛盾和问题，显示出锐利的批判锋芒。进入60年代之后，除特里丰诺夫的“莫斯科系列小说”、舒克申的道德题材作品等继续呈现批判现实主义特色之外，阿斯塔菲耶夫、瓦西里耶夫、索洛乌欣、卡扎科夫等人的创作，均具有浓厚的浪漫主义色彩；艾特马托夫的《白轮船》，瓦·卡扎耶夫的“自由散文”等作品，则借鉴西方现代主义文学的艺术经验，运用象征、隐喻、神话、梦幻、联想、潜意识等表现手法，标志着苏联文学在创作方法上的重大突破。更值得注意的是，上述所有作品不仅反应热烈，颇受欢迎，而且构成了50年代中期至60年代苏联文学的一部分最重要的成果。这一切，迫使人们不得不对“社会主义现实主义”规条进行再审视、再思考。

可见，在关于苏联文学的创作方法问题上，事实上存在着两种不同的思维走向。虽然不同的意见几乎一直是交叉共存、此起彼伏的，但不同时期却有不同的“主调”：50年代初至60年代初，从恢复现实主义传统开始，创作方法多元化的呼声较高；60年代中期以后，文学政策导向趋于继续推行“社会主义现实主义”的一统化地位。在若干最为敏感的根本问题上，也相应地经历了从强调“写真实”到强调表现“功勋和业绩”，从主张关注“小人物”到主张大力描写“正面人物”，从呼唤人道主义的复归到强调“社会主义人道主义”的转变。

在上述思想背景和文学背景下，一个亟待解决的问题便无可回避地提到了苏联文学理论界，特别是官方理论家面前：怎样解释“社会主义现实主义”规条与文学创作、文学史研究之间的矛盾？既要坚定不移地维护“社会主义现实主义”这一“久经考验的创作方法”，又要肯定从叶赛宁、普里什文到叶甫图申科、艾特马托夫等无数作家诗人的创作都不违反这一“方法”，解决这一矛盾的确是十分棘手的。苏联理论界开始探索解决这一麻烦问题的途径。1959年，苏联科学院世界文学研究所与苏联作家协会联合举办“社会主义现实主义问题”讨论会；1966年，《文学问题》杂志召开“社会主义现实主义的迫切问题”座谈会；1967年，苏共中央社会科学院举行“社会主义现实主义理论中的新事物”讨论会；1972至1975年，《文学问题》杂志就“社会主义现实主义的美学问题”组织专题讨论；1979年至1980年，《文学报》组织“社会主义现实主义：艺术经验与理论”专题讨论会。延续时间长达20年的历次讨论中，出现了大量的学术报告、报刊论文和专题著作，其中最有影响的代表性专著，有苏奇科夫的《现实主义的历史命运——创作方法探讨》(1967)、奥甫恰连科的《社会主义现实主义与现代文学进程》(1968)、彼得罗夫的《社会主义现实主义的当代问题：方法的审美本质》(1976)、德·马尔科夫的《社会主义现实主义理论问题》(1978)等；较为重要的论文，有格·波斯彼洛夫的《社会主义文学及其方法》、米·帕尔赫缅科的《苏联各民族文学从批判现实主义过渡到社会主义现实主义的规律》、米·赫拉普钦科的《文学理论和创作过程》(以上均为1966)、德·马尔科夫的《真实地表现生活的历史地开放体系》(1977)等。

从以上关于“社会主义现实主义”的讨论、专著和论文中，可以看出诸位论者的意见有一个重要的基本点是共同的，即谁也不否认“社会主义现实主义”是苏联文学的“基本方法”；但却存在着一个根本分歧，即一部分论者认为“基本方法”并不是“唯一方法”，而另一部分论者则认定，在苏联文学中，只能有“社会主义现实主义”这个“统一的”创作方法。

持第一种观点的有波斯彼洛夫、奥甫恰连科、赫拉普钦科、帕尔赫缅科等著名文学理论家。奥甫恰连科(1922—1988)在他的论著中，以萨·武尔贡、尤·扬诺夫斯基和杜甫仁科等人的创作为例，说明浪漫主义文学在苏联文学中客观存在的事实，认为那种千篇一律地“把现代文学的浪漫主义看作是社会主义现实主义统一的艺术方法范围内的风格流派”的观点是令人费解的，强调指出：“在一些情况下，我们看到浪漫主义是作为社会主义社会的美学体系的社会主义艺术这个广阔范围内的一种独立的艺术方法。”[①]格·波斯彼洛夫(1899—1992)赞同奥甫恰连科关于苏联社会主义文学中也存在着非现实主义作品的观点，但他认为这种文学不仅包括“社会主义现实主义”、浪漫主义，也包括批判现实主义，作家维·谢明的中篇小说《七人一屋》便是一例；他还指出，“社会主义文学只是苏联文学中的一个基本的和主导的流派”，而像叶赛宁、巴别尔、普里什文、施瓦尔茨等这样一些代表“民主主义倾向”的作家并不属于这个基本流派。在这里，波斯彼洛夫事实上已经提出了“社会主义现实主义”文学、“社会主义文学”和“苏联文学”这样三个内涵与外延均不相同的概念，并试图以它们来区别看待整个文学史。[②]

与上述观点相接近的是赫拉普钦科和帕尔赫缅科的见解。赫拉普钦科

---

① 亚·奥甫恰连科：《苏联文学中的浪漫主义》，载北京师范大学苏联文学研究所编译：《苏联现实主义问题讨论集》，北京：外国文学出版社，1981年，第177、190页。

② См.：Гей Н. К. и др. *Актуальные проблемы социалистического реализма*：*Собрание статьи*. Москва：Издательство «Советский писатель»，1969.

(1904—1986)认为,“社会主义现实主义”并不像某些人所断定的那样,是“一种包罗万象的方法”,而只是“社会主义艺术内部的一种流派”。他还指出,在苏联文学中,“同已有的缺乏想象力地描写日常生活和风俗习惯的形式并存,现在产生了新型的自然主义”,这是一种“相当重要的文学现象”,是“对图解方法和担心现成的思想会歪曲生活真实的一种独特的反应”[①]。赫拉普钦科肯定了自然主义是当代文学创作中的流派之一。另一文学理论家米·帕尔赫缅科也认为,“社会主义现实主义文学”和“苏维埃文学”这两个概念不是等同的,不可相互替换;“苏维埃文学这个概念,至少在初期,特别是在20年代,不仅包括社会主义现实主义文学,而且也包括苏联作家在批判现实主义范围内创作的作品”。他还以阿·托尔斯泰、费定和列昂诺夫的创作为例,说明十月革命后俄罗斯文学特点也是“批判现实主义和社会主义现实主义的创作方法相互交织、同时共存”[②]。总起来看,奥甫恰连科、波斯彼洛夫、赫拉普钦科、帕尔赫缅科等人都认为,“社会主义现实主义”是苏联文学的基本创作方法,“社会主义现实主义文学”是苏联文学的、也是“社会主义文学”中的主导部分;但是,除了这个“基本方法”“主导部分”之外,苏联文学、“社会主义文学”中还存在着其他创作方法,还存在着非“社会主义现实主义”文学,如批判现实主义、浪漫主义、自然主义,等等。

这种观点受到苏奇科夫、格·洛米泽、列·雅基缅科、弗·拉克申、德·马尔科夫等人的批判。他们认为,“社会主义现实主义”是苏联文学的“统一的”创作方法,在这一文学中不能有多种创作方法并存。洛米泽写道:主张创作方法多元化,“在增加创作方法的数量的时候,也就间接地表现出对社会主义现实主义的不信任。”[③]拉克申认为,关于在苏联文学中批判现实主义和社会主义现实主义并存的说法,是“反历史主义的,理论上是错误的,对文学的实践来说简直是有害的”。他还责问道:“有谁能说,现在还有这样的苏联艺术家,他们要做这样的批判现实主义者,就是说,要批判地对待自己的社会和人民呢?”[④]雅基缅科则指出,“创作方法多元化”的观点之所以产生,是由于有人“把创作方法理解得十分狭隘,以致把风格和方法等同起来了”,而“社会主义现实主义”的特点,即在于它“综合和发展了世界艺术发展中许多在历史上各不相同而又成效卓著

① 米·赫拉普钦科:《文学理论和创作过程》,载《苏联现实主义问题讨论集》,第259、255、261、262页。

② 米·帕尔霍缅科:《苏联各民族文学从批判现实主义过渡到社会主义现实主义的规律》,见《苏联现实主义问题讨论集》,第98、75页。

③ 格·洛米泽:《批判现实主义与社会主义现实主义的关系》,载《苏联现实主义问题讨论集》,第152页。

④ 弗·拉克申:《科学释义与文学现实》,载《苏联现实主义问题讨论集》,第282页。

的倾向"[①]。

对"创作方法多元化"持批评态度的代表人物之一是鲍·苏奇科夫(1917—1974)。他在《现实主义的历史命运》(1967)一书及发表于70年代初的有关论文中,就"社会主义现实主义"问题提出了一系列新见解。其中《现实主义的历史命运》一书,在自古希腊罗马至20世纪文学发展的宏观背景上,勾勒了各种创作方法交嬗演变的历史,着重论述了现实主义创作方法的产生、发展及其在各个时期的特点,力求说明"社会主义现实主义"是人类艺术思维的合乎规律的发展阶段。如果说,这些观点并不新鲜的话,那么,以下提法则是颇为新奇的:第一,"一切表现方式和方法,如果它们有助于艺术地认识世界,都完全可以归入现实主义的美学范畴";第二,"社会主义现实主义世界观基础的一致性,并不妨碍艺术探索,不妨碍它的创作方法所能做到的在审美上掌握生活的方法的多样性。"[②]这事实上是把作为"创作方法"的现实主义和"社会主义现实主义"的包容性大大地扩展了。在此基础上,苏奇科夫指出:"在社会主义现实主义艺术中,明显存在着各种不同的艺术流派,它们之间没有实质性的区别,但表现现实的方法各不相同。"他认为主要有三个流派,其中一个最盛行的流派,是以客观的、生活本身具有的形式再现生活的;这一流派内部又包含着掌握现实的多种方式,如心理现实主义,其代表是列昂诺夫。第二个流派是通过象征性的隐喻形式反映生活,常常远离描写的真实性,夸大或改变现实中的现象和情景,赋予形象以多种意义,其典型代表是马雅可夫斯基、布莱希特、艾吕雅等。第三个流派是浪漫主义流派,其特征是以热烈抒情的方式对待所表现的对象,并使之理想化;它不一定遵循描写生活真实的原则,它表达生活现象和事件的特点是概括性的。叶赛宁、帕乌斯托夫斯基、阿尔乔姆·维肖雷、巴别尔等是这一流派的代表。

不难看出,苏奇科夫的观点中最主要的东西,是在坚持"社会主义现实主义"一统化的前提下,提出了这一"创作方法"可以包括多种艺术流派,多种"表现现实的方法",如现实主义、浪漫主义、象征主义、表现主义,甚至超现实主义,等等。

在此基础上,德·马尔科夫(1913—1990)提出了"社会主义现实主义的开放体系"(открытая система социалистического реализма)的新概念。1972年,他在《论社会主义现实主义中的艺术概括形式》(1972)一文中,第一次使用了"开

---

① 列·雅基缅科:《历史与创作方法》,载《苏联现实主义问题讨论集》,第268页。

② 鲍·苏奇科夫:《现实主义的历史命运——创作方法探讨》,傅钟选等译,北京:外国文学出版社,1988年版,第568,476—477页。

放体系"的提法。后来,他又在《真实地表现生活的历史地开放的体系》(1977)等一系列文章中反复阐发"开放体系"的理论。这一理论的基本内容主要有以下几点:

1."社会主义现实主义"是被当作一种新的美学体系来考察的,它的特征就是"艺术真实性的广阔标准"。它并不排斥过去和现代的艺术真实性,而是在社会主义现实主义思想性的基础上发展这种真实性。它是同真实艺术的特点相符合的,并体现出真实艺术发展的历史前景。"艺术真实性的广阔标准"是"社会主义现实主义"最重要的美学原则。

2."社会主义现实主义"是一个灵活多变的体系。"对于社会主义现实主义艺术家来说,对不断发展着的现实生活的客观认识是无止境的,在题材的选择以及采用足以表达生活真实的表现手法方面,也是没有限制的。在所有这些方面,社会主义现实主义都是历史地开放的。"[①]"社会主义现实主义"不局限于一种描写生活的方式,它可以按生活本身的形式来表现生活,也可以采用寓言和民间文学的情节、荒诞离奇的夸张手法,浪漫主义的概括、幻想等表现方式。总之,它可以"把过去和现代的其他各种艺术流派在表现手法方面取得的成果融合成为一个整体";别的体系的诗学成分加入到社会主义现实主义的体系中来,一般地在理论上和实践上都是可能的。

3."社会主义现实主义"美学体系的"开放性"不是无边的。这一美学体系的最根本的原则,是社会主义思想、社会主义人道主义和列宁的艺术党性原则。那些在观念上同现代主义美学相联系的艺术形式,因为它们体现了同社会主义艺术相对立的世界观,所以不能成为社会主义艺术的组成部分。

马尔科夫的"开放体系"理论提出后,苏联文艺理论界展开过广泛的讨论。不少人对这一套理论表示赞同,但也有很多著名学者提出了自己的反对意见。如雅基缅科认为,"开放体系"理论这一公式提出后,"社会主义现实主义"似乎把艺术中其他创作流派和方法所开创的形式都"兼收并蓄"了。波斯彼洛夫也坚持认为,"社会主义现实主义"是社会主义文学作品中基本的、主导的、但不是唯一的反映生活的原则,不能把"社会主义现实主义"和"社会主义文学"这两个概念混为一谈。他指出,马尔科夫把作为"创作方法"的"社会主义现实主义"说成是"美学体系",把其他"创作方法"(如浪漫主义、批判现实主义等)都看成可以进入这一"美学体系"的"艺术概括形式",这就使"创作方法"这一概念的内涵发生了变化:"社会主义现实主义"变成了对生活的各种不同"艺术概括形式"的"综合",其他"创作方法"则变形为保持着各自独立审美价值的"艺术概括形

① 德·马尔科夫:《真实地表现生活的历史地开放的体系》,载《苏联现实主义问题讨论集》,第411页。

式”。波斯彼洛夫认为，马尔科夫事实上是混同了“社会主义现实主义”和“社会主义文学”这两个概念，这是违反科学的，只能起到消极作用；为了既避免在“社会主义现实主义”（“社会主义文学”）内部再作“创作方法”的区分，又肯定它在内容和风格上的丰富性和多样性，他才提出了“艺术概括形式”这一含混不清的概念，而这一概念并不是基于理论本身方面的考虑而提出来的。[①] 由此可见，雅基缅科和波斯彼洛夫对“开放体系”理论基本上采取了否定态度。

对“开放体系”理论持完全否定态度的是文学理论家、散文家尤·安·安德列耶夫（1930—2009）。他认为，“社会主义现实主义开放体系”的公式是不合逻辑的，就其实质而言是不准确的；“社会主义现实主义开放体系”不如改成“社会主义艺术开放体系”[②]更为合适，因为后者可以把一切创作方法和创作流派都包括进来，而前者其实是无法做到这一点的。

马尔科夫提出的“开放体系”理论，既不是什么学术上的、也不是什么理论上的进展，而不过是术语概念上的翻新而已。它的直接思想来源是勃列日涅夫在1971年召开的苏共二十四大总结报告中的一段话：“我们主张在社会主义现实主义方法的基础上创造出丰富多彩的形式和风格”。这段话的实际内涵是：一定要维护“创作方法”的统一性、唯一性，决不放弃“社会主义现实主义”，但又不要对其他创作方法，其他流派的作品一概加以排斥，而要让“社会主义现实主义”囊括其他各种艺术方法的文学作品。二十四大结束后，苏共中央又于1972年作出了《关于文艺批评的决议》，重申了上述观点。在这一背景下，文学理论界对“创作方法多元化”的再批判以及关于创作方法问题的讨论，为“开放体系”理论的提出提供了铺垫。以“社会主义现实主义”这一种创作方法去包含其他多种创作方法，这在理论上说不通，也完全不符合逻辑，于是，马尔科夫便将“社会主义现实主义”说成“美学体系”，将其他创作方法说成“艺术概括形式”，并对“创作方法”的内涵作了重新解释。这样一来，“社会主义现实主义”就由与其他创作方法并列的一种创作方法，变为凌驾于其他创作方法之上，包括其他创作方法的一种体系了。然而，如果有一种“美学体系”可以包括多种文学流派、多种创作方法，那么它本身究竟还有什么美学特质，还有什么存在的意义，也就十分令人怀疑了。马尔科夫的理论出现后，文学理论界的论争一直没有停止，一些著名理论家纷纷发表不同意见，这种现象表明，“开放体系”理论从未得到过广泛的认同，这一理论本身就是捉襟见肘、破绽百出的。

---

① См.：Сидорова Е. и Якименко Л.（Сост.）*Социалистический реализм сегодня*：*Проблемы и суждения*. Москва：Изд. «Художественная литература»，1977.

② Андреев Ю. А. *Движение реализма*. Ленинград：Наука. Ленинградское отделение，1978，с. 178.

时至80年代中期以后，苏联文学界关于“社会主义现实主义”的讨论已经超越了围绕“开放体系”展开论争的范围，走向了对于“社会主义现实主义”这一概念本身的怀疑与否定。在1988年《文学报》组织的多次专题讨论中，一些研究者和作家指出：“社会主义现实主义”的概念不是分析当代文学进程的范畴，它主要是作为一个政治概念、作为30年代用以统一和集中苏联作家创作实践活动的一个口号产生的，这个术语曾经多次成为打人的棍子。有的学者认为，《苏联作家协会章程》中关于“社会主义现实主义”创作方法的定义没有审美内容，是站不住脚的，成了外行粗暴领导艺术的工具。[①] 这些意见鲜明地显示出，自30年代起就被规定为苏联文学创作和文学批评“基本方法”的“社会主义现实主义”，此时已面临被文学界最终抛弃的结局。

1989年3月，一个新的《苏联作家协会章程（草案）》公布于世。章程草案中写道：“协会认为，创作自由是文学发展的必不可少的条件”；协会将“一如既往地扶持那些体现现实主义方法和社会主义理想的作品”[②]。作协章程中谈及创作方法问题而回避了“社会主义现实主义”的概念，这是自1934年以来的第一次。这种结果具有某种必然性。“社会主义现实主义”概念和定义出台的历史背景，它与极左文学思潮及个人崇拜的血统联系，它作为“方法”或“原则”的推行给文学的发展所造成的不良后果，决定了它最终被否定的命运。这种命运不是“开放体系”这一变通性解释所能改变得了的。“开放体系”理论不过是“社会主义现实主义”发生危机时期出现的一种临时补救物，然而它既没有发挥任何补救作用，也不具备任何真正的理论价值。在20世纪70—80年代的苏联文学创作中，“开放体系”理论也从未起过任何有益的作用，从未产生过任何积极的影响。

---

① См.: « Социалистический реализм: спорные проблемы ». //*Литературная газета*, 13 апреля 1988; « Отказываться ли нам от социалистического реализма? »//*Литературная газета*, 25 мая 1988.

② См.: *Литературная газета*, 22 марта 1989.

第 十二 章

波斯彼洛夫:自然派美学理论

根纳季·尼古拉耶维奇·波斯彼洛夫(Геннадий Николаевич Поспелов 1899—1992)是20世纪俄罗斯文学批评史上的著名文学理论家,是老一辈理论家。波斯彼洛夫于1925年毕业于莫斯科大学,1929年于该校研究生毕业。1930年被聘为莫斯科大学副教授,一直在该校从事文学理论的教学和研究工作,1938年被晋升为教授,后曾长期担任莫斯科大学语文系文学理论教研室主任,1945年获博士学位。他的主要代表著作有:《文学理论》(1940)、《18—19世纪俄国文学中的问题》(1945,博士论文)、《果戈理的创作》(1953)、《论艺术的本性》(1960)、《19世纪俄国文学史》(第2卷第1部40—60年代,1962)、《审美和艺术》(1965)、《文学风格问题》(1970)、《文学的历史发展问题》(1972)、《抒情诗》(1976)、《文艺学引论》(主编并参与写作,1976)、《文学原理》(1978)、《文学进程》(主编,1981)《方法论和诗学问题》(1983)、《艺术和美学》(1984)、《欧洲文学的分阶段发展》(1988)、《艺术文学》(1997)等。

波斯彼洛夫的文学和美学研究工作始于20世纪20年代初。20年代后期,他曾追随过以彼列维尔泽夫为代表的庸俗社会学派,30年代已努力在与它划清界限,并在以后的几十年里一直是从社会意识形态的方法论角度来建立自己的理论体系的。因为他在理论研究上的严密性、观点鲜明以及方法论的始终如一,再加上有数量不少的学生和追随者,所以被理论界一些人士认为,在苏联文艺学界存在着"波斯彼洛夫学派"。[①]

尽管波斯彼洛夫常常否认自己是一位美学家,但是他却撰写并出版过多部美学专著,也一直被原苏联美学界称为自然派(натурализм)美学家的主要代表。波斯彼洛夫强调,美是由纯自然和客观所决定的。他坚决反对以斯托洛维奇为代表的社会学派,基本否定了人对于确定自然美的作用。在他看来,自然

---

① 参见《文学流派和风格》,莫斯科:莫斯科大学出版社,1978年,第3页。

界自身的演变与进化是决定美的本质存在的客观基础，各个物种在大自然的不断进化中逐渐使自身趋于完善，获得美的特征。

波斯彼洛夫认为，社会学派的美学家们论证自己的美学观点，主要是凭借着两个重要理论依据：普列汉诺夫的《没有地址的信》和马克思的《1844年经济学—哲学手稿》。前者对美的问题的思考是限于原始社会范围内的，后者则是在未来共产主义社会中来探讨的。只局限在这两个范围内是无法真正历史地揭示美的本质的，更何况普列汉诺夫根本没有正确地解决审美知觉的问题。波斯彼洛夫提出要把美的客观本质与人对美的社会历史制约性区分开来。任何现象的审美价值都是客观存在着的，这与是什么人、在何时何地怎样发现、如何理解与评判并无任何关联。他甚至认为，有的美的现象是先于人的意识而存在的。不过，波斯彼洛夫也明确指出，现实中的现象要成为审美现象，只有当该现象的本质特征得以完满表现时才能实现。从这样的观点出发，艺术作品的审美价值产生于艺术内容被以适当的形式完满地表现出来之中。

波斯彼洛夫的自然派美学观直接决定着他对文学理论的研究，他正是从"美的纯自然客观性"的立场出发来阐释自己的各种文学理论主张的。波斯彼洛夫把文艺学研究的对象规定为语言的艺术创作，把文艺学的主要任务限定在研究文学作为一种意识形态的特征并阐明其历史发展的规律性这两个方面。他在自己的论著中，很好地使研究文学的历史方法与理论分析的辩证方法有机地结合在了一起。

在论及文学艺术的特征方面，波斯彼洛夫以为，文学艺术是人类认识生活的一种高级形式，是人类社会意识发展到一定历史阶段按其规律性必然会产生出来的一种特殊形式，是社会意识的一种"内在形式"。文学艺术的对象是人类生活的社会历史特征，艺术家所描绘的是那些具有个性的人的生活以及他们之间的相互关系，也就是人类生活的社会历史性格。艺术的这种特殊对象是客观地存在着的。波斯彼洛夫坚持艺术作品的意识形态认识特征，认为艺术与其他意识形态的对象是一致的，只不过它们所认识的是同一对象的不同侧面。同时波斯彼洛夫反对艺术的形式特征、形象特征的观点，因为艺术形象特征的观点客观上会将艺术变成认识的图解形式，从而导致艺术无法独立存在于反映和认识现实的其他各种方式之中。

在论述文学艺术的起源及发展方面，波斯彼洛夫从"意识形态本性论"出发，把原始社会时期的艺术称为"前艺术"，与现代艺术加以区分，并探讨了"前艺术"是如何向现代艺术过渡的。波斯彼洛夫认为，人类社会意识的最初出现其实是一种由神话、巫术等多种意识混合在一起的。这一原始意识的主要特点是把自然现象从情感上加以夸张，并赋予其灵性，但不含有任何思想倾向性。

“前艺术”向现代艺术的过渡是一个逐渐抛弃原始意识的过程。艺术思维是从原始意识的思维中慢慢分离出来的。艺术创作活动也就由一种非自觉的活动转向了自觉性的活动，由于阶级和国家的出现，艺术创作活动不仅充满着人类的情感，而且贯穿着思想评价和社会倾向，这样文学艺术便就转化为了一种社会意识形态。

在谈起现实主义问题时，波斯彼洛夫指出，不能用“再现”原则来说明现实主义，因为这样会把现实主义的创作与对外部世界的逼真反映等同起来。他就苏联文艺学界对恩格斯关于现实主义定义的不同译文，提出了自己的看法，认为正确的译法应该是：“……现实主义除了指细节的真实性之外，就是指传达典型环境中的典型性格的正确性”。他表明，如若把“……传达……正确性”译成“……再现……真实性”，则可能发生概念上的混淆，因为即便是非现实主义的创作对生活的反映也可能是历史的、真实的。他也同样反对把文学史简单地看成是现实主义与反现实主义的斗争史，赞同要对文学发展不同时期的各种创作方法采取历史唯物主义的研究态度。他与同时期的不少其他理论家一样，实际上对反映现实的原则进行了分类：现实主义的反映原则与带有“规范化”色彩的非现实主义原则。

波斯彼洛夫还对苏联时期文艺学研究中的各种流派作了划分。他认为，可以分为三种主要的流派：一是具体历史方法论流派。该派把文学艺术看成是社会意识的一种独特的变体，其独特性不只表现在其自身形象的形式之中，而且更重要的反映在其思想和内容方面。这一独特的思想和内容显示着不同的历史、时代和民族的特点，它们是由各民族社会发展的不同历史阶段所决定的。二是结构主义流派。这派把审美价值看成是文学作品的首要价值，审美价值是由作品的文字结构来实现的，而具体的文字结构又取决于整个文学结构。三是新的文化历史方法论流派。此派承认社会、思想和文学等环境对作家创作的影响，但在具体分析文本时则把这一影响放到次要的位置上，以为起决定作用的是作家个人的创作天才。波斯彼洛夫自称属于第一种流派，而反对另外两种流派。在他看来，以洛特曼为代表的结构主义尽管口头上并不否定文学与社会之间的联系，但他们实际上所追求的却仅仅是局限于符号学范围内的对文学文本形式的研究。而新的历史文化方法论流派根本忽视对作家的世界观及其与社会、历史、民族环境之间的关系研究。

波斯彼洛夫坚持必须在民族文学发展的时代和社会的历史背景上，来探讨具体作家的创作。他强调，批评家在文学艺术作品中不仅要分析和把握富有表现力的艺术形式，而且更重要的是要关注作品的思想内容，因为任何艺术形式均是为了表现内容而形成的。

波斯彼洛夫在50年代苏联文艺学界对一些被称之为资产阶级的文艺学派加以排斥的时候，能够用较为客观的态度来对待，虽然批评了它们在方法论方面的错误，但还是部分地肯定了它们的意义，认为它们丰富了文艺学科。这一切都是值得肯定的。

当然，我们也不能不看到，以波斯彼洛夫为代表的自然派在理论研究上的某些缺陷。波斯彼洛夫在坚持审美现实现象独立于人而存在的客观属性时，没有充分顾及到审美对人的社会实践的依赖性，没有论述到审美本质的社会制约性。他对以斯托洛维奇等为代表的审美学派的批评在某些方面是存在着一些偏颇的，这也许是受20年代庸俗社会学影响所留下的痕迹。同时波斯彼洛夫几乎没有对东方文艺学的发展发表过任何有价值的见解，这也是他的理论体系所留下的令人遗憾之处。不过，波斯彼洛夫的一家之言对美学和文艺理论界的贡献是不容否定的。他的《文学原理》《论美和艺术》《文艺学引论》(主编)等著作在80年代翻译到我国之后，曾引起我国文艺学界的普遍关注，产生过积极的影响。

编末语

从20世纪俄苏文学及其批评理论的发展史来看，现实主义一直是一股永不消退的文学思潮，其实在世界文学的汪洋大海之中，现实主义也是一股汹涌澎湃的浪潮。现实主义以其自身对现实生活的反映为特征，成为作家们常用的一种创作和批评方法。然而，现实主义真的比其他的文学创作方法更能够真实地反映社会生活吗？现实主义的批评理论较之其他的文学理论，更能够揭示文学创作的本质特征吗？显然，回答是不可能一致的，甚至可能是迥然不同的。

俄苏文学在19世纪末20世纪之初就一直秉承19世纪俄国现实主义的传统，在新的历史语境中，特别是在十月革命胜利以后，进行了极其艰难的探索。也许是因为意识形态环境的限制，也许是各种现实利益的羁绊，一直到20世纪中叶，俄苏文学现实主义批评理论的政治化倾向都非常明显。虽然在斯大林去世以后，随着文学的"解冻"，社会主义现实主义定义的不断被修订，到了20世纪70年代，苏联理论界还提出了社会主义现实主义的开放体系，但是现实主义理论体系自身的危机还是难以得到根本解决。

目前，批评理论界已经清楚地认识到，现实主义只是作家创作和批评家评论的诸多方法之一，并非是唯一正确或曰基本方法，现实主义与反现实主义的公式早就遭到了批判。相反，文学创作也许与现实社会保持一定距离，更加能够反映或表现生活的真实，因为学界对"真实"本身的认识就是多元的。从宗教文化的视角来看,对世界本质的反映应该是精神层面的,现实的真实只是表象的;从艺术审美的视角来看,文学的本质应该是审美,是艺术形式,更何况文学形式或曰体裁也留有时代发展的记忆,也许这种记忆才是"真实"的;从当代西方的文艺观念来看,"真实"也许是人的内心潜意识和本能等等。总之,对"真实"多元的认识,就必然导致多元的创作和批评理论方法。其实,现实主义作家和批评家们自己对"真实"的理解也存在着差异。

同样,文学反映或表现现实也并非现实主义的专利,每一部优秀的文学作品都一定会对特定历史文化环境中的现实作出自己的反映或表现。可以说,从荷马史诗展示的人类童年时代的精神风貌,到但丁的《神曲》所呈现的中古社会的政治现实和文化生活,从莎士比亚笔下的封建制度的衰落,到《悲惨世界》《唐璜》等浪漫主义经典之作中的法国大革命和动荡的欧洲现实,等等,这一切都告诉我们一个无可辩驳的事实:非现实主义艺术也离不开历史的现实,因为它无疑是文学赖以生存的基础。

其实,文学艺术虽然无法彻底摆脱意识形态环境和政治的干预,但是文学创作及其批评理论存在着自身的特殊性,文学批评理论和方法应该是多元的,现实主义只是其中的一种,理论方法不存在优劣之分,更不能够被政治化,被政治化的文学创作不可能是文学经典名作,被政治化了的文学批评理论及其方法终究会被历史淘汰。

20 世纪俄苏文学批评理论史中的现实主义的历史命运,给予学界一个深刻的启示:越是被政治化的创作方法和批评理论,就越容易脱离文学创作和批评的自身轨迹,就越难以达到对社会生活的真实反映或表现。

第三编　审美编[①]

① 本编在撰写过程中,参考了由执笔者本人在《20 世纪俄罗斯文学批评史》(与汪介之教授合著)中所撰写的相关部分。

概　述

步入20世纪俄苏文学批评理论史的殿堂，以探讨艺术审美本质为己任的各种理论和学派琳琅满目，令人目不暇接，对当代西方乃至世界文学论坛产生着极大的影响。首当其冲的自然是俄国形式主义(формализм，1914年—1930年)它主要由两个组织所构成，一是1914年至1915年成立的“莫斯科语言学小组”，以罗曼·雅各布森为代表，其主要成员有格里戈里·维诺库尔(1896—1947)等；另一个是“彼得堡小组”，从1914年起称为诗歌语言研究会，主要成员有维克多·什克洛夫斯基、鲍里斯·艾亨鲍姆和维克多·日尔蒙斯基(1891—1971)等。这两个小组都重视从语言学角度研究文学。雅各布森就认为，文学理论或者诗学是语言学不可分割的一部分。诗歌是起美学作用的语言。他们着重探讨文学的艺术形式特征及其发展历史。

俄国形式主义曾深受日内瓦语言学派、胡塞尔现象学、象征主义、未来主义和立体主义等等的影响。形式主义者接受了瑞士语言学家索绪尔关于语言符号系统、共时性和语言学中各种因素相互类比的结构观点，把音位学作为语言成分的音素用来剖析和建造形式结构。他们反对只根据作家生平、社会环境、哲学、心理学等文学的外部因素去研究文学作品，认为文学研究的对象应该是文学作品本身，文学评论者要去探寻文学自身的特性和规律，也就是说，去研究文学作品的语言、风格和结构等形式上的特点和功能。他们从自己的文艺观出发，把文艺仅仅看作是手法和技巧，从而也就从根本上改变了俄国传统的现实主义文艺学理论的研究方向和任务。

俄国形式主义的主要理论主张是：

第一，文学作品是“意识之外的现实”。形式主义者指出，他们研究的是作为客观现实的艺术作品，而不管作者和接受者的主观意识和主观心理如何。因为艺术作品中的每一个句子自身不可能是作者个人感情的简单反映，任何时候都只是一种构造和游戏。这就是形式主义对文学作品的客观性，对其脱离主观意识的外在性的理解。

第二，文学创作的根本艺术宗旨不在于审美目的，而在于审美过程。形式主义理论家们分析了审美感知的一般规律。他们认为，人们感知已经熟悉的事物时，往往是自动感知的。这种自动感知是旧形式导致的结果。要使自动感知变为审美感知，就需要采取“陌生化”手段，创造出新的艺术形式，让人们从自动感知中解放出来，重新审美地感知原来的事物。作家应该尽可能地延长人们这种审美感知的过程。所谓“陌生化”就是要使现实中的事物变形。这一概念也是俄国形式主义理论中的一个重要的组成部分。

第三，文学批评的任务是要研究文学之所以成为文学的内部规律，即文学性，也就是要着重研究艺术形式，要深入文学系统内部去研究文学的形式和结构。形式主义者认为，既然文学可以表现各种各样的题材内容，文学作品的特殊性就不在内容，而在语言的运用和修辞技巧的安排组织，因此文学性仅存在于文学的形式，形式主义也由此而得名。

第四，现代语言学的研究方法是文学批评可以运用的主要方法之一。这一方法能够科学地揭示文学作品的形式结构，把握文学创作的规律。形式主义者按照索绪尔的办法，把文学研究也划分为内部研究和外部研究，并着眼于以形式分析为主的内部研究，在他们看来，共时性的语言学研究方法是文学科学化研究的理想方法。

从理论上来说，俄国形式主义者从形式的角度来规定文艺的本质，把文艺创作视为一种表现形式。他们认为，过去把形象思维作为文艺的本质，把反映生活看成文艺的主要任务，是很不科学的。形象思维和反映论归根结底是企图给人提供一种认识。然而，文艺创作的目的不是给人提供认识，因为给人提供认识不只是文艺创作特有的，哲学、经济学、历史学等都在为人提供认识。文艺创作有自己独特的目的性，即为人提供感受与体验。欣赏文艺的人能直接得到的首先是一种审美感受与审美体验。

从批评实践上来看，俄国形式主义的理论主张与批评实践并不完全一致。就本质而言，它还没有超出唯美主义的范围，是19世纪唯美主义的延续。在具体文学作品的研究中，该派评论家们一边强调唯艺术形式的分析，一边又不得不涉及作品的内容。艾亨鲍姆在论列夫·托尔斯泰的三卷论著中就触及到作家创作的思想内容。只是到了后来的结构主义、符号学派，批评才真正开始摆脱内容，走上了语言学、语义学批评的道路。

俄国形式主义只在20年代初火红过一阵，很快就受到苏联文艺学界的批评，到了20年代中期以后，诗歌语言研究会实际上已不存在了。什克洛夫斯基在1930年发表的《给科学上的错误立个纪念碑》一文中迫不得已地宣布：“形式主义对我来说，已经是过去的道路”。在此以后，作为一个有组织的理论派别的俄国形式主义便销声匿迹了。然而,形式主义理论并没有结束自己的使命,反而从莫斯科、彼得堡走向了布拉格、巴黎,出现了布拉格学派、结构主义等重要的批评理论流派。

斯大林去世以后,在20世纪50至60年代,苏联美学界展开了关于文艺的审美本质问题的大讨论,审美学派也由此产生。在此之前,苏联文艺理论界基本上是从探讨文艺与其他社会意识形态的共同点出发的,把"形象地反映现实"视为文艺的主要特征,以揭示文艺的认识功能来确定文艺的本质。较早涉及艺术审美本质问题的是,1953年底女作家尼古拉耶娃的《论文学的特征》[①]一文。不过,一般理论界认为,真正关于文艺审美本质的讨论始于斯托洛维奇的学位论文《论艺术审美本质的几个问题》(1955)和布罗夫的专著《艺术的审美实质》(1956)。在1956至1958年间出版和发表了一系列这样的论著,较为重要的有:布罗夫的论文《美学应该是美学》、万斯洛夫的两部专著《艺术中的内容和形式》和《美的问题》、德米特里耶娃的专著《审美教育问题》、斯托洛维奇的论文《论现实的审美属性》、帕列维奇的论文《审美观念的本质》、涅妥希文的论文《论审美本质问题》、塔萨洛夫的论文《论对现实的审美把握》、马尔科夫的论文《论审美活动过程的若干规律》等等。审美学派最有代表性的理论主要有,布罗夫的艺术审美本质论、斯托洛维奇的艺术审美价值论、卡冈的艺术形态学以及俄裔美籍作家纳博科夫等人关于艺术理论的有关论述。

虽然审美学派的批评家们之间的观点并非完全一致,还存在着一定的差异,但如若作一个大致的概括,可以归纳为以下几个主要的共同理论主张:

1) 批判文艺的意识形态本质论,主张文艺的本质是审美。强调文艺和科学不仅仅是形式上的不同,而且内容上也是不一样的。"文学的特殊内容是社会的人及其感情、思想和行动的全部总和。"[②]文艺的特殊对象,即人的完整的生活真实,是与绝对的审美对象——人的生活相一致的。因此,文艺与审美具有同一的客观基础,具有同一的特殊内容。[③]

2) 文艺的审美本质表现在两个方面:第一,文艺反映客观存在的审美属性;第二,文艺是艺术家创造性活动的结果,作品的艺术性的高低是衡量它的审美价值的尺度。

3) 文艺的特殊性是多方面的。它既表现在形式,也表现在内容、对象、作用、方法等方面。要是否认这种特殊性,就等于否认了文艺的认识、审美和教育

---

① 《哲学研究》,1953年,第6期。

② 同上。

③ 参见布罗夫的《艺术的审美实质》,第2章《艺术的特殊对象和艺术内容》,上海:上海译文出版社,1956。

等功能，使文艺变成简单的宣传和传播工具。

文艺审美本质的提出，对重新认识社会主义现实主义理论，重新阐释文学的特点，充分肯定文艺表现的假定性原则，彻底否定现实主义与反现实主义的公式，克服苏联文艺学界的教条主义，促进苏联文学创作和批评的繁荣都产生了积极的影响。

与俄国形式主义、审美学派联系最为紧密的，可以说是以洛特曼、乌斯宾斯基为代表的塔尔图—莫斯科符号学派。该学派主要是塔尔图和莫斯科这两座城市的符号学家的联合，也包括一些其他城市的研究者，以塔尔图大学和莫斯科大学为中心。该学派是俄国形式主义在沉默了30多年后的重新复苏。具体地说，以洛特曼为代表的塔尔图符号学派是对彼得堡诗歌语言研究会研究传统的继承，而以乌斯宾斯基为代表的莫斯科符号学派则是对莫斯科语言小组研究传统的发展。因此，可以说，该学派其实是两种文化传统、两种语文思想的结合。除了洛特曼、乌斯宾斯基两位代表性学者以外，这一学派还有洛特曼的夫人敏茨、伊凡诺夫、托波罗夫、热金、瑟尔金、叶戈罗夫、皮亚季戈尔斯基等一大批学者。

一般学术界认为，塔尔图—莫斯科符号学派（тартуско-московский семиотическая школа）形成于1962年。在这一年，苏联科学院斯拉夫学和巴尔干学研究所与控制论委员会联合在莫斯科召开了题为“符号系统的结构研究”的学术研讨会。虽然洛特曼本人没有参加这次会议，但后来被公认为是这一学派的主要代表人物。以洛特曼为首的符号学派经历了艰难的发展过程，在国际符号学界确立了自己的地位，并得到迅速的发展。

应该说，塔尔图—莫斯科符号学派的理论家们的研究是各具特色的，他们的观点和主张也并非完全一致。但是从总体上来说，该学派的理论研究和发展大致可以归纳为以下几个主要特征：

第一，语言、文学、文化等研究的交叉。莫斯科符号学派主要是站在语言学家的立场上来从事文学理论研究的，而塔尔图符号学派则基本上是从文学理论的角度来研究语言学的，双方互为补充，到后来大都转向符号与文化联系的研究上。

第二，由对语言符号体系的研究，转向文化符号体系研究。原苏联符号学与西方的结构主义符号学不同。如果说后者表现出的是符号研究的逻辑学倾向，那么前者则代表着语言学倾向。80年代后期以来，塔尔图—莫斯科学派已从运用语言学方法探讨非语言学客体，转向研究作为研究对象的文化符号体系。他们关心的是符号研究的客体体系，即现实的文化符号结构。他们一般不去讨论抽象的符号分析方法论。

第三，宗教符号学研究的深化。从后来出版的该学派的主要著作中来看，宗教符号研究的比重在加大。这不仅表现在对宗教符号本身的研究上，而且更主要地反映在用宗教思维去看待艺术符号。

塔尔图—莫斯科符号学派无论在俄罗斯还是在西方都有着较大的影响。从俄罗斯当代文论的发展来看，洛特曼及其追随者在努力与传统的纯认识论方法对立，在揭示艺术符号体系的结构方面作出了贡献。从与西方的符号学文论的联系上来看，他们试图克服结构主义的理论缺陷，把艺术创作、艺术作品和艺术知觉作为一个系统来考察，深入探讨了艺术的符号性质和作为交流系统的特点。

应该说，要了解国际语言符号学和艺术符号学的发展状况，不研究塔尔图—莫斯科符号学派的学术成果是不可能的。而且，目前该学派还在不断地向前发展，正在涌现出越来越多的青年学者及其论著。

为了论述的方便，本书暂且把历史诗学（историческая поэтика）也归入审美编。历史诗学的批评体系最早是由俄罗斯科学院院士、彼得堡大学教授维谢洛夫斯基（1838—1906）在19世纪下半期提出来的。这位被誉为“俄国比较文学之父”的著名学者有关比较文学和历史诗学的论述，主要载于他的论文《圣经中不可靠传说的题材变迁》和专著《历史诗学》（1870）。维谢洛夫斯基认为，历史诗学的任务是，在比较各种文学创作形式的基础上，探讨不断发展变化着的历史诗学体系，从诗歌的历史发展中抽象出诗歌创作的规律和评论这一创作的标准。这一批评理论是要使原来从诗歌历史发展中阐明其历史本质，转向研究文学艺术本身的规律。

历史诗学的发展经过了一段坎坷的历程。在苏联的早期，它并未得到文艺学界的承认和重视，它的研究只是散见在普洛普和巴赫金等人的著作与手稿之中。到了60年代，出现了历史诗学发展的一个小高潮。巴赫金从历史诗学的角度探讨了拉伯雷的艺术创作，并且修订和再版了《陀思妥耶夫斯基的诗学问题》。利哈乔夫院士出版了论述古代俄罗斯文学的诗学问题一书。学术界涌现出研究神话诗学、民间创作诗学、现实主义诗学、浪漫主义诗学和一些关于经典作家创作的诗学问题的学术专著，最有代表性的是洛谢夫的古希腊罗马美学研究。正是在这一时期，历史诗学才逐渐形成一个学术流派。

在80年代初期，赫拉普钦科院士宣布要把历史诗学作为一门新的学科来建设，并在1982年第9期的《文学问题》上明确指出，历史诗学的目的就是要研究形象地把握世界的各种方法和手段的演变，研究它们的社会审美功能的变化以及各种艺术发展的命运。

进入90年代以后，历史诗学批评进一步深化，俄罗斯科学院高尔基世界文学研究所成为历史诗学研究的主要中心。该学派目前的主要代表人物有梅列金斯基、米哈依洛夫、马恩等。莫斯科的遗产出版社和高尔基世界文学研究所于1994年联合出版了《历史诗学——文学时代与艺术意识的典型》一书，国立彼得罗扎沃茨克大学出版社出版了《历史诗学问题》(1992)，还有许多关于历史诗学的学术论文刊登在各类批评刊物上。

从总体上来看，90年代的历史诗学批评发展的主要特点是，首先由对具体作家的艺术形式的具体分析，逐渐转向对文学创作体裁演变作历史的宏观研究；其次在研究过程中拓展了研究的范围，增加了对不同国家、不同历史时期文学艺术形式发展的研究，比如对中国古代文学等方面的研究。历史诗学批评还有一个显著的特点，就是在借鉴和运用当代人文科学研究的许多新方法如语言学分析方法时，仍然注意从历史和社会变化的背景中去考察。创作体裁、叙述结构、人物关系、艺术风格等，在历史诗学批评那里，都与历史环境有着密切的联系。当然，这种联系已不再是简单的因果关系，而是复杂的多向联系。

历史诗学在当代俄罗斯仍方兴未艾，俄罗斯科学院高尔基世界文学研究所把它定为今后研究的最主要、最有价值的方向之一。

第一章

什克洛夫斯基:文学形式的陌生化理论

维克多·鲍里索维奇·什克洛夫斯基(Виктор Борисович Шкловский 1893—1984)是著名的艺术理论家、文学史家、文论家、批评家、散文作家、电影编剧、政论家,彼得堡诗歌语言研究会(Общество по изучению поэтического языка)的创始人之一,被誉为奥波亚兹[①]的领袖人物,也是俄国形式主义的主要代表理论家之一。什克洛夫斯基把自己毕生的精力主要奉献给了文学体裁的研究,求索着文学形式的本质特征。他提出的关于文学表现形式的"陌生化"理论,不仅在20世纪俄苏文艺学界,而且在我国文学批评理论界乃至世界文学论坛,均产生了极大的影响。该理论为阐释20世纪西方现代派文艺创作的表现形式,提供了非常有价值的分析方法和理论依据。可以说,没有俄国形式主义,就很难想象英美新批评和法国结构主义的产生;没有什克洛夫斯基,俄国形式主义就很难有如此大的影响力。俄国形式主义直接影响了20世纪西方文艺批评从"以作者创作为中心"转向了"以文本研究为中心",而什克洛夫斯基则是这一转向的始作俑者。

第一节 走向文学的形式研究

1893年1月25日,什克洛夫斯基出生在彼得堡的一位普通教师家庭,从小特别喜爱俄罗斯语言文学,尤其是普希金创作的抒情诗,后来入彼得堡大学历史语言学系学习,在此肄业。1913年12月23日,年仅20岁的大学生什克洛夫斯基在"流浪的狗"咖啡馆的一次诗人聚会上,首次发表了题为《语言史中的未来主义地位》的演讲,表现出自己在文学观念上与未来派的接近。不过,什克洛夫斯基真正开始从事文学研究工作,是从1914年开始的。这位22岁的年轻学

① 奥波亚兹是诗歌语言研究会俄文缩写(ОПОЯЗ)的音译。

者，就在这一年完成了自己的第一本著作《词语的复活》，这本虽然只有16页的小册子，却被视为是俄国形式主义诞生的宣言。随后，他与奥西普·布里克、鲍里斯·艾亨鲍姆、尤里·特尼亚诺夫、罗曼·雅各布森、叶甫盖尼·波利瓦诺夫等一批志同道合的朋友，创办了彼得堡诗歌语言研究会，反对象征主义的美学原则。十月革命以后，彼得堡诗歌语言研究会作为一个学术组织正式登了记，一个崭新的美学和语文学流派诞生。起初，这一流派的理论是作为未来主义艺术的美学和语文学基础的，什克洛夫斯基就称自己为"未来主义的语文学者"。

在与象征主义诗学斗争的过程中，什克洛夫斯基和他的同伴们努力创建科学的诗学体系，深入研究散文的创作规律，用科学的依据来证明语言的诗学功能。他们表明，艺术有着自己独特的规律，而不是在反映和认识生活。艺术要是永恒的，就要对艺术进行重新审视，探索新的艺术理论。什克洛夫斯基关于俄国形式主义对诗歌语言研究的主张，主要体现在他早期的两篇论文《论诗歌和玄妙语言》(1916)、《艺术作为一种手段》(1917)中，这两篇论文刊登在《诗歌语言理论研究集刊》。在《艺术作为一种手段》一文中，他明确指出，形式主义分析艺术作品的原则是坚决反对"艺术就是形象思维"的公式。什克洛夫斯基以列夫·托尔斯泰、果戈理的创作为例，来进一步阐明，艺术是一种表现手段。他在评价阿赫玛托娃的诗集时，表明"人的命运成为了一种艺术手段。手段。是的，手段。"同时，他强调："我们要赞美把艺术与生活分开，要赞美诗人的勇气和智慧，因为诗人知道，生活只要写进诗中，就已经不再是生活了。"[①]

什克洛夫斯基于1921年发表了文章《情节的展开〈堂吉诃德〉是怎样写成的》，努力阐明形式主义者不是要诋毁文学经典，而是要揭示文学经典的构成。什克洛夫斯基明确指出："形式主义方法其实很简单，就是回归技巧。其中最值得注意的一点就是，它并不排斥艺术的思想内容，但认为所谓的内容，也是形式现象的一种。"[②]在内容与形式的同一性问题上，他引用了康德的权威说法，音乐的内容就是"纯形式"。[③]

在这一时期，维克多·鲍里索维奇·什克洛夫斯基撰写的主要论著有《罗赞诺夫》(1921)、《骑士运动》(1923)、《文学与电影》(1923)、《散文理论》(1925)、《第三种制作》(1926)、《汉堡纪事》(1928)《托尔斯泰的小说〈战争与和平〉中的材料与风格》(1928)等大量论著，阐述了他的形式主义理论和基本观点。在《散文理论》一书中，什克洛夫斯基指出，艺术是"表现手段的总和"[④]，后来自己对

① 什克洛夫斯基：《汉堡纪事》，莫斯科：苏联作家出版社，1990年，第143页。
② 同上，第169页。
③ 同上，第80页。
④ 什克洛夫斯基：《什克洛夫斯基文集》(3卷集)，第1卷，莫斯科：文学艺术出版社，1973年，第7页。

此概念又进行了一定的修正。

什克洛夫斯基既是一位杰出的文学理论家，也是一位优秀的散文作家。他在从事形式主义理论研究的同时，还创作了大量的散文，尝试着对纪实文学、书信体爱情小说和自叙传三种不同的文学创作形式进行了具体的实验，出版了《感伤的旅行》《动物园，或非关爱情书信》和《第三种制作》。什克洛夫斯基还参与了由高尔基审订的《编年史》的编撰工作，发表支持马雅可夫斯基的演说，与谢拉皮翁兄弟组织的作家吉洪诺夫、费定、伊万诺夫、左琴科等，保持着密切的关系。同时，什克洛夫斯基还投入了大量的精力，从事当时才刚刚起步的电影研究，他作为理论家和电影编剧的双重身份，不断探索把理论与实践密切地结合起来，把蒙太奇的编辑手法与情节安排有机地融合在一起。

从 20 世纪 20 年代上半期起，俄国形式主义文论就开始从内部和外部受到来自不同方面的不断批判，什克洛夫斯基承受了很大的压力。托洛茨基在《文学与革命》一书的《诗歌的形式主义学派与马克思主义》一章中，虽然并不否认形式主义者们为探索艺术表现形式所做的有益工作，但是从他的马克思主义立场出发，明确指出，“让艺术脱离生活、宣称艺术是独立自在的技艺的做法，会使艺术空虚、死亡。采取这种做法的需要本身，正是思想衰败的无误的症状。”① 托洛茨基对形式主义的最终评价是：“形式主义流派是应用于艺术问题的唯心主义的早产儿，它被学究式地制成了标本。在形式主义者身上，有早熟的牧师的痕迹。”②20 年代出版的杂志《革命与出版》还开辟了关于形式主义方法的争鸣专栏。著名马克思主义文艺学家卢那察尔斯基在该杂志 1924 年出版的第 5 期上，撰文《艺术科学中的形式主义》。他尽管也承认，不是任何没有内容的艺术都是没有价值的，形式研究对于任何艺术都是必要的，但是从更高层次上来说，艺术具有自己独特的物质组织，以及更高和更复杂的情感世界和思想及其体系等。卢那察尔斯基反对形式主义者们把艺术与文化的其他领域相分离，并就此进行了较为详尽的阐释。其实，形式主义的理论主张与批评实践并非总是一致的，他们即便在音乐研究中，也并非只探讨音乐的表现形式，而是音乐本身。

什克洛夫斯基为了改变形式主义的处境，还专门撰写了关于列宁创作风格的文章，但是依然无济于事。到 1930 年，他迫于意识形态环境的压力，在《文学报》上发表了《给科学上的错误立个纪念碑》的文章，被迫承认：形式主义对我来说，已经是过去的道路。此后，他转而从事历史小说等体裁的文学创作。直到

---

① 托洛茨基：《文学与革命》，第 168 页。

② 同上，第 170 页。

20世纪50年代苏联文学的解冻时代，什克洛夫斯基才重新从事文学评论工作，先后出版了《关于俄国古典作家小说的札记》(1955)、《赞成与反对：陀思妥耶夫斯基评论》(1957)、《论散文》(1959)、《托尔斯泰》(1963)、《维克多·什克洛夫斯基文集》(共3卷，1973)等。1984年12月6日，什克洛夫斯基逝世于莫斯科。

俄国形式主义对长期以来西方流行的文艺模仿说、社会功能说等发起了挑战，鲜明地提出文学的独立自主性。什克洛夫斯基说道："艺术永远是独立于生活的，它的颜色从不反映飘扬在城堡上空的旗帜的颜色。"①就是说，文艺不是对外部生活的模仿和反映，文艺有其自身的本质和内部规律。

由此出发，什克洛夫斯基强调文学理论不应只研究文学的外部关系，如文学与生活、自然(现实主义、自然主义)、文学与人的心理的关系(浪漫主义、象征主义)等，而应重点研究文学作品本身，研究文学的内部规律。他说："我的文学理论是研究文学的内部规律。如果用工厂方面的情况来作比喻，那么，我感兴趣的不是世界棉纱市场的行情，不是托拉斯的政策，而只是棉纱的支数和纺织方法"。而所谓"文学的内部规律"，在他看来，"主要指文学作品的形式结构，是文学形式变化的问题。"②

关于文学形式问题，什克洛夫斯基和俄国形式主义的理解已与传统的内容形式二分法的理解大不相同。他认为，形式不是相对于内容而言的，而是相对于文学的另一种模式而言的。他认为，"所有的艺术品都是作为一个现有模式的比较物和对照物而被创造出来的。一个新的形式不是为了表达一个新内容，而是为了取代已经丧失其艺术性的旧形式"。③ 这样，形式完全是文学作品独立的存在方式，与内容、材料无关。他在另一处说得更清楚："文学作品是纯形式，它不是物，不是材料，而是材料之比。"④

因此，他前期的研究集中在这一意义上的文学形式的探讨。如对小说结构研究，他提出了"梯形结构""环形(或圆形)结构"的概念，并概括道："一般说来，小说乃是由于拓展而变得复杂的环形和梯形结构的组合。"⑤同时，他还提出"小说形成的特殊程序是对称法"的观点，并分析了大量实例，如托尔斯泰年轻时创作的《三死》，探讨死的主题，引申出贵夫人、农夫和树木"三死"的"对称"故事；又如《战争与和平》和《安娜·卡列尼娜》都有两群出场人物彼此对称。这些

---

① 什克洛夫斯基：《艺术散论·沉思和分析》，莫斯科，1961年，第6页。
② 什克洛夫斯基：《散文理论》，苏联作家出版社，1984年，第8页。
③ 同上，第32页。
④ 什克洛夫斯基：《作为"风格"概念的情节分布》，彼得格勒，1921年，第4页。
⑤ 同上。

都是形式探讨的典型例子。应当说,这种研究对于深入揭示文学作品自身的形式特点是有益的。

第二节 “陌生化”理论

什克洛夫斯基提出的“陌生化”(остранение)是俄国形式主义文论的核心概念之一。他在《作为技巧的艺术》一文中指出:“艺术之所以存在,就是为使人恢复对生活的感受,就是为使人感受事物,使石头显示出石头的质感。艺术的目的是要人感觉到事物,而不是仅仅知道事物。艺术的技巧就是使对象陌生,使形式变得困难,增加感觉的难度和时间长度,因为感觉过程本身就是审美目的,必须设法延长。艺术是体验对象的艺术构成的一种方式;而对象本身并不重要。”① 什克洛夫斯基提出的陌生化问题不仅在俄国文艺学界,而且在世界文学论坛产生了很大影响。

什克洛夫斯基认为,文艺创作不能照搬所描写的对象,而是要对这一对象进行艺术加工和处理。陌生化则是艺术加工和处理的必不可少的方法。这一方法就是要将本来熟悉的对象变得陌生起来,使读者在欣赏过程中感受到艺术的新颖别致,经过一定的审美过程完成审美感受活动。形式主义者的一个重要理论主张就是,文艺创作的根本目的不是要达到一种审美认识,而是要达到审美感受,这种审美感受就是靠陌生化手段在审美过程中加以实现的。

这种从审美认识、审美目的向审美感受和审美过程的转向,实际上是形式主义者把批评由创作为中心转向以文学作品和对文学作品接受为中心的必然结果。什克洛夫斯基研究文学作品价值的重点放在读者的审美感受上。文学艺术作品与政论等其他作品的本质区别就在于有无审美感受。文学的价值就在于让人们通过阅读恢复对生活的感觉,在这一感觉的过程中产生审美快感。如果审美感觉的过程越长,文学作品的艺术感染力就越强。陌生化手段的实质就是要设法增加对艺术形式感受的难度,拉长审美欣赏的时间,从而达到延长审美过程的目的。

什克洛夫斯基在托尔斯泰的小说中发现了大量运用陌生化手法的例子。如他指出,托尔斯泰小说中常常不用事物原有的名称来指称事物,而是像描述第一次看到事物那样去加以描述。比如,《战争与和平》称“点缀”为“一小块绘彩纸版”,称“圣餐”为“一小片白面包”。这样,就使读者对已熟悉的事物产生陌

① 什克洛夫斯基:《作为技巧的艺术》,载《俄国形式主义批评:四篇论文》,内布拉斯加,1965年,第12页。

生感，从而延长对之关注的时间和感受的强度，增加审美快感。

什克洛夫斯基还把陌生化理论运用到小说研究中去，提出了两个影响广泛的概念，即"本事"和"情节"。作为素材的一系列事件即"本事"变成小说"情节"时，必须经过增加的创造性变形，具有陌生的新面貌，作家越自觉地运用这种手法，作品的艺术性就越高。因此，自然主义和写实主义必然让位于现代派小说，因为这类小说更自觉地运用把现实加以变形的陌生化手法。由此看来，可以说什克洛夫斯基为现代派文学奠定了理论阐释的基础。

什克洛夫斯基在谈到陌生化理论时指出，艺术语言是实现陌生化过程的重要保证与条件，或者换句话说，艺术陌生化的前提是语言的陌生化。由此什克洛夫斯基又引出了一个新的问题，文学语言与日常生活语言的联系与区别。虽然这两种语言都是人类交际的手段，但是，可以说日常生活语言是以传达信息和认识事物为基础的，那么文学语言则是以读者感知和情感体验为目的的。日常生活语言具有意义自动生成机制，也就是人们在交际过程中，不容易意识或感觉到自己在运用语言，而是直接接受语言传送的信息。因此，这种意义自动生成机制就很容易抹去语言接受过程的生动感，导致日常生活语言丧失了语言自身的美感，也就不存在任何美学价值。要阻止语言意义的自动生成，给语言接受造成障碍，延长语言接受者的语言接受过程，感知和体验语言表述本身，尽可能充分享受语言自身的美，感受语言的表述过程，这就必须凭借文学语言来加以实现。简单地说，文学语言就是"自我指涉的"语言，即指向语言自身的语言，而日常生活语言则是"他指的"语言。对于文学作品来说，文学语言显然更加重要，它不仅再现着一定的被反映对象，而且更重要的是在创造着艺术感知的形式，使得读者对文学经典永远说不尽。因此，在形式主义那里，显然，研究艺术形式，探究文学语言比文学内容和思想的发掘，具有更加重要的意义，也就是"怎样表现?"比"表现什么?"的问题更值得回答，"如何叙述"比"叙述什么"更有意义。

什克洛夫斯基进一步表明，在生活实用的交际语言中，说话的意义(内容)是最重要的成分，其他的一切均作为手段为它服务，而文学语言的内容却没有它的语言外壳或曰表现形式重要。在文学语言中表达本身(形式)就是目的，意义要么完全被排除(无意义语言)，要么本身只成为手段，成为语言游戏的无关紧要的材料。散文语言的陌生化程度不高，所以，它接近日常生活语言；诗歌语言的陌生化程度很高，因此，它总是处于文学语言的最高层次上，诗歌往往被视为是文学的灵魂。在以什克洛夫斯基为代表的俄国形式主义文论家那里，不是艺术内容决定着艺术的表现形式，而是艺术形式创造了艺术内容，文学语言在表达着一定的思想内容同时，甚至在创造着连作家自己都难以意识到的内容，构筑着读者可以无限拓展的可阐释空间，创造出无穷的艺术魅力。

什克洛夫斯基对诗歌语言作了如下规定："无论是从语言和词汇方面，还是从词的排列的性质方面和由词构成的意义结构的性质方面来研究诗歌语言，我们到处都可以遇到艺术的这样一个特征：它是有意地为那种摆脱接受的自动化状态而创作的，在艺术中，引人注意是创作者的目的，因而它'人为地'创作成这样，使得接受过程受到阻碍，达到尽可能紧张的程度和持续很长时间，同时作品不是在某一空间中一下被接受，而是不间断地被接受。'诗歌语言'正好符合这些条件……这样我们就可以把诗歌确定为受阻碍的、扭曲的语言。"[①]诗歌语言本身并不创造新的结构，它只是人们在被感觉到时已创造的、在未被感觉到的接受时处于自动化状态的结构。什克洛夫斯基以普希金为例，指出，在他那个时代，人们已习惯于接受杰尔查文情绪激昂的诗歌语言，但普希金却使用俗语来表达并用以吸引人注意，这使当时人感到非常吃惊，甚至难以接受，而这正是一种诗歌创作的陌生化处理，使诗歌语言受阻、扭曲，延长被读者接受的时间，打破读者原有的欣赏习惯，让读者倍感新意。

应该说，在谈论文学语言时，什克洛夫斯基并没有排斥日常语言的作用。他认为，日常语言无疑是文学语言最主要的直接来源，否则文学语言就将是无本之木，文学语言是在日常语言基础上的一种升华。日常语言要成为文学语言，必须经过艺术家的加工、扭曲、变形或陌生化。这样，陌生化就成了由日常语言向文学语言转化的必不可少的中间环节，或者说是中介。文学语言是陌生化之后的产物。

在什克洛夫斯基看来，经过陌生化处理的文学语言，不负载一般语言的意义，丧失了语言的社会功能，而只有"诗学功能"。如果说，日常语言具有能指（声音、排列组合的意义）和所指功能（符号意义），那么文学语言只有能指功能。文学也就是这种自有价值的语言形式。后来，形式主义者把语言学上的这种"能指"和"所指"关系移植到文学作品上来说明形式与内容的关系时，就确立了形式主宰一切的观念。他们认为，人们欣赏文艺，不是从内容看形式，而是从形式看内容，是从词语上来看内容的。因此，形式是可以创造内容的。

俄国形式主义这种对于文学语言的研究，对后来英美新批评派、结构主义、符号学派都产生了较大的影响。

---

① 见《诗学》（诗歌语言理论集刊），彼得格勒，1919 年，第 112 页。

第三节　文学性、陌生化、生活化

“文学性”与“陌生化”是俄国形式主义提出的两个概念，早已为文学理论界普遍运用。“陌生化”是达到“文学性”的必要过程，而“文学性”又是“陌生化”的必然结果。然而，无论是“陌生化”还是“文学性”，其基础都是把文学创作看成是一种“生活的文本化”。因为文学“陌生化”的前提是语言“陌生化”，而“文学性”也只是存在于文学作品的语言形式之中。

其实，文学理论界就一直把文学视为是生活的文本化。无论是19世纪及其以前的以现实主义为代表的传统文学创作，还是20世纪及其以后以现代主义为代表的反传统文学创作，他们的基点都是把文学创作视为是一种生活的文本化，只不过前者重文学创作反映的结果，即生活；后者则更加重视文学创作反映的过程，即文本；前者尽可能通过语言文本来真实地呈现社会生活，减少语言文本自身在读者与生活之间形成的障碍，让读者能够更多获得感受生活的真实感；后者则恰恰相反，千方百计在读者与生活之间设置障碍，力图通过“陌生化”过程，让读者感受到文学语言自身的存在，以此来延长读者的审美欣赏过程，从而达到增强作品“文学性”的目的，这显然与俄国形式主义文学批评理论的主张是一致的。

然而，文学创作真的是一种“生活的文本化”吗？作家创作难道真的是对生活的语言文本转换吗？一方面，任何一个作家不管具有多么丰富的人生经历，都不可能亲身经历他创作中所描绘的一切，而且绝大部分的创作题材是他所无法亲身体验的。比如，19世纪俄罗斯著名长篇小说家列夫·托尔斯泰的四卷本长篇巨著《战争与和平》的主要题材是描述1812年卫国战争期间以及这一时期前后的事情，而列夫·托尔斯泰本人出生在1828年，根本不可能经历小说所描写的时期。列夫·托尔斯泰是依据大量的文献资料来进行创作的，也就是说，托尔斯泰的创作主要是在进行对语言文本的转换，即把非文学文本的文献资料转换成具有审美感的文学文本。另一方面，如果作家的创作仅仅是一些语言文字游戏，那么作品的审美欣赏价值和艺术认识功能何在？要是列夫·托尔斯泰的创作只是在进行文字游戏，也许根本就不会拥有如此多的读者，也不会对俄罗斯社会乃至整个世界产生那么大的影响。

从绝大多数的作家创作来看，文学创作既不是在把社会生活文本化，也不是在进行无意义的语言文字游戏，而更主要的是在把非艺术的日常生活语言文本转化成另一些具有审美认识功能和欣赏价值的艺术产品，或曰把文本“生活化”。因此，如果我们还坚持认为作品的“文学性”取决于“生活的文本化”或者单纯的语言文字游戏，肯定是不妥当的，也会产生对文学创作的“文学性”的误解，似乎越远离生活，越文本化，文学创作的“文学性”就越高。这样一来，必然就会导致文学批评与欣赏之间一直存在着的一种非常奇怪的矛盾现象：文学理论界和批评界谈论较多的文学作品往往读者面很窄，读者很难读懂，而读者面很宽的作品，文学批评界又不屑于过多地谈论。因此，在文学创作的“陌生化”和“生活化”之间就产生了难以调和的矛盾，从而也出现了一些很难回答的问题：文学作品的“文学性”难道真的非要与文学作品的生活性相悖吗？文学的“陌生化”过程莫非只有以读者的阅读困难为代价吗？

显而易见，以什克洛夫斯基为代表的俄国形式主义尚未就“文学性”“陌生化”和“生活化”之间的关系，展开深入的分析，也没有试图解决这一矛盾。其实，“文学性”应该体现在“陌生化”与“生活化”的有机融合之间，文学创作并不是越“陌生”，其“文学性”就越强。“陌生化”应该是有一定的边界的，即有“度”的限制。如果文学创作的“陌生化”超过了一定的“度”，就如同任何一种物质的分割，分到了比“分子”还要小，即原子，那么它就会产生化学反应的。这时的文学作品就不再是审美欣赏的对象，而是会转变成科学研究的对象，作品的审美感就会消失，读者面自然也就会很窄，只适合于批评家和文学研究者去解读。实际上，在现实主义的文学创作中，文学作品的“生活化”，即“真实性”也会受到一定的“度”的限制，也是有边界的，并非越真实，就越好。如果过分地真实，也许现实主义作品就会转化为自然主义的产物。就如同对一位美丽动人的女性形象，我们直接用眼睛去观察，她肯定是具有审美欣赏价值的，但是如果用显微镜去细看她的皮肤，用 X 光镜去透视的身体，无疑是更加真实了，可以看见她皮肤上的微生物，甚至可以透视到她的五脏六腑，但是人物的审美感就会随之消失，甚至还会产生相反的效果。因此，作家创作中的“陌生化”“生活化”或曰“真实性”都不是无边的，而是要受到一定限制的。

虽然，什克洛夫斯基等俄国形式主义者们没有就“文学性”“陌生化”“生活化”之间的关系进行有效的分析，但是他们的继承者塔尔图符号学派的领袖洛特曼却努力探索解决这一问题的方法，甚至还专门从这三者之间的关系出发，对俄罗斯著名诗人普希金的诗体小说《叶甫盖尼·奥涅金》进行了具体的分析，为文学批评及其理论，提供了有价值的参考。

第四节 陌生化与生活化：《叶甫盖尼·奥涅金》解读

洛特曼虽然深受西方语言符号学的影响，认识到，文学创作的基础是语言文本，但是他不再像西方的文学理论家那样，走向纯语言文本的研究，而是把创作转换后的语言文本看成是一种语言现实，一种生活本身。洛特曼在分析诗体小说《叶甫盖尼·奥涅金》时明确指出，普希金的创作原则“不是将生活变成文本，而是将文本变成生活，不是让生活在文学中得到表现，而是使文学本身成为生活”。[①] 显然，在洛特曼的研究视野中，普希金没有把文学看成是对生活的一种反映，而就是生活本身，文学创作不是生活的文本化，而是文本的生活化。

因此，如果从洛特曼的阐释来看，“陌生化”不仅不是把生活文本化，而恰恰是把文本生活化的过程；“文学性”也不是生活文本化的结果，而是文本生活化的产物。他在《结构诗学讲义》一书中指出，文学的材料是语言，语言结构除了能够综合各种符号信息代码和传递信息以外，还具有重大的认识功能。他甚至把语言结构看成是认识活动的总和。他明确指出，语言本身就是第二现实。[②]

那么，这种文本的生活化，即语言现实，是否会导致创作文本的“文学性”丧失呢？读者是否会把作品与生活等同起来呢？文学创作是否会回到写实的老路上去呢？洛特曼在对《叶甫盖尼·奥涅金》的具体分析之中提出了自己独特的见解。洛特曼敏锐地发现，普希金为了既使得创作文本生活化，又能够达到艺术的“陌生化”审美效果，采用了独特的叙事“交谈”方法。他引用了普希金本人的一句话：“小说需要交谈”。洛特曼以此为基础，采取了与德国戏剧大师布莱希特构建叙事剧理论的类似方法，深刻揭示了，普希金究竟是怎样通过小说的戏剧化表现方法，把文学创作的“生活化”与“陌生化”有机地结合到了一起。

布莱希特叙事剧理论就强调要打破在舞台与观众席之间存在着的“第四堵墙”，演员必须认识到自己是在演戏，观众也应该认识到自己是在看戏，使得戏剧成为真正的表演艺术。为了达到这一目的，布莱希特提出了叙事剧表演的一个重要手段，即“间离效果”。这一表现手段就是要通过演员在表演过程中不断提醒观众保持与剧情的距离，来达到把戏剧表演的“生活化”与“陌生化”结合起来的艺术效果。

洛特曼指出，普希金在创作《叶甫盖尼·奥涅金》时，曾强调：“创作这部作品的立场是放弃任何的文学形式。”[③]也就是普希金在创作这部诗体小说时，千方百计打破小说和诗歌的创作原则，来建构诗体小说文本，因为作家认为，任何诗歌或小说的创作原则都只会使文学文本远离生活真谛。在洛特曼看来，要解读《叶甫盖尼·奥涅金》，就不能够按照分析诗歌或小说的途径来进行，而要另辟蹊径。洛特曼采取的正是用“间离效果”这种戏剧化的分析手段，揭示了《叶

---

① 洛特曼：《普希金》，圣彼得堡：艺术出版社，1995，第453页。

② 洛特曼：《结构诗学讲义》，塔尔图：《塔尔图国立师范大学学报》，1964年第160期，第45页。

③ 洛特曼：《艺术本文的结构》，载《洛特曼论艺术》，圣彼得堡：艺术出版社，1998年，第434页。

甫盖尼·奥涅金》的创作特征。

洛特曼认为，普希金一方面极力使作品接近生活本身，让本文模仿生活的“非艺术性”和“无结构性”，另一方面，他却又好像生怕读者忘记了他们是在阅读文学作品似的，在本文中插入了大量的对小说本文结构的设想和评价，依靠本文中的这些中间结构层来不断地提醒着读者，小说中的主人公完全是作家想象出来的。在这里，洛特曼的分析显然与德国戏剧家布莱希特的“间离效果”是一致的。这些中间层在本文中不是偶然出现或只是星星点点地闪烁其中，而是大量和普遍的现象，这表明它们是作家刻意和精心安排的，为的是让读者始终清醒地处于本文之外，时刻意识到文学作品的“虚构性”。如《叶甫盖尼·奥涅金》的第一章的56节，第二章60节，第三章的第11、12、13、28、41节，第四章的第32、33节，第七章的第24、55节以及第八章的第49、50、51节等。

在这些小节中普希金设想了古典主义、感伤主义、浪漫主义等文学类型会如何构建这部作品，并将小说中的主人公与欧洲文学作品中的许多文学原型人物进行了比照，为的是突出文学人物模式的虚构性，小说人物形象在种种比照中不断地被否定。

普希金还不断地将自己构建本文的方法和思路告诉读者，例如，在第五章的第40节普希金写道：“在这部长篇小说的开头，我曾想用阿尔巴尼的笔法，描绘一下京城舞会的盛况；但我沉湎于往事的回忆，陶醉于无谓的非分之想，怀恋女人的纤纤玉足。啊！玉足！我已不再上当，追随你的踪迹到处奔波！随着青春消逝，年纪渐长，我应该变得聪明些了，处世行文都要改弦更张。第五章要写得干净利落，闲话和插笔一扫而光。”

不仅如此，他还让读者也参加到这场如何构建本文叙事的讨论中来，他将小说中人物形象发展的不同轨迹和种种可能性一一列举出来，呈现在读者面前。普希金在塑造奥涅金的形象时写道：“从前，热情洋溢的作家，文字高雅，故作斯文，他笔下写出的人物，都是纯洁完美的化身。还赋予心爱的主人公，备受迫害的命运，仪表不俗、多愁善感，而且一定聪明过人。他还必然是天生的情种，慷慨激昂，爱得纯真，为了情人不惜粉身碎骨，到了结尾，千篇一论：罪恶受到应得的惩罚，美德得到社会的承认。”又如，在第六章的第24小节，他写道：“……这阴郁的人危险而古怪，究竟来自天堂还是地狱？是天使？是魔鬼？令人难猜。也许不过是依样画葫芦，学到一些皮相或是更坏，是披着哈罗德外衣的莫斯科人，学会外国的癖好千奇百怪，满脑子时髦的字眼儿？……是不是模仿洋人的歪才？”

洛特曼在这里非常精辟地指出，普希金将作品和人物发展的种种可能加以列举，其目的并不在于要从中选取任何一种。事实上，作品也并未依照这些道路中的任何一条发展下去，因为普希金这样做不是为了选择，而恰恰是为了避开它们。普希金使读者确信，主人公不属于大量列举出来的文学可能性中的任何一种，他绝不是一般的文学人物，因此也就不服从任何以往的文学创作规范。这样，普希金在塑造奥涅金时就既达到了文本生活化的创作目的，同时又可以让读者感觉到艺术欣赏的"陌生化"效果。

洛特曼深入揭示了《叶甫盖尼·奥涅金》创作文本的两个迥然不同的特征：一是要使作品在最大限度上贴近生活，远离文学，二是又要时刻提醒读者，他们正在从事着文学作品的阅读活动，不让他们完全融入到作品中，从而避免他们陷入阅读作品时所产生的现实幻象中，让读者始终清醒地对作品中的一切进行评论和判断。

洛特曼认为，虽然这两种构建本文的方式是反向的、对立的，但它们的矛盾与冲突只是表面的，外在的，实际上它们相互作用，共同构筑了作品的结构大厦，成功地实现了普希金的诗学思想，那就是不再是把生活文本化，而是把文本生活化。不是让文学反映生活，而是让文学本身生活化。

那么，这两种逆向的构建方式是如何实现这一诗学思想的呢？洛特曼是从本文、作者和读者这三个基本要素的联系着手进行分析的，尤其是从读者接受的角度对此加以了很有独创性的阐释。

普希金的《叶甫盖尼·奥涅金》为读者提供了一种独特的作品认知模式。首先，读者在阅读《叶甫盖尼·奥涅金》时，由于大量中间层的存在，在阅读的过程中不能完全沉浸于艺术文本假想的世界中去。作家不仅向我们传达了某种事物发展的进程，而且还一直在展示该事物向其他方向或是逆向发展的场景，并将我们吸引到能否用其他方式来构建文本的讨论中，我们因此而无法产生身处现实的幻觉。其次，当我们站在处于文本的立场之外来审视这部作品时，却惊讶地发现《叶甫盖尼·奥涅金》已完全脱离了文学的行列而真正进入到了现实世界中。这是因为，在对普通文本的接受中，当读者沉浸于文本，将虚拟的文本世界与头脑中经验的世界相比时，产生文学等于现实的幻象，而当处于文本之外的现实立场上来看作品时，却会发现文学只是在对生活进行了一种虚构的解释，它远不是生活本身，艺术是虚假的，甚至在某种程度上还带有很大的欺骗性。

洛特曼强调："奥涅金不是'多余人'——这本身只是一个概念，因为赫尔岑的'聪明的无用人'是在他（奥涅金）之后出现的，只是对奥涅金做出的某种解释……。"[①]普希金的小说不是将生活规律化和典型化，而是努力接近生活本

① 洛特曼：《普希金》，圣彼得堡：艺术出版社，1995，第456页。

身，不同的读者可以在他的小说中找到不同的东西，做出不同的解释。普希金在小说的结尾处写道："我的读者，不论你是谁，是敌是友，我都说声再见！让我们友好地分手，这些匆匆草就的诗篇，不论你想从中寻找什么，是往事的回忆，令人心酸，还是一天辛劳，需要休息，寻找俏皮的语句、生动的画面，甚至想挑出语法错误，上帝保佑你都能找到一点。"洛特曼认为，正是因为普希金这种独特的作品构建方法才使《叶甫盖尼·奥涅金》成为了后来俄国小说的生成器，我们可以毫不费力地在许多后来的俄国小说人物身上找到他们与奥涅金和塔吉亚娜的联系，而这一点也为许多的文学评论家，甚至是作家本人所证实，如毕巧林、安德烈·包尔康斯基、卡特林娜、安娜·卡列尼娜等等。

洛特曼对普希金诗体小说《叶甫盖尼·奥涅金》的分析，既运用了什克洛夫斯基的"陌生化"理论，同时又超越了"陌生化"理论局限于文本化过程的问题。

第　二　章

雅各布森:语言学诗学

罗曼·奥西波维奇·雅各布森(Роман Осипович Якобсон 1896—1982)是20世纪著名的美籍俄裔语言学家、文艺理论家和符号学家、俄国形式主义的代表人物、布拉格学派的创始人和结构主义的先驱,他在诗学领域做出的卓越贡献从一个特定层面带动了西方文学理论与批评的革命性变革,为20世纪人文科学的发展做出了巨大贡献。

雅各布森最突出的成就之一,是将语言学与诗学联姻,形成了自己独特的语言学诗学理论,该理论超越了传统的美学范畴,开创了文学研究的新途径,集中体现了20世纪西方文艺理论中科学主义的成就、特色与价值。从语言学入手进行文学研究,即从语言的结构和功能层面上揭示"文学性",使文学研究摆脱了往昔的印象式风貌;而研究文学中的语言,特别是传统研究视野下最具不确定性的诗歌语言,则能更好地探索语言变化的规则,找寻变量下的不变量,求得语言的共性与本质。两者相辅相成。

雅各布森一生致力于探寻文学作为一门独立学科所具有的特性和规律。他认为,文学的内在规律存在于以语言为载体的作品自身,因此只有弄清艺术作品中语言的独特结构与功能才能真正将文学作品和其他艺术或是一般语言行为加以区分,从而揭示出文学的本质。而具有这样的"区别性特征"的是语言的"诗性功能",因为它对诗歌语言及其构成因素进行了重新构建。这一思想是雅各布森语言学诗学理论的核心。

"诗性功能"是与诗歌批评相联系的,它既是诗歌理论,又是批评实践。它源于雅各布森对大量具体诗歌文本的分析,这些诗歌跨越13个世纪,由十几种语言写就,来自不同的诗学传统,普希金、莎士比亚、波德莱尔等大师的作品都是它的研究对象。该理论源于实践又用于实践,雅各布森坚持把自己从具体作品中总结出来的这一抽象原理再运用到具体的作品分析中,在揭示作品"文学性"成因的同时也证明这种原理的普遍性和科学性。

雅各布森划时代地将文学研究建立在比以往任何时候都更为科学与客观的基础之上，促进了20世纪总体文学观念的改变，使人们对文学与语言的关系以及对文学语言的特征的理解与认识上升到了一个新的层面。

第一节 诗学思想的形成与发展轨迹

雅各布森1896年10月11日出生于莫斯科，1982年7月18日于美国马萨诸塞州的坎布里奇麻省理工学院辞世。他生前嘱咐要在他的墓碑上刻上"俄罗斯语文学家"的字样。显然，落叶归根，他希望人们把他看作一位俄罗斯学者。然而，雅各布森不属于某一特定的时间和地点。他属于全世界，属于整个20世纪。他的学术轨迹见证了20世纪人文科学的发展，而他学术生涯的每一阶段都可由不同的时间、地点和标志着他诗学思想发展的重要概念与著作来代表：

第一个阶段为俄国时期，即20世纪初——俄国十月革命。1915年，雅各布森以俄国未来派诗人和理论家的身份，发起了莫斯科语言学小组，后成为俄国形式主义的领袖人物。他相继发表了《无意义的书》《未来派》《俄国现代诗歌》等著作，致力于诗歌和语言学理论的研究。从那时起直到生命的尽头，诗歌与语言学之间的相互关系就一直处于雅各布森学术研究的核心地位。雅各布森认为，文学研究不能简单地归结为社会、历史等原因，而应以研究作品本身的形式特征为目标。也正是在这个意义上，他提出了著名的"文学性"(literariness)概念。这一概念的提出，使文学研究由过去的以作者为中心转向以作品为中心，标志着20世纪文学理论与文学批评的一次重要转折。

第二个阶段是欧洲时期，从俄国十月革命——第二次世界大战。俄国十月革命之后，雅各布森来到了布拉格，于1926年建立了布拉格学派。他从交际的角度考察语言的功能及其相互关系，为语言学从形式主义向功能主义的转折做出了重要贡献。雅各布森在小组的刊物《布拉格语言学小组论文集》上找到了现成的论坛，发表了《历史音位学原理》等重要的语言学论文，还首创了20世纪人文社会科学最为流行的术语——结构主义(структурализм)。雅各布森的结构功能观和音位学理论对其他相关学科(如人类学、心理学等)产生了重要影响，为结构主义的全面崛起奠定了理论基础，也确立了他作为结构主义理论家的地位。二战爆发后，雅各布森先后前往挪威和瑞典避难，他利用当地资源研究失语症，写下了著名的《儿童语言、失语症和语音普遍现象》，为文学的语言学研究开辟了新的道路。

第三个阶段是美国时期。由于战争的原因，雅各布森于1941年移居美国，在美国的40年是他学术生涯的最后一个阶段，也是他生命文本的杰作。他的学术思想在那里结出了丰硕的果实。1943年，雅各布森帮助建立了纽约语言学小组，并协助创办了小组刊物《词》和《斯拉夫词》。他先后执教于哥伦比亚大学、哈佛大学和麻省理工学院，从事语言学和斯拉夫语言文学的研究与教学，为美国语言学发展做出了重要贡献。这期间，他不断总结与修正自己的语言学与诗学思想，发表或出版了众多著名的论文与专著，如《语言初步分析》(1952，与哈勒等合著)、《语言的基础》(1956)，《结束语：语言学与诗学》(1958)、《语法的诗和诗的语法》(1960)等等。同时，雅各布森还致力于文学作品的研究，涉及面之广令人惊叹。除了遨游于斯拉夫民族诗歌、俄罗斯和捷克的中世纪文学外，各个国家的文学大师——普希金、莎士比亚、波德莱尔等的文本都是他的研究对象。雅各布森长期坚持运用语言学视角进行文学研究，开辟了20世纪文学研究的新领域——语言学诗学，语言学与文学的联姻给当代西方文学研究带来了划时代的变化。

"无论艰难的命运在20世纪中叶将雅各布森抛向何方，不变的是在他周围总会出现一个科学小组，这个小组很快就成为了世界知识的研究中心，这使得雅各布森的科学履历与我们这个世纪人文科学的历史密不可分。"[①]然而，在他对不同领域进行的各项研究中，有些思想始终不变：将语言视为动态的功能结构的观念、对部分和整体的关系的强调、对变量和不变量的考察，对语言普遍性的追求等等。从他早期对音位系统的研究到其后建构诗性功能理论，再至他的诗歌文本分析，雅各布森终身怀抱着追寻"文学性"的理想。对于"文学性"的探索，使得雅各布森成为将俄国形式主义、布拉格学派和结构主义联结起来的桥梁，并使他取得了既属于语言学又属于文学研究领域的巨大成就。

第二节　文学性—语言学和诗学的联姻

19世纪末以前，文学研究还不是一项独立的社会活动，文学作品作为更广阔意义上的文化整体的组成部分而成为研究对象。因此，20世纪初，针对把文学作品的道德、传记、思想与历史诸因素置于优先地位的主导倾向，形式主义者掀起了文学研究独立化与科学化的浪潮，文学区别于其他文字的特征问题被提了出来。

雅各布森认为文学研究首先是一门独立的学科，同其他学科一样，有自己独特的体系和内在规律，文学的内在规律存在于作品所表现出的现象之中，而不是外在于作品的任何其他事物。因此，文学研究应探寻文学自身的特性和规

① Лотман Ю. М. Воспитание души. Санкт-Петербург: Искусство-СПБ, 2003, с. 77.

律，这是文学阐释、评价标准以及价值取向的基础，同时也是将文学与其他学科区别开来的界标。1919 年，雅各布森在研究俄罗斯未来派诗人的一篇论文中提出了"文学性"(литературность)这一概念："文学学科的对象不是整体的文学，而是文学性，就是使一部作品成为文学作品的东西。"①

那么究竟是什么使一部作品成为文学作品的？雅各布森进一步指出："诗不过是一种旨在表达的陈述……如果说造型艺术是具独立价值的视觉表现材料的形式显现，音乐是具独立价值的音响材料的形式显现，舞蹈是具独立价值的动作材料的形式显现，那么，诗便是具独立价值的词、(或者像赫列勃尼柯夫说的那样)独立的词的形式显现。"②

也就是说，诗在表达中找到自身的证明及其价值，语言本身就是诗的目的而不再是手段，它是自主的或者说是自在目的(autotélique)的。换言之，诗人用语言说出的话语是为了使这些语言突出和显示自身。

通过确立"文学性"，雅各布森界定了文学研究的疆域，使得我们对文学语言的兴趣超过了我们猜度文学语言的作者想用语言表达什么的兴趣。而为了批判地考察文学性成分，我们回到文学作品的语言，对于语言的考察于是成了文学的基本任务。在《结束语：语言学与诗学》(1958)一文中，雅各布森明确指出："诗学涉及的首要问题是：什么使语言信息成为艺术作品？因为诗学的主要对象是语言艺术相对于其他艺术和其他各种语言行为的特殊差异(differentia specifica)，所以诗学在文学研究中有资格占据首要地位。诗学研究语言结构问题，正如分析绘画要涉及其结构一样。既然语言学是关于语言结构的普遍性科学，那么诗学就可以被视为语言学不可分割的组成部分。"③

这样，诗学和语言学在雅各布森的研究视野中得到了融合。这种诗学既位于文学研究的中心，又是语言学密不可分的组成部分。诗学在文学研究中占据首要地位，是因为它能将文学区别于文学以外的其他艺术或语言行为，从而牢牢保持了人们所寻找和关注的文学的特殊性；诗学又是语言学的组成部分，是因为语言学研究一般语言，而诗学研究艺术语言。

---

① Roman Jakobson, *Novejsaja russkaja poezija*, p11. 转引自 Victor Erlich, *Russian Formalism: History-Doctrine*, Fourth edition, Hague: Mouton Publishers, 1980, p172.

② Там же, с. 10—11.

③ Roman Jakobson, "Linguistics and Poetics", *Selected Writings III: Poetry of Grammar and Grammar of Poetry*, Hague: Mouton, 1981, p18.

雅各布森明确了“文学性”的具体研究范畴——研究语言结构的诗学①。于是，他从语言符号的功能角度出发，追寻普遍存在于文学作品不同层次和各种手法中的语言的相互关系和等级秩序，从具体的、客观的语言现象中寻求文学的内在规律、构造过程以及结构原则，并以此对作品进行评价和判断。他的研究方法因与传统的文学研究方法大相径庭而引发了众多争议，其中一个最普遍的问题就是：诗歌的语言学分析和诗歌的文学实质的结合点在何处？

1975年，在与科隆大学语言学院的教授和学生们进行的座谈会上，雅各布森对上述问题进行了阐述，并进一步明确了诗学的目的。② 他认为首先有必要就什么是“文学的实质”(literary substance)做一澄清：文学的实质不能和内容等同起来。雅各布森很巧妙地从两个侧面来佐证自己的观点。一方面，从翻译的角度来看，他认为艺术作品的翻译都称不上是真正的翻译，而是被变换成了另外一种媒体。因为当我们把一首诗翻译成另一种语言时，原来的东西可能被保留了一些，但大部分已经失去了。雅各布森举例说，如果诗歌的译者本身是位诗人，那么译作甚至会带上他的个人诗风。也就是说，诗歌的译作已不再是原来的诗歌了。换言之，使原来的诗歌具有其特性的实质性的东西已经丧失了。

另一方面，我们可以从不同艺术形式的转换来看文学的实质。符号间的转换是允许的，这是一个符号学事实。一首诗可以被绘成一幅画。画可以表现诗歌的内容，但仍然会出现许多的不同，这是因为符号的结构改变了。布莱克对但丁诗歌的图解很美，但那已不再是但丁，而是布莱克了。再者，诗歌也可以被录制成音乐，甚至拍摄成电影。所有这些艺术形式之间的转换，意味着它们具有共同的要素，即内容得以保留。但是，重要的东西业已丧失，否则转换不可能实现。诗转换成画、音乐或电影，就说明它已不再是诗，它不再具备诗歌的本质。

这样一来，对于文学或诗歌的“本质”的理解就清晰起来。诗性的价值在于表达：“诗性，就是对表达的强调，是词语的最广义的表达，它是使一首诗成为诗

---

① 一般说来，广义的诗学是指对“文学是什么”的解释，它关注文学的形式；狭义的诗学是关于诗歌的学问，它研究诗的形式。雅各布森的诗学两者兼顾。他试图创建一种既能解释诗歌，又能解释散文的诗学。他对隐喻和转喻的研究就是这种努力的代表。然而，诗歌虽然不是雅各布森唯一的研究领域，却是他最重要的研究对象，因为他认为诗歌语言是语言系统中最复杂、最富变化的语言，最能体现语言的功能特征。诗歌研究因此构成他诗学中最重要的组成部分。

② Roman Jakobson, “On poetic Intentions and Linguistic Devices in Poetry: A Discussion with Professors and Students at the University of Cologne”, in Krystyna Pomorska and Stephen Rudy (eds.), *Verbal Art, Verbal Sign, Verbal Time*, Basil Blackwell Publisher Ltd., 1985, p71.

的语言的外部和内部形式。”①

表达，对于雅各布森而言，是语言的外部和内部形式，也就是形式和内容的统一。所以，它才能完成“使诗成为诗”的使命。也正因此，作为文学话语和非文学话语的根本的区别，表达是无法被替换的。换句话说，在文学文本和其他文本中，语言的结构和功能是不同的。在非文学作品中，我们完全可以用不同的词语来把握相同的要旨，词语不过是思想的媒介，人们经由它找到其背后的所指。唯有在文学作品，尤其是诗中，词语才真正不可更改。哪怕是极其轻微地改动，原先的诗意都会顿然改变甚至消亡。正是在这个意义上，美国诗人罗伯特·弗罗斯特才称诗为“在翻译中丢失的东西”。

雅各布森进而指出，他并不排斥意识形态等关于诗歌的其他方面的研究，他所强调的，“不是艺术的分离主义，而是审美功能的自律性”。② 这意味着艺术是人类的一种独特的行为，尽管与社会结构的其他方面相互关联，但并不能完全从其他的经验领域来获得解释。所以，雅各布森对于“文学性”的追求，既不期待也不可能涵盖文学的方方面面，而是一种策略，激活和穿透文学的语言本质：“我所谈论的是诗学，诗学主要探究符号结构，也就是说是关于符号学的。更精确地说，是艺术作品的语言符号。”③

所以他认为语言学家应该参与诗歌分析，虽然这样的分析可能让人觉得枯燥，但是他们对于诗歌语言的规则及其内部关联的发现，对于认识诗歌的整体结构无疑会有贡献；而“一个对语言的诗性功能充耳不闻的语言学家和一个对语言学问题毫无兴趣，对其方法也知之甚微的文学学者同样是极不合时宜的”。④ 于是，在寻求“文学性”的原初动力下，文学与语言学在雅各布森这里形成了合力。

---

① Roman Jakobson, “On poetic Intentions and Linguistic Devices in Poetry: A Discussion with Professors and Students at the University of Cologne”, in Krystyna Pomorska and Stephen Rudy (eds.), *Verbal Art, Verbal Sign, Verbal Time*, Basil Blackwell Publisher Ltd., 1985, p72.

② Roman Jakobson, “What is Poetry?” in Krystyna Pomorska and Stephen Rudy (eds.), *Language in Literature*, Cambridge, Mass.: Harvard University Press, 1987, p378.

③ Roman Jakobson, “On poetic Intentions and Linguistic Devices in Poetry: A Discussion with Professors and Students at the University of Cologne”, in Krystyna Pomorska and Stephen Rudy (eds.), *Verbal Art, Verbal Sign, Verbal Time*, Basil Blackwell Publisher Ltd., 1985, p72.

④ Roman Jakobson, “Linguistics and Poetics,” in *Selected Writings III: Poetry of Grammar and Grammar of Poetry*, Hague: Mouton, 1981, p51.

第三节　作为语言艺术主导的诗性功能

雅各布森从研究语言的一般功能入手来研究诗性功能。他将诗性功能置于语言的多功能系统之中，这样的视角不仅可以使我们把握语言艺术的实质，还使我们得以考察语言各功能之间的相互关系及其转换，同时深化了我们对于语言和文学及其相互关系的认识。

对于语言的功能，雅各布森是这样理解的：语言的功能和交际行为相关联，因为语言是交际的工具。交际目的的不同决定了语言手段要执行不同的任务，完成不同的功能。既然语言是为一定目的服务的表达手段，就应当从语言功能入手，然后去研究语言形式。不考虑语言成分在交际中的功能，就不可能理解和评价一个成分，分析该成分与其他成分的关系。语言的手段—目的模式(means-ends model)构成了他语言学诗学研究的基础。

雅各布森在前人研究的基础上建立了自己的语言交际结构与功能模式。在《结束语：语言学与诗学》一文中，雅各布森将该模式表示为[①]：

语境（指涉功能）

信息（诗性功能）

说话者（情绪功能）　………　受话者（意动功能）

接触（交际功能）

代码（元语言功能）

雅各布森认为，要对语言的各种功能做出描述，首先需要对语言交际行为的构成要素做一简要的考察。语言交际行为离不开信息的发送者(addresser)和接收者(addressee)。信息的发送者把信息(message)[②]传递给接收者。信息若想生效，则需要相关的语境(context)[③]。接收者要想捕捉到这种语境，需要有为发送者和接收者完全或部分通用的代码(code)。同时，交际的完成还有赖于通畅的交流渠道，使发送者和接收者接触(contact)，从而进入和保持交流。

---

① 参见 Roman Jakobson, "Linguistics and Poetics," *Selected Writings III: Poetry of Grammar and Grammar of Poetry*, Hague: Mouton, 1981, pp 21—25. 雅各布森将语言交际行为的组成要素和功能分两张图表示。为更清晰地显示结构要素和功能之间的对应关系，本文将它们合二为一。

② "信息"一词在雅各布森对语言的结构功能的阐释中有两个不同的含义：功能模式图中的"信息"指"能指"，或语言形式本身；而在阐述功能模式过程中所提到的"信息"，相当于我们通常意义上所说的某个意思传达。这是一个容易造成误解的概念，本文力图忠实反映雅各布森的思想，因此在行文时仍沿用了"信息"一词。

③ 雅各布森指出他所说的语境指的是"指示物"(referent)，即有关信息的内容，而不是话语的环境。

这六个因素是语言交际所固有的要素，意义就存在于全部交流行为中，意义的产生和变化则取决于上述这些要素是如何分配和发挥作用的。

信息的焦点集中在不同的因素上就产生不同的功能。焦点集中在说话人身上，就形成情绪(emotive)功能，显示出说话人对话题的态度。如果焦点集中于受话者，就产生意动(conative)功能，即对听话人的要求。指涉(referential)功能也被雅各布森称为指代(denotative)或认知(cognitive)功能。通常情况下，信息的焦点集中在语境上，就特别强调信息所指涉的内容。此外，当焦点集中在所用信道，亦即说话者与受话者之间的接触时就形成了交际功能，凡是旨在开通、维持或是结束交际途径的行为都是交际功能的体现。交际的双方不仅要保持交际渠道顺畅，还需要检查他们是否运用了同样的代码。这时，焦点就转移到代码本身，起作用的是元语言(metalingual)功能。元语言功能也就是对语言本身做注解的功能，它关注语言本身的运用，阐明语码使用的方式，比如谈论语言的正确用法、评论方言等等。最后，当信息的焦点集中在语言符号自身时，就体现为语言的诗性(poetic)功能。雅各布森称其为"指向信息本身的倾向，为其自身而聚焦于信息"，"通过将语词作为语词来感知，而不是作为被指称的客体的纯粹的再现物，或作为情感的宣泄。是通过诸个词和它们的组合、它们的含义、它们外在和内在的形式，这些具有自身的分量和独立的价值，而不是对现实的一种冷漠的指涉。"①

也就是说，信息的自指意味着这样一个事实，即表达形式自身有其存在的意义，能指涵盖了所指。诗性功能吸引人们对于指号过程的关注：词语"说"了些什么。这种言说使人们关注话语本身作为表达的存在，并进而思考这种表达的意义。词语作为自身而非客体的影子，语言的诗性功能就"通过提高符号的可触知性，加深了符号和客体的根本分裂"②，从而与其他功能有显著区别。

雅各布森进一步指出，尽管区分出了语言的六个方面，但事实上我们很难找到只实现某一种功能的语言信息。也就是说，语言具有多功能性。语言的各个功能可以同时存在于结构功能系统中并各具价值，而具体体现为何种功能则取决于信息的焦点聚集在哪个语言要素上。意义的产生和变化，就取决于交际活动中所有功能要素间的相互关系和相互作用。而在交际过程中的各功能要素不会处于绝对平衡的状态。在不同的条件下，它们中总有某个要素占据支配性的主导地位，正是这一功能决定了系统的性质。雅各布森将其称为"主导"

① Roman Jakobson, "What is Poetry?" in Krystyna Pomorska and Stephen Rudy (eds.), *Language in Literature*, Cambridge, Mass.: Harvard University Press, 1987, p378.

② Roman Jakobson, "Linguistics and Poetics," in *Selected Writings III: Poetry of Grammar and Grammar of Poetry*, Hague: Mouton, 1981, p25.

(the dominant)。系统的性质取决于在结构功能体系中占据主导地位，支配并规定其他功能的那个功能。[①]

雅各布森的“主导”思想，一方面将诗与语言联系起来；另一方面又把对诗的整体性理解和那个统领并决定诗歌作品的功能——诗性功能的理解联系起来了。“我们既不能把诗歌作品定义为只实现诗性功能的作品，也不能把诗歌定义为实现诗性功能和其他功能的作品；相反，诗应被定义为一种诗性功能占主导地位的语言信息。”[②]

与此同时，语言艺术与日常语言的区别也得到了解释。“诗性功能不是语言艺术的唯一功能，而只是它的主导、决定性的功能；而在其他所有语言行为中，诗性功能是次要的和附属的成分。”[③]许多散文、政治宣传用语、甚至广告都有韵律和节奏，但却和真正的诗有着严格的区别，原因就在于它们都利用了诗性功能，但却没有使这种功能像它在真正的诗歌中一样，起一种强制性或决定性的作用。

需要强调的是，“主导”不是诸功能中某一种的垄断，而是一种不同功能的等级序列。语言结构主要依赖于占支配地位的功能，而这一功能又是处于不断变化中的。拿诗歌来说，其形式也是千变万化，这恰恰是因为诗性功能实现的标志并非一成不变。雅各布森以捷克诗歌在不同时期的不同形式为例，说明了主导成分是如何影响诗歌系统的性质的：十四世纪的捷克诗注重韵律而非节奏；十九世纪后期的捷克现实主义诗歌重节奏而非韵律；而今天的捷克自由诗既不重韵律也不重节奏，而语调统一成了必需成分。如果我们把古捷克叙事诗《亚历山大记》的格律诗体和现实主义时期的韵律诗以及现代押韵的格律诗进行对照，就会发现这三者有几个相同的因素——韵律、节奏、语调。但它们各有一个不同的价值等级系统，体现为不同的历史时期各有不同的强制性因素，正是这些特殊的“主导”决定了诗歌的结构和特性。

雅各布森指出，不仅在某一文类中，我们可以找到一种“主导”，在某个时代的艺术整体中，我们也可以找到一种主导成分。文艺复兴时期的艺术主导是视觉艺术，浪漫主义诗歌的主导是音乐性，而现实主义文学的主导成分是语言艺术。因此，探索主导成分对于文学演变也具有极大的重要性。文学形式的演变，与其说是某些因素消长的问题，不如说是系统内种种成分之间相互关系的

① Roman Jakobson, “The Dominant,” in Krystyna Pomorska and Stephen Rudy (eds.), *Language in Literature*, Cambridge, Mass.: Harvard University Press, 1987, p41.

② Ibid., p43.

③ Roman Jakobson, “Linguistics and Poetics,” in *Selected Writings III: Poetry of Grammar and Grammar of Poetry*, Hague: Mouton, 1981, p25.

转换问题，换句话说，是主导成分转换的问题。

演变问题还不局限于文学史，各门艺术之间，以及文学和其他相关文化领域，特别是文学和其他类型的语言信息之间关系的转化问题，也可以由“主导”来解释。比如各种过渡文类，在一定的时期是被排除在文学之外的，而在某个特定时期，它们却可以实现重要的文学功能，因为它们恰由那个时期文学重视的那些因素所构成，而原先被奉为圭臬的文学形式却没有这些因素，势必退居次要地位。举例来说，各种各样的私人文学形式——书信、日记、笔记、旅行见闻等等，它们在十九世纪上半叶的俄国现实主义文学中发挥了重要作用。至于“选择何种特定的演化路线或至少什么是主导成分，这个问题只有通过分析文学系列和其他历史系列的相关性来解决”。[①] 可见，雅各布森把文学系统当作是和社会历史诸系统相互作用中的一个系统，他这种动态、辩证的态度既驳斥了达尔文或斯宾塞式的类似生物种族进化般的文学演化论，也有别于机械封闭的形式主义观点。

用雅各布森的“主导”思想来研究艺术成分之间的转换具有积极的意义，因为它弥合了历时性研究和共时性研究方法之间的分歧。文类的转换和变化，不仅要根据历史演变来陈述，同时也要看到该转换和变化也是一种我们所直接经历的共时现象，涉及相关的艺术价值。作为一种层级结构，一部艺术作品肯定有一个中心成分——一个限定它的“主导”。“主导”作为系统的决定成分是变化的，这正是历史动态性的原因。但与此同时，变化不是一蹴而就的。任何变化起初都是在系统内的共时层面，变化不断出现，而且就是共时的一部分。所以变化着的系统又是动态、共时的。因此，对于文学艺术作品，我们有两种清晰的认识：“一种是传统的标准，一种是作为背离传统标准的新奇之物。这正是以传统为背景所想象的革新。”[②]雅各布森的理论揭示了文学艺术的实质：既保持传统又打破传统形式。

雅各布森将功能的概念引入语言结构本身，使其充满了动态精神。通过对语言的全面考察，雅各布森阐明了他对语言艺术本质的精辟观点：语言艺术的审美特性，或曰文学性，是一种功能的范畴。语言的功能是语言内部的质，诗性功能是诗歌内在的质。“多功能性”的背后不是一个个孤立的功能，而是诸功能之间的关系；“主导”所体现的是功能的等级性，而非功能的差异。这种观察语言的个体与体系以特殊方式相互转化、相互依存的结构观以及共历时相结合的

---

① Roman Jakobson, “Problems In The Study Of Language And Literature,” in *Selected Writings III*: *Poetry of Grammar and Grammar of Poetry*, Hague: Mouton, 1981, p5.

② Roman Jakobson, “The Dominant,” Krystyna Pomorska and Stephen Rudy (eds.), *Language in Literature*, Cambridge, Mass.: Harvard University Press, 1987, p46.

视角，构成了雅各布森结构主义诗学的方法论基础。那么，诗性功能究竟何以成为语言艺术的主导呢？

第四节 语言的两极和对等原则

雅各布森将信息自指称为“诗性功能”，实际上是对诗歌中语言符号和对象之间的关系提出了质疑。在诗歌中被凸现的并非是客观世界，而是语言符号本身。信息指向自身，等于通过“诗之所为”给诗从功能上下了定义。在符号的背后，流动着符号的功能，即诗歌的表达形式对一个潜在的意义网络之间的关系。那么，这一关系究竟是如何体现的？评判诗性功能得到实现的标准又是什么呢？

“诗性功能把对等原则从选择轴投射到组合轴。”[①]在《结束语：语言学与诗学》中，雅各布森对诗性功能进行了语言学界定。这句话包含几个重要的概念：选择轴、组合轴和对等原则。正是这几个概念的动态运作——投射（project），改变了符号的内部关系，造就了“诗性功能”的实现。要弄清这句话的含义，首先要从两个轴出发。

雅各布森认为，任何言语行为都包含着对某些语言实体的选择和把它们组合成更为复杂的语言单位的过程。说话人选择某些词，再按照句法规则把这些词组合成句子，句子最终形成话语。雅各布森举例说，如果“孩子”是一则信息的话题，说话者便会在多少有点近似的现有名词（如孩子、幼童、小家伙、小孩）中选出一个，接下来为了对这一话题进行评论，他又会从许多在语义上属于同一类的动词（如睡觉、瞌睡、打盹、小睡）中选出一个。两次选出的词连接成一个语言链，语言行为由此完成。[②]

对语言的选择和组合这两极，雅各布森不仅从理论上进行论述，还借助于语言的病理学，即失语症的研究。显然，他试图通过反观语言交际的失败，从中得出关于语言交际的有益启示。研究结果表明，选择和组合这两个操作层面，给每个语言符号提供了两套阐释。同一符号有两个所指：一个指向代码，一个指向语境。每个符号都和另一套符号相关，通过替换进行选择，通过排列达成组合。某个有意义的单位可以被同一意义序列中的其他单位所替代；而它在整个语境中的意义则由它和其他符号的前后连接关系所决定。

---

① Roman Jakobson, “Linguistics and Poetics”, *Selected Writings III: Poetry of Grammar and Grammar of Poetry*, Hague: Mouton, 1981, p27.

② Roman Jakobson, “Two Aspects of Language and Two Types of Aphasic Disturbances”, *Selected Writings II: Word and language*, Hague: Mouton, 1971, p243.

选择和组合这两个概念源于索绪尔关于语言活动中存在着句段关系（横组合）和联想关系（纵聚合）的观点。索绪尔虽然已经认识到了语言的这两种基本运作方式，但是为了将二者区分开来，他称句段关系为“在场”的，它是基于两个或几个词接连出现在一个真实的系列中；而联想关系把“不在场”的、作为虚拟的记忆序列成员的词语联系起来。[①] 这样，在索绪尔看来，语言的实在体就是由句段关系构成的，因而具有历时性的线性特征。

雅各布森突破了索绪尔的线性结构，用两个轴生动地描绘出语言以及艺术语言的活动过程：“进行选择基于对等关系，即相似与不相似、同义与反义，而予以连接，即组建语句，则基于邻近关系。诗性功能就是把对等原则从选择轴投射到组合轴。对等关系则被提升为组成语言序列的手段。”[②]

选择意味着在一套由不同程度的相似性而联系在一起的符号集合中进行替换与选择，这种相似性或因同义而具有等价关系，或因反义而享有共同内核；选择轴上的那些可能要素原则上可以彼此替代，因此该系列中所有要素都是“对等”的。对等不是同一。它不是数学上的等值概念，而是指地位上的同等性。对等一方面可以指相似或同义，另一方面也可以指相反或对立。这是因为对立的双方是相互依存的，没有白就无所谓黑，没有好就不存在坏。对立的双方相互蕴含，一方的出现暗示着另一方。双方虽然在意义上相反，但是在地位上则是同等的。

组合则是处于同一语境下的各组成部分的连接，它依靠的是邻近性，这种邻近性与语言的规则有关，受语言结构的逻辑制约，而体现为空间位置上的序列。我们将选择出来的语言要素组合成语链，一个语言行为由此完成，用雅各布森的术语说，就是把选择轴上挑选出来的要素组合到组合轴。

通常情况下，“对等原则”(the principle of equivalence)只适用于选择轴，而不是组合轴。也就是说，日常言谈时，我们根据对等原则选择词语。但是在诗歌中，我们利用对等原则来组建词语，相邻成分通常也是对等的。对等被提升为系统的构造手法，即被用来作为构成语句序列的手段，选择关系就被明确置入了组合关系，而不像在普通语言行为中是隐含着的。例如：“窗含西岭千秋雪，门泊东吴万里船”中的“窗”和“门”、“含”和“泊”、“西岭”和“东吴”、“千秋”和“万里”以及“雪”和“船”，本是选择轴上的对等项，但在诗中被横向组合了。用雅各布森的话说，就是“对等原则从选择轴投射到了组合轴”。

---

① 索绪尔，《普通语言学教程》，高名凯译，北京：商务印书馆，1980 年，第 171 页。

② Roman Jakobson, "Linguistics and Poetics", in *Selected Writings III: Poetry of Grammar and Grammar of Poetry*, Hague: Mouton, 1981, p27.

雅各布森对“诗性功能”进行的语言学描述使我们认识到，组合轴不仅体现着在场的语言要素，同时也隐含着不在场的那些成分。王安石写《泊船瓜州》这首诗时，对其中一句“春风又绿江南岸”几番修改，先作“又到”，又作“又过”“又入”“又满”，最后定为“又绿”。也就是说，王安石从选择轴上的一系列相似的动词中选择了“绿”这个动词，然后再把它与其他经过选择的词语按特定的语言结构组合在组合轴上，构成句子。上述语言行为，我们也可以将它描述为从选择轴投射到组合轴，因为组成语链的要素都是经过选择的。所以，从这个意义上说，任何语言行为都是从选择轴到组合轴的投射，都是共时和历时的结合。

语言依据选择和组合这两个轴构建着自身，诗歌则运用“对等原则”有意识地“破坏”这两个轴的惯常运作来达成——“诗性功能”的关键是“对等原则”在组合轴上起作用。“对等原则”发挥作用，就普通语言来说，在语言链之外；而就诗歌而言，在语言链之内。因此，从自然语言的角度来看，诗歌语言是一种破碎的语言，“对等原则”使得文本不再由线性的语言链构成，而是将其分成各种对等单位，小到语音，大到句段，小的对等单位再构成大的对等单位。由此，诗歌语言从整体上显示为一种对称的层级结构，即一种平行的趋向。这种“平行”，无论是基于声音、语法范畴，或是各种词汇范畴，是对等原则提升至语言的构造手段而带来的自然结果。“平行”由此创造了诗歌内部各种关系的网络，使得诗歌成为一个联合的整体，突出了诗歌的相对自主性。语言的对等越显著，其线性特点就越弱，这样，诗歌语言失去了惯常的描述性。于是，在内部的“投射”运动中，词语充分进行它们的游戏，不再指向客体世界，而重新找回了自身。

可见，对等原则促成了符号的运动，打破了概念（客体）和符号间的僵化关系。它吸引人们对于指号过程的关注——词语是怎么“说”的；与此同时又生成了符号的意义——它“说”了些什么。意义是表达的意义，而非客体的存在。这种表达似乎构成了一种强制性的力量，将人们的注意力吸引到其自身，语言符号就作为其自身而非客体的影子被感知。这样，我们就可以理解雅各布森的阐述：诗性功能“通过提高符号的可触知性，加深了符号和客体的根本分裂”，而日常语言就变成了诗歌。

第五节　诗歌的语法和语法的诗歌

对于雅各布森而言，诗是语言写就的，同时也是关于语言的。语言的特点及其构造在诗歌中表现得尤为显著。他试图通过语法分析证实自己的诗性功能理论，进而说明语言的本质，引发我们对于“语言是什么”和“语言可以做什么”的思考。

雅各布森认为,所有语言都是基于语法范畴之上的一个系统,而这些范畴的意义是以一个事实为特征的,即它们对于某一特定的、使用某种语言的社团成员来说是强制性的。[①] 诗歌,虽然是一个特殊的有序化的符号系统,但既然诗是语言写就的,那么,语法的强制性作用自然也对诗歌的构建起着决定性的作用。

因此,雅各布森通过研究诗歌中的语法来说明语言的本质,这是他诗歌语法研究的出发点。之所以选择诗歌作为语言研究的对象,是因为他认为语法范畴的系统固然决定了语言的整个构造,但这一系统的特点在我们的日常语言中往往比较模糊,而在诗歌中却变得极具表现力,其意义更为显著。在诗歌中,对等原则被提升为诗行的构造手法,对等的因素根据相似或对立的原理并置在一起,而语法概念的重复与对立是对等原则得以实现的重要保证。如果我们对诗歌中不同词类和句法结构的选择、分布和相互关系进行全面细致的描述,我们会惊讶地发现显著的对称与反对称、对等和对比的结合,以及它们对诗歌词形和句法组成部分的严格限制。这些手法给诗歌带来了突出效果。

雅各布森指出,诗人在创作过程中要么遵从语法(grammatical),要么违反语法(antigrammatical),但决不能不讲语法(agrammatical)。和语法抗衡是与语法的对立,可以在诗歌中达成"系统混乱"的特殊效果。诗歌中语法的作用,与绘画结构中的几何或反几何原理有着惊人的相似之处。对于形象艺术来说,几何原则代表了一种爱默生所说的"美的必须"。

雅各布森将形成对照的语法概念的并置,和电影蒙太奇中的"硬切"相比,"就是将形成对比的镜头或片段并置,在观众脑海中形成这些镜头或片段本身所不反映的概念。"[②]

这也就是说,诗歌语法对于意义具有独特而重要的功能。一方面,诗歌的语法不仅仅是语法,而是一种语法转义,可以创造出崭新的、前所未知的意义;另一方面,诗歌语法还可以把相同的意义塑造成不同的形式。同样的所指可由不同的语法概念来表述:撒谎是犯罪;谎言是罪行;说谎是有罪的;说谎者是罪人。不同的表达并不影响对相同事件的指涉。因此,语法并不反映我们对现实的本真认识,却反映出我们把现实构造成不同形式的能力。[③] 对立的语法范畴

① 语法范畴是把同一性质的语法意义综合概括而形成的语法意义类别。范畴必须包括两个(或者更多)相互处于对立关系的同类语法意义。关于语法范畴的强制性,美国语言学家博阿斯和萨丕尔也早已指出过。比如,如果我们使用的语言存在着单数和复数形式,那么在语篇中我们就不得不在单、复数间做出选择。

② Roman Jakobson, "Poetry of Grammar and Grammar of Poetry" in Krystyna Pomorska and Stephen Rudy (eds.), *Language in Literature*, Cambridge: Harvard University Press, 1987, p128.

③ Ibid., p123.

将这种能力在诗歌中发挥得淋漓尽致。

以代词为例，代词是不具实质意义，表示纯粹的关系的词，完全属于语法范畴。雅各布森认为，代词的各种形式及其意义的对立，是语法范畴最主要的对立之一。如第一人称代词和第二人称代词之间的对立，是说话的主体和对象之间的对立；而第一人称代词和各种第三人称代词形式的对立是人称项与"零"人称项之间的对立①。再比如说"格"，它是某些语言中名词或代词用词形变化表现出来的与其他词在主体、对象、工具、领有等方面关系的语法范畴。在俄语中，一方面，第三格和第四格，因具有指明动作目标的"方向性"而对立于第一格和第五格；另一方面，第三格和第五格，又对立于第一格和第四格，因为前者指示出动作对象对于动作的次要地位，以"边缘性"为标记，而后者不具备这样的标记。雅各布森指出，一般说来，格通常只具有标明所指目标的次级作用；但在诗歌中，人称代词及其格的对立与转换，可以成为强烈的表现手段，其作用如同诗歌的意象。雅各布森通过对普希金的抒情诗《我曾经爱过你》的分析的代词及其格的分析②，来阐述诗歌的语法怎样构成了语法的诗歌。

普希金的诗歌《我曾经爱过你》，常被文学批评家冠以"无意象诗"的名称。我们知道，意象一直被当作诗歌的要素。通过经作者运思而成寓意深刻的具体形象，我们得以感受作为主体的人所体验的或要表达的思想感情。而在这首"无意象诗"中，取代意象来表达情感的是什么因素呢？雅各布森认为，是诗歌的语法，尤其是代词及其格的作用。

Я вас любил

Я вас любил: любовь еще, быть может,
В душе моей угасла не совсем;
Но пусть она вас больше не тревожит;
Я не хочу печалить вас ничем.

Я вас любил безмолвно, безнадежно,
То робостью, то ревностью томим;
Я вас любил так искренно, так нежно,
Как дай вам бог любимой быть другим.

我曾经爱过你

① Roman Jakobson & Krystyna Pomorska, *Dialogues*, Cambridge, Mass.: MIT Press, 1983, p120.

② Roman Jakobson, "Poetry of Grammar and Grammar of Poetry" in Krystyna Pomorska and Stephen Rudy (eds.), *Language in Literature*, Cambridge: Harvard University Press, 1987, pp128—144.

我曾经爱过你：爱情，也许
在我的心灵里还没有完全消亡；
但愿它不会再打扰你；
我不想再使你难过悲伤。

我曾经默默无语地、毫无指望地爱过你，
我既忍受着羞怯，又忍受着嫉妒的折磨；
我曾经那样真诚、那样温柔地爱过你；
但愿上帝保佑你，另一个人也会像我爱你一样。[①]

这首诗对语法形式的选择十分显著。全诗没有修饰名词的形容词，而很少的几个名词，如“爱情”“心灵”“羞怯”和“嫉妒”也都属于玄思的范畴，刻画的是第一人称诗人的精神世界，这就导致了该诗不具备具体的意象。反之，代词占主导地位，在全诗47个词中，代词占14个，和其他词性形成鲜明对比。诗中的三个人物形象完全通过代词来指定：我、你和另一个人。首先，第一人称代词“我”(я)，始终位居行首，只以第一格形式作为命题的主语出现，并且只做第四格“你”(вас)的主语。这就突出了施事主体“我”和受事者“你”之间的关系——“我”对“你”的爱的主导性。出现最频繁、分布最规则的是第二人称代词“你”，在诗中出现了六次，几乎占据了每一诗行，强化了诗人对于过去的恋人的情感，“你”是“我”的爱的直接对象。而第二人称代词“你”只以第四格(вас)和第三格(вам)的形式出现——和主语“我”相联系时为第四格，是“我”的爱的对象，表现出对于“我”的依附；和“另一个人”相关时则为第三格，“被另一个人所爱”，是一种被动的关系。这样，第二人称的格的变化形成了语义对应——“你”对“我”的爱的无奈和对“另一个人”的爱的被动。另外，该诗的两个次要格——第三格和第五格——也相互呼应，第三格“你”将“另一个人”引入抒情诗，造成了爱的戏剧性发展之间的强烈对比：“你”被另一人所爱(любимой быть другим)，而“我”则受着嫉妒的折磨(ревностью томим)。最后，诗歌以“另一个人”结尾，和起始处的“我”(я)相对应。从第二人称代词的使用上来看，“我”的地位最终为“另一个人”所取代也是必然的，这是因为第二人称代词“你”的第四格形式只与主语“我”相连，而其第三格形式只和“另一个人”有关。所以，在诗歌的最后一句中，当第二人称代词“你”的第三格代替了第四格形式出现时，“另一个人”也就顺理成章地取代了“我”。

可见，在《我曾经爱过你》中，人称代词的对立与转换，意义十分明显，而格

① 该诗的中文选自普希金：《我曾经爱过你》，戈宝权译，北京：外国文学出版社，1998年。

的运用更统领着全诗的结构与意义。一般说来，格通常只具有标明所指目标的次级作用，但在这首诗中它却支撑起了全诗的复杂主旨——爱的徒劳与无奈，使得诗歌文本和诗歌的整体效果之间呈现出无限的张力。

雅各布森的语法分析，将诗歌中语法、意象等不同的要素联结成一个结构和效果的统一整体。他试图阐明：诗歌语法结构的存在是不以读者的意识为前提的，语法分析恰恰是要揭示出无意识背后的诗歌语言结构的本质。同时，诗歌语法研究也开启了我们关于诗歌的新的认知方式。它使我们领悟到诗歌的语法及其结构对于诗歌文本建构和语言思维方面的重要作用，弥补了传统文学理论关于诗歌的主观印象式的模糊直觉，从而使我们对于诗歌有更加全面和准确的理解，拓展了 20 世纪文学批评的广度和深度。

综上所述，雅各布森的语言学诗学研究具有开创性意义，它揭示了“诗之为诗”的内在生成机制，使我们洞察语言符号的结构与功能。诗是语言写就的，也是关于语言的——这是雅各布森诗学的出发点，也是其成果。雅各布森从语言符号出发研究诗歌，最终又从诗歌中成功地证实了语言的魅力。他的诗性功能理论与实践，表达的是作为语言学家的雅各布森对于科学的诉求。正如洛特曼所说：“科学有自己的风格。在科学上，罗曼·雅各布森终生都是一个浪漫主义者。”[①]这或许是对雅各布森语言学诗学的最佳诠释。

---

① Лотман Ю. М. *Воспитание души*. Санкт-Петербург: Искусство-СПБ, 2003, с. 75.

第 三 章

艾亨鲍姆:科学实证主义文论

鲍里斯·米哈伊洛维奇·艾亨鲍姆(Борис Михайлович Эйхенбаум 1886—1959)是20世纪俄苏著名文艺理论家、文学批评家,是彼得堡诗歌语言研究会的主要成员之一,也是俄国形式主义运动的一位杰出代表。艾亨鲍姆毕生都在努力用科学实证主义(позитивизм)的方法来研究文学文本,竭力摆脱文学批评的主观性和随意性,探讨科学的文学分析的理论原则。艾亨鲍姆的文学批评理论研究是与具体的文学批评实践密切联系在一起的,在俄罗斯经典作家莱蒙托夫、果戈理、列夫·托尔斯泰、阿赫马托娃等的研究方面,均有重要建树。他在对于果戈理等文学创作中的声调表述特点的研究,充分地体现出自己的实证研究原则和分析手段。不过,在对列夫·托尔斯泰等的创作研究中,他又无法完全脱离文学作品的具体内容来分析艺术形式。

可以说,艾亨鲍姆在文学观和理论主张上,是一个地道的形式主义文论家,在文学批评实践上是一个重科学分析的学者型批评家、文学史家。鲍·米·艾亨鲍姆为20世纪的俄苏文学批评理论,做出了自己的独特贡献。

第一节 科学实证主义批评原则的探索者

鲍·米·艾亨鲍姆出生在斯摩棱斯克州的红城。少年时代他曾就读于军事医学院,这也许对他后来的科学实证主义探索产生了一定的影响。1907年,艾亨鲍姆进入彼得堡大学历史语言学系学习,1912年毕业。在大学期间,他参加过文格罗夫的普希金讲习班。从1907年开始文学研究工作,1918年加入彼得堡诗歌语言研究会。1918年至1949年间,艾亨鲍姆在列宁格勒大学教授俄国文学史,1920年至1931年间还兼职在列宁格勒艺术史研究所任教。1956年起他在俄罗斯文学研究所工作。

从20世纪20年代中期起,鲍·米·艾亨鲍姆对莱蒙托夫和列夫·托尔斯泰这两位俄罗斯作家进行了长期的研究。他一生著述颇丰,主要有《杰尔查文的诗学》《卡拉姆辛》(1916)、《民间故事的幻想》(1918)、《果戈理的〈外套〉是怎样写成的》(1919)、《俄国抒情诗的旋律》《涅克拉索夫》(1922)、《安娜·阿赫马托娃》(1923)、《文学透视》(1924)、《文学》(1927)、《托尔斯泰》(第1卷,1928;第2卷,1931,第3卷,1960)、《莱蒙托夫》(1924)、《莱蒙托夫研究》(1960)等。如果对鲍·米·艾亨鲍姆的学术生涯做一个简单的概括,也许用"科学实证主义批评原则的探索者"来表述是最为恰当的了。

艾亨鲍姆在《"形式方法"的理论》一文中指出:"所谓'形式方法',并不是形成某种特殊'方法论的'系统的结果,而是为建立独立和具体的科学而努力的结果。"[①]"我们和象征派之间发生了冲突,目的是要从他们手中夺回诗学,使诗学摆脱他们的美学和哲学主观主义理论,使诗学重新回到科学地研究事实的道路上来。……由此产生标志形式主义者特点的科学实证主义。"[②]俄国形式主义在诗学研究上的科学实证主义的立场是显而易见的。它与象征主义的根本分歧也正在于此。艾亨鲍姆系统地论述了俄国形式主义的这一基本理论特征。

艾亨鲍姆认为,形式主义者研究的中心并不是所谓的形式方法,也不谋求建立一种独特的方法论体系,而是要探索一些理论原则,根据这些原则去研究文学艺术作品的特征。科学的特殊性和具体化的原则便是这些原则中最重要的一个。

在俄国形式主义者看来,科学的特殊性主要表现在文学研究对象的特殊性。他们把文学研究的对象(文学性)作为一种科学考察的对象。他们不承认任何哲学、心理学和美学的理论前提,注重事实,强调对文学作品进行科学的具体分析。为了达到这一目的,他们不再像传统的文学家们那样,把研究重点放在文化史或社会生活方面,而是使自己的研究工作面向语言学,用语言学的方法来分析文学现象。

俄国形式主义文论家多数是语言学家,擅长艺术形式的语言分析。他们的语言学造诣确实给他们的实证主义研究方法帮助不少。他们运用一系列语言学、修辞学的概念和术语,如隐喻、转喻、明喻、暗喻、象征、对语、词语、句子等,并把这些概念、术语作为文艺学的重要概念与术语,对文学作品中一系列的语言现象、作品结构、情节和细节等进行了深入细致的语言学分析和研究,使得形式主义批评具有浓厚的科学实证主义的色彩。

---

① 艾亨鲍姆:《"形式方法"的理论》,载《俄苏形式主义文论选》,北京:中国社会科学出版社,1989年,第19页。

② 同上,第23页。

艾亨鲍姆在解释形式主义文论时指出,不要把形式主义看成是一个静止不动的理论体系。因为现成的科学理论其实并不存在,科学是在克服错误的过程中形成的,而不是在建立真理时存在的。在形式主义者的科学研究中,理论仅仅被视为是一种工作假设,借助这种假设来指明和理解某些现象,而假设本身却可以在科学研究过程中不断加以调整。艾亨鲍姆反对形式主义的反对者或信奉者把形式主义体系当作一个固定不变的体系。他强调,形式主义的原则是相当自由的,是可以根据科学的要求加以深化和修改的。其实一切科学都应该如此。他还说明了理论原则与信念之间的区别,原则是需要科学证明的。

形式主义者的科学实证主义态度还非常明显地表现在对词语的研究上。他们把词语的复活不仅理解为摆脱词的一切着重强调的意义和任何象征意义,而且,特别是在早期,要几乎彻底取消词语的意识形态意义本身。他们认为,词就是词,首先和主要是它的音响的经验物质性和具体性。"无意义词语"是任何艺术结构力求达到的理想境界的表现。艾亨鲍姆在《文学与电影》一文里首先分析了艺术的生物学基础,然后指出,艺术实际上是游戏性的,并不与固定的"意义"相联系。"无意义性"与"语言"之间经常不断的不一致——这就是支配艺术演变的内在的辩证法。

根据艾亨鲍姆的观点,通常的有意义的词语,不能够充分表达出词语自身物质的、物的现存性。词语具有意义,就必然要表现事物,表示词语以外的意思。而无意义词语则完全与其本身相一致,它不可能超越自身的范围,它是可以被科学从物理学、语言学的角度加以证实的。

第二节 文学史研究

从艾亨鲍姆的整个文学研究工作来看,他更主要的是一位文学史家。在俄国形式主义时期以及后来,他都主要致力于俄罗斯文学发展规律的探索,研究了一大批俄国文学史上的著名作家。他和大多数形式主义者一样,在文学史的研究过程中,仍然把作品看作是意识之外的现实,在分析各种创作技巧和艺术作品及其结构成分系列时,尽量避免涉及社会意识形态环境和社会经济发展状况对创作的影响。他们努力在纯粹的和封闭的文学系列内部揭示出艺术形式发展的内在规律性。

形式主义者认为,文学史的发展具有其自身的必然规律性,存在着一条从作品到作品、从风格到风格、从派别到派别、从一个主要结构成分到另一个主要结构成分的发展道路。无论世界发生什么变化,不管出现哪些经济的、社会的和一般意识形态的变化和转折,文学自身的发展总是按照其不可动摇的内在规律，从本身的一个环节走向另一个环节。文学之外的现实可能会阻碍或促进文学的发展，但不能改变这种发展的内在逻辑，不会给这一逻辑增添或减少任何新的内容。

形式主义所讲的文学内部发展的规律完全不要求发明新的艺术形式，而只是发现形式。艾亨鲍姆在研究莱蒙托夫时指出："新的艺术形式的创造，不是描写的行为，而是一种发现，因为这些形式潜藏于以前的阶段的形式之中。莱蒙托夫当时应当发现的是这样的诗歌风格，这种风格应成为走出 20 年代之后形成的诗歌创作的死胡同的出路，并且它已以潜伏的形式存在于普希金时代某些诗人的创作之中。"[①]按照艾亨鲍姆等形式主义者的理论，后来出现的艺术形式创新不是某种绝对新颖的东西，而是现时典范化的创作的先行者，也就是上一时期之前的东西。比如，在普希金时代，丘赫尔别凯的诗中还存在着杰尔查文的创作风格。列夫·托尔斯泰创造的新小说实际上是对 18 世纪传统的继承。

20 年代艾亨鲍姆对俄罗斯文学史的研究明显地反映出形式主义的这一理论原则。他竭力排斥作家的创作个性，作家个人命运的特殊性及其偶然性，以便更清楚地见出文学史的发展进程和规律，努力清除社会意识形态和现实生活对文学素材的影响，以保证纯艺术形式的探讨。艾亨鲍姆在《年轻的托尔斯泰》一书中，甚至认为，托尔斯泰青年时代日记中的 1847 年生活计划不是实际活动的真正计划，而多半是作为手法，作为目的本身的计划。他在论涅克拉索夫的文章中，把作家之所以以民间生活为主题的原因，归结为是在向文学中已成为典范的体裁形式挑战，是在与经典作斗争时才求助于民间创作的。

艾亨鲍姆在文学史的研究过程中，不是用历史事实来检验诗学，而是从历史中选择材料来证明和具体阐释诗学。在他看来，规律性无法在现实的历史中揭示出来，只有理论才给混乱的历史现实理出头绪，弄清其意义。在艾亨鲍姆等形式主义者那里，我们已不难发现俄国形式主义在文学史研究中的主观唯心主义立场。

可以说，大多数形式主义者都是站在这样的原则立场上来分析文学现象的。其中最有代表性的，除了艾亨鲍姆以外，还有鲍里斯·托马舍斯基(1890—1957)。这位理论家从普希金诗歌格律的统计分析开始了文学的研究工作，在情节分析等方面有自己特殊的理论阐释。从他的理论出发，任何情节的构成都只有时间次序和因果关系这两个因素。作品随着情节的展开，又需要一系列的细节印证，如，结构、求实、艺术等细节印证。在他那里，社会和历史环境等都是为这些已固定了的理论框架服务的。

① 艾亨鲍姆：《莱蒙托夫》，列宁格勒，1924 年，第 12 页。

俄国形式主义从诞生之日起，就是作为对传统文学批评的反拨而登上文学论坛的，它属于艺术理论上的先锋主义。在20世纪的一二十年间，当俄苏文坛上盛行着重内容、轻形式的文学批评思潮时，他们能够为艺术形式的研究大声疾呼，并运用语言学的分析方法对文学作品的语言、结构等方面进行深入的探讨，其价值是不容否定的。

俄国形式主义的最大贡献就在于它始终坚持文学是一个特殊的领域，力图揭示文学的内部构造及其发展的特殊规律，它提出的“陌生化”“文学语言与日常语言的区别”“文学性”“诗性功能”等理论概念和原则，极大地丰富了文学批评理论。同时，俄国形式主义的理论缺陷和历史局限性又是十分明显的。他们过分夸大艺术形式的作用，用形式来规定文艺的本质，把文学发展规律和形式发展规律等同起来。虽然艺术形式有自身的发展规律，但从根本上来说，这一规律是与社会文化和艺术内容的发展紧密相连的，艺术形式无法孤立地自我规定。

第三节 果戈理短篇小说《外套》的叙述方式

鲍·米·艾亨鲍姆在《果戈理的〈外套〉是怎样写成的》一文中，运用科学实证主义的分析，在尽可能撇开内容的情况下，从声调等语句的表述手段上，揭示了果戈理独特的叙述艺术特征。

在艾亨鲍姆看来，果戈理不是一位以故事情节取胜的作家，他甚至经常因为缺乏创作的情节而烦恼，向普希金等作家寻求创作的素材，事实上果戈理的《钦差大臣》等作品的情节就来源于普希金。因此，果戈理在短篇小说的布局上，往往特别注重文本的叙述方式，特别是笔调和语言声调的作用。这种叙述方式可以称之为直接叙述，包含着两种方式：叙事式的叙述和表演式的叙述。果戈理就是把尽可能压缩的情节重心转移至直接叙述的方式上来。艾亨鲍姆指出：“在果戈理的许多短篇小说或某些章节片断里，我们可以找到很丰富的研究‘直接叙述’材料。果戈理作品中的布局并不是由情节决定的，因为他的作品中总是情节贫乏，甚至没有情节。”①

果戈理的直接叙述往往是根据口头语言的生动形象和情感话语来组织的，他甚至为了发音、声调和有力的语言表达，而不顾故事和话语的逻辑。“在果戈理的语言里，一个词的声音外壳，声学特点都变成有含义的东西，不受具体的逻

① 艾亨鲍姆：《果戈理的〈外套〉是怎样写成的》，载《俄苏形式主义文论选》，北京：中国社会科学出版社，1989年，第186页。

辑意义的约束。在他的作品中,发音和声学效果变成有表现力的重要手法”。[①]

在《外套》最初的手稿中,一开头,各种同音异义词的文字游戏就发挥着独特的叙述组织作用,它们依据发音的相似或词源的接近,暗示着荒诞的形成。“在有时也称之为卑鄙和愚蠢(Пошлость и вздоров)司的捐税和税务(Податьи и сборов)司里……”在第二稿里,果戈理又加了注释:“但愿读者不要以为这种称呼确有什么事实依据。不,这只不过是词源上的相似。”[②]虽然在最后定稿时,这个开头并没有出现,但果戈理的创作意图是非常明显的。

在阿卡基·阿卡基耶维奇这个名字的选择上来看,也不难见出作家是出于声音选择的考虑。在对主人公阿卡基·阿卡基耶维奇的外表描述上,有这样一段:“矮矮的个子,脸上有几颗麻子,头发有点发红,看上去甚至眼睛有点近视,脑门上秃了一小块,两颊布满了皱纹,而灰黄的脸色,叫人怀疑他患有痔疮。”显然,“痔疮”这个词与前面的描述几乎没有逻辑联系,但是发音的表现力则很强,给人以非常滑稽可笑的感觉。这是果戈理为了加强特别的表现力,根据节奏和押韵的需要,作为一种滑稽的有声动作,加进去的。

据同时代人回忆,果戈理喜欢用表演的方式,来朗读自己的作品。在《外套》中,果戈理其实已经不是故事的讲述者,而是一个杰出的表演者,或者说,作家采用的是表演式的直接叙述。艾亨鲍姆强调:“阿卡基·阿卡基耶维奇的言语属于果戈理的有声的话语和模仿发音的总体系,都是经过精心考虑并且带有解释的。”[③]

实际上,阿卡基·阿卡基耶维奇的死与他的出生一样,果戈理也是用悲惨而又滑稽的叙述手段加以叙述的。“可怜的阿卡基·阿卡基耶维奇终于断了气。”[④]在艾亨鲍姆看来,“断了气”这个短语的使用,也像一个同音异义词的游戏。特别是《外套》的结尾酷似《钦差大臣》的哑场结局,既荒诞离奇,根本就不是什么现实主义的写作手法,而是嘲弄现实的离奇滑稽。艾亨鲍姆指出,短篇小说《外套》的结尾事实上在手法上又回到了开头的纯滑稽的叙述。

显而易见,艾亨鲍姆在分析短篇小说《外套》时,是在用俄国形式主义的批评原则,努力表明,不是文学创作的内容造就了文学表现的形式,而恰恰是文学叙述的形式,即表演式的直接叙述,创造了这部经典的短篇小说,是故事的情节内容在为语言的叙述形式服务,而不是相反。因为在艾亨鲍姆等形式主义理论

---

① 艾亨鲍姆:《果戈理的〈外套〉是怎样写成的》,载《俄苏形式主义文论选》,北京:中国社会科学出版社,1989年,第189页。

② 同上,第191—192页。

③ 同上,第198页。

④ 同上,第206页。

家那里，作品的语言表述形式本身就是有意义的，不仅仅是文学作品的内容在反映现实，叙述形式自身就是语言的现实，无论是荒诞离奇的叙述形式，或是悲切的语音语调，还是同音异义词的文字游戏，特别是结尾的怪诞结局，都是既与果戈理本人的创作个性密切相关，也是留下了现实表征的痕迹，更是指向文学语言表述自身的。

艾亨鲍姆对果戈理短篇小说《外套》的写作过程探究，可以堪称是俄国形式主义批评家对文学作品分析的典范，为文学作品的语言表述和形式分析，提供了值得借鉴的一条有效途径。

第 四 章

巴赫金:复调、狂欢化、时空体

著名文艺学家米哈依尔·米哈依洛维奇·巴赫金(Михайл Михайлович Бахтин 1895—1975),是20世纪苏联最重要、最引人注目的思想家和文论家之一,是一位在国际学术界享有盛誉的学者。从他的文学批评活动来看,我们可以把他归入历史诗学批评学派。提及巴赫金的理论成就,人们往往首先会想到的是他的对话理论和思想,因为正是在对话理论和思想的基础上,巴赫金形成了关于复调小说、狂欢化诗学和时空体形式等研究的一些独特见解。他的理论之所以对20世纪的西方文学批评理论产生了重大影响,应该说主要也是源于其对话理论在文学批评思维方法上的创新。巴赫金的对话语境批评开拓了我们的研究视野,甚至为解决20世纪中后期西方文学批评理论界提出的"语言表征危机"和解构主义的自我解构等问题,探索出了一条新型的对话式批评途径。目前,巴赫金理论和思想的研究已经走出了文艺学、哲学的门槛,进入到了语言学、符号学、教育学等其他社会科学领域。

第一节 一位伟大的批判者与论战者

法国著名文艺理论家茨维坦·托多罗夫曾经写道:"在20世纪中叶的欧洲文化中,米哈依尔·巴赫金是一位非常迷人而又神秘的人物。这种诱惑力不难理解:他那丰富且具特色的作品,是苏联人文科学方面任何成果所无法媲美的。但是崇敬之余,人们不免感到困惑:巴赫金到底是怎样一个人?他的思想特点又是什么?的确,他的思想如此多姿,人们又是甚至怀疑这一切是否皆出自同一个人的头脑。"[①]无论是原苏联或西方学术界,还是我国理论界,几乎都很难把巴赫金的思想归结为某一点,而巴赫金本人自称为是"哲学人类学家"。根据

---

① 茨维坦·托多罗夫:《批评的批评》,北京:生活·读书·新知三联书店,1980年,第73页。

巴赫金理论自身的复杂性和“多声部”，学界往往将其特征概括为“对话”，也顺理成章地把巴赫金视为是一位伟大的“对话者”。

然而，理论思想与现实生活之间又存在着很大的差异，巴赫金也许是因为自身的性格，也许是因为生活的不幸遭遇，无论是在学术还是生活中，作为一个活生生的人，他很少与人对话，甚至有点孤僻。那么巴赫金究竟是怎样一位理论家，或许我们沿着他学术和生活的足迹，就可以发现，他常常是从批判的角度来接受一种理论和思想的，经常与其他理论进行论战，因此可以说，巴赫金是一位伟大的批判者和论战者。

巴赫金出生于维尔纽斯一个普通银行职员家庭，其祖上是贵族。1913 年进入诺沃罗西斯克大学（如今的敖德萨大学），1916 年转入彼得格勒大学历史哲学系。1918 年毕业后，他成为了维捷布斯克省涅维尔小城的一所学校的初中教师，主要讲授历史、社会学和俄语等课程。在涅维尔期间，巴赫金结交了一大批朋友，如瓦·尼·沃洛希诺夫、列·瓦·冯皮扬斯基、鲍·米·祖巴金、玛·韦·尤金娜和马·伊·卡甘等，他们组成了“康德研究小组”，巴赫金成为了该小组的核心成员之一。然而，巴赫金及其朋友们明显受到新康德主义的影响，是从批判的角度来接受康德理论的。小组成立一周年时，也就是 1919 年 9 月 13 日，出版了文集《艺术节》，上面刊登了巴赫金的第一篇论文《艺术与责任》。小组内部成员之间经常展开学术争论，但相互尊重，这一切对后来巴赫金学术思想的形成都产生了积极的影响。他在 20 世纪 20 年代写下的手稿《走向行动的哲学》也是以康德作为批判对象的。1920 年秋，他转到省城维捷布斯克任文学、音乐史和音乐美学教师。这一时期被认为是他学术生涯中的第一个阶段，即存在主义和现象学时期。

1924 年，巴赫金回到列宁格勒，在国家出版社找到编外工作，并在著名的艺术史研究所（形式主义学者重要活动场所之一）谋得一份工作，这是他的学术上的第二阶段，一般称为社会学和语言学研究时期。然而，就在这个俄国形式主义的学术中心，他展开了与形式主义理论的论战，非常猛烈地批判了形式主义，写下了专著《文艺学中的形式主义方法》（1928，与梅德韦杰夫合著），他还与沃洛希诺夫合作，撰写了《马克思主义与语言哲学》（1929）一书。尽管后来巴赫金的一系列学术研究成果，特别是复调小说理论，存有明显的形式主义影响的痕迹，但巴赫金确实是从批判和论战的角度，探索出一条把形式主义与社会学融合起来的批评途径。巴赫金与沃洛希诺夫合著的《弗洛伊德主义批判纲要》（1927）其实也散发着浓烈的批判与论战的气息。

1928 年底，巴赫金因学术团体活动被视为非法而遭逮捕，1929 年至 1936 年为流放时期。1936 年他到萨兰斯克任莫尔多瓦师范学院讲师，开始了他学术活动的第三阶段，即历史文学时期。1941年至1945年在莫斯科郊区几所中学教书。1945年再次被莫尔多瓦师范学院邀请任教，后被授予语文学副博士学位。1957年起，主持莫尔多瓦大学俄罗斯和外国文学教研室工作。

在这一时期，巴赫金的代表作《陀思妥耶夫斯基创作问题》（1929，后于1963年再版更名为《陀思妥耶夫斯基的诗学问题》）是从批判的视角重新提出了作者与主人公的关系问题，甚至认为在艺术构思的范围内作者可以与主人公对话。在《长篇小说的时间形式和时空体形式》（1937—1938）等论著中，巴赫金强调了时间在小说艺术形式中的作用，提出了时空体的概念。在《拉伯雷的创作以及中世纪和文艺复兴的民间文化》（1965）中，他凸显了"笑"在民间创作中的重要作用，把喜剧艺术提升至与悲剧艺术同等重要的地位。显然，批判性与论战性是巴赫金学术思想和理论发展的内在驱动力。

巴赫金一生经历坎坷，但一直默默地从事研究，思想独特，成果丰硕，除了上面提及的以外，主要著作还有《审美活动中的作者与主人公》（20年代中期）、《文学创作中的内容、材料和形式问题》（1924）、《长篇小说的话语》（1934—1935）、《长篇小说的话语发端》（1940）、《史诗与小说》（1941）、《言语体裁问题》（1952—1953）、《语言学、语文学和其他人文科学中的文本问题》（1959—1961）、《陀思妥耶夫斯基的再研究》（1961—1962）、《人文科学方法论》（1974）等。他在哲学、美学、文艺学和语言学等领域都提出并独特地解决了一系列理论界关注的重要问题。

巴赫金学术研究的广度、创造性思维的深度引起了国际学术界的广泛兴趣。如果把作为文艺学家的巴赫金的研究加以归类的话，那么，也许把他归入历史诗学批评是最合适的了。巴赫金研究目前已成为一门专门的学问，即巴赫金学。《巴赫金全集》中文版（6卷本）早已于1998年在我国正式出版了，2009年在此基础上，又增加了巴赫金开设讲座的一些笔记和书信选，出齐了《巴赫金全集》中文版（7卷本）。

第二节 复调小说理论

复调小说理论是巴赫金在研究俄国作家陀思妥耶夫斯基小说的基础上提出的。他在《陀思妥耶夫斯基诗学问题》一书中指出："有着众多的各自独立而不相融合的声音和意识，由具有充分价值的不同声音组成真正的复调——这确实是陀思妥耶夫斯基长篇小说的基本特点。在他的作品里，不是众多性格和命运构成一个统一的客观世界，在作者统一的意识支配下层层展开；这里恰是众多的地位平等的意识连同它们各自的世界，结合在某个统一的事件之中，而互相间不发生融合。"[①]巴赫金指出的是主人公意识的独立性,主人公之间、主人公与作者之间平等的对话关系。他借用了音乐学中的术语"复调"(полифония),来说明这种小说创作中的"多声部"现象。

巴赫金还进一步解释了陀思妥耶夫斯基小说创作的这种复调结构特点:"陀思妥耶夫斯基笔下的主要人物,在艺术家的创作构思之中,便的确不仅仅是作者议论所表现的客体,而且也是直抒己见的主体。因此,主人公的议论,在这里绝不只局限于普通的刻画性格和展开情节的实际功能(即为描写实际生活所需要);与此同时,主人公议论在这里也不是作者本人的思想立场的表现(例如像拜伦那样)。主人公的意识,在这里被当作是另一个人的意识,即他人意识;可同时它却并不对象化,不囿于自身,不变成作者意识的单纯客体。在这个意义上说,陀思妥耶夫斯基笔下的主人公形象,不是传统小说中一般的那种客体性的人物形象。"[②]

巴赫金的这段叙述表达了这样几层意思:第一,复调小说的主人公不只是作者描写的客体或对象,他并非是作者思想观念的直接表现者,而是表现自我意识的主体。第二,复调小说中并不存在着一个至高无上的作者的统一意识,小说不是按照这种统一意识展开情节、人物命运、形象性格的,而是展现有相同价值的不同意识的世界。第三,复调小说由互不相容的各种独立意识、各具完整价值的多重声音组成。第四,在复调小说中,作者与主人公、主人公之间可以平等对话的前提是"在艺术构思的范围内",也就是作家在构思小说时就有意识地让主人公与自己、主人公之间形成对话。

巴赫金认为,在陀思妥耶夫斯基的小说艺术世界中,主人公都是些意识相对独立的"思想家",如拉斯柯尔尼科夫、"地下室人"、梅思金公爵、卡拉马佐夫兄弟等等。他们并不融合或附属于某一个统一体之中,不受作者思想支配。他们的个性和意识是处于对话的状态之中的。因此,陀思妥耶夫斯基不少小说的故事情节并不很吸引人,甚至往往没有通常小说的那种开头,也没有明确的结尾。如果要给陀思妥耶夫斯基的这种小说艺术世界找一个形象的比喻的话,那么巴赫金认为用"教堂"是最恰当不过了。在教堂里,往往各种各样的人聚集在一起,有圣洁行善的教徒,也有罪不容诛的恶人,有灵魂升华之人,也有死不悔改之徒。教堂通常被认为是那些互相对立、难以沟通的灵魂可以共存的一个场所,就像但丁所描绘的世界一样。

巴赫金强调,在复调小说中不存在作者的统一意识,主人公与作者的关系

① 巴赫金:《陀思妥耶夫斯基诗学问题》,北京:生活·读书·新知三联书店,1988年,第29页。
② 同上。

是平等对话的关系。但这并不意味着巴赫金认为作家就没有自己的艺术构思和审美理想，而是说作家在创作过程中给自己的人物以极大自由，让他们充分发表自己的见解。巴赫金曾经说过："也许有人会觉得，主人公的独立性与下面一点是矛盾的：整个主人公不过是文艺作品的一个成分，因此他自始至终完全是由作者创造出来的。事实上并不存在这种矛盾。我们确认的主人公的自由，是在艺术构思范围内的自由。"①"如果认为陀思妥耶夫斯基小说中，作者意识完全没有得到表现，那是荒谬的。复调小说作者的意识，随时随地都存在于这一小说中，并且具有高度的积极性。"②

巴赫金还把陀思妥耶夫斯基的小说与托尔斯泰等其他作家的小说进行了比较，把后者的小说结构称为独白型。他认为，独白型小说取决于作者意识对描写对象的单方面规定。这里只有一个声音，即作者的声音在说话，一切主人公的语言、心理和行为都被归入作者的意识，都在作者全能全知的观点中得到外来说明。巴赫金把托尔斯泰列为这类作者的代表，把陀思妥耶夫斯基以前几乎所有的欧洲小说和俄国小说都归入独白型小说。

与独白型小说相反的是复调小说。巴赫金指出，这种小说是陀思妥耶夫斯基首创的。陀思妥耶夫斯基所描写的，并不是单个意识中的思想，也不只是不同思想的相互关系，而是众多意识在思想观点方面的相互作用。再加上各个独立的意识在陀思妥耶夫斯基的世界中，不是作为形成发展过程来写的，也就是说没有历史地写，而是平列起来写的，这样就不可能集中写一个意识，哪怕是一个非常重要的思想观点，不可能集中地写它内在的逻辑发展，其结果必然写出各种独立意识的横向相互作用。陀思妥耶夫斯基笔下的主人公意识很少是意义自足而独立的，而常常是与其他人的意识相互依存的。主人公的每一个想法、每一个感受都拥有内在的对话性，或具辩论的色彩，充满对立的斗争，或准备接受他人的影响。陀思妥耶夫斯基作品中的主人公，如"地下室人"、拉斯柯尔尼科夫、伊凡·卡拉马佐夫、娜斯塔谢·菲里帕芙娜、斯达夫罗金等，他们的每一个思想都仅仅只是一场未完成型对话中的一个话语，不同话语间的对话就形成了复调小说的结构。巴赫金认为，这恰恰是陀思妥耶夫斯基小说艺术的创新之处。

在谈及陀思妥耶夫斯基小说的对话形式时，巴赫金认为，陀思妥耶夫斯基对话的基本公式是：表现为"我"与"别人"对立的人与人的对立。这种对话有两种基本方式：一种是人物之间的对话，另一种则是人物自身内心的对话。这后

① 巴赫金：《陀思妥耶夫斯基诗学问题》，北京：生活·读书·新知三联书店，1988年，第105页。

② 同上，第109页。

一种对话往往又有两种表现形式，即自己内心矛盾的冲突和把他人意识作为内心的一个对立的话语进行对话。这两种具有不同指向性的对话，被巴赫金称为是双声语对话。这类对话是复调小说中的主要艺术手段。它往往表现为暗辩体、带辩论色彩的自由体、隐蔽的对话体等表现形式。

在长篇小说《罪与罚》中，主人公拉斯柯尔尼科夫的内心充满了与自己以及其他人物的双声语对话。这非常明显地反映在他的叙述语言之中。他常喜欢用"你"字和自己说话。他爱挑逗自己、折磨自己、挖苦和嘲弄自己。他在收到母亲的来信，知道卢仁提亲后，不但没去安抚自己不安的心灵，反而去刺激、嘲弄它。"不让这门婚事成功，你有什么办法呢？你去阻止吗？你有什么权力？……"拉斯柯尔尼科夫的内心世界总是塞满了他人的语言，这里有母亲的来信，马尔梅拉多夫、卢仁、杜涅奇卡、斯维德里盖洛夫的话，也有他转述的索尼娅的声音。他的心灵与这些话语进行着一连串生动而激烈的争辩。每一个人物的话语都代表着某种生活目的和思想立场，是在令他苦恼的问题上代表着某种解决办法，而这些解决办法又与他自己作出的决定相对立，这样每个话语都触及到他的痛处。这些话语同处于拉斯柯尔尼科夫的内心意识之中，相互渗透、相互呼应、相互交叉、相互交锋。主人公内心活动的轨迹恰恰就延伸在与这些话语的激烈争辩之中，这就形成了他的双声语对话。

巴赫金认为，复调小说的世界是一个极其复杂的世界，在这一世界中，一切存在于同一空间、相互作用，作者在小说中一般不写原因，也没有事物的缘起，而是把各种矛盾对立的思想集中置于同一平面上描写，而不作纵向顺序的思考和排列。由此巴赫金归纳出了复调小说创作的共时性艺术特征。

巴赫金在陀思妥耶夫斯基的创作中发掘出来的，的确是前人没有发现或者是没有充分意识到的艺术特征，从而把叙事学的研究推进一步，开辟了一个新的方向；复调小说理论为小说形式研究开拓了一条新的独特途径，丰富了人类的艺术思维。

第三节 狂欢化诗学

狂欢化诗学是巴赫金学说的又一个重要组成部分。虽然巴赫金本人并没有写过全面系统阐述自己这一观点的理论著作，但是他关于狂欢化诗学的研究常常散见于他的许多论著中。可以说，巴赫金从 1929 年独立出版的第一部专著《陀思妥耶夫斯基创作问题》起直至晚年，几乎从未停止过狂欢化诗学的研究。特别是在 1965 年出版的专著《拉伯雷的创作以及中世纪和文艺复兴的民间文化》一书中，他结合拉伯雷的创作，探讨了人类的笑文化和民间狂欢化文化现象与文学创作之间的密切关系。

狂欢化(карнавал)的渊源就是狂欢节本身。欧洲的狂欢节民俗可以追溯到古希腊罗马时期,甚至更早。它来源于古代的神话传说与仪式。它是一种以酒神崇拜为核心不断演变的欧洲文化现象。在狂欢节期间,人们可以戴上面具,穿着奇装异服,在大街上狂欢游行,纵情欢乐,尽情地放纵自己的原始本能,而不必顾及人与人之间平时的等级差别。狂欢节的主要特点是:(1)无等级性,就是说每一个人不论其地位如何,不分高低贵贱都可以以平等的身份参加;(2)宣泄性,狂欢节的主角是各种各样的笑。无论是纵情欢悦的笑,还是尖刻讥讽的笑,或者自我解嘲的笑,都表现了人们摆脱现实重负的心理宣泄;(3)颠覆性,在狂欢节中,人们可以无拘无束地颠覆现存的一切,重新构造和实现自己的理想。无等级性实际上就是对社会等级制度的颠覆,心理宣泄则是对现实规范的颠覆。(4)大众性,狂欢活动是民间的整体活动,笑文化更是一种与宫廷文化相对立的通俗文化。

巴赫金沿着欧洲文学发展的足迹,考察了狂欢文化现象对诗学演变的影响。在文学创作上,巴赫金主要研究了受狂欢化作用影响的一些文学体裁与作家创作。在古希腊罗马时期有古代风雅喜剧、罗马各种形式的讽刺体文学,特别是庄谐体文学。在中世纪出现了大量的讽刺性闹剧、笑剧、诙谐文学以及宗教警世剧和神秘剧等。在文艺复兴时期狂欢化已开始全面影响正统文学的许多体裁,巴赫金甚至认为,文艺复兴实质上是狂欢的古希腊罗马精神的复兴,"是意识、世界观和文学的直接狂欢化。"[①]他指出,拉伯雷、莎士比亚和塞万提斯等人的创作都是狂欢化文学的典范。从17世纪至20世纪,许多大作家的创作都与狂欢化有着密切的联系。例如,伏尔泰、狄德罗、霍夫曼、巴尔扎克、雨果、乔治·桑等等。在巴赫金看来,歌德的名著《浮士德》是一部具有浓厚狂欢化文化色彩的复调史诗,以普希金、果戈理等为代表的19世纪俄罗斯文学中也反映出狂欢化的文化传统。巴赫金还探讨了陀思妥耶夫斯基的复调小说与庄谐体文学的关系,指出复调小说的历史渊源是狂欢化的文化传统。

从欧洲诗学理论的发展传统来看,亚里士多德倡导的以理性、规范为主导的诗学理论一直占据着统治地位。根据这一理论,诗学归入一种严格规范性的范畴,审美趣味、文学语言、写作文体和创作风格均有"高雅"和"低俗"之分。在这里,"高雅"部分自然被奉为正宗,拥有绝对权威,比如,诗歌就被视为比小说和戏剧更"高雅"的艺术。笑文学长期以来被认为是俗文学。巴赫金发掘人类

---

① 巴赫金:《拉伯雷的创作以及中世纪和文艺复兴的民间文化》,莫斯科:文学艺术出版社,1990年,第300页。

的狂欢化文学价值，在很大程度上是在向传统的诗学体系挑战，是要颠覆旧的诗学理论，为传统的高雅体裁“脱冕”，而替所谓的低俗体裁“加冕”。应该说，巴赫金的狂欢化诗学理论的意义是显而易见的。这一理论的颠覆性赢得了当代西方文论界的青睐。

具体说来，巴赫金的狂欢化诗学理论的主要内容有以下几点：

第一，重视人类的笑文学。主张从狂欢化的角度来考察文学创作体裁和人物性格的发展变化。强调狂欢化文学传统是人类文学宝库中不可忽视的一个重要部分，为笑文学正名。

第二，提倡平等对待一切文学体裁、语言和风格等，否定或动摇文学艺术创作形式中的一切权威性，反对传统诗学理论重“高雅”文学（如史诗等）、轻“低俗”文学（如小说等）的美学立场。

第三，消除诗学研究的封闭性，加大文学内容和形式的开放性，寻求各种纷繁复杂的文学因素的融合。如各类文体、各种语言（口语、俚语、行话、方言等）、各种手法（反讽、夸张、讽刺、幽默、调侃等）的相互联系。

第四，打破逻各斯中心主义，以狂欢化思维方式来颠覆理性化思维结构，运用超语言学的方法，重视语言环境和话语交际分析，走出传统语言学研究的框架。

第五，发掘人类的创造性思维潜力，把人们的思想从现实的压抑中解放出来，用狂欢化的享乐哲学来重新审视世界，反对永恒不变的绝对精神，主张世界的可变、价值的相对。

巴赫金的狂欢化诗学理论由于没有全面系统的严格阐述，所以具有明显的未完成性与解读的多义性。它可以说是一种诗学理论和研究方法，也可以说是一种独特的文学思维方式与世界观。难怪当代西方众多的文学理论流派与学说都在巴赫金的学说里得到了这样或那样的启发。

第四节 时空体形式

巴赫金在《长篇小说的时间形式和时空体形式》一书中指出：“文学中已经艺术地把握了的时间关系和空间关系相互间的重要联系，我们称之为时空体（хронотоп）。”“重要的是这个术语表示着空间和时间的不可分割（时间是空间的第四维）。我们所理解的时空体，是形式兼内容的一个文学范畴。”[①]巴赫金

① 巴赫金：《长篇小说的时间形式和时空体形式》，载《巴赫金全集》，第3卷，白春仁、晓河译，石家庄：河北教育出版社，2009年，第269页。

在这里特别说明，时空体还出现在数学科学中，来自相对论，而这里的时空体仅仅是一个文学的范畴，不涉及其他文化领域中的时空体。巴赫金认为，艺术时空体的特征就在于时间与空间的交叉融合，时间的标志要展现在空间里，空间也必须是时间的空间，而时间与空间的标志应融合在一个具体的整体之中。

时间应凝聚为艺术上可见的东西，空间也应处于时间、情节和历史的运动之中。

巴赫金紧接着写道："时空体在文学中有着重大的体裁意义。可以直截了当地说，体裁和体裁类别恰恰是由时空体决定的；而且在文学中，时空体里的主导因素是时间。作为形式兼内容的范畴，时空体还决定着（在颇大程度上）文学中人的形象。"[①]在巴赫金看来，文学创作的时空体形式发展，经历了一个复杂而又断续的过程，早在古希腊罗马时期，就创造出了艺术把握小说时空的三种方法，即"传奇教喻小说""传奇世俗小说""传记小说"，它们在相当大的程度上影响着整个传奇小说的发展，一直到18世纪中期。

"传奇教喻小说"的情节往往始于男女主人公的初遇、爱恋，结束于圆满成婚，而传奇时间的本质却在于，小说是建立在传记时间这两点之间的超时间空白，是脱离正常生活轨迹的，不能够起到生理和年龄上的作用，不具有任何自然的生活周期性，没有任何历史时间的标记。时间的表述常常是"突然间"和"无巧不成书"，[②]传奇中的这种"机遇时间"显然是来自非理性力量的干预。在这里，巴赫金提出了小说布局常用的两种时空体，即"相逢时空体"和"道路时空体"。巴赫金认为："希腊的传奇时间，需要一种抽象的空间离散性。""希腊小说的世界，是抽象的别人的世界"。[③]"机遇"则使得希腊小说的时空体具有了自己的逻辑性、稳定性和统一性，而"命运"成为了希腊小说组织人物形象的关键因素。

"传奇世俗小说"是传奇时间与世俗生活时间的融合。巴赫金以《金驴记》为例，说明《金驴记》的情节发展，绝不是凭借现实生活中起始和终点之间的超时间空白，而是鲁巧的生活旅程与其"变形"，借驴形流浪融为一体。在这里，小说情节并非在严格意义上的传记时间里展开，只是突显了能够决定人物一生的，一些关键和特别异常的时刻。时间序列在此是一个非常重要而不可颠倒的整体，要求叙述的具体性，这也就不可避免地失去了希腊传奇时间所固有的抽象性。

---

① 巴赫金：《长篇小说的时间形式和时空体形式》，载《巴赫金全集》，第3卷，白春仁、晓河译，石家庄：河北教育出版社，2009年，第270页。

② 同上，第277页。

③ 同上，第284、287页。

“传记小说”,主要是指大型传记作品。巴赫金列举了两种重要的自传,他把第一种假定称之为柏拉图型,因为此类自传最早表现在柏拉图的《苏格拉底申辩论》和《斐多篇》一类作品中。这种自传人物的自我意识类型是与神话蜕变的基础联系在一起的,其时空体为“寻求真知者的生活道路。”[①]第二种是雄辩体的自传和传记,其基础是取代了古代哀泣辞的安葬词和悼词。巴赫金认为,这类传记采取的是“现实的时空体”,或者可以称之为“广场时空体”。因为在古希腊罗马,此类作品往往在“广场”上展示,希腊人开始萌生自我意识就是在“广场”上的。这里“广场”本身就意味着国家、最高法庭以及全部科学和艺术,而民众往往是聚集在“广场”之上的。

巴赫金把这三种自传形式又称之为“人的公共自我意识的形式”[②]。他指出,古希腊罗马传记有两种写法,即唯能型和分析型。前者要揭示人物的能量,也就是活动的力量,这时揭示性格的时间,绝对不是性格成长的时间。后者主要是选取主人公一生中的一些关键生活经历、待人接物、外貌特征、内在品德等,来揭示其性格特点。这里主导原则是性格的完整性,因此时间序列可以打乱,为性格服务。

在此基础上,巴赫金还论述了历史倒置和民间文学的时空体问题,他以为,文学创作中时间的“换位”“倒置”,是人类各个时代的神话思维和艺术思维所共有的。民间文学没有与时空格格不入的理想境地,民间创作的幻想是现实的幻想。

在论及骑士小说时,巴赫金以为,骑士小说用的是传奇时间,这里的主人公既有个性,又有代表性。骑士小说接近于史诗,其时空体的特征为“传奇时间里的奇特世界”,时间本身也赋予了魔力,梦也具有了创造形式的功能,甚至时空世界也产生了一定的象征意义。巴赫金还就“拉伯雷型的时空体”及其民间创作基础、“小说中的田园诗的时空体”等具体问题,进行了深入细致的论述。

巴赫金指出,时空体是时间在空间中的物质化,是小说创作的中心。故事情节是在时空体的具体化中得以丰满,有血有肉。文学形象的时空体表现,最早是由莱辛在《拉奥孔》中展示出来的。巴赫金甚至还涉及读者和听众的时空体问题,尽管没有展开深入的论述,但他已经做了三个区分,即从事描绘的现实与被描绘出来的现实、创造作品的作者与作者本人、不同时代的读者与同时代读者。巴赫金提出了“创造性的时空体”概念,论及了作者的积极性和读者对作

① 巴赫金:《长篇小说的时间形式和时空体形式》,载《巴赫金全集》,第3卷,白春仁、晓河译,石家庄:河北教育出版社,2009年,第318页。

② 同上,第328页。

者形象的创造性。

巴赫金总结道:“时空体决定着文学作品在与现实生活的关系方面的艺术统一性。因此时空体在作品中总是包含着价值的因素,但这个价值因素要想从艺术时空体的整体里分解出来,唯有通过抽象的分析。”[①]其实,这也就说明了为什么艺术作品经过文学批评的分析,发掘出了作品的价值和意义,同时也使得作品自身因抽象分析而丧失掉艺术魅力。

可以说,文学创作的“时空体”形式研究,与“复调小说理论”“狂欢化诗学”一起成为巴赫金诗学理论的三个重要组成部分,为文学批评理论界把握小说创作的艺术形式,提供了有价值的参考。

第五节　对话批评方法

在研究文学现象时,文艺学界长期以来较为习惯运用的方法是从发生学的角度对作品的创作做历时性的纵向考察,从方法论上来说,主要还是运用科学归纳的研究方法。他们努力对纷繁复杂的文学现象进行科学分析,寻找这些现象的共同点,排斥不同点,通过归纳、论证、演绎,从而寻找到他们中间的某种确定的因素。例如,这位作家的艺术风格是现实主义的,还是浪漫主义的,这部作品究竟反映了什么,它的艺术特点是什么,等等。

传统的文学批评企图把握创作的确定意义,其实是难以办到的,甚至是不可能的。巴赫金在研究陀思妥耶夫斯基创作时所采用的对话批评方法则已不同于传统的文学批评方法。他首先在哲学上把人的存在看成是以他人的存在为前提的,任何一个人的意识都不可能是孤立的,而是存在于与他人意识的联系中。他也像其他形式主义和结构主义理论家一样,从索绪尔语言学那里得到启发,他赞赏索绪尔能够从共时性的角度,把一个话语或一个词的意义看成是与同一空间上其他话语或词的联系中产生出来的。这种方法如果运用到文学研究上来,就可以突破传统的历时性研究方法,不去从复杂多样的文学现象中理出一个纵向发展的线索,相反能够从一部作品或一个文学现象中分析出多种复杂的因素。同时,巴赫金又发现,倘若像形式主义和结构主义理论家们一样,从纯语言学的角度去研究文学现象,就势必会难以把握作品的具体内容,即“血肉”,而“血肉”的研究往往是更为重要的。

因此,在研究陀思妥耶夫斯基的小说创作时,巴赫金已不到作家本人的创

---

① 巴赫金:《长篇小说的时间形式和时空体形式》,载《巴赫金全集》,第3卷,白春仁、晓河译,石家庄:河北教育出版社,2009年,第436页。

作动机中去寻找解读这位作家复杂创作秘密的钥匙。他一边借鉴了共时性语言学的分析方法，一边又认为，仅仅用语言学的分析方法还是很不够的，这样会走到形式主义批评的老路上去。在巴赫金看来，如果把共时性的语言学研究方法同社会学研究方法结合起来，就能够获得运用过去的批评方法无法获得的东西。这也就是他所探讨的独特的超语言学的对话语境批评方法。

如果我们把整个陀思妥耶夫斯基的小说创作看成是一个语言体系的话，那么每一个活动于该小说中的主人公就可以说是一个话语。在具体研究过程中，巴赫金像社会学批评家那样，着眼于人物性格、人物与作者关系的考察，但他没有像社会学批评所习惯的那样，去探讨作者与主人公的支配关系。他采用的是话语分析的方法。他发现在陀思妥耶夫斯基的小说中，每个性格、思想的作用和意义都相当于语言中的一个个话语，是相对独立的。从语言学上看，话语是意义完整而又独立的最小语言交际单位。他可以独立于说话者。复调小说是由许许多多这样的话语之间的对话所构成的。如果说形式主义语言学批评强调抽象的词语构造，那么巴赫金的话语分析则注重由对话关系构成的"言语环境"。这种"语境"是由不同人物性格和思想之间的对话所组成，它是作品的"血肉"。

在巴赫金看来，语言自身是具有主体性的，它是一种独立的存在。他不再把文学作品当作作家声音的转达者和完全被动的研究对象，而把它看成是独立存在着的。作品中的主人公甚至能够与作者直接对话。而文本（文学作品）意义的确定是与言语环境密切相关的。意义产生于对话之中。所以巴赫金的对话式话语分析采用的是一种"不确定性"的对话批评方法，从根本上力图提供给读者的已不是某些确定的观点和结论，而是一种由多种对话组成的话语语境。读者可以在所提供的各种话语中做出自己的选择。这种批评是开放性的，读者的活动也成了批评活动的一个重要组成部分。

"对话"的形式并不是巴赫金首创。早在柏拉图的对话录中就已经出现了。"对话"作为一种哲学思维方式，在康德的二律背反中也已得到运用。康德举出四种二律背反，各是由正题和反题组成的。后来黑格尔的辩证法又继续发展了这种思维方式。然而，只有到了 20 世纪，巴赫金才从文学理论和批评实践的角度论述和运用了它，使它成为一种文学批评的思维范式和研究模式。

与任何一种学说一样，巴赫金的对话思想、复调小说理论和狂欢化诗学也存在着一定的理论缺陷，其中最主要的不足是，在强调自己的理论观点时，往往会走极端，并不与别人对话。由于巴赫金过分夸大了复调结构的独立作用，狂欢化文学的价值，于是给人以否定其他创作体裁和诗学理论的印象。其实，无论是复调小说结构或狂欢化诗学都只是众多文学体裁和诗学理论中的一种，是构造小说、研究文学的一种途径，尽管是一种非常重要的途径，但不是唯一的。其实，巴赫金回避了许多无法回避的理论问题，例如，复调小说中作者的世界观作用，狂欢化文学的负面作用等等。

然而，巴赫金的理论与方法尽管存在着某些不足和偏差，只要我们注意到这些问题，那么从整体上看，巴赫金的理论与方法无疑是诗学理论与方法的一个重要成就，它们拓展了诗学研究的视野，促进了文学研究方法的多样化，丰富了20世纪俄罗斯文学批评理论。

第 五 章

洛谢夫:古希腊罗马美学研究

学界一般把洛谢夫放在历史诗学批评中来探讨,其实并不一定很合适,因为洛谢夫探索的学术领域非常广,大致涉及哲学、语言学、历史、心理学、美学、文艺理论和艺术学等众多的学科,而且这些学科的学者们几乎无一例外地都称洛谢夫为本学科的代表。在原苏联人文社会科学的研究领域里,洛谢夫是当之无愧的最有影响的学者之一。也正因为如此,洛谢夫在20世纪的俄罗斯文学批评史中占有极其重要的一席。鉴于他对古希腊罗马文化,特别是对古希腊罗马美学等方面的研究所取得的辉煌成就,我们把洛谢夫放在审美编中来专门论述。

第一节　古希腊罗马文化的探索者

亚历山大·费多罗维奇·洛谢夫(Алексей Федорович Лосев 1893—1988)于1893年9月23日出生在顿河地区诺沃契尔卡斯克市的一个典型的知识分子家庭。父亲是一位中学数学教师,也是一位很有天赋的小提琴演奏家和指挥家,由于追求一种自由自在的生活,他不仅辞去了学校的工作,而且还离家出走。自从孩提时代起,母亲便成了洛谢夫的生活支柱。洛谢夫直到16岁才见到自己的父亲。在母亲的关心下,洛谢夫一直受到良好的教育。他常常充满感情地回想起自己的中学生活,正是在这里他读到了埃斯库罗斯①、索福克勒斯②、欧里庇得斯③、但丁、歌德和拜伦的作品,并且培养起了对古希腊语和拉丁语的浓厚兴趣,从而也决定了这位古希腊罗马文化探索者的学术方向。校方还特别允许洛谢夫可以自由出入剧场观看莎士比亚、席勒、易卜生、契诃夫等人剧

① 埃斯库罗斯(公元前525—456年)是古希腊著名诗人、悲剧作家。

② 索福克勒斯(公元前496? —406年)是古希腊大剧作家。

③ 欧里庇得斯(公元前485? —406年)是古希腊著名剧作家。

作的演出。校长在发现了洛谢夫对索洛维约夫哲学思想的兴趣之后，赠送给了他一套《索洛维约夫文集》(第1版是8卷集，第2版是10卷集)。在中学期间，年青的洛谢夫已开始通过译本研究起柏拉图的著作。1911年他以优异的成绩中学毕业，并获得金质奖章，同时还完成了由意大利人开办的音乐学校的小提琴专业的学业。

随后，洛谢夫进入莫斯科大学历史—语文系学习，1914年被派往柏林学习。在留学期间，他有机会在一流的图书馆博览群书，欣赏瓦格纳的歌剧等，进一步开阔了视野，后由于战争的缘故他回到了国内。1915年洛谢夫同时毕业于莫斯科大学的哲学和古希腊罗马语文学这两个专业。他的毕业论文《埃斯库罗斯的世界观》得到了象征主义批评家伊凡诺夫的赞赏。洛谢夫在大学期间所写的《作为幸福和向往的最高综合》一文，就把人的精神和社会生活的各个领域，如人的心理活动、科学、宗教、哲学、艺术和道德等，联系成一个有机的整体来考察。该文是研究洛谢夫早期学术思想的重要依据。

早在1911年入大学以后，洛谢夫就经常参加为纪念索洛维约夫而成立的宗教—哲学学会的活动，结识了白银时代一大批著名学者和作家。10月革命以后，宗教—哲学学会被取缔，洛谢夫参加了由别尔嘉耶夫创办的神文化自由科学院的工作。1916年，洛谢夫接连发表了最早的三篇论文《柏拉图之爱》《论爱和自然的音乐感》《两种处世态度》。1919年，他完成了硕士学位的考试。1919—1921年经过全俄罗斯范围的选拔，他成为了下诺夫戈洛德大学的教授，主要讲授古典语文学。1921年由于历史原因，莫斯科大学历史—语文系被关闭①。回到莫斯科的洛谢夫只好发挥自己的音乐才能，于1922年任莫斯科音乐学院的教授，同时任国家艺术科学院的院士，负责该院美学研究室的工作，直至1929年该院被关闭。

1930年，因为出版《神话的辩证法》一书，洛谢夫和他的妻子先后被捕。1931年9月20日洛谢夫被宣判劳改10年，被遣去挖运河，而他的妻子被判刑5年。1932年，在主持红十字会工作的别什科娃的帮助下，洛谢夫夫妇才得以在一起，并于1933年离开集中营。

虽然被释放的洛谢夫已可以重新回到学术工作上来，但被禁止出书和发表文章，只能从事翻译工作。后来再加上战争的影响，洛谢夫前后有23年未发表任何论著。然而，洛谢夫在大学的教学工作却从此并未间断过，开始在外省，后来在莫斯科。甚至在1942年，他担任了莫斯科大学逻辑教研室主任，也就在这一年他获得了语文学博士学位，但是未被允许授予哲学博士学位。自1943年

① 莫斯科大学历史—语文系被关闭20多年，直到2次大战期间才又重新开办。

起，洛谢夫一直在莫斯科列宁师范学院古希腊罗马语文教研室和一般语言学教研室任教授。1988 年 5 月 24 日洛谢夫在莫斯科病逝。

作为古希腊罗马文化的探索者，洛谢夫最主要的代表作是《古希腊罗马美学史》(1963—1980)。除此以外，他还发表了一系列关于神话、哲学、历史、音乐、文学和语言学研究的论著：《奥林匹斯神话学》(1953)、《早期希腊文学中的美学术语(叙事文学与抒情诗)》(1954)、《历史发展中的古希腊罗马神话学》(1957)、《荷马》(1960)、《古希腊罗马音乐美学》(1960—1961)、《语言模式一般理论导论》(1968)、《象征问题和现实主义艺术》(1976)、《古希腊罗马历史哲学》(1977)、《柏拉图》(1977)、《狄奥根涅斯·拉埃梯乌斯——古希腊罗马哲学史家》(1981)、《亚里士多德》(1982)、《符号·象征·神话》(1982)、《索洛维约夫》(1983)、《语言结构》(1983)、《古希腊罗马人的思维形式》(1988)、《索洛维约夫及其时代》(1988)、《古希腊罗马哲学简述》(1989)等。为了纪念洛谢夫 100 周年诞辰，莫斯科思想出版社在 1993—1995 年间出版了 4 卷集的《洛谢夫文集》(第 1 卷《存在·名称·宇宙》，1993；第 2 卷《古希腊罗马象征主义和神话学概述》，1993；第 3 卷《神话·数·本质》，1994；第 4 卷《形式·风格·表现》，1995)。

第二节　古希腊罗马美学史

洛谢夫可以称得上是哲学语文学研究的集大成者，要对他的学术思想和研究成果进行总结，实在是很难办到的。然而，如若参照洛谢夫自己的言论和他的学术研究成果作认真细致的考察，我们也可以发现其中的某些特点。

洛谢夫耗尽毕生精力的研究成果，是他的《古希腊罗马美学史》。这套学术巨著在 1963—1980 年间共出版了 6 卷，并于 1986 年获得国家奖金。1988 年，这套书的第 7 卷(共 2 册)在他逝世后出版。1994 年，艺术出版社又出版了第 8 卷(共 2 册)。如果再加上《公元 1—2 世纪的希腊化时代式的罗马美学》(1979)和《文艺复兴美学》(1978)两部著作，正好是 10 部。

从学术研究的问题来看，在洛谢夫 70 多年的学术生涯中，虽然纷繁复杂的论题令人目不暇接，但总的来说，它们之间是存在着内在联系的。洛谢夫对哲学、逻辑学、心理学、语言学和艺术学等问题的探讨，最终是为了研究古希腊罗马文化，特别是古希腊罗马美学。他从社会历史基础到纯精神领域的各个方面，对古希腊罗马文化进行了深入细致的研究。他曾担任苏联科学院世界文化史委员会古希腊罗马文化委员会主席。

从方法论的角度来看，辩证法的思想贯穿于洛谢夫学术活动的始终。他在 1932 年 3 月 11 日给妻子的信中写道：“在哲学中，我是一个逻辑学家和辩证论者，逻辑学和辩证法贯穿着我的所有著作之中"，这正是因为"辩证法——是现实本身的旋律"，"辩证法是直接的知识"，"彻底的现实主义"，"思想的绝对清晰、严谨与和谐"，这是——"哲学家看待世界的眼睛"。[①] 洛谢夫的研究活动也确实证明了这一点。

洛谢夫把古希腊罗马文化作为一个整体来进行辨证考察。虽然他并未专门探讨过文化理论，但是在他的各种研究中始终贯穿着自己独特的文化观和文化史类型观。在洛谢夫看来，文化是某些被积极推行的精神价值的历史体现和生活实践体现。他强调对研究对象作文化史类型的确定，并且说明它们之间的历史联系与差异，坚持文化史类型各个层次发展的极不平衡的思想。在研究过程中，洛谢夫把严格的科学分析与独特的文学阐释结合起来，运用逻辑学和辩证法的研究方法去分析古老的资料，而且在阐释古希腊语言词汇和文化术语时表现出很大的涵盖面。

古希腊罗马美学史是古希腊文化的重要组成部分之一。洛谢夫所撰写的《古希腊罗马美学史》(下简称《美学史》)广泛地探讨了古希腊哲学、艺术、文学、语言、道德等领域，是一部研究古希腊文化的百科全书。他在《美学史》的第1卷中，仔细分析了古希腊数的概念，提出在古希腊整个世界(包括人和自然)其实是数或者数的组合，美形成于数的和谐，艺术本身就是数及其构造的产物。洛谢夫指出，古希腊关于数的学说源于毕达哥拉斯学派心灵学说的数学哲学论证，而毕达哥拉斯学派的心灵学说又来自充满生命活力的狄奥尼索斯[②]的宗教。因此，古希腊数的学说不是抽象的，数是对存在和生命的创造性概括。这种概括使混沌、无序的世界变成一个清晰、和谐、有序、完善的有机体。数的结构就是古希腊美学的基本审美现实。

在《美学史》的第1—6卷中，洛谢夫用了不少篇幅来考察命运作为一种审美范畴的发展历史。古希腊人称宇宙为最理想的现实，这一现实的基础是直观的感性形体。神则是宇宙生命的概括，而神本身却是由某种隐藏在物质世界后面的东西所决定的，这种东西就是命运。当古希腊人还无法解释自然规律时，命运就被当作一种绝对的力量，赋予宇宙以生命形式、节奏、美感，发挥着审美的作用，成为各种类型现实的审美组织者。洛谢夫考察了命运概念从前苏格拉底到普洛丁的发展史。他认为，在古希腊，命运不只是人们盲目信仰的对象和对生命无法把握的确认，也不只是艺术家创造的虚构和哲学家研究的结果，而且还是一个美的存在、一幅美的图画和一股美的表现力。

---

① 洛谢夫：《哲学·神话学·文化》，莫斯科：政治文献出版社，1991年，第10页。

② 古希腊神话中的酒和葡萄之神。

在《文艺复兴美学》一书中，洛谢夫反对把中世纪与文艺复兴简单对立起来的作法，主张探讨它们之间的复杂联系，研究欧洲文艺复兴与非欧洲地区文艺复兴之间的关系。他认为，应该对文艺复兴作广义的理解，把它的内容看成是争取人的独立、自由和解放。他甚至赞同东方曾出现文艺复兴的观点，比如，他同意孔拉德[①]关于中国在公元7—8世纪经历了文艺复兴时代的观点。洛谢夫还力图重新理解文艺复兴时代的思维与中世纪烦琐哲学之间的关系，重新认识亚里士多德的哲学对文艺复兴时代的意义，等等。

第三节 神话、音乐与语言研究

洛谢夫在研究古希腊罗马美学基础上所取得的最突出的美学成就主要表现在神话研究方面。洛谢夫对神话的阐释是很具独特性的。他在《神话的辩证法》一书中写道：

> 1. 神话不是以幻想为基础的杜撰和虚构，而是逻辑的，首先是辩证的，是一般意识和存在所必需的范畴。
>
> 2. 神话不是理想化的存在，而是生活中感觉得到的、被创造出来的物质现实。
>
> 3. 神话不是科学的，特别不是简单的科学构造，而是活生生的主客观间的相互联系，这种联系自身包含着特别的、科学之外的、纯神话的真实性、可信性、基本规律性和结构。
>
> 4. 神话不是形而上学的构造，而是现实的、物质的和由情感创造的事实，这一事实同时是与现象的一般进程相脱离的，而且自身包含着脱离程度的不同。
>
> 5. 神话没有任何体系，任何寓意，而只有象征；作为象征，它自身已经可以包含体系、寓意和生活象征的层次。
>
> 6. 神话不是幻想的作品，但它的脱凡超俗，是把个别的和抽象化的东西放到直觉本能和与人的主体之间的直接生物联系的范围中来。在这里它们联系成一个不可分割的有机整体。[②]

洛谢夫还直接明确指出，“神话就是生活本身”，“神话是存在本身、现实本身、具体的存在本身”。这是个性富有活力的自我肯定，这是“个性的形象”“个

---

① 苏联科学院院士（1891—1970）。

② 洛谢夫：《神话的辩证法》，载《哲学・神话学・文化》，莫斯科：政治文献出版社，1991年，第72—73页。

性的面貌”“个性的形式”，而不是本来的个性。神话是用词语编织的个性的故事。神话是神奇的事，而整个世界就是奇事和神话。[①]

显然，人类社会源于氏族村社，人类思维源于神话。洛谢夫把这两个看来似乎没有联系的方面放在一起来考察。他以为，神话之所以是生活，是因为它以概括的形式把氏族村社关系移置到整个自然和整个世界上来。神话并非只是原始人对自然现象作出解释的产物。应该说，用形形色色的杜撰或幻想的怪物来代替人间简单明了的现象，其实算不上什么特别的解释。原始人只能用自己生存于其中的氏族村社关系来说明整个存在，这就必然导致原始人的以氏族村社关系为基础的神话的出现，神话思维也就由此产生了。所以说，神话是对现实生活的真正概括。

与神话相关联的是文学理论中的象征问题，洛谢夫对象征的认识和他的神话观是一致的。他认为，象征是现实的反映，是人的意识对现实的反映，是人对现实的阐释。当然这种反映和阐释不是机械的、简单的，而是加以改造后的反映和阐释。象征是现实的反映和它的能指。由于现实是永远处于运动之中的，所以象征也就处在永恒的动态变化中。象征理论实际上是一种由生动直观到抽象思维，再从抽象思维到实践的认识论的循环。

除了文艺美学之外，应该特别提到的是洛谢夫对音乐美学的研究。他在《音乐哲学的基本问题》(1978—1979)一书中，坚持音乐作为一种独特现象的独立性原则，它既不同于物理和心理现象，也不同于任何自然主义和机械唯物主义概念。音乐意义和音乐逻辑直接制约着音乐家。洛谢夫得出这样的结论：“意义——是对象的实质，逻辑——是意义的实质”。他试图以此来表明音乐作为一种崇高的哲学启示的深度。洛谢夫认为，音乐没有必要被归入另外一种存在，它的特点是“以自我论证、行为独立存在和独立性的规律来取代基本规律”，也就是以纯音乐的存在来取而代之。他强调，音乐是以数和时间为基础的，没有它们就没有音乐，因为音乐是纯时间的表现，而时间必须以数及其体现为前提。“没有数就没有差异和分割，所以也就没有理智。”[②]这样，音乐与数、数字关系、整个数学及其个别理论有着密切的联系。数字的理想化构成才能形成音乐。也正是在这个意义上，洛谢夫认为，“音乐和数学——是一回事”。[③] 当然，洛谢夫也指出了音乐与数学的不同，音乐是以各种富有表现力的形式而存在着的。音乐是意识中富有表现力的、象征的数的构造。数学是在逻辑地说明着

① 洛谢夫：《神话的辩证法》，载《哲学・神话学・文化》，莫斯科：政治文献出版社，1991年，第13页。
② 同上，第12页。
③ 同上。

数，而音乐则是在形象地说明着数。

洛谢夫在语言学研究领域所取得的成就也是令人瞩目的。在他的众多的语言学论著中，我们不难发现，洛谢夫的文化观始终贯穿在他的语言学研究之中。洛谢夫把语言学定义为关于人的学说。他认为，语言的抽象结构理论根本无法揭示语言自身的特点，语言作为符号的特征，完全取决于使用语言的人，它源于人的起源。洛谢夫的语言学研究表明：即使在最抽象的文化因素中，也存在着活生生的人。最能体现洛谢夫一般语言学观点的论文大概可以算是《论语言符号的无限的涵义适应性》（《苏联科学院通报·文学和语言卷》，1977 年，第 1 期）。

洛谢夫的研究在哲学语文学的领域中可以说是无所不包的。尽管他的某些学术观点还存在着一些可争议之处，比如洛谢夫把文艺复兴的美学基础仅仅归结为柏拉图主义和新柏拉图主义的观点等等，但是，洛谢夫对美学理论的贡献是巨大的，这一方面表现在他对美学理论本身的丰富上，另一方面反映在他的研究方法的运用上。洛谢夫的研究方法可以说是辩证法与历史研究的有机结合，为我们的文学理论研究提供了极有价值的参考。在原苏联当代美学家的名单中，洛谢夫往往是被排在第一位的，这也足以说明洛谢夫在原苏联文艺理论界的重要地位。

第 六 章

布罗夫:艺术审美本质论

亚历山大·伊凡诺维奇·布罗夫(Александр Иванович Буров 1919—1983)苏联时期著名的美学家、文艺理论家,是 20 世纪 50 至 60 年代关于艺术审美本质问题大讨论的发起者,审美学派的主要理论家之一。他的主要论著有:论文《论艺术概括的认识论本质》(1951)、论文《论艺术的内容和形式的特征》(1953)、专著《艺术的审美实质》(1956)、论文《美学应该是美学》(1956)、论文《作为美学教育理论基础的马克思列宁主义美学》(1970)、专著《美学:问题和争论》(1975)。应该说,布罗夫的著述比起同时代的苏联美学家来说,并不算多。然而,他在 50 年代中期对苏联文艺学界的贡献却是有目共睹的。

第一节　艺术规律的独特性

关于审美本质问题的讨论之所以发生在苏共二十大前后,这与当时理论界反对个人崇拜、重新认识许多理论和思想问题是分不开的,也是苏联文艺学界长期酝酿的结果。在 50 年代以前,当谈起艺术的本质时,苏联文艺学界主要是援引别林斯基的观点,认为艺术与科学的根本区别不在于内容,而在于处理内容的形式方法。大多数理论家否认艺术内容的特殊性,以为“艺术和科学拥有同样的客体对象”。[①] 他们着眼于艺术与其他意识形态的共同点,把形象地反映生活作为艺术的本质。只是到了文学界通常所说的解冻时期,理论界才真正着手研究艺术的特征。

如果说艺术是反映现实的一种社会意识形态,那么艺术反映的内容究竟是什么呢?它的独特性何在?布罗夫正是从这里开始了自己的探索。他指出,我们的研究决不能只局限于艺术的其他社会意识形态所共有的规律性,否则就是

---

① 德廖莫夫:《论艺术形象》,莫斯科,1956 年,第 5 页。

停留在美学科学的初级阶段上。每一种社会现象也有它特殊的规律，不阐明这些特殊的规律，就不可能有任何个别的知识领域。因此，美学如若不阐明艺术的实质、它的规律性，就不能算是名副其实的美学。这里所说的实质和规律性就是指"使艺术区别于其他一切社会意识形态的特征，这些特征规定了艺术的质的特殊性，从而规定了艺术在与其他意识形态并列时的相对独立性"。①

布罗夫并不否认"艺术是实在现实的反映"的基本原理，但是他以为，具体研究某一意识形态自身的特点时就不能再局限于此。可以说，一切意识形态都无一例外地反映着现实，然而，每一种意识形态在这个现实的范围内都有它自己独特的认识对象。在这里，布罗夫还论述了描写客体和认识对象之间的区别。如果说整个世界都是艺术的对象，这个对象实际上是指艺术所描写的客体。艺术的特殊对象不是描写的客体，而是认识的对象。艺术所"再现的客体"与艺术"认识的对象"是不一样的，不能混为一谈。"认识对象是通过对艺术提供出来的概括的分析、通过对艺术的特殊思想内容的分析揭示出来的。艺术所揭示出来的、构成艺术的思想内容的一切本质，乃是人的本质，即首先是社会的本质。"②艺术所描绘的其他客体，主要是表现人的生活环境，是为揭示人的本质的。由此布罗夫得出这样的结论："艺术的特殊客体是人的生活，更确切些说，是处在社会和个人的有机统一中的社会的人，这种统一是人按其客观的人的实质来说所固有的。这个对象就是艺术认识的对象。"③

在简单论述了环境与人的关系之后，布罗夫说明，艺术的对象与社会科学的对象是不相同的，也就像社会的人不同于社会一样。同整个社会生活及其规律性相比，社会的人的生活具有其独特性，是艺术的主要对象。由此看来，人道主义是艺术对象的最重要的本质。

接着，布罗夫还批评了一个当时广为流行的公式，即"艺术是寓于形象的思维"。他指出，关于艺术的形象思维的说法，是相对于一般的逻辑思维，或运用概念的抽象思维而提出的。这样就很容易造成一种误解，仿佛艺术家在创作思维过程中只依靠表象，而不利用概念，即一般的逻辑思维。其实只要我们承认艺术的典型化作用，就不能把艺术家的思维归结为表象，归结为人的初级阶段的认识。艺术要发掘和揭示生活中的典型，就离不开运用概念的抽象思维，即人的高级阶段的认识。艺术家不认识自己的对象，不认识生活，不理解生活，他的艺术想象根本就是不可思议的。应该说，艺术想象始终是贯穿着逻辑思维

---

① 布罗夫：《艺术的审美实质》，上海：上海译文出版社，1985年，第2页。

② 同上，第60页。

③ 同上，第145页。

的，是以理智为基础的。布罗夫写道："艺术家的想象的特殊性质就是：善于根据生活的经验和知识来构想人的生活的逼真图景，鲜明地表现与具体生活环境相适应的虚构人物的性格、关系、感受。"①

第二节　艺术的审美本质

在进行了以上的理论准备之后，布罗夫展开了对艺术审美实质的论证。他非常明确地写道，自己的任务就是要证明"艺术的本质的和形式的特征，按其性质来说，乃是审美的特征"。② 他从理论上区分了"审美"与"美"的概念，把"审美"中的美理解为审美对象，这样审美就包括了美与丑等方面。他指出："审美要比美广泛。美，这只是审美评价的一个方面，即肯定的方面（根据审美感来判断，有从感动到狂喜的次序）；除了肯定的方面以外，还有否定的方面，即不美或丑，它也有一定的次序（根据对象'远离'美的理想的程度来看）。"③

布罗夫强调，审美问题的关键就在于客体与主体的辩证关系。尽管美是以客观性质为基础的，但是纯粹客观的、绝对的美其实是不存在的。如若缺乏审美主体，这种客观性质就不能体现为美的，决不能把描写的客体和艺术作品的内容等同起来。美的概念必须包括审美理想的概念。在真正有价值的文艺作品中，内容并非是由对客体的简单反映构成的，内容本身也包含着艺术家的评价和判断。艺术表现其对象"人的生活"时，是一种整体的把握和表现，艺术对"人的生活"的评价是整体的评价，而科学则是局部的分析和归纳。因此，前者采用具体可感的形式，而后者则采取逻辑概括的形式。

布罗夫还把人作为"绝对的美学对象"，并以此为尺度来衡量其他。他认为："人的生活不能不是任何其他的生活和自然界其他一切东西的标准。"④人是一切审美观照的参照物，当然不仅是判断美的依据，也是评价丑的标准。只有从人出发，我们才能从审美上评价一切其他的现实现象。

在谈到艺术的特殊功能时，布罗夫认为，艺术特殊职能的前提就是艺术的特殊对象。在此前提下，"艺术，按其职能来说，就是为培养符合于具体历史的审美理想的美好的、有充分价值的、和谐的人以及真正的人的关系所作的斗争"。⑤ 由此，"人的生活"是艺术创作的源泉，艺术创作的目的又是为了人。布

① 布罗夫：《艺术的审美实质》，上海：上海译文出版社，1985年，第171页。
② 同上，第193页。
③ 同上，第220页。
④ 同上，第213页。
⑤ 同上，第299页。

罗夫从人出发又回到了人。

布罗夫是以认识论为基础来论述自己的美学主张的。他承认自然界存在着能使我们产生审美印象的那些“美”的客观属性。他把这些属性定义为“自己物种的完善”,而完善的标准有两种:自然客观标准和人的社会标准。布罗夫认为,只有当人与之建立起审美关系时,这些美的客观属性才会显现出来。

从布罗夫对艺术审美本质的论证中,我们不难发现,他既注意到了作为艺术对象的“美”的客观自然属性,又看到了社会历史实践在审美中的重要作用。正是在这一点上,他努力综合苏联美学界自然派和社会派的观点,从而自成一说。当然,自然派美学家们也并不否认社会历史实践在人对现实的审美关系中的积极作用。可是自然派以为,自然美是与人没有关系的,而布罗夫却坚持,自然美也要通过人与对象的关系来把握,如果没有人的参与,没有社会因素的介入,就无法揭示客观对象的审美规律。因此,美的本质既是自然的又是社会的。布罗夫反对把艺术和美机械地结合在一起,他强调这两者的有机结合。

纵观布罗夫的美学研究成果,我们可以发现,他的美学观点也是不断变化着的。起先他把美学定义只局限在审美意识的范围内,后来他在美学的基本范畴内来谈审美关系,并把它作为确定美学对象的基础。在提及审美关系时,布罗夫特别重视审美客体的重要作用,他以为,审美客体是审美关系存在的先决条件,没有审美客体,就谈不上审美关系。审美关系其实是社会认识对审美客体的把握过程。同时,布罗夫也对审美主体进行了探讨。在他看来,一般主体要成为审美主体是有一定条件的。主体必须处在审美状态,一是要有审美知觉,二是要具备对现实现象作审美抽象的能力。

布罗夫对艺术审美本质的理论阐述是具有积极意义的,但是他的论述也存在着严重缺陷。他始终坚持从认识论的原则来论述艺术的审美本质,而认识论观点是无法解决这一问题的。在布罗夫的论著中,艺术一直被视为是一种认识,美也是一种认识论的范畴。他甚至把美与真相提并论。此外,他还极其错误地把艺术形式与艺术内容割裂开来,把艺术的形式因素排斥在艺术本质之外。他把人作为绝对的唯一的审美对象的观点,也存在着很大的偏颇,等等。

虽然布罗夫还不能够真正揭示艺术对象的独特本质,但布罗夫对美学界的贡献是有目共睹的。关于艺术审美本质的大讨论在某种意义上可以说是给苏联美学界带来了春天。布罗夫的美学论著不仅在原苏联文艺理论界产生了重大影响,而且对我国文艺学的发展也起到了积极的推动作用。

第　七　章

斯托洛维奇:艺术审美价值论

列昂尼特·瑙莫维奇·斯托洛维奇(Леонид Наумович Столович1929—)当代苏俄著名的美学家、文艺理论家,是20世纪50至60年代苏联美学界那场艺术审美本质问题讨论的主要参与者、“社会派”的主要代表理论家之一,他的艺术审美价值论一方面延续着彼得堡诗歌语言研究会的重艺术审美形式的传统,另一方面又从价值论的角度提出了自己的独到见解,在西方美学界产生了较大的影响。

第一节　社会学派立场

斯托洛维奇于1929年7月21日出生于列宁格勒,1952年毕业于列宁格勒大学哲学系哲学专业,1953年起一直在塔尔图大学从事美学教学和研究工作,1955年通过副博士论文《论艺术审美本质的若干问题》的答辩。1956年起,斯托洛维奇的学术著作开始被翻译介绍到国外。1965年,他在母校列宁格勒大学进行了题为《美的问题和社会理想》的博士论文答辩,并获得哲学博士学位。1967年,他被聘为教授。他的主要论著除了学位论文以外,还有:论文《论现实的审美特性》(1956)、专著《现实和艺术中的审美》(1959)、专著《美学的对象》(1961)、小册子《生活和艺术中的美》(1964)、专著《美的范畴和社会理想》(1969)、专著《审美价值的本质》(1972)、专著《美的哲学》(1978)、小册子《关于艺术命运的争论》(1978)、专著《生活,创作,人——艺术活动的功能》(1985)、专著《美·善·真——美学价值说历史概述》(1994)、专著《哲学·美学·笑》(1999)、专著《哲学中的多元论与多元论哲学》(2005)、专著《俄罗斯哲学史》(2005)等。

在50年代中期的关于艺术审美本质的大讨论中,斯托洛维奇等被称之为“社会派”的美学家们凭借着理论界对马克思的《1844年经济学——哲学手稿》

的重新认识，用《手稿》有关“自然人化”的观点来阐释美的本质，认为美是不能脱离人和社会而存在的，表现出与“自然派”迥然不同的美学立场。斯托洛维奇从认识论和审美评价两个方面论述了艺术对象的特殊性，并指出，艺术认识的特殊对象正是现实的审美属性，即人的审美关系的对象和客体，而且这也是艺术的审美特性的根源。

虽然斯托洛维奇与“自然派”的美学家们在坚持审美属性的客观性上是一致的，但是他们对客观性的理解却是截然不同的。“自然派”把客观性仅仅理解为纯自然界的，它非但与人的主观意识和意志无关，还产生于人类出现之前。斯托洛维奇认为，社会生活现象和人与人之间的社会关系也是客观存在的，只是不以人的意识和意志为转移。他努力表明审美属性的客观性，并非是要说明它与人类社会无关，而是要证明它的存在不取决于人的意识和意志，特别是不取决于人的审美意识。

斯托洛维奇强调，审美属性是自然的物质形式和人的社会内容的辩证统一。比如，金子的审美属性既取决于它的天然色彩、光泽、金属质地等自然属性，也取决于作为财富的象征和货币交换的等价物等社会属性。金子因为是财富的标志，时而会引起人的审美欣赏，时而又会给人带来审美反感。无论什么对象、什么现象，都只有在一定的社会历史实践中，才能使自己的具体可感的形式得到充实，才能具有审美意义。因此，审美属性的内容中包含着社会属性，而审美属性的结构则是物质形式与社会内容的统一。显然，审美属性的客观性是与社会性密切相关的。斯托洛维奇还进一步说明，自然现象的审美属性与社会现象的审美属性之间并不存在着根本的不同，它们都是在社会历史的实践过程中形成的。因为任何自然现象都只有成为“人化的自然”以后，才会成为审美对象。

第二节　审美价值论

在 60 至 70 年代，斯托洛维奇的观点有了进一步的发展，用“审美价值”(эстетическая ценность)替换了“审美属性”，从价值观来研究审美问题。“价值说”这一术语来源于希腊词“axia”(价值)和“Logos”(学说)，它作为一门专门的学说是始于 19 世纪下半期。可以说，在斯托洛维奇提出“审美价值”概念之前，价值说一直被视为是唯心主义和资产阶级反动世界观的产物。在对艺术审美本质的分析中，斯托洛维奇已不再像布罗夫那样仅仅局限于认识论的范围内来探讨，而是从审美评价意义来理解艺术现象，把审美关系当作一种价值关系。斯托洛维奇从 60 年代中期开始运用“审美价值”这一术语来论述美的本质。

1972年，他的《审美价值的本质》一书问世标志着他的价值说美学体系的最终形成。

斯托洛维奇明确指出："人的审美关系历来是价值关系，没有价值论的态度，要认识它原则上是不可能的。审美关系的客体本身具有价值性。审美价值和反映它们的范畴，首先是美，不能不归入美学的对象。"[①]如果我们说"这是一位姑娘""这是一尊雕塑""这是一本书"，这里所包含的话语信息并没有人的主观评价，它们是人类话语对客体的一种客观描述。然而要是我们换一种说法，"这是一位美丽的姑娘""这是一尊很好的雕塑""这是一本有价值的书"，那么情况就不一样了。它们除了是对客体的一种客观描述外，还具有另一种含义，即作为主体的人对客观对象的评价。这一评价说明了客体与主体之间的关系，说明了主体对客体的一种价值判断。艺术作品反映了人对客观世界的审美评价。艺术是审美关系主客观方面的综合，它既反映客观对象的价值，又对它作出审美"评判"，即审美的价值判断。所以，斯托洛维奇指出，"艺术作品本身是价值的特殊形式——艺术价值"。[②]

价值关系一般是由客体和主体两个方面所构成的。不同的价值说观点对价值客体和价值意识，价值和评价的相互关系的认识是不一致的。斯托洛维奇强调，美学研究应该努力运用马克思列宁主义哲学的所有方法论财富，既辩证又逻辑地并从社会学角度来研究自己的对象。马克思主义美学有可能把认识论态度同价值说态度结合起来。他认为："审美价值是客观的，这既因为它含有现实现象的、不取决于人而存在的自然性质，也因为它客观地、不取决于人的意识和意志而存在着这些现象同人和社会的相互关系，存在着在社会实践过程中形成的相互关系。"[③]同时，斯托洛维奇也表明，人们的实践活动没有人们的意识和意志参加是不可能的，实践是客体和主体合乎规律的相互关系。

斯托洛维奇重视"价值"概念的社会意义。他以为，价值存在于人与人的社会关系之中。我们所说的价值的客观性，是说它在人的社会中的客观存在，而不是脱离这个社会。一些具有崇高的审美价值的形象往往与各个民族自身的生活和意识是分不开的。比如，中国人心目中龙的形象、俄罗斯人审美意识中马的形象、印度人所推崇的象的形象等等。这些极具审美价值的形象往往被各自民族视为是本民族的吉祥物，能够给本民族的生活带来美好。所以，价值是相对于某种主体的价值，价值必须存在于其自身与人和社会的相互关系之中。

---

① 列·斯托洛维奇：《审美价值的本质》，凌继尧译，北京：中国社会科学出版社，1984，第20页。

② 同上，第21页。

③ 同上，第28页。

在斯托洛维奇看来，在人类社会中价值的存在是极其多样、相互渗透的，审美价值位于这一多样性的价值体系的中心。这主要是因为两方面的缘故：一方面由于审美因素能够出现在一切形式的人类活动中，审美价值也就能够存在于其他价值之中；另一方面取决于审美价值自己的特质，即能够反映各种各样的社会—人的关系的综合本质。

在揭示审美价值的结构时，斯托洛维奇把审美价值区分为两个层次：一是感知的现实；二是隐藏于感知现实背后的东西。不同的审美价值观主要表现在对第二层次的不同认识上，或理念、上帝，或情感、自然规律等等。斯托洛维奇把第一层次视为审美的自然方面，第二层次则是审美的社会方面。

接着，斯托洛维奇探讨了审美价值与其他价值之间的不同。审美价值因其是多样意义的综合而不同于功利价值，又因为它表现的是具体可感的形式并非道德意义而区别于道德价值。审美价值与宗教价值的迥异在于，前者是对人的现实和精神的肯定，而后者则是对人的异化和社会关系的扭曲。斯托洛维奇还运用价值说方法，以反映现实价值属性的差异，对审美价值本身作了进一步的分类，把基本的审美范畴分类为：美与丑、崇高与卑下、喜与悲等。

审美价值理论无疑是斯托洛维奇价值美学体系的核心。这一理论具体运用于艺术分析，就必然会导致对“艺术价值”的重新理解。

斯托洛维奇认为：“艺术价值是创造劳动的结果。但不是劳动活动的所有产品乃至于具有审美属性的产品都能成为艺术品的。只有当‘按照美的规律’创造的现象同时反映客观现实，表明人的审美意识时，艺术品才能形成。人对世界的审美关系在艺术价值中得到物化和体现。艺术价值是一种新的、更复杂的审美价值。”[①]艺术作品可以有第二价值，如政治价值、道德价值、功利价值、经济价值等等，但无论如何艺术的审美价值是第一性的。艺术在反映和认识自然和人及其社会时，与其他社会意识形式的目的不同，它旨在揭示它们的审美意义和审美价值。除了艺术活动之外，人类社会的任何其他意识形式均不可能成为人对现实的审美关系的特殊形式。因此，斯托洛维奇归纳出“艺术的审美本质”的结论。

斯托洛维奇从“艺术的审美本质”这一结论出发，先后在《审美价值的本质》和《生活，创作，人——艺术活动的功能》等论著中，对艺术的各种功能进行了系统的分析。斯托洛维奇的分析实际上否定了50年代以前苏联美学界一部分人仅仅强调艺术认识现实、组织社会的单一功能的观点。他在60至70年代理论界对艺术多功能阐释的基础上，进一步提出艺术的4项基本功能：认识评价功

① 列·斯托洛维奇：《审美价值的本质》，凌继尧译，北京：中国社会科学出版社，1984，第167页。

能、社会教育功能、社会交际功能和创造生产功能。然后，他又把这4项基本功能划分为14项小功能：启迪功能、交际功能、社会组织功能、社会化功能、教育功能、启蒙功能、认识功能、预测功能、评价功能、暗示功能、净化功能、补偿功能、享乐功能和娱乐功能。艺术作品结构的各种因素决定着相应的艺术功能，因此这些功能是有规律地组合在一起的。

任何一种艺术功能都必须由艺术的审美本质为中介环节，来实现其功能意义。艺术对社会现实的认识只能是一种审美的认识，艺术对现存世界局限的补偿也只能通过审美的想象来加以完成，艺术的道德和政治判断等不通过审美评价就根本无法艺术地实现，等等。

运用价值说方法来从事美学研究，在苏联美学界始于50年代中期，后于60至70年代为苏联多数美学研究工作者广泛接受，这其中斯托洛维奇的理论贡献是很大的。然而，从80年代后期以后，原苏联和现在的俄罗斯美学界不少理论家已开始逐渐远离价值说方法。这与他们试图摆脱现实的价值世界走向“彼岸的真实世界”的努力是分不开的。具体地说，斯托洛维奇在谈论艺术与宗教的关系等方面还存在着一定的缺陷，他对宗教的理解是较片面的。从整体上看，斯托洛维奇是在努力从认识论和审美评价两个方面来论述自己的理论的。他把艺术的本质定义为审美价值，重视艺术审美功能的研究，这样就把研究的重心放在了艺术的外部规律上，如艺术与心理学、社会学等方面的联系，在一定程度上相对忽视了对艺术自身内部规律的研究，对艺术可能存在的超现实性、非功利性等因素研究不够充分。

当然，我们应该看到斯托洛维奇的“艺术审美价值本质论”在当时苏联美学界所起的历史作用，它确实推动了苏联美学理论的向前发展。

第 八 章

卡冈:艺术形态学

莫伊谢伊·萨莫伊洛维奇·卡冈(Мойсей Самойлович Каган 1921—　)是20世纪苏联和俄罗斯美学界典型的哲学美学家。他的美学思想在国际美学界颇有影响,他的著作几乎全部都被译成了德文。他的《美学和系统方法》《艺术形态学》《马克思主义美学史》等论著已译成汉语,并对我国文艺学界产生了一定的影响。

第一节　主客观统一派

卡冈生于1921年,1944年毕业于列宁格勒大学语文系,随后攻读研究生,研究生毕业后留校任教。1960年列宁格勒大学成立了马克思列宁主义伦理学和美学教研室,从那时至今,卡冈就一直在该教研室工作。他的副博士、博士学位均是在列宁格勒大学获得的。他主要论著有:《车尔尼雪夫斯基的美学学说》(1958)、《论实用艺术》(1961)、《马克思列宁主义美学讲义》(1966,1971第2版)、《艺术形态学》(1972)、《人类活动》(1974)、《前资本主义社会形态中的艺术文化》(1984)、《社会主义社会发展中的美学和艺术问题》(1984)、《资本主义社会中的艺术文化》(1986)、《交际世界:主体之间的关系问题》(1988)、《改革和发展的美学因素》(1988)、《系统方法和人文知识》(1991)、《基本的哲学术语》(1995)、《文化哲学:形成和发展》(1995)、《文化哲学》(1996)、《艺术文化的历史类型学》(1996)、《作为哲学科学的美学》(1997)。此外,他曾主编了《美学史讲义》(4册,1973—1980)。他撰写了《苏联大百科全书》和《简明文学百科全书》的"美学"条目。

在50年代苏联美学界展开的那场关于审美本质问题的大讨论中,形成了观点相互对立的三派。一派就是以斯托洛维奇为代表的社会派;另一派则是下面将要论及的以波斯彼洛夫为代表的自然派;卡冈为代表的则是单独一派,被称为主客观统一派。由于卡冈基本上是赞同审美的价值本质的观点的，所以我们仍然把他归入审美学派之中。

审美价值说在当时得到了除波斯彼洛夫等自然派美学家以外的苏联大多数美学家的赞同。然而，虽然他们在价值说总原则上观点是一致的，但在不少重要的具体问题上仍存在着严重的分歧。这一分歧主要表现在斯托洛维奇等人与卡冈这一派之间。斯托洛维奇认为价值不同于评价，价值是客观的，而评价则是主观的。价值意义是在社会历史的实践过程中形成的，具有社会性，这种社会性是客观存在着的。然而，卡冈却坚决否定审美价值客观性的存在。他以为，价值不是纯粹的客观存在的表现，而是主客观的统一，离开评价就不可能存在。我们对价值的研究是不能够只局限在本体论的范畴内的。他提出要严格区分价值和价值载体这两个不同的概念。价值的载体可以是客观的物质对象，但价值却是这一对象与主体之间的一种利益关系。因此，价值既不是纯物质的，也不是纯精神的，而是两者的统一。正是因为对价值的不同认识，卡冈否定了斯托洛维奇关于审美价值的客观性和实践确定价值等观点，指出，审美价值既不能归于纯客观世界，也不能归结到纯人的情感世界，其实它产生于客观世界与人的情感世界的相互作用之中。

在论及艺术价值时，卡冈也反对象斯托洛维奇那样，把艺术价值视为是一种新的、更加复杂的审美价值。在他看来，艺术价值对于艺术作品来说，不可能纯粹是内在的，只有当作为现实客体的艺术作品与作为主体的人的需求、理想发生关系时才能形成，艺术价值来自于艺术作品发挥文化功能的过程之中。卡冈并不否认艺术价值中包含着审美价值，不过艺术能够再现的不只是审美价值，艺术的目的是要再现整个价值世界。当然不能把艺术价值理解为是审美价值、道德价值、政治价值等简单的综合，应该把它看成是由审美价值、审美功能与非审美价值、非审美功能相互作用所产生出来的。这一过程是动态的，而不是静态的。因此艺术价值要比审美价值更为复杂，它的内部可能是充满矛盾的。

以卡冈为代表的主客观统一派与以斯托洛维奇为代表的社会派之间的根本分歧就在于：后者主张非审美因素在艺术价值中应转化为审美因素，转化的成功与否决定艺术性的高低；前者则认为艺术价值产生于审美因素与非审美因素相互的积极作用之中。卡冈的上述美学观点决定着他的系统研究方法和艺术形态学理论的形成。

第二节　系统研究方法

20 世纪 60 年代起，苏联美学界大力倡导系统研究方法，把审美现象和艺术创作看成是一个复杂的、由多侧面组织而成的系统。当时甚至在苏联科学院世界文化史学术委员会下面设立了一个艺术综合研究委员会，由列宁格勒大学梅拉赫教授负责。卡冈便是综合、系统研究的主要倡导者和参与者之一。

面对理论界关于系统方法的众多解释，卡冈指出，每个系统活动都离不开 3 种基本参数：对象、功能和历史。对任何一个系统都可以从两个方面加以考察，一是在静态中考察该系统的组成和结构；二是在动态中研究它的功能、形成和发展。他把系统方法视为一个整体，由对象、功能和历史三个方面构成系统方法的方法论。任何试图把系统方法简单地归入结构方面或结构功能方面都是错误的，应该以系统方法来探讨系统方法。

在系统研究的对象方面，卡冈着重阐明了系统的成分分析与结构分析。因为系统的整体是大于各个固有成分相加的，所以成分分析必须把系统中固有的成分与非固有的成分区分开来。为此，最理想的途径就是把所研究的系统置于某个总系统之中，把它看成是该总系统的一个子系统，这样便于从外部环境中来进行分析。卡冈就是把艺术文化作为整个文化体系中的一个子系统加以探讨的。卡冈还从结构上研究了系统内部各个成分之间相互联系的规律性，考察了这些成分分别处在哪些层次上及其之间的复杂性，同时把所研究系统与其他系统进行比较，以发现它们之间的同构性与同态性。在卡冈看来，这一切决定着系统的整体性。

在系统分析的功能方面，卡冈区分出两种功能：内部功能与外部功能。前者是系统内部各成分之间的相互作用，后者是系统与其外部世界之间的相互作用，前者从内部决定着系统自身，后者则从外部制约着系统。例如，在分析一部文学作品时，既要研究作品内部诸成分及其结构对作品的作用，也要探讨作品的创作过程以及它对观众影响的过程。

在系统考察的历史方面，卡冈认为，历史研究不等于起源研究，历史分析应包括两个向量：起源向量与预测向量。起源向量要求阐明系统的起源与形成过程，预测向量要求科学地预测系统未来发展的前景。

由此可以见出，卡冈把系统研究的对象、功能和历史三个方面均一分为二，强调它们之间的相互交叉和联系。这一系统研究方法是卡冈从事美学研究的主要方法。

一般认为，卡冈的美学思想的理论基础是他就人类活动的分类所提出的划分原则。这种原则是系统方法研究的直接产物。他运用系统方法，把整个人类活动这个大系统看成是由四项基本活动所构成的：主体对客体的改造活动（包括现实和想象改造两个方面），主体对客体的认识活动，主体对客体的评价活动，主体之间的交际活动。与此相对应，卡冈提出艺术的四项基本活动：改造、认识、评价和交际活动。这些艺术活动相互交融，形成一个有机的整体，并成为艺术结构。这时这些活动已不再是自身，而是构成了新的性质，即艺术形象性。文艺学界之所以会产生理论观点的不同和争论，就是因为各自对艺术实质的认识不一样。重改造的，把艺术视为一种造形方式；重认识的，把艺术当作认识现实的一种形式；重评价的，把艺术看作确定价值的一种形式；重交际的，把艺术作为一种特殊的语言。

在这样的美学基础之上，卡冈探讨了艺术和文化的问题，他把艺术放在文化系统里来考察，把它看作是一种文化现象。卡冈给文化下的定义是人类活动的各种方式和产品的总和。文化可以分为三个基本层次：物质、精神和艺术。物质生产的产品和方式属于物质文化，精神生产则形成精神文化的层次，艺术文化是人们艺术活动的方式和产品的总和，它是介于大文化系统及其子系统艺术之间的中间系统。

艺术文化具有信息、设制和形态学三维结构。"信息"主要是指人类各个社会阶层的艺术意识，这一意识直接导致各种相应的艺术创作方法和风格的产生。"设制"其实是指艺术文化系统内部的组织功能结构，具体地是说艺术文化系统中的3个子系统：艺术生产、艺术消费以及前两者相互作用的调节机制。从"形态"结构上来看，卡冈认为，艺术文化位于物质文化和精神文化之间，艺术文化与物质文化交界之处是建筑等实用艺术存在的区域，艺术文化与精神文化交界之处是演说艺术等实用语言艺术的过渡区域。就艺术文化自身而言，与实用语言艺术区域相连的是纯语言艺术创作，如小说、诗歌、散文等；与实用艺术相连的是纯艺术的实物造型艺术，如雕塑、绘画、摄影等。位于艺术文化系统中心位置上的是语言造型和音乐造型的表演创作，它通过音乐创作连接纯语言艺术创作区域，又通过哑剧和舞蹈创作连接纯艺术的实物造型艺术。

第三节　艺术形态学

卡冈对艺术形态学（морфология искусства）的详细阐述主要集中在他的《艺术形态学》一书中。卡冈总的研究目标是揭示艺术世界的内部结构，具体说来有3个目标：

1) 显示艺术创作活动分类的所有重要水准；

2）揭示这些水准之间的坐标联系和隶属联系，以便了解艺术世界作为类别、门类、样式、品种、种类和体裁的系统的内部组织规律；

3）从发生学的观点研究这个系统形成的过程；历史研究——研究这个系统不断演变的过程，预测研究——研究它可能发生的变易的前景。①

首先，卡冈确定了艺术形态学的术语系统。他把艺术样式作为分类的中间水准，高于这一水准的有类别和门类，而每一种样式又可以进一步分为品种、种类和体裁。卡冈的这套术语系统其实已不只是对不同范围的艺术现象的表征，而且还是对它们相互之间联系的规律性的理解。

艺术的分类原则有多种多样，卡冈首选的是以艺术物质存在形式的差异为基础的艺术的本体论原则。这样，他把艺术分为3个类别：空间艺术、时间艺术和时空艺术。他认为，艺术分类的本体论原则必须由符号学原则来补充，因为艺术中的物质结构主要是作为一定的艺术符号信息的载体而出现的。当艺术反映自然和人等价值载体时，形象符号呈现出再现性特征；当艺术不反映价值载体，而直接揭示存在和价值关系时，形象符号表现出非再现性特征。艺术的外在形式具有物质结构和形象本文这双重性。艺术的空间、时间和时空3个本体论类别与艺术的再现、非再现和再现—非再现3个符号学类别相互交融就派生出9个艺术门类：语言、音乐以及这两者的综合体；造型、建造（包括建筑、实用艺术等）以及这两者的综合体；表演、舞蹈以及这两者的综合体。

在每个艺术门类中，卡冈再进行艺术样式的划分。例如，他把造型艺术分为艺术摄影、书画刻印艺术、绘画、雕刻、全景艺术（包括背景在内的二维绘画、三维雕刻造型）、玩具艺术和化妆艺术等样式。有的艺术样式还可分为一些品种，如雕刻就可分为浅浮雕、深浮雕、全型浮雕、透视浮雕等品种。至于种类和体裁，卡冈以为，种类产生于一种艺术样式在另一种艺术样式的外部影响下结构所发生的变化。比如，抒情诗歌种类来源于文学样式受音乐的影响；而体裁则是一种艺术样式内部结构的变化，主要可从题材（历史体裁、战争体裁等）、容量（长篇、中篇、短篇等）、价值（颂歌、讽刺等）、类型（象征、自传等）来分类。

其实艺术分类并非卡冈的主要目的，分类是为了便于更好地揭示艺术系统内部的构造规律。这里，卡冈主要依据的是“光谱系列”的概念，即艺术间的界线实际上是宽窄不等的区域，而不是线，具体地说是一种现象向另一种现象过渡的边缘区域。例如，在时间艺术中，以再现为特征的文学和以非再现为特征的音乐可以看成是相向运动的两种艺术。文学光谱由散文向诗歌运动，逐渐接近音乐，而音乐光谱则由纯音乐经过标题音乐等中间环节向再现音乐过渡，从

① 卡冈：《艺术形态学》，凌继尧、金亚娜译，北京：生活·读书·新知三联书店，1986，第16页。

而接近文学。文学与音乐相遇就构成了语言音乐的综合体。如若音乐融合了语言，出现的是歌咏的旋律原则；反之要是语言融合了音乐，便形成歌曲中的宣叙调原则。在空间艺术中，以非再现为特征的建造艺术与以再现为特征的造型艺术相向运动，“仿佛成为这两种领域相互交织并且形成性质上新的艺术构造的一种准备”，直至最终融合成“一个双联的整体”。[①] 由此，卡冈得出结论：在空间、时间和时空艺术中，存在着两种相向运动且相互联系的审美方向。

卡冈还把“光谱”分析运用于探讨各种艺术门类的内部结构，比如音乐中节奏因素与旋律因素的相互联系与转化等等；运用于研究艺术世界与非艺术世界之间的联系，比如只具有审美功用的单功用艺术与复功用艺术之间的区别和联系等等。

卡冈认为，艺术形态学必须是历史的形态学，艺术系统不可能是静止的，而是不断变化着的。在完成了对艺术系统自身的形态学研究之后，卡冈运用历史研究的方法，从发生学的角度探讨了艺术系统的形成与发展。他指出，人类的原始艺术是与非艺术活动混合在一起的，然后逐渐地摆脱非艺术向艺术过渡。卡冈深入考察了原始的混合艺术的解体和独立艺术的形成过程。他认为，人类艺术的发展留下了两条轨迹：民间艺术和专业艺术。前者仍然保留着原始艺术的混合性，后者则使艺术独立于人类的其他活动形式。他指出，艺术技术的更新、审美知觉的变化等促使着新艺术形式的产生，而社会存在和社会意识的改变必然导致旧艺术形式的消亡。

在卡冈看来，在取得独立的艺术之间又会形成新的复杂的艺术结构，即综合结构。人类艺术发展的这种综合或整合力“以3种形式表现出来，这个过程中产生的艺术结合的3种不同方法可以称为聚集法、格局配合法和有机构成法”。[②] 第一种形式是不同的艺术作品在一定时空中的机械聚集，如音乐会节目单上的、彼此并无联系的节目组合；第二种形式是各种艺术作品的独立性只是相对的，彼此相互联系，形成一种配合的格局，如一台节目情节逻辑相互联系的文艺演出；第三种形式是“两种或几种艺术的互相融合产生性质上独特的和完整的新艺术结构，它的组成部分在其中融合得只有通过科学分析才能在这个结构统一体中把它们区分开来”。[③] 这就是有机构成。由此可以见出卡冈的系统研究的整体性。

当然，卡冈的理论研究也存在着一些可商榷之处，他在运用系统方法

---

① 卡冈：《艺术形态学》，凌继尧、金亚娜译，北京：生活·读书·新知三联书店，1986，第310页。

② 同上，第246页。

③ 同上，第248页。

试图揭示艺术系统内部构造的复杂性时,有时又恰恰给人以简单化的印象。他把生活的艺术形象模式看成与实际的原型结构是相像的,这也在很大程度上忽视了艺术的多样性。他关于艺术的本质及其社会价值受审美因素与非审美因素活动联系制约的观点,也遭到了部分美学家的批评。然而,卡冈对20世纪俄罗斯文艺理论的贡献是很大的,他运用系统方法对美学问题的研究,确实是一种积极的、有价值的尝试。他所构建的艺术形态学为我们深入揭示艺术系统的内部构造及其运动规律,开辟了一条极有参考价值的理论研究途径。

第　九　章

洛特曼:文化符号学的首创者

20 世纪 60 年代塔尔图—莫斯科符号学派[①]声名鹊起。学派运用结构主义语言学和符号学的方法研究文学、历史、宗教、民俗、神话和一般文化范畴的符号本质、运作方式及意义的生成机制等,研究视角独树一帜,学术视野开阔,成果丰硕,因此赢得了世界性声誉。学派的领军人物、文化符号学的首创者之一尤里·米哈伊洛维奇·洛特曼(Юрий Михайлович Лотман 1922—1992)也成为继巴赫金之后在原苏联版图上诞生的又一位世界级理论大家,其"在西方的声誉,非但不亚于巴赫金、普罗普等人,甚至有人把他誉为文艺研究中的哥白尼"。[②]

洛特曼最大的贡献在于他为人文科学开辟出一条崭新的道路,历史证明,这条道路具有无限的生命力和广阔的发展前景。他一生勤勉治学,孜孜不倦,其研究的起点是文学史,之后扩展到神话学、电影和绘画艺术等,最后走向文化符号学的研究,他通过以大量翔实文史资料为基础的开创性研究,建立起了较为系统和完备的文化符号学理论,为世界人文学科的发展做出了巨大的贡献。

第一节　"两种语言"融合与碰撞下的学术创新之路

洛特曼说过:"没有一种孤立的符号系统能够形成文化,不论它的组织结构有多么完善,构成文化的最小机制是必须有一对相互关联的符号系统。……文

---

① 对这一学派的称呼并不统一,有塔尔图—莫斯科符号学派、莫斯科—塔尔图符号学派、莫斯科—列宁格勒—塔尔图学派、塔尔图学派等几种。П. 托罗普(Тороп П.)在《转折中的转折:塔尔图学派的历史》一文中提出:塔尔图学派突出的是学派的成立地点。莫斯科—塔尔图学派强调的是时间。莫斯科—列宁格勒—塔尔图学派表明了学派的学术根源、主题和方法。塔尔图—莫斯科符号学派则表示该学派是两种不同学术流派的联合体。本文取塔尔图—莫斯科符号学派这一称呼。

② 胡经之主编:《西方文艺理论名著教程》,下卷,北京:北京大学出版社,2003 年,第 265 页。

化的特点就是对异质语言的追求”。[①] 他坚信，文化的全部新意与活力产生于两种不同类型的语言的融合和碰撞中。事实上，洛特曼本人开创性的学术道路便是这一论断最好的佐证。

洛特曼学术的“一种语言”是悠久的文学传统、深厚的文学素养以及坚实的文艺理论基础和娴熟的作品分析技巧。他于1922年2月28日出生在彼得堡[②]一个知识分子家庭，从小受到家庭良好的文学和文化熏陶。彼得堡是一个具有悠久的文学传统的城市。早在1916年这里便成立了“诗歌语言研究会”。1939年，洛特曼因成绩优异免试进入组建不久的列宁格勒大学语文系学习，系里荟萃着许多享誉世界的文艺理论家，[③]为世界学术界所罕见。在这里的学习生涯为洛特曼后来的学术事业奠定了坚实的文艺理论基础。卫国战争爆发后，洛特曼参军。并随部队一直打到柏林，获得过多枚勋章和奖章。战后他于1946年底重返列宁格勒大学学习。1950年以优异的成绩毕业，然而他的犹太人身份使他无法在家乡列宁格勒和莫斯科找到工作，一番周折后来到塔尔图师范学院(后来的塔尔图大学)任教。选择塔尔图，对于洛特曼是一个历史的偶然，值得庆幸的是，这个偶然从某种程度上成就了他的学术事业。其时，苏联正处于单一、强权的政治环境下。远离政治权利中心的塔尔图，学术氛围相对自由、开放。尽管如此，洛特曼与列宁格勒大学的联系并未因此而中断。1952年初，他在母校通过了题为《与卡拉姆辛的社会政治观和贵族美学的斗争中的拉季谢夫》的副博士论文答辩；1961年，他又在母校通过了题为《12月党人以前的时期中俄国文学发展的道路》的博士论文答辩。洛特曼一直对俄罗斯古典文学情有独钟，他特别关注18世纪后半叶到19世纪中叶的俄国文学，包括拉吉舍夫、卡拉姆辛、十二月党人作家、普希金、莱蒙托夫和果戈理等。在研究俄罗斯文学的过程中，洛特曼看到了传统文学批评方法的弊病所在：过于关注作品主题和思想内容。他认为，主题不应成为文学研究的首要问题，因为再现实的主题也会时过境迁。此外，传统的文学批评方法倾向于从部分到整体、从简单至复杂地分析文学作品，将作品的主题思想、艺术特色、语言风格、叙事技巧分而治之地研究，最后再加以整合。洛特曼认为，这种分析方法不仅由简化繁，而且最终并

---

① Лотман Ю. М.，Иванов Вяч. Вс.，Пятигорский А. М.，Топоров В. Н. и Успенский Б. А. *Тезисы к семиотическому изучению культур*(*в применении к славянским текстам*) // Семиосфера，Санкт-Петербург：Искусство-СПБ，2001 г.，с. 518.

② 1914—1924年称为彼得格勒(Петроград)，俗称彼得堡；1924—1991年称列宁格勒(Ленинград)；1991年至今称圣彼得堡(Санкт-Петербург)。

③ 例如，古科夫斯基(Гуковский Г. А.)、鲍里斯·艾亨鲍姆(Эйхенбаум Б. М.)、特尼亚诺夫(Тынянов Ю. Н.)、维克多·日尔蒙斯基(Жирмунский В. М.)、托马舍夫斯基(Томашевский Б. В.)、普罗普、列夫津(Рифтин А. П.)等。

无法抓住作品的整体灵魂，因为艺术作品的整体不等于各个部分的简单相加。因此，他将找寻文学作品中相对永恒的规律作为自己追求的目标，尝试将艺术作品中的各种要素纳入到一个统一的结构体中。开拓性的学术追求决定洛特曼必须引入新的元素，运用新的方法，发现“另一种语言”。

洛特曼学术的“另一种语言”当是结构主义语言学、西方符号学原理及其控制论和系统论思想。早在列宁格勒大学求学期间，他就研读了索绪尔的结构主义语言学和西方符号学著作。作为一个人文学者，洛特曼始终密切关注着自然科学等其他领域的发展，努力将这些领域的新成果和自己的研究相结合。20世纪60年代，他开始尝试将结构主义语言学及当时得以广泛传播的控制论思想与文学研究结合起来，并将这种崭新的研究方法首先运用于俄罗斯诗歌的分析。1962年，洛特曼开设了诗歌结构分析课程；1964年，基于该课程的《结构主义诗学讲义》出版。与此同时，莫斯科的一批青年语言学家、东方学家和宗教学家也在积极探索用控制论的思想来解决人文科学问题的新方法，突破文论和语言学发展的相对僵化的局面。与彼得堡不同，莫斯科具有深厚的语言学传统。1915年在这里诞生了“莫斯科语言学小组”。1962年，由苏联科学院斯拉夫研究所和科学院控制论研究中心共同组织，在莫斯科召开了“符号系统的结构研究研讨会”，维切·伊万诺夫、弗·尼·托波罗夫等著名学者参加了此次会议，大会议题围绕运用结构语言学和符号学研究文学、艺术、民俗、宗教、神话等展开。洛特曼虽未参会，但此次会议的提要引起了他极大的兴趣，他亲赴莫斯科，与莫斯科学者洽谈学术合作，洛特曼的倡议得到了积极的响应。1964年8月，来自莫斯科和塔尔图等地的数十位学者齐聚塔尔图大学，共同探讨将语言学和符号学的方法运用于多种人文科学研究，此次会议被称为“第二模拟系统暑期研讨会”，从此一个崭新的、对世界人文学科产生深远影响的学派——塔尔图—莫斯科符号学派宣告诞生，洛特曼成为该学派的领袖人物。从1964年到1972年，塔尔图—莫斯科符号学派举办了5次“符号系统夏季学校”活动，并出版了25期《符号学系统论丛》。自此两种不同学术传统、研究领域和思维方法在共同的学术追求中融合起来。塔尔图—莫斯科符号学派理论家们的研究各具特色，观点和主张也并非完全一致。但总的来说，他们都将文学、艺术、文化、神话、宗教作为符号体系来研究，关注它们作为符号系统的建构、功能和意义等问题。洛特曼和塔尔图—莫斯科符号学派的一切学术成就和创新在“两种异质语言”的嫁接、共生、碰撞中蓬勃发展起来，从而改变了世界人文科学研究的面貌。

从20世纪60年代初，洛特曼以极大的热情投入到符号学理论的研究起，他走过了一条不断开拓创新、自我超越之路。洛特曼早期以文学符号学研究为主，《结构主义诗学讲义》是洛特曼第一部关于符号学理论的学术专著。《艺术文本的结构》(1970)则是洛特曼最重要的学术专著之一。在这部论著中,洛特曼将艺术作品作为建立在自然语言基础之上的“第二模拟系统”,并以此为出发点研究了艺术文本的代码、结构、熵、组合体、聚合体、情节、视角及艺术文本与外文本的关系等问题。洛特曼在书中以文学作品为主要材料,同时涉及绘画、建筑、音乐等多门类艺术,其逻辑之严密、表述之准确都达到了相当的高度。进入 20 世纪 70 年代后,洛特曼的符号学理论领域有了较大的拓展,其研究视野伸向了更加广阔的文化符号学。洛特曼从文学到文化的转向并无清晰的界限,而是一种自然的演进和深化。事实上,文学不仅本身就是文化的一部分,而且与多种文化类型,如神话、电影、绘画、习俗、宗教等都密切相关。洛特曼以俄罗斯经典诗歌为研究的扇点,并不断向外深化、散发。他早年在进行俄国古典文学研究的时候,就十分关注文学与文化的关系,对文学文本中文化背景的考察使他的文学研究视角独特,视野开阔,往往能挖掘出作品未成显现的深意和新意。将洛特曼不同时期和不同对象的研究联系起来的,是他的结构分析方法和符号学思想,找寻文学、神话、电影、绘画、文化的结构原则和意义生成、创新、传承的符号机制是他始终坚守的目标。1973 年,洛特曼与塔尔图—莫斯科符号学派另外四位学者[①]合著的、凝结了文化符号学理论主要观点的重要论文《文化符号学研究纲要》以俄、英两种文字同时出版。这一年也被国际符号学界公认为是文化符号学诞生的一年。文化符号学是洛特曼学术成就的顶峰和学术价值的最高体现。其文化符号学的论著有《在思索的世界里》(1990 年英文版,1999 年俄文版)、《文化与突变》(1992)等。2001 年出版了包含有这两部论著的合订本《符号圈》。在这部合订本中还收录了洛特曼不同时期有关文化符号学的若干重要论文[②]。《在思索的世界里》是洛特曼文化符号学的代表作。在这部论著中,洛特曼就三个问题进行了探讨:文本的意义生成机制、符号圈、文化与历史的关系。其中符号圈是整部论著的核心所在,是其文化符号学理论精华的凝结。洛特曼在其晚年的学术专著《文化与突变》中提出,文化的发展是通过渐进和突变两个途径来实现的。整个文化的发展在二者的相互依存中进行。

洛特曼之所以能不断地实现自我超越,开辟出一条崭新的学术道路,其关

① 这篇论文是洛特曼与 Вяч. Вс. 伊万诺夫、A ·皮亚季戈尔斯基(Пятигорский A. M.)、B ·托波罗夫(Топоров В. Н.)及乌斯宾斯基(Успенский Б. А.)四位学者合著。

② 其中包括“文化符号学研究纲要(用于斯拉夫文本)”“论文化类型描述的元语言”(*О метаязыке типологических описаний культуры*, 1968)、“论文化的符号机制”(*О семиотическом механизме культуры*, 1971)、“作为集体智能的文化和人工智能的问题”(*Культура как коллективный интеллект и проблемы искусственного разума*, 1977)、“文化的奇特现象”(*Феномен культуры*, 1978)、“大脑—文本—文化—集体智能”(*Мозг-текст-культура-искуственный интеллект*, 1981)等。

键在于他在研究一个对象时，总是将目光放在“另一个”上。不懈地寻找“他者”、寻找“对照”，找寻“另一种语言”，“两种异质语言”的融合与碰撞是洛特曼实现学术创新的源泉，是文化符号学理论得以蓬勃发展的根本缘由。

第二节 艺术是一种语言

语言是任何一种交际行为的媒介。洛特曼认为，艺术也是一种符号交际系统，有自己的特殊语言，即一套独特的意义单位和连接它们的规则，从而实现信息的生成、记忆和传达。洛特曼文艺符号学的基本出发点便是将艺术看作一种广义上的语言，指任何一种可以用来进行专门调节的交际系统。洛特曼将语言划分为三种：第一种为自然语言，比如，俄语、法语等；第二种为人工语言，比如化学语言、数学语言、约定俗成的信号语言等；第三种是建筑在自然语言层次之上的交际结构与符号系统，洛特曼把它称之为第二性语言（或曰第二模拟系统①）。艺术作品则是用第二性语言写成的文本。

依照索绪尔的语言学理论，语言行为可以分成语言和言语。语言是词语符号的系统，而言语则是此系统在交际中的具体实现。洛特曼由此得到交际系统的两个不同方面：一是体现在任何物质实体中的个别传达流；二是连接这些个别传达流的固定不变的抽象系统。洛特曼认为，在研究艺术作品时，正确区分“传达的信息”和“语言”这组概念十分重要。传达的信息是要向信息接收者传达的那些东西；语言则是一个确定的、共同的抽象体系。两者相互区别，又紧密关联。洛特曼指出，不能将语言等同于文艺作品中的形式，而把传达的信息视为内容。一个思想永远不可能在与之不相符的另一个形式中得以表达。事实上，语言的整个结构都属于“内容”的范畴，它本身就传递着信息。这种结构是各种符号间的联系，实现着被表现对象间的联系。洛特曼将艺术作品的一切要素都纳入这样的结构体中，并提出艺术文本结构的变化直接决定着艺术作品的内容和意义。他形象地把内容与形式的关系比喻为生命与复杂的生理机制之间的关系。构成生命体主要特质的生命超越了其身体结构，是无法想象的。洛特曼写道，艺术作品的“思想并非蕴涵在某些，甚至是精选出的引文之中，而是通过整个艺术结构来表现的。研究者要是不了解这一点，到一些孤立的引文中去寻找，就如同一个人，知道房子具有自己的平面图，还在拆毁四周的墙，寻找着藏匿着的这张平面图。平面图并非是砌在墙里，而是实现在建筑物的匀称比

① “第二模拟系统”最初并不是由洛特曼提出的，而是由数学家B. A. 乌斯宾斯基提出来的。洛特曼将之运用于文艺学领域并加以了进一步发展。

例中，平面图是建筑物的思想，建筑物的结构是对它的实现。文学作品的思想内容是结构，结构也就是思想内容，在艺术中的思想永远是一个模式，因为它塑造了现实的形象。因此，超越结构的艺术思想内容是不可思议的。……任何艺术作品，结构的改变将给读者和现实传递另外一种思想。因此，我们的结论是：诗歌中没有词义的'形式元素'。艺术文本是复杂构筑起来的思想，它所有的元素都是意义的元素"。①

在艺术文本中，结构的复杂性与所传达的信息的复杂性是成正比的，信息特征的复杂化不可避免地会导致为传达它所用的符号系统的复杂化，同时在正确构建的符号系统中不会有多余的、没有根据的复杂性。在文学语言中，诗歌语言是最为复杂的结构，它能够传达用简单语言结构所无法传达的信息量。专门研究文艺的结构无碍对文艺内容、意义及其社会诗学价值等问题的探讨，也不会把文艺与社会现实活动的联系割裂开来。符号及其结构系统本身与意义的问题是不可分割的。否则，我们难以回答几乎产生于同一时代，陀思妥耶夫斯基的文本和托尔斯泰的文本为什么会不同？为什么一样的社会生活条件下却诞生了各种不同的文学作品？洛特曼非常反对在文学教学实践中把"思想内容"和"艺术特色"分开单独考察的做法。他认为，这种做法容易使许多读者造成对文学的一种错误认识，即把文学创作当成是在用一种冗长地、华丽地叙述来取代原本可以简明扼要地说清主要思想内容的写作方法。如果是这样，托尔斯泰的长篇巨作《战争与和平》或是普希金的诗体小说《叶甫盖尼·奥涅金》只需用两页纸就可以叙述完。读者也无需花那么多时间去读什么长篇巨著，而只要去读一些简单的教科书。

因此，任何语言符号活动的目的都是围绕意义而展开的。意义的生成、传递和贮存以全部的结构要素和整个结构体的规则为基础。符号学探讨的最基本、最重要的问题正是"意义"②。要理解艺术作品的意义、内容、社会功用，就必须研究艺术作品中符号的本质、运作规律、结构特征等。简单归纳起来，洛特曼对意义与结构关系的认识有如下要点：

一、意义生成于各种结构关系中，脱离对结构关系的认识无法理解意义；

二、意义的出现至少需要两根不同的结构链的交叉，其中一根结构链可以定义为表达，而另一根则可以定义为内容，两根结构链在某一点的交叉为符号。意义的确定建立在对性质不同的一对对结构链进行解码的基础上；

---

① Лотман Ю. М. *Структура художественного текста* // Об искусстве, Санкт-Петербург: Искусство-СПБ, 1998 г., с. 25.

② 莫斯科大学著名的语言学教授乌斯宾斯基将意义定义为，"互译中的常量"。

三、意义的问题是重新编码的问题。在信息传达的过程中实际上使用的不是一种而是两种代码：一种是为传达进行的编码，另一种是为阐释进行的解码。所以就存在着说话人的规则和听话人的规则，这是自然语言与诸如艺术等第二性语言的一个原则性区别，这是艺术意义复杂性的根本原因。理解艺术文本必须借助于解读信息的一定代码，但又要确定文本是使用什么“语言”来编码的。洛特曼强调必须区分以下的情况：

第一种情况：1. 接受者和传达者运用的都是一种共同的代码。2. 传达者和接受者起作用的仍然是共同的代码。但作者赋予文本另一种模式的虚假信息或者他在用另一种模式来替换。在获得信息之前，读者面临着在由作者安排的艺术文本中选择解码，这种从已知的代码中选取一种的做法本身就增加了额外的信息量。

第二种情况：倾听者企图通过用与创建者不一样的代码来解读本文，在这里也有两种状况：1. 接受者硬把自己的艺术语言强加给文本，这时就意味着要重新编码(有时甚至破坏了传达的结构)，接受者极力所要获得的信息——是由他已经知道的语言创建的一种信息，在这种情况下，读艺术文本就像读非艺术文本一样。2. 接受者企图按照自己熟悉的方式来接受文本，但是通过尝试和犯错，令他明确需要建立新的、自己尚不知晓的代码。与此同时，发生了一系列有趣的过程，接受者开始了与传达者语言的斗争，在这种斗争中他也许被战胜了。因为作家把自己的语言强加给了读者，读者掌握了它并把它变成了自己理解模式的手段，然而，实际上，在这种掌握语言的过程中，作家的语言变形了，与读者意识中的语言混杂在一起。

四、意义的形成主要有两种方式：外部重新编码和内部重新编码。外部重新编码是在两个不同系统的因素间确立等价性，这是意义形成的主要方式。内部重新编码，即依靠系统自身内部因素的相互表达来确定意义。

洛特曼以19世纪俄罗斯著名作家莱蒙托夫的创作为例，说明了上述两种情况。莱蒙托夫的浪漫主义长诗《恶魔》是一个内部重新解码系统的鲜明例子。在浪漫主义者的意识中，原则上不存在关于任何客观意义的问题，也就是无需用另一种思维语言来阐释某一客观意义。浪漫主义作家的世界是“我”世界，它与现实世界、和某个个人的世界是不相关的。在这样的系统中，意义依靠系统自身内在各种因素间的相互联系而生成。然而，在莱蒙托夫的现实主义作品系统中，意义的生成主要依赖于自身结构系统中各种因素与系统外部其他因素之间的联系。在这类作品中，作者常常会以各种不同的语调和各种修辞色彩重述同一内容。比如，莱蒙托夫的长诗《萨什卡》从不同的角度来看待同一种现象，双重符号性是其鲜明的艺术特点，展现在读者面前的是两个平等的话语，意义并非源于是其中某一个话语，而是生成于它们的相互联系之中。

洛特曼强调，外部解码的主观性和文本自身结构的复杂性可以导致评论者们从不同的角度来认识和丰富对现实的解释，但是不可能改变作为常量的客观世界——现实。以莱蒙托夫的中篇小说《当代英雄》为例，他认为，《当代英雄》风格的基础是复杂的重新解码的系统。作家莱蒙托夫在本文中提供了多种主观视角，它们之间相互补充，揭示着自己的共同内容——现实。在小说《当代英雄》中，主人公毕巧林作为一位被观察者受到来自多个不同角度的观察，这里有客观的观察和描述，也有作品中其他人物对主人公毕巧林的观察，甚至还有毕巧林的自我观察和解剖。这些不同方位和不同层次的观察都从不同的侧面透视了主人公，丰富了作者所描述的现实。围绕着毕巧林的是一整个人物系统，这些人都从各自的视角观察了毕巧林，仿佛把他的性格翻译成了另一个系统的语言来加以表明。意义从各种观察中，从一系列的几种非常不相似的语义系统的等价性的确立中表现出来。多次的重新解码使得各种不同的系统建立起了共同的语义核。这种语义核就被作为意义而接受。由于许多系统链的相互重新解码而形成的意义结构在一定程度上超越了每一个具体系统性的界限，从而形成了现实主义艺术中的某些典型意义。总的说来，在第一模拟系统中，一般可以通过单一的代码，即能指与所指的一一对应，来解读文本。而第二模拟系统则是建立在具有直指语义的自然语言基础之上的，它比起前者要复杂得多，不仅受到系统外各种因素的影响，而且系统内的相互关系和组织结构也异常复杂。在第二模拟系统中，艺术词语具有多义性，艺术文本必须经过多次的解码。

可见，艺术文本意义的密匙在于艺术语言。艺术语言中的一切因素都是意义的因素，并以整个结构体作为意义的生成器和传递、贮存意义的载体。洛特曼的这一发现为文学艺术的研究开辟了新的道路，为我们展现出久为传统文学研究所遮蔽的艺术真理。

第三节　语言——文本——文化

进入20世纪70年代后，洛特曼的符号学理论领域有了较大的拓展，其研究视野向了更加广阔的文化符号学(семиотика культуры)。相比前期的文艺符号学研究，洛特曼的观点和方法等都有了很多新变化，但洛特曼始终坚持将文化亦作为语言加以研究。不同的是，在早期的研究中，洛特曼强调在一切符号系统中，自然语言是最为重要的一种，是第一性语言，艺术语言作为第二性语言是建立在自然语言基础之上的。在后期的研究中，洛特曼的立场有了明显的变化，他认识到并非只有自然语言才能作为文化模式的元语言，或者确切地说，只有自然语言充当元语言是不够的。文化模式的符号性并不仅仅在于它以自然语言为基础并借用了其符号性，而在于它自身就存在独特的有序符号。基于这一认识，洛特曼在后期的研究中一直致力于寻找文化的“另一种模拟语言”。

在《文化符号学纲要》中，洛特曼及其他四位合著者提出了存在两种性质迥异的编码，换句话说，他们找到了与自然语言地位平等的另一种编码系统。他们的这一发现与人类在神经医学领域中取得的新成就密切相关。20世纪70年代后，现代科学在人脑的功能、运作、人工智能等方面做出了重大发现，这些发现不仅使人类更加了解了自身的思维认知活动，也极大地促进了符号学的发展。具体到洛特曼的文化符号学理论中，这些成果对他探寻文化的“另一种模拟语言”起到了至关重要的作用，使他最终确立了文化的本质属性——多语性。

在研究文化是如何模拟现实的过程中，洛特曼特别注意到了人脑左、右两半球机能的不对称性。根据科学家的发现，人脑左半球主管语言和逻辑，而右半球则负责形象与直觉。人脑的思维活动依靠左、右半球之间的分工协作来共同完成。洛特曼将这一发现运用到文化符号学中。他认为，文化是人类符号化活动的结果，因此人脑的思维机制决定了文化的运行机制，两者具有相似性。在它们的机制中都至少存在着两种不同类型的编码系统：离散性及连续性。这两种编码系统以各自不同的方式模拟现实，其中离散性编码系统以线性的方式来组织符号。在这个系统中最基本的单位是语言符号，以这种方式模拟的现实具有因果性、有序性和逻辑性。比如说，自然语言和科学语言就属于这一类。而连续性编码系统则以非线性方式来组织符号，在这个系统中很难将符号区分出来，可以说整个系统就是一个符号。比如，诗歌作品、电影、绘画、舞蹈、仪式及空间语言等。依照洛特曼的观点，在文化的运行模式中，离散性系统起类似于大脑左半球的作用，而连续性系统则起类似于右半球的作用。洛特曼认为，20世纪前半叶对离散性系统的研究占据了主导地位，而现在则逐渐转向对连续性系统的重视。比如，越来越关注电影、电视、互联网等在交际中起到的突出作用。同时，洛特曼也指出，这两种编码系统往往是融合的，并非其中一个相对于另一个占据绝对主导的地位。例如，电影实际上就融合了两种不同的编码组织方式。一方面，它是“移动的绘画”；另一方面，它以线性方式叙述故事。电影从未放弃过口语符号和其他日常语言等离散性符号。再如，诗歌是诗人用离散性符号——词语创造出来的文本，但这个文本却具备了连续性符号的性质。也就是说，虽然诗歌文本是用词语符号构成的，但它却不是作为叙事的手段，而是能让人们个性化地构筑世界画面，产生整体印象和联想。事实上，这两类符号谁都无法离开谁而存在。文学作品借平面的、两维的手段来描述立体的、三维的客体这一现象本身就证明了离散性符号和连续性符号之间存在某种约定的对等原则,亦即它们之间无法绝对的相等,而只能是约定的、有条件的近似。洛特曼提出,离散性与连续性编码的对立与融合在当代许多艺术形式中普遍存在。比如,电影给观众的感觉是连续、无停顿的画面,其实这是电影运用了剪辑手法,将成百上千的静态画面拼接而成。这些画面一个紧接一个,仅仅因为镜头在瞬间快速地变换着,导致我们的眼睛被"欺骗"了,以为看到了一连串动态的事件,造成了"连续的"错觉。有的电影中还运用了蒙太奇的手法,将不同时空的画面剪接到一起。动画片的制作就更明显,需要制作人员把整个动画片的故事情节一幅挨着一幅画出来,然后再利用技术手段,使之成为"动"画。就连雕塑这样的"整体艺术形式"中也有离散性编码,因为它是雕塑家用石膏、线条、色彩、造型等组合而成的。以上这些例子都说明在创建连续性系统的过程中融合进了离散性系统的特征。

据此,洛特曼提出:"没有一种孤立的符号系统能够形成文化,不论它的组织结构有多么完善,构成文化的最小机制是必须有一对相互关联的符号系统。……文化的特点就是对语言异质性的追求。"①文化符号系统建立在至少两种不同性质语言的基础上。文化的运行机制中至少必须存在两种平行的、不同的模拟语言,且它们从原则上讲是不可译的。事实上,在文化的对话系统中绝不只存在两种不同的语言,而是存在着多种相互碰撞、叠加的语言。每一个集体的文化都是多语言的总和,而且其中的每一个成员都作为特殊的"通晓多种语言者"的类型在起作用。文化的一个重要性质就是这种原则上的多语性。研究文化的多语性以及它自身拥有的不断增加语言数量和各种文本的趋势与能力,是了解文化发展机制的关键所在。

文化多语性也是解决文化符号学的核心问题——"意义"的钥匙。文化新意的基础是不同代码间的不对等转换。文化的全部新意与活力产生于不同编码之间的翻译中。这里的翻译当然不是指自然语言之间的转换,而是符号学意义上的信息交换。信息发出到信息接受的过程其实就是编码到解码的过程,都可以看成是翻译过程。诸如我们前面提到的从词语文本到图画文本,从雕塑文本到诗歌文本等等,都是一种翻译。由于这两种系统模拟现实的方式完全不同,它们的语言结构不一样,其代码具有不匀质性和不可翻译性,所以这种翻译不可能是意义间一一对等的机械转移,而是必须在翻译的过程中不断地克服不同语言间的不可译性。然而,洛特曼认为,正是这种不对等与不可译促进了意

① Лотман Ю. М., Иванов Вяч. Вс., Пятигорский А. М., Топоров В. Н. и Успенский Б. А. *Тезисы к семиотическому изучению культур*(*в применении к славянским текстам*) // Семиосфера, Санкт-Петербург: Искусство-СПБ, 2001 г., с. 518.

义的产生。在翻译过程中两种语言类型之间的相互干扰、交杂和互译不仅保证了文化信息的传递与保存,同时也产生了不可预见的新意义。这一过程中所产生的偶然性和错误都是新信息的源头。这种翻译就像是在各种不可译的语言间进行的一场“游戏”。所以,要形成文化具有活力的机制,就需要不同类型的语言。对文化多语性的确定是洛特曼在语言观上对自己和前人的一大超越。他将“另一种模拟”语言放到了与自然语言相对平等的立场上,这就在某种程度上克服了结构主义者的“语言中心论”思想。“另一种模拟语言”的引入从根本上决定了洛特曼文化符号学的整个面貌及研究方法。

洛特曼对语言问题的重新认识进而使他的文本观也发生了根本性的变化,尤其是在语言与文本的关系问题上,洛特曼提出了具有说服力的独创观点。对离散性及连续性编码性质的认识还直接影响到了洛特曼对文本类型的划分。洛特曼赋予了文本新的意义与内涵,使这一概念成为了文化符号学一块最重要的奠基石,成为了“核心的核心”。他将文本定义为:“文本是完整意义和完整功能的携带者(假如区分出文化研究者和文化携带者,那么从前者看文本是完整功能的携带者,而从后者的立场看,则是完整意义的携带者)。从这个意义上讲,文本可以看作是文化的第一要素(或曰基础单位)。”[①]洛特曼完全是从符号学意义上来定义文本的,他的这一定义有着深刻的内涵。首先,从文本与自然语言的关系看:1)文本可以是用自然语言写成的。比如,普希金的诗歌文本是用俄语写就的;2)并非任何用自然语言写成的传达都是文本,只有那些拥有某种完整意义且能够完成某种完整功能的自然语言作品才能称之为“文本”。比如,祈祷文、法律或是小说;3)文本不仅仅是指自然语言写成的文字作品,任何一个被赋予了完整意义的客体都是文本。比如,绘画作品、音乐剧、一个仪式、一个手势乃至无法留存的口头传达都可以是文本;4)同一个文本可以用不同的自然语言或是以该自然语言的不同方式来书写。比如,祈祷文既可用拉丁语创作,又可用斯拉夫语写成;一种文化既可体现于成人文学中,又可体现在儿童文学中。总之,依照洛特曼的观点,不存在任何先验的和客观的能使某物变成文本的东西。

洛特曼以对离散性及连续性编码性质的认识为基础将文本划分为两类:连续性文本(或曰第一性文本)和离散性文本(或曰第二性文本)。连续性文本指的是由连续性符号构成的文本。这样的文本是一个完整的符号,整个文本作为

---

① Лотман Ю. М., Иванов Вяч. Вс., Пятигорский А. М., Топоров В. Н., Успенский Б. А. Тезисы к семиотическому изучению культур (в применении к славянским текстам) // Семиосфера, Санкт-Петербург: Искусство-СПБ, 2001 г., с. 507.

信息的携带者，不能分割成单独的符号，而只能区分出有差别的特征。连续性文本不是从符号链上派生出来的第二性存在，而是第一性存在，像绘画、雕塑、舞蹈、电影、电视及互联网等都属于这类文本，它们也被称为“图像文本”。离散性文本则由词语—离散性符号构成，这样的文本是“规约性文本”。文本是由单独的、有序的符号组成的，符号是第一位的，文本是次要的、第二性的。事实上，我们在文化现实中所碰到的往往不是纯粹某一类型的文本，而是两种类型相互交织和影响的文本总和。离散性文本与连续性文本间的对立不是绝对的，它们不仅共存于一个系统中，而且彼此融合、不可或缺。文化之所以能发展正是因为这两种类型的文本间存在着张力。洛特曼写道：“离散性或是连续性文本的主导地位与文化的发展阶段相联系。这两种文本同步存在，它们之间的张力（比如说，词语和图画的冲突）构成整个文化最为永久的机制之一。”①

洛特曼认为文本具备三个功能：信息传递功能、信息生成功能和信息记忆功能。所谓信息传递功能，指的是传达者将信息传递给接受者。在这个过程中，如果文本的编码与解码完全一样，信息将准确、完整、既无增也无减地传递给接受者。但实际上，即使交流双方使用的是同一种自然语言，也无法保证编码与解码的完全一致，因为双方最起码要有完全一样的语言经验、标准和记忆贮量，更何况还有文化传统的影响及接受者的个性特征等因素，所以编码与解码绝不可能完全相等，而只可能在某种相对的水平上近似或等同。因此，如果仅仅从传递功能看，即使自然语言也不能很好地执行这一功能，就更不用说诗歌语言了。文本的第二个功能是信息生成功能，即指文本能建立某种新信息，形成新的意义。这时文本已不仅仅是现成信息及意义的容器，而是成为了意义的生成器，具有某种不可预见性。同一个文本会提供给“需求者”不同的信息，一种文化可以用只与文本创建者所用代码部分相同、甚至完全不同的另一种代码来理解。这种编码与解码的不对称性使得翻译成为产生新信息的过程与行为，它实现了文本的信息创造功能。文本的第三种功能是记忆功能。文本不仅是意义的发生器，而且拥有文化记忆机制。文本有保存自己过去语境的能力，没有了这种能力就不会有历史科学。历经多个世纪的文化不会褪色，不会失去包含于其中的信息。一些伟大的文学作品就充分显露出了它们积累信息的能力，也就是文本的记忆能力。比如，《哈姆雷特》现在已不仅仅是莎士比亚的作品了，其中容纳了关于这部作品解释的所有记忆，也包括了一切由这个文本引

---

① Лотман Ю. М.，Иванов Вяч. Вс.，Пятигорский А. М.，Топоров В. Н. и Успенский Б. А. Тезисы к семиотическому изучению культур（в применении к славянским текстам）// Семиосфера，Санкт-Петербург：«Искусство-СПБ»，2001 г.，с. 509.

发的对各种历史事件联想的记忆。我们可以忘记莎士比亚所知道的东西，忘记他的观众所知道的东西，但是我们不会忘记我们此后所知道的一切，这种记忆赋予文本新的意义。

洛特曼的文化符号学有一条非常清晰的逻辑思维线索：符号——文本——文化——符号圈。从这条线索上看，符号是源头，是基点，是最简单和最基本的构成要素。但洛特曼研究的基点并非是符号本身，他强调的是整体中不同个体间的相互关系和运行规律，也就是文本与文本、文化与文化之间的相互关系。在这个发展链中，文本起到了至关重要的桥梁作用。塔尔图—莫斯科符号学派的领袖人物之一亚历山大·皮亚季戈尔斯基曾说过："正是'文本'让尤里·米哈依洛维奇有可能从文学过渡到作为符号学普遍客体的文化。"①皮亚季戈尔斯基将之称为"文化的文本化"。

洛特曼将文化的实质定义为信息，而文本可以传递、保存及产生信息。所以，从广义上讲，所有的文化都是文本形态的。归纳起来，文化与文本之间的这种同构表现在以下几个方面：

1. 不同的文本和文化都能携带不同的信息。各种文化之间的不同实质上就是信息的不同，也就是文本的不同。

2. 文本和文化都具有传递信息的功能。"文化本身可以被视为由不同传递者所交换的信息的总和。"②

3. 文本和文化都具有两种交际模式："我—他"模式和"我—我"模式。"我—他"模式，指一种文化与其他文化交流。它以接受外在信息为主。"我—我"，指一种文化与自身交流。它重在通过解读自身的文化代码来增加信息量。比较而言，"我—他"模式更具动态性和发展性，但却有依赖于外部信息的消极态势。"我—我"模式通过自我交际使文化的精神和思想得到创新和升华，但却常常与整个人类社会的发展及需求脱节。事实上，这两种模式共存于所有的文化中，它们相互斗争、相互补充，无论哪一方都无法彻底取代和战胜另一方。洛特曼提出："文化是由人类集体的'我'传递给自己的一个信息。因此，人类文化是一个规模巨大的自我交际实例。"③这种自我交际实际就是"我—我"交际模式。文化通过"阅读"自身的文本不断自我认同、否定、升华。

4. 文本和文化都具有记忆功能。文化是人类集体非遗传记忆的总和。任何文化都与过去不可分割，它的存在依靠传承。文化具有强大的记忆系统。

---

① Пятигорский А. М. *Заметки из 90—х о семиотике 60—х годов* // Новое литературное обозрение, 1993 г., №. 3, с. 78.

② Лотман Ю. М. *Внутри мыслящих миров* // Москва: Языки русской культуры., с. 41—42.

③ 同上。

5．文本和文化都具有产生新信息的功能。洛特曼论证了文本中存在各种异质符号，具有不对称性和不匀质性。文本与文本之间不存在单一吻合的意义互换，其意义生成机制与人脑的功能类似。文化同样如此，它并非消极的信息携带者，而是具有与文本同样的运行机制：建立在构成要素不对称和异质基础上的交流、对话和碰撞可以产生无穷的文化意义。没有创新，文化就不会向前发展，就失去了生命力。

6．文本与文化的内容和结构都不可分割。文本与外文本相联系，文化则与自然及其他文化紧密相连。在早期的研究中洛特曼就认识到：一方面，文本具有封闭的、内在的、自足的独立结构。它本身就是一个语义世界；另一方面，文本的存在需要另一个文本。比如，文本的作者、读者、外文本现实和另一个文本。文化具有同样的特性：一方面，文化是独特的“宇宙”，文化的界限框定了它的范围；另一方面，文化与处于它之外的非文化（如自然等）或是与另一种文化相对立。正是在这一点上洛特曼克服了结构主义与生俱来的弊病：忽视局部的、外部的和历史的研究。

综上，文本与文化之间存在着同构关系。正是由于文本与文化之间的同构，使得“文化的文本化”能得以实现，使得能将文化作为人类集体书写的文本，确切地说，将文化视为复杂地交织在一起的文本总和。这种文本的总和构成文化的思维机制，构成文化的全部意义和功能。洛特曼以此走出了昔日仅仅关注艺术语言和艺术文本的狭小天地，把历史、文化、社会亦视为一种“文本”来加以解读，并努力寻求其背后的深层关系。

第四节　“我—他”与“我—我”对话

洛特曼从 20 世纪 70 年代开始一直致力于为文化寻求“另一种模拟语言”。实际上，洛特曼已经将另一种语言放到了人类交际系统中与自然语言相对平等的位置上，它们之间的关系不再是从属的，而是对话的。洛特曼多次强调，文化中至少存在两种不同的语言，文化是双语的或是多语的。文化的运行至少是双通道的。究其实质来说，单语的就是独白的，双语的就是对话的。文化何以存在与发展、何以产生新的意义？洛特曼的答案是至少要拥有两种性质不同的语言。他将此作为文化“思维机制”的基础，文化固有的、缺之不能的基本生存条件。洛特曼在《作为集体智能的文化和人工智能问题》一文中写道：“任何‘独白的’机制都不可能产生原则上新的传达（思想），是非思维的。思维机制原则上应该有对话的（双语的）结构。这样的结论，也给巴赫金关于对话文本结构有先见之明的思想赋予了新的意义。”[①]洛特曼指出：“文化必须至少拥有两种符号语言的思想直接来源于巴赫金的对话思想。”[②]他认为，巴赫金的对话性及动态性是符号学最应当继承并发扬光大的思想。

洛特曼的文本多语性与巴赫金的复调实质上达到了一种精神上的契合。洛特曼认为，文本是多种语言的表述，这些语言的性质完全不同，形成了复杂的混合物，这些语言不是单结构的、单通道的，而是多相的和多功能的。洛特曼文化多语性的实质并不在于性质不同的语言最终合成一种意义，而在于不同的语言以各自不同的方式模拟现实，然后本质上不可译的文本相互翻译，产生新的意义。文本不再是带有固定意义的、僵死的客体，而是动态的、具有创造性的功能。它的意义产生于不同性质语言之间不断的、多次的对话过程中。洛特曼在描述这种新意义的产生时，用了“雪崩样的自我意义生成”的提法，非常形象地说明了这种新意义具有不可预见性、无终结性和能产性。他写道：“文本解码的过程特别复杂，失去了一次性和终结性，接近我们所熟悉的一个人与另一个自主的个人之间的符号交流行为。”[③]洛特曼强调，任何思维机制都不可能孤立地运作。思维机制得以运行的基本条件是具有另一个个体，一个“伙伴”。要使文化机制积极运行，意识需要意识，文本需要文本，文化需要文化。

洛特曼吸取了巴赫金对话思想中的精华，将之用于自己的理论构建，并在此基础上继续探索、发展、创新。他的贡献主要表现在以下几个方面：

第一，从符号学的角度，给“对话”下了精确和科学的定义。洛特曼认为，巴赫金能在20世纪20、30年代就提出对话的概念，堪称“科学天才”，因为依当时的科学发展水平还无法给对话概念提供理论基础。但这也使得巴赫金的研究在某种程度上具有先验性。他认为，巴赫金的对话概念过于宏观，具有隐喻性质，带有不确定性。洛特曼提出，应真正把握对话这个重要术语内在的深刻思想与含义，并给它下一个精确、严格的科学定义，以避免在各种场合的滥用。洛特曼指出，尽管只对信息简单互换感兴趣的情况在文化领域中也大量存在着，但产生新信息的对话机制才是文化真正得以生存、创新与发展的关键所在。他论证道，如果将小说搬上银幕后再根据这个电影写小说，那么我们肯定不会得到原来的文本。洛特曼认为，“这是由左脑和右脑之间的对话决定的，或者说是

---

① Лотман Ю. М. *Культура как коллективный интеллект и проблемы искусственного разума* // Семиосфера, Санкт-Петербург: Искусство-СПБ, 2000 г., с. 566.

② Егоров Б. *Жизнь и творчество Ю. Лотмана*, Москва: Новое литературное обозрение, 1999 г., с. 254.

③ Лотман Ю. М. *Семиотика культуры и понятие текста* // Избранные статьи в трех томах, Т. 1., Таллин: Александра, 1992 г., с. 32.

由文化符号中的对话决定的”。① 据此洛特曼提出了对话的符号学定义:“对话是各种编码系统之间传递信息的方法。”②

第二,揭示了对话发生的内在机制,突出了“我—我”文化对话模式的创新价值和意义。对于巴赫金,原则上存在着一个相对于“我”的“他”,意义产生于“我”与“他”的对话之中。他在论及人的存在方式时说:“我离不开他人,离开他人我不能成其为我:我应先在自己身上找到他人,再在他人身上发现自己。”③

洛特曼在继承与发展雅各布森文化交际理论的基础上,创造性地提出了“我—我”对话的新文本交际模式。他细致地研究了雅各布森的交际模式图,吸取了其中的部分精华,并创造性地加以了发展。雅各布森在《结束语:语言学和诗学》一文里提出了著名的六要素及其六功能理论。按照这一理论,任何言语交流活动都包含六个要素,如下图所示:

语境
信息
说话者……………………受话者
接触
代码

按照雅各布森的观点,说话者(发出者),考虑到语境,使用代码(语言),形成传达(文本),然后将这个文本传递给受话者(接受者)。雅各布森图示的核心在于:“信息”既没有也无可能提供全部的意义,意义产生于语境、代码和接触手段的相互影响和共同作用中,即产生于整个交际行为中。洛特曼传承了这一思想,肯定了文化意义产生于整个交际过程中。但同时,洛特曼也指出这一图示存在着以下几个不足:

洛特曼认为,在雅各布森的图示中,尽管考虑到了意义与语境、代码和接触手段之间的关系,但说话人在一定的语境下,使用代码所进行的传达是预备好的。而事实上根本就不存在这样一个现成的传达。文本不是一个固定的客体,而是一种功能。洛特曼强调:“交际过程是翻译行为,是变化的行为。文本不仅使语言、信息发出者发生变化,而且在信息发出者和接受者之间确立联系,使信息接受者也发生变化。进而,文本本身也发生变化,且不再等于它自身了。”④

---

① Лотман Ю. М. *Наследие Бахтина и актуальные проблемы семиотики* // История и типология русской культуры, Санкт-Петербург: Искусство-СПБ, 2002 г., с. 153.

② Там же.

③ 钱中文主编:《巴赫金全集》,第五卷,石家庄:河北教育出版社,1998年,第396页。

④ Лотман М. Ю. *За текстом: Заметки о философском фоне тартуской семиотики* (*Статья первая*) // Пермяков Е. В. (ред.), Лотмановский сборник, Т. 1., 1995 г., Москва: ИЦ-Гарант, с. 218.

洛特曼指出,雅各布森没有区分出原则上不同的交际渠道。在雅各布森的图示中,只能看到信息交流过程中“我—他”的交际模式。而事实上,在交际过程中,永远并存着两种交际方式:“我—他”模式,“我”是信息的发出者,而“他”是信息的接受者;“我—我”模式,“我”分裂为“我”——信息发出者及“我”——信息接受者。也就是说,“我”既成了信息的发出者又成了信息的接受者。在“我—我”模式中,“我”将信息传递给自己,在此过程中可能引入另外的编码,使得原来的信息被重新编码,产生新的意义。这一过程实际上是自我阅读、自我反思的过程。比如,人们记日记并不是为了将信息传递给别人,而是梳理自己的内心感受等。洛特曼认为,自我交际不仅在原则上是另一种交际模式,而且在许多情况下是最重要的模式。

对于洛特曼,不仅存在着一个相对于“我”的“他”,而且符号个体这个概念本身就意味着存在另外的符号个体。这就好像人有左、右之分一样,我们无法想象没有了“左”何以有“右”,何以有作为整体的人。就文化来说,多语性是其本质属性,是文化本身固有的特征。多种性质不同的语言共存于每一个文本之中、每一种文化中,共存于每一个文化携带者的意识之中。因此,对话机制是人生来就固有的遗传性特征,对话机制也是每一种文化固有的机制,否则就没有“我”这个人,也没有任何文化。著名学者加斯帕洛夫在研究了洛特曼与巴赫金的对话观后,认为相对于巴赫金,洛特曼更注重的是对话的内在机制。他写道:“他们(洛特曼与巴赫金,本文作者注)对于对话的理解是不一样的。在洛特曼看来,对话是文化所掌握的语言的多语性,而对巴赫金则是活人发出的声音的复调。对于洛特曼,这些语言存在于每一个文化携带者的意识中,他们之间的对话是内在的,是我与我之间的。而巴赫金的对话则在完整的,在不可分割的个体之间进行,是我与你之间的。”①

加斯帕洛夫揭示出了洛特曼与巴赫金最大的不同之处。但他认为,洛特曼的对话只是“内在的”“我与我之间的”,这显然又是片面的,是值得商榷的。确切地讲,洛特曼的对话不仅是“我与我之间的”,也是“我与你之间的”和“我与他之间的”。洛特曼的对话是多层次的、复杂的。他对于符号圈不匀质性的认识可以充分说明这一点:各种不同的文化可以在一个共时截面上对话、当代的文化可以和远古时代的文化对话、一种文化可以和自己的过去与将来对话等等。

应该指出的是,在洛特曼区分出的两种不同的文化对话模式:“我—他”模式和“我—我”模式中,他更加重视后者。这是由于,一方面,洛特曼认为在过去

① Гаспаров М. Л. *Диалектика Лотмана* // Ким Су Кван, Основные аспекты творческой эволюции Ю. М. Лотмана, Москва: Новое Литературное обозрение, 2003 г., с. 8.

的研究中更多地强调了"我—他"模式,而忽略了对"我—我"模式的考察;另一方面,他认为"我—他"模式着重于信息的传递功能,而"我—我"模式则突出了信息的创造功能。符号个体的"我"本身就意味着存在另一个"我"。"我—我"之间的对话不是简单的意义对换,而是会产生不可预见的意义。因此,对话的本质是由人类的大脑构造、文本、文化本身固有的特性决定的。

绝对孤立的、为了自身存在而存在的文本原则上不是文本,文本的存在需要另一个文本。但一种文本和另一种文本间的界限不是绝对的、僵死的。文本的功能型定义使文本成为一个界限灵活的、富于变换的概念。从内文本的立场上看该界限属于外在空间,从外文本的立场上看该界限又属于内部空间。文化同样如此。孤立的文化无法存在。此文化需要彼文化,文化与相对的外在空间始终处于不断的对话中。没有这种对话,文化就无法存在与发展。在对话与交流过程中文化获得、发展并丰富自己的个性。对话越活跃、越多样化,文化的意义就越丰富。

因此,文化的生存与发展需要进入到文化空间中,亦即洛特曼所说的符号圈中。符号圈是文本写入的空间,是智能的空间,是无穷的意义领域。正如米·洛特曼所说的那样:"符号形成文本,文本形成文化,文化形成符号圈。就像文化空间是由已经创造出的、正在创造的和能够在该文化中被创造出的所有文本构成的一样,符号圈——这是所有文化的文化和保证它们有可能出现和存在的环境。"①在后期的学术生涯中,洛特曼对符号圈理论的研究投入了极大的热情和大量的精力,使之成为了整个文化符号学理论精华的凝结。

第五节 独特的文化空间——"符号圈"

人类不仅生活在自然世界中,而且生活在一个文化空间中。这个空间是人类符号化思维和符号化行为对自然世界进行重塑的结果,是人类在漫漫历史长河中建立起来的一个有组织的、多层次的空间。人类与文化空间的关系是复杂的。一方面,文化的空间模式是人类集体智慧合力创造的结果;另一方面,这个空间模式又积极地影响和塑造着世界,并对生存于其中的每个人的行为和思维方式产生着深刻的影响。洛特曼将这个人类文化生存与发展的空间称为符号圈(семиосфера)。

洛特曼首次提出符号圈这一概念是在 1984 年发表的《论符号圈》一文中。

---

① Лотман М. Ю. *Семиотика культуры в тартуско-московской семиотической школе* // Лотман Ю. М., История и типология русской культуры, Санкт-Петербург: Искусство-СПБ, 2002 г., с. 20.

他提出符号圈这一概念是受到苏联地球化学家维尔纳茨基生物圈概念的启发。他指出，人类注定生活在生物圈中，离开了这个生态环境人类将消亡。同样，人类离开了符号圈也无法继续存在。虽然符号圈不像生物圈这个概念那样为人们所耳熟能详，但它无疑是文化符号学这部词典中最重要的科学术语之一。塔尔图—莫斯科符号学派最著名的学者之一伊万诺夫认为，符号学的任务在于描述如果失去它生物圈就将无法想象的符号圈。洛特曼对符号圈的内在组织结构、性质和运作方式等进行了深入的研究，围绕符号圈这一概念的一系列精辟论述构成了洛特曼文化符号学的理论核心。

洛特曼将符号圈定义为："在现实运作中，清晰的、功能单一的系统不能孤立地存在。它们只有进入到某种符号的连续体中才能起作用。这个符号的连续体中充满各种类型的、处于不同组织水平上的符号构成物。这样的连续体，我们按类似于维尔纳茨基的'生物圈'概念，称之为'符号圈'。"[①]维尔纳茨基对生物圈概念的阐释有助于我们理解符号圈概念的内涵。维尔纳茨基将生物圈定义为一个充满了生命物质的空间。生命物质的总和构成生物圈。"总和"并不意味着生命物质的数量之和即可构成生物圈。事实上，生命物质构成的生物圈是一个有机的整体。维尔纳茨基在谈到生物圈与单个生命机体的关系时指出，所有的生命机体以最紧密的方式相互联系、相互依存。这种联系是地壳机制最原始的特征，它表现在整个地质时期中。如果我们将符号圈看成单个文本的总和，那么"符号大厦"便是由一块块砖头搭建起来的。然而，符号圈的实际运作与生物圈一样，整个符号空间是一个完整的机制。对于这样的"符号大厦"首要的因素不是一块块单独的砖，而是整个机制。为了更透彻地说明这个问题，洛特曼举了一个形象的例子：我们将一块块单独的牛排粘在一起，不会得到一头牛，但是将牛切开，却可以得到牛排。与此类似，将个别的符号行为总和在一起，我们不会得到符号圈。相反，只有存在符号的宇宙——符号圈，才有可能将某个具体的符号行为变为现实。洛特曼这样写道："符号空间不是单个语言的集合体，而是语言交流所必需的前提，是语言存在和工作的条件。从某种意义上说，符号圈先于语言而存在，且总是与这些语言一起相互作用。在这个意义上，语言是功能，是符号空间的浓缩。……在符号圈之外既没有交际，也没有语言。"[②]

一个由信息发出者、接受者和信息通道所组成的自足的单通道系统可以用

---

① Лотман Ю. М. *Статьи по семиотике и топологии культуры* // Избранные статьи в трех томах, Т. 1., Таллин: Александра, 1992 г., с. 12.

② Лотман Ю. М. *Внутри мыслящих миров* // Семиосфера, Санкт-Петербург: Искусство-СПБ, 2000 г., с. 250.

于传达特别简单的信息，在传输过程中信息不发生任何变化。但这样的单通道却无法完成传递、保存和产生信息的功能。要完成整个信息处理过程必须进入符号空间中，即进入到符号圈中，意义产生于参与交流的各要素与符号空间的共同作用中。符号圈中的每一个符号系统都是独立的，但同时它们都处于整体化了的符号圈里。这些符号系统不仅在共时截面上与其他符号系统相互关联、相互作用，而且在纵向上与处于各种历史纵深的符号系统发生着联系。不仅如此，这些符号系统自身还带有属于它自己的所有记忆。整个符号圈以这样的方式实现着信息的传递、保存、加工和创新。离开符号圈将没有符号、文本和文化，它是文化模式得以实现的场所。我们与符号圈的关系，就如同我们与语言的关系一样。一方面，语言是人类意识的产物，是人类意识的物质外壳，它直接依赖于人脑的机制；另一方面，人类又处于语言之中。人脑生来就具有产生语言的机制，否则人类就不可能进入语言的世界里。洛特曼指出："思想在我们之中，我们也在思想之中。……符号圈围绕着我们，在它之外不可能有智能生成。最终世界的空间形象处于我们之中，也处于在我们之外。"①

洛特曼指出，如果说生物圈是一个物质的、具体的空间，那么符号圈则带有抽象的性质，但这绝不意味着说这个空间本身不具有实际意义。生物圈将从太阳那里获得的能源，转变成化学能和物理能，并借助太阳能将无生命的变成有生命的。符号圈则依赖各种符号构成物的运作，将非信息变成信息。它拥有产生信息的机制，同时也是信息生成的场所。为了完成这个任务，符号圈与生物圈一样有着只属于自己的、复杂的内在组织结构。洛特曼文化符号学的核心任务便是研究这个空间的内在结构、运作方式和意义生成机制。没有符号圈，符号就不可能存在。一切看似混沌杂乱的符号系统在符号圈中都是有组织的、在不同的层次上受限制的符号构成。因此才有了在洛特曼符号圈理论中占据突出地位的"界限"概念，以及"中心"与"边缘"、"匀质"与"异质"说等等。洛特曼认为，符号圈的基本特征为不匀质性、不对称性及界限性，其中不匀质性是符号圈最本质的特征。

符号圈的不匀质性，是指符号圈中充斥着各种性质迥异的符号，它们处于不同的水平上。这使得整个符号圈从内在组织上说是不匀质的。洛特曼提出："符号圈具有不匀质性，充斥于其中的语言性质各异，从完全可以翻译到完全不可翻译。不匀质性是由语言的多相性和多相功能性决定的。"②

---

① Лотман Ю. М. *Внутри мыслящих миров* // Семиосфера, Санкт-Петербург: Искусство-СПБ, 2000 г., с. 389.

② Там же, с. 252.

归纳起来，符号圈的不匀质性主要表现在以下三个方面：首先，构成符号圈的各种语言性质迥异。同一个现实可以用不同的语言来模拟，比如诗歌语言、电影语言、雕塑语言、绘画语言等。尽管性质不同的语言可以模拟同一个客体，但这些不同的语言之间不存在等价翻译，因此也就无法实现从模拟语言到模拟对象本身的还原翻译；其次，符号圈中各种异质语言的发展速度和循环量值不同。比如，自然语言的发展就大大地迟滞于思想意识形态的变化，因此它们的发展过程不可能是同步的。再如，服装语言（俗话说的时髦）快速地变化着，文学语言的发展速度与之自然不可同日而语；第三，符号圈的不匀质性常常因各种水平的混合而变得异常复杂。各种时期的，有时甚至是源于远古时代的文本并存于符号圈中。这些处于不同发展阶段上的文本相互碰撞，其中一些会进入到根本不存在其解码的子符号圈中。比如，古代的碑文、出土文物上奇怪的符号等，它们在我们今天的文化空间中是找不到解码的。符号圈中语言和文本的等级性常常被渗透、破坏。不同等级的语言和文本在不同的层面上会有不同的解码，从而产生不同的文化解读。比如，一些出土文物，像远古时代的陶片、土样、动植物标本等，在当时它们并不具有今天的文化意义。又如，一所旧宅原来是用来居住的普通建筑物，但随着时间的推移它或许会因其独特的建筑风格、历史沿革及其他因素而获得新的意义。生物圈奉行"物竞天择，适者生存"，符号圈的运作规律则不然。一些属于远古时代的文化，一直积极地参与着整个符号圈的发展，仍然作为活的因素而存在。不仅如此，文化还可以"死而复活"，它既可以是非常古老的，又可以变得很现代，甚至变得代表未来发展的方向。在这里起作用的已经不是后来的某个时间截面，而是整个文化文本的综合体，即整个文化空间。

理解了上述符号圈不匀质性的种种表现，就会为洛特曼就符号圈样式所做的形象比喻而叫绝。他写道："让我们想象一个博物馆的大厅，将它作为一个完整的世界，并取一个共时截面。在这个大厅里有各个时代的、各种各样的展品，有用已知的和未知的语言所写的题词，有由专家们撰写的展品说明，有观看展览的路线图和参观者所应该遵循的行为规范，将所有这一切想象为一个完整的机制……这样，我们就获得了符号圈的样式。同时，我们不应该忘记，符号圈里所有的元素都不是静止的，而是处于动态中，它们经常改变着相互关系的形式。"[①]正是由于符号圈具有这种不匀质性，才使得呈现在我们面前的符号空间不是一个僵死的代码结构，而是相互联系的、动态系统的集合。洛特曼指出：

---

① Лотман Ю. М. *Внутри мыслящих миров* // Семиосфера, Санкт-Петербург: Искусство-СПБ, 2000 г., с. 253.

"符号空间结构上的不匀质性构成了动态过程的潜力,它是产生新信息的机制之一。"[①]他由此总结道:"既然在绝大多数情况下符号圈内的各种语言都是不匀质的,也就是说没有相互单义的吻合,那么整个符号圈总体上可以看作一个信息的生成器。"[②]

任何一种单独的文本都必须进入某种符号空间中,也仅仅是由于和这个空间相互作用才能够运作。构成文化基本运行单位的不是单独的文本,而是属于该文化的整个符号空间。这个空间,一方面,是生命存在和延续的条件;另一方面,它也是生命存在和延续的结果。在提出符号圈具有不匀质性的同时,洛特曼指出:"符号圈的内在空间令人难以置信地既是不匀质、不对称的,又是统一、同质的。"[③]符号圈的不匀质和匀质永远是整体中的对立。符号圈内在的多样性也就意味着它的整体性,因为部分不是作为机械的细节进入到整体中,而是像人体中的器官一样起作用。这些器官既是人体的组成部分,又是整体,或是整体的相似物。

符号圈具有不匀质性,这使得整个符号圈从构造上说是不对称的。这种不对称性最突出地表现在符号圈的"中心"与"边缘"的相互关系中。符号圈"中心"与"边缘"之间的永动性和循环性是符号圈运作的基本特征之一。

洛特曼认为,最发达的、结构上最有组织的、最强势的语言构成了符号圈的"中心"。与"中心"相比,"边缘"上则是结构不够发达的、没有组织或是组织性不强的语言。因此,符号圈的"中心"与"边缘"构成了符号空间的不对称性。符号圈不仅存在着"中心"与"边缘"的关系,而且往往是几个"中心"并存。假如其中的一个核心结构不仅占据了主导的地位,而且上升到了自我描述的阶段,那么它就完成了自我结构的形成过程。洛特曼认为:"自我描述阶段是符号系统结构组织的高级形式。……无论是创立语法,还是建立法律规范都意味着将被描述的对象提高到一个新的组织水平,因此系统的自我描述在自我组织过程中是最后一个阶段。"[④]

符号圈的"中心"创建了语法后,总是力图将这些语法规则传播到整个符号圈中。这时,该符号圈中某一文化的某一种优势语言就成了描述这种文化的元语言。比如,在人类文化发展史上,佛罗伦萨的方言变成了意大利文艺复兴时

---

① Лотман Ю. М. *О семиосфере* // Избранные статьи в трех томах, Т. 1, Таллин: Александра, 1992 г., с. 16.

② Лотман Ю. М. *Внутри мыслящих миров* // Семиосфера, Санкт-Петербург: Искусство-СПБ, 2000 г., с. 254.

③ Там же, с. 257.

④ Там же, с. 254.

期的文学语言，罗马的法律准则成为了整个罗马帝国的法律准则。随着符号圈“中心”自我描述过程的完成，形成了该文化类型描述的元语言系统。用这样的元语言创建起来的“世界图景”被当代人作为现实本身来接受。按照文本来复现过去生活的后来人（包括研究者）会认为当时的日常现实就是这样的。比如，有不少历史学家就将他们在某些历史文献中看到的对某个时代现实生活的描述和记载与当时的现实画等号。他们确信，当时的人们就是这样生活的。其实，这种有关现实的图画与现实本身之间的关系是非常复杂的。符号圈的中心结构在完成了自我描述后，建立了文化的元语言，这实际上是把某种文化语言理想化了。符号圈“边缘”的符号现实与这种理想的规则是相对立的，因为这一规则并非来自于边缘上的符号现实。但符号圈的“中心”建立了规则后，这一元语言系统不仅用以描述自身，而且也被用来描述符号圈的边缘部分。这样，边缘部分的某些文本会被认为是“不符合规范的”“不正确的”及“不存在的”。比如，“我是文化人”这句话，在不同的历史时期有不同的含义。作为一个文化人，就必须按某些规则来规范自己的行为，行为中符合这些规则的才是文化人之为。假如某些行为远离了这些规则，那么它们会被认为是没有意义的，甚至是不存在的。事实上，在文化系统中这些“不存在的”行为，实际上是存在着的。

因此，符号圈的“中心”经过自我描述阶段事实上仅仅是建立了统一化的假象。在符号现实中实际存在着各种不同的趋势。洛特曼形象地解释说，这就好像在一张地图的表面涂上了一层均匀的颜色，而在这层均匀的颜色下面色彩斑斓、界限交错。如果说在符号圈的“中心”，这种规则是作为“自己的”语言在起作用，那么在“边缘”它会被看作是“别人的”语言，并不能反映处于“均匀颜色之下”的所有的符号活动。

洛特曼以艺术为例进行了论证。在艺术中处于边缘的艺术形式比起那些处于中心地位、享有很高声望的艺术更具有革命性。20世纪下半叶以来，已经有不少原处边缘的艺术形式进入了艺术的中心。比如，电影原来是一种边缘性的、不受理论限制的、仅靠技术调节的艺术，现在它早已上升到理论高度，并成为了当代最重要的艺术形式之一。欧洲的先锋派艺术也同样如此。在经历了“躁动的边缘期”后，它成为了一种备受关注的艺术形式，并迫使时代接受自己的规则，成为了极力“用自己的颜色来涂抹整个符号圈”的中心现象。但它最终也因此变得迟滞，不再作为一种充满活力和创新精神的艺术形式，而是成为了一种被理论化了的客体。

总之，一方面，“边缘”在与“中心”的冲突中逐渐壮大、成熟，并形成自己的元语言，成为符号圈“中心”地位的有力争夺者；另一方面，“中心”在获得确定性与主导性的同时，逐渐丧失了多样性、灵活性及动态性，这也最终导致了“中心”

的毁灭。从“中心”到“边缘”的符号过程在界限上表现得最为活跃和积极。界限是符号过程加速的领域，边缘的因素积极地在符号圈的界限上流动，从那里加速进入到符号圈结构的“中心”并将原来的“中心”排挤出去。

洛特曼认为，界限是符号圈最重要、最基本的特征之一：生与死的界限、荣和辱的界限、爱与恨的界限。它是符号圈的“热点”。在人类文化的各个不同发展时期，不同的界限占据着主导地位。如，宗教界限、政治界限、军事界限等等。事实上，在我们自己的意识中就有一个复杂的界限网，它们相互叠加、交错、重合。比如，“现实的”与“非现实的”、“别人的”与“自己的”、“现世的”与“来世的”等。洛特曼指出：“任何文化模式都有内在的界限。这些界限中有一个是主要的，它把该文化模式划分成内、外两个空间。”[①]内空间意味着“我们的”“自己的”“文化的”“安全的”“组织上和谐的”等等。与这个空间相对的外空间则是“他们的”“别人的”“危险的”“混乱的”等。洛特曼认为，任何一种文化都始于这种划分。如何进行这样的划分取决于文化的类型，但划分本身是普遍存在的。界限可以将“死的”与“活的”、“定居的”与“游牧的”、“城市”与“草原”分开。这种划分带有国家的、社会的、民族的和宗教的性质。

洛特曼指出，既然符号圈有着抽象的性质，那么它的界限也不应该具体地来想象。符号圈的界限与模糊数学中的界限类似。在模糊数学中，界限被称为点的集合，这些点同时属于内、外两个空间。界限具有划分与连接的双重意义。因而，它永远同时属于两个文化空间，即属于两个相邻的符号圈。在小说《罗密欧与朱丽叶》中就明显地表现出了这种“界限机制”。爱情联盟，一方面将两个敌对的文化空间联系在一起；另一方面，又将这两个空间区分开来。据此，洛特曼将界限定义为：“界限是符号个性的主要机制之一。”[②]

意识到个性的“我”，就意味着认识到了自己的特点，意识到了自己和另外一个区域的对立，也就是意识到了界限的存在。界限突出了不同空间的特征，强调了那些特征的绝对性。符号圈中交织着各种水平的界限，界限在哪里穿过，取决于观察者的立场。比如说，在某些情况下，妻子、孩子、失去人身自由的仆人，会被纳入丈夫、主人和庇护者的大系统中，他们失去了独立的个性。但在另一些情况下，他们又是单独存在的个体。俄罗斯历史上，伊凡雷帝株连九族地将大贵族及其家人、仆人全部处死，这不仅是因为他惧怕报复，也说明了从法律的角度上看这些人属于同类。

---

① Лотман Ю. М. *О метаязыке типологических описаний культуры* // Семиосфера，Санкт-Петербург：Искусство-СПБ，2000 г.，с. 484.

② Лотман Ю. М. *Внутри мыслящих миров* // Семиосфера，Санкт-Петербург：Искусство-СПБ，2000 г.，с. 257.

界限是符号圈必备的组成部分。有了界限,文化就不仅拥有了自己的内在组织,而且也创造出了相对于自己类型的非组织和非结构类型。比如,在18世纪的鲁滨孙时代,“野人”的世界处于文明社会的符号空间之外。文明社会根本不承认这个异己世界的文化是文化,对“野人”世界的评价都是负面的、否定的。要获得文明社会的认可,“星期五”需要学习文明社会的语言。洛特曼将符号圈的界限形象地称为双语翻译的“过滤器”。通过这些“过滤器”可以将文本翻译成另一种语言(或是多种语言),这些语言处于该符号圈之外。符号圈的封闭性表现在它不可能与外符号文本或是非符号文本相碰撞。要使外文本获得现实性,必须将它们翻译成该符号圈内的语言。界限就像一块过滤的膜片,这个膜片具有能将“他人的”文本进行转换的功能,能使“他人的”文本与符号圈内的文本融合。洛特曼指出:“符号空间的界限是最重要的功能和结构立场,这个立场决定了符号机制的实质。界限是双语的机制,它将外在的传达翻译成符号圈内在的语言,或是相反。这样,只有借助于界限,符号圈才可能实现与非符号及外符号空间的交流。”①

总结起来,符号圈界限的性质是双语和多语的,其功能可以归为渗透、过滤和将来自外部的信息改编、加工。变化性是符号圈永恒的规律。整个符号圈始终处于不断变化中,且经常改变着自己的内在结构。在各种不同的运动形式中,“穿越界限”的运动是最重要的一种。一种文化要和另一种文化进行交流,这种文化就必须穿过文化空间的界限,进入到另一个符号圈中,就必须通过界限将自己的文化文本翻译成“别人的”语言。尽管如此,进入该符号圈的文本只是来自另一个空间的译本,它在这个符号圈中仍然属于异类。洛特曼指出,外文本和非文本能在多大程度上成为该符号圈的现实,取决于这些文本能在多大程度上翻译为该符号圈内的语言。其他的文化要进入“我们的”文化,应该在“我们的”文化中有等价物,这有点类似于双语词典。这时的文化已经不是原符号圈中的那个了,它带有了双重身份。洛特曼举例道,进入俄罗斯文化中的拜伦,不再是原来意义上的拜伦了,而是作为文化的两位一体。形象地说,这时的拜伦具有了两副文化面孔,即“俄罗斯的拜伦”。一方面,拜伦进入了俄罗斯文学中并用它的语言说话;另一方面,拜伦仍然是英国文学的有机组成部分。他在俄罗斯的文学语境中完成自己的功能。这时,“俄罗斯的拜伦”已经获得了“英国的拜伦”所不具有的文化创新意义。本质上不可翻译的文本间的互译就是文化交流的过程。在这个过程中,另一种编码、另一种结构原则被引入到文

① Лотман Ю. М. *О семиосфере* // Избранные статьи в трех томах, Т. 1., Таллин: Александра, 1992 г., с. 14.

本中，实际上也就是将另一种异质文化引入自己的文化。在两种异质文化融合的过程中，会产生非凡的创新能力。洛特曼提出，"穿越界限"的相互渗透与侵入带有"游戏"的性质。由于符号圈中的界限错综复杂并处于不同的等级上，所以意义的生成便具有了不可预见性和雪崩的性质。他写道："被大量界限所穿越的符号空间为每一个运行于其中的传达创造了多次翻译和变形的情景，它们会产生新的信息，这种新信息的产生有着雪崩似的性质。"①

符号圈像个森林，不同的文化是这个森林中的大树，不同的文本是这个森林中的树叶与树枝。只见树木不见森林，我们既无法了解森林，也难以真正看清树木。正如翁贝托·艾柯在谈到洛特曼理论时说的那样："如果我们将许多树枝和树叶放在一起，我们仍然无法了解森林。但是如果我们睁大眼睛、自信地沿着无数交错的小径去穿越它，那么我们就不仅能更好地了解森林的辽阔和复杂，而且我们也能发现每片叶子和每个树杈的性质。"②

只研究单独的符号系统或是若干相互关联的符号系统集合，我们并不能真正了解人类文化生存与发展的空间。洛特曼构建符号圈理论的基本出发点正是希望为人类开辟出一条新的漫游人类文化森林的道路。有了符号圈这个概念，文化才从大树变成了森林、砖块变成了大厦、溪流变成了海洋。值得欣慰的是，洛特曼的愿望已经变成了事实。符号圈理论在整个文化符号学中的重要地位和价值正越来越被后人所认识，沿着洛特曼开辟的道路，穿越人类文化的空间，我们领略到的是其中奇异、美妙的景致。

---

① Лотман Ю. М. *Внутри мыслящих миров* // Семиосфера, Санкт-Петербург: Искусство-СПБ, 2000 г., с. 265.

② Umberto Eco. Introduction in Lotman, J. *Universe of the mind: a semiotic theory of culture*. translated by Ann Shukman, Bloomington: Indiana University Press, vii—xiii.

第　十　章

鲍·安·乌斯宾斯基:视点与艺术文本的结构诗学

文学文本的形式结构及其与审美效果的关系问题一直是文艺学界关注的焦点之一,也是俄国形式主义学派的继承者——塔尔图—莫斯科符号学派始终关心的重点问题。作为该学派的重要创始人之一,鲍里斯·安德烈维奇·乌斯宾斯基(Борис Андреевич Успенский 1937—)在20世纪60—70年代曾就此问题进行过深入细致的探讨,并撰写了《结构诗学:艺术文本结构和结构形式类型学》(1970)[①]一书,提出了艺术文本的视点结构理论。

鲍·安·乌斯宾斯基的结构诗学理论既沿袭了俄国形式主义学派的研究传统,注重对文学文本的形式研究,又把形式与内容有机地联系在一起,将文本结构视为意义的再生机制,同时还进一步揭示文本的“视点”转换是意义生成的重要因素。在《结构诗学》中,鲍·安·乌斯宾斯基主要以文学艺术文本的语言为研究基点,透过“视点”这一具有社会性特征的独特研究视角,对艺术文本结构进行了多维度的审视,既分析了文学文本内部不同视点之间的结构关系,又通过视点体现了文本结构与文本之外的社会文化环境以及艺术审美主体之间的联系,使艺术创作——艺术文本——艺术知觉形成了一个整体,克服了传统结构主义诗学的内向性,并在对艺术文本视点结构的具体分析中探讨了艺术文本信息的形成与视点结构的渊源关系,并最终完成了对“艺术语言”的形式化模式建构。

第一节　学术发展轨迹及其研究特点

鲍·安·乌斯宾斯基是一位目前仍然活跃于俄罗斯和欧洲学术界的著名

① 在本章节中,以下所有涉及该作品的地方都简称为《结构诗学》。

语言学家、符号学家和文艺理论家，1937 年 3 月 1 日出生于莫斯科一个文学家家庭，父亲是一位作家，母亲是一位法文翻译家。1955—1960 年，乌斯宾斯基就读于莫斯科大学语文系，期间他积极参加机器翻译讲习班[①]，并开始尝试学术论文的写作，曾分别于 1958 年、1959 年与他人合作发表了两篇评论性文章[②]，并且深受 B. B. 伊万诺夫[③]和 П. C. 库茨涅佐夫等人的直接影响。通过参加机器翻译讲习班，他还结识了 B. H. 托波罗夫，A. A. 扎利兹尼亚克，И. A. 梅列楚克，E. A. 博卡列夫等著名学者。1960 年莫斯科大学毕业后，乌斯宾斯基被留校在普通语言学和比较历史语言学教研室工作，并继续攻读副博士学位。1961 年莫斯科大学将其派往哥本哈根大学由路易·叶尔姆斯列夫和伊莱·费舍尔·约根森领导的语言学和语音学研究所进修，这不仅促成他完成副博士论文《结构类型学的某些问题》(1963)，而且直接使他的语言学，甚至接下来的符号学研究烙上了哥本哈根学派[④]的印迹。

乌斯宾斯基的学术研究发端于普通语言学，最早发表的学术论文均是探讨语言学，特别是结构语言学，如不同语言的结构类型等方面的问题。对结构语言学的研究确立了乌斯宾斯基对符号学的兴趣。他从 1962 年开始积极从事该领域的研究[⑤]，开启了其与洛特曼合作的塔尔图—莫斯科符号学研究时期。他不仅和洛特曼一起见证了整个塔尔图—莫斯科符号学派的发展历程，而且两位学者进行了富有成效的合作，有超过 12 篇[⑥]以上的系列论文是在双方密切的学术交往下共同创作而成。正是在这段时间，乌斯宾斯基结识了 P. O. 雅各布森、П. Г. 博加特廖夫、M. M. 巴赫金、Ю. B. 科诺罗佐夫、Л. Ф. 热金、И. И. 伊维奇等一批著名学者。

对符号学的钻研从根本上扩展了乌斯宾斯基的研究兴趣：他开始着手艺术

① 机器翻译在当时的莫斯科语言学研究中占据着相当重要的位置。

② Рец.: J. W. Perry, A. Kent, M. M. Berry. Machine Literature Searching. New York—London, 1956.—Вопросы языкознания, 1958, №5.—С. 138—139.〈Совм. с Д. Г. Лахути〉. Рец.: Syntax Patterns in English studied by Electronic Computer.—Машинный перевод и прикладная лингвистика, 1959, №2 (9).—С. 70—73.〈Совм. с В. А. Успенским〉.

③ 1959—1961 年 Вяч. Вс. 伊万诺夫(1929—)曾领导苏联科学院精密机械和计算技术研究所机器翻译小组的工作。

④ 丹麦哥本哈根学派，又称哥本哈根语言学会，以激进结构主义思想著称，是后索绪尔结构主义中心之一，由叶尔姆斯列夫于 1931 年发起成立。他遵循索绪尔普通语言符号学的传统，旨在建立一个“广义的语言学”，涉及文学、艺术、音乐及历史等许多学科。其代表作《语言理论导论》(1943)，从哲学和逻辑学的角度阐述了语言学的理论性问题，明确提出语言的符号性质，是哥本哈根学派的理论纲领。

⑤ 对语言学的兴趣伴随着乌斯宾斯基的整个学术生涯，他对符号学的透视始终建立在语言学家的立场之上。

⑥ 该数据由乌斯宾斯基教授亲自给本章作者提供的自 1958 年至 2012 年他所有公开发表的论著清单统计而来。

理论（圣像符号学）和文艺理论（艺术文本结构）等方面的研究。其间的《结构诗学》是乌斯宾斯基在这段时间的重要学术成果，它不仅是乌斯宾斯基在艺术理论方面研究的杰作，而且还是莫斯科—塔尔图符号学派结构符号学研究的代表性著作，是塔尔图—莫斯科符号学派正式出版的第一本专著。它在 20 世纪俄国文学理论发展史上占有相当重要的地位，同时也是俄罗斯语文学领域进行结构形式描述的具有重大价值的最初尝试之一。在该作品中，乌斯宾斯基运用结构符号学方法，明确地提出"视点"概念，并将其作为文学作品和其他种类艺术结构建构的基本因素揭示出来，同时与 20 世纪俄罗斯语文学领域，如 M. M. 巴赫金、B. H. 沃洛申诺夫、B. B. 维诺格拉多夫等的研究成果有机结合起来。此外，他还从事神话学、斯拉夫学、文化符号学和历史符号学的研究。在乌斯宾斯基的学术生涯中，语言学与其他多学科之间形成了互动的辐射。他的所有研究成果在一定程度上都离不开共同的研究方法——语言学方法，正是该方法论奠定了他整个工作的理论基础，而对其他学科的广泛涉猎则促使其对语言学这一学科的认识更加深入。他认为，语言不仅是一个交际的体系，而且还是一个信息保存和组织的体系，它不仅以一定方式组织我们所接受的信息，而且还以同样的方式将信息的接受者统一成一体；因而，就此意义而言，文化其实也是一种语言，或者是各具功能的多种语言的综合。[①] 这里所说的语言显然包括自然语言和广义的符号学语言。在不同的文化中，外部世界给我们提供的信息是按不同方式进行组织的。乌斯宾斯基在总结自己一生的研究时认为，他的全部研究都是围绕着文化符号学这个中心进行的。可见，乌斯宾斯基探讨的是作为传达内容的机制的语言，以及这种机制所利用的某种基本的符号系统。该种语言即使与人相对立的被理解的世界模式化，也模式化了理解的主体——人。

乌斯宾斯基的研究范围和兴趣极广，涉及语言学（理论和历史）、斯拉夫学、文艺学（理论和历史）、艺术学、文化史学和符号学等多个领域，至 2012 年乌斯宾斯基共计公开发表 591 部（篇）学术论著（其中包括专著 26 部）[②]。这些著述反映了作者学术研究的不同领域和方向以及他创作历程不同阶段的特征，但这些领域相互之间都是有机且深层次地联系着的。他的文化符号学研究是从结构语言学的研究出发，继而运用语言学的方法去探讨非自然语言的符号语言系统，即塔尔图—莫斯科符号学派所提出的"第二模式系统"。他在文艺学领域的研究中心是对文学文本与文化关系的研究，注重对文本发生功能的条件的探

① 从这里可以看出，叶尔姆斯列夫所倡导的旨在建立"广义的语言学"的思想对其所产生的影响。

② 这里的数字根据乌斯宾斯基本人提供的作品清单统计，具体专著名录详见附录。在这些作品中，有相当一部分被译成各种外文，在俄罗斯和欧洲享有盛誉。

讨。以他为首的莫斯科小组的研究风格直接影响了塔尔图小组的文艺理论家们,促使后者也特别重视研究作为文学文本发生器的文学语言,并且对文学文本形成的机制作细致的分析。

第二节 多维开放的艺术文本视点结构

乌斯宾斯基的结构诗学(Поэтика композиции)理论,作为其整个学术研究成果的重要有机组成部分,是他早期对语言结构类型学研究的自然延续,研究的是与视点问题有关的结构可能性类型学。他透过“视点”这一独特的研究视角,揭示了视点问题对于艺术作品结构建构的意义,将以往的语言结构类型学研究对象从自然语言提升到了文化“语言”层面,即建立在自然语言基础之上的符号语言系统——文化结构。

乌斯宾斯基关于视点问题在对艺术文本进行结构可能性的类型学研究时,综合了前人对视点问题的研究成果,首先根据揭示和确定视点的不同手段,大胆而明确地就最具有现实意义的文学艺术文本中的“视点”问题提出了其可能存在的四种层面类型:意识形态(评价)层面、话语层面、空间—时间特征层面和心理层面等,从而使得同一部作品的结构描写具有了多维性,即可以在不同的描写层面上被分解。

意识形态层面视点也可称为“评价”视点。它可以反映我们思想上对周围世界认识的一般体系,在文艺作品中最能体现作者的立场或观点,使我们了解作者在作品中是从何种视点出发来评价并在思想上理解他所描绘的世界。当作者运用多样的语言描写不同的主人公,或者在描写时通过某种方式基本运用的是他人的或者是被替换的言语成分时,则艺术文本中的视点差别不仅表现在意识形态层面,而且还表现在话语层面。世间的一切存在都是时空的具体化,任何艺术文本的叙述也同样离不开具体的时空维度,因而叙述者的视点必然在空间或时间方面带有某种确定性,在文学艺术文本中则相应地表现为被描写的事件与描写的主体(叙述者)之间的空间—时间关系在语词方面的确定。心理层面视点与叙述者和所述内容之间的心理空间距离有关。作者组织自己的叙述,既可以“身临其境”,也可以“旁观者清”。当采用第一种叙述手法时,作者将自己置身于所叙述的事件之中或者将自己置于全知全能的观察者的位置,通过援引某出场人物个体的意识来再现该人物的内心状态,如情感、感觉和体验等,以及能主导人物行为,但却无法从外部观察到的思维和动机。也就是说,该视点关注人物自身,明显带有主观性特征,与人物视点共时同步,因而可称之为“内部”视点。而第二种情形则要求作者将自己置身于所述事件之外,只运用他所知晓的事实，尽可能客观地描写事件。此时作者采用的视点带有回溯性特征，相应地可称之为“外部”视点。[①]

乌斯宾斯基的结构诗学理论是研究与视点问题有关的结构可能性类型学，因而对艺术文本中的视点进行类型学划分与阐释并不是其最终的研究目的，他感兴趣的是基于视点问题的艺术文本结构，即不同视点之间的相互关系。在对不同层面视点的分析中我们可以发现，视点与视点之间不仅具有多维的层面性区分特征，而且在每一个区分性层面上都可能存在内、外视点的对立，并且不同层面以及同一层面的不同视点之间还存在着互为渗透的内在联系和复杂的关系网络。叙述中被运用的视点彼此之间既可以形成组合关系，也可以形成聚合关系。例如，在不同层面的视点之间，像准直接引语[②]这样用来表达人物话语特征层面视点的话语手段，在许多情形下可以作为表达意识形态视点的辅助手段，用来援引某人物的意识，而观察描写时对某人物主观意识的援引，又是心理层面视点的特征，同时在意识形态层面可以存在各种表现时间透视的可能性。同一层面的不同视点之间同样存在着复杂的关系网络。在对某一叙述对象进行描写时，在同一视点层面下不仅可能有来自不同方面的视点，如来自作者本人的视点、与作者不吻合的讲述者的视点、不同出场人物的视点等，而且讲述者与人物视点还有可能产生重合，甚至替换的关系。同时，来自不同方面的视点所描写的事实本身可能相互一致或交叉，或者通过特定的方式进行相互补充，相互描写等。这种通过一定方式而形成的复杂关系网络可视为基于某一层面的视点结构。

视点问题是乌斯宾斯基结构诗学理论的着眼点，正是对这一问题的专门探讨使他的结构诗学理论突破了结构主义自我封闭的文本系统观，并在文学创作过程的四要素作家、作品、读者和客观世界之间建立了有机地联系。作为叙事学的专门术语而诞生的“视点”体现了叙事人的叙述角度和叙述方式，直接决定了作品的文本构成原则和特征，也是作家的主体性在艺术文本结构建构中的重要表现。而乌斯宾斯基在建构自己的诗学理论时不仅看到了视点问题与作者和文本结构之间的关系，还强调了视点的选择对描写对象的依赖性和读者阅读阐释的视角对文本结构的影响。

作家在进行创作时，叙述者的视点选择不仅仅取决于描写的主体（作者），而且还受被描写的客体限定。视点对描写对象的这种依赖关系在其不同的四

① 内、外视点的对立在不同视点层面中具有相当普遍的特征，但这里运用的主要是这两个术语在心理层面所具有的狭义。

② 准直接引语是作者以第三人称兼用人物的视角来叙事状物的一种话语模式，在英文和法文中称为“自由间接引语”。

个表达层面上都有所体现。在话语特征层面首先表现在对专有名词以及一般的各种各样名称的使用方面。作者话语中对出场人物的任何称名，都是作者叙述时针对该人物所采用的视角位置标志，因而人物的言语特征自然与作者以谁的名义在说话有关，同时也一定与他所说的对象和情境有关。在意识形态层面主要表现在"固定修饰语"的使用。"固定修饰语"经常用来表达作者的意识形态视点，但它们的使用基本不由作者本人决定，而是受描写客体的制约：每当提到相应客体时，它们则必定出现。作品中对人物进行描写的空间—时间视角也同样不仅取决于作者的特色，而且取决于该人物的特性：一部分人物可以从某个固定的视点进行描写，而对其他人物的描写则可以由几个不同的视角位置出发进行。在心理层面，当作品中不同的人物通过不同的方式被表现时，如果一部分人物经常或者不时地被作为叙述者的心理视点载体出现的话，那么另一部分人物则只能从侧面，通过旁观者的眼睛来表现。

读者阅读阐释的视角对文本结构的影响主要表现在作者视角位置与读者（观众）视角位置不相一致的情形中，且这种不相一致是作者在构思范围内有意的预先设定。当作者视角位置相对于读者视角位置发生动态的变化时，这种不一致用于构成反讽的基础；反过来，当读者视角位置在作者的预料之中相对作者视角位置发生动态的变化时，此时由于读者视点所发生的动态变化而形成的某种结构通常对于喜剧作品具有典型意义，可以产生怪诞的艺术效果。由此可见，读者阅读阐释的视角对文本结构的影响不容忽视。

乌斯宾斯基基于视点问题从以上三个方面，即文学艺术文本中所存在的不同视点类型及其意义、不同层面以及同一层面的不同视点之间的相互关系以及读者等影响文学艺术文本视点结构的因素，对艺术文本结构的探讨是对美国符号学家莫里斯的符号分类思想的极好例证。莫里斯认为，任何符号系统的完整意义都来自三个方面，即所指意义（符号与所指对象的关系）、结构意义（符号与其他符号的关系）、语用意义（符号与解释者的关系）。与此同时，他还以这三方面的意义关系为基础，相应地把符号学划分为语义学（semantics）、语构学（syntactics）和语用学（pragmatics）三个分支。而乌斯宾斯基的结构诗学理论正是从"视点"符号的语义、语构、语用等三方面来分别阐发艺术文本的视点结构。

乌斯宾斯基在对基于视点问题的艺术文本结构进行类型学研究时发现，视点问题不仅与文学艺术文本的结构有关，而且也与其他艺术种类，如造型艺术、戏剧、电影等的结构有关。它在与语义直接相关，具有表达面和内容面，即描写与被描写两个层面的艺术作品的结构研究中具有普遍性。但从文学艺术文本中视点得以表现的四个层面看，意识形态评价、话语特征和心理描写特征等三个层面在一定程度上可以说是为语词创作所固有，而空间和时间问题则将语词艺术与造型艺术统一起来。正是在空间—时间的特征描写层面能够发现文学与其他艺术种类之间存在最大的相似。然而，同一描写对象的时空特征表现在不同的艺术文本种类中不一定吻合。作为语词艺术的文学艺术文本通常在时间方面表现得较为具体，而在空间方面的表现则可以具有充分的不确定性，因为对于文学作品而言，其中的任何空间关系，任何出现在我们视线中的整个现实图景都必须通过语词在时间方面绵延的连续性加以传达。而与之相反，造型艺术对空间特征的传达则具有相当程度的具体性。当某部文学作品所叙述的内容具有相当大的空间确定性时，则该内容的表现形式将有可能由文学艺术文本转化为绘画、戏剧等其他造型艺术文本种类。

第三节　结构诗学思想的多元理论基础

鲍·安·乌斯宾斯基的学术研究虽然始终遵循语言学，特别是结构类型学和符号学的研究范式，然而，他的学术思想又是开放包容的。他的结构诗学理论可以说是西方现代符号学两大主要流派——欧陆结构主义符号学和美国以皮尔斯、莫里斯等为代表的逻辑实用主义哲学符号学思想，与巴赫金社会符号学思想的融合。

乌斯宾斯基结构诗学理论思想的产生是与以洛特曼为首的塔尔图学派紧密合作的产物。由塔尔图—莫斯科符号学派的历史可以看出，该学派主要是以M. 洛特曼为首的塔尔图大学的一批文艺理论家和符号学研究者，如 З. 敏茨、Б. 叶戈罗夫、A. 切尔诺夫等，与莫斯科大学以 Б. 乌斯宾斯基为首的一批语言符号学研究者，主要有 B. 托波罗夫、B. 伊万诺夫、A. 皮亚季戈尔斯基等组成。从两地学者的研究活动中我们看到，他们都非常重视符号体系的研究，但在研究风格、学术观点和主张方面并不完全一致，具体地说，洛特曼及其同事们主要是从文艺理论和文艺史的研究开始，注重从体系内部来分析不同成分、不同模式、不同层次之间的相互关系，而乌斯宾斯基等莫斯科的语言学家们则多从语言学和语言史的研究入手，关注某一体系与另一体系之间的相互作用和影响。在对文学理论的研究上，两者虽都有很深的造诣，但莫斯科符号学小组主要是站在语言学家的立场上来从事文学理论的研究，而塔尔图符号学小组则基本上是从文艺理论的角度来研究艺术的语言、艺术的符号信息系统。他们的研究使我们清晰地看到俄国形式主义学派研究的两个中心——彼得堡“诗歌语言研究会”和“莫斯科语言学小组”[①]的研究传统和研究方式的影响。这两个小组都不仅深受索绪尔结构语言学理论的影响，认同语言是封闭的结构系统以及语言的共时性和历时性观点，而且受到日内瓦语言学派、胡塞尔的现象学以及文学创作的象征主义和未来派等的影响，因而非常重视语言学理论对于文学批评的重要性。“莫斯科语言学小组”的主要代表人物雅各布森甚至认为，文学理论或者诗学是语言学不可分割的一部分。他非常重视以语言学为切入点去探讨文学的艺术特征，反对将文学研究简单地归结为对社会、历史等文学外部因素（如作家生平、社会环境、创作心理等）的研究，而应以研究作品本身的形式特征为目标。

在谈到塔尔图—莫斯科符号学派总的符号学思想和基本分析方法时，Б. 乌斯宾斯基认为，作为当代世界符号学三大研究中心之一的前苏联符号学的主要代表流派，塔尔图—莫斯科符号学派同巴尔特、格雷马斯等当代法国符号学理论家们一样，在研究方法上都承继了以索绪尔、叶尔姆斯列夫等为代表的欧陆结构主义语言学派的风格，代表着符号研究的语言学倾向，但塔尔图—莫斯科符号学派的特点在于利用语言学方法并借鉴信息论与控制论等现代理论来研究非语言学客体，即作为人类文化的符号体系，或者现实的文化符号结构，一般不去讨论抽象的符号分析方法论，持的是符号系统观。

乌斯宾斯基在攻读副博士学位期间，曾师从路易·叶尔姆斯列夫，并在其领导的哥本哈根大学语言学和语音学研究所进修，这直接使他的语言学以及后来的符号学研究带有哥本哈根学派的印迹。在格雷马斯看来，叶尔姆斯列夫“是索绪尔真正的传人，或许也是唯一的传人。只有他才明白索绪尔的意图，并最终清晰地把它概括出来”[②]。乌斯宾斯基认为自己一生不同时期的学术研究都深受其影响。作为语符学派的创始人，叶尔姆斯列夫在接受索绪尔的观点，认为语言是一种符号系统的同时，对语言的符号性质又有新的观察。通过对索绪尔结构主义语言学理论的研究，叶尔姆斯列夫发现，符号实体内部之间的关系具有科学现实性。他认为，“整体与部分的存在全凭其相互依存关系；整体受其部分之综合所规定；每一部分又受各部分之间、它与整体之间、它与更小部分之间的依存关系的综合所规定。就是说，一个整体不是由许多独立的实体构成

---

① 莫斯科语言学小组（Московский лингвистический кружок，МЛК）是在莫斯科大学语文系专业大学生的倡议下于 1915 年成立的“学会”组织，活动延续至 1924 年。首任会长是 P. O. 雅各布森（1915—1919），后分别由别捷尔松（М. Н. Петерсон，1920）、布斯拉耶夫（А. А. Буслаев，1921）、维诺库尔（Г. О. Винокур，1922—1924）担任。

② 多斯·弗朗索瓦：《从结构到解构——法国 20 世纪思想主潮》，季广茂译，北京：中央编译出版社，2004 年。

的，而是由许多关系构成的；不是单个实体有什么科学现实性，而是实体的内部和外部的关系具有科学现实性”。[①] 同时，叶尔姆斯列夫认为，上述的这种依存关系不是一种，而是多种，因而语言的内在结构是一个由各级要素共同构成的关系网络，“形式”是结构关系，“实质”是体现形式的语言外的实体（一方面是声音，另一方面是意义）。语言学只研究形式，包括“内容形式”和“表达形式”[②]。叶尔姆斯列夫还强调，在认识语言系统的同时，还要认识语言背后的人和人类社会，以及人通过语言而掌握的知识领域，只有这样语言理论才能达成自己的既定目标：人类及宇宙。乌斯宾斯基的结构诗学理论选择了具有人文社会性的视点问题作为研究对象，他对艺术文本中视点结构关系的探讨充分体现了叶尔姆斯列夫的语符学思想。

从乌斯宾斯基的结构诗学理论建构中，我们还可以看出他对美国皮尔士、莫里斯等实用主义符号学思想的吸收。事实上，塔尔图—莫斯科符号学派研究的理论资源不仅可以追溯到俄国形式主义学派，以及同样传承索绪尔语言符号学思想的布拉格语言学派和法国结构主义思想，20 世纪 60 年代初在苏联出现的控制论、机器翻译、人工智能以及文化学研究的新思维等在一定程度上也影响了该学派的研究风格和研究范式。

乌斯宾斯基在莫斯科大学学习期间，机器翻译几乎占据了莫斯科语言学研究的主流，他深受当时正领导苏联科学院精密机械和计算技术研究所机器翻译小组工作的 B. B. 伊万诺夫和毕业于莫斯科大学机械数学系从事数理逻辑和算法理论研究的兄长 B. A. 乌斯宾斯基的影响，开始积极参加机器翻译讲习班。“符号系统的结构研究”学术研讨会（1962）被认为是塔尔图—莫斯科符号学派的形成标志，它正是由苏联科学院斯拉夫研究所结构类型学研究室和控制论学术委员会语言学分会共同举办，因而塔尔图—莫斯科符号学派可以说是俄国传统的人文主义精神，即早期的结构主义（俄国形式主义），和当代控制论结合的产物。该学派，特别是以乌斯宾斯基为代表的莫斯科语言学研究小组，由于一直关注人工智能和机器翻译等技术问题，因而在一定程度上吸收了对从逻辑角度进行符号研究的皮尔斯和莫里斯的符号学思想。这一派符号学由于逻辑和技术倾向比较强，直接影响了在二次大战中开始形成的控制论和信息论。

乌斯宾斯基在谈到他的结构诗学理论时，还特别指出美国实用主义哲学家、符号学家查尔斯·莫里斯（Charles Morris）的符号分类思想对其产生的影

① 刘润清：《西方语言学流派》，北京：外语教学与研究出版社，2007 年。

② “内容”和“表达”是叶尔姆斯列夫切分的语言成分的两个平面。这两种形式各有自己的最小要素，叫做“成素”。“表达形式”的成素是音位或音位特征，“内容形式”的成素是语义特征。

响。在研究艺术文本的视点结构时，他正是借鉴了莫里斯的符号意义理论，才相应地提出了基于视点的符号结构所存在的三方面意义，即视点语义学、视点语构学和视点语用学，从而确立了其结构诗学理论研究的基本思路和方法。

乌斯宾斯基在建构自己的结构诗学理论时，对巴赫金学派的学术思想采取了兼收并蓄的态度。他的艺术文本视点结构理论将语言学所重视的词的物质性与社会学强调的词的观念性结合起来，从而把结构主义推崇的创作模式与社会学关注的社会意义相联系。乌斯宾斯基深受巴赫金的学术思想，特别是陀思妥耶夫斯基诗学结构理论的影响[①]，为自己选择了具有语境性、动态性和意识形态价值性的"视点"，作为艺术文本结构诗学分析的着眼点。他的结构诗学理论研究的中心任务是艺术文本基于"视点"问题的结构类型学，虽然整体上是对索绪尔结构语言学理论的继承，选择的是语言学的体系性与结构性研究途径，意在从艺术文本的整体结构上去把握艺术和文化现象，找到一种建构艺术作品和语言文化现象的体系与模式，但我们还是有理由认为乌斯宾斯基对艺术文本视点结构理论的研究在一定程度上具有巴赫金"超语言学"的特征，因为"巴赫金的超语言学实际上是一种话语哲学，揭示了言语行为的哲学人类学本质，其宗旨在于呵护言语行为主体（人）的生命完整性"[②]，而"视点"问题则必然与言语行为主体——人的主体性相关。在巴赫金看来，真正的诗学理论不应是仅仅建筑在抽象的语言学基础之上，而应是超语言学的研究，即把语言与社会意识形态结合起来。

可见，乌斯宾斯基结构诗学思想多元的理论基础是与其开放的学术视野和兼容的学术思想分不开的。他选择了"视点"这一具有社会性特征的研究视角，通过对文本的具体分析，不仅指出了艺术文本结构中所存在的不同视点类型和它们各自所蕴含的语义指向，以及不同层面视点之间的相互关系，还涉及了视点与读者（符号解释者）的关系，改变了以往对艺术文本结构形式分析的封闭性和静态性。

第四节　莱蒙托夫《当代英雄》诗学结构的视点分析

透过俄罗斯文论的发展史，我们不难看出，在形式与内容的关系问题上，19

① 本章作者在与乌斯宾斯基教授的邮件交往中得知，乌斯宾斯基与巴赫金相识于1963年，他在1966年初着手创作《结构诗学》时，已对巴赫金本人及其主要作品相当熟悉。《结构诗学》中，乌斯宾斯基多次引用或提到巴赫金的两部作品《陀思妥耶夫斯基诗学问题》和《拉伯雷的创作与中世纪和文艺复兴时期的民间文化》。

② 季明举：《巴赫金超语言学的斯拉夫主义哲学实质》，《外语学刊》，2011年第4期。

世纪别林斯基等人的文学批评实践明显偏向于文学作品的思想意义和社会功能的揭示，而20世纪初的形式主义学派却又过于偏向技术技巧的另一端，他们竭力摆脱作品思想内容的羁绊，试图直接由作品的形式本身来揭示艺术的真谛。历史事实证明，这两种倾向都有失偏颇。乌斯宾斯基的结构诗学理论，基于“视点”这一独特的研究视角，将艺术作品的思想性融于对艺术文本结构建构的机制与功能的揭示之中，为我们提供了一条兼顾两者的中间化道路。本节以19世纪俄罗斯著名作家莱蒙托夫的代表作《当代英雄》为例，通过艺术文本结构的视点描述方法深入揭示该小说的诗学结构，同时发掘小说中不同人物形象的构成及其意义形成机制。

从《当代英雄》描写的组织结构中可以看出，所有的叙述主体，除了“前言”中的作者外，都直接进入到被描写的世界，是所描写事件的直接参与者或见证人，而正是由于存在几个叙述主体，才引起不同层面视点运用的改变。如在评价层面，正如乌斯宾斯基指出的那样，在《当代英雄》中作者没有赋予任何人有可起支配作用的视点的权利[①]。从马克西姆·马克西梅奇的视点看，毕巧林、格鲁什尼茨基和青年军官旅行者是相似的人，而对于毕巧林来说，格鲁什尼茨基则是与之不同类的人，可他的评价体系与维尔纳医生的评价体系却有许多共同之处。根据这个系统，与毕巧林相比，作者与青年军官旅行者更接近，而比起格鲁什尼茨基，青年军官旅行者与毕巧林则较为相近等等。所有这些相近是由各种各样的视点交叉现象形成的。

为了解释这种综合结构建构的基础，必须研究《当代英雄》真正作者的观点。在这部小说中，作者正如我们了解的那样，只是在整篇小说的序言中作为叙述主体直接出现，在其他部分，他将自己的权利转托给了人物（其中包括第二版中的青年军官旅行者）。作者赋予人物以用自己的话来谈论自己的可能性。因而《当代英雄》中的五个故事里，基本的叙述形式是以“我”为第一人称的叙述，每个讲述者都有自己的经历、生活体验、世界观和性格，他们成了在具体艺术时空里存在的具体的人，因而不可避免地采取了针对其他人的观察角度。例如，从时空、评价和心理层面看，在基于对一个人长期观察而形成的总结性的特征中，每一个讲述者都在一定程度上深入到人物的内心世界。马克西姆·马克西梅奇对阿扎玛特、卡兹比奇和山民的描写与毕巧林对格鲁什尼茨基、维尔纳、维拉和乌里奇的描写可以进行比较。

上面所说的人物在叙述中是作为叙述者早已熟悉的人物出现的，因而叙述者不难确定他们的性格，叙述方法取决于心理接近程度而变化。比起卡兹比

① Поэтика композиции. СПб.: “Азбука”, 2000. с. 24.

奇，阿扎玛特对于马克西姆来说更为亲近，马克西姆对他的描写直接从内部视点开始，同时他性格产生的基础也一下子可以确定，因而揭示得较为容易。而对卡兹比奇则首先由外部视点来描写，接下来转述了有关他的传言，他的性格直到后来马克西姆根据经验才得以确定。

在毕巧林的日记中，我们找到了类似的推论，如对毕巧林来说，维尔纳比格鲁什尼茨基更亲近，因而他首先揭示了维尔纳性格的基础，接下来才描写他的外貌，而对格鲁什尼茨基和乌里奇的描写正好相反。再比如，对于青年军官旅行者来说，比起毕巧林，他对马克西姆较为熟悉，因而马克西姆的内心世界更多的是从内部视点得到描写，而毕巧林则多从外部视点被描写，而且他的性格也只能小心翼翼地加以猜测。

从以上对不同层面视点在文本中的表现进行分析可以看出，评价层面不仅确定了不同主人公形象在教育和世界观方面的层次等级，同时使所有人物都变成彼此评价的载体，他们的观点被客观化和平等化，没有人起着对其他人物终极评价载体的作用；而在话语层面，作者经常通过人物的言语表现自己的声音，人物与作者越亲近，他就更多地和作者分享他的（或者类似的）言语风格，但这不妨碍人物用自己的语言说话，在自己的直接表述中表现自己的个性；在心理层面，讲述者（青年军官旅行者、马克西姆·马克西梅奇和毕巧林）在描写别人时基本上采用的是外部视点，而有关自己本人则在任何时间都从内部揭示自己的心灵状态，但如果讲述者在描写其他人时运用他们的内部视点，则受其人生处世逻辑的限制；在时空层面，特别是在时间层面，当叙述者在描写人物的性格和外貌方面的典型特征和上流社会社交界的典型现象，以及在描写短时间内主人公的心理状态和讲述者对主人公的迅速的内部描写有信心有把握时，通常运用内部视点；当讲述人体验感受过去的事情像发生在说话时刻或写笔记的时刻时，他们也运用内部视点。

总之，乌斯宾斯基的视点结构理论不仅从理论层面为我们打开了一扇通往艺术形式与审美内容相融合的窗户，而且为我们从实践层面揭示艺术文本结构的内在生成机制提供了可能。

第 十一 章

赫拉普钦科:创作个性与艺术形象的再认识

俄苏文学理论在20世纪的中国文艺理论界经历了大起大落的命运,先是受到现代左翼文艺家的追捧,尔后又被当作修正主义文艺思潮遭到批判,再后来,当英美文论西风东渐时,除了俄国形式文论学派外,俄苏原来的主流文论几乎又被当作庸俗社会学文论的代表被抛弃和嘲弄。其实,这些偏颇的非客观的态度都是由于没有全面系统地了解与研究俄苏文论原典所致。有许多有价值的文艺思想并没有被中国文论界广泛涉猎,深入挖掘,即便有些文论家的著作被译介出来,也没有得到更加全面的细致研究。苏联著名文艺理论家米哈伊尔·赫拉普钦科的文论思想就是其中之一。

在20世纪中叶,赫拉普钦科在中国文坛逐渐为人所知。早在50年代他的文学研究著作《果戈理及其讽刺艺术》就翻译成中文出版了,而他更著名的文艺理论著作《作家的创作个性和文学的发展》[①]还在改革开放的前夕就作为"批判资料"由上海人民出版社出版发行了,新时期以来在中国文学创作界和批评界及文论界广为流行。尤其需要指出的是,可能,中国大多数文论研究者正是通过1977年出版的赫拉普钦科这部苏联文艺理论专著,第一次见识了在80—90年代才广为人知的俄罗斯著名文论家巴赫金的大名及其文艺思想。可遗憾的是,无论是对巴赫金的文论,还是对赫拉普钦科的相关评论,都没有引起应有的重视。赫拉普钦科在这部专著中介绍并高度评价了巴赫金的拉伯雷研究成果与观点。[②] 赫拉普钦科的学术创造力旺盛,学术视野极为宽广,坚守俄罗斯文学思想的优良传统,又与20世纪的世界文学进程和文艺学发展保持同步,马克思主义立场坚定,又与时俱进,直面新问题,阐发新结论,他的文论思想值得我们在文论研究的新常态下进一步重新开掘和深入研究。

---

① 赫拉普钦科:《作家的创作个性和文学的发展》,满涛译,上海:上海人民出版社,1977年。

② 同上,第114页。

第一节　苏联语文科学的“带头人”

米哈依尔·鲍里索维奇·赫拉普钦科（Михайл Борисович Храпченко1904—1986）于1904年11月21日出生在斯摩棱斯克州的一个乡村，1921至1924年间就读于国立斯摩棱斯克大学教育系历史语文部，大学毕业后曾先在偏远地区（1924—1926），后在莫斯科（1926—1928）的中学里任历史和文学教师，1926至1929年在俄罗斯社会科学研究所联合会的文学所里读研究生，1929年以后曾在沃罗涅日、莫斯科等地的大学和科研机构工作，1948至1963年任苏联科学院高尔基世界文学研究所研究员，1953年他的博士论文《果戈理的创作》通过答辩，获得博士学位。米·鲍·赫拉普钦科生前担任苏联艺术委员会主席、苏联科学院院士、语文学部的主任，并兼任国际俄罗斯语文教师协会会长等多种职务和荣誉称号，被誉为是苏联学术界公认的语文科学的“带头人”，国际学术界马克思主义文艺学的代表①。赫拉普钦科去世后被安葬在莫斯科的新处女公墓，他的文艺思想和理论长期以来曾一直成为苏联文艺学界关注的焦点，他的学术影响已经远远超出了国界，传播到世界各地，深刻地影响着我国俄苏文艺学界和整个国际文艺学界。

米·鲍·赫拉普钦科的著述很多，原苏联出版界曾多次出版他的学术著作，可以说著述等身，他的主要学术专著有《果戈理的〈死魂灵〉》（1952）、《果戈理的创作》（1953）、《艺术家列夫·托尔斯泰》（1963）、《尼古拉·果戈理：文学道路作家的伟大》（1980）、《作家的创作个性和文学的发展》（1970）、《文学、现实、人》（1976）、《艺术形象的视野》（1982）。赫拉普钦科的专著《作家的创作个性和文学的发展》和《艺术创作、现实、人》于1974年和1980年先后荣获苏联文学的最高国家大奖“列宁文学奖”。1982年，莫斯科的文学艺术出版社还专门出版了《赫拉普钦科文集》（4卷本，1980—1982）。在他逝世以后，为了纪念他，莫斯科的科学出版社出版了他的论文集《对文学和艺术的认识》（1987，中译本的译名为《赫拉普钦科文学论文集》），这部著作其实是对赫拉普钦科在各个时期有代表性的论著的一次检阅。

沿着米·鲍·赫拉普钦科的学术探索之路，我们不难发现，这位伟大的理论家总是把文艺理论的探索与具体的文学文本分析紧密地联系在一起，因此他的理论著述具有很强的方法论的指导意义，理论联系实际，对许多文艺现象和创作文本的分析都有相当多的精辟见解，很有启发性。

---

① 参见《赫拉普钦科文学论文集》的编辑说明，张捷等译，北京：人民文学出版社，1997年，第1页。

第二节 创作个性:作家的审美胎记

苏联的文学批评和文学理论脱胎于俄国革命民主主义文学批评和美学。俄国19世纪的批评家别林斯基指出:“每一部艺术作品一定要在对时代、对历史的现代关系中,在艺术家对社会的关系中得到考察”。他又说,“确定一部作品美学优点的程度应该是批评的第一要务。当一部作品经受不住美学的批评时,它就已经不值得加以历史地进行批评了”。[①] 这就是后来被俄国另一位批评家车尔尼雪夫斯所概括的“理论与历史的统一”的文学批评和研究的重要的方法论。这两位俄国文艺学先驱在“历史与理论的统一”中发现了文艺科学的研究规律。当然,这一方法论是批评家们经过长期的探索后总结而成的。在19世纪后期,恩格斯关于“历史批评和美学批评”的观点提出后使这一方法更充满了科学的内涵,使它升华至一个更高的层次。赫拉普钦科在其整个学术生涯中自始至终且灵活地运用了这一科学的方法论,是这一辩证的思想美学原则成功的实践者。

赫拉普钦科最初的文艺理论研究是从执教俄国文学史开始的。在长期的文学史教研过程中,尤其是在对果戈理研究中,他逐步把自己锻炼成一个文学理论家。早在20年代末,他就发表了《论风格问题》和《风格的代换》两篇文章。30年代初,同当时多数文艺理论家一样,他把理论研究的重心放在创作方法上,撰写了《无产阶级的创作方法》一文。在这一系列文论中,他渐进地确定了自己的研究方向——探索文学自身的理论问题。对现实文艺问题争论的参与是赫拉普钦科文论的一个特色。在理论研究活动的早期,他就注意到作家的世界观和创作方法的相互关系这一极为复杂的理论课题。30年代的苏联果戈理学中存在两种截然对立的观点:一种是形式主义派别的,另一种是社会遗传学派别的。俄国形式主义学派认为,果戈理的创作是一个自在自为的,非历史可以阐释的审美现象,而社会遗传学派却认为,果戈理的心态不过是该社会共同心理的体现,果戈理的创作方法和风格是他的世界观的具体体现。赫拉普钦科认为这两种学术观点都缺乏具体的历史主义,这两者都没有把复杂的文艺现象放置于具体的历史环境中作科学的考析。特别是社会遗传学论者还把世界观与艺术方法混为一谈。赫拉普钦科在《H.B.果戈理》一书中首次提出了一个美学观点:“作家的世界观与作家使用的创作方法之间存在着复杂的内在统一”。这显然是恩格斯关于作家倾向性与现实主义方法论之间矛盾观点的继续与传

---

① 《别林斯基选集》,第2卷,满涛译,上海:上海译文出版社,1980年,第595页。

承。后来,他将自己的观点进一步系统化了。他指出:“世界观同现实、思想——创作的构思及艺术概括的复杂关系不能归结为一个简单的公式”[①]。世界文学史的经验表明,世界观、艺术方法和创作的相互作用是多种多样的。赫拉普钦科在早期的苏联文坛教条主义盛行、庸俗社会学泛滥的历史条件下,能够洞悉世界观与艺术观、思想意识与审美方式的复杂关系,提出自己的独立的审美原则是难能可贵的,这在苏联文艺学史上具有重大的意义。

赫拉普钦科一方面深刻地揭示世界观与艺术创作的复杂关系,另一方面,又认真探索了艺术创作的个性问题。在他看来,形式主义的观点和社会遗传学的观点使果戈理的创作失去了创作个性。而只有揭示了作家独特的个人天赋、世界观与社会发展及文学现状的辩证关系,才能正确认识作家。的确,每一位伟大的作家既是历史的产儿,又是独特的、不可重复的个性。因而,在历史的环境中考察作家的创作个性就显得极为重要。赫拉普钦科对创作个性研究倾注了大量的心血。他的专著《作家的创作个性和文学的发展》在其学术生涯中乃至在整个苏联文艺学史上,均占有非常重要的位置。这部专著的完成,标志着他早期萌生的关于创作个性的观念更加完整了,更加系统化了。赫拉普钦科从世界文艺学的格局中考察了创作个性这个理论范畴。这位文艺学家发现,现代西方文论界存在着不同形式的忽视或贬低创作个性的倾向。美国文艺学家 R. C. 艾略特在谈到美国和法国的结构主义和后结构主义时承认,这些流派的文艺学家大都力求摆脱“个性”(自我 the self)的概念,回避作为意识主体的“自我”。他们认为,即使作者的“我”在文本中确实存在,也不过是一个虚构。个性只是结构的一个组成部分。[②] 结构主义者布里克则直截了当地宣称,在诗歌中,作为个人的“我”是毫无价值的。另有一些持数学或统计学方法的文论家则认为,作家的创作个性只是一个证实社会趋向的审美偏差:不具有独立的价值。“集体无意识论”者荣格也把艺术家看作是没有个性的,艺术作品就是传达整个集体所固有的非理性的心理现象。艺术家的“自我”是一个“集体的人”,他表达和塑造人类无意识的心理生活。赫拉普钦科对这引起抹杀创作个性的观点持坚决反对的态度,指出上述论点都缺乏现实的根据。在他看来,那些论者忘了一个普通的真理,与一切艺术一样,文学也在创作,作家不是电子计算机,作家的职能也不是按既定程序操作,作家是一个具有独立思考能力的鲜明个性的人,每一个作家都是带着各自的个性特点走进文学殿堂的。

赫拉普钦科在维护文学创作个性的同时,也注意到曲解创作个性的另一种

---

① 赫拉普钦科:《作家的创作个性和文学的发展》,第 64 页。

② R. C. 艾略特:《文学中的人物》,芝加哥,1982 年,第 11—12 页。

理论偏差:把创作中的“自我”推向极端。弗洛伊德就是这样解释文学创作的。弗洛伊德认为,文学的功能不是在描绘社会生活,而只是在阐明“自我”。这位精神分析大师关注的只是作家“自我”与社会的争执。显然,他把作家的个性与社会绝对地对立起来了。在弗洛伊德看来,愈是远离社会生活,愈是“拒绝模仿生活”,就愈能表现人的内心世界。仿佛艺术的深刻与社会生活格格不入,赫拉普钦科在其创作个性论中断然否定了弗洛伊德的谬误。赫拉普钦科指出,虽然,作家的创作个性是独特的,不可重复的,但它同时又反映了客观世界的一般本质,包括了人们的社会心理。每一时代的主要的社会心理都必然从杰出的作家的创作中得到自然的体现。赫拉普钦科反对把作家的世界观内部矛盾状况绝对化,认为这种绝对化正是没有足够地认识到个性与共性在创作活动中的相互联系。若要恢复这种联系,就必须把社会生活纳入影响创作的主要因素中。因此,赫拉普钦科得出结论:表现自我与体现时代精神绝不是对立的。伟大的文学家的“自我表现”常常具有公民性。确实,人们可以从俄国文艺史上可以看到,普希金、莱蒙托夫、涅克拉索夫的创作就充分显示了这一点。要使文艺作品中的“自我”体现出时代和社会的印记,那么,这个“自我”必须来自现实,来自生活,而不是神秘的。这个“自我”既带有主观色彩,又包含着客观因素;它既来自作者,又不能完全等同于作者。从赫氏对创作个性的辨析中我们可以体会到,作品中,创作中的“个性”一方面是思想的审美的个人特点,另一方面是透过作家(创作主体)以特有的方式表达出来的社会的共同心理及时代精神。例如,对新时代的呼唤,在普希金那里,多是明朗的乐观的声调,而在莱蒙托夫那里总是带有忧郁愤懑的色彩。但同时,也还应该注意到,作家的创作个性与他的生活个性并不总是一致的,而是作家的审美胎记。因此,赫拉普钦科认为以往文学史的纯“生平研究法”(即从生平论创作的方法)不很科学。笔者认为,赫氏的这一观点体现了“具体问题具体分析”的辩证思维,表明了文艺学家对“创作逻辑”的遵循。赫拉普钦科对此问题有更深刻的看法,他认为,艺术家描绘的世界与他所具有的个性是不可分割的。但是,同时,倘若不认为这是一个极其主观的作家的话,那么,作品中的一切就不能仅仅归结为作家纯个人的感受的集合。笔者认为,赫拉普钦科关于创作个性的见解对深入探讨作家的本体和创作主体与作品的关系提供了新的思路。

第三节 坚守形象思维论

在俄苏文论界的传统观念中,文学形象是文学艺术的基本元素。从古希腊至21世纪的今天,关于形象,在文论界有多种界说,但时至今日,文论家们对文学形象的本质,功能以及它在文艺学中的地位,仍在进行着无休无止的争论。形象无疑是文艺学诸多概念中最复杂的概念之一。文学形象的本质、功能、边界究竟是什么?对于把一生都献给文艺学研究的赫拉普钦科而言,这些文论的核心命题是非答不可的。他的长篇专论《艺术形象的范围》(一译《艺术形象的视野》1982)就是他晚年尽心尽力完成的一部探索艺术形象本质的力作。赫氏首先反思了黑格尔的形象观。他指出,由于世界文艺的发展,特别是20世纪文学的光辉成就黑格尔的所谓“个性和共性相统一”的形象概念对于今天的整个文艺创作已经不适用了。其实,即使在过去也未必完全适用,例如,在建筑和音乐中是难以区分个别和一般的。这两种艺术类型都不直接描绘现实的过程,而是表现人的精神世界。精神世界的表现原则是极为复杂的。即便在文学创作中,在那些趋于非理性的超感觉的“隐喻”流派的作品中,也难于发现具体的、个别的东西,因此,必须更新“形象”的概念,让它跟上文学前进的步伐。赫拉普钦科主张积极而审慎地革新文艺学的传统观念。在人物的刻画上,他赞同深化人物的心理描写,对丰富人物形象新的叙事方式、结构形式都持欢迎的态度。但是他反对把“内心独白”推向极端而演变成“意识流”的叙事方式。他认为,乔伊斯等人的这种创新是从19世纪艺术方法上的倒退,破坏了完整的人物形象。赫氏断言,形象在文学作品中的消失必然导致文学艺术走进死胡同。针对某些信息论美学的偏激观点,赫拉普钦科指出,忽视艺术形象,把艺术作品看作是简单的信息的载体,只会使艺术文化趋于贫乏。[①] 西方文艺理论中忽略形象,甚至企图从根本上取消艺术形象的倾向使赫拉普钦科忧心忡忡。

的确,在20世纪的许多先锋文艺理论中,形象的概念消失了,它更多地被艺术符号、审美信息、艺术代码等新术语所取代。赫氏在《符号学和艺术创作》《审美符号的本质》等文论中着重辨析和阐明了形象与符号(艺术形象与审美符号)之异同,重申了形象在文艺学中的应有地位,对于审美符号问题,在文论界存在着代表不同哲学倾向的两种对立的观点:一种是根本否定文艺中的符号现象,另一种认为,文学作品的本质就是符号。显而易见,它们都使符号问题陷入极端之境。赫拉普钦科认为两者均不可取。他依据马克思主义的反映论,承认符号在人类社会生活、生产和科学技术中的重要作用,承认符号是人们认识世界的必要的手段之一。世界文艺史上存在着大量的符号,是不容置疑的事实。它们有自己的形式和演化的过程,具有独特的文化价值。有的审美符号原来也是艺术形象,后来演化为固定的公认的审美符号。在一些作品中,艺术符号和艺术形象是并存的。赫氏认为:审美符号在文学艺术中也是反映现实和表现人

---

① 赫拉普钦科:《艺术形象的范围》,莫斯科出版社,1986年,第10页,

的精神世界的方式之一，但不是唯一的方式。他把审美符号界定为艺术表现的一种特例，仅仅是一种独特的艺术手段，而不是艺术的全部内容。这位理论家还极为细致地比较了审美符号和综合的艺术形象的本质、职能和活动范围。他指出，审美符号和综合的艺术形象之区别首先在乎前者代替现实现象，把人的观念和思想意志人格化。而综合的艺术形象却是反映世界上发生的过程和人们的生活。他认为，要正确地理解这一区别必须考虑到，无论是审美符号代替现实，还是以综合的艺术形象反映生活，它们的形式是多种多样的。综合的艺术形象的本质不在于纪录现象的外表特征，而在于揭示这些现象深刻的内在实质，人类和社会发展的本质方面通过形象的本身得到阐明。因此，综合的艺术形象并不总是具有造型的特征。赫拉普钦科通过深入的研究发现了审美符号和艺术形象最重要的分水岭，这就是：审美符号总具有公约性质[①]，而综合的艺术形象却要求创新。成功的艺术形象必然是对历史生活和现实生活新的发现，新的发展，新的概括，它对生活的广博而深刻的概括力远非符号所能及。形象的活动范围是极广大的。在赫拉普钦科看来，艺术形象的边界及其活动范围就是无限丰富多样的社会生活，人类的历史，现实和未来的远景为艺术形象提供了宽广无垠的天地。赫氏的形象新论给我们提供了如下的启示：对传统文艺学概念的扬弃一定要从文学的历史和现状出发。新概念、新术语的创立应当符合文学艺术的自身逻辑和规律。理论思维的辩证法可以避免以偏概全。

第四节　与文艺新论对话

20 世纪中期以后，一些新的方法论在传统的文艺学领域引起了阵阵冲击波。具有现代意识的赫拉普钦科对已经涌现的新观念、新方法和新流派表现出浓厚的兴趣，以冷静而宽容的态度对它们做出了客观的辨析。他发现，对语言采取共时性研究和历时性研究这两者之间的分裂是结构主义方法论的薄弱环节之一。结构主义者们由于脱离语言艺术的社会职能去考析文学现象，其结果就只能停留在那种纯形式的范围里。这些形式既不能使读者理解文学现象的实际结构，也不可能让人们了解文学现象在社会中所起的作用。[②] 针对结构主义的非历史社会化、缺乏社会历史内容等弱点，他提出了“社会——结构”的研究方法。赫氏主张从多种不同的角度去分析文艺作品的结构。作品的结构可以从创作方法上，也可以从作品的体裁上，还可以从作品的风格上来加以研究。

① 赫拉普钦科：《审美符号的本质》，载《文学、现实、人》，莫斯科：苏联作家出版社，1978 年，第 270 页。

② 赫拉普钦科：《认识文学和艺术——当代发展道路的理论》，莫斯科：科学出版社，1987 年，第 198 页。

不仅要分析作品本身的结构，而且还应该分析文学思潮的结构。“文学思潮的结构”在赫氏的结构问题研究中占有十分重要的地位。他注重从宏观上去把握文学的结构。他敏锐地感到，必须在更为广泛的文学远景中去考察结构的对比关系。在这一点上与巴赫金在“长远时间”里考察文学经典的形成有异曲同工之妙。因为，阐明结构关系也就是意味着揭示文学发展的主导倾向。纵观赫氏的结构观念，我们可以得到几点启发：1. 文学思潮中的诸种流派，构成了文学思潮的结构的显著特征。因而要注意梳理和比较文学思潮内部的各流派的特点及相互关系。2. 文学思潮内各流派作家的个人风格也是构成文学思潮的因素之一。因而分析思潮风格可以从个人的风格入手。3. 文学思潮的结构是发展变化的。它反映了作家对现实的认识和概括方式的变化。因而，对同一文学思潮的分析必须是历时性和共时性的辩证结合。

赫拉普钦科也承认现代符号学文论，注重审美符号的功能和意义。但是他反对将审美符号的功能与艺术作品的其他功能割裂开来研究。“没有疑问，交际功能属于审美符号的基本特征之一”，“但是，艺术符号的交际功能绝不是与艺术的其他功能相脱离的，这种功能处在与其他功能的联系中”。[①] 在事物现象的联系中考察事物现象正是辩证方法论的基本要求。无论时代怎样变化，人文学科任何发展，作为马克思主义的文论家，赫拉普钦科始终没有忘记马克思主义方法论的基本原则。

艺术接受问题是当代美学和文艺学的重大课题。赫拉普钦科把作品的接受分为现时的参与和历时的参与。关于现实的参与，他指出，从创作主体来说，艺术家创作他的作品时他所注意的不是抽象的东西，而首先是他所生活的那个社会里的人，作家本人也处在当代的思想、情感和各种愿望的巨大影响下。从接受主体来讲，这些思想、情感和愿望包含着同时代人所深刻地理解的杰出艺术家的作品的源泉，另一方面，还必须考虑到在艺术家的创作发现同读者（观众和听众）对这引起发现的“领会”之间的复杂关系。关于历时的参与，他认为各个时代的接受者对作品的参与是一种矛盾多样的现象。要考察艺术现象的生命力，就不能不注意到各个时代的各种接受者。艺术创作与艺术接受者发生联系的结果和产生的相互作用是一种不断的、发展的现象。这种相互作用是文学运动的源泉之一。艺术作品要求不断的理解。赫拉普钦科注重艺术接受者的作用，但却不把它与艺术作品本身的地位本末倒置。他反对艺术作品纯主观主义的解释。因为这种解释贬低了艺术创作的作用，否定了“诗情概括的客观

① 赫拉普钦科：《审美符号的本质》，载《文学、现实、人》，第 270 页。

性”，否定了艺术作品与现实生活关系的客观性。[①] 原有的艺术作品的改编和移植在文艺领域里是经常的现象。赫氏认为，对名著的改编和再创作，要符合生活逻辑与历史逻辑。再创作者往往要在原有的人物和冲突中选择一个新的重心。这是艺术思维的内在要求。赫氏也不否认文艺再创作的这种要求，但是他特别提醒改编者（即原有作品的接受者）注意：重要的是这种“重心的转换”必须在尊重原著的艺术价值的前提下达到“新的美学统一”。

二次大战以来，现代科学技术突飞猛进，对20世纪中后期的文艺创作和文艺理论产生了重大的影响。在文艺学界积极引进一些自然科学研究方法的同时，也产生了一些模糊的认识。有的理论家认为，在科技革命时代，艺术形象的内在可能性完结了或正趋于完结，由此产生了现代艺术向往利用科学方法的趋势，出现了把科学与艺术整齐划一的过程模式，似乎艺术已抛弃自身的家园而奔向科学的领地。在文艺学中也出现了一种非人文化的倾向，传统的文艺学的术语被抛弃，代之以大量的自然科学的名词术语，仿佛只要引进数学、信息论等学科的方法就可以立刻解决千百年不曾解决的文艺学难题。要不要保留艺术自身的特点？怎样区分艺术方法和科学方法？赫拉普钦科对此具有清醒的意识。他指出，现代科学的许多新概念无疑给予过并正在给予艺术大师们以重大影响，这些概念这样或那样地反映在他们的作品里。但是，这并不意味着他们用科学的方法代替了艺术的方法。因为，迄今为止，尚不存在证明科学取代艺术的事实。在创作中必须遵循艺术本身的特点和规律，在文艺研究中也必须考虑艺术的特征。任何忽视或背离艺术特点和规律的做法只会导致艺术的消亡。

第五节　维护艺术进步观

历史唯物主义者对人类的发展历程充满信心。作为启蒙时代文化发展的继承者，特别是具有唯物史观的文论者始终相信人类文化是从初级向高级发展的并深信这个趋势。自然，作为马克思主义的文艺理论家，赫拉普钦科对艺术的进步也十分重视，深信不疑。如何看待艺术的进步？它的标志是什么？它受何种因素制约？对待这些问题，赫氏有自己独特的见解。他把艺术的进步看作是不以人的意志为转移的客观事实。他之所以指出这个问题，是因为西方有些文艺家和理论家在艺术发展进步的问题上采取虚无主义的态度，主观臆断地否定艺术的进步。法国电影艺术家戈达尔就认为艺术中没有进步而只有变化。英国文艺学家科林伍德认为，“艺术没有（发展的）历史”。甚至连苏联作家爱伦

① 赫拉普钦科：《作家的创作个性和文学的发展》，第276页。

堡也宣称:用艺术进步或退步来解释各种不同的艺术现象往往会妨碍正确地认识杰作。这些文艺家不承认艺术的进步的观念导致了“艺术创作不可比较”的荒谬结论。然而没有比较就不可能有鉴别。赫氏恰恰从这点上指出了“否定论者”的缺陷。他认为,没有比较就很难甚至不可能充分地理解任何一个艺术家的独创性和独特性。由此可见,赫氏的“艺术进步观”的特点在于从创作个性方面去阐明艺术的发展和进步。他指出,需要解决的主要问题在于“艺术中的无个性的”、超乎个人之外的进步是不是可能的。在赫氏看来艺术向前发展,在很大程度上是由才华卓越的艺术家们所完成的那些创作发现所决定的。即便是在艺术文化发展的早期也是这样。决不能贬低创作个性在世界艺术历史很长时期内所起的主要作用。应当指出,赫拉普钦科的这些观点充分体现了对人类精神个性的重视。值得一提的是,赫氏在考察创作个性在艺术进步中的作用时,并未忽视影响艺术进步的其他重要方面。尽管,艺术的进步与历史的进程并非总是同步。但是社会的进步无疑对文学艺术家以巨大的推动作用。赫氏对这一点有深刻的认识。在他看来,才能卓越的艺术家与历史和时代联系,不仅不会阻碍艺术向前发展,而且构成了艺术发展的必要条件,后者往往是新的形象,新的创作方法的源泉。艺术的进步虽然很难规定一个尽善尽美的标准,但可以肯定的是,进步的文艺总是同社会主义、人道主义相联系的。艺术进步往往表现为把人类文明的成果继承下来并加以创新。赫拉普钦科关于艺术进步论述最为可贵的一点还在于他的“民族特色论”。每一民族艺术的进步与否,不应该以“西方文明中心论”为判断标准。这是他的正确主张。他认为,艺术的发展不一定非采纳西方模式不可。他断定下列论调是极为荒谬的。任何一种民族的艺术,如果不重复西方当前时髦的样式,就应该划入未发达之列。他赞成这样的思想:每一个民族的历史都为本民族的艺术家奠定了一条特殊的道路。笔者认为,艺术创作贵在创新学习和借鉴是必要的,他山之石,可以攻玉。但是艺术的长进决不可跟在他人之后亦步亦趋,失去独特的个性,失去民族的特点,也就难以立于世界艺术之林。由此可见,赫拉普钦科的“民族特色论”对于建构有中国特色的社会主义文艺学体系也有借鉴价值。

第六节　与巴赫金的对话与争论

赫拉普钦科对几乎同时代的学界著名同行巴赫金在俄罗斯古典作家的研究中的学术成就总体是高度评价的,但这并不意味着他盲目地一味的赞同,而是根据作家文学创作的具体实践而做出具体的学术思想判断。在《艺术家托尔斯泰》这部论著中,赫拉普钦科称赞巴赫金“正确而令人信服地分析了陀思妥耶夫斯基小说的复调性，这种复调性与此有着紧密的联系”等艺术新论[①]。不过，作为坚守俄罗斯人文传统的理论家，赫拉普钦科更执着于传承俄罗斯文艺学坚持现实主义和人道主义倾向性的传统，在评价陀思妥耶夫斯基和列夫·托尔斯泰思想遗产中也与巴赫金争论，在肯定巴赫金思想探索意义的同时，也坚持认为陀氏在平等展现小说各个角色的观点，揭示人内心世界矛盾的时候并没有隐藏作者的立场与倾向；但是，赫拉普钦科对于巴赫金关于陀思妥耶夫斯基的基本范畴不是形成的而是共存和相互影响的观点并不完全赞同。赫拉普钦科认为：“然而，陀思妥耶夫斯基不仅描述个人的世界的共存，而且也描述了这些世界之间的尖锐矛盾。”[②]赫拉普钦科结合列夫·托尔斯泰的创作对巴赫金的泛对话原则提出了质疑。

文学艺术的语言问题是文艺学的中心问题之一。文学语言与普通语言的关系构成了文艺学研究的一个重点。赫拉普钦科在这个问题上与M.巴赫金在此问题上还有过一次争论。巴赫金认为，只有在诗歌中语言（普通的）才能发掘自己的全部的潜能，因为在诗歌中对语言的需求是最大的，语言的一切方面都被扩张到极点，达到了自身的极限。诗歌从语言中榨取一切养分，因而，语言在这里超越了自身，然而，他却认为：“语言学所界定的那个语言，不能进入话语艺术的审美客体。”[③]因此，在他看来，只存在由普通语言向诗歌语言的单方面的转换。对此，赫拉普钦科有不同的看法，他认为，巴赫金关于“榨取一切养分”的观点模糊不清。因为，在不同的历史时代，存在着不同的文学流派，存在着不同创作个性的语言大师，他们每个人在其创作中这样或那样地依据普通语言，从中各取所需，但是无论是个别的杰出的语言大师，还是文学流派，都不可能穷尽语言的潜能。同时，文学史和语言也都证明，艺术语言在吸收普通语言的丰富养料时，也对普通语言以巨大而有效的影响。很显然，赫拉普钦科的论述是符合文学和语言的发展实际的。的确，文学语言与普通语言之间存在着相互影响的双向流动。高尔基曾经自豪地回顾了俄罗斯语言的发展。高尔基指出，“从普希金开始，俄罗斯古典作家从混杂的语言中挑选了最准确、最鲜明的有分量的词汇，创造了美丽的俄语”。由此可见，俄国文学和语言的发展历程正是赫拉普钦科辩证思维的历史依据。

---

① 赫拉普钦科：《艺术家托尔斯泰》，张捷等译，1987年，上海：上海译文出版社，第563页。

② 同上。

③ 巴赫金：《话语创作美学方法论问题》，载《巴赫金全集》，第1卷，石家庄：河北教育出版社，2009年，第355页。

第七节　对当代文论建设的启示

赫拉普钦科作为一个具有个性的著名文艺学家，他长达50余年的文艺理论探索给予当代文论研究以下的启迪：

第一，我们在建设有中国特色的社会主义文艺学体系过程中，仍需坚持历史的和辩证的方法论。这就是既坚持马克思主义的基本原则，又应该密切关注世界文艺发展的新态势，与时代同步。文学理论新观念和新范畴的建立应与传统理论中合理的因素有机联系，新理论的创立应是扬弃中发展，坚守历史唯物主义的原则能够避免理论阐释的空泛和肤浅。与历史的联系，与时代的关联，也就是与生活的联系，同社会现实的对接，否则，就会出现理论构建的空中楼阁。而注重历史唯物主义和辩证思维将有效地防止把问题和结论推向极端的做法，克服在创新立论时的片面性和绝对化的弊端，也避免僵化思维。

第二，赫拉普钦科文论著述甚丰，除了与时俱进可以看作是他文论探索的主要品格外，坚持文艺研究以现实文艺创作实际为理论评价标准，也是他的优长。文艺理论之树若要长青，就必须植根于活生生的文艺实践之中，别林斯基曾说，“文艺批评是运动中的美学”。这个运动是生活的运动，文艺创新的运动。文艺理论发展也同样如此，文艺学只有跟文艺实践同步发展，与生活同步发展，才会有无穷的生命力。离开了当代的生活与文艺实践，文艺理论就无法获得自身的完善。

第三，文艺学在积极地汲取其他学科（包括现代自然科学）的成果的同时，还必须考虑到自身传统的固有特点。注重保持文艺学的人文学科的特色。在与社会学科的其他种类进行碰撞时，尤其要注重文艺学科研究对象的人文本质，尤其是它的审美特征及诗学品质。

第 十二 章

利哈乔夫：从文论史到文化理论

德米特里·谢尔盖耶维奇·利哈乔夫（Дмитрий Сергеевич Лихачёв 1906—1999）是俄罗斯文学史家、文艺学家、版本学家、俄罗斯古文化学家，生前是苏联科学院（即现在的俄罗斯联邦科学院）的著名院士，这是当代每一位从事俄罗斯文学史和文化史问题研究者都必须面对的一位大学者。虽然，利哈乔夫并不是一个专业意义上的文论家，但是他在从事俄罗斯古典文学研究和现代俄罗斯文化问题研究的同时也涉及了相当多的文艺理论问题，并且有独立的卓越的文论见解。他的文艺观念和对文学研究方法的思考值得文艺学界关注。

第一节 “俄罗斯知识界的良知”

德米特里·利哈乔夫 1906 年 11 月 28 日出生于圣彼得堡，父亲是一位电机工程师，他早年就读于列宁格勒大学（今圣彼得堡大学）语文学系，1928 年毕业。从 20 年代起专门研究古代罗斯（即远古和中世纪俄罗斯）文学题材和体裁的起源和发展，尤其关注俄罗斯古代文学的起源文体。他对俄罗斯民族史诗、史传文学、俄罗斯古典文体的形成和演变有精深的研究。他关于古代俄罗斯文学的专著《古代俄罗斯文学诗学》（1969）不仅仅是一种文学史和文艺学的研究，而且更是一种内容宏大的文化研究，四次再版，被誉为“俄罗斯精神文化的百科全书”。利哈乔夫院士的主要代表作还有：《俄罗斯编年史及其文化历史意义》（1947）、《〈伊戈尔远征记〉及其时代的文化》（1978）、《俄罗斯文学的历史诗学·笑作为世界观》（1999）、《版本学》（1962）、《艺术创作哲学概论》（1999）、《沉思俄罗斯》（中文译本为《解读俄罗斯》）（1999）、《关于生活、历史、文化的思索》（2006）等。为表彰他在文学和文化研究领域中的突出贡献，他分别于 1952 年和 1969 年两次获得苏联国家文学奖。

在原苏联和解体后的俄罗斯，利哈乔夫一直被公认为是一位非常正直的学者，因此他在学界具有“俄罗斯知识界的良知”的美誉。这显然是与他坚持真理的品格密切相关的，早在大学临毕业前，他就因为学术问题而惨遭迫害。1931年，他在白海—波罗的海运河工地被强制劳动改造一年，并在此患上了严重的胃溃疡。然而，也正是在此，他开始了自己的学术研究。此后，由于利哈乔夫坚持维护俄罗斯文化传统，反对毁坏古代雕塑、建筑、园林等，他的三次苏联科学院通讯院士提名，均被否决，拖至1953年才获得通过，而他当选苏联科学院院士却到了1970年。1975年，利哈乔夫又由于反对批判苏联物理学家安德烈·德米特里耶维奇·萨哈罗夫，而被打断肋骨。

利哈乔夫虽历经坎坷，但是依然凭着知识分子的良知，坚持保护俄罗斯民族的传统文化。在当时苏联领导人戈尔巴乔夫的支持下，他于20世纪80年代中期发起并成立了俄罗斯文化基金会，并以此为阵地，强调俄罗斯文化传统的重要性，寻找流失于国外的俄罗斯文化财产，努力提升偏远地区和少数民族的文化水平。他坚持，文化复兴是俄罗斯走出危机的正确途径。一个民族的权望不仅是由武力的强大来确立，而更重要的是民族道德的尊严和文化。利哈乔夫还提出了“文化生态学”的概念，呼吁保护文化环境。他认为，人类如果没有文化，就如同离开了空气，必然会被灭绝。

在文艺理论领域里，利哈乔夫无论意识形态环境如何变化，始终专注俄罗斯现实主义创作方法文体，他的学术思想总是与时代同步前进。无论是形式主义的托马舍夫斯基的“版本学”、什克洛夫斯基的“陌生化”理论，还是超越形式文论的巴赫金的“复调理论”、洛特曼的“结构诗学”，都曾经纳入他文学史和文化史研究的整体视野之中，并给予实事求是的科学评价。利哈乔夫常常对俄罗斯与苏联现实迫切的文艺理论问题做出独立的评价。他承认现实主义文学巨大的审美价值，但不认为现实主义可以与“艺术性”画等号。

在研究古代文学的同时，利哈乔夫也非常关注现代文艺学的进程和当代俄罗斯国家文化的发展问题。他的著作通常具有大量丰富的第一手史料和实证事例，着重研究经典文学中的艺术时间和艺术空间问题。他揭示了俄罗斯文学与东正教语言文化的相互关系和相互影响，区分了艺术思维与科学思维的迥异等。

从人生经历来看，德米特里·利哈乔夫可以说是俄罗斯民族的“20世纪同龄人”，在他的思想轨迹中，后人不难发现20世纪俄罗斯知识分子思想探索的执着，也许正因为如此他也被称为是俄罗斯当代知识分子象征。

第二节　现实的艺术与现实主义艺术

俄罗斯文学界素以现实主义文学创作为重，19世纪以来的批判现实主义经典作品给俄罗斯文学研究者留下了深刻的印记，这种深广的创作方法的传统印记也影响到俄罗斯文学研究界的各个领域，无论是文艺理论研究，还是文学史研究，都贯穿一条现实主义的红线。因此，现实主义文化传统对于利哈乔夫的文学观念的影响也是如此。在利哈乔夫院士的心目中，俄罗斯文学的现实主义也几乎就是俄罗斯传统优秀文学的代名词。出于专业的习惯，他对现实主义创作方法的研究是与对俄罗斯古典文学研究紧密结合在一起的。

1957年，利哈乔夫在苏联著名的文艺理论刊物《文学问题》上发表了《俄罗斯现实主义的起源》[①]。这是他与某些把现实主义僵化的观点论战的学术论文。他肯定19世纪以来现实主义在俄罗斯文学中的主导地位，但是不赞成把现实主义创作方法定于一尊的那种绝对膜拜的做法。他从文学史考据的角度澄清了许多问题。难能可贵的是他在当时区分了"现实的艺术"与"现实主义的艺术"，以力求避免把文学史上复杂多样的文学都定义为单一的现实主义创作方法的产物。他指出："在11世纪至17世纪的俄罗斯文学里，描写现实的艺术方法绝不是现实主义的。作为描写现实的特殊艺术方法的现实主义，在俄罗斯文学中，至19世纪才告确立：但是，关于它的历史渊源问题，如果不征引俄罗斯文学自其产生以来的全部材料，是无法获得解决的"。[②] 利哈乔夫的这个注重文学史实的阐释，鲜明地体现了俄罗斯学者向来敬重和经常坚持的历史主义的态度，彰显了他运用实证主义学术研究方法论有利的一面。文论的问题解决也离不开文学史的史实的支持，不可能凭空虚构问题，更不能虚构结论。利哈乔夫具体指出："在11世纪至13世纪，人的描写完全服从于这种对世界的态度"。[③] 现实主义在俄罗斯文学中占据主导地位只能是一个渐进的过程。"《伊戈尔远征记》《拔都侵袭里亚桑的故事》《俄罗斯国土沦亡记》《达尼尔·扎托契尼克的呼吁》以及其他作品，明显地表现出进步的思想内容对扩大与加深对现

---

① 利哈乔夫的这篇文艺理论文章发表后，很快就被译成中文收入中国科学院文学研究所编辑的《世界文学中的现实主义问题》一书中。

② 利哈乔夫：《俄罗斯文学中现实主义的起源》，载《世界文学中的现实主义问题》，北京：人民文学出版社1958年，第150页，

③ 同上，第153页。

实的艺术认识的巨大意义。”[①]显然，在19世纪的俄罗斯现实主义文学中，出现了大量的心理描写。而在利哈乔夫的考证中，在俄罗斯古代文学里，即中世纪的那个时期的文学中，极少有心理感受的描写，也没有主人公与“环境的冲突”，“不描写心理感受是与这种无意识的‘和谐’密切相关的”。[②] 处在20世纪50年代，利哈乔夫的现实主义问题研究当然也受到历史唯物主义的积极影响。在分析俄罗斯古代文学中缺少人物与环境冲突的现象时，利哈乔夫正确地揭示了造成这种描写的原因，“我们看到的是唯一的备极宏伟的文体。无可怀疑的是，这种与现实性相距十万八千里的描写现实的艺术方法，是年轻的封建主阶级为要加强封建制度、巩固人们意识中官阶制度的合法性与封建关系的复杂等级的要求所产生的”。他认为，古罗斯传道文学的缺少心理描写“并不由于不了解它，而是因为这不是他们对自己提出的文学任务所要求的”。[③] 利哈乔夫就这样揭示了古代俄罗斯文学现实艺术的特点及其成因。他承认，在古代俄罗斯，已经有关注现实的艺术，但却不是19世纪意义上的现实主义的艺术。俄罗斯现实主义艺术也不是一天之内形成的。利哈乔夫认为，17世纪是现实主义艺术开始形成一个重要节点，“在整个17世纪里，艺术认识的发现特别迅速地发生，接踵而来的是新的描写方法的积累。新时代的文学诞生了，现实主义的个别因素迅速地积累起来，这些因素起初在18世纪和19世纪初的文学各个流派占有自己的位置（在古典主义、感伤主义与浪漫主义里），而最后，它们成为现实主义不可缺少的构成因素”。[④]

苏联解体以来，俄罗斯文学界总有某些文化人要清算苏联的现实主义文学，而利哈乔夫对此却保持了一个严肃学者应有的清醒。他以古代俄罗斯文学的本质特点证明了现实主义精神和传统是俄罗斯文学自古以来就有的。从俄罗斯文学诞生之初就生长在现实主义创作的丰腴土壤上，很早就确立了宏大的民族史诗和深厚的史传文学传统。众所周知，古罗斯的《往年故事》（编年史）几乎完全是写实作品。俄罗斯19世纪和20世纪现实主义文学之所以如此发达，是因为现实主义的文艺观对于俄罗斯文学来说并不是舶来品。他认为，19世纪中期和下半叶，历史科学在俄罗斯的发展与现实主义的吻合不是偶然的。现实主义与历史感悟性的出现紧密相连，与对世界的变化性的意识，自然而然也与对审美原则的意识紧密相连。同时，现实主义有助于理解俄罗斯古代文学。

① 利哈乔夫：《俄罗斯文学中现实主义的起源》，载《世界文学中的现实主义问题》，北京：人民文学出版社1958年，第156页。

② 同上，第154页。

③ 同上。

④ 同上，第161页。

利哈乔夫还把现实主义与人道主义相提并重，认为这两者在艺术内部是相通的。“人道主义和现实主义本性是艺术的永恒本质。在任何重大的艺术流派中，艺术的某些根深蒂固的方面都获得了发展。艺术中所有伟大流派不是重新创造一切，而是发展属于艺术本身个别的或者许多的特点。而这首先就涉及现实主义。现实主义是开始于19世纪的流派，但是，现实主义是艺术固有的一个永恒的特点。”[①]利哈乔夫的上述论述意在表明，现实主义在十月革命前后的俄罗斯及后来的苏联文艺界占统治地位，主要还是包括19世纪俄罗斯文学在内的俄罗斯现实主义强大传统的合乎逻辑的结果。因为，甚至现实主义在西欧衰落的20世纪初，俄罗斯的现实主义潮流仍在汹涌奔腾。作者热诚守护俄罗斯现实主义的文学成就，实际上就是守护俄罗斯民族对世界文学艺术的珍贵而丰厚的贡献。

第三节 坚持历史主义 批评形式主义

近代俄罗斯文坛和文论界是一个善于创新的思想资源集散地。1921年雅克布森在《近代俄罗斯的诗歌》提出了“文学性”的形式文论核心追问等问题[②]。在雅克布森确认的形式主义文论学派确证文艺科学的主攻方向为“文学性”后，什克洛夫斯基又提出了“陌生化”或“奇异化”法则。形式主义者们认定“文学性”的要义就是文学作品语言结构“陌生化”或“奇异化”，即在阅读中加深感知难度的方法就是文学创作的宗旨。这种理论上的极端深刻虽然一时引起了学界瞩目和诗学思想的创新，但是，在长于文学史研究的专家看来，形式文论学派的“文学性”和“陌生化”定义回答不了文学创作的诸多复杂现象。利哈乔夫院士尖锐地指出，俄国形式文论“陌生化”概念在构词学和内涵上，存在明显的学术缺陷。他明确写道：“这个术语很不成功——不知道它是从什么词汇中产生的；凭听觉这个术语易于‘отстраннение’一词混淆，甚至即便是正确听到后，也不能立即理解术语由它产生的这个名词是‘陌生化’，而不是‘国家’(可能，更加正确一点写这个术语是通过两个‘н’)。”[③]术语的清晰是避免逻辑混乱的前提之一，形式文论者一心标新立异，却缺少严谨的构词学的正确理念。利哈乔夫还注意到，俄罗斯形式主义者的那一套所谓文论创新只不过是在近代文学研究的基础上，特别是在未来主义文学运动的基础上，提出“陌生化”创作法则的。

---

① 利哈乔夫：《解读俄罗斯》，吴晓都等译，北京：北京大学出版社，2003年，第278页。

② 同上，第204页。

③ 同上，第312页。

但是，这个看似独创的法则，对中世纪的俄罗斯文学却很不适用。他指出，对中世纪的读者而言，主要的审美享受是在"陌生的"现象中发现"熟悉"的现象。他在《关于文学研究的思考》中曾经以中世纪的文学艺术创作为论据，证明了体裁和手法的"世俗化"(即"熟悉化")创作法则的运用，在当时艺术实践中占主导地位。[①] 典型例证是，古代俄罗斯艺术就是"艺术装饰"的现实艺术。"现实艺术"在这里显然指的是俄罗斯世俗大众熟悉的艺术内容和形式。利哈乔夫还指出，在俄罗斯文学中。无论是中世纪的，还有近代的，都存在着另一个典型的现象。这就是俄罗斯作家固有的"形式的羞愧性"，即作者们为了完美的表达自己的思想而力求摆脱"过于成型的纯文学的形式"，他们在写作时大多用口语或公文语言，而不用文学语言写作。[②] 利哈乔夫反问道："而近代艺术总是追求将平常的'陌生化'吗？如果这是'陌生化'的话，那么，是从什么观点呢"？[③] 显然，与学术视野相对狭隘的形而上学偏激的形式文论者不同，俄罗斯文学史家是从更加"长远的时间"(巴赫金语)来看待文学的本质特征问题的。不仅古代俄罗斯，不仅是中世纪文学缺少所谓的"陌生化"，近代现实主义的艺术的大繁荣也证明"陌生化"写作并不是作家们趋之若骛的审美取向，而且不仅是俄罗斯文学。的确，俄罗斯近代最伟大的作家普希金的创作也可以作证。诗人常常采用民众熟悉的题材、体裁和语言进行写作。他还经常鼓励果戈理等后辈作家到集贸市场上去学习俄语。他的现实题材和历史创作《驿站长》《叶甫盖尼·奥涅金》《普加乔夫史》《彼得大帝史》和《上尉的女儿》都是对俄罗斯人熟悉的生活现象的聚焦和浓缩，其表达手法绝无丝毫奇异陌生可言。这毫不奇怪，普希金语言的第一导师正是描绘民族传统生活的俄罗斯民间文学，而不是以所谓的"陌生化"著称的"纯文学"。当然，即使在传统文学中出现了"陌生化"的转型，也是从熟悉的现实生活和人物中派生而来的。俄国大批评家别林斯基曾经提出过文学典型的著名定义，典型即所谓"熟悉的陌生人"。显而易见，别林斯基的这个典型定义的逻辑重心并不在陌生化上，而是在"熟悉化"上。其实，从西方最早的文艺理论"模仿说"来看，人类对艺术的接受从一开始，就是从"熟悉化"起步的。中国现代文学大师鲁迅的概括"杭育杭育派"和古罗马时代的劳动歌曲"划手歌"等文学形式，也恰恰证明了文学的最原生态是以"熟悉化"开始的。中国的"杭育杭育"和欧洲的"嗨约约"("划手歌"歌词)即是劳动者的兴奋和喘息的再现。无可置疑，欧洲文论中的"模仿说""再现说"和"复制说"都是从"熟悉化"的文学

---

① 参见利哈乔夫：《解读俄罗斯》。

② 同上，第 313 页。

③ 同上。

现象着眼的。因此,利哈乔夫依据俄罗斯自古以来到近代文学创作的文学经验与史实对俄国形式文论的批评是有理有据的。

历史主义的方法论在俄罗斯文艺学界具有牢固的地位。利哈乔夫喜爱文学史和文论研究中也始终坚守这一传统。他在《文学中的历史主义原则》一文中明确地指出:“文学作品是一种变化着的价值”。[①] 这不禁令人想起俄国革命民主主义批评家别林斯基的名言:文学批评是一种“运动中的美学”。在评价俄罗斯文本学成就时,利哈乔夫指出,“文本学中的历史主义也表现在文艺学多种多样的领域里。历史主义早就占据了古罗斯文学研究的前沿阵地。其光辉成就展现在德米特里耶娃献给古代罗斯的那部专著中”。[②] 他不仅鼓励学者在文学史研究中坚持历史主义方法论,而且坚信俄罗斯文学研究的这种富有成效的方法论会对现代结构主义的弊端加以清除。“重要的是在俄罗斯的解构主义研究系统中越来越顽强地流露出历史主义的态度,它归根结底将结构主义变成非结构主义,因为历史主义摧毁着结构主义,同时又允许从中吸收最好的因素。”[③]他在《文学的结构》一文中,自己就率先践行了历史主义的原则,指出:“近代文学的结构就显著地不同于中世纪文学的结构。”[④]所以不可能像某些学者那样一成不变地抽象地谈论文学的作品结构,而忽视文学结构的历史演变性。同样,在探讨文学作为交际和复调的时候也没有忘记历史主义的方法论原则。“俄罗斯文学越来越呈现出一种统一:历史的统一和在每个时代的内部既斗争又结盟的统一”(《文学作为交际和复调》)[⑤],这显示了利哈乔夫作为具有现代意识的和宽容态度的古典文学研究学者,既坚守俄罗斯人文学科的优秀传统,同时又不失与时俱进的创新精神。他能够把历史主义和现代人文学科的前沿方法有机融合在一起,以推进传统文学研究的前进。

第四节　知识分子性与文化性

在俄罗斯近代的文化贡献中,“知识分子”的这个概念大约是比较突出的。俄罗斯文学史和文化史公认是18世纪末贵族革命者拉吉舍夫最早代表了俄国

---

① Д. С. Лихачев *Принцип в изучении литературы Очерки по философии художественного творчества* Русско-Балтийский информационный центр Санкт-Петербург 1999,с. 121.

② 利哈乔夫:《解读俄罗斯》,第315页。

③ 同上。

④ Д. С. Лихачев Строение литературы, *Очерки по философии художественного творчества* Русско-Балтийский информационный центр Санкт-Петербург 1999,стр. 54.

⑤ Д. С. Лихачев *Очерки по философии художественного творчества* Русско-Балтийский информационный центр Санкт-Петербург 1999,с. 146

近代的知识分子群体。利哈乔夫在《知识分子性》一文中论述了知识分子的人文伦理问题。他特别区分了“教养性”和“知识分子性”这两者的概念。他批驳了这样一种偏见：“许多人认为，一个读书很多，获得良好教育（甚至主要是人文教育），见识很广，通晓多种语言的人就是知识分子”。[①] 他认为，“不能把教养性与知识分子性混淆起来。教养性依赖旧知识生存，而知识分子性创造新事物并且把旧事物作为新事物加以理解”。[②] 利哈乔夫把“知识分子性”理解为一种“善待世界和人们的能力”，是对世界和人们忍耐的态度。显而易见，利哈乔夫把知识分子与“知道”分子做了严格的区别。有知识并不意味着有人文情怀。他认为，对他者的尊重，甚至忍耐才是知识分子应有的人文素质。他指出，“知识分子性”不只是存在于知识中，“而在于对他者的理解能力中”。[③] “礼貌和善良不仅使人变得生理上健康，而且也美丽”。[④] 利哈乔夫真诚地追问：“什么是人的智性、文化性？是知识、博学、知识渊博吗？不是！将人从其所有的知识中解脱出来吧，让他失去记忆吧，但是如果他在这种情形下还保留了理解其他文化的人们，理解艺术作品广阔的和多种多样的范围、理解他人的广阔范围的能力，如果他还保留‘理性的社会性’的技能，保留其欣赏智力生活的能力，那么这将是一个智性的和有教养的人”。[⑤] 说到底，在利哈乔夫的人文词典中“知识分子性”的核心是真善美与人文智力的完美结合。

利哈乔夫提出的“文化性”是一个独特生态人文的概念，他超越了一般意义上的人文知识范畴而扩展至生态理性。他在《俄罗斯的大自然》一文中指出：“大自然有自己的文化，混乱不是正常的大自然的状态”，“大自然有自己的‘社会性’。它的‘社会性’体现在它可以与人一起生存，与人为邻，如果人自身也成了社会的和有教养的，保护它，不给它造成不可挽回的损害，不把森林砍光，不使河流干涸……”[⑥]利哈乔夫的这种观念表明，他所理解的“文化性”其实，就是人与自然和谐相处相伴相生的一种大人文伦理秩序。这也是他长期在列宁格勒郊外长期观察植物生长规律的结果，他得出结论，大自然的文化性就是社会性（《俄罗斯的大自然》）。利哈乔夫的这些人文理念其实与东方的“天人合一”的人文生态理念已经极其相似了。真所谓“东海西海，心理悠同”（钱钟书先生语）。

---

① Д. С. Лихачев *избранное мысли о жизни истории культуре* Р І К Москва 2006，с. 61.

② Там же.

③ Там же，с. 62.

④ Там же，с. 63.

⑤ 利哈乔夫：《解读俄罗斯》，第 320 页。

⑥ 同上，第 381 页。

第五节 文学方法与园林研究

利哈乔夫的学术活动经历了在文学与历史文化之间不断交叉探索的过程，他对俄罗斯地方文化的历史，特别是圣彼得堡和诺夫哥罗得的历史变迁，做了专门的研究。作为俄罗斯北方历史的专家，他对诺夫哥罗德、圣彼得堡、北方宗教圣地索洛维茨修道院和瓦拉姆群岛以及沿海地区的文化史有精深而独到的考察。长年研究俄罗斯北方文化的利哈乔夫对俄罗斯北方文明特别是古都诺夫哥罗德的历史和意义做了精辟评价。其目的在于强调，影响俄罗斯的历史文化发展的古老根源除了"俄罗斯诸城之母"基辅之外，还有这个绝对不可忽视的北方古都——诺夫哥罗德。因为，无论是从中世纪崛起的莫斯科罗斯，还是开始融入欧洲进而走向世界的近代俄国，都更多地继承了诺夫哥罗德的物质和精神遗产。利哈乔夫指出，至于俄罗斯国家体制的历史特点，"下面一点也很重要：俄罗斯人建立自己首都的趋向是尽可能靠近自己国家的边界。基辅和诺夫哥罗德产生在最重要的9—11世纪在连接欧洲北方和南方的欧洲的商路上，即在'从瓦兰吉亚人至希腊人'的道路上。在几条商河上建立了波洛茨克、切尔尼哥夫、斯摩棱斯克和弗拉基米尔等城市。后来，在鞑靼一蒙古人统治之后，刚刚开辟了与英国通商的可能性，伊凡雷帝就尝试将首都迁往更靠近'海洋'的地方，靠近新的商路——沃洛格达，只是一个意外情况使他的计划未能实现。彼得大帝在最危险的国界上，在波罗的海岸边，在与瑞典人的战争尚未结束的条件下建立新首都圣彼得堡，就在这个方面（彼得所做的最极端的一件事情）他也继承了久远的传统"。[①] 这就是诺夫哥罗德的传统，彼得堡的建立恰恰就是俄罗斯古老传统的体现。此外，在城市的规划方面，利哈乔夫也认为："彼得一世是参照着诺夫哥罗德兴建彼得堡的，它替代了诺夫哥罗德，参考了它的历史作用。在这个过程中他偏离了不太方便，难于与其他国家交往的'不对称'城市的文化。还值得提及的是，彼得用宫殿和花园环绕彼得堡的那个环型布局与环绕古代诺夫哥罗德的修道院和教堂的环型布局相类似。"[②]（《作为首都的古代诺夫哥罗德》《俄罗斯文化史上的彼得堡》《城市形象与文化发展历史继承性问题》），所有这些有关俄罗斯北方城市发展的论著，充分显示利哈乔夫也是一个出色的建筑史学家。不仅如此，利哈乔夫还深入探讨了俄罗斯文学与俄罗斯建筑的关系，表达了他的审美和环保理念。这位热爱俄罗斯古典文化的文学大师

① 利哈乔夫：《解读俄罗斯》，第36页。

② 同上，第406—407页。

生活的圣彼得堡，既是建筑学家拉斯特列里和罗西的圣彼得堡，也是诗人、小说家普希金、果戈理、陀思妥耶夫斯基的圣彼得堡。这是利哈乔夫格外珍视的故乡，世界建筑文化的博物馆。他甚至将城市风光的欣赏理解为对某种既定的文学戏剧的情节发展欣赏的动态过程，主张用俄罗斯著名建筑学家格列夫斯倡导的"文学的方法"来保护和建设城市。苏联时期，在列宁格勒的瓦西里岛沿岸修建了一些呆板的楼群，遮挡了从海上远眺彼得堡古典建筑的视线，从而破坏了欣赏这座美丽古城的"预感"，利哈乔夫对此深感痛心。利哈乔夫将"文学的方法"纳入城市建设研究，用文学的眼光来考察规划城市的建筑和园林布局，典型地体现了这位俄罗斯老学者在文化研究方面独特的审美思维个性。

第六节　文学中心主义与文学素质教育

作为文学史家，利哈乔夫真切地感到文学对俄罗斯社会历史的重大意义。像所有的俄罗斯知识分子一样，他认定，文学是俄罗斯民族的灵魂。文学是俄罗斯民族的哲学。优秀的文学作品是俄罗斯民族的良心。他借用海涅的表述说，"如果音乐组成了意大利民族的话，那么文学就组成了俄罗斯民族"(《解读俄罗斯》)。换言之，俄罗斯这个民族的精神核心就是文学。在俄罗斯文学和生活是紧密互动的。利哈乔夫指出："在俄罗斯的条件下文学经常闯入生活，而生活也经常闯入文学"。① 文学在俄罗斯民族的生活中的重要作用是其他任何一个欧洲民族都无法比拟的。而俄罗斯的文学在民族社会生活中的崇高地位又与伟大的俄罗斯诗神普希金的功业密切相关。普希金被认为是俄罗斯文化的最高典范。在普希金的身上体现着俄罗斯文化的全部优点。在利哈乔夫心中，俄罗斯文化就其精神而言是多民族的，普希金恰恰就是这种文化的代表，这位诗人转向德国的歌德、英国的拜伦和雪莱以及法国的、意大利的、阿拉伯的诗人不是偶然的，普希金以极为简洁和富于表现力的形式表现了世界诗歌的主要成就。因此，利哈乔夫深情地呼吁设立全俄罗斯的"普希金节"，即把普希金的诞辰日 6 月 6 日确定为俄罗斯全民的文化节日。利哈乔夫的这一倡议反映出俄罗斯文化界知识界对民族文学先驱的深切怀念和对文学作为社会人文价值核心的特殊敬重。

但是，不能不指出的是利哈乔夫作为知识精英对苏维埃文化尊重劳动阶级出身的知识分子的传统是保持距离的，比如，他对肖洛霍夫的评价过低，甚至反

---

① 利哈乔夫：《解读俄罗斯》，第 41 页。

对建立"肖洛霍夫学"。[1] 这里并不能说明他的观念的正确，而恰恰暴露了他的文艺思想的局限与偏见。十月革命的巨大成就之一是俄罗斯工农获得了沙皇时代和临时政府时期都从未有过的掌握知识的权利。列宁的"艺术属于人民"的思想与政策让苏俄劳动阶级的不仅可以享用俄罗斯乃至全世界的文化和文明成果，而且给了他们发挥自己文艺才华的空前广阔的创作天地。他们的创作中蕴含的民间文艺和文化的因素也自然是俄罗斯文学研究的重要构成部分。利哈乔夫将涅克拉索夫学、列昂诺夫学、肖洛霍夫学排斥在俄罗斯文学学术之外，将普希金学与肖洛霍夫学对立起来显然是背离了普希金文化的传统。

俄罗斯的素质教育在世界教育史上独树一帜。利哈乔夫在长期的文化研究和教学中深感基础人文教育的重要性。在他看来，中学时代的教育是树立一个人人文素质最重要的阶段。而在这个阶段教育的重要内容之一，就是教育青少年从小养成对包括文学、艺术、历史文物名胜古迹在内的传统文化价值的尊重和继承。不必急于选择专业，而应重在青少年人文素质的培养。其中重要任务之一就是培养他们的审美欣赏力。正像作者所言："培养审美欣赏力是极为重要的。审美欣赏力不是唯美主义，因为，这是极为重要的社会情感。这是人的社会性的一个方面，它与民族排他性情感及沙文主义相对立，它培养人对其他文化——外语的和其他时代的文化的宽容态度。"[2]（《关于文学研究的思考》）。显而易见，在利哈乔夫的人文观念中，审美鉴赏力和宽容心态有着内在的一致性。这不仅仅是一种智性的体现，而且更是高尚道德的表现。（《关于文学研究的思考》）。当今时代与20世纪以前的时代相比，传统文化存在方式在社会生活中的份额和影响力日趋下降和减弱。影视文化或"读图文化"在排挤书籍文化或者"读文文化"。如何保持传统文化的魅力是文化学家们思考的重要问题。利哈乔夫并不排斥现代文明，但这位老学者主张守护具有浪漫和经典格调的传统文化范式。正如他所说的，"汽车不能代替马匹，人造花朵也不能代替鲜花。电子阅读虽然有自己的优势，但是却不能提供传统阅读的那份独有的感觉和快乐"。的确，只有注重现代文化和传统文化的平衡，才能保障文化发展的健康进程。

18世纪以来的近三百年，俄罗斯这个横跨欧亚的文化大国对世界近现代物质文明和精神文明的发展有过自己的显著巨大贡献，特别是以文学创作为中心的人文审美的贡献，而这种贡献的独特性既需要从它的经典文本方面去领略，也需要从蕴含俄罗斯古典文艺思想的文论思想方面去解读。因此，利哈乔

---

① 利哈乔夫：《解读俄罗斯》，第320页。

② 同上。

夫院士的文学思想和文化观念，能够或多或少地帮助关注和研究俄罗斯经典文化问题的学人去接近这个目标。

第七节 科学思维与艺术思维

德米特里·利哈乔夫作为20世纪俄罗斯民族知识分子的象征，在社会科学领域做出了许多精辟的论述，尤其是从文化与空间的关系入手来揭示俄罗斯文化的特征。这种文化大空间特征，既表现在种族起源和地理位置意义上，同时也显现在俄罗斯语言和宗教等的复杂构成方面。德米特里·利哈乔夫非常生动地把俄罗斯文化的这种多元构成称之为“合唱原则”①。他指出：俄罗斯的丰富和多元不仅是在于，其纷繁多样的种族和文化，而且还在于生活在俄罗斯这片土地上人民的精神层面的丰富多彩。② 然而，德米特里·利哈乔夫对文学批评理论最重要的建树之一，也许是他晚年对科学思维和艺术思维不同特征的研究，这不仅为我们弄清了人类思维活动的两种方式及其迥异，而且为文学批评理论方法，提供了新的分析途径。

从1986年到1992年，德米特里·利哈乔夫深入开展了对于人类思维活动的研究，他先后在《俄罗斯文学》杂志上发表了系列论文。在这里，他运用把历史文化学、历史诗学与语言学等有机结合起来的综合研究方法，借鉴了当代西方文艺批评理论的部分成果和教训，竭力从历史的角度考察文学的内在构造及变化，指出了科学思维与艺术思维的不同特征，试图寻找到重新认识文学批评意义的新途径。他以为，人类自古以来就有许多种思维范式，但是归纳起来，最基本的思维范式有两种，也就是科学思维与艺术思维。他在《科学与艺术(两种思维)》一文中指出：“认识世界可以有两种范式：一种是‘静止的’、纯静观的、判断的，另一种则是‘运动的’，是一种探索被认识事物的运动，所以是一种‘探索’认识。前者主要是指科学，后者则是指艺术。”③科学思维范式与艺术思维范式，如果从哲学上来说，就是逻辑学范式和现象学范式。前者是指从科学研究的角度，对客观现象进行深入的分析，通过归纳、演绎等方式，以求对事物的本质把握，探寻事物的规律性和必然性；“科学总是在探索着规律性，科学首先注重那些重复、相似和共同的现象，而却很少关注个别的现象”④。科学范式总是

---

① Д. С. Лихачев: Раздумья о России, Изд. LOGOS, СПб., 1999, с. 22.

② Там же, с. 11.

③ 德米特里·谢尔盖耶维奇·利哈乔夫：《艺术与科学(两种思维)》，载《俄罗斯文学》，圣彼得堡，1992年，第2期，第3页。

④ 利哈乔夫：《文学中的规律性与反规律性》，载《俄罗斯文学》，列宁格勒，1990年，第1期，第3、7页。

把客观的各种现象加以归类，寻找它们的共同之处，从而得出带有普遍意义的结论。后者则恰恰相反，注重对客观现象本身的把握，并不追求揭示事物的本质，而是重视事物的非规律性和偶然性。从人类发展的历史来看，这两种思维范式虽然有着密切的联系，而且往往被同一个时代的人们同时运用，但在不同的时代，总有其中的一种思维范式占主导地位。

在远古时代，当语言文字还尚未出现的时候，人类所运用的最主要的思维范式应该说是艺术思维范式。那时的人们还无法把握客观世界的本质，甚至连抽象思维的能力都很弱，还很难用语言来清楚地表达自己的思想和描述客观现象，因此人类只能用艺术思维范式来认识世界。随着人类文明程度的不断提高，语言体系的建立，人们开始用科学范式来看待世界，把客观世界的各种复杂现象加以归类，寻找它们的共同之处，从而得出带有某种普遍意义的结论。又经过相当长的历史时期，人类进入了高科技发展的今天，人们渐渐发现，用科学体系来解释我们生活的世界，显然是不够的，特别是不能够解释复杂的艺术现象。于是，艺术思维范式又重新成为人们认识世界的重要方式。当然，这里的艺术思维范式已是更高层次上的。目前，这种由科学思维范式向艺术思维范式的转向还在进行，并没完成。

德米特里·利哈乔夫关于艺术思维与反规律性的研究，为我们的文学批评方法提供分析文本的新路径。以往我国文学批评界已经习惯于用科学思维，对文学文本或艺术形象进行归纳式概括和演绎，从而得出相对确定的结论，这往往容易以点代面，得出的结论也只是来自于某个特定的视角。

在我国19世纪俄罗斯文学史的早期研究中，也就是在改革开放以前，批评界往往依据“政治标准第一，艺术标准第二”的批评原则，主要从文学创作反映现实的政治视角去分析作品。比如，在普希金的小说《上尉的女儿》中，作家描绘了主人公格里涅夫与农民起义领袖布加乔夫之间的一段友谊。评论界仅仅从意识形态视角出发，发掘了该小说同情农民起义领袖等的政治内涵。然而，如果从艺术思维的角度来看，普希金同时也是一个普通的人，一个重义气的朋友。实际上，因为在暴风雪的深夜，布加乔夫帮助了迷路的格里涅夫，而格里涅夫则把自己的皮袄赠予布加乔夫，因此俩人结下了深厚的友谊。普希金的创作意义是由不同视角阅读的交织融合在一起，艺术地呈现在文本中的。

在俄罗斯学界，规律与反规律、概念与反概念等艺术思维的方式已经得到了广泛的应用。在2007年出版的《俄罗斯文学的今天》一书中，编撰者谢尔盖·丘普里宁在序言中就表明，文学自身是有生命力的“活物”，任何一部文学经典，任何一个文学术语，读者都可以从不同的视角来读取意义，甚至可以得出迥然不同的解释，例如在现实主义这一词条中就列出了许多种阐释，有的甚至是相反的,由读者自己选择。

其实,任何一位文学经典的作家往往是非常复杂的,同时具有着不同的创作身份,我们的批评应该关注各种身份之间的关联,比如政治身份、阶级身份、宗教身份、亲情身份、友情身份、情缘身份等,而且还要注意不同时期这些身份的交织、转换和发展。从不同身份的界限出发,我们就可能得出文本的不同意义。在研究列夫·托尔斯泰的创作中,批评者只有把贵族托尔斯泰伯爵、宣扬"道德自我完善"的思想家托尔斯泰、宗法制农民的代言人、暴力革命的反对者、伟大的爱国主义者、现实社会制度的批判者等,作家的各种身份融合起来,才能够认识到托尔斯泰创作的复杂意义。

然而,如果批评仅仅局限于此,即便是揭示出了文本创作意义的丰富性,还是相当不够的,因为这还不足以揭示文学文本的审美智能机制,无法发掘文学创作文本的艺术价值的产生过程。从反规律性的视角来看,文学经典的艺术审美价值恰恰在于作家创作身份的自我克服,也就是文学文本的艺术价值产生于身份与反身份话语的对话之中,对话可以说是文学文本智能机制的核心,对话的过程是文本艺术价值产生的过程。

文学文本作为一个智能的意义生成机制,其中各个不同的符号体之间具有对话和游戏的性质,它们的碰撞形成了文本的复杂加工,导致意义的增值和变化,文本不再受规律性制约,不再有固定的终极意义,而主要就表现在作家创作身份与反身份之间的对话之中。

实际上,列夫·托尔斯泰的文学创作过程就是一个不断自我对话的过程。长篇小说《复活》是列夫·托尔斯泰的最后一部长篇小说,也是他呕心沥血,在完成了长篇小说《安娜·卡列尼娜》之后长达二十年之久的艺术探索。根据作家本人 1895 年 11 月 5 日的日记,从 1889 年动笔至 1895 年,整整六年的时间,列夫·托尔斯泰对《复活》的开头反复修改,终于明白应该把写作的立场转移到平民这边,也就是从玛丝诺娃的冤案写起。托尔斯泰以深切同情的笔触描绘了俄国农民和城市贫民的悲惨生活,以批判的视角审视着自己所属的上流社会。正是托尔斯泰克服了自己贵族伯爵的身份,在平民与贵族、农民与地主之间的"我"与"我"之间的对话,才形成了创作的巨大艺术魅力。

同时,列夫·托尔斯泰创作中的自我对话还清晰地表现在独特的艺术设计和叙述中。翻开列夫·托尔斯泰的文学创作画卷,我们不难发现,这位伟大的作家竭力在使得自身伟大的创作尽可能避免奇特性,也就是让创作本身更接近生活,使之"熟悉化"。他的三部长篇小说《战争与和平》《安娜·卡列尼娜》《复活》均不是以情节取胜,甚至生活的叙述也是慢慢铺展开来的,仿佛作家在与自身的创作身份对话,让创作更加生活化。托尔斯泰的对话不同于陀思妥耶夫斯基，前者是蕴含于时间流逝的过程中，后者则是建立在空间呈现基础之上的。在人物形象的塑造上，列夫·托尔斯泰的创作也很难看到典型环境中的典型人物，大多数情形是人物自我的内心对话或独白。作家揭示的是心灵演变的过程，即"心灵辩证法"(《安娜·卡列尼娜》)，或者是由结果激发的"心灵的涟式反映"(《复活》)。因此，巴赫金甚至认为列夫·托尔斯泰笔下人物个性的话语是独白式的。其实，这种"独白"是人物自身的自我对话，彼埃尔躺在战场上的遐想是如此，安娜卧轨前的内心独白也是如此，聂赫留朵夫的自我忏悔更是如此。

显然，文学研究的规律性与反规律性，才是文本思维机制的重要核心，这里既有作家身份与反身份之间的对话，也有创作艺术与社会现实之间的对话，更有建立空间中的人物自身对话，也有时间演变先后中的人物心灵对话。对话的智能机制是在与读者的历史接触中发生作用，并产生出无穷多的解读意义的。这也是德米特里·利哈乔夫关于艺术思维和反规律性的论述，给我们的文学批评带来的启示。

第 十三 章

纳博科夫:直面文学之美的"大师批评"

俄裔美国作家弗拉基米尔·弗拉基米洛维奇·纳博科夫(Владимир Владимирович Набоков 1899—1977)是 20 世纪最具影响力的文学家之一。他在文学创作、翻译、文艺批评等方面颇有建树,对象棋、昆虫学蝶类研究等领域也成就显著。他创作的《洛丽塔》《普宁》《微暗的火》《阿达》等小说成为无可替代的文学经典。纳博科夫作为小说家的光环熠熠生辉,光芒之耀眼往往遮蔽了其作为评论家的才情。实际上,纳博科夫在创作之余曾经撰写了大量的文学讲稿,如《尼古拉·果戈理》、由后人整理出版的《文学讲稿》《俄罗斯文学讲稿》《〈堂吉诃德〉讲稿》以及穷尽 15 年光阴译注的《叶甫盖尼·奥涅金》等。这些讲稿译作连同其访谈录《独抒己见》等较为全面地反映了作家的文学观念和批评理念。纳博科夫始终以作家的姿态参与文学研究,虽未单独著书立说,没有形成完整的文艺理论,也未构成强大的批评流派,但却以其独特新颖,极具美学影响力的大师的批评风格引起学界的关注;再者,纳博科夫将深刻的艺术自省贯穿于作品之中,赋予了小说文本强烈的文学自我意识,小说家与批评家的身份在文学创作中相互重合,因此研究他的批评方式有利于把握崭新的评论视角,也为深入挖掘纳博科夫创作的文艺美学价值奠定了基础。

第一节 文学创作与批评的艺术大师

弗拉基米尔·纳博科夫生于俄罗斯圣彼得堡一个显赫的贵族家庭,父亲是俄国政坛的知名人物,博闻强识,崇尚民主,为了追求俄国政治和法律的自由和公正四处奔走。纳博科夫从小受到良好的教育,父母出身高贵,极有教养,对他的性格、气质和素养都产生了深刻的影响。此外,纳博科夫本人具有极高的语言天赋,精通俄、英、法多种语言,广泛接触了俄国及西方众多伟大作家的经典作品,为日后的文学创作与研究打下了扎实的基础。在经历了锦衣玉食的 20

年之后，他的人生开始了最悲痛的转折和别离。十月革命后，纳博科夫一家流亡欧洲。1922年在他从剑桥大学毕业之际，父亲为保护他人，被极端右翼分子枪杀，这一事件对纳博科夫产生了极大的震动。此后，迫于生计他做过家庭教师、网球教练和电影演员，以“西林”为笔名活跃在20世纪初的俄国侨民文学圈。二战初期纳博科夫为躲避纳粹，携妻儿移居美国，先后在斯坦福大学（1941）、威尔斯利学院（1941—1947）、康奈尔大学（1948—1959）、哈佛大学（1952）讲授欧洲文学和俄国文学。与此同时，纳博科夫继续从事小说创作和翻译工作，并发表多篇研究论文。他的《洛丽塔》《普宁》《微暗的火》等传世之作使他名利双收，不再为生计奔波。20世纪60年代纳博科夫告别讲台，带着心爱的妻子维拉常年居住在瑞士蒙特勒的高档酒店里安享晚年，直到1977年在洛桑逝世。

纳博科夫既是一位伟大的作家，又是一位杰出的文学批评家。他一生笔耕不辍，著有17部长篇小说、52篇短篇小说、400余首诗歌以及诸多剧本和翻译作品。流亡生涯对他来说既是人生的悲剧，也是创作的契机：漂泊不定的生存状态和物是人非的生命体验，俄国、西欧、美国多重文化空间的交叠，俄罗斯白银时代象征主义思想和西欧近代哲学文艺思潮的汇合，使他对文学创作与文艺批评产生了独到而深刻的理解，从而铸就了纳博科夫专属的创作风格和文学观念。具体来说，纳博科夫的出生和成长适逢俄国“白银时代”的兴盛时期，象征主义、阿克梅派、未来主义和俄国形式主义等竞相出现，纳博科夫不可避免地受到这种文化氛围的浸染。他对象征派的文艺理论相当熟悉，对别雷、勃洛克等人推崇备至。对象征主义的“审美至上”和“文学即童话”的艺术观的理解和借鉴使他具有更加丰富的联想和更加敏锐的情感把握；而纳博科夫流亡欧洲期间，正值西方文学理论的蓬勃发展期，直觉主义、存在主义、英美“新批评”、弗洛伊德主义等理论都直接或间接地影响着他的文学观。俄国与西方文化的碰撞和交融使纳博科夫具有独特的文化身份和创作意识。

纳博科夫积极从事文学批评活动，但并未撰写专门的理论著作，他的文学洞见主要集中在他的《文学讲稿》《俄罗斯文学讲稿》《〈堂吉诃德〉讲稿》，传记式的评论作品《尼古拉·果戈理》、译作《叶甫盖尼·奥涅金》以及访谈录《独抒己见》之中。纳博科夫透过对西欧及俄罗斯作家作品的颠覆性鉴赏与阐释性解读，详细论述了自己对于艺术世界、作家、作品和理想读者的看法。在《文学讲稿》中他以作家的立场，跨越了既有的文学定位，创造性地评论了欧洲七位作家的代表性作品：奥斯丁的《曼德菲尔德庄园》、狄更斯的《荒凉山庄》、福楼拜的《包法利夫人》、斯蒂文森的《化身博士》、普鲁斯特的《斯旺宅边小径》、卡夫卡的《变形记》、乔伊斯的《尤利西斯》。而在《俄罗斯文学讲稿》中，纳博科夫在反省欧洲文学渊源的同时，并未循规蹈矩，而是独辟蹊径地从个人审美旨趣出发，细致解读了包括果戈理的《死魂灵》、屠格涅夫的《父与子》、陀思妥耶夫斯基的《罪与罚》、托尔斯泰的《安娜·卡列尼娜》、契诃夫的《带小狗的女人》等在内的俄国文学经典。纳博科夫以其一贯的态度，重视文学作品所体现出的艺术风格，专注于文学家的高超技法，结合丰厚的学识和阅读经验，卓尔不群的艺术品格和评论手法，既整体把握了文学传承，又单个领会了作品神韵，比如奥斯丁的“特殊笑靥”策略，狄更斯的“大法官庭——浓雾——疯狂”主题，福楼拜的“多声部配合法”以及托尔斯泰、乔伊斯和普鲁斯特的“时间同步”设计的传承等等。而在《〈堂吉诃德〉讲稿》中，纳博科夫重新审视了这部自己以前亲手撕毁的“残酷而粗糙的老书”，[①]挖掘了其与流浪汉小说及冒险小说的密切联系，批判了以往关于小说的空想主义的陈词滥调。他别出心裁地以网球比赛的计分方式算出堂吉诃德所参与的事件并不是彻头彻尾的失败，而是胜利与失败之间的平衡，并对堂吉诃德的形象做出全新的评价：尽管遭受残酷磨难，但依旧保持荣誉、天真、诗人气质的想象力，因此“我们已不再笑话他。他的纹章是怜悯，他的口号是美。他代表了一切的温和、可怜、纯洁、无私，以及豪侠。这诙谐的模仿已经变成杰出的典范。”[②]

总体来说，纳博科夫的文学讲稿完成于 20 世纪 50 年代，在这些讲稿中体现出来的文学批评范式与形式主义和当时发展势头强劲的英美“新批评”流派是紧密联系的：他借鉴了“新批评”文本细读的研究方法，从文本内部入手，摒弃了文本外部的社会历史因素，将关注点聚焦在小说的语言特色、主题、叙事手法等艺术性问题上，同时又更加关注个体感受和阅读经验，阐释了与形式主义者所谓的“文学性”概念相类似的文学“魔力”，为读者认识西方文学提供了一个富有启示性的崭新视角。

《尼古拉·果戈理》和上述讲稿不同，它是半评论半传记式的，是作为普及读物约稿的，因而与纯粹的文学批评在写作风格上有所差异，但是纳博科夫依然遵循着自己内容和形式相统一的“一元”的批评方法。在《尼古拉·果戈理》中，纳博科夫一方面指出果戈理的创作与文学传统的继承关系，另一方面对自我的文学观念进行建构。和以往的评论模式不同的是，纳博科夫不去关注黑暗的农奴制度、官僚作风和庸俗风气等俄国社会现实，而是将目光投射在《钦差大臣》《死魂灵》等作品的次要及边缘人物身上，比如咕哝读信的县长，带烧酒味的职员、热情过头的教员等等，认为，这些次级人物与果戈理作品中营造的怪诞不

① 纳博科夫：《〈堂吉诃德〉讲稿》，金绍禹译，上海：三联书店，2007 年，前言第 1 页。

② 同上，第 130 页。

安的气氛和视觉效果，恰恰展现了长期以来被冠以现实主义大师的果戈理创作中虚构的、梦幻的、非理性的、反现实的一面。纳博科夫个性化的解读丰富了文学史中果戈理的形象，拓展了读者的文学经验。

纳博科夫花费15年时间译注了普希金的《叶甫盖尼·奥涅金》，这是他不遗余力的把西方乃至全世界的注意力引向自己所熟悉和钟爱的顶尖俄罗斯文学传统的具体实践。他采用了备受争议的不押韵的直译方式，撰写了1200多页的评注，对《叶甫盖尼·奥涅金》所涉及的诸多细节，包括时间地点、风俗习语、植物动物、食物饮料、服饰手势等都做了详尽的解释。纳博科夫想说明的是，尽管这些细节栩栩如生，奥涅金、连斯基、达吉雅娜等人物形象生机勃勃，仿佛这些人和事都是他们身处时代的典型，但实际上不过是普希金"把西欧的老调翻作俄罗斯的新声"，①是他对现实生活与艺术传统之再创造的产物。纳博科夫认为，对诗歌貌似艺术性的翻译其实只是原作差强人意的影像，自己"可靠的、笨拙的、沉重的、奴隶一般忠诚的"②的直译并非是对普希金的背叛，而是着力于捍卫诗人与诗歌之美，用惊奇的手法破坏根深蒂固的一般概念，并激发读者的欲望去直面普希金虚构世界的独特性。

第二节　"大师的批评"视野下的审美期待

法国文学批评家阿尔贝·蒂博代在《六说文学批评》中将文学批评形态分为三种：自发的批评、职业的批评和大师的批评。自发的批评是传媒和一般读者的批评。职业的批评是大学教授或专业文学工作者的学院派批评，而大师的批评则指公认的艺术大家所作的文艺批评。从职业身份来看，纳博科夫是一位大学教授，也是一位文学大师。那么，他的文学批评范式就应当在职业的批评与大师的批评之间寻找。有趣的是，虽然纳博科夫常年站在大学的讲台上，不遗余力地写着引起学生文学好奇心的讲稿，然而这些教学的经历，他本人多语言的背景，良好的学养，深厚的历史感和开阔的视野并没有使纳博科夫变成学院派的"职业批评家"。"职业的批评"有一整套专业的批评术语和批评方法，批评是推论的批评、求疵的批评。在纳博科夫这里，文学批评需要批评家对文学的热爱与激情，对作者的理解与尊重，理性与感性的全部投入，对文本的细腻感受与细节的精准把握，因此他采用一种直观感受和艺术鉴赏式的批评方法。有

---

① 布赖恩·博伊德：《纳博科夫传　美国时期（上）》，刘佳林译，桂林：广西师范大学出版社，2011年，第377页。

② 纳博科夫：《独抒己见》，唐建清译，杭州：浙江文艺出版社，2012年，第7页。

别于职业批评家的文学观和表述方式，较之作品的理论形态，他更关注文学本体，从作家创作的角度阅读作品，因为发现了美而欣喜不已，并将这种喜悦传递给读者，希望优秀读者与他产生审美共鸣。这是在“大师的批评”审美视野下的批评与创作之结合，是艺术的批评，寻美的批评，是对文本、作者、读者、文艺评论都饱含审美期待的批评。

一、文本——诗性创造的神话

在艺术与真实的关系问题上，纳博科夫并不认同前人的“摹仿说”。他说：“在我看来，任何一部杰出的艺术作品都是幻想，因为它反映的是一个独特个体眼中的独特世界”。[①] 就这句话我们可以做以下理解：

第一，现实是主观的。以萨特为代表的存在主义哲学思想对纳博科夫的文艺观念产生了深远的影响。存在主义认为艺术与生活存在差异，现实中人们对于物的认识是主观性的，是日常经验的不断累积。在这一点上，纳博科夫和存在主义者是相通的。“人们可以对某件事情了解得越来越多，但永远不可能对它无所不知”。[②] 我们对现实的认知是随着个人认识水平和生存经验的延续而展开的，我们无法到达真理，只能在无限接近真理的路上。在纳博科夫眼中，一般意义的现实是不存在的，即便面对同一个客体对象，不同主体都会从自己的角度产生认识和解读。每个个体所认识到的“现实”因人而异且不完整，同样一棵树在普通游客、植物学家和当地农民眼中是不同的。个体现实具备主观内涵，因此不能被概念化、共性化、整体化。对于文学及其他形式艺术作品的理解也不外如此。作品中所反映的现实是艺术家对于现实的独特观察和理解，是其个人情感和艺术想象力的投射，反映了艺术家这个独特个体眼中的主观现实。

第二，艺术是虚构的。存在主义者将个人的非理性意识活动视为最真实的存在，强调作家创作意识的重要性，认为艺术就是自由想象的产物。纳博科夫同样重视人类意识的想象力在艺术创作中的作用。任何艺术作品，包括文学，都不是对现实生活的简单模仿和忠实反映，而是一种个体的诗性创造，因为任何情感或经验对特定的个人来说都是独一无二的。现实为作家提供创作材料，作家对这些素材观察提炼之后进行充满个人艺术风格和幻想力的虚构性组合，最终建构一个自己的神话世界：

“我们这个世界上的材料当然是真实的(只要现实还存在)，但却根本不是

---

① 纳博科夫：《文学讲稿》，申慧辉等译，北京：生活·读书·新知三联书店，1991 年，第 339 页。

② Nabokov, Vladimir: *Lectures on Russian literature*. New York: Hareourt Brace Jovanovich, 1981, p.1 2.

一般所公认的整体，而是一摊杂乱无章的东西。作家对这摊杂乱无章的东西大喝一声：'开始！'霎时只见整个世界开始发光、熔化，又重新组合，不仅仅是外表，就连每一粒原子都经过了重新组合。"①在纳博科夫看来，艺术的起源是运用记忆和想象来重组混乱的外部印象。虚构力和幻想力正是艺术力量的体现。他反复强调好小说都是虚构的，天才作家决不允许自己的作品成为真实生活的镜子。他不是反映旧世界，而是对自己创造出的新世界负责到底。如果将虚构的艺术世界与现实生活混淆，或者强拉硬拽地想要牵扯出二两者的关系，那得到的只能是虚弱无力的庸俗。

二、作家——灵感震颤的魔术师

文学能否打破庸俗，所依靠的就是创作文本的作家。纳博科夫认为，伟大的小说都是好神话，而伟大的作家应该集讲故事的人、教育家和魔法师于一身，其中魔法师的身份最为关键，它决定了作家能否抓住转瞬即逝的灵感，将现实素材施以魔法，展现出一个充满魔力的幻想世界。在文学创作中，现实是理性的、常识的，而灵感是非理性因素，它是一切天才作家的共性。

不同于古希腊的"灵感迷狂说"，在纳博科夫看来，灵感来袭不是陷入癫狂之后被动地倾听神言，而是指创作过程中的非理性状态下艺术家天才的表露。纳博科夫给灵感做了区分："狂喜"与"记忆"。"狂喜"是一个瞬时的、无意识的，联系着旧世界的瓦解和新世界的建立；"记忆"是持久的，有意识的，他帮助作家回忆狂喜、重组意识进而重建世界。也就是说，作家能够用冷静的意识控制非理性的灵感震颤。在这一点上纳博科夫和弗洛伊德的看法是有所区别的。依照弗洛伊德的说法，作家与疯子仅仅一步之遥。他们的幻想是为了完成未满足的愿望，是性欲望的转移和升华。所不同的是作家通过文学创作这个出口宣泄和释放欲望，进而将自我与现实协调起来，而疯子始终找不到回归现实的路，只能陷入癫狂。纳博科夫反对弗洛伊德的泛性论。

纳博科夫认为，"癫狂者之为癫狂正是因为他们彻底地、不顾一切地肢解一个熟悉的世界，却没能力——或丧失能力——去创造一个像过去那么和谐的新世界。而艺术家却能从他的欲念中解脱，这么做时，他很清楚他内心中某种东西非常明白结果是什么"。② 作家创作恰恰不是排遣欲念，而是摆脱欲念，其非理性幻想是一种摧毁常识的想象力和创造力，是自觉、明达、非功利的。

驾驭灵感与艺术幻想力的能力决定了一个作家能否成为展示文学魔力的

① 纳博科夫：《文学讲稿》，第21页。

② 同上，第510页。

魔术师，而他的魔法就是艺术形式与风格，这既是作品中艺术手法的组合，又是作家人格的体现，是创作意识与个体生命的结合，是辨别艺术家的依据，也是艺术最本质，最有价值的部分。作为创作主体的作家对自己的文学活动拥有自主权。作家最引以为豪的地方在于，以独到的视角和敏锐的嗅觉发现并借用现实生活中一切可运用的，尽管是杂乱无章的真实材料，在此基础上依靠灵感震颤和文学魔法来创造，如同造物主一般构建一个新世界。从这个意义上来说，拥有些许神性的作家在创造力涌动的一刻，跳出常识世界进入非理性灵感世界，给现实的土壤撒上美妙想象与幻觉的种子，于是开出绮丽虚构的花朵。

三、读者——审美狂喜的反复欣赏者

纳博科夫对于作品和作家提出了严格的要求，而他对于读者同样有所期待：优秀读者不应该是文化的快速消费者——看懂情节知道结尾，再来一番顾影自怜的感同身受，整个消费过程结束；也不应该只是书中道德说教的盲从者，读得唉声叹气，捶胸顿足，声泪俱下，只求净化灵魂，荡涤心中的邪念。“读书人的最佳气质在于既富艺术味，又重科学性。单凭艺术家的一片赤诚，往往会对一部作品偏于主观，唯有用冷静的科学态度来冲淡一下直感的热情。”[①]纳博科夫主张将理性与感性同时注入自由的阅读过程，把握好二者的度是阅读效果的关键。优秀读者应该像在显微镜下观察蝴蝶一样，以科学家的精神一丝不苟地对文本进行细读，从而注意到一般读者未曾发现的比整体更为生动的细节。对于细节的把握要求读者重读作品，动用“心灵、脑筋、敏感的脊椎骨”，[②]“本着一种爱慕的心情，细细把玩，反复品味”，[③]因为初读文本时，读者的注意力很容易被情节和语义分散，只有重读几遍之后才能像看画那样，对全书一览无余，才能咀嚼承载着作者文学技巧和情感因素的微小细节。纳博科夫认为，一个优秀的读者是一个拥有“不掺杂个人感情的想象力和艺术审美趣味”、[④]敏锐的记忆力以及一本词典的“重读者”，而他的创作也是反复阅读的最好例证——“头一遍如堕五里雾中，第二遍略见端倪，第三遍方茅塞顿开，发现阳光灿烂无比。”[⑤]

尽管纳博科夫的文学技巧眼花缭乱，但他并不是站在艺术的高枝恃才傲物，嘲笑读者的平庸。相反，他期待着更多优秀的读者，他的文学批评是面向未来的，给作者和读者的意识相遇留下空间。“写作的快乐完全取决于阅读的快

---

① 纳博科夫：《文学讲稿》，第 24 页。

② 同上，第 23 页。

③ 同上，第 19 页。

④ 同上，第 23 页。

⑤ 纳博科夫：《劳拉的原型》，谭慧娟译，北京：人民文学出版社，2011 年，第 293 页。

乐，一个短语带来的欣喜、欢乐由作者和读者分享，由得到满足的作者和感恩的读者分享……由对内心中启示他进行意象组合的未知力量怀抱感激的艺术家和从这种组合中得到满足并有艺术气质的读者分享。”①

作为审美活动主体之一的读者，可以依据自己的人生阅历，阅读动机，欣赏能力，审美诉求等主观性因素对文本进行任意的阐释，也就是说已经存在的艺术形式永远是开放的动态的，它在读者和作者的智力较量和心灵对话中得到延续性的补充和发展，而这正体现了文学创作“它在彼性”的意义。“文学巨匠当初运用想象写出了一本书，后来读这本书的人也要善于运用想象去体会他的书才是。”文学创作与接受应该是作者读者的心灵与情感在艺术上的和谐与平衡关系。作家体力脑力的付出理应得到读者的肯定与尊重。作家灵感的震颤需要得到读者审美狂喜的回应和欣赏。

存在主义认为，艺术接受过程中自由感情之运用可以得到审美喜悦，纳博科夫则给出了他的形象说明：“在那无路可循的山坡上攀缘的是艺术大师，只是他登上山顶，当风而立。你猜他在那里遇见了谁？是气喘吁吁却又兴高采烈的读者。两人自然而然拥抱起来了。如果这本书永垂不朽，他们就永不分离。”②读者在感受诗性组合之精妙的同时，也能体悟到作家创作的喜悦与激奋。阅读需要借助头脑，而脊椎骨的颤抖却使我们能够“真正领略艺术带来的欣悦”。③

四、文学批评——直面文学之美的道德关照

纳博科夫定义了心中的优秀读者，这个标准也同样适用于批评家们。他本人作为文学家从事批评活动的身份非常有趣。首先，他是一个大作家，其次他是一个优秀的读者。这两种身份汇聚在一起，再加上他特立独行的心性，也就决定了他的研究是“大师的批评”背景下独具个人魅力的审美活动，是优秀的作家读者以一个艺术家的身份来感受另一些艺术同行的创作心境。不同于条理化、科学化的学院派职业批评，也不同于有感而发，缺乏理据的自发批评，这种批评方式是鉴赏和感受式的，他凭借学术素养、创作实践和阅读经验捕捉作家的风格技巧以及从文本内部投射出的艺术之美，并将其传达给读者，使读者在这个过程中得到美的享受，激发读者批判思考和继续深入探索文本的兴趣。这种对话式的交流给予读者的不是耳提面命式的教诲，而是审美体验的分享。纳博科夫文学批评的目的是教会读者不要受个人情绪、社会目的、主义流派、既定

① 纳博科夫：《独抒己见》，唐建清译，杭州：浙江文艺出版社，2012年，第41页。

② 纳博科夫：《文学讲稿》，第21页。

③ 同上，第98页。

概念的影响，要亲历作品的具体存在和丰富细腻的特质，从形式、风格等视角读书，感受作家的创作甘苦、艺术满足的震颤和人类想象力的勃勃生机。

想象是艺术永恒的力量源泉。人类意识非理性的幻想力，给现实施了魔法，成就充满魔力的艺术作品。纳博科夫反复强调应该把文学和现实区别对待，相较于作品的思想内涵和社会历史意义，他更专注其艺术风格；他自称不属于任何文学流派，从来不为迎合某种文学的传统观念和体系而使批评逻辑化、条理化，他并非漠视文学渊源，而是反对将作家作品看成是时代的产物和镜子，拒绝社会历史分析和简单归纳，以避免将批评固守在老生常谈之中，成为老学究式的陈词滥调。纳博科夫以全新的视角重新阐释欧洲多位作家的经典作品，是个人文学立场的伸张，也是一种文学意识自省的表达："现实主义，自然主义，都只是相对概念。某一代人认为一位作家的作品属于自然主义，前一代人也许会认为那位作家过于夸张了冗赘的细节，而更年轻的一代人或许会认为那细节描写还应当更细一些。'主义'过时了，'主义者'们去世了，艺术却永远存留。"①

纳博科夫关注艺术本体，忽视社会外部因素和既定概念，强调自己的写作没有道德功用与社会意图，但这些都不能表明他是一个冷漠的形式主义者，相反，他所在意的最接近艺术本质的美和怜悯恰恰证明，他是一位具有道德情怀的文学家。尽管纳博科夫历经战乱、流亡、贫穷、离别，但却始终保持着对柔弱的、易逝的美好事物的信念与坚守，"在肉体的危险、苦痛、尘雾、死亡最黑暗却最斑斓的岁月里，保持着同样非理性和神圣的标准"。② 道德不是循循善诱的说教和告诫，而是对美和善的直觉感悟，是对庸俗和残酷的严厉呵斥。纳博科夫有这样一种文学批评态度：优秀作家要有天赋才情和悲悯情怀，文学创作可以涉及道德，但必须是一种高尚、克制、隐忍的艺术性感悟；优秀读者和批评家要有艺术感受力和道德准则，如果"从未尝到过肩胛骨之间宣泄心曲的酥麻滋味"，读书便是无用；文学阅读和鉴赏过程是读者和作者脑力和心灵之间的抗衡与对话，而不是一味地研究作品的社会效用和政治影响，"对货真价实的文学之美麻木不仁"。③ 不要功利地读书，放弃为批评而批评的念头，不盲从传统的陈词滥调和流行的平庸思想，保持头脑清醒，避免无关因素的干扰，多想"怎么样"而非"是什么"，力求从文本内部出发，寻找能够让我们感情激越，汗毛竖起的艺术魅力——这就是纳博科夫对读者和批评家的真诚规劝。

---

① 纳博科夫：《文学讲稿》，第 208 页。

② 同上，第 505 页。

③ 同上，第 99 页。

第三节　“大师的批评”之局限与意义

蒂博代的批评三分法在当下仍具有合理性与说服力。传媒批评由于缺乏足够的学术涵养和理论支撑易流于感性化层面，并受到急功近利的商业化、媚俗化影响。学院批评追求科学性与学理化，易缺乏艺术敏感，而陷入学究、僵化的境地，进而对文学创作和审美欣赏失去实践意义。与其他批评范式一样，纳博科夫的文学评论虽然具有大师的批评视野，但也难免会有自身的局限和缺点：从文学内部入手，往往“有意地忘却”跟文学本身无关的外部因素，这是他对于社会历史批评模式的逃离，以及加载了个人审美旨趣的个性化批判。按照部分学者的说法，纳博科夫对作家经典形象和固有定位的改写，有时“是以牺牲甚至有意忽略作家作品中的大量社会历史内容为代价的”，即创造性的、“强弱取舍”的阅读不自觉地把批评“纳博科夫化”了。[①] 纳博科夫的这种依照个人艺术品格和审美选择，对作家作品或推崇备至，或嗤之以鼻的爱憎分明的强硬态度，使得他的批评具备独特的美学价值，但与此同时也不可避免的有失偏颇，有所局限。但这些缺点本身，正如蒂博代所说，无疑能够引起人们对纳博科夫文学研究的关注和对话，这也是其批评论述之生命所在。

在文本意义日趋开放，评论中心愈发多元的今天，文学批评不再单纯是作者生平、主题思想、社会背景和历史阶段的累加，纳博科夫的批评论述努力超越一切既定的意识形态和主义思潮，兼具作家的感性思维与批评家的理性思辨，被赋予了无可替代的存在意义和美学价值，必然对文学艺术的发展起到推动作用。

有些美的事物尚未宣布清规戒律，
因为它们不但快乐而且无忧无虑。
音乐相似于诗歌，其莫名的优美
绝非来自各种方法的谆谆教诲，
而只有大师的妙手才能达其尽美。[②]

在寻美的道路上，没有绝对真理和一般概念，且让大师的妙手撩拨那美的琴弦，轻抚那美的气息。

---

① 刘佳林：《论纳博科夫的文学观》，扬州大学学报（人文社会科学版），2004年11月，第36页。

② 拉曼·塞尔登编：《文学批评理论——从柏拉图到现在》，刘象愚、陈永国等译，北京：北京大学出版社，2000年，第164页。

编末语

沿着20世纪俄苏文学批评理论思潮涌动的流向，可以明显地见出，以坚持艺术审美本质为立场的批评理论流派主要有四个：俄国形式主义、历史诗学、审美学派和塔尔图—莫斯科符号学派。这四大流派既有彼此的渊源关系，如俄国形式主义与塔尔图—莫斯科符号学派，也有彼此之间并非继承关系，只是学术见解上的相似，侧重点各不相同，如历史诗学和审美学派。然而，这些学派都是在20世纪50年代中期以后，俄苏文艺界政策相对宽松的时候出现并发展的。这些批评理论流派均对20世纪世界各国的文学批评理论产生过积极作用，如果没有俄国形式主义，就很难想象布拉格学派和法国结构主义的出现；没有塔尔图—莫斯科符号学派，世界符号学研究的地图将是不完整的。可以说，历史诗学和审美学派均对我国的文学理论建设发生过重大影响。

进入21世纪的俄罗斯文学批评理论，一方面在试图通过"回归"宗教，寻找建立民族特色的批评理论体系，另一方面又在努力引进和采用当代西方文艺批评理论的研究方法、批评观念、审美标准乃至表述方式。在寻求与当代西方文学批评理论"接轨"时，以坚持艺术审美本质为立场的批评理论流派发挥着重要的作用。他们或者与形形色色的当代西方文学批评理论有着理论上的渊源关系，或者直接与其对话，相互补充，以各种方式来阐释俄罗斯社会的文艺现象。

在此基础上，当代俄罗斯文学的审美学派批评的主要任务有两个方面：一方面是继承和发扬过去俄国学院派把历史文化的、社会学批评同美学的批评、文本语言分析相结合的优良传统，重视从俄国以往的各个批评流派中汲取营养，这里既包括19世纪以别林斯基为代表的现实主义的批评遗产，也包括从斯拉夫派到宗教文化批评的理论；另一方面是在注意吸收形形色色的当代西方文艺批评理论的同时，积极对其加以批判和改造，努力在其基础上继续前进，以求建立起能与国际接轨，又有自己民族文化特色的新型的文艺批评理论体系；这两个方面虽相对独立，但又是相互联系、相互依存的。

可以说，进入21世纪的俄罗斯文学批评与研究基本上应该说是繁荣的，当然这种繁荣并不等于没有"危机"。由于当代俄罗斯社会处于急剧的意识形态转型时期，长期被视为正宗的文学创作方法和理论体系遭到了彻底的批判，而新的文学观念和文化价值取向还尚在探索之中，这就难免会产生对同一问题的多种认识，甚至相对立的认识，会出现创作方法和批评方法的多样化。也许正是这种探索的"危机"促使了当代俄罗斯文学创作和文学批评繁荣，形成了文学批评及其理论的多元化格局。

结语　20世纪俄苏文学批评理论：多元化与一统化

在20世纪，也许很少有一个国家的文学批评理论像俄苏文学批评理论那样，发生过如此大的起伏变化，经历过从多元化转换为一统化，又从一统化演变成多元化的多变历程。

显然，在20世纪与19世纪、21世纪这两个世纪之交，俄罗斯文学批评理论界呈现出空前繁荣的局面，各种宗教文化批评理论、形式主义以及形形色色的各种文学团体和流派异常活跃，而在20世纪30年代以后的20年时期则是社会主义现实主义一统天下，后来随着20世纪50年代中期解冻文学的出现和艺术审美本质大讨论的展开，虽然社会主义现实主义理论受到质疑并被修改和拓展，但是也基本上没有改变"一统化"的局面，直至20世纪80年代中后期，特别是苏联解体以后，各种批评理论才重新回归或者以新的面貌出现。因此，可以说，20世纪俄苏文学批评理论是成"哑铃"状的，两头大中间细。

第一节　创作与批评的多元化

苏联著名剧作家维什涅夫斯基在第一次作家代表大会上有一段讲话，曾引起一片掌声："在1919年，我们这个缺乏面包、灯光，满目疮痍的国土上，单是雅罗斯拉夫一省，就拥有数目比整个法国还要多的剧院"。[①] 确实，在十月革命胜利以后，在整个俄国历史上从未有过这样蓬蓬勃勃的群众文学运动。各种红军剧团、农村剧团，雨后春笋般地发展起来。诗歌创作更是出现了兴盛一时的局面。到处可以听见诗人的声音，读到诗人的作品。虽然小说创作由于时局和出版的限制，在当时的苏维埃政权掌控的文坛不居主要地位，但是，在政论、特写、

① 《维什涅夫斯基文集》，第6卷，莫斯科，1961年，第20页。

短篇小说方面取得了一定的成就。在文学批评理论方面，白银时代的各种宗教文化批评理论、俄国形式主义乃至各种左翼文学团体等异常活跃。以什克洛夫斯基为代表的形式主义理论后来对西方的新批评、结构主义等理论都产生了巨大的影响。

不仅如此，即便是现实主义创作方法的探索，也呈现出多元的局面，如马雅可夫斯基提出"倾向现实主义"、卢那察尔斯基倡导"社会现实主义"和"英雄现实主义"，沃隆斯基主张"新现实主义"，阿·托尔斯泰呼唤"宏伟现实主义"，波隆斯基和列日涅夫也先后强调"浪漫现实主义"和"辩证现实主义"。这些积极的探索形成了19世纪末至20世纪初俄苏文坛的繁荣景象。

在当时的苏联剧坛上，表现主义是非常活跃的一支文艺力量，是苏联戏剧三个主要流派之一。苏联老一辈的戏剧评论家B·阿尔彼尔斯在20世纪60年代发表的长文《戏剧流派的命运》中，就指出了20世纪20至30年代苏联的三个戏剧流派：即现实主义的斯坦尼体系，梅耶荷德为代表的表现主义戏剧，以及位于两者之间的以瓦赫坦戈夫为代表的第三派。[①] 梅耶荷德的最主要成就就在于：他通过"破坏"框式舞台的方式，达到突破传统话剧舞台的时空局限，获得了舞台的究竟自由。如若用马雅可夫斯基的一句名言来说明梅耶荷德的艺术观是最恰当的，"戏剧舞台不是一般地反映生活的镜子，而是放大镜"。

如果说表现主义的成就主要在戏剧领域，那么象征主义则在诗歌领域取得了显著的成果。安·别雷和巴尔蒙特等人的创作对象征主义艺术的发展都做出了卓越的贡献。尽管这些作家在政治观点上不赞同十月革命，但是他们在艺术上所取得的成就是不应抹杀的。

在苏维埃早期，未来主义、意识流等流派的创作也都产生过一定的影响。可以说，20世纪初俄苏文学是一个以现实主义为主流，多种创作流派并存的多样化的文学。20世纪30年代以后虽然是社会主义现实主义一统天下，但是苏联文艺批评理论界依然在意识形态允许的范围内，进行着多元的探索。在20世纪30、50、60、70年代几乎都对社会主义现实主义进行过大讨论，如社会主义现实主义文学的性质，写真实问题，世界观与创作方法的关系，社会主义现实主义文学的多样性与开放体系等。社会主义现实主义的美学理论主要是建立在对文学与社会生活关系的阐释上。在围绕现实主义问题的几次大讨论中，学者们都是各抒己见、争论不休，从未统一于某种共识。有些理论家还对现实主义理论的某些根本问题提出了异议，力图重新加以阐释，

---

① E.阿尔彼尔斯：《戏剧流派的命运》，载《戏剧论文集》，第2卷，莫斯科：艺术出版社，1977年，第462页。

20世纪50年代中期以后，以布罗夫、斯托洛维奇等为代表的审美学派崛起，以洛特曼为首的塔尔图—莫斯科符号学派延续着俄国形式主义的批评传统，巴赫金有关理论思想的传播，卡冈的系统方法的提出等等，这一切也在很大程度上丰富着"一统化"下的苏联文学批评理论。

可以说，20世纪俄苏文学批评理论给我们留下的艺术宝藏是极其丰富的。然而，我们也不能不否认苏联文学时期社会主义现实主义的"一统天下"，这恐怕不能不从文学史和批评史的研究视角和方法上来加以考察。

第二节　苏联文学批评理论:一统化

展开苏联文学史和批评史，我们不难发现，文学史家们主要围绕着社会主义现实主义文学这一主线来撰写的。他们大多从文学及其批评与社会生活的关系这一角度出发，来取舍研究对象，以创作或理论对现实生活的反映程度作为衡量的标准。这样一来，现实主义的创作和理论自然占据了主要部分，而其他流派及理论或被舍弃，或被轻描淡写，或被作为批评的对象。

这种研究角度首先是与俄罗斯文学批评的传统分不开的。十九世纪俄国文学与解放斗争有着密切的关系。文学成为当时社会思想界"声张正义的讲坛"。别林斯基、车尔尼雪夫斯基、杜勃罗留波夫等批评家都是依靠文学批评来团结进步知识分子，唤起民众，推动社会向前发展的。现实主义文学在当时就受到批评界的特别青睐。这不可能不影响到后来的苏联文学批评界。

其次，苏联文学自诞生之日起，就与政治有着不解之缘。当苏维埃政权处在四面包围之中时，当时苏联的不少马克思主义文论家如卢那察尔斯基等，虽然有很深的艺术造诣，但根本无暇去顾及纯艺术形式的探讨。他们为了宣传革命思想，着重强调作品的思想内容。这本来是当时特殊社会环境的需要。然而，后来苏联有一部分批评家歪曲了马克思主义文艺批评，只谈内容，很少谈审美形式。文艺批评带有明显的政治化倾向。对苏联文学史和批评史的研究呈现出统一于内容，服从于政治的一统化的局面。

从文学史的研究上来看，千姿百态、纷繁复杂的文学创作很难归纳于一个统一的基本创作方法——社会主义现实主义。应该承认，社会主义现实主义的创作是苏联文学的重要组成部分，对它进行理论上的概括是必要的。然而，把苏联文学的创作方法仅仅归结于此，又是很不够的，再用这一理论概括出的方法去指导作家的创作，号召作家采用这一方法，显然是违背文学创作自身的规律的。可以说，苏联文学中的不少优秀作品是很难仅仅用社会主义现实主义的定义来解释的。比如，高尔基的长篇巨著《克里姆·萨姆金的一生》、肖洛霍夫的小说《静静的顿河》等等。相反,凡是只依据这一理论定义来创作的作品往往缺乏生命力,如《金星英雄》《阳光普照大地》等等。

从文学批评史的研究上来看,罢黜百家,独尊一家的问题就更为突出。20世纪30年代的文艺思想斗争主要围绕着社会主义现实主义理论的确立,而对形式主义、复调理论、符号学等则很少提及或加以排斥。20世纪50年代至60年代又不断修改社会主义现实主义的定义,直至20世纪70年代对社会主义现实主义开放体系的探讨等等。由于行政干涉,不少非正统的理论家受到迫害和批评。什克洛夫斯基被迫不得不在1930年宣布放弃形式主义,不少形式主义理论家流亡国外,形成了后来的布拉格学派,又导致了新批评和结构主义的出现。实践证明,形式主义文论的研究是有一定的理论价值的。苏联著名文艺理论家巴赫金被流放,他的大量著作无法用自己的署名出版,直到50多岁才获得副博士学位。最为悲惨的要数表现主义的戏剧大师梅耶荷德了。他在1939年6月15日举行的全苏导演工作会议上,面对批判他的人发言说:"你们干了一件可怕的事情。你们想把脏水泼掉,结果连同婴儿也一齐倒了出去;你们想和形式主义斗争,结果毁坏了艺术。"谁知这几句肺腑之言竟招来杀身之祸。1940年2月2日,梅耶荷德为了艺术事业,被送上了断头台。

这种一统化的研究倾向在西方对苏联文学的研究中也表现得极其明显。爱德华·布朗、斯洛宁等人就千方百计地从另一方面来归纳和总结苏联文学史。他们的评判标准恰恰是与苏联评论界迥然不同的。他们把苏联文学简单地称之为"官办文学",全面彻底否定社会主义现实主义文学,偏重唯美主义原则,着重研究俄国形式主义等理论。凡是在苏联受到批判的作品,他们就竭力宣扬,如索尔仁尼琴的作品等。反之则很少提及或加以攻击,甚至有些西方学者还不把高尔基看成大作家。因此,当代西方的文艺批评也同样具有明显的政治化倾向。

苏联和西方这两种不同的文学批评虽然所持政治观点和所得出的结论截然不同,但在研究的方法论上却又有着非常一致的共同之处。他们所采用的研究方法都是一种普遍运用的寻找共同点的研究方法。他们都试图对纷繁复杂的创作现象加以归纳,寻找某种创作的规律或共同现象。其实这种最终得出某个结论的研究方法是一种研究自然科学的思维方法,并非适合于艺术问题的探讨。

大千世界本身是多元化的,对文学作品的认识也应该是多元化的。艺术的魅力往往是不可言说的,批评的意义因此也是不稳定的、未完成性的。

第三节 方法论的启示:多元、不确定、对话

20世纪俄苏文学及其批评理论是一个非常纷繁复杂的整体。过去我们对它的意义的确定和评价,主要源于两个方面:一是通过探讨它与别国文学之间的关系,来认识它在整个世界文学体系中的地位;二是研究它产生的具体环境,对它进行具体的历史分析,从而确立它在俄罗斯文学史上的意义。前者是一种横向的比较研究,后者则是一种纵向的历史考察。这两种研究都试图给20世纪俄苏文学及其批评理论一个相对稳定的评价。

然而,20世纪俄苏文学及其批评理论本身的意义又是难以确定的。这不仅取决于文学载体语言表征的不确定性和创作的虚构性,而且还是由20世纪俄苏文学及其批评理论自身的特殊性所决定的。20世纪俄苏文学作为批评研究的客体,具有比其他文学更加浓烈的政治色彩。它会引起不同意识形态体系中的读者的不同凡响。因此如果不对读者的接受环境加以探讨,就很难把握20世纪俄苏文学的特点。

在苏联时期,许多评论家主要是从文学与现实的关系出发,来探讨文学对现实的反映程度,从而确定作品的意义。以肖洛霍夫的长篇小说《静静的顿河》为例,苏联批评家列·费·叶尔绍夫基于这一特定的接受环境,发现了小说与现实、革命的紧密联系。他认为:"肖洛霍夫从崭新的角度、完全符合历史真实地表现了俄国哥萨克的主题。……俄国的现实生活为米·肖洛霍夫提供了特别震撼人心的素材。使他看到了人类历史上从未有过的冲突形式。旧世界被革命彻底推翻,代之以新的社会制度。这两个因素决定了肖洛霍夫在处理诸如人与历史、战争与和平、个人与群众等一系列'永恒'问题时采取了在质的方面来看是全新的方法"。[①] 他还引用了肖洛霍夫本人的话,表明他所坚持的创作方法就是社会主义现实主义。[②]

然而,西方的许多批评家则竭力排斥文学创作与现实、政治的关系,从文学创作与人性、大自然等的关系出发,来评价作品的艺术价值。美国的苏联文学研究专家马克·斯洛宁就指出,《静静的顿河》"对南方大草原、河流以及季节循环的描绘,使读者对俄国大地产生一种强烈的感情,一种渗透一切的民族精神"。[③] "肖洛霍夫向人们展示出俄国古典作品中那种非常典型的,为人的热忱

---

① 列·费·叶尔绍夫:《苏联文学史》,北京:北京师范大学出版社,1987,第532—533页。

② 同上,第561页。

③ 马克·斯洛宁:《苏维埃俄罗斯文学史》,上海:上海译文出版社,1983,第199页。

所激起的旺盛的生命力”。[①] 他还坚决否定了作品与政治的联系,认为:“肖洛霍夫从来没有使这些故事从属于他的政治思想,从来没有用他的情节牵强附会地说明一个观点”。[②]

像这样同一部作品所引起的不同的评价,在20世纪俄苏文学的研究中,可以说是比比皆是。这显然与评论者所处的不同的意识形态体系、研究角度有关。如果从现代语言学批评的角度来看,任何一个原命题(言语、作品)的意义,都不仅取决于其意义体系本身(语言、文学),而且还取决于其产生和接受的具体环境(语境、创作与接受环境)。在文学语言中,每一个能指都不可能像科学语言那样与所指一一对应。倘若我们无限地更换语境,能指所对应的所指也是无限的。

以往我们对20世纪俄苏文学的研究虽然注意到了“语境”与“原命题意义”之间的联系,但是常常只局限于创作语境与作品意义的关系,很少考虑到在作者的创作语境之外还存在着读者等其他语境,轻视了文本与读者之间的联系。其实,任何一个有价值的文学作品都是由各种复杂的因素所构成的。作品的载体是文学言语,载体本身的意义是不稳定的,只有在语言体系和接受语境的联系中才能相对确定。因此文学作品的意义就更不稳定,也只有在文学体系和读者的阅读中才能确立。

应该承认,任何一个文学批评都不可能完全企及作品意义。第一个批评者或读者都只能够从自己接受的语境去认识文本意义,部分地实现文本意义并使之具体化。批评的意义可以在具体化的过程中逐步实现。各个读者和各种批评对文本意义的批评,构成这一文本的批评意义。

如果我们把整个文学批评系统看成是一个大的语言体系,而具体的某一种观点或评论就可以看成是一个“言语”。每一个“批评的言语”可以从一个角度,用一种方法去分析文学作品,得出一个具体化了的意义。言语的特点是表达一个相对完整的意义,但是一个文学现象总是包含着多重,甚至是矛盾的意义。因此,在20世纪俄苏文学的研究中,我们以前采取的那种从一个角度、用一种方法、得出一个结论的研究方法显然是不够的。从一种言语的角度只能够确定意义的一部分,而不是全部。如果有若干个类似的批评言语,它们可能是相互矛盾或对立的,互相展开对话,构成一个对话的话语,提供给读者一个复杂的、不确定的、未完成性的意义,由读者自己去完成意义的实现,也许是一条理想的批评途径。

---

① 马克·斯洛宁:《苏维埃俄罗斯文学史》,上海:上海译文出版社,1983,第200页。

② 同上,第198页。

科学研究要求意义的绝对确定和完成。文学批评则是一种独特的研究活动。它不应该只以归纳或确定某一意义为己任，而且还应去揭示作品意义的复杂性、不确定性和未完成性。批评的结论可以是多元的、矛盾的，甚至是对话的。

早在康德的哲学中，就已出现了对哲学命题正反对立论证的二律背反。这位哲学家列举出四种二律背反，各是由正题和反题组成的。这后来又对黑格尔产生了极大的影响，黑格尔的辩证法也基本上源于此。以往对20世纪俄苏文学的研究是一种归一的批评。这是一种运用科学思维方式，单角度地研究文学的局部性批评，应该采取的是用艺术思维方式的、多角度、多方法、多结论的整体性批评。

例如在对形式主义论的研究中，无论来自苏联本土，或是西方的批评大多是力图给形式主义下一个较明确的定论，要不以否定为主，要不以赞扬为主。然而事物往往是充满矛盾和极其复杂的。形式主义理论自然也不例外，从不同的角度来看待，就会得出不同的、甚至相反的结论。

形式主义文论的一个重要理论主张是：文学创作的根本艺术归旨不在于审美目的，而在于审美过程。这就是形式主义著名的“陌生化”理论。以文学创作作为研究中心来看，这一理论显然是不正确的。文学作品来源于社会生活，也必然反映和影响生活。几乎很难找到一部作品是完全与社会生活相脱节的。因此，文学创作的主要目的是要揭示真实的社会生活，而不是“陌生化”或“审美过程”。这种批评是从社会环境到文学作品这一条线索来考察的。但是，只要换一个方位，从以文学创作为中心的角度转向以文学作品或对作品的接受为中心，“陌生化”理论又是成立的。可以说，没有一部文学作品的创作不是为了读者的接受而存在的。没有读者的审美接受，作品就必然会丧失其自身存在的价值。文艺作品的存在就是为了让人们恢复生活的感觉，在这一感觉的过程中产生审美快感。如果审美感觉的过程越长，自然文学作品的艺术感染力就越强。

显然，形式主义理论的长处在于重视“艺术性”，但这一长处又恰恰成为了它的短处“忽视思想内容”。它的合理性和科学性中又包含着不合理性与非科学性。所以，可以说，形式主义理论本身就是一个复杂的矛盾体，一个不同观点相互对话的体系。我们站在不同的角度上，均能够对其作出不同的解释，无须给它下一个归一的结论。批评的目的也许就在于揭示这种复杂性。这种批评可以看作是一种对话式的批评。

20世纪俄苏文学及其批评理论在经历了一个多世纪的风风雨雨之后，已成为了历史。对其进行总结和探讨是非常必要的，对这一文学研究方法论的探索也就更加重要。它的意义也许已超出了俄苏文学研究的范围，在文艺批评的方法结论上给我们以新的启示。

主要文论家及其论著中外文对照表

（按本书论述的先后顺序）

宗教编

弗拉基米尔·谢尔盖耶维奇·索洛维约夫

（Владимир Сергеевич Соловьев，1853—1900）

《西方哲学的危机：反对实证主义者》

Кризис западной философии（против позитивистов）

《完整知识的哲学原理》

Философские начала цельного знания

《神人论讲义》（《神人类讲座》的讲稿）

Чтения о Богочеловечестве

《抽象原理批判》

Критика отвленных начал

《生命的精神基础》

Духовные основы жизни

《大争论与基督教政治》

Великий спор и христианская политика

《神权政治的历史与未来》

История и будущность теократии

《俄罗斯与宇宙教会》

Россия и Вселенская церковь

《爱的意义》

Смысл любви

《善的证明》

Оправдание добра

《上帝概念（维护斯宾诺莎哲学）》

Понятие о Боге（в защиту философии Спинозы）

《自然的美》

Красота в природе

《艺术的共性思维》

Общий смысл искусства

《关于战争、进步、和世界历史终结的三次对话》

Три разговора о войне，прогрессе и конце всемирной истории

瓦西里·瓦西里耶维奇·罗赞诺夫

（Василий Васильевич Розанов 1856—1919）

《论理解：对作为完整知识的科学本质、界限和内在结构的研究》

О понимании. Опыт исследования природы，границ и внутреннего строения науки

《宗教与文化》

Религия и культура

《文学随笔》

Литературные очерки

《自然与历史》

Природа и история

《基督教在历史中的地位》

Место христианства в истории

《关于陀思妥耶夫斯基的宗教大法官的传说》

Легенда о Великом инквизиторе Ф. М. Достоевкого

《在不清楚的问题重重的世界里》

В мире неясного и нерешенного

《俄罗斯教会》

Русская Церковь

《阴郁的面孔:基督教形而上学》

Темный лик. Метафизика христианства

《月光下的人们:基督教形而上学》

Люди лунногосвета. Метафизика христианства

《孤独》(又一译名《离群索居》)

Уединённое

《在艺术家中间》

Среди художников

《落叶集》

Опавшие листья

《我们的时代的启示录》

Апокалипсис нашего времени

谢尔盖·尼古拉耶维奇·特鲁别茨科伊

(Сергей Николаевич Трубецкий 1862—1905)

《古希腊的形而上学》

Метафизика в Древней Греции

《逻各斯学说及其历史》

Учение о Логосе в его истории

《论人类意识的本质》

О природе человеческого сознания

《唯心主义的基础》

Основания идеализма

叶甫盖尼·尼古拉耶维奇·特鲁别茨科伊

(Евгений Николаевич Трубецкий 1863—1920)

《尼采哲学批评纲要》

Критический очерк о философии Ницще

《法哲学的历史》

История философии права

《柏拉图的社会乌托邦》

Социальная утопия Платона

《法学百科全书》

Энциклопедия права

《弗·谢·索洛维约夫的世界观》

Миросозерцание Вл. С. Соловьева

《颜色中的理性》

Умозрение в красках

《古代俄罗斯圣像绘画中的两个世界》

Два мира в древнерусской иконописи

《认识的形而上学前提——论对康德和康德主义的克服》

Метафизические предположения познания. Опыт преодоления

Канта и кантианства

《圣像中的罗斯》

Россия в ее иконе

《生命的意义》

Смысл жизни

德米特里·谢尔盖耶维奇·梅列日科夫斯基

(Дмитри Сергеевич Мережковский 1865—1941)

《论现代俄罗斯文学衰落的原因与若干新流派》

О причинах упадка и новых течениях современной русской литературы

《基督与敌基督》

Христос и Антихрист

《列夫·托尔斯泰与陀思妥耶夫斯基。生活与创作》

Л. Толстой и Достоевский. Жизнь и творчества

《果戈理与魔鬼》

Гоголь и чёрт

《俄国革命的先知:纪念陀思妥耶夫斯基》

Пророк русской революции. К юбилею Достоевского

《未来的卑鄙小人》

Грядущий хам

《不是和平,而是纷争:基督教的未来批判》

Не мир, но меч. К будущей критике христианства

《在寂静的深渊里》

В тихом омуте

《米·尤·莱蒙托夫。超人诗人》

М. Ю. Лермонтов. Поэт сверхчеловечества

《病态的俄罗斯》

Больная Россия

《别林斯基遗训:俄罗斯知识分子的宗教性和社会性》

Завет Белинского. Религиозность и общественность русской интеллигенции

《俄罗斯诗歌的两种奥秘。涅克拉索夫与丘特切夫》

Две тайны русской поэзии. Некрасов и Тютчев

《敌基督的王国》

Царство Антихриста

《诸神的诞生:克里特岛上的图坦卡蒙》

Рождение богов. Тутанкамон на Крите

《三的秘密:埃及与巴比伦》

Тайна Трёх. Египет и Вавилон

《西方的秘密:大西洲岛和欧洲》

Тайна запада. Атлантида-Европа

《未知者耶稣》

Исус Неизвестий

列夫·舍斯托夫

(Лев Шестов, 1866—1938),原名为列夫·伊萨科维奇·施瓦茨曼(Лев Исаакович Шварцман)

《莎士比亚及其批评者勃兰兑斯》

Шекспир и его критик Брандес

《托尔斯泰伯爵和弗·尼采学说中的善。哲学与说教》

Добро в учении гр. Толстого и Ф. Ницше (Философия и проповедь)

《悲剧的哲学——陀思妥耶夫斯基与尼采》

Достоевский и Ницше(Философия трагедии)

《毫无根据的颂扬》

Апофеоз беспочвенности

《开端与终结》

Начала и концы

《在约伯的天平上(灵魂中漫游)》

На весах Иова(Странствования по душам)

《克尔凯郭尔与存在主义》

Киркегард и экзистенциальная философия

《雅典与耶路撒冷》

Афины и Иерусалим

维亚切斯拉夫·伊凡诺维奇·伊凡诺夫

(Вячеслав Иванович Иванов, 1866—1949)

《引航的星斗》

Кормчие звезды

《通体清澈》

Прозрачность

《古希腊的拜受难神教》

Эллинская религия страдающего бога

《尼采与狄奥尼索斯》

Ницше и Дионис

《雅典娜之矛》

Копье Афина

《狄奥尼索斯宗教》

Религия Диониса

《个人主义的危机》

Кризис индивидулизма

《愤怒的彩虹》

Година гнева

《温馨的秘密》

Нежная тайна

《当代象征主义的两大本原》

Две стихии в современном символизме

《论俄罗斯思想》

О русской идее

《向着群星》

По звездам

《陀思妥耶夫斯基与悲剧式小说》

Достоевский и роман-трагедия

《弗·索洛维约夫的宗教事业》

Религиозное дело Владимира Соловьева

《列夫·托尔斯泰与文化》

Лев Толстой и культура
《美学与信仰》
Эстетика и исповедания
《垄沟与阡陌》
Борозды и межи
《象征主义的遗训》
Заветы символизма
《关于象征主义的沉思》
Мысли о символизме
《论艺术的界限》
О границах искусства
《祖国的与世界的》
Родное и вселенское
《俄罗斯的面貌与面目——陀思妥耶夫斯基思想体系研究》
Лик и личины России. К исследованию идеологии Достоевского
《俄罗斯灵魂的两种形式》
Два лада русской души
《两地书简》
Переписка из двух углов
《狄奥尼索斯与原初的狄奥尼索斯崇拜》
Дионис и прадионисийство
《陀思妥耶夫斯基:悲剧—神话—神秘论》
Достоевский. Трагдия—Миф—Мистика
《黄昏的光》
Свет вечерний

尼古拉·奥努夫里耶维奇·洛斯基
(Николай Онуфриевич Лосский,1870—1965)
《从唯意志论的角度看心理学的主要学说》
Основные учения психологии с точки зрения волюнтаризма
《直觉主义论》
Обоснование интуитивизма
《柏格森的直觉主义哲学》
Интуитивная философия Бергсона
《世界是有机的整体》
Мир как органическое целое
《意志自由》
Свобода воли
《存在与价值:上帝与上帝国是价值的基础》
Ценность и бытие. Бог и Царство Божие как основа ценностей
《世界观的类型:形而上学导论》
Типы мировоззрений. Введение в метафизику
《感性的、理智的和神秘的直觉》
Чувственная, интеллектуальная и мистическая интуиция
《绝对善的条件:伦理学基础》
Условие абсолютного добра. Основы этики
《上帝与世界的恶:神正论基础》
Бог и мировое зло. Основы теодицеи
《陀思妥耶夫斯基及其基督教世界观》
Достоевский и его христианское миропонимание
《俄罗斯哲学史》
История русской философии
《哲学通俗引论》
Общедоступное введение в философию
《俄罗斯人民的性格》
Характер русского народа
《回忆录:生平与哲学之路》
Воспоминания. Жизнь и философский путь
《世界是美的实现》
Мир как осуществление красоты

谢尔盖·尼古拉耶维奇·布尔加科夫
(Сергей Николаевич Булгаков 1871—1944)
《经济哲学》
Философия хозяйства
《哲学的悲剧》
Трагедия философии
《作为哲学典型的伊凡·卡拉玛佐夫》
Иван Карамазов как философский тип
《赫尔岑的精神悲剧》
Душевнная драма Герцена

《进步理论的基本问题》

Основные проблемы теории прогресса

《作为思想家的契诃夫》

Чехов как мыслитель

《费尔巴哈的人神说的宗教》

Религия человекобожия у Л. Фейербаха

《荆冠。纪念陀思妥耶夫斯基》

Венец терновый. Памяти Ф. М. Достоевского

《作为宗教典型的卡尔·马克思》

Карл Маркс как религиозный тип

《俄罗斯的悲剧》

Русская трагедия

《从马克思主义到唯心主义》

От марксизма к идеализму

《永不熄灭之光》

Свет невечерний

《静思录》

Тихие думы

尼古拉·亚历山大诺维奇·别尔嘉耶夫

(Николай Александрович Бердяев 1874—1948)

《社会哲学中的主观主义和个人主义》

Субьективизм и индивидуализм в общественной философии.

《为唯心主义而斗争》

Борьба за идеализм

《哲学的真理与知识分子的真理》

Философская истина и интерллигентская правда

《自由哲学》

Философия свободы

《创造的意义》

Смысл творчества

《俄罗斯命运》

Судьба России

《陀思妥耶夫斯基的世界观》

Миросозерцание Достоевского

《新的中世纪》

Новое средневековье

《文艺复兴的终结与人道主义的危机》

Конец Ренессанса и кризис гуманизма

《不平等哲学》

Философия неравенства

《新的中世纪。关于俄罗斯与欧洲命运的沉思》

Размышление о судьбе России и Европы

《20世纪初俄罗斯的精神复兴与杂志〈路〉》

Русский духовный ренессанс начала XX в. и журнал“Путь”

《俄国共产主义的起源与意义》

Истоки и смысл русского коммунизма

《俄罗斯思想。19世纪与20世纪初俄罗斯思想的基本问题》

Русская идея. Основные проблемы русской мысли XIX века и XX века

《自我认识。哲学自传试作》

Самопознание. Опыт философской автобиографии

谢苗·路德维果维奇·弗兰克

(Семен Людвигович Франк 1877—1950)

《马克思的价值及其意义》

Теория ценности Маркса и ее значение

《尼采和“爱远人的伦理学”》

Фр. Ницше и этика « любви к дальнему »

《虚无主义的伦理学》

Этика нигилизма

《知识的对象》

Предмет знания

《人的灵魂。哲学心理学导论》

Душа человека. Опыт введения в философскую психологию

《活知识》

Живое знание

《偶像的毁灭》

Крушение кумиров

《生命的意义》

Смысл жизни
《马克思主义原理》
Основы марксизма
《社会的精神基础——社会哲学导论》
Духовные основы общества. Введение в социальную философию
《不可知物——宗教哲学的本体论导论》(1939)
Непостижимое
《实在与人》
Реальность и человек
《黑暗中的光明——基督教伦理学和社会学》
Свет во тьме. Опыт христианской этики и социальной философии
《上帝和我们在一起》
С нами Бог

巴维尔·亚力山德罗维奇·弗洛连斯基
(Павел Александрович Флоренский 1882—1937)

《真理的柱石与确立———东正教神正论的体验(十二封信)》
Столп и утверждение истины. Опыт православной теодицеи в двенацати письмах
《在思想的分水岭旁》
У водоразделов мысли
《文化哲学概述》
Очерки философии культа
《圣像壁》
Иконостас

现实编

马克西姆·高尔基(原名阿列克谢·马克西莫维奇·彼什科夫)
(Горький Алексей Максимович 1868—1936)

《俄罗斯文学史》
История русской литературы
《个人的毁灭》
Разушие личности
《论自学的作家》
О писателях самоучках
《论巴尔扎克》
О Бальзаке
《论"卡拉马佐夫气质"》
О "карамозовщине"
《再论"卡拉马佐夫气质"》
Ёще о "карамозовщине"
《来自远方》
Издалека
《致读者的信》
Письма к читателю
《论傻瓜及其他》
О дураках и прочем
《两种灵魂》
Две души
《革命与文化——1917文集》
Революция и культуре. Статьи 1917 года
《不合时宜的思想——关于革命与文化的札记》
Несвоевременные мысли. Заметки о революции и культуре
《论俄国农民》
О русском крестьянстве
《论罗曼·罗兰》
О Ромене Роллане
《谈谈我怎样学习写作》
О том, как я учился писать
《论精力的耗费》
О трате энергии
《还是那些话》

Всё о том же
《论文学》
О литературе
《论剧本》
О пьесах
《论散文》
О прозе
《致绥拉菲莫维奇的一封公开信》
Открытое письмо к Серафимовичу
《苏联的文学》
Советская литература
《论形式主义》
О формализме

格奥尔基·瓦连京诺维奇·普列汉诺夫
(Георгий Валентинович Плеханов 1856—1918)

《没有地址的信》
Письма без адреса
《从社会学观点看18世纪法国戏剧文学和法国绘画》
Французская драматическая литература и французская живопись XVIII века с точки зрения социологии
《无产阶级运动和资产阶级艺术》
Пролетарское движение и буржуазное искусство
《艺术与社会生活》
Искусство и общественная жизнь
《别林斯基与合理的现实》
Белинский и разумная действительность
《别林斯基的文学观》
Литературные взгляды Белинского
《车尔尼雪夫斯基的美学理论》
Эстетическая теория Чернышевского
《尼·加·车尔尼雪夫斯基的文学观》
Литературные взгляды Н. Г. Чернышевского
《阿·里·沃伦斯基》
А. Л. Волынский
《杜勃罗留波夫与奥斯特洛夫斯基》
Добралюбов и Островский
《格·乌斯宾斯基》
Гл. Успенский
《亨利克·易卜生》
Генрик Ибсен
《托尔斯泰和大自然》
Толстой и природа
《卡尔·马克思和列夫·托尔斯泰》
Карл Маркс и Лев Толстой
《再论托尔斯泰》
Ещё о Толстом
《谈谈工人运动的心理》
К психологии рабочего движения
《再论宗教》
Ещё о религии

瓦茨拉夫·瓦茨拉沃维奇·沃罗夫斯基
(Вацлав Вацлавович Воровский 1871—1923)

《纪念"激烈的维萨里昂"》
Помяти "Неистового Виссариона"
《维·格·别林斯基》
В. Г. Белинский
《尼·亚·杜勃罗留波夫》
Н. А. Добролюбов
《社会活动家伊·谢·屠格涅夫》
И. С. Тургенев как общественный деятель
《多余人》
Лишние люди
《在伟人墓旁》
У великой могилы
《现代小说史略》
Из истории новейшего романа
《文学素描》
Литературные наброски
《论现代主义者的"资产阶级性"》
О "буржуазности" модернистов
《战后之夜》

В ночи после битвы
《巴扎罗夫和沙宁——两种虚无主义》
Базаров и Санин. Два нигилизма
《论马·高尔基》
О М. Горьком
《两个母亲》
Два матери

阿纳托里·瓦西里耶维奇·卢那察尔斯基
(Анатоний Васильевич Луначарский 1875—1933)

《俄国的浮士德》
Русский Фауст
《艺术家总论与艺术家专论》
О художнике вообще и о некоторых художниках в частности
《实证美学概述》
Очерк позитивной эстетики
《马克思主义与美学——关于艺术的对话》
Марксизм и эстетика. Диалог об искусстве
《社会民主主义艺术创作的任务》
Задачи социа-демократического художественного творчества
《革命与艺术》
Революция и искусство
《列宁与文艺学》
Ленин и искусство
《亚·谢·格利鲍耶多夫》
А. С. Грибоедов
《亚历山大·谢尔盖耶维奇·普希金》
Александ Сергеевич Пушкин
《尼·加·车尔尼雪夫斯基的长篇小说》
Роман Н. Г. Чернышевского
《思想家和艺术家陀思妥耶夫斯基》
Мыслитель и художник——Достоевский
《普希金与涅克拉索夫》
Пушкин и Некрасов
《安·巴·契诃夫在我们今天》
А. П. Чехов в наши дни
《托尔斯泰与我们现代》
Толстой и наша современность
《艺术家高尔基》
М. Горький——художник
《高尔基〈创作40周年纪念〉》
Горький (к сороколетнему юбилею)
《作家和政治家》
Писатель и политик
《萨姆金》
Самгин
《歌德和他的时代》
Гете и его эпоха
《席勒与我们》
Щиллер и мы
《批评与批评家们》
Критика и критики

弗拉基米尔·伊里奇·列宁
(Владимир Ильич Ленин 1870—1924)

《党的组织与党的出版物》
Партийная организация и партийная литература
《列夫·托尔斯泰是俄国革命的镜子》
Лев Толстой, как зеркало русской революции
《列·尼·托尔斯泰》
Л. Н. Толстой
《列·尼·托尔斯泰和现代工人运动》
Л. Н. Толстой и современное рабочее движение
《托尔斯泰和无产阶级斗争》
Толстой и пролетарская борьба
《列·尼·托尔斯泰和他的时代》
Л. Н. Толстой и его эпоха
《纪念赫尔岑》
Памяти Герцена
《俄国工人报刊的历史》
Из прошлого рабочей печати в России
《欧仁·鲍狄埃》
Евгений Потье

《论无产阶级文化》
О пролетарской культуре
《远方来信》
Письма из далека
《一本有才气的书》
Талантливая книжка

列夫·达维道维奇·托洛茨基
(Лев Давидович Троцкий 1879—1940)
《文学与革命》
Литература и революция

尼古拉·伊万诺维奇·布哈林
(Николай Иванович Бухарин 1888—1938)
《无产阶级革命与文化》
Пролетарская революция и культура
《在关于党的文艺政策讨论会上的发言》
Выступление на совещании о политике партии в художественной литературе
《无产阶级与文艺政策问题》
Пролетариат и вопросы художественной политики
《论艺术中的形式主义方法》
О формальном методе в искусстве
《恶劣的印象》
Злые заметки
《理性的歌手》
Певец разума
《我们期望从高尔基那里得到什么》
Чего хотим мы от Горького
《瓦列里·勃留索夫与弗拉基米尔·马雅可夫斯基(悲伤的思念)》
Валерий Брюсов и Владимир Маяковский (Скорбные мысли)
《海涅与共产主义》
Гейне и коммунизм
《歌德及其历史意义》
Гете и его историческое значение
《诗歌、诗学和苏联诗歌创作的任务》
Поэзия, поэтика и задачи поэтического творчества в СССР
《高尔基——最后的“告别”》
Горький (Последнее “прости”)

弗拉基米尔·马克西莫维奇·弗里契
(Владимир Максимович Фрич 1870—1929)
《普列汉诺夫与科学美学》
Г. В. Плеханов и научная эстетика
《艺术史纲》
Очерки по истории искусства
《弗洛伊德主义与艺术》
Фрейдизм и искусство
《艺术社会学》
Социология искусства

亚历山大·亚历山德罗维奇·波格丹诺夫
(Алексадр Александрович Богданов 1873—1928)
《文献学:普遍组织科学》
Текстология. Всеобщая организационная наука
《科学与工人阶级》
Наука и рабочий класс
《论艺术遗产》
О художественном наследстве
《工人阶级发展中的无产阶级文化因素》
Элементы пролетарской культуры в развитии рабочего класса

根纳季·尼古拉耶维奇·波斯彼洛夫
(Геннадий Николаевич Поспелов 1899—1992)
《文学理论》
Теория литературы
《俄国文学史》
История русской литературы
《论艺术的本性》
О природе искусства
《19世纪俄国文学史(1840—1860)》

История русской литературы XIX века (1840—1860)
《文学进程》
Литературный процесс
《方法论和诗学问题》
Вопросы методологии и поэтики
《艺术和美学》
Искусство и эстетика
《欧洲文学的分阶段发展》
Стадиальное развитие европейских литератур
《社会文化语境中的艺术文学》
Художественная литература в социокультурном контексте

审美编

维克多·鲍里索维奇·什克洛夫斯基
(Виктор Борисович Шкловский1893—1984)
《罗赞诺夫》
Розанов
《感伤的旅行》
Сентиментальное путешествие
《动物园,或非关爱情书信》
Zoo. или Письма не о любви
《第三种制作》
Третья фабрика
《汉堡账户》
Гамбургский счёт
《散文理论》
Теория прозы
《托尔斯泰的小说〈战争与和平〉中的材料与风格》
Материал и стиль в романе Льва Толстого "Война и мир"
《论马雅可夫斯基》
О Маяковском
《赞成与反对:陀思妥耶夫斯基评论》
За и против. Заметки о Достоевском
《陀思妥耶夫斯基》
Достоевский
《论散文》
Повести о прозе
《列夫·托尔斯泰》
Лев Толстой
《艺术散文——思考与选择》
Художественная проза. Размышление и разборы
《弦:论相似的不相似之处》
Тетива. О несходстве сходного

罗曼·奥西波维奇·雅各布森
(Роман Осипович Якобсон 1896—1982)
《回顾》
Retrospect
《14世纪俄罗斯音节体诗》
Русские вирши XIV века
《语言学与诗学》
Лингвистика и поэтика
《论俄罗斯童话》
On Russian fairy tales
《最近的俄罗斯诗歌》
Новейшая Русская поэзия
《论主要与俄罗斯相比较的捷克诗歌》
О чешском стихе преимущественно в сопоставлении с русским
《论艺术现实主义》
О художественном реализме
《语法的诗歌与诗歌的语法》
Поэзия грамматики и грамматика поэзии
《欧亚语言的联系评述》
К характеристике евразийского языкового союза

《比较斯拉夫语音韵学研究》
Studies in comparative Slavic metrics
《普通语言学论文集》
Essais de linguistique generale
《诗学的问题》
Questions de poetique
《儿童语言,失语症及语音共性》
Child Language, Aphasia and Phonological Universals
《语言的基础》
Fundamentals of Language
《论声音与意义的六次讲座》
Six Lectures of Sound and Meaning
《罗曼·雅各布森选集一:语音学研究》
Jakobson, Roman. Selected Writings I: Phonological Studies
《罗曼·雅各布森选集二:词和语言》
Jakobson, Roman. Selected Writings II: Word and language
《罗曼·雅各布森选集三:语法的诗歌和诗歌的语法》
Jakobson, Roman. Selected Writings III: Poetry of Grammar and Grammar of Poetry
《罗曼·雅各布森选集四:斯拉夫史诗研究》
Jakobson, Roman. Selected Writings IV: Slavic Epic Studies
《罗曼·雅各布森选集五:论诗及其创造者与研究者》
Jakobson, Roman. Selected Writings V: On Verse, Its Masters and Explorers
《罗曼·雅各布森选集六:早期斯拉夫道路与十字路口》
Jakobson, Roman. Selected Writings VI: Early Slavic Paths and Crossroads
《罗曼·雅各布森选集七:比较神话学研究》
Jakobson, Roman. Selected Writings VII: Contributions to Comparative Mythology
《对话》
Dialogues
《语言艺术、语言符号与语言时间》
Verbal Art, Verbal Sign, Verbal Time
《文学中的语言》
Language in Literature
《论语言》
On Language
《我的未来主义者岁月》
My Futurist Years

鲍里斯·米哈伊洛维奇·艾亨鲍姆
(Борис Михайлович Эйхенбаум 1886—1959)

《卡拉姆辛》
Карамзин
《民间故事的幻想》
Иллюзия сказа
《果戈理的〈外套〉是怎样写成的》
Как сделана "Шинель" Гоголя
《俄国抒情诗的旋律》
Мелодика русского лирического стиха
《涅克拉索夫》
Некрасов
《安娜·阿赫玛托娃》
Анна Ахматова
《论诗歌》
О поэзии
《论散文》
О прозе
《文学》
Литература
《论马雅可夫斯基》
О Маяковском
《列夫·托尔斯泰》(1—3 卷)
Лев Толстой (1—3)
《莱蒙托夫:文学史评述的尝试》
Лермонтов:Опыт историко-литературной оценки

米哈依尔·米哈依洛维奇·巴赫金

(Михайл Михайлович Бахтин 1895—1975)

《论行为哲学》

К философии поступка

《审美活动中的作者与主人公》

Автор и герой эстетической деятельности

《文学创作中的内容、材料和形式问题》

Проблема содержания, материала и формы в словесном художественном творчестве

《弗洛伊德主义批判纲要》

Фрейдизм:Критический очерк

《马克思主义与语言哲学》

Марксизм и философия языка

《文艺学中的形式主义方法》

Формальный метод в литературоведении

《陀思妥耶夫斯基创作问题》

Проблемы творчества Достоевского

《长篇小说的话语》

Слово в романе

《长篇小说的时间形式和时空体形式》

Формы времени и хронотопа в романе

《长篇小说的话语发端》

Из предыстории романного слова

《史诗与小说》

Эпос и роман

《言语体裁问题》

Проблемы речевых жанров

《语言学、语文学和其他人文科学中的文本问题》

Проблема текста в лингвистике, филологии и других гуманитарных науках

《文学与美学问题》

Вопросы литературы и эстетики

《语言创作美学》

Эстетика словесного творчества

《文学批评论集》

Литературно-критические статьи

《陀思妥耶夫斯基的诗学问题》

Проблемы поэтики Достоевского

《拉伯雷的创作以及中世纪和文艺复兴的民间文化》

Творчество Франсуа Рабле и народная средневековья и Ренессанса

《人文科学方法论》

К методологии гуманитарных наук

亚历山大·费多罗维奇·洛谢夫

(Алексей Федорович Лосев 1893—1988)

《古希腊罗马美学史》

История античной эстетики

《公元1—2世纪希腊化时代的罗马美学》

Эллинистически-римская эстетика I-II вв. н. э.

《文艺复兴美学》

Эстетика Возрожения

《奥林匹斯神话学》

Олимпийская мифология

《历史发展中的奥林匹斯神话学》

Олимпийская мифология в её историческом развитии

《古希腊罗马宇宙和现代科学》

Античный космос и современная наука

《作为逻辑学对象的音乐》

Музыка как предмет логики

《名称哲学》

Философия имени

《艺术形式辩证法》

Диалектика художественной формы

《普罗提诺的数字辩证法》

Диалектика числа Плотина

《亚里士多德对柏拉图主义的批判》

Критика платонизма у Аристотеля

《神话辩证法》

Диалектика мифа

《古希腊罗马音乐美学》

Античная музыкальная эстетика

《古希腊罗马历史哲学》

Античная философия истории
《符号·象征·神话》
Знак. Символ. Миф
《弗·索洛维约夫》
Вл. Соловьёв
《语言结构》
Языковая структура
《弗·索洛维约夫及其时代》
Вл. Соловьёв и его время
《存在·名称·宇宙》
Бытие. Имя. Космос
《古希腊罗马象征主义和神话学概述》
Очерки античного символизма и мифологии
《神话·数·本质》
Миф. Число. Сущность
《形式·风格·表现》
Форма. Стиль. Выражение

亚历山大·伊凡诺维奇·布罗夫
(Александр Иванович Буров 1919—1983)
《中小学生的审美教育》
Эстетическое воспитание школьников
《艺术和中小学生的军事爱国主义教育》
Искусство и военно-патриотическое воспитание школьников
《艺术的审美实质》
Эстетическая сущность искусства
《作为美学教育理论基础的马克思列宁主义美学》
Марксистско-ленинская эстетика как теоретическая основа эстетического воспитания
《美学:问题和争论》
Эстетика:вопросы и споры

列昂尼特·瑙莫维奇·斯托洛维奇
(Леонид Наумович Столович1929—)
《现实和艺术中的审美》
Эстетическое в действительности и в искусстве
《美的问题和社会理想》
Проблема прекрасного и общественный идеал
《美学的对象》
Предмет эстетики
《审美价值的本质》
Природа эстетической ценности
《生活·创作·人——艺术活动的功能》
Жизнь, творчество, человек. Функции художественной деятельности
《美·善·真——美学价值说历史概述》
Красота. Добро. Истина. Очерк истории эстетической аксиологии
《美的哲学》
Философия красоты
《关于艺术命运的争论》
Спор о судьбах искусства
《生活和艺术中的美》
Прекрасное в жизни и искусстве
《论艺术审美本质的若干问题》
Некоторые вопросы эстетической природы искусства
《美的范畴和社会理想》
Категория прекрасного и общественный идеал
《哲学·美学·笑》
Философия. Эстетика. Смех
《哲学中的多元论与多元论哲学》
Плюрализм в философии и философия плюрализма
《俄罗斯哲学史》
История русской философии

莫伊谢伊·萨莫伊洛维奇·卡冈
(Мойсей Самойлович Қаган 1921—)
《车尔尼雪夫斯基的美学学说》
Эстетическое учение Чернышевсского
《论实用艺术》
О прикладном искусстве
《马克思列宁主义美学讲义》
Лекции по марксистско-ленинской эстетики

《艺术形态学》

Морфология искусства

《美学史讲义》

Лекции по истории эстетики

《前资本主义社会形态中的艺术文化》

Художественная культура в докопиталистических формациях

《资本主义社会中的艺术文化》

Художественная культура в копиталистическом обществе

《艺术文化的历史类型学》

Историческая типология художественной культуры

《交际世界:主体之间的关系问题》

Мир общение: Проблемы межсубьективных отношений

《基本哲学术语》

Основные философские термины

《系统方法和人文知识》

Системный подход и гуманитарное знание

《文化哲学》

Философия культуры

《文化哲学:形成和发展》

Философия культуры: Становление и развитие

《作为科学哲学的美学》

Эстетика как философия науки

《改革和发展的美学因素》

Эстетические факторы перестройки и ускорения

《社会主义社会发展中的美学和艺术教育》

Эстетическое и художественное воспитание в развитом социалистическом обществе

尤利·米哈依洛维奇·洛特曼

(Михайлович Юрий Лотман 1922—1993)

《安德烈·谢尔盖耶维奇·凯萨罗夫及其时代的文学社会斗争》

Андрей Сергеевич Кайсаров и литературно-общественная борьба его времени

《诗体小说〈叶甫盖尼·奥涅金〉——专题课程:文本研究导论讲稿》

Роман в стихах "Евгений Онегин". Спецкурс. Вводные лекции в изучение текста

《第二性模拟系统论文集》

Сборник статей по вторичным моделирующим системам

《论结构的语言学概念和文艺学概念的区别》

О разграничении лингвистического и литературоведческого понятия структуры

《结构诗学讲义》

Лекции по структуральной поэтике

《诗歌文本分析:诗的结构》

Анализ поэтического текста: Структура стиха

《文化类型学论文集》(1—2册)

Статьи по типологии культуры (вып. 1—2)

《第二性模拟系统》

Вторичные моделирующие системы

《1992—1993年的论文和演讲选集》

Избранные статьи и выступления 1992—1993гг.

《符号系统著作》(1—6辑,12—15辑,17辑,19—21辑)

Труды по знаковым системам (1—6, 12—15, 17, 19—21)

《卡拉姆辛的创作》

Сотворение Карамзина

《文化与爆炸》

Культура и взрыв

《尤·米·洛特曼的三卷本论文选集》

Лотман Ю. М., Избранные статьи в трех томах

《俄罗斯文学讲座》

Беседы о русской литературы

《普希金》

Пушкин

《论诗人和诗歌——诗歌文本分析、论文、研究、评论》

О поэтах и поэзии. Анализ поэтического текста. Статьи. Исследования. Заметки

《书信》

Письма

《艺术文本结构》

Структура художественного текста

《论艺术》

Об искусстве

《在思维的世界里:人—文本—符号圈—历史》

Внутри мыслящих миров: Человек-текст-семиосфера-история

《符号圈》

Семиосфера

《俄罗斯文化历史和类型学》

История и типология русской культуры

《培育心灵》

Воспитание души

《文化的不可预见机制》

Непредсказуемые механизмы культуры

鲍里斯·安德烈耶维奇·乌斯宾斯基

(Борис Андреевич Успенский 1937—)

《结构类型学原则》

Принципы структурной типологии

《语言结构类型学》

Структурная типология языков

《教会斯拉夫语发音的古老体系(俄罗斯礼拜发音史)》

Архаическая система церковнославянского произношения (Из истории литургического произношения в России)

《从俄罗斯教名史谈起(针对俄罗斯标准语和口语形式中合乎教规的专有名词重音史)》

Из истории русских канонических имен (История ударения в канонических именах собственных в их отношении к русским литературным и разговорным формам)

《结构诗学——艺术文本结构和结构形式类型学》

Поэтика композиции: Структура художественного текста и типология композиционной формы

《结构诗学》

Поэтика композиции

《用母语写成的第一部俄罗斯语法——祖国俄罗斯学的前罗蒙洛索夫时期》

Первая русская грамматика на родном языке: Доломоносовский период отечественной русистики

《斯拉夫古代语文学探索(尼古拉·米勒里季斯基的东斯拉夫祭祀仪式中多神教遗俗)》

Филологические разыскания в области славянских древностей (Реликты язычества в восточнославянском культе Николая Мирликийского)

《基辅罗斯的语言状况及其对俄罗斯标准语史的意义》

Языковая ситуация Киевской Руси и ее значение для истории русского литературного языка

《从 18 世纪至 19 世纪初俄罗斯标准语史谈起——卡拉姆辛的语言纲要及其历史根源》

Из истории русского литературного языка XVIII-начала XIX века: Языковая программа Карамзина и ее исторические корни

《俄罗斯标准语史(11—17 世纪)》

История русского литературного языка (XI—XVII вв..)

《俄罗斯标准语史概论(11—19 世纪)》Краткий очерк истории русского литературного языка (XI—XIX вв.)

《作品选集第一卷:历史符号学·文化符号学》

Избранные труды, т. I: Семиотика истории; семиотика культуры

《作品选集第二卷:语言和文化》

Избранные труды, т. II: Язык и культура

《艺术符号学:结构诗学·圣像符号学·有关艺术文章》

Семиотика искусства: Поэтика композиции, Семиотика иконы, Статьи об искусстве

《作品选集第三卷：普通语言学和斯拉夫语言学》

Избранные труды, т. III: Общее и славянское языкознание

《沙皇和宗主教：俄罗斯政权的神授性(拜占庭模式及俄罗斯对其的再认识)》

Царь и патриарх: харизма власти в России (Византийская модель и ее русское переосмысление)

《鲍里斯和格列布：古罗斯对历史的理解》

Борис и Глеб: Восприятие истории в Древней Руси

《沙皇和皇帝：登极及君主称号的语义》

Царь и император: Помазание на царство и семантика монарших титулов

《俄罗斯史论》

Этюды о русской истории

《(基督教徒)画十字手势和神圣空间：为什么东正教徒画十字从右到左，而天主教徒从左到右?》

Крестное знамение и сакральное пространство: Почему православные крестятся справа налево, а католики-слева направо?

《历史语文学概论》

Историко-филологические очерки

《俄语语法中的"部分"和"整体"》

Часть и целое в русской грамматике

《十字形和圆形：从基督教象征符号史谈起》

Крест и круг: Из истории христианской символики

《我说：语言和交际空间》

Ego loquens: Язык и коммуникационное пространство

《涉及特列季亚科夫斯基的俄语和俄罗斯文化史论著》

Вокруг Тредиаковского: Труды по истории русского языка и русской культуры

《根特的扬凡埃克圣堂：作品结构(从神和人的视角)》

Гентский алтарь Яна ван Эйка: композиция произведения. Божественная и человеческая перспектива

米哈依尔·鲍里索维奇·赫拉普钦科
(Михаил Борисович Храпченко 1904—1986)

《果戈理的〈死魂灵〉》

"Мертвые души" Н. В. Гоголя

《果戈理的创作》

Творчество Гоголя

《艺术家列夫·托尔斯泰》

Лев Толстой как художник

《尼古拉·果戈理：文学道路 作家的伟大》

Николай Гоголь. Литературныйпуть. Величие писателя

《作家的创作个性和文学的发展》

Творческая индивидуальность писателя и развитие литературы

《文学、现实、人》

Художественная литература, действительность, человек

《艺术形象的视野》

Горизонты художественного образа

《文集四卷(1980年—1982年)》

Собрание сочинений(тт. 1—4, 1980—1982)

德米特里·谢尔盖耶维奇·利哈乔夫
(Дмитрий Сергеевич Лихачёв 1906—1999)

《俄罗斯编年史及其文化历史意义》

Русские летописи и их культурно-историческое значение

《古代罗斯文学中的人》

Человек в литературе Древней Руси

《安德烈·鲁勃廖夫和叶皮凡尼时代的文化(14世纪末—15世纪初)》

Культура Руси времени Андрея Рублева и Епифания Премудрого (конец XIV—начало XV в.)

《版本学：依据10—17世纪俄罗斯文学的材

料》

Текстология: На материале русской литературы X—XVII вв.

《10—17 世纪俄罗斯人民的文化》

Культура русского народа 10—17 вв.

《古代罗斯文学的诗学》

Поэтика древнерусской литературы

《利哈乔夫注释翻译的〈伊戈尔远征记〉》

« Слова о полку Игореве » в серии « Литературные памятники » с переводом и комментариями Д. С. Лихачёва.

《诺夫哥罗德 17 世纪编年史会编》

Новгородские летописные своды XII века

《古代罗斯艺术遗产与现代性》

Художественное наследие Древней Руси и современность

《10—17 世纪俄罗斯文学的发展:时代与风格》

Развитие русской литературы X—XVII вв.: Эпохи и стили

《伟大的遗产:古代罗斯的经典作品》

Великое наследие: Классические произведения литературы Древней Руси

《古代罗斯的"笑世界"》

"Смеховой мир" Древней Руси

《〈伊戈尔远征记〉及其时代的文化》

"Слово о полку Игореве" и культура его времени

《文学—现实—文学》

Литература—реальность—литература

《古代俄罗斯文学研究》

Исследования по древнерусской литературе

《伟大的道路:11—17 世纪俄罗斯文学的形成》

Великий путь: Становление русской литературы XI—XVII вв.

《利哈乔夫文选》(3 卷本)

Избранных работ в 3-х тт.

《关于昨天 今天 明天的对话》

Диалоги о дне вчерашнем, сегодняшнем и завтрашнем

《杂记与观察:历年笔记选》

Заметки и наблюдения: Из записных книжек разных лет

《俄罗斯艺术 从古典文学到现代派》

Русское искусство от древности до авангарда

《伟大的罗斯:10—17 世纪的历史与艺术文化》

Великая Русь: История и художественная культура X—XVII века

《利哈乔夫回忆录》

Воспоминания

《论知识分子》(文集)

Об интеллигенции: Сборник статей

《伊戈尔远征记及其时代的文化。历年著作》

Слово о полку Игореве и культура его времени. Работы последних лет

《艺术创作哲学概论》

Очерки по философии художественного творчества

《沉思俄罗斯》(今译本为《解读俄罗斯》)

Раздумья о России

《关于生活、历史、文化的思索》

Избранное мысли о жизни истории культуре

弗拉基米尔·弗拉基米洛维奇·纳博科夫
(Владимир Владимирович Набоков /Vladimir Vladimirovich Nabokov 1899—1977)

《尼古拉·果戈理》

Николай Гоголь

《符号与象征》

Signs and Symbols

《说吧,记忆》

Другие берега(俄文版) Speak, Memory(英文版)

《洛丽塔》

Lolita

《普宁》

Pnin

《独抒己见》

Strong opinions

《文学讲稿》

lectures on Literature

《俄罗斯文学讲稿》

vlectures on Russian literature

《堂吉诃德讲稿》

Lectures on Don Quixote

《劳拉的原型》

The Original of Laura

后 记

《20世纪俄苏文学批评理论史》是我负责主持完成的第四个国家社会科学基金项目。看起来从2011年5月项目获批至今，我们花费了整整四年的时间，按时结项，顺利地完成了这项艰巨的复杂工程。然而，实际上，从20世纪的80年代末，当我申请的第一个国家社会科学基金青年项目"陀思妥耶夫斯基的创作与巴赫金的复调小说理论"获批的时候，我就已经开始设计能够编撰出一部完整的20世纪俄苏文学批评理论史。在此后的26年间，我先后主持和完成过与本书相关的"洛特曼及其艺术符号学""弗洛连斯基与19世纪末20世纪初的俄罗斯宗教文化批评理论"等国家社会科学基金项目，特别是与汪介之教授共同完成了国家教委和江苏省哲学社会科学的规划项目"20世纪俄罗斯文学批评史"，并于2000年出版了该书。

从2001年起，当我开始招收博士研究生时，就有意识地让我的博士研究生们围绕着这一项目展开研究，康澄、田星、管月娥、谢明琪都是我指导过的博士研究生，也是我在南京师范大学外国语学院的同事。她们每个人专门研究一位文论家，也先后获得过相关的国家社会科学基金项目和教育部人文社会科学基金项目等，成为了相关领域的专家。她们年轻、精力充沛、富有朝气，而且具有较为扎实的俄文、英文基础，这就为本项目的保质保量完成提供了保证。我的博士研究生、南京邮电大学的英语教师颜文洁在项目研究的过程中，也参与了部分英文资料的翻译与整理。感谢你们，年轻一代的学术同仁！学术的未来和希望属于你们！

我的学兄和同事、南京师范大学文学院的汪介之教授为本书的完成做出了很大的贡献，这不仅是他主要负责完成了本书"现实编"的撰写，而且还在于他长期以来对我学术上的支持与帮助，能够与他在一个单位，同在比较文学与世界文学学科点工作，是我的幸运。应该特别值得一提的是，我研究生时期的同窗、中国社会科学院外国文学研究所副所长吴晓都研究员，他是国内一流的俄苏文论研究专家，他的加盟为本书增色不少。顺便说一句，张百春先生在当代东正教神学思想方面的研究，为本书的宗教文化批评理论的研究，提供了有力的学术支撑。

其实，在我的学术探索中，我大学时期的同窗、中国社会科学院外国文学研究所研究员刘文飞、周启超，研究生时期的同窗、中国社会科学院外国文学研究所研究员苏玲，博士生时期的同窗、中国社会科学院外国文学研究所研究员董晓英，以及中国社会科学院外国文学研究所所长陈众议研究员、《外国文学研究》杂志主编聂珍钊教授、《俄罗斯文艺》主编夏忠宪教授等，都给予过我很大的支持。谢谢你们，我的学兄和学友们，学术研究因为你们而变得更加美好！

在本书即将出版之际，我感慨万千，还想要感谢的人很多，我要感谢我的博士和硕士研究生导师、中国社会科学院外国文学研究所研究员张羽先生，没有他的"领进门"和精心指导，就不可能有我今天的进步，更不可能有本书的出版。虽然，张羽先生由于身患疾病，也许不能够阅读此书，甚至都不能够知晓本书的出版，但是本书中仍然显现着先生的学术影响。实际上，我们的事业就是这样代代相传，永无止境。历史会记住每一位为它奋斗过的人，历史会铭记我们的张羽先生！

我还要感谢我留学俄罗斯科学院世界文学研究所时的导师、曾经担任该所理论室主任的盖依研究员和俄罗斯科学院世界文学研究所所长库杰林院士，他们对本书的完成不仅在学术上予以指导，而且提供了不少宝贵的第一手资料。同时，我更要感谢为我国俄苏文学批评及其理论做出过杰出贡献的专家学者钱中文、吴元迈、陈燊、夏仲翼、刘宁、彭克巽、白春仁、李辉凡、陈敬咏、程正民、凌继尧等先生。我们的研究是在他们的基础之上前进的，正是他们出版的相关成果，为本书提供了极有价值的参考，也是他们平时对我个人和项目本身的关心，使得我们更加充满信心，敢于去承担这项艰巨的任务。感谢你们，学界的前辈！

感谢家人！感谢同事！感谢兄弟！感谢朋友！感谢所有关心我们和本书编撰的人们！感谢我的工作单位南京师范大学外国语学院！特别要感谢北京大学出版社，尤其是张冰老师和责任编辑！北京大学出版社不久将推出三卷本《俄苏文论选》，能够在此之前出版《20世纪俄苏文学批评理论史》，也许是对本书最有力的支持！

当我的生命之树长出第59环年轮的时候，也许我的人生轨迹已经无可奈何地进入了老年，步入了一个值得总结和反思的阶段，显然《20世纪俄苏文学批评理论史》实际上正是对我和本书撰写者们多年学术研究的总结。尽管它在茂盛的学术大森林中，只是一棵微不足道的小树，但是它毕竟留下了我们探索的痕迹。

每个人的学术生命是极其短暂的，而学术森林则是无边无际的。学术探索是艰辛的，也许永远没有尽头，只有不断更换的起点，但是学术的乐趣或许就在这无尽的探索过程本身。学术研究只有成为生命的需要，才可能是快乐的，是享受的。思想的碰撞、心灵的对话，这是学术精神的延续！也许正是从这个意义上说，哪怕我们的生命消失了，而学术之树则是长青的！

张杰

2015年10月30日于南京东郊巴厘原墅